한권으로 끝내는
실전 논리 논술

편저자 정성수

고글출판사

• 머리말

요즘 논술에 대한 관심이 폭발적이다. 대학 입시나 입사시에 논술 점수를 반영하고 있기 때문이다. 열심히 해도 별로 나아진 것 같지도 않고 안 해도 특별히 뒤지지 않는 것 같은 것이 논술이다. 해도 그만 안 해도 그만인 논술은 학교에서 배우는 것이나 학원에서 배우는 것이나 별 차이가 없다고 한다. 그 만큼 진도가 안 나가고 어렵다는 이야기다.

논술시험은 대부분 특정 지문과 글자 수를 제시하며 직·간접적 물음으로 출제된다. 지문을 읽고 지문에 내포하고 있는 것을 분석해서 쟁점을 찾아 관점이나 주장을 펴야 한다. 이때 근거를 찾아 서론·본론·결론으로 나누어 서술하는 과정을 거쳐 한 편의 논술문을 완성하는 것이 논술시험이다. 대학에서는 수학능력을 파악하고 우수한 학생을 유치하고 싶어 한다. 또한 순위고사나 기업 또는 회사에서는 종합적 사고 능력을 발휘하여 제 문제 상황을 파악하고 이를 해결하는 합리적·입체적인 능력을 갖춘 사람을 원한다.

밥상머리에 앉으면 밥을 먹어야 살이 되고 피가 되듯이 논술문은 잘 써야 소기의 목적을 달성할 수 있다. 이는 수험생들에게 성공학의 기본이 된 것도 사실이다. 분석력·구성력·적용력·종합력·비판력이 요구되는 논술문 작성은 후천적 노력 여부에 따라 능력신장에 많은 영향을 미친다. 이런 점들을 감안하여 대입예정자 및 예비고사, 입사준비생등 수험생들에게 도움을 주고자 본 서를 편저했다. 이론적 배경과 실전문제들은 각종 논술서, 교육서, 중·고·대의 기출문제 등을 참고하였음을 밝힌다. 논술은 이론이 아니라 쓰고 또 써 봐야 한다. 결국 혼자서 걸어가는 인고의 길이다.

편저자 정성수

목 차

제1강 핵심 논리 논술 ·············· 5

■ 논술의 개요 / 7
실전문제 및 풀이 / 27

제2강 핵심 논리 논술 ·············· 47

■ 교직관 / 49
■ 교사의 자질 / 50
■ 훌륭한 교사의 조건 / 51
■ 학생글의 선생님에 대한 호감과 비호감 / 52
■ 학부형들이 기대하는 바람직한 교사상 / 53
실전문제 및 풀이 / 55

제3강 핵심 논리 논술 ·············· 63

■ 논술의 12가지 방법 / 65
실전문제 및 풀이 / 74

제4강 핵심 논리 논술 ··········· 105

■ 단어와 품사 / 107
■ 논술문 쓰기 기본 / 115
실전문제 및 풀이 / 118

제5강 핵심 논리 논술 ··········· 141

■ 문장 / 143
실전문제 및 풀이 / 156

제6강 핵심 논리 논술 ············· 165

■ 논리 논술의 어휘 / 167
■ 글술의 전개 방법 / 171

■ 문장을 쓸때 주의점 / 174
실전문제 및 풀이 / 177

제7강 핵심 논리 논술 ············ 199

■ 원고지 사용법 / 201
실전문제 및 풀이 / 208

제8강 핵심 논리 논술 ············ 231

■ 문장부호 / 233
실전문제 및 풀이 / 246

제9강 핵심 논리 논술 ············ 251

■ 창조적 글쓰기 / 253
실전문제 및 풀이 / 261

제10강 핵심 논리 논술 ········· 285

■ 논술 띄어쓰기 / 287
■ 독서와 독서감상문 / 292
실전문제 및 풀이 / 307

제11강 핵심 논리 논술 ········· 325

■ 토론 / 327
■ 독서·토론 / 334
■ 어린이들의 독서·토론 / 342
실전문제 및 풀이 / 346

제12강 핵심 논리 논술 ·········· 369

■ 논술문 작성 요령 / 371
■ 논술문 작성시 해야할 것과
   하지 말아야 할 것 / 372
■ 논술 고득점을 위한 전략 / 375
실전문제 및 풀이 / 379

제13강 핵심 논리 논술 ·········· 389

■ 자기소개서 / 391
실전문제 및 풀이 / 428

제14강 핵심 논리 논술 ·········· 445

■ 논술시험 답안작성 요령 / 447
실전문제 및 풀이 / 462

제15강 핵심 논리 논술 ·········· 469

■ 논리 논술의 오류 / 471
■ 오류의 유형 / 472
■ 논리 논술 설득 글쓰기 / 477
■ 설득 글쓰기의 논설문과 연설문 예 / 488
■ 참고 : 퇴고(推敲)의 고사(故事) / 494
실전문제 및 풀이 / 496

부록

1. 경조사문구모음 / 545
2. 나이(年齡)에 관한 호칭 및 해설 / 548
3. 정성수 저서 및 수상 / 557

참고문헌 / 559

제 1 강

/

핵심 논리 논술

제1강 핵심 논리 논술

■ 논술의 개요 ■

1. 논술의 정의

논술 論述(logical writing)은 어떤 논점을 객관적으로 분석한 다음 자신의 생각대로 진술해 나가는 일종의 주장을 피력하는 글이다. 읽고 설득하고 기록할 때 '어떤 사물을 논하여 말하거나 적는 것'이다. 여기서 '논하다' 것은 '논지(論之)하다'의 준말로 '~ 따져서 말하다'의 뜻이다. 주장을 피력하는 과정은 주관적이지만 문제에 대한 분석은 객관적으로 해야 타당한 논술이 된다. 논술은 보통 '제시된 주제에 관해 필자의 의견이나 생각을 논리적으로 서술하는 것'으로 일반적으로 글쓰기에 국한해서 사용한다.

가. 광의적 의미의 논술 (문장론상의 개념)

일반적으로 논술이란 사회나 자연의 여러 현상, 다른 사람의 생각과 주장을 담은 글 등을 분석하여 그것에 대한 자신의 견해와 주장을 논리적으로 전개한 글쓰기의 한 형태로 일컬어진다. 즉, 논술이란 여러 가지 근거를 제시하여 주장이 타당함을 증명하는 서술 활동을 뜻한다. 서술 방식으로는 논증이나 설명이 중심이 되지만 묘사나 서사도 때에 따라 사용된다.

나. 협의적 의미의 논술 (평가이론상의 개념)

수험생들의 사고 능력(분석력, 추리력, 조직력, 창의력 등)을 평가하기 위하여 특정 교과목에 구애받지 않는 주제를 선정하여 논문 형태로 출제되고 채점되는 고사의 하나다. '설명하시오, 논하시오, 비교하시오, 비판하시오, 논술하시오' 등 자기 자신의 생각을 글로 쓰는 것 말하며 논리성과 설득력을 보려는 의도로 출제한다. 따라서 수학 문제의 경우처럼 답이 하나일 수 없다.

● 참고

… 논리[論理] : 생각이나 추론이 지녀야 하는 원리나 법칙

즉 ① 말이나 글에서의 짜임새나 갈피

② 생각이 지녀야 하는 형식(形式)이나 법칙(法則)

③ 사물(事物)의 이치(理致)나 법칙성(法則性)

… 논술[論述] : 자기의 의견이나 주장을 논리적이고 조리 있게 피력하는 서술 능력

2. 논술의 필요성

가. 선다형 중심의 시험 방법의 문제점

4지 선다형은 수험생이 동일한 번호를 모두 선택할 경우 25%, 5지 선다형은 20%는 맞게 되어 있다. 이런 종류의 시험 대비는 논리적인 사고나 비판 의식이 필요한 것이 아니라 무조건 암기가 주효하다. 게다가 운이 좋거나 수단이 좋으면 좋은 성적을 낼 수 있다. 심지어는 '연필을 굴리기'라는 기상천외한 방법까지 등장한다.

나. 강의 중심 교육의 문제점

교사는 가르치고, 학생들은 듣기만 하는 강의 중심은 학생들에게 발표의 기회가 거의 없고 토론이 도입되지 않는다. 물론 요즘에는 교육 방법이 개선되었다고는 하지만 아직도 도처에서 강의 중심의 교육이 이뤄지고 있는 실정이다. 남의 글을 읽고, 남의 이야기를 듣고, 토론과 올바른 판단을 할 수 있는 교육이 선행되어야 논리적인 사고와 비판적인 의식이 고양될 것이다.

그 외에도 대학에서 리포트를 작성하거나 시험을 볼 때 논술과 비슷한 형식의 글을 써야 하는 경우가 많다. 이처럼 실제적 필요성도 중요하지만 논술은 스스로 문제를 찾아 그것을 합리적으로 해결하는 능력을 함양하는 데 목적이 있다. 고등학교까지의 교육은 교사의 지식을 전수 받는 것으로 끝낼 수 있겠지만 대학에서는 그렇지 않다. 대학에서는 학문적 성과를 뛰어 넘는 교육이 이루어져야 한다. 이를 위해서 스스로 문제를 발견하고 능동적으로 그것을 해결하려는 주체적 사고가 필요하다. 그런 능력은 주어진 것을 일방

적으로 받아들이는 수렴적 사고와는 달리 스스로 문제를 찾아 해결하려는 적극적인 발산적 사고라야 한다.

따라서 스스로 문제를 찾아 해결하는 논술이 꼭 필요한 것이다. 논술이야말로 그런 능력을 길러 주는 가장 알맞은 과목이다. 모든 교과를 균형적으로 다룰 수 있는 논술이야말로 조화로운 인격 형성에 큰 도움이 되는 과목이라 하겠다. 논술을 잘하기 위해서는 정치, 경제, 사회, 문화의 모든 분야에 관심을 가지지 않을 수 없다. 그러는 가운데 조화로운 인간으로 성장하게 되는 것이다. 대학의 논술 출제도 이러한 경향에 맞추어 통합교과형 문제를 출제하고 있기 때문에 한쪽에 치우친 편협한 공부가 아닌 폭넓은 공부를 해야 논술에 대비할 수 있다. 학문 분야가 전문화되고 세분화되어 가는 현시점에 통합교과적 기능을 가지는 논술의 중요성은 더욱 증대된다.

3. 논술의 기본 3요소

논술의 기본 3요소는 논점, 논지, 논거가 있다.
- 논점(論點) : 논의의 초점이 되는 핵심 쟁점 사항
- 논지(論旨) : 논점에 대한 자신의 입장, 주장, 토론
- 논거(論據) : 논지를 뒷받침하는 근거

가. 논점이란 논제(논술의 주제)에 관한 주요 쟁점 사항이다. '무엇을'에 해당하는 것이다. 논점에 대한 깊은 이해로부터 논술은 시작된다. 논술에서는 핵심 논점 파악을 잘해야 한다. 논점 파악은 논지 설정과 논거 제시를 위해 반드시 필요하다.

나. 논지는 논술의 뼈대와 같은 것으로 논점에 대한 자신의 입장이다. 논지는 주제문으로 정리되어 나타나기도 한다. 올바른 논지는 논점에 맞는 것이어야 하고 분명하고 명료하게 설정되어야 한다. 논술은 결국 논지를 펼치는 것이기 때문이다. 논지 설정 시 주의할 점은, 논지가 분명해야 한다. 여러 의미로 해석될 수 있거나, 의미를 모르는 낱말들로 표현되어서는 안 된다. 객관적인 근거를 댈 자신이 있는 방향으로 설정해야 한다.

다. 논거란 논지를 받쳐 주는 근거나 전제다. 그러므로 논거는 합리적이어야 하고 받아들일 만한 것이어야 한다. 또한 자신이 제시한 논지를 지지할 수 있어야 한다.

논거를 제시할 때는 첫째, 논증의 논거들은 받아들일 만한가?(믿을만한 내용) 둘째, 논증의 논거들이 논지를 지지하는가(제대로 된 형식)를 따져봐야 한다. 따라서 논거는 논지를 제대로 지지할 수 있어야 한다. 즉 논지의 옳음을 입증하기 위한 충분한 논거가 제시되어야 한다.

4. 논술의 형식

1) 형식면

크게 '논설문, 비평문, 보고문, 논문' 등이 해당되며. 세분화하면 '신문이나 잡지의 사설, 시평, 평론, 단평, 일반 논설문, 일반 논문, 학위 논문, 보고문' 등이다.

2) 특징면

한 마디로 요약하면 논리적으로 기술을 해야 한다. 논리적이라는 말은 사고를 논리적으로 해야 한다는 말이며, 쓰는 이의 주장하는 바가 논리학적으로 증명되어야 한다는 것이다.

3) 사고면

어떤 사안에 대하여 행동적, 직관적이 아니다. 즉, 개념적 수단, 특히 언어를 사용하는 방식이 논리 법칙에 적합한 사고를 지녀야 한다. 그 중에서도 추론적 사고방식으로 이론이 정연하고 일관성 있는 사고를 뜻한다. 논리학적이라는 것은 인간의 지식 활동에서 특정한 종류의 원리들을 분석하고 명제화하며, 이들을 계획화하는 학문분야인 논리학에 기반을 두고 기술한다는 것이다. 즉, 어떤 명제에 대하여 귀납적, 또는 연역적 방법으로 증명하여야 한다.

4) 시험면

시험에서 부과하는 논술은 대개 주제, 또는 명제를 정해 놓고 쓰라고 하는 점과 시간과 분량을 제한한다는 점에서 일반 논술과 다르다. 그러므로 일반 논술은 쓰는 이가 연구한 내용이나 경험, 독서, 정보 등을 통해서 정리해 놓은 제재에 의하여, 자유롭게 자료와 원리를 참조하면서, 분량을 조절할 수 있다. 그러나 수험생들의 논술은 평소의 지식과 상식, 경험을 바탕으로 한정된 시간에 제한된 분량으로 작성해야 한다.

5. 논술에 대한 기본적 이해

논술은 독해력, 문제해결력, 표현력 모두를 요구하기 때문에 일반적인 사실을 나열만 한다거나 교과서 또는 참고서를 통해 배운 내용을 그대로 모방하여 작성해서는 안된다. 주어진 문제를 정확하게 파악하여 합리적·논리적·독창적인 내용으로 표현해야 한다.
- 독해력 요구 : 지문을 읽으면서 정확하고 많은 양을 빠르게 이해하는 능력이 필요하다.
- 문제해결력 요구 : 생각하는 힘과 지혜 능력으로 문제해결이 연속적으로 이루어져야 한다.
- 표현력 요구 : 논리적으로 서술하는 능력으로 일관성과 구체성이 있어야 한다.

1) 논술의 기본 사항

① '무엇이 문제인가'를 파악하는 능력을 기른다.
② 주변에서 문제의식을 가지고 주장거리를 찾는다.
③ 주장거리를 찾는 훈련을 한다.
④ 살아있는 주장글은 절실한 자신의 체험에서 나와야 한다.
⑤ 글 쓰는 방법을 스스로 찾아서 쓰게 한다.
⑥ 주장하는 글의 기본은 '하고 싶은 말'을 찾는 과정이다.
⑦ 자신의 체험에서 나온 살아있는 내용을 주장글(논설문)로 써야한다.

2) 논술과 논술문의 목적

① 논술은 '입증'이 목적이다.
'제시된 상황', '제시된 지문'에서 주장거리를 찾아서 그것이 정당함을 입증하는 글이다.

② 논설문은 '설득'이 목적이다.

'자신의 삶'에서 주장거리를 찾아서 상대방을 설득하기 위한 글이다.

3) 논술의 지향점

① 비이성적이고 폭력적인 사회를 지양한다.

' ~ 하라면 해야지. ~ 하면 혼나' 등 폭력적이고 강압적인 요구를 방지할 수 있다.

'어른들의 말은 무조건 따라야지' 등 비이성적인 요구를 줄일 수 있다.

② 합리적이고 이성적인 판단력을 훈련시킨다.

합리적일 때 상대를 설득시킬 수 있다. 정당함을 입증하여 보여줄 수 있다.

6. 논증과 논술

논증[論證]은 옳고 그름에 대하여 그 이유나 근거를 들어 밝히는 것이다. 그러므로 논리의 핵심인 논증(논변)은 주장(결론)과 그 주장을 정당화시키기 위해 제시된 근거 역할을 하는 명제들(전제)의 집합이다. 근거 제시를 생명으로 하는 논술에서 중요한 기법인 논증기법은 글을 구성하는 조직능력에 있어서 뿐만 아니라 근거를 설정하는 논술의 핵심이다.

1) 논증의 두 가지

① 연역(Deductive) 논증 : 전제 속에 묵시적으로 들어가 있는 내용을 결론에서 명시적으로 밝혀 준다. (필연성)

② 귀납(Inductive) 논증 : 전제 속에 포함되지 않은 새로운 지식을 결론으로 확보하여 지식을 확장시켜 준다. (개연성)

7. 논술 글쓰기

가. 글쓰기 종류 및 논술에 필요한 능력

1) 종류

　가) 창작적 글쓰기 : 시 · 수필 · 동화 · 소설 등 문학적 글쓰기
　나) 해명적 글쓰기 : 설명문 · 기행문 · 일기문 류의 실용적 글쓰기
　다) 비판적 글쓰기 : 논설문 · 평론 · 해설문 류의 논리적 글쓰기

2) 논술에 필요한 능력

　가) 창의적 문제해결 능력 : 심층적이고 다각적인 태도로 독창적인 해결책을 끌어내는 능력
　나) 논리적 서술능력 : 근거를 대며 조직적으로 글을 구성하고 설득력 있게 표현하는 능력
　다) 비판적 읽기능력 : 반성적이고 능동적인 태도로 글을 읽는 능력

나. 논술의 5과정 : 1)읽기 2)생각하기 3)토론하기 4)쓰기 5)평가받기

1) 읽기

　　논술을 잘하기 위해서는 독서 → 토론 → 논술의 과정을 밟아야한다. 독서에서 중요한 것은 무조건 많이 읽는 것만이 능사가 아니다. 문제해결 능력이 중요하다. 따라서 ① 문제의 성격을 정확히 판단하는 판단력 ② 정보를 찾아내는 검색력 ③ 정보를 문제해결에 적용하는 응용력 ④ 정보가 문제해결에 적합지 않을 때 그 틈을 메울 수 있는 창의력 등이 중요하다. 이를 위해 주제에 맞는 책을 정하고 읽어야 할 부분을 규정해 그 부분을 읽고 어떻게 문제를 정리할 지 생각하면서 읽어야한다.

2) 생각하기

　　생각하기는 읽은 것을 자기화하는 과정이므로 구체적이고 주체적으로 생각하고, 비판적으로 사고하며, 읽기와 연계해서 이루어져야 한다.

3) 토론하기 - 토의(논의)와 논쟁

　　토의(논의) : 특정 문제나 논점에 대한 의견을 교환하는 행위를 가리킨다. 즉 서로 의견을 모아 해결하고자하는 문제(논점)를 갖고 그것에 대해 다양한 제안과 이해방식을 내놓고 그 타당성이나 적성성 등을 검토하는 대화다.
　　논쟁 : 입장이 다른 사람들이 쟁점을 두고 주장을 펴며 논박을 주고받는 의사소통 행위를 말한다. 논쟁에서 필요한 것은 정해진 절차와 규칙에 따라서 자신의 논증을

제시하는 것이다. 따라서 논쟁을 잘하기 위해서는 특별한 교육이 필요하다.

4) 쓰기

한 단락 안에서 논증 구성을 할 때 단락마다 논리적으로 구성하는 것이 좋다. 논리적 글쓰기를 잘하기 위해서는 논리 구성의 기본에 충실해야 한다.

5) 평가받기

논술교사나 논술전문가 등 적절한 사람에게 평가를 받아가며 학습을 해야 좋은 효과를 볼 수 있다

8. 좋은 논술

논술도 넓은 의미에서 작문이며 작문의 목적은 세 가지로 요약된다. 첫째 어떤 지식을 전달하거나 둘째 설득을 하거나 셋째 감명을 주는 것이다. 물론 글에 따라 하나씩 적용될 수도 있으며 경우에 따라서는 복합적으로 이루어진다. 논술은 읽는 이들에게 지식을 전달하는 것이 주가 되고, 설득을 하거나 감명을 주는 것은 부차적인 것이라 할 수 있다.

지식을 전달하려면, 무엇보다도 쓰는 이가 많은 지식을 가지고 있어야 한다. 이 지식은 그냥 습득되는 것이 아니다. 다양한 독서를 통하여 위인들이나 학자들이 연구하고, 사고하고, 경험한 지식과 정보를 얻을 수 있는 것이다. 특히 속도와 분량에서 상상을 초월하는 현대 정보를 얻기 위해서는 신문이나 잡지, 텔레비전, 라디오 같은 정보 매체를 많이 접하는 것이 바람직하다. 이와 같은 것은 간접경험을 통하여 얻어지는 지식이다. 또한 직접경험에서도 지식을 습득할 수 있다. 여행이나 운동 또는 우정, 대화나 토론 등을 통해서 지식을 쌓을 수 있다.

이러한 지식이나 정보에 의하여 주제와 명제에 맞는 논술을 함으로써, 쓰는 이는 읽는 이들에게 전달하고, 쓰는 이의 생각이나 주장을 밝혀 읽는 이들에게 공감하게 하고 감명을 주며, 때로는 행동으로 나타나게 설득할 수 있는 것이다.

그러나 생각이나 주장이 너무 주관적이고 사리에 맞지 않는 것이라면 읽는 이들이 공감하지도 않고, 인정해 주지도 않는다. 이런 논술은 실패한 것이 된다. 내용이 타당하고 객관적이라면 논술의 목적을 달성할 수 있다. 그렇기 때문에 논술은 논리적이어야 하고 객관적이어야 한다. 이런 점이 설명문과 다르다. 설명문은 어떤 사물을 구체적이고 자세히 설명하는 것이지만 논술은 누구나 인정하고 공감할 수 있는 증거를 제시하고, 자기주장을 논리적으로 증명해야 하는 것이다.

9. 논술의 요약 방법

논술은 자기의 생각을 표현하는 글쓰기인 반면, 요약은 다른 사람의 글을 제대로 이해하는 것이다. 논술이 어떤 주장을 드러내려고 논거를 대며 서술하는 것이라면, 요약은 긴 글을 읽고 상대방이 말하고자 하는 핵심을 찾아 정리하는 것이다.

즉 요약은 장황한 글을 줄여 논거를 찾고 그 논거에서 다시 주제를 뽑아 몇 줄로 정리하는 과정이다. 논술은 글을 쓰는 사람이 논거를 대는 논증 과정을 거쳐 설득하는 글이다. 따라서 글을 제대로 요약할 줄 알아야, 논술을 할 때 서술해야 할 방향을 제대로 잡을 수 있다.

[요약 방법]
  1) 문장에서 단어를 삭제하고 압축할 때
   · 독립어, 접속사, 수식어 등의 군더더기는 뺀다.
   · 같은 말을 계속 반복하여 달리 표현할 때는 하나만 남겨 둔다.
   · 비슷한 어구들은 상위 개념 하나로 줄인다.

  2) 단락에서 문장을 삭제하고 압축할 때
   · 우선 각 형식 단락에서 중심 문장을 찾는다.
   · 중심 생각이 두 개 이상 일 때는 경중을 따져 순서를 가린다.
   · 한 단락에 사용한 어휘가 이해하기 어렵다면 더 분명한 어휘를 찾아 쓴다.

[요약 순서]
  1) 요지 파악 (결론 및 단락 찾기)

    2) 주제 파악 (주장 찾기)

    3) 논거 파악 (문제점 및 근거 찾기, 내용 및 단락 나누기)

    4) 대의 파악 (줄거리 파악하기)

    5) 요약하기

[요약시 주의할 점]

1) 주어진 글을 요약할 때, 자기 생각에 따라 글의 내용을 가감하거나 왜곡 하지 말아야 한다.

2) 주어진 글에서 견해를 밝힐 때, 구조를 다시 짜고, 자기 나름대로 적극 해석해야 한다.

3) 각 단락에 쓰인 문장이 길 때, 문장 중간에 사선을 그어 짧은 문장으로 나누어야 단락의 흐름을 이해하기 쉽게 써야 한다.

4) 글 전체를 단숨에 요약하지 말고, 글 전체 내용으로 보아 크게 몇 단락으로 나눌 수 있는지 살펴야 한다. 이 때 서론, 본론, 결론을 구분해야 한다.

5) 글을 요약할 때, 각 단락에 있는 중심 생각을 되도록 짧게 써야 한다.

6) 처음부터 제목을 붙이고 주제를 찾으려고 하지 말고 주제를 드러내기 위해 어떻게 근거를 대고 있는지 살펴 제목을 붙여야 한다.

7) 요약문은 주어진 글을 다 보지 않아도 내용을 이해할 수 있도록 하라는 것이므로 요약문은 간단명료하게 써야 한다.

8) 두 글의 공통점이나 차이점은 표현하고자 할 때는 추상어를 구체어로 표현하는 것이 좋으며 예시나 비유를 사용해야 한다.

10. 논술을 잘 하기

    논술은 시험이다. 논술은 제시문에 대한 독해이고, 자신의 생각을 정리하여 문제의 요구에 맞게 답을 쓰는 것이다. 그렇기 때문에 제시문을 독해했다는 사실이 글 안에 나타나있어야 하고, 제시문 내용을 넘어서는 자신의 생각을 표현해야 한다. 또한 요구 하나하나를 잘 짚어서 정리를 해야 한다. 이를 위해서는 논술의 형식에 맞는 글쓰기 연습을 해야 한다.

첫째 글쓰기를 두려워하지 말자.

쓸 것이 없다고 말하는 학생들이 있다. 이는 사고 능력이 없거나 얕다는 것을 고백하는 것이다. 극복하는 방법은 훈련뿐이다. 현실에서 의미를 찾고 그에 대해 사고와 발표하는 태도를 길러야 한다. 또한 논술을 했는데도 짧다는 학생도 있다. 근거를 대며 주장만 한 결과다. 풍부한 사례가 없기 때문이다. 머릿속의 든 생각이나 관념과 일상을 연결시키기 위한 노력이 필요하다. 그동안 공부한 교과서나 읽은 책을 활용할 수 있는 방법을 찾아야 한다. 그 속에 충분한 답이 있다.

그런가 하면 어떤 학생은 시작 부분이 어렵다고 한다. 이것은 논술에 대한 왜곡된 강박관념 때문이다. 시작을 해야 한다는 생각보다 먼저 개요쓰기 연습을 충분히 한 후 이것을 정리해야 효과적이다. 또 횡성수설 하는 학생은 개요쓰기 연습을 하지 않은 탓이다. 머릿속에 들어있는 생각만으로 단번에 글을 써내려가는 사람은 별로 없다. 개요를 만들고 생각하고, 수정하면서 글을 다듬어가는 것이 최선이다. 띄어쓰기나 논술의 형식 등에 너무 구애받지 않아도 된다. 그것은 부수적일 뿐이다. 중요한 것은 독해력, 사고력, 구성력이지 글을 쓰는 기교가 아니라는 것을 염두에 두어야 한다.

둘째 논제의 요구사항을 잘 보자.

논제의 요구사항을 파악하는 것이 핵심이다. 예를 들면 '다음 세 제시문은 현대문명이 빚어내는 부정적인 현상을 잘 설명하고 있다. 이러한 현상들이 발생하는 원인을 분석하고, 그 문제점을 해결할 수 있는 방안을 논술하시오.'라는 논제가 있다고 가정해 보자. 여기에서 요구사항은 크게 두 가지다. 하나는 현상의 발생 원인이고 하나는 해결방안이다. 그러나 간과하지 말아야 할 것은 '그 현상이 무엇인가' 하는 점이다. 그런 점에서 이 논제의 요구사항으로 정리해야 할 내용을 살펴보면 다음과 같다.

1) 문제현상이 무엇인지 정리한다.
2) 그 문제현상의 발생 원인을 정리한다.
3) 문제현상의 해결방안을 제시한다.

이렇게 정리해놓고, 이에 맞춰서 개요를 만드는 것이 좋다. 요구사항이 더 많으면 그에 맞춰서 정리하면 될 것이다. 요구사항별로 번호를 매겨서 논술을 한다면 더 효과적이다. 요구사항을 잘 정리하는 것이 논술을 잘 할 수 있는 핵심이기 때문이다.

셋째 논술에 대한 왜곡된 관념을 버리자.

글쓰기를 통해 추상적이고 막연한 생각을 정리할 수 있다. 뿐만 아니라 자신의 입장을 분명하게 나타낼 수 있다. 그리고 설득력과 근거를 갖추어 남에게 내 생각을 전달하기도 한다. 그렇기 때문에 논술은 사고력 신장과 설득력에 큰 도움이 된다.

여기서 논술에 대한 오해를 살펴보자. 논술을 '논설'이라고 생각한다는 것이다. 논술은 읽고 설득하고 기록하는 글이다. 그러므로 논설문이나 논문처럼 서론, 본론, 결론의 형식을 갖춰야 한다.

1,800자 정도 짧은 글에 주제와 의미를 담아야 하기 때문에 객관적 근거가 중요한 것이 아니라 내 생각이 중요하고, 내 근거가 중요한 것이다. 내 생각에 모순이 없다면 그 자체가 매우 훌륭한 근거다. 꼭 객관적인 근거를 찾아야 한다는 강박관념을 버려야 한다. 또한 개인의 일차적인 감정이나 경험을 서술하는 것이 아니라, 그것을 최대한 일반화해서 보편적 언어로 표현해야 하는 것이다. 자신이 경험한 내용이 다른 이들의 경험과 일치하는 부분을 찾아내는 것이 중요하다.

넷째 개요를 잘 만들자.

개요를 만들지 않고 글을 쓰면 횡설수설하게 되고 대개 요구사항을 빼먹는 실수를 한다. 논술은 형식이 정해져 있는 글이기 때문에 형식에 맞춰서 글을 써야 하고, 독해의 깊이와 상식을 넘어서는 생각의 깊이로 승부하는 것이다. 그러므로 형식으로 승부하려고 하지 말고 요구를 충실히 따라야 한다. 중요한 것은 일관적이지 못한 글의 흐름, 논리적 비약, 반론과 논증이 없는 주장은 반드시 피해야 한다. 글의 구조를 먼저 설정하고 각 부분의 내용은 무엇으로 채울지 결정한 뒤에 써야 한다. 그것이 개요다.

개요를 만들 때는 논제의 요구사항을 잘 정리해야 한다. 보통은 3~4개 정도의 요구사항을 제시하는데 그 앞에는 제시문에 대한 간단한 분석이 들어가거나 문제현상에 대한 언급이 있게 마련이다. 그것을 통해 5~6개 정도 필요한 내용을 연결해 개요를 만들면 된다.

결론적으로 논술을 잘하기 위해서는 어려서부터 논리성이 몸에 배도록 해야 한다. 그러기위해서는 책이나 신문을 많이 잃고 많이 써봐야 한다. 또한 자기의견에 대한 뒷받침의 근거를 들어가면서 토론을 많이 해야 한다. 뿐만 아리라 메모하는 습관의 생활화도 중요하다. 아울러 독서 또는 듣거나 본 것 등에 대한 나만의 생각을 글로 써 보는 것이 최선이다.

11. 논재·쟁점·논점

1) 논제[論題]

논제는 논설이나 논문, 토론 따위의 주제나 제목을 말한다. 원래 토론에서 쌍방의 의견이 서로 엇갈리는 논쟁의 핵심 쟁점을 말한다. 논술에서 논제는 '무엇에 대해 설명하라' 또는 '무엇에 대해 논술하라'고 출제자가 문제를 제시한다.

여기서 '무엇에 대해 설명하는 것'이나 '무엇에 대해 논술하는 것'을 논제라 한다. 즉 논제는 글쓴이가 논의하고자 하는 문제를 따져서 밝혀야 할 문제를 말한다. 따라서 논술은 출제자가 요구하는 논제를 파악하는 것이다.

2) 쟁점[爭點]

① 논술 문제와 쟁점
- 자신의 견해가 옳다고 다투는 중심 사항이나, 주장 또는 의견이 달라서 다투는 문제점이 쟁점이다. 논술 문제인 논제가 바로 쟁점이다.
- 논술은 '논(論)하는' 글쓰기이다. '논한다.'는 것은 어떤 문제에 대하여 무엇이 옳은가를 따져 밝히는 과정이다. 무엇이 옳은가를 따져 밝혀야 한다는 것은 그 문제에 아직 정답이나 절대적인 답이 없음을 의미한다. 누가 보아도 똑같이 판단할 수밖에 없는 객관적 사실이 아니라, 아직도 그 답이 무엇인지를 놓고 싸워야 할 문제, 즉 쟁점인 것이다.
- 논술 시험의 논제는 대부분 논쟁적 형식으로 제시된다.

(예) '원칙을 따를 것인가, 결과를 중시할 것인가'
이따금 쟁점에 대한 여러 견해 중 어느 한 쪽으로 유도하는 경우가 있다. 그것은 평가의 객관성을 확보하기 위한 방편으로 시도한다. 그렇기 때문에 논제의 본질은 쟁점으로서의 성격을 지닐 수 밖에 없다.

② 쟁점의 성격
- 쟁점은 곧 해결해야 할 문제의 내용을 의미한다.

제시된 문제의 내용, 즉 쟁점이 무엇인지를 파악하고 거기에 답하기 위해서는 배경지식이 필요하다. 그렇게 볼 때 쟁점의 성격을 파악하는 일은 논술을 위하여 어떤 배경지식이 필요한가와 연결되는 중요한 문제이다.

● 쟁점이란 '논쟁의 대상'이다.

어떤 문제에 대하여 절대적 진리가 존재하지 않거나 밝혀지지 않은 채, 둘 또는 그 이상의 대립된 주장이 맞서고 있음을 의미한다. 그 쟁점의 범위는 열려 있으나, 그렇다고 논술 시험에서 아무 쟁점이나 다뤄지지는 않는다. 왜냐하면, 대학이란 우리 사회의 선도적 역할을 해야 할 엘리트를 양성하는 곳이기 때문이다. 대학 입학시험은 엘리트로서의 자질을 지녔는가를 검증하는 과정이며, 수험생 개개인에게는 인생이 걸려 있다 해도 과언이 아닌 만큼 중요하기 때문이다.

● 논술 시험의 쟁점은 근원적 개념, 본질적 문제, 원칙적인 문제로 구체적으로 살펴보면 다음과 같다.

① 인간의 삶에 시·공(時空 : 東西古今)을 초월하여 가치를 지닌 문제

이것은 바로 고전(古典)적 문제다. 개인과 사회를 위해 반드시 짚고 넘어가야 할 문제, 즉 누구나 살면서 한 번쯤 생각해 보아야 하는 문제이자 인류의 공통된 관심사 같은 것이다.

예) 이상과 현실은 양립할 수 있는가? / 과학 연구에 철학이 요구되는가? / 개인이 중요한가? 사회가 중요한가?

② 학문 연구의 출발점이 되는 논쟁거리

예) '과학 지식은 상대적인가 절대적인가' / '아는 것이 곧 진리인가'

논술할 때는 자기주장과 반론이 어떤 지점에서 핵심적으로 대립하는지 알아야 한다. 반대 견해에서 보는 나의 주장과 근거의 허점이 무엇인지, 그 허점을 보완할 수 있는 방법은 무엇인지를 살피며 글을 쓰는 것이 좋다. 또, 반대 견해의 허점이나 부족한 점을 비판하면서 자기주장이 다른 사람의 주장보다 더 타당하다는 것을 보여야 한다.

3) 논점[論點]

논점이란 의견을 내어 옳고 그름을 따지고자 하는 주제의 요점이다. 논의하고자 하는 문제의 핵심적인 부분, 또는 논의의 초점을 말한다. 논점과 쟁점은 강조하는 부분이 다

른 개념이다. 논점은 글쓴이가 상정한 논의의 중심에 비중을 두는 반면 쟁점은 '대립되는 요소'에 강조점을 둔다. 논점을 파악해 확정할 때는 다음과 같은 과정을 밟는다.

① 문제의 지시문을 의문형으로 바꾸어 생각한다.

② 질문에 대해 따져서 밝혀야 할 문제의 본질적 부분을 끄집어낸다.

③ 왜? 문제의 본질이나 핵심이라고 판단했는지 그 기준이나 근거들을 제시한다.

따라서 논점을 정확하게 파악할 때 논술은 성공하는 것이다. 이때 주어진 자료가 있다면 지시문과 자료의 연관성을 토대로 문제의 논점을 잡는다. 논점 파악을 잘못하면 논술 실패는 불을 보듯 뻔하다.

12. 논술을 잘 쓰려면

논술은 대학입시 방법이 어떻게 바뀌더라도 두고두고 입시생들이 겪어야 할 과제다. 솔직히 똑똑한 학생을 가려내고 싶은 입시 방법으로 이 같이 유용한 것이 없기 때문이다. 당장 논술 시험을 쳐야 하는 학생도 문제지만 그 보다는 시간을 두고 논술에 대비하지 않으면 안 된다. 논술이야 말고 수학이나 영어하고는 전연 딴판이기 때문이다

많은 지식과 독서력을 필요로 하는 논술 쓰기는 초등학교 때부터 글짓기 습관으로 준비되어야 한다. 하루아침에 벼락치기로 한다고 해서 이루어질 일은 결코 아니기 때문이다. 논술은 어릴 때부터 터 닦아 온 다양한 독서와 토론 사고력에서 얻을 수 있기 때문이다.

• 논술을 잘 쓰기 위해서는 •

1) 묻는 것만 써라

묻는 것에 대하여 빨리 쓰려고 하면 그것이 함정이다. 정해진 시간 안에 다 못 쓰면 어쩌나 하는 걱정이 앞서기 마련이다. 가장 중요한 것은 문제 파악이다. 무엇을 묻고 있는가에 관하여 정확하게 파악한다면 절반은 성공이다. 논술은 쓰고 싶은 것을 쓰는 작문

이 아니라 주어진 주제를 두고 자신의 주장을 펼치는 글이다. 글쓴이의 독창성이 한껏 발휘되고 논리적인 글을 훌륭히 썼더라도 출제자가 요구한 것과 동떨어진 내용의 글을 썼다면 천만 언어가 소용없다. 명심해야 할 일이다. 문제와 제시문 그리고 유의 사항을 철저히 읽고 파악해 무엇을 요구하는지 정확히 인식해야 한다.

2) 단순 솔직하게 써라

복잡한 논리가 동원되고 어려운 용어가 자주 나오는 글은 좋은 글이 아니다. 읽기에 우선 골치 아프다. 화려한 수사를 동원하지 않더라도 진실을 드러내는 글이 읽는 사람을 감동시킨다. 풍부한 표현력은 필요하지만 화려한 수사는 없어도 된다. 그러자면 한 문장을 길게 끌고 가기 보다는 가능하면 짤막하면서도 솔직해야 한다. 그래야 감동을 유발 시킬 수 있다.

3) 감정적이거나 어린애 같은 표현을 하지마라

논술은 말로 하는 것이 아니라 글로 쓰는 것이다. 목소리가 크다고 재판에서 이기는 것이 아닌 것처럼 흥분한다고 자신의 생각이 인정받는 것은 아니다. 침착하게 대상에 대하여 논리적이어야 한다. '강력하게 주장할 수밖에 없다'는 식으로 채점자를 압박하는 경우도 있다. 이런 표현은 글의 객관성을 떨어뜨릴 뿐만 아니라 채점자의 비위를 거스러 불이익을 당할 수도 있다.

4) 아는 것만 쓰고 과장하지 마라

논술은 지식의 양을 측정하는 시험이 아니다. 자신이 아는 것을 자신 있게 쓰되, 모르는 것을 아는 체 하거나, 잘난 체 하지 마라. 아울러 주어진 문제에 대해 미리 생각해 본 적이 없다 하더라도 문제를 함부로 자신이 아는 쪽으로 변형시켜 쓰지 말라. 그렇기 때문에 무엇을 묻는지 파악하는 일이 가장 중요하다고 했다.

5) 논지의 일관성을 확보하라

논의의 핵심 주제를 일관성 있게 파고들자. 통일성이 없이 이말 저말 산만하게 나열하면 설득력이 떨어진다. 흔히 학생들은 결론에 앞서 쓸 내용이 궁하면 '보다 중요한 것은 의식 개혁이다'와 같은 엉뚱한 이야기를 한다. 또 핵심을 말하지 못하고 논의를 빙빙 돌리는 경우가 많다. 논술문의 내용이 빙빙 돌게 되면 논의가 피상적으로 흐를 수밖에 없다. 공허한 말보다 구체적이어야 한다. 양비론 같은 경우는 좋은 점수를 얻기 어렵다.

6) 주장의 근거는 항상 구체적으로 하라

비판과 주장에는 반드시 근거가 뒷받침되어야 한다. 근거는 구체적일수록 좋다. 하지만 구체적인 근거를 든답시고 지나치게 주관적인 경험이나 상황을 예로 들어서는 안 된다. 구체적인 사례란 문제가 요구하는 주제에 걸맞고 현실적으로 가능하다고 모든 사람들이 인정할 수 있는 객관성이 확보 되어야 한다.

7) 대안이나 해결 방안은 현실성이 있게 하라

주어진 사안에 대해 나름대로 대안을 제시하는 것은 논술에서 필수적이다. 그런데 논술의 대안은 항상 현실성이 있어야 한다. 때로 현실적으로 불가능한 일을 해야 한다고 강력하게 주장한다. 예를 들면 '교통사고율 세계 1위라는 오명을 벗기 위해서는 교통법규를 어기는 자는 아무리 가벼운 경우라도 무조건 사형시켜야 한다.'고 주장하는 것 같은 경우다. 개성 있는 주장은 좋지만 객관성이 결여되면 안 된다.

8) 글의 구성은 단순하게 하라

글의 구성이 한 눈에 들어올 수 있도록 단락 구성이 간결하고, 단락의 성격이 명확히 드러나게 써라. 가장 무난한 형식은 말할 것도 없이 서론. 본론. 결론이다. 이것이 지켜지지 않을 때 바로 글이 산만해지는 것이다.

9) 논증적으로 답하라

논술의 생명은 논증에 있다. 논증은 주장, 근거, 논리로 구성된다. 문제에 대한 학생 자신의 답변은 내용이 어떠하든, 그것이 곧 '주장' 이다. 그렇다고 주장만으로 논술이 성

립되지 않는다. 이 주장을 뒷받침 할 '근거'를 제시하여 설득력을 높이는 것이 필수적이
다. 주장과 근거를 모순이 없고 일관되게, 그리고 효율적으로 제시하는 방법이 필요하다.
이것이 바로 '논리' 이다.

10) 상식을 깨트려라

무난하게 쓰면 무난한 점수가 나온다. 남들도 다 하는 소리만 쓰지 말고 독특한 지
적. 비판. 대안 등으로 자신의 개성을 살려라. 점수를 더 얻을 수 있는 가장 중요한 부
분이다. 문장은 쉽게 쓰되 내용 역시 쉬우면 쉬운 점수 밖에 못 받는다. 독특한 개성은
어느 경우든 눈에 확 들어오기 때문에 매우 유리하다. 예를 들거나 인용할 때도 마찬가
지다. 이를테면 아리스토텔레스가 인간은 사회적 동물이라고 한 것이나 맹자가 인간의
본성은 착하다고 주장한 것은 누구나 다 아는 사실이다. 가능하면 남들이 잘 듣지 않았
으리라고 생각되는 것을 골라서 인용하는 것이 좋다.

13. 용어의 정의 : 논술과 논설문

1) 논술(論述)
근거에 입각하여 자신의 견해를 주장하고 이에 반대되는 의견을 반박하는 내용을 논
리적으로 표현하는 능력

● 참고

논술시험 형태로 쓴 글은 논술문임 : 논술문은 시험이므로 문제에 대한 답을 요구함.

2) 논설문(論說文)
현실 문제에 대한 대응 또는 사회적 현상에 대해 주장을 내세워 널리 동의를 얻기 위
해 논리적으로 설득하는 글
● 주장하는 글에는 논술문과 논설문이 있다. 논술문은 설득보다는 자기주장을 증명하는
데 주력하는 글이고 논설문은 설득하는 글이다. 이때 시험 형식으로 쓰게 하는 것을
논술시험(독해력, 문제해결력, 표현력 등을 요구함)이라 하고 시험이 성립하려면 객관

적이고 공정한 판단 근거가 있어야 한다. 이런 객관성과 공정성을 발문과 지문으로 담보하게 된다. 그렇게 해서 나온 글이 논술문이다. 다만 논설문은 주장거리가 자신의 체험이나 학습에서 나온다면 논술은 제시된 상황에서 주장거리를 찾게 된다. 그런 면에서 두 단어가 완벽한 동의어는 아니다. 논술의 과정을 지나서 전문적인 논설문을 쓰게 되는 것이 일반적이다.

	논술	논설문
정의	· 주어진 논제에 대하여 자기입장을 밝히고 그 의견에 대해 논리적으로 입증하는 글	· 어떤 문제에 관한 자신의 의견을 상대방이 이해하고 받아들일 수 있도록 설득력 있게 쓴 글
특징	· 자기주장을 증명하는데 주력한다. · 자기의 의견을 논리 정연하게 형식에 구애 받지 않고 서술한다.	· 다른 사람을 설득하는 것이 목적이다 · 형식에 의해 자기의 주장이 나의 견을 강하게 제시한다.
진술방법 (예)	· '사물은 어떠 하다 '는 논리적 진술	· '사람은 어떻게 해야 한다'는 설득적 주장
종류	· 논문	· 신문의 사설 · 칼럼 등

● 참고

논문(論文)

　　인문사회 및 과학적 현상이나 사실, 가설 등을 실험 또는 조사 분석을 통해 규명하거나 입증한 결과와 그 결과가 나오기까지의 과정을 체계적으로 밝혀 설명한 글. 즉 어떤 자료를 어떤 방식으로 조사했는지, 누구에게 의견을 들었는지, 여론조사는 어떤 방법으로 했으며 신뢰도는 얼마인지 등 과정에 대한 설명과 일반화 예측까지 자세히 밝히는 것이 바로 논문이다. 예) 석 · 박사학위 논문

　　논문, 논설문, 논술문을 한 마디로 구분한다면 '논문은 논술의 거증(擧證)자료로 사용되며, 논술의 결과를 행동화했을 경우 이에 따른 동의나 반대 그리고 적극적인 행동을 촉구하는 글을 논설문으로 보면 무방하다. 논술문은 '논문'처럼 증명해 보이는 글의 일종이며, 논설문은 '사설'처럼 주장하는 글의 일종이다.

14. 논술문 작성시 유의점

1) 독창성을 살릴 것

다른 사람의 논술 내용을 반복, 도용, 모방, 답습을 하는 것은 좋은 인상을 받을 수 없으며 바람직한 효과를 얻을 수 없다. 새롭고 신선한 논술을 하기 위해서는 합리적이고 깊은 사고를 해야 한다. 이를 위해서는 토론에 적극참여하고 독서를 많이 해야 한다. 남의 발표에 자기 견해를 밝힌다든지, 잘못을 지적한다. 이때 새로운 증거를 제시하기 위해서는 충분한 자료와 근거를 지니고 있어야 한다.

2) 정확하게 쓸 것

정보 및 자료는 가치가 있어야 하며 누구나 믿을 수 있어야 한다. 또한 적당한 곳에 적절하게 사용되어야 한다. 올바른 정보와 알맞게 사용한 자료는 좋은 논술이 되는 기본이다. 그렇지 못한 것은 오히려 논술 작성의 장애가 될 뿐만 아니라 본의 아니게 다른 사람들에게 피해를 줄 수도 있다.

3) 쉽게 쓸 것

어렵게 쓴다고 좋은 논술이 되는 건 아니다. 쉬운 글로도 충분히 자기의 생각과 주장을 일목요연하게 나타낼 수 있다. 너무 지적이고 현학적인 글은 읽는 이들에게 부담을 주어 좋은 반응을 기대하기 어렵다. 수준을 높게 잡아 쓴 논술은 읽는 이들의 오해를 부르거나 아니면 읽어 보지도 않을 수 있기 때문이다.

4) 검증을 해 볼 것

주장이 논리에 맞는 것인지 아니면 주관적인 것인지, 스스로 읽어 보고 살펴서 잘못이나 무리가 있을 때에는 가차 없이 수정・교정을 해서 타당성과 객관성이 유지되도록 해야 한다. 철저한 검증을 통해서만 좋은 논술이 될 수 있다.

제1강 : 실전문제 및 풀이

• 실전문제 ❶

※ 제시문을 읽고 아래 논제에 대한 답안을 작성하시오.(80점)

【논제1】 (나)를 요약하시오. (10점, 250±25자)

【논제2】 (가)와 (나)가 주장하는 '글'의 장점을 200자 정도로 요약한 후, (다)를 참고하여 '글'이 가질 수 있는 단점을 200자 정도로 서술하시오. (20점, 400±40자)

【논제3】 공동체의식 고취에 기존의 반상회와 (라)의 사이버 반상회 중 어느 쪽이 유익한지를 논술하되, 반드시 (다) 혹은 (라)에 있는 논거 3개를 이용하시오. (50점, 900±90자)

━━━ 제 시 문 ━━━

(가)

사람이 말할 줄 몰랐다면, 사람은 제가 체험하고 제가 만든 일을 남에게 가르칠 수가 없었을 것이다. 말을 가졌기 때문에, 사람은 말을 하고 들음으로써 남의 경험을 그대로 제 경험으로 삼을 수가 있다는 말이다. 그렇지만 말은 그 때 그 자리에 있는 사람이 아니면 듣지 못한다. 또, 사람의 기억은 한계가 있어 들은 말을 완전하게 받아서 오랫동안 지니고 있지를 못한다. 이와 같은 말의 약점을 보충하기 위하여, 사람은 글자라는 것을 발명하여 말을 기록하기 시작하였던 것이다. 말을 그림과 글자로 기록함으로써, 말의 뜻을 더 먼 곳의 사람에게 전하고 훨씬 뒤에 오는 사람에게도 알릴 수 있게 되었다. 말을 글자로 기록한 것이 글이요, 글을 손으로 쓰거나 인쇄한 것이 책인 줄은 말하지 않아도 알 것이다.

말과 글이 사람의 정신과 정신이 오고 가는 다리듯이, 책이 또한 그렇다. 그러나 책이 놓는 다리는 말과 글보다 더 넓게 퍼지고 가장 오래 갈 수 있는 다리가 된다. 만일 책이 없었다면 어떻게 되었을까? 책이 없었다면, 사람들은 옛날 사람이나 멀리 있는 사람이 체험하고 발명한 것을 까맣게 모르고, 밤낮 남이 이미 지나간 뒤를 밟아 조금씩 나아가다가 죽고 말 것이 아닌가? 또, 조금 얻은 지식조차 그 사람 당대에만 끝나고 마는 까닭에, 인류 문화는 도저히 오늘과 같은 높은 곳에까지 이르지 못하였을 것이다. 다시 말하면, 사람들은 책을 통해서 남의 경험을 제 경험으로 삼을 수 있다는 것이다. 책이 있기에 사람들은 항상 먼저 간 사람이 도달한 곳에서부터 자기의 공부를 시작할 수 있다. 옛사람이 쌓아 놓은 탑 위에 새 사람이 탑 한 층을 더 쌓는 셈이요, 옛사람이 들고 온 횃불을 새 사람이 받아 들고 뛰는 격인 것이다. 인류의 역사는 이러한 방법으로 이루어졌기 때문에 오늘 같은 찬란한 위치에 도달했다.

(나)

최초의 인류들은 간단한 몸짓이나 눈짓으로 서로 의사를 교환했을 것이다. 그러나 이러한 신체 언어는 조금만 거리가 떨어져도 의사를 교환할 수 없다는 한계를 가질 수밖에 없었다. 이 때 필요한 것이 바로 소리였다. 이 단계의 소리는 아직 자음과 모음의 분절체계조차 갖추지 못한 상태였겠지만, 나름대로 상황에 맞는 의사전달의 기능을 담당했다. 이러한 소리는 점차 규칙성을 획득하면서 한 언어공동체의 말로 정형화된다.

이처럼 소리와 말은 의사소통의 공간을 확대하는 수단으로 사용되었다. 소리쳐 불러 서로 간에 의사소통이 이루어진다면, 거기까지 한 개인의 영역이 확대된 셈이다. 물론 소리는 허공에 외치고 나면, 곧 사라진다. 이런 의미에서 소리는 저장성이 없지만, 주어진 상황에 곧바로 대응할 수 있는 즉각성, 유연성이라는 측면에서 매우 효율적인 의사소통의 수단이었다.

곧 사라져버리는 소리의 약점을 보완하기 위한 것이 그림(이미지)이다. 네안데르탈인과 크로마뇽인의 동물 벽화는 허공에 흩어져버리고마는 소리의 한계를 넘어서서 인간 경험을 눈으로 직접 확인하게 하고 영속화하는 데에 크게 기여했다. 동굴에 그려진 그림들은 주기적이고 지속적인 문화적 과정, 의식, 그리고 반복적인 신화와 설화를 담으면서 건축·회화·조각·음악·무용·문학 등의 발전 가능성으로 이어졌다. 그리고 이러한 이미지의 발전은 좀 더 추상화된 기호인 문자의 필요성으로 이어진다. 이제 시간의 일시성을 뛰어넘을 수 있는 기록의 문화가 시작된 것이다.

　이처럼 인류의 의사소통 수단은 신체언어에서 소리와 말의 단계로, 그리고 그림과 문자의 단계로 자연스럽게 발전해왔다. 그러나 의사소통 수단의 발달이 이처럼 단선적인 것만은 아니다. 최근 멀티미디어의 발전은 소리, 말, 그림, 글이 복합적으로 사용되는 의사소통의 방식을 주로 사용하며, 심지어는 글보다는 그림을, 그림보다는 말을 선호하는 경향이 나타나고 있다. 예를 들어, 인터넷 상의 채팅은 글의 형태를 가지고 있지만, 즉각적인 반응을 유도한다는 점에서는 말에 가깝고, 이모티콘(emoticon)과 같은 보조 이미지 활용을 통해 더욱 재미있고 감성적인 의사소통 수단으로 정착되고 있는 추세다.

(다)

　1997년에 사무직 종사자들을 대상으로 한 연구에서 거의 반수의 응답자들은 인터넷이 면대면 커뮤니케이션의 필요성을 대체하고 있다고 응답하였다. 또 어떤 사람들은 공격적이거나 상대방에게 상처를 주는 이메일이 직장 내에서 사용되는 것이 직장 내 관계를 심하게 훼손시킨다고 답하였다.

　문제는 인간 커뮤니케이션의 본질에 있다. 우리는 그것을 정신의 산물로 생각하지만 그것은 신체에 의해서 이루어진다. 즉 얼굴 표정, 목소리의 톤, 몸의 움직임, 손 제스처 등이다. 인터넷 상에서는 마음이 존재할지라도 몸은 사라져 버린다. 메시지를 받는 사람은 보내는 사람의 개성이나 당시의 정황에 대해 거의 알지 못하고, 왜 메시지가 왔는지 무엇을 뜻하는지 뭐라고 대답해야 하는지를 추측할 따름이다. 본질적으로 상호간의 신뢰가 성립하지 않는 위험 부담을 감수해야만 된다. 이처럼 온라인 커뮤니케이션은 전통적인 형태의 커뮤니케이션보다 상호간에 오해나 혼란, 그리고 상처를 더 많이 초래한다.

　전화와 비교해 봐도 인터넷의 한계를 알 수 있다. 전화를 통한 커뮤니케이션은 수신자가 드러내려고 하든 숨기려고 하던 말소리의 억양과 톤이 메시지 내용 이외의 풍부한 정보를 송신자에게 전달한다. 인터넷에서는 수신자가 어휘나 문체 등을 자유자재로 선택해 어느 정도 자기 자신에 대한 인상을 조작할 수 있다. 감정을 표현하는 수단으로 사용되는 이모티콘조차도 인간의 목소리나 얼굴로 표현할 수 있고, 전할 수 있는 정보량이 현저하게 적다. 인간의 기억력도 시각적인 정보를 접했을 때와 청각적인 정보를 접했을 때 차이를 보인다. 아주 중요한 순간에 어떤 사람이 어떻게 말했는지 기억해도 중요한 책의 글자들이 어떤 활자체로 인쇄되어 있었던가를 기억하기란 어렵다.

　사이버 공동체의 구성원으로 활동했던 사람들의 얘기를 들어보면, 사이버 공간에서 사용자들은 집을 짓고 그 속에서 실제처럼 생활하지만 막상 지역공동체가 현실로 겪고 있는 무관심 문제를 해결하기 위한 오프라인 모임은 갖지 않는다고 한다.

새로운 미디어 형태가 사람들의 커뮤니케이션 방식을 혁명적으로 바꿀 것이라는 것에 대해서는 의문의 여지가 없지만, 간접적인 상호작용을 하는 것이 훨씬 편리한 경우에조차도 사람들은 직접적인 접촉을 여전히 가치 있게 여긴다. 이러한 경향은 오늘날 더 두드러진 것 같다. 한 예로 비즈니스계의 사람들은, 화상 회의용 전화나 비디오 연결을 통해 사업 거래를 하는 것이 훨씬 더 간단하고 효과적인 것처럼 보이는 경우에도, 여전히 지구의 반 바퀴를 날아가서 직접 상담을 벌이거나 회의에 참석하곤 한다. 가족 성원들도 실시간 디지털커뮤니케이션을 이용하여 가상 재회를 하거나 명절에 모임을 가질 수 있지만, 우리는 이런 것들이 얼굴을 맞대고 즐기는 것이 주는 따스함이나 친밀성이 결여하고 있다고 생각하며 또 그렇게 느낀다. 이처럼 직접적인 만남을 선호하는 현상 혹은 그런 감성적 태도를 어떤 학자들은 '근접성 강박증'이라 부르기도 한다.

(라)

어느새 아파트가 우리의 중심적 주거 형태로 자리 잡게 되었다. 그에 따라 주민들의 일상도 과거 단독주택이 지배적이던 시절에 비해 여러 면에서 크게 달라지고 있다. 편리하고 안전한 삶을 가져다준 아파트 생활 이면에는 주민 간의 대화 단절과 개인주의의 팽배라는 역효과가 나타나고 있다. 가까운 이웃의 얼굴조차 모르고 엘리베이터 안에서도 무표정한 모습으로 허공만 바라보고 있는 게 바로 오늘날 우리의 자화상이다.

이러한 폐단은 우리 사회에서 꽤 오래 전부터 정례화된 반상회에서도 두드러지게 나타나고 있다. 기존의 아파트 반상회는 공동체적인 유대 관계가 제대로 형성되지 않은데다가 지역과 이웃 주민들에 관한 정보의 부재로 인해 몇몇 주도적 인사들에 의해 다분히 형식적으로 소집, 진행되는 경우가 태반이다. 그렇기 때문에 지역 현안에 대한 이해 수준이 낮고 주민 공동의 중요 관심사와 관련해서도 사후 의견이 분분하여 공정성이나 신뢰성을 확보하기가 어려운 것이 사실이다.

그러나 이러한 환경 속에서도 새로운 만남의 공간을 마련함으로써 삭막한 현대 생활에 활력을 불어넣으려는 시도가 다양하게 펼쳐지고 있어 반갑다. 반상회를 디지털 시대에 걸맞게 개선, 운영하고 있는 ○○동에서 그러한 사례를 찾아볼 수 있는데, 지방의 한 중소도시에 위치한 이곳 아파트 단지 주민들은 대부분 외지에서 새로 이주해 온 까닭에 자연부락과 같은 연대감이나 소속감이 희박할 수밖에 없었다. 또한 주민의 60% 이상이 개인주의 성향이 강한 20~30대 젊은 층으로 구성되어 있고, 야간에도 일을 해야 하는 경우가 많아 정상적인 반상회 개최가 극히 어려운 형편이었다. 하지만 ○○동에서는 지방자치체와 주민들이 힘을 합쳐 난관을 슬기롭게 헤쳐 나가고 있다. 그들은 이제까지와는 다른 형태의 반상회가 필요함을 인식하고, 특히 주민 대다수가 신규 전입한 젊은 층이라는 점에 주목하여 디지털 방식의 지역사회 커뮤니티 구축에 착수하였다. 그리하여, 아파트의 인터넷망을 활용한 카페를 개설하고 공동관심사 위주의 게시판 운영 및 정부 자료 업그레이드를 수시로 실시하였다. 그 결과 사이버 공간을 통해 정부 시책 및 공지사항에 대한 토론과 협의가 자유롭게 이루어졌으며 평소 만나기 어려운 이웃들이 함께 의견을 나누는 화합의 장도 마련할 수 있었다.

이러한 과정을 통해 통장 선거, 시·구 의원 보궐 선거 등과 같은 공공 현안이 주민들에게 상세하게 전달되고, 사이버 게시판을 통해 제기된 가로등과 택시 승강장 설치문제, 안전시설 관리 점검 등의 공동 관심사도 접수·처리할 수 있었다. 또 사이버 카페를 통한 활발한 주민 토론과 합의 도출은 정부사업 관련 민원을 해소하는 데 크게 일조했으며, 각 단지의 일정을 미리 사이버 공간에서 조율함으로써 행사와 관련하여 구성원 간의 서먹한 감정이나 불필요한 갈등까지 방지할 수 있었다. ○○동 아파트 단지들은 이러한 성과에 고무되어 인터넷 취약 계층인 노년층에 대해서도 적극적인 교육과 홍보에 나서고 있으며, 동사무소 홈페이지와 반상회카페를 연계 운영하는 방안까지 추진하고 있다.

논제 해설과 예시 답안

(1) 【논제1】은 제시문 (나)를 요약하는 문제이다. 인류의 의사소통 수단이 신체 언어, 소리, 말, 그림, 문자, 멀티미디어의 등으로 발달되어왔음을 각 수단의 특징과 함께 설명하는 글을 제시된 글자 수 범위 안에서 작성하면 된다. 다음과 같은 답안이 가능하다.

〈예시 답안〉

인류 최초의 의사소통 수단인 신체 언어는 몸짓과 눈짓에 의존했다. 그러나 의사소통의 공간을 확대하기 위해 소리와 말을 사용하기 시작했고, 이후에는 사라져가는 소리의 약점을 보완하기 위해 그림과 글을 사용했다. 그림과 글은 인간 경험을 영속화하는 데에 크게 기여했다. 그러나 의사소통의 수단의 발달이 이처럼 단선적인 것만은 아니다. 최근에는 멀티미디어의 발달로 인해 말, 그림, 글이 복합적으로 사용되기 시작했으며 그림과 말을 선호하는 경향도 나타난다. (253자)

(2) 【논제2】는 두 가지를 요구하고 있다. 첫째는 (가)와 (나)의 핵심 내용을 이해하고 그것을 활용하여 '글'의 특성을 200자 내외로 요약하는 것이고 둘째는 제시문 (라)에 나타나는 인간의 의사소통의 특성을 이해하고 그것에서 '글'이 가질 수 있는 단점을 유추하여 200자 내외로 요약하는 것이다. 두 답안의 분량은 균형을 이루어야 한다. 다음과 같은 답안이 가능하다.

〈예시 답안〉

첫째, 글은 말과 다르게 시간과 장소의 제약을 별로 받지 않는다. 말은 일시적이어서 소리가 허공에 사라진 다음에는 그 의미가 소멸되는 경향이 있다. 반면 글은 기록으로 남겨진 까닭에 영구적인 효력을 갖는다. 둘째, 글은 더 많은 사람과 의사소통할 수 있다는 점에서 말과 다르다. 말은 그 말을 들을 수 있는 공간적 범위에 있는 사람들에게만 전달될 수 있는 반면, 글은 지금 이 자리에 없는 사람들에게도 전달될 수 있다.

그러나 글은 대화 상대자와 직접 대면하는 형식이 아니기 때문에 상대방의 풍부한 신체 언어와 대화 상황을 이해하기 힘들며, 결과적으로 말보다 풍부한 정보를 담을 수 없다. 또한 의사소통 과정에서 상대방의 신체가 존재하지 않음으로 인해 따스함과 친밀성이 결여되며 상호간의 신뢰가 성립되기 힘들다. (400자)

(3) 【논제3】은 기존의 반상회와 사이버 반상회 가운데 공동체의식 고취에 유리한 쪽을 택해 자신의 입장을 밝히기를 요구하고 있다. 어느 쪽을 택하든 논거로 활용할 수 있는 내용이 제시문 (다)와 (라)에 포함되어 있다. 기존의 반상회를 택한다면 주로 제시문 (다)에서, 사이버 반상회를 택한다면 주로 제시문 (라)에서 논거를 찾을 수 있다. 시문 속에서 논거를 이용하여야 하는 조건과 논거를 3개 이용하여야 하는 조건을 준수하여야 하며 주장과 논거의 연결이 논리적으로 타당해야 한다. 입장 선택에 따라 다음과 같은 두 가지 방향의 답안이 가능하다.

(가) 사이버 반상회가 공동체의식 고취에 유리하다

(가능한 논거)

① (기존의 반상회와는 달리) 사이버 반상회는 공간의 제약을 덜 받으므로 더 많은 사람이 참여할 수 있다. (← (라) "야간에도 일을 해야 하는 경우가 많아 정상적인 반상회 개최가 극히 어려운 형편이었다." / "평소 만나기 어려운 이웃들이 함께 의견을 나누는 화합의 장도 마련할 수 있었다.")

② (기존의 반상회와는 달리) 사이버 반상회는 얼굴을 직접 대하는 만남이 아니므로 처음 만나는 사이라도 덜 서먹하고 분위기에 휩쓸리지 않고 누구든지 자유롭게 의견을 나눌 수 있다. (← (라) "공동체적인 유대 관계가 제대로 형성되지 않[았기 때문에] 몇몇 주도적 인사들에 의해 다분히 형식적으로 소집, 진행된 경우가 태반이다." / "사후 의견이 분분하여 공정성이나 신뢰성을 확보하기가 어려운 것이 사실이다.")

③ (기존의 반상회와는 달리) 사이버 반상회에서는 게시판을 통해 (문자로) 의사소통을 하므로 정보 전달 및 축적, 토론과 협의에 유리하다. (← (라) "지역과 이웃 주민들에 관한 정보의 부재로 인해 몇몇 주도적 인사들에 의해 다분히 형식적으로 소집, 진행되는 경우가 태반이다." / "각 단지의 일정을 미리 사이버 공간에서 조율함으로써 행사와 관련하여 구성원 간의 서먹한 감정이나 불필요한 갈등까지 방지할 수 있었다.")

④ (기존의 반상회와는 달리) 사이버 반상회는 늘 열려있으므로 공동의 문제에 대해 미리 조율하고 수시로 의견교환이 가능하다. (← (라) "공동관심사 위주의 게시판 운영 및 정부 자료 업그레이드를 수시로 실시하였다. 그 결과 사이버 공간을 통해 정부 시책 및 공지사항에 대한 토론과 협의가 자유롭게 이루어졌으며 평소 만나기 어려운 이웃들이 함께 의견을 나누는 화합의 장도 마련할 수 있었다.")

〈예시 답안 A〉

● 첫째, 나는 사이버 반상회가 공동체의식 고취에 더 유리하다고 생각한다. 우선, 반상회의 성립과 진행에 필수적인 출석률을 높여주는 장점이 있다. 기존 반상회는 시간과 공간의 제약을 많이 받았다. 특히 집에서 멀리 떨어진 직장에 근무하는 사람들이라면 반상회 시간을 맞추는 일이 쉽지 않았을 것이다. 이에 비해 사이버 반상회는 직장에서 늦게 퇴근하는 사람들까지 반상회에 참석할 수 있게 해준다.

● 둘째, 사이버 반상회는 서로 친숙하지 않은 사람들도 부담 없이 만날 수 있는 장소

가 될 수 있다. 대체로 사람들은 낯선 사람과 만나는 것을 어려워한다. 어느 누구라도 처음 새로운 곳으로 이사 갔을 때, 서로 이미 친해진 이웃사람들 사이에 끼어 반상회를 하는 것에 대한 부담을 느낄 것이다. 그러나 사이버 반상회를 한다면 아직 친숙해지지 못한 사람들과도 어느 정도 부담 없고 솔직한 대화를 나눌 수 있을 것이다.

- 셋째, 사이버 반상회는 기존의 반상회에 비해 훨씬 합리적이고 효율적인 모임이 될 수 있을 것이다. 대체로 많은 사람들이 모이다 보면 분위기에 휩쓸려 논리적이기보다는 감정적으로 흐르는 경향이 있다. 그래서 기존의 반상회는 이웃들 간의 가벼운 대화나 잡담으로 흐를 공산도 크다. 반면 사이버 반상회에서는 기본적으로 상대방에게 문자를 보내고 받는 형식으로 진행된다. 문자를 사용하면 즉흥적인 말보다는 훨씬 내용이 알차고 책임 있는 의사소통이 이루어질 가능성이 크다.

　　우리는 공동체의식을 흔히 한자리에 모여 같이 음식을 먹거나 대화를 나누는 것으로 오해하는 경향이 있다. 그러나 서로 직접 만나지 않고서도 공동체의식은 형성될 수 있다. 공동체의식이란 동일한 관심사를 가진 사람들이 자유롭고 민주적인 방식으로 의견을 교환할 때 생겨나는 것이지, 반드시 동일한 장소에 모인 사람들 사이에서만 생겨나는 것은 아니기 때문이다. (897자)

(나) 기존의 반상회가 공동체의식 고취에 유리하다
(가능한 논거)

① (사이버 반상회와는 달리) 기존의 반상회는 몸과 몸이 직접 만나는 방식의 만남이므로 친밀감 형성에 유리하다. (← (다) "우리 모두는 이런 것들이 왠지 서로 얼굴을 맞대고 즐기는 것이 주는 따스함이나 친밀성을 결여하고 있다고 생각하며 또 그렇게 느낀다.")

② (사이버 반상회와는 달리) 기존의 반상회에서는 신체 언어를 사용할 수 있으므로 오해나 혼란의 여지가 적다. (← (다) "온라인 커뮤니케이션은 전통적인 형태의 커뮤니케이션보다 상호간에 오해나 혼란, 그리고 상처를 더 많이 초래하는 것처럼 보인다.")

③ (사이버 반상회와는 달리) 기존의 반상회는 얼굴을 맞대고 서로를 배려하는 분위기에서 진행되므로 상처를 주거나 공격적이거나 각자의 이익만을 앞세우는 일이 적다. (← (다) "공격적이거나 상대방에게 상처를 주는 이메일이 직장 내에서 사용되는 것이 직장 내 관계를 심하게 훼손시킨다."고 답하였다.)

④ 사이버 반상회는 젊은 층에게만 익숙한 데 반해 기존의 반상회는 인터넷 사용에 서투른 계층까지 포용할 수 있다. (← (라) "주민 대다수가 신규 전입한 젊은 측이라는 점에 주목하여")

〈예시 답안 B〉

● 기존의 반상회가 공동체의식 고취에 더 유리하다고 생각한다. 얼핏 보면 사이버 반상회가 훨씬 더 효율적이고 합리적인 것처럼 보인다. 그러나 사이버 반상회에는 상당한 문제점이 예상된다.

● 첫째, 사이버 공간을 많이 이용할수록 직접적인 대면의 기회는 줄어든다. 사이버 반상회가 활성화될수록 이웃 간에 얼굴도 모르고 지낼 가능성은 더 커지는 셈이다. 이는 사이버 반상회가 기존의 지역공동체에서 생겼던 문제, 즉 서로 간의 대화 단절과 개인주의 팽배라는 문제를 개선하는 방식이 아니라 오히려 악화시키는 방식이라는 점을 보여준다.

● 둘째, 직접 얼굴을 맞대고 만나지 않은 상태에서 문자로 의견을 나누었을 때, 전달할 수 있는 정보는 직접 만났을 때보다 덜 풍부하다. 얼굴 표정, 목소리의 톤, 몸짓 등 신체 언어를 사용할 수 없기 때문이다. 이와 같은 제약 때문에 상호간에 오해와 혼란이 생길 수 있으며 결과적으로 서로가 불신하고 서로에게 심리적인 상처를 입히는 상황에 처할 수 있다. 그렇게 되면 주민들 간의 관계는 나빠질 수밖에 없다.

● 셋째, 사이버 상에서 솔직한 대화를 나눈다는 것도 정도를 넘어서면 동네 반상회에서는 처리할 수 없는 극단적인 충돌 양상으로 비화될 수도 있다. 사이버의 세계는 직접인 대면 상황이 아니기 때문에 얼굴을 마주하고 말하기 어려운 부탁이나 거절을 할 수 있다는 편리함을 가지고 있지만, 서로 익명성이라는 어둠에 숨어 상대방을 공격하고 매도하며 자신의 이익만을 앞세우는 다툼과 경쟁의 장소로 변질될 가능성도 있기 때문이다.

　　반상회는 동네의 중대한 민원을 처리하는 부서도 아니며 이웃 간의 이해관계를 조정하는 기관도 아니다. 그저 편하게 만나 서로 얼굴을 익히고, 자연스럽게 이웃 간의 정을 나누는 장소가 되어야 한다. 그런 방식의 만남이어야 친밀감과 신뢰가 쌓이고 그 속에서 공동체의식이 자라날 수 있기 때문이다. (914자)

출제 의도와 제시문 해설

(1) 출제 의도

인문계 논술시험은 정보사회의 특징적 현상 중 하나인 가상 공동체의 등장을 대상으로 삼았다. 어느 세대보다도 인터넷을 통한 의사소통에 익숙한 수험생들이 전통적 형태의 공동체인 지역 공동체가 가상 공동체로 대체되는 현상이 사회 구성원의 생활에 어떤 영향을 미칠지를 깊이 생각해 보도록 하였다.

이 문제에 접근하기 위해서는 가상 공동체 작동에 관건이 되는 두 가지 요소에 대한 고찰이 선행되어야 하는데 그것은 전자매체와 공동체의식이다. 즉, 새로운 의사소통 도구로서 전자매체가 지니는 특성과 구성원이 공동체를 대하는 태도 사이의 관계를 살펴봐야 할 것이다. 제시문에 따르면, 전자매체를 통한 의사소통은 대화자들이 직접 대면하지 않는 방식의 의사소통으로, 전자매체 자체의 기술적 특성 뿐 아니라 인류의 오래된 의사소통 수단인 말과 글의 특성을 함께 지니고 있다. 또한 인간의 의사소통에는 메시지의 전달과 함께 인간의 몸과 몸이 만나는 직접 접촉에 대한 욕구가 개입되어 있다.

지역 공동체와 사이버 공동체 중 어느 쪽이 공동체의식 고취에 유리한지에 대해 판단을 내릴 때 이와 같은 점들이 고려되어야 함을 올바르게 파악하고 있는지, 주어진 자료와 서로 다른 입장의 제시문들 속에서 자신의 선택을 뒷받침할 근거를 적절하게 이끌어내고 이를 논리적으로 서술하고 있는지가 평가의 대상이다.

(2) 제시문 해설

① 제시문 (가)는 조지훈의 「책이 놓는 다리」에서 발췌하였는데 고등학교 『독서』교과서 (대한교과서)에 실려 있다. 말보다 시·공간의 한계를 뛰어넘을 수 있는 글과 그림, 책이 지식 축적과 문화발전에 유리함을 밝히고 있다.

② 제시문 (나)는 김정탁의 『미디어와 인간』에서 발췌하여 보완하였다. 인류의 매체가 어떻게 변화해왔는지를, 신체 언어, 소리, 말, 글, 멀티미디어 등 각 소통 수단의 특징을 밝히며 서술하고 있다.

③ 제시문 (다)는 영국 신문 『가디언』에 실린 존 로크의 글 「사이버 공간에서 공동체의식이 무성히 자라날 수 있을까?」와 앤서니 기든스의 『현대 사회학』에서 발췌하여 편집하였다. 인간의 의사소통은 인간의 정신 뿐 아니라 신체가 관계하는 것으로, 대

화자들이 직접 대면하는 방식은 대화상대자에게 좀 더 풍부한 정보를 전달하며 서로에게 친밀감과 신뢰를 갖게 한다는 점을 보여주고 있다. 기존의 반상회가 공동체의식 고취에 유리하다는 입장에 논거를 제공하고 있다.

④ 제시문 (라)는 고등학교 『인간사회와 환경』교과서(지학사)와 행정자치부가 발간한 『행복한 마을 - 반상회 우수사례 이야기』에서 발췌하여 가공하였다. 사이버 반상회의 구체적인 모습을 제시하고 있으며 그것의 긍정적인 효과를 보여 주고 있다. 사이버 반상회가 공동체의식을 고취시키는 데 유리하다는 주장에 근거를 제공한다.

평가 기준

모든 논술고사에서 요구하는 기본적 요건이라고 할 수 있는 명확한 견해, 일관된 주장, 설득력 있는 근거, 논리적 체계를 갖추고 있는지가 평가의 가장 중요한 기준이 된다.

【논제1】과 【논제2】의 경우에는 특별히 독창적인 의견을 요구하지 않는다. 핵심적인 내용만 논리적으로 서술하는 것으로 충분하다. 다만 【논제3】의 경우, 주어진 두 제시문에서 논거를 끌어내되 3개라는 논거의 수도 지켜야하므로 상대적으로 복잡한 서술이 요구된다. 어느 쪽을 택하든 논거로 활용할 수 있는 내용이 제시문 (다)와 (라)에 포함되어 있다. 제시문 속에서 논거를 이용하여야 하는 조건과 논거를 3개 이용하여야 하는 조건을 준수하여야 하며 주장과 논거의 연결이 논리적으로 타당해야 한다.

● 실전문제 ❷

【문1】 다음 설명에 해당하는 작품은? (   )

> 현전하는 상고(上古) 가요의 대표로서, 이 작품의 제작 연대는 자세히 알 수 없으나 「古今注」에 수록된 것만으로도 3세기 이전일 것이다. 남편이 물에 빠져 죽은 것을 애통해 하며 자신도 물에 몸을 던져 죽은 아내의 지극한 애정을 읊은 이 작품은 우리 시가 문학사상 그 내용을 짐작할 수 있는 가장 오래된 것으로서, 원시적인 서사 문학이 서정 문학으로 옮아간 작품이라 할 수 있다.

①   箜篌引   ②   賞春曲   ③   黃鳥歌   ④   鄭石歌

【문2】 다음 중 환유법이 쓰인 것은? (   )

   ①   力拔山氣蓋世

   ②   문학 작품의 체험은 목적 없는 여행

   ③   달빛을 타고 아련히 파고드는 브람스

   ④   깃발은 소리 없는 아우성. 노스탤지어의 손수건

【문3】 다음 소설의 한 대목에서 특히 두드러진 문학 기법은? (   )

> 어사또 분부하되,
> "너란 년이 수절한다고 관정 포악하였으니 살기를 바랄쏘냐. 죽어 마땅하되 내 수청도 거역할까?"
> 춘향이 기가 막혀
> "내려오는 관장(官長)마다 개개이 명관이로구나. 수의(繡衣) 사또 들조시오. 층암절벽(層巖絶壁) 높은 바위 바람 분들 무너지며, 청송녹죽(青松綠竹) 푸른 남기 눈이 온들 변하리까. 그런 분부 마옵시고 어서 바삐 죽여주오."

   ① 반어(反語)   ② 해학(諧謔)   ③ 풍자(諷刺)   ④ 우의(寓意)

【문4】 친족 지칭어와 그 대상의 연결로 옳지 않은 것은? (   )

   ① 시아주버니 - 남편의 형

   ② 진외종삼촌 - 어머니의 외삼촌

   ③ 생질부 - 누이의 며느리

   ④ 대고모 - 아버지의 고모

【문5】 다음 군담 소설 중에서 병자호란을 배경으로 한 것은? (   )

   ① 박씨전   ②곽재우전   ③ 유충렬전   ④ 조웅전

【문6】 다음의 내용으로 한 편의 글을 쓰려고 할 때, 그 순서가 가장 자연스럽게 연결되도록 나열한 것은? (   )

> ㉠ 꿀벌은 자기가 벌집 앞에서 날개를 파닥거리며 맴을 돎으로써 다른 벌한테 먹이가 있는 방향과 거리를 알려 준다고 한다.
> ㉡ 언어는 사람만이 가지고 있다. 이는 사람됨의 기본 조건의 하나가 언어임을 의미하는 것이다.
> ㉢ 사람 이외의 다른 동물들이 언어를 가졌다는 증거는 아직 나타나지 않는다.
> ㉣ 의사 전달에 사용되는 수단이 극히 제한되어 있고, 그것이 표현하는 의미도 매우 단순하다.
> ㉤ 그러나 동물의 이러한 의사 교환의 방법은 사람의 말에 비교한다면 불완전하기 짝이 없다.

① ㉢㉠㉤㉣㉡　　② ㉤㉢㉡㉠㉣　　③ ㉣㉢㉤㉡㉠　　④ ㉠㉣㉤㉡㉢

【문7】 '오지랖이 넓다'라는 말을 가장 잘 풀이한 것은? (　　)
　　① 세력이 강하다.　　　　　② 참견을 잘한다.
　　③ 옷이 몸에 맞지 않는다.　　④ 더럽혀진 정도가 심하다.

【문8】 다음 시 중에서 시적 자아와 대상 사이의 심리적 거리가 가장 먼 것은? (　　)
　　① 그립고 아쉬움에 가슴 조이던 머언 먼 젊음의 뒤안길에서 / 이제는 돌아와 거울 앞에 선 내 누님같이 생긴 꽃이여
　　② 산은 구강산(九江山) / 보랏빛 석산(石山) 산도화 두어 송이 / 송이 버는데 봄눈 녹아 흐르는 / 옥 같은 / 물에 사슴은 / 암사슴 / 발을 씻는다.
　　③ 돌이어라. 나는 여기 절정의 바다가 바라뵈는 꼭대기에 앉아 종일을 잠잠하는 돌이어아
　　④ 모란이 피기까지는 나는 아직 나의 봄을 기다리고 있을 테요 / 모란이 뚝뚝 떨어져 버린 날 나는 비로소 봄을 여읜 슬픔에 잠길 테요.

【문9】 공무원이 갖추어야 할 덕망과 거리가 먼 것은? (　　)
　　① 見利思義　　② 先公後私　　③ 姑息之計　　④ 見危致命

【문10】 다음은 무엇을 의인화한 작품인가?

> 국순(麴醇)의 자는 자후이니, 그 조상은 농서 출신으로 구십 대 선조 모(牟)는 후직(后稷)을 도와 뭇 백성들을 먹여 공이 있었으니 「시경」에 이른바 "내게 밀보리를 주다." 한 것이 그것이다. 모가 처음 숨어 살며 벼슬하지 않고 말하기를, "나는 반드시 밭을 갈아야 먹으리라." 하며 전묘에서 살았다.

① 돈   ② 술   ③ 대나무   ④ 소나무

【문11】 다음 중 한글 자모(字母)의 순서와 자음의 명칭이 정해지는 데에 가장 중요한 역할을 한 문헌은? (   )

① 언문지   ② 훈민정음 언해본(訓民正音諺解本)
③ 계림유사(鷄林類事)   ④ 훈몽자회(訓蒙字會)

【문12】 다음 글에서 '사투리의 여운'과 '육자배기 가락'의 원관념은? (   )

나주평야의 넓은 들 저편으로 뻗은 산등성이의 완만한 곡선이 시야로 다가온다. 평평한 들판은 그지없이 넓은데도 산은 가깝게만 느껴지니 참으로 이상스럽다. 나는 이곳을 지난 때마다 마치 길게 누운 여인의 등허리 곡선미(曲線美)처럼 느슨하면서도 변화가 있는 조화로운 리듬감을 느낀다. 남도 사투리에서 말끝을 당기며 잉 소리를 내는 여운(餘韻)과도 같고, 구성진 육자배기의 끊길 듯 이어지는 가락과도 흡사한 묘미(妙味)라고나 할까!

① 나주평야의 넓은 들   ② 산등성이의 완만한 곡선
③ 여인의 등허리 곡선미   ④ 변화 있는 조화로운 리듬감

【문13】 다음 시조에서 서정적 자아의 정서는? (   )

대쵸 볼 불근 골에 밤은 어이 뜻드르며,
벼 그르헤 게는 어이 누리는고
술 닉쟈 체 쟝스 도라가니 아니 먹고 어이리

① 흥취(興趣)   ② 회의(懷疑)   ③ 비관(悲觀)   ④ 은둔(隱遁)

【문14】 밑줄 친 구문에 나타나 있는 문법 범주는? (   )

四海를 녀글 주리여 ᄀᆞ로매 비 업거늘
얼우시고 쏘 노기시니
三韓을 느물 주리여 바ᄅᆞ래 비업거늘
녀토시고 쏘 기피시니

① 강조법   ② 피동법   ③ 사동법   ④ 의문법

【문15】 고려 속요에 대한 설명 중 옳지 않은 것은? (   )

① 남녀의 애정을 소재로 한 '남녀상열지사(男女相悅之詞)'가 있다.

② '사리부재(詞俚不載)'의 정신에 의해 많이 삭제되었다.

③ 민요적 성격의 노래가 궁중악으로 편입되면서 이루어졌다.

④ 악학궤범 등에 이두(吏讀)로 표기되어 전해지고 있다.

【문16】 다음 글의 ㉠ ~ ㉣에 대한 예로 적당한 것은? (   )

> 글의 내용을 효과적으로 표현하기 위해서는, 적절한 단어의 선택뿐 아니라, 적절한 문장 구조의 선택도 필요하다. 문장은 구조에 따라 크게 ㉠홑문장과 겹문장으로 나눌 수 있는데, 겹문장은 다시 ㉡이어진 문장과 ㉢안은 문장으로 나눌 수 있다. 하나의 문장은 여러 가지 방식으로 확장될 수 있다. 홑문장에 꾸미는 말을 덧붙이거나, 하나의 문장에 다른 문장을 이어 주거나, 다른 문장을 하나의 문장 속에 안기게 함으로써 문장은 확장될 수 있으며, 여러 가지 문장 구조를 취할 수 있게 된다. 이와 같은 여러 가지 문장 구조들 가운데에서 어떠한 구조를 선택하느냐에 따라 표현의 효과가 달라진다. 따라서 적절한 문장 구조의 선택은 효과적인 문체를 결정짓는 데 기여하게 된다. 표현의 과정에서, ㉣기본 문형으로 된 단순 문장 구조를 사용하면, 비교적 강렬한 인상을 주며, 글의 내용에 간결성과 명료성을 부여하게 된다. 한편, 이러한 문장 구조를 반복적으로 사용하는 것은 때로는 필자의 미숙성에 기인하기도 한다.

① ㉠-철수는 아파서 결석했다.   ② ㉡-나는 우리 편이 이기기를 바랐다.

③ ㉢-철수가 돈이 많다.   ④ ㉣-철수가 좋은 책을 많이 샀다.

【문17】 '인물이나 사물의 우열을 가리기 힘든 것'을 나타내는 말이 아닌 것은? (   )

① 難兄難弟   ② 龍虎相搏   ③ 伯仲之勢   ④ 累卵之勢

【문18】 다음 중 밑줄 친 부분의 용법이 나머지 셋과 다른 것은? (   )

① 吾矛之利 於物 無不陷也   ② 數人飮之不足 一人飮之有餘

③ 天下之難事 必作於易   ④ 不復言人之長短

【문19】 다음 ( )안에 공통적으로 들어갈 한자는? (   )

| 非禮(   )視非禮(   )聽非禮(   )言 非禮(   )動 |

① 可   ② 末   ③ 能   ④ 勿

【문20】 다음 시에 나타난 시적 화자의 태도와 가장 관련이 깊은 것은? (   )

고향에 돌아온 날 밤에
내 백골(白骨)이 따라와 한 방에 누웠다.
어둔 방은 우주로 통하고
하는에선가 소리처럼 바람이 불어온다.
어둠 속에 곱게 풍화 작용하는
백골을 들여다보며
눈물 짓는 것이 내가 우는 것이냐?
백골이 우는 것이냐?
아름다운 혼이 우는 것이냐?
지조 높은 개는
밤을 새워 어둠을 짖는다.
어둠을 짖는 개는
나를 쫓는 것일 게다.
가자 가자
쫓기우는 사람처럼 가자.
백골몰래
아름다운 또 다른 고향에 가자.

① 참된 자아의 성찰과 지향   ② 전통 도덕률과 초극의 의지
③ 민족적 염원의 육화와 실천   ④ 원초적 존재와 생명의 회복

정답

【문1】	【문2】	【문3】	【문4】	【문5】	【문6】	【문7】	【문8】	【문9】	【문10】
①	③	①	②	①	①	②	②	①	②

【문11】	【문12】	【문13】	【문14】	【문15】	【문16】	【문17】	【문18】	【문19】	【문20】
④	②	①	③	④	③	④	②	④	④

◼ 논술문 이렇게 쓰자 ◼

1. 형식면

1) 요구하는 글의 분량을 제대로 맞출 것

서론 - 본론 - 결론의 구성을 생각하며 유의사항에서 요구하는 글의 분량을 맞춰야 한다. 예를 들면 1,500±100자인 경우 300자(±25자), 본론 900자(±50자), 결론 300자(±25자) 내외가 적당하다. 분량을 제대로 분배하여 글의 균형을 잃지 않도록 한다.

2) 타인의 글은 인용 부호를 사용하여 출처를 밝힐 것

타인의 의견이나 글을 인용할 때 인용 부호를 사용하고 출처를 분명하게 밝혀 신뢰성을 높인다. 타인의 의견이나 글을 자신의 견해인 것처럼 쓰는 것은 나쁜 인상을 줄 뿐만 아니라 전체적인 글의 신뢰도를 떨어뜨릴 수 있다.

3) 상투적 표현을 하지 말 것

서론의 끝 부분에 '지금부터 ~에 대해 쓰겠다' 또는 결론부분에 '지금까지 ~에 대해서 알아보았다' 등의 상투적인 표현은 가급적 피해야 한다. 자기만의 표현으로 채점관의 시선을 잡도록 한다.

4) 되도록 지나친 수식어나 비유적 표현을 자제할 것

감각적인 수식어는 논리적인 글에는 적합하지 않으므로 논술문에서는 자제해야 한다. 지나친 수식어나 비유적 표현을 많이 사용하면 내용이 불분명해진다. 따라서 논술문의 문장은 간결해야 한다.

5) 문단 길이를 적절하게 구분할 것

논술문에서 문단은 너무 길어도 너무 짧아도 안 된다. 각각의 소주제에 따라 문단을 적절하게 구분해야 한다. 하나의 문단에는 하나의 소주제만을 담아야 하고, 문단의 길이도 비슷하게 맞추는 것이 좋다. 1,500±100자인 경우 4~6개의 문단이 적당하다.

6) 문장은 간단 명료하게 작성할 것

같은 생각 또는 같은 내용을 되풀이하거나, 필요하지 않은 단어를 자주 사용하거나, 특별한 이유없이 길게 쓰거나, 필요 없이 복잡하게 쓰는 문장은 글의 경제성이 없다. 원고지 세줄(약 80자)을 넘어가는 문장은 길다는 인상을 준다. 논술문의 문장은 간단명료하게 써 자신의 생각을 뚜렷하게 드러낼 수 있도록 한다.

7) 1인칭 주어와 구어체는 피할 것

논술문은 자신의 견해를 객관적으로 입증하는 글이므로 말하는 이는 당연히 1인칭이다. 따라서 '나는 이렇게 생각한다' '내 생각은 이렇다' 같은 1인칭 주어는 피해야 한다. 또한 '이는(이것은)', '게(것이)', '근데(그런데)' 등의 줄임말이나 '그', '이런' '저런' 등의 구어체는 논술문에서 피하는 것이 좋다.

8) 외국어 또는 한자어를 남발하지 말 것

논술문에서 우리말 표현이 없는 경우를 제외하고는 외래어가 아닌 외국어 사용을 자제하는 것이 바람직하다. 예를 들면 '브랜드 → 상표' '바겐세일 → 할인 판매', '비전 → 전망' 등과 같은 경우이다. 한자의 경우는 정확하고 적절한 한자어를 쓰는 것은 무방하지만 문제에서 요구하지 않는 이상 굳이 쓸 필요는 없다.

9) 원고지는 사용법에 맞게 쓸 것

원고지 사용법에 신경을 써야 한다. 특히 문단을 시작할 때에는 원고지 첫 칸을 비워야 하며, 문단이 바뀌는 경우를 제외하고는 줄을 바꾸지 않는다. 원고지 사용법을 제대로 안 지켜 감점을 당한다는 것을 기억해야 한다.

10) 글씨를 바르게 쓸 것

퇴고할 때 틀린 부분은 자를 대고 두 줄을 긋고 그 위에 수정한다. 글씨를 또박또박 깔끔하게 쓰면 내용 못지않게 채점자에게 좋은 인상을 줄 수 있다. 올바른 교정부호를 사용해 수정하는 것이 좋다.

2. 내용면

1) 제시문을 꼼꼼히 살펴 자신의 견해를 전개한다

논술문 문제는 자료 제시형을 활용하는 경향이 강하다. 따라서 수험생들은 제시문에서 필자가 드러내고 있는 주장과 근거를 바탕으로 주제를 설정하고, 그에 대한 자신의 견해를 타당성 있게 전개해야 한다.

2) 주제가 분명하게 드러나도록 한다

논술문은 자신의 주장을 근거를 들어 펼치는 글이다. 서론에서 논제와 관련한 화두를 던지고 논의의 필요성과 방향을 드러내면서 주제를 강조할 수 있다. 또한 결론에서 주제문을 명시적으로 드러내는 방법도 있다. 따라서 주제를 분명하게 드러내는 것이 중요하다.

3) 자신감 있게 자신의 견해를 드러내야 한다

타인의 견해에 기대어 주장을 펼치는 것은 불리하다. 이러한 경우 채점자에게 주체성이 없다는 느낌을 줄 수 있어 좋은 평가를 기대하기 어렵다. 주체성 없이 의견을 제시하는 것보다는 부족하더라도 자신감 있게 자신의 견해를 드러내는 것이 바람직하다.

4) 막연한 절충론 보다 하나의 입장을 지지하는 것이 좋다

논술문 문제에서 상반된 견해를 드러내고 있는 제시문을 보여주고, 그에 대한 견해를 펼치도록 하는 경우가 있다. 논술 자체가 이치를 따져 논리적으로 말하는 것이기 때문에 적당히 두 견해 간의 합의점을 찾아 절충론을 펴는 것은 좋지 않은 태도다. 이때 하나의 입장을 지지하는 것이 좋다.

---

5) 논술은 신변잡기가 아니라는 것을 알아야 한다

　　논술문 작성은 수필을 쓰는 것이 아니다. 특히 개인적인 경험을 신변잡기식으로 서술하여 주제를 뒷받침하는 근거로 사용하는 것도 바람직하지 않다. 거시적 안목으로 제시문을 분석하고, 자신의 경험을 누구나 공감할 수 있는 사회 일반의 원리로 발전시켜 논거로 삼아야 한다. 제시문 내용을 언급할 때 제시문의 특정 부분이나 예시에 많은 부분을 할애해선 안된다. 신변잡기(身邊雜記)식 예시에서 벗어나야 한다. 그것은 주제와 다른 방향으로 흐를 가능성이 높기 때문이다.

◨ 논술문 체크 포인트 ◧

구분	문항	중요도
형식	· 요구하는 글의 분량을 제대로 맞췄는가?	★★★★★
	· 타인의 글을 인용 부호를 사용하여 출처를 밝혔는가?	★★★★★
	· 상투적 표현을 하지 않았는가?	★★★★
	· 지나친 수식어나 비유적 표현을 자제했는가?	★★★
	· 문단 길이를 적절하게 구분했는가?	★★★
	· 문장은 간단 명료하게 작성되었는가?	★★★
	· 1인칭 주어와 구어체는 피했는가?	★★
	· 외국어 또는 한자어를 남발하지 않았는가?	★★
	· 원고지는 사용법에 맞게 썼는가?	★★
	· 글씨를 바르게 썼는가?	★★
내용	· 제시문을 꼼꼼히 살펴 자신의 견해를 전개했는가?	★★★★★
	· 주제가 분명하게 드러났는가?	★★★★
	· 자신감 있게 자신의 견해를 드러냈는가?	★★★
	· 절충론 보다 하나의 입장을 지지했는가?	★★★
	· 논술은 신변잡기가 아니라는 것을 알고 있는가?	★★★
	· 기타 요구사항을 잘 지켰는가?	★★★★★

제 2 강

/

핵심 논리 논술

제2강 핵심 논리 논술

▣ 교직관 ▣

교사의 직업에 대한 가치관으로 '교직의 본질과 성격을 어떻게 이해하는가'라는 기본적인 관점을 말한다. 여기서 교직이란 공인된 자격을 가지고 미성숙자인 학생을 가르치는 행위를 업으로 삼는 직업이다. 일반적인 교직을 이해하는 관점은 성직관, 노동직관, 전문직관의 3가지 유형으로 구분하나 최근에는 공직관을 포함하여 4가지의 유형으로 구분하기도 한다.

1. 교직관의 유형

1) 성직자관

교직을 성직으로 보는 입장으로 지식과 기술을 가르치는 직업이 아니라 인격형성을 돕는 고도의 정신적 봉사활동으로 보는 관점이다. 교직에 대한 소명의식을 강조하는 전통적인 사고다. 따라서 교사는 사랑과 봉사정신에 입각해 학생을 교육해야 한다. 뿐만 아니라 정신지향성과 이상지향성을 요구한다. 그러나 오늘날 교직을 성직관으로 보는 경향이 희박해져가고 있다.

2) 노동직관

교직은 정신노동을 위주로 하지만 정신적 노동과 육체적 노동의 구분은 부당하다는 입장이다. 교사도 노동의 대가로서 보수를 받기 때문에 근무조건이나 처우개선을 위해 단체결성, 단체교섭, 단체행동 등 노동 3권을 행사할 권리가 있다고 보며 필요하다면 집단행동을 통해서 정부나 경영자 또는 고용자와 맞서 투쟁하는 것은 당연하다고 보는 관점이다.

3) 전문직관

오늘날 지지를 받는 입장으로 성직관과 노동직관을 통합형이다. 교직은 인간을 대상으로 하는 직업으로 학문의 이론적 배경을 가져야하고 고도의 지성을 요구하는 정신적 활동을 위주로 한다. 엄격한 자격기준이 있으며, 고도의 자율성과 윤리성을 필요로 하는 직업이다.

4) 공직관

교직을 공직으로 보고 교사를 공무원으로 대우한다. 교사를 국민에 대한 봉사자로 규정하는 근대적 교직관이다. 사회적 신분이 보장되어 이에 따른 책임과 의무, 봉사 정신을 요구한다. 사회 구성원의 교육에 대한 기본권을 충족시킴으로써 사회에 기여한다. 교직은 특성상 다른 직업과 달리 공공성이 강한 교육을 담당하기 때문에 공직으로 보아야 한다는 입장이다.

▣ 교사의 자질 ▣

1. 건전한 학생관과 교육에 대한 깊은 사명감을 가져야 한다.

학생은 학습 능력을 지니고 있으며 교사는 이를 촉진하는 안내자 또는 조력자 역할을 수행한다는 관점을 지녀야 한다. 따라서 교육을 미래 사회를 창조하고 변화시키는 최고의 수단으로 인식해야 하며 교육적 확신과 사명감을 굳게 유지하여야 한다.

2. 교사는 학생에 대한 이해와 애정을 지녀야 한다.

학생들의 지적 · 정의적 · 신체적 발달에 대하여 정확한 이해가 필요하다. 무엇보다 학생 한 명 한 명을 고유한 인간으로 존중하고 현재 상태를 그대로 수용하는 태도가 필요하다. 학생에 대한 헌신적 애정을 가지고 부정적 측면 보다는 긍정적으로 잠재 능력을 강조하고 신장시키는 노력을 해야 한다.

3. 교육내용에 대한 이해와 더불어 수업 능력 및 탐구 능력을 지녀야 한다.

교사는 가르치고자 하는 내용에 대한 연구를 꾸준히 해야 하며 학생들의 질문에 대해 대답할 수 있는 지식을 갖아야한다. 다양한 교수법을 상황에 맞게 제시하는 교사의 능력이야말로, 교사의 기본적 자질이다. 이를 위해서 효과적인 수업능력은 물론 탐구능력을 체득해야 한다.

4. 적극적인 행동 의지와 항상 노력하는 자세를 지녀야 한다.

교사는 다양한 역할과 과다한 업무를 수행해야 하는 경우가 많아서 자칫하면 업무에 소극적일 수 있다. 따라서 어려운 교육환경에도 적극적으로 대처하며 극복해야 한다. 이러한 행동들은 학생들에게 롤모델이 되기 때문이다.

5. 교사는 동료교사 학부모 지역사회에 대한 소통 및 상호작용 능력을 지녀야 한다.

학교 조직의 일원으로서 선후배 교사들과 인간관계를 수행하고 학부형들과 면담과 동시에 사회 기관과 함께 청소년 선도를 위하여 협의하고 공동 노력을 해야 한다. 이처럼 다양한 상황에서 설득력 있는 의사소통을 전개하여야 한다. 이를 위해서 교사는 평소에 교육자로서의 품위를 유지해야 한다.

▣ 훌륭한 교사의 조건 ▣

1. 행복한 교사

교사가 스스로 행복해야 한다. 그렇지 않으면 학생들을 행복하게 해 줄 수 없다. 그러므로 교사 자신이 개인적으로 가정적으로 사회적으로 행복할 수 있도록 올바른 태도와 적극적인 생활을 하도록 해야 한다.

2. 도덕적인 교사

개인 생활에서 양심을 지키는 교사, 가정을 화목하게 꾸려가는 교사, 사회생활에서 책임과 의무를 다하는 교사, 상식적인 교사, 법을 준수하는 교사, 청렴한 교사 등 도덕적인 태도로 학생들로 하여금 존경받는 교사가 되어야 한다.

3. 적극적인 교사

학생을 변화시킬 수 있는 능력과 교육 전문성이 있어야 한다. 또한 학생들의 잠재능력을 발굴하고 개발해주는 능력이 있어야 한다. 그 외에도 학생들과 다양한 의사소통 기술을 가지고 있으며, 교직에 대한 헌신과 열정을 가져야 한다.

4. 유능한 교사

교과 수업, 학생 생활 지도, 학부형과 관계 등에서 유능하고 원만함을 갖춰야 한다. 사랑하는 마음을 기본으로 하여 학생들의 성장발달 우선순위에 놓아야 한다. 유능한 교사는 본연의 임무 수행과 교육에 대한 열정의 결과다.

■ 학생들의 선생님에 대한 호감과 비호감 ■

학생 들이 좋아 하는 선생님	1. 유머 감각이 뛰어나 수업을 재미있게 하여 수업 내용이 머릿속에 쏙쏙 들어오게 가르치시는 선생님 2. 항상 학생들의 입장과 처지에서 생각하고, 학생들의 의견을 존중해주는 이해심 많은 선생님 3. 전공은 물론이고 여러 방면에 박학다식하면서 수업기술이 뛰어나고 열정적인 선생님 4. 학생들과 격의가 없으며 함께 있으면 거북하지 않고 편안한 느낌을 주는 선생님

	5. 수업 시간에 삶에 대한 길잡이가 될 수 있는 교훈적인 말을 많이 해 주시는 선생님 6. 공부 잘하는 학생, 못하는 학생 차별하지 않고 항상 애정과 관심을 갖고 대해 주는 선생님 7. 항상 대화로써 문제를 해결하고 평소 상담을 자주 해주는 선생님 8. 학생들을 편애하거나 차별하지 않는 선생님 9. 작은 일에도 칭찬을 해주시고 늘 격려와 용기로 희망을 주는 선생님 10. 교사로서 직업의식이 투철하고 신념이 확고한 선생님
학생 들이 싫어 하는 선생님	1. 잘못을 저질렀을 때 무조건 체벌로 해결하려하거나, 학생들에게 욕을 하는 선생님 2. 학생들을 눈에 띄게 편애하거나 차별대우하는 선생님 3. 자기중심적이고 강압적이며 학생들에게 무조건적인 복종만을 강요하는 선생님 4. 수업의 질도 낮으며 실력도 없고 평소 독서나 공부하는 모습을 보이지 않는 선생님 5. 자기 기준이 항상 옳다고 믿으며 잘난 체하고 자만하는 선생님 6. 매사를 감정적으로 처리하며 화를 자주 내고 쉽게 풀어지는 변덕스런 선생님 7. 학생들의 인격을 모독하는 말이나 행동을 하는 선생님 8. 사소한 일에도 짜증을 내거나 학생들의 단점만 꼬집으며 충고를 일삼는 선생님 9. 설명을 할 때 논리성이 부족하고 말과 행동이 일치하지 않는 선생님 10. 편견과 독선이 강하고 학생들을 선입견을 가지고 대하는 선생님

■ 학부형들이 기대하는 바람직한 교사상 ■

첫째, 내 자녀의 장점과 가능성을 인정해주기를 원한다.

학생들의 실수하거나 잘못에 대하여 편견을 가지고 대하지 말아야 한다, 또한 과거의 잘못을 언급하여 자존심을 건드리면 안 된다. 개인별로 장점과 잠재력이 있음을 확신하고 인정해 줄때 훌륭한 인재로 성장할 수 있는 것이다.

둘째, 열정과 실력을 갖춘 선생님을 원한다.

교사에게 절실히 필요한 것은 실력이고 실력보다 더 중요한 것은 열정이다. 학부모님들은 실력과 열정을 갖춘 교사가 자녀의 선생님이기를 간절히 바란다.

셋째, 신뢰가 가는 교사를 원한다.

'모자관계'처럼 믿음이 가는 교사가 되어야 한다. 학생들이 거울로 삼는 존재가 바로 교사다. 교사는 항상 봉사와 배려를 통해서 학생이나 학부형들에게 신뢰를 쌓아야 한다.

넷째, 공감하고 이해를 잘해주는 교사를 원한다.

학생들의 눈높이와 가슴의 깊이에 맞춰 기쁨과 슬픔 나아가서는 그들의 이야기에 귀 기울여주는 교사를 원한다. 학부형들은 소통과 공감하는 자세를 가진 교사를 원한다.

제2강 : 실전문제 및 풀이

• 실전문제 ❶

※ 제시문 A,B,C를 읽고 교직관에 대한 자신의 입장과 오늘날 교직 사회의 문제점을 바탕으로 자신의 교직관을 서술하시오.

【논제1】 교직관의 특성을 요약하고 자신의 교육관을 밝힐 것.
【논제2】 글의 분량 : 띄어쓰기를 포함하여 1,300자 내외(±100자)로 할 것.

제시문 A

학교는 인간의 풍속과 교화의 근원이며 솔선수범하는 곳이다. 선비는 예의와 의리를 바르게 지키는 본보기며, 나라의 원기를 불어넣는 터전이다. 나라에서 학교를 설립하여 선비를 양성하는 것은 그 뜻이 매우 크다. 선비가 입학하여 자신을 수양하는 데 어찌 구차스럽게 천박하고 조잡스런 행동을 할 수 있겠는가? 더구나 스승과 제자 사이에는 마땅히 서로 예의로써 앞장서서 스승은 엄하고 제자는 공경하여 저마다 그 도리를 다해야 한다. 엄하다는 것은 사납게 하는 것이 아니며 공경한다는 것은 굴욕을 말하는 것이 아니다. 이는 모두가 예의에 바탕을 두고 예를 실행하는 뜻이다. 예를 행한다는 것은 복장을 단정히 하고 음식을 절도에 맞게 먹으며 인사예절을 갖추어야 한다는 것이다.

그러나 요즘의 학교실정을 살펴보건대 스승과 제자는 공경할 줄 모르고 서로를 비난하고 있다. 국학(國學)에 있어서도 이러한 경우가 없다 할 수 없으나 사학(四學)이 더욱 심하다. 그리고 그 스승들이 만일 고루하여 옛 습관에 빠져 잘못을 고칠 생각을 하지 않고 삼가 부지런히 힘쓰지 않는다면, 나라에서 정한 잘하는 자를 높여주고 잘못하는 자를 벌하는 엄격한 규칙이 있으니, 이는 장관이 일시적으로 사정을 봐 줄 수 있는 바가 아니다. 모두가 노력하고 소홀히 하지 말기를 바란다

- 퇴계 이황 (諭四學師生文) -

═══ **제시문 B** ═══════════════════════════════

직업에 대한 인식, 즉 직업관은 사람들의 인생관, 세계관, 가치관 등에 따라 형성될 수 있고 이러한 직업관은 개인중심적 직업관과 사회중심적 직업관으로 나눌 수 있다. 그러나 교직은 일반적으로 성직, 노동직, 그리고 전문직으로 인식되어 왔다.

성직관은 종교와 교육이 분리되지 않고, 승려가 교사를 겸했던 고대사회에서 출발되었다. 이때 교직자는 목사, 신부 또는 승려 등 성직자와 같이 인간의 정신과 영혼을 다루고, 이를 위해 교직자에게 특별한 소명의식(calling)을 요구하였다. 성직관에 의하면 교직자인 교사는 일반직 또는 범속직(occupation)에 종사하는 사람과는 달리 물질적 이득이나 권력과 명예 등에 관심을 두지 아니하고 성직자다운 자세로서 사랑과 인내로 학생을 가르치며, 단순한 지식이나 기술을 가르치기보다 인간의 영혼과 지성을 다루면서 참다운 인간을 만들어야 한다는 것이다. 성직관은 서양의 경우 고대사회부터 오랜 전통을 통해 이어져왔고, 오늘날에서 일부에서는 성직관의 입장을 견지하면서 교직자에게 높은 수준의 도덕성과 윤리성을 기대하고 있다. 그러나 교직에 대한 전문성이 강조되고 세속교육(secular education)이 확대되면서 교직에 대한 성직관의 입지는 점차 좁아지고 있다.

노동관은 교직이 비록 정신적 교화를 수단으로 하고 있지만 이러한 수단은 하나의 노동(정신적 노동)이고, 그 대가로 보수를 받기 때문에 직업의 성격상 교직도 노동직과 동일하다는 주장이다. 그러나 노동직은 범속직과 같이 일정한 노동을 제공하고 그 대가로 보수 등을 받는 대가성을 전제로 하고 있으나 교직자가 교육을 제공하고 받는 보수를 노동자가 노동을 제공하고 받는 보수와 동일하게 보는 것은 무리라는 주장이 있다. 즉, 교직자가 제공하는 교육은 단순히 대가를 조건으로 한 활동이 아니며 그 활동 속에는 대가 이상의 의미를 지닌 봉사성과 윤리성이 내포되어 있기 때문에 교직을 노동직으로 보는 관점은 논리의 비약이라는 지적이다. 역사적으로 고대 그리스 시대 소피스트(sophist)들은 지식의 상인이라고 불릴 만큼 상업주의에 젖어 교육(정신적 노동)을 제공하고 보수를 받았고, 학생들은 입신출세에 필요한 지식을 얻고자 수업료를 내가면서 소피스트에 몰려들었다. 이런 면에서 일부 학자들은 교직의 노동직화는 이때부터 시작되었다고 보고 있다. 노동직관에 의하면 교사도 정당한 보수와 근무조건 개선 등을 요구할 수 있고 그 요구의 관철을 위해 노동자와 같은 수준의 노동 3권을 행사할 수 있다고 보고 있다. 오늘날 이러한 노동관에 기초를 두고 있는 교직단체로는 미국의 교원조합

(AFT), 일본의 교원노조(JTU), 영국의 전국교원조합(NUT)등이 있다. 우리나라의 경우 전국교직원노동조합과 한국교원노동조합이 있다.

전문직으로 보는 교직관점은 현대에 이르러 주장되기 시작하였다. 전문직관에 의하면 오늘날 교직자인 교사는 엄격한 자격기준과 절차에 따라 임용되고, 교육에 관한 체계적인 이론과 기술을 습득하고 이를 응용하며, 교사의 활동에 대해 고도의 자율성·윤리성·동사성이 요구되기 때문이다. 윤정일과 허형(2002)은 전문직의 특성으로 ① 고도의 전문적인 지식, 기술, 그리고 이론적 배경 ② 장기간에 걸친 훈련과 교육 ③ 지속적인 이론 연구를 통한 표준이상의 능력 신장 ④ 직무수행에 있어서 높은 자율성과 사회적 책임 ⑤ 사회 봉사적 성격 등으로 제시했다. 이처럼 전문직은 그 입문과정이 장기적이고 난해한 과제의 수행이 요구되며 업무수행의 자율성이 허용되지만, 그에 따른 사회적 책임성도 강조되는 특징을 가진다. 특히 전문직 종사자들은 전문영역의 이론적, 실행적 지식의 변화에 대처하기 위한 부단한 연구와 노력이 요구되면, 이것이 없을 때 전문직으로 인정받을 수 없을 뿐만 아니라 도태될 수밖에 없는 것이 현실이다

- 김남성 외 -

===== **제시문 C** =====

교사는 교육을 직접 담당하고 추진하는 주체로서 교육의 목적 달성과 기능수행을 위해 중추적인 역할을 담당한다. 교육의 성패는 교사의 능력과 역할 수행에 따라 좌우되는 것이 사실이다. 교사의 역할은 미시적 · 거시적으로 다양하다. 김종서 등(2002)은 교사의 역할을 학습의 조력자, 인생안내자, 모형 등으로 구분하였다. 학습조력자로서의 교사는 필요한 지식을 가르쳐 학습자로 하여금 잘 학습할 수 있도록 하는 것이 일차적인 임무다. 그러나 교사의 역할은 지식을 전달하는 일에만 국한되는 것이 아니며 교수학습과정에서 특정한 개념과 원리 등을 잘 설명하거나, 학생들의 개인차를 고려하여 학습과제를 마련하는 등 학습조력자로서의 일까지 포함한다. 인생안내자로서 교사는 학생들에게 인생에 관하여 많은 것을 가르치고, 학생들은 이를 통해 인간적인 성숙과 인생을 배울 수 있다. 따라서 교사는 올바른 인생안내자가 되기 위해 때로는 애정상대자, 부모대행자, 훈육자로서의 역할을 해야 한다.

- 김남성 외 -

논제 해설과 예시 답안

교직관이란 '교직의 본질과 성격을 어떻게 인식하고 이해하느냐에 관한 기본관점'을 의미한다. 교사로서 자신의 직업에 가치를 부여하고, 이상적인 형상을 설립하게 되는 '교 직관'은 교사의 내면의식에 잠재되어 외면으로 나타나는 임무 수행 행동과 직업 태도에 영향을 미친다. 또한 '교직관'으로 인해 나타난 교사의 행동과 태도는 직접적으로 학생에 게 영향을 미치게 된다는 점에서 더욱 중요하다. 교직관은 일반적으로 노동직관, 성직관, 그리고 전문직관으로 인식되어 왔다.

노동직관에 대해 살펴보면, 이는 교사도 일반 노동자들과 같이 노동을 생활수단으로 삼으며 대가로 보수를 받기 때문에 교사도 노동자라는 관점이다. 물론 교사는 직무수행 의 대가로서 일정한 보수를 국가(사회)로부터 지급 받게 된다. 그러나 '교사'가 수행하는 노동의 무게는 일반의 노동과는 남다르다. '百年之大計'인 교육을 담당하고, 국가사회를 짊어질 미래의 주역인 학생들을 훈육하는 것에 목표를 두기 때문이다. 따라서 이를 단순 한 노동의 관점으로 바라보는 것은 오직 '노동과 보수'라는 일방향적 잣대에 의한 것이라 는 점에서 한계가 있다.

성직관으로서의 교사관은 '교사는 특별한 소명의식을 가지고 있어야 한다'는 입장이다. 교직자는 목사, 신부, 승려 등 성직자와 같이 인간의 정신적인 측면을 다루는 사람이므 로 일반의 직업과는 다른 자세와 태도로 교직에 임해야 한다는 것이다. 때문에 교사에게 높은 윤리성과 인격성을 강조하게 되고, 이는 하나의 강요로까지 보이기도 한다. 더욱이 대학입시를 목표로 한 '명성과 출세' 지향의 세속교육확대로 인해 성직관의 입지는 좁아 지고 있다. 그러나 교사를 통해 미숙한 학생을 보다 '참다운 인간'으로 길러내며, 또한 그 과정에서 이루어지는 따뜻한 인간적 접촉이 이루어진다는 점에서 성직관에 의미가 있 음을 알 수 있다. 단순한 지식이나 기술은 소위 전문적인 책이나 '학원열풍'을 증명하는 학원가에서 배울 수 있을지도 모른다. 그러나 교사는 그를 넘어서 사랑과 마음을 전한다 는 점에서 성직관은 교직관의 그 좁아진 입지에도 불구하고 반드시 교직관의 근본에 위 치해야할 관점이라고 생각한다.

전문직관은 교직에 대한 일반적인 입장으로서, '고도의 자율성 · 윤리성을 존중'하면서 도 동시에 '교사로서의 엄격한 자격기준과 절차의 존재·교육에 관한 체계적인 이론과 기술 습득'을 요구한다. 전문직관은 '전문직'으로서의 여러 기준을 필요로 하고, 그에 따른 사회적 책임성이 강조된다는 점에서 교사에게 부단한 연구와 노력을 요청한다. 이러한 점들을 미루어보아 '성직관으로서의 교직관'의 일부내용을 절충적으로 담고 있는 것으로 보인다. 그러나 그만큼 '전문직관'은 교사의 교권을 보다 확실히 확립해주며, 사회적 · 경제적 지위를 항상 보장해준다. 이 때문에 전문지식을 다루고 교육하는 입장으로서의 교사는 스스로 도태되지 않기 위해서라도 끊임없이 자신을 갈고 닦아야 할 것이다.

개인적으로 이상적인 교직관은 성직관에 기저를 둔 전문직관이라고 생각된다. 비록 최근의 학교교육현장의 실태는 교사의 성직관과 전문직관의 교육관의 어느 것도 제대로 보장해주지 못하며 성직자로서의 교사도, 전문가로서의 교사도 인정받지 못하고 있다. 학부모들은 교사를 불신하고 학원가를 맹신하며, 오히려 학생들로 하여금 이를 부추기고 있는 실정이다. 신문의 '○○○교사 학부모로부터 폭행' 등의 표제는 우리를 씁쓸하게 만든다. 그러나 이는 분명 일부의 이야기다. 교사의 행동을 보이지 않는 그물로 제재를 가하지만, 또한 그만큼의 존중을 담아 교원의 위치를 보장하고 확립해 주어야 한다. 교사는 타고나는 것이 아니라, 만들어지는 것이다. 교직 희망자는 '나는 앞으로 어떤 교사가 될 것인가?' 장래를 생각하면서 예비교사로서 자신의 교직관을 끊임없이 고민함으로써 마침내 자신만의 교사상을 확립할 수 있을 것이다.

제시문 해설

A. 사학(四學)은 조선시대 성균관의 부속 교육기관으로 중등교육 수준이며, 동학, 서학, 남학, 중학으로 구성된 관학기관이다. 사학의 학생정원은 각 100명이며 10세 이상의 양반과 서민자제로 입학을 허락하였고, 15세가 되어 성적이 우수하면 성균관에 입학할 수 있었다.

B. 소피스트(sophist)는 BC 5세기 중반에서 BC 4세기까지 그리스에서 활동한 궤변론적 지식인들을 일컫는 말이다. 대부분은 지방의 도시국가 출신이고, 아테네 밖의 도시국가를 돌면서 변론술을 비롯한 여러 가지 전문지식을 가르치는 것을 직업으로 삼았다. 소피스트들은 이러한 시대의 요구에 따라 직업적으로 부잣집 자제에게 연설이나 논쟁

기술을 가르쳤다. 강의는 작문·수사법(修辭法)뿐만 아니라 법률·도덕론·문명론 같은 실질적인 사상에까지 미쳤다. 대표적인 소피스트로는 아브데라의 프로타고라스, 레온티노이의 고르기아스, 케오스의 프로디코스, 엘리스의 히피아스 등이 있다.

C. 교직의 특성은 ①교직은 사람을 상대로 하는 직업 ②교직은 사람의 정신생활을 상대로 하는 직업 ③교직은 주로 미성숙자를 상대로 하는 직업 ④교직은 피교육자인 미성숙자에 대해 관심을 가져야 하고, 미성숙자의 사회를 생각해야 하는 직업 ⑤교직은 봉사가 사명이고, 보수 위주가 아닌 직업 ⑥교직은 사회진보에 대해 중요한 역할을 수행해야 하는 직업으로 정의하고 있다.

● 실전문제 ❷

☐ 교직관 면접 예상문제와 예시답안

예상문제	1. 교직관의 특성 5가지를 말해보시오.
예상문제	2. 교사의 자질에 대해 말해보시오.
예상문제	3. 교사의 의무에 무엇이 있는지 말해보시오.
예상문제	4. 교사의 직무에 대해서 말하시오.
예상문제	5. 담임교사의 자질은 무엇이라고 생각합니까?
예상문제	6. 교사의 권위는 무엇인가?
예상문제	7. 교사의 권리에 대해 말해보시오.
예상문제	8. 교수 - 학습활동 시 고려해야 할 교육활동 5가지를 말해보시오.
예상문제	9. 공교육위기, 학교붕괴 등에 대한 대처 방안을 5가지 이상 말하시오.
예상문제	10. 21세기의 교사상을 말해보시오.

예시답안

〈예상문제1〉

 1) 교직은 주로 미성숙자인 인간을 대상으로 하는 직업이다.

 2) 교직은 소명 의식을 가지고 하는 사회봉사의 성격을 띤다.

 3) 교직은 인간의 정신적인 생활영역을 대상으로 한다.

 4) 교직은 국가와 민족에 대하여 영향을 주는 공공적 사업이다.

 5) 교직은 개인 및 사회 진보에 중대한 역할을 수행한다.

〈예상문제2〉

  투철한 교육관. 교육에 대한 전문적인 소양, 교육에, 학생에 대한 인격 존중, 개성 존중, 모든 학생의 가능성에 대한 신념 등

〈예상문제3〉

적극적 의무	소극적 의무
· 교육 및 연구 활동의 의무 · 선서, 성실, 복종의 의무 · 교원으로서의 품위 유지의 의무 · 비밀 엄수의 의무	· 정치 활동의 금지 · 집단행위의 제한 · 영리 업무 및 겸직 금지

〈예상문제4〉

  학습 지도, 생활 지도, 학급 경영, 평가와 사무 처리, 자기 연수, 학교 행정의 참여와 지역 사회와의 협조

〈예상문제5〉

 1) 민주적이고 일관성 있는 태도   2) 학생들에 대한 적극적인 관심

 3) 책임감과 공정성

〈예상문제6〉

　1) 직위상의 권위 (통제적 권위)　　2) 전문 지식상의 권위 (이론적 권위)

　3) 기술적 권위 (방법적 권위)

〈예상문제7〉

적극적 권리	소극적 권리
· 자율성의 신장 · 생활 보장 · 근무 조건의 개선 · 복지, 후생 제도의 확충	· 신분 보장 · 쟁송 제기권 · 불체포 특권 · 교직 단체 활동권

〈예상문제8〉

　1) 개별화의 원리　　2) 자발성의 원리　　3) 목적의 원리

　4) 사회화의 원리　　5) 통합의 원리　　6) 직관의 원리

〈예상문제9〉

　1) 교과 성적 위주에서 탈피한 다양한 성취동기 부여

　2) 결과보다는 과정을 중시하는 교육 및 지도

　3) 학생의 수준에 맞는 교과 수업 제공

　4) 교사 스스로의 존엄성 회복 노력(촌지 거절 등)

　5) 교사들 간의 동료 장학, 전문성 제고

〈예상문제10〉

　고도의 산업화, 전문화, 다변화, 국제화, 정보화 시대가 예상되는 흐름에 따르는 적극적인 대비가 요구됨

　1) 전문적인 지식의 소유자　　　　2) 평생교육의 담당자

　3) 주체적이고 능동적인 자세의 소유자　4) 학생에 대한 사랑의 실천자

　5) 민주적, 개방적, 창의적인 사고의 소유자

제 3 강

/

핵심 논리 논술

제3강 핵심 논리 논술

▣ 논술의 12가지 방법 ▣

1. 글을 쓰기 전에

　글을 쓰기 전에 다음 몇 가지를 먼저 생각해 보자. 이 논제는 어떤 문제를 안고 출발한 것인가? 우리 사회에 어떤 문제를 들여다보기 위해서 이런 논제가 나왔을까를 먼저 생각해 보아야 한다. 따라서 우리 사회가 겪고 있는 구체적이면서도 사실적인 문제를 먼저 발견해 보는 것이 사고의 출발점이다. 모든 논제는 우리 사회의 삶과 직접적인 문제를 연결하여 제시한 것이기 때문에 바로 우리 삶을 들여다보고 성찰하여야 한다. 따라서 우리가 인간답게 살기 위한 삶을 가로막고 있는 것은 무엇인가를 생각해보는 것으로 사고의 출발점을 삼아 보아야 할 것이다.

　문제를 멀리에서 찾지 말고 바로 나에게서 발견해 보도록 하자. 내가 곧 사회의 한 모습을 안고 있는 전체와 동시에 부분임을 생각해야 한다. 문제를 발견하기 위해서는 세밀하면서도 정밀함, 꼼꼼함, 치밀함이 필요하다. 내가 생각할 수 있는 모든 것을 떠 올린 다음 그것을 차분하게 정리한다면 체계적이면서도 논리적이고 그리고 풍부한 내용이 담긴 글을 완성할 수 있을 것이다. 사고력이 뛰어나다는 것은 다양한 관련성을 서로 부여하여 연결하는 힘을 말한다.

　이것과 저것 사이에 아무런 관련이 없어 보이는 것을 긴밀한 관계로 이어져 있다는 것을 증명해 내는 힘이 바로 '사고력'이다. 다시 한 번 강조하자면 치밀함과 정밀함이다.

2. 출제자 의도를 정확히 파악하라.

논술의 기초는 논제에 대한 올바른 이해다. 답안 작성에 있어서 가장 중요한 것은 출제자 의도를 정확히 파악하는 것이다. 문제가 요구하는 것은 무엇인가? 질문의 초점은 어디에 있는가? 답안 작성과 관련하여 제시된 전제에는 어떤 것들이 있는가? 먼저 이런 질문을 스스로에게 하고 문제를 명확하게 파악하는 문제 이해의 과정이 필요하다. 다시 말해서 『논제를 풀기 전에 이 논제가 나오게 된 배경과 출제 의도는 무엇인가를 생각해야 한다는 점이다.

모든 논제는 다음 세 가지 요건을 기본적으로 설정하여 묻고 있다.
① '우리' 삶의 문제라는 점이다.
　　논제에는 '우리' 앞에 닥쳐 있는 어떤 문제를 구체적으로 질문하고 있다. 따라서 논제에 나온 논점을 통해 '우리의 삶'과 어떤 관계를 가지고 있는가를 먼저 파악해야 한다.
② '현대'라고 하는 시대적 문제이다.
　　지금 우리 눈앞에 펼쳐져 있는 시대적 명제가 무엇인가를 생각해 보아야 한다. 지금 당장 우리들 삶에 관련되는 어떤 문제점이 곧 논제에서 묻고자 하는 논점으로 설정하고 있다.
③ '우리 사회'의 문제와 관련하여 생각해 보아야 한다.
　　'우리 사회'라고 함은 자연환경과 사회 환경의 영역 그리고 지구촌에서 벌어지는 모든 문제를 동시에 상관하고 있다는 점이다.

이 세 가지 사항을 정리하여 보면 모든 논제의 출제 배경과 의도에는 '현대 사회에 살고 있는 우리들' 삶의 문제를 어떻게 발견하여 해석하고 대안을 제시할 수 있는가 하는 점이다.

3. 글을 어떻게 전개할 것인가?

글의 전개에 대해 깊이 생각해야 한다. 서두는 어떻게 시작할까? 중간 단락은 어떤 내용으로 펼칠까? 끝부분은 어떤 방식으로 마무리할까? 예시는 어떤 내용이 적절할까? 어떤 부분을 특히 강조할까? 이런 질문에 대해 답을 찾아보는 것이 좋은 답안을 쓰기 위해서는 필요하다.

좋은 논술문은 역시 서론, 본론, 결론, 또는 기, 승, 전, 결이 짜임새 있게 구성된 글이다. 그 외, 평가 기준으로 제시된 항목들, 예컨대 논지가 요구하는 내용에 합당한가, 사고의 깊이는 어느 정도인가, 논거가 타당하고 참신한가, 문장과 문장, 단락과 단락의 연결이 논리적인가, 정확하고 풍부한 단어, 자연스럽고 적절한 길이의 문장을 구사하고 있는가, 하는 것들을 유의하는 것이 좋을 것이다.

다음은 논지 전개 방식에서 학생들이 범할 수 있는 문제들이다. 몇몇 학생의 경우 독창적 논지를 중심으로 예시문을 참고하거나 부분 인용하는 것이 아니라 참고자료인 예시문의 내용을 중심에 놓고 부연하거나 보충하는 식으로 논지를 전개했다. 또 많은 학생들이 시사적 문제를 논거에 끌어들여 자기주장의 타당성을 증명하는 한 수단으로 활용하는 데 시류 해석에 집착해 논점에서 벗어난 경우도 있다. 그리고 예를 들 때는 논지에 맞춰 예가 의미하는 바를 충분히 설명해 주어야 하는데 해석이 없는 사례의 피상적 서술에 머무른 글도 많다.

아울러 많은 학생들이 논지를 전개하면서 문장 간의 관계에 대한 이해와 사고가 없어 동일한 논지를 나열하거나 비약하고 있다. 또 세부적 논리나 문단구성의 결집력에 있어서도 아쉬움이 많다. 논술에서 일반적으로 쓰이는 서론 - 본론 - 결론의 구조는 유지하고 있으나 문단간의 긴밀한 관계나 각 문단 내의 논리적 응집력은 약한 편이다.

논지 전개와 관련해서는 서두에 명확한 관점을 제시하지 못하는 경우가 다수 눈에 띄고, 결론에서 앞부분과의 일관성을 보여주지 못하는 경우도 적지 않다. 이는 논제의 취지를 정확하게 이해하지 못한 결과로 볼 수 있겠는데, 또 다른 측면에서는 서술이 신변담이나 수필의 형식을 취하는 데서 빚어진 것, 다시 말해서 집중력의 부족에서 말미암은 것이라고 할 수 있다.

구성의 면에서는 글 전체의 양에 비해 서론을 지나치게 길게 쓴 경우, 문단과 문단의 연결이 부드럽지 못한 경우, 각개 문단의 소주제가 분명치 않거나 혼란된 경우들이 많다. 하나의 소주제를 중심으로 짜인 문단들이 유기적으로 결합하여 전체의 글을 이루는 것이므로, 한 문단속의 문장들은 하나의 소주제를 떠받치도록 정리가 되어야 하고, 그러한 문단들이 제 역할을 다하도록 알맞은 자리에 배치되어야 한다.

4. 개요를 작성하라.

개요는 글이 방향을 잃지 않도록 하는 나침반 역할을 하므로 글쓰기에 앞서 개요를 작성해 보는 것은 매우 유익한 방법이다. 개요를 작성하는 데에도 상세화된 개요를 작성하는 것이 간단한 개요만을 작성하는 것보다 유익한 방법이다.

다시 말해서 개요 짜기에는 크게 두 가지가 있다. 항목만을 열거하는 식의 개요가 있고, 각 항목을 아예 완성된 문장으로 풀어서 만드는 개요가 있다. 개요를 짜는 단계에서 아예 완성된 문장으로 하나하나 써야 한다. 왜냐 하면 완성된 문장으로 써 보지 않고 그저 복합 명사형으로 항목만을 적어 보는 것만으로는 실제 본문을 써 나갈 때 글이 될지 안 될지를 확인할 수 없기 때문이다. 항목 형태로 개요를 짜 놓고서 성급하게 본문 쓰기에 들어가면 생각이 떠오르지 않아 허둥대기 일쑤다. 개요 짜기 단계에서 미리 완성된 문장으로 써 보고 잘 되지 않으면 자신이 없는 내용임에 틀림없다. 그럴 경우 자신 있게 문장으로 써 낼 수 있는 다른 유사한 내용으로 바꾸어야 한다. 완성된 문장으로 개요를 짜 놓으면 본격적으로 본문 쓰기에 들어갔을 때 글을 쓰기가 훨씬 편하다. 물론 개요 짜기에 시간이 더 많이 드는 것은 사실이다. 그러나 이렇게 완성된 문장으로 개요를 다 작성해 놓으면 본문을 반 이상 쓴 셈이 되기 때문에 결국에는 오히려 시간을 효율적으로 활용하는 셈이다.

문제는 문장 개요에서 완성된 문장으로 써 놓은 것들을 어떻게 더 늘리고 보완하면서 요구하는 답안 분량을 알차게 메워 나가는 것이다. 완성된 문장으로 개요를 작성하게 되면, 개요를 작성할 때 정확하게 무슨 뜻에서 무슨 의도로 그렇게 썼는가를 잘 알기 때문에 본 답안을 만들어 내는 데도 훨씬 더 유리하다.

5. 지시 사항을 반드시 준수하라.

　논술고사의 채점 과정에서 가장 먼저 검토하는 것은 수험생들이 얼마나 정확하게 지시 사항을 따르고 있는가 하는 점이다. 지정된 답안의 분량에 미달하거나 초과하는 경우는 일정 점수를 감점하고, 800자 이상을 채우지 못한 답안(1,600자 내외를 요구하는 경우)은 0점으로 처리한다. 논술문을 작성할 때는 원고지 사용법과 맞춤법을 지켜야 한다. 어법에 어긋나는 어휘와 문장을 쓴 경우 감점한다. 감점의 범위는 1~3점으로 정하고 있다.

　학생들의 글이 내용 면에서 비슷비슷할 때 형식면에서 점수 차가 나게 되리라는 것은 당연하다. 띄어쓰기의 잘못은 사소한 문제라고 생각될지 모르나 자주 반복되면 상당한 감점을 피할 수 없을 것이다.

　따라서 논술을 쓸 때 특히 유념할 점은 문제가 요구하고 있는 조건을 반드시 지켜야 한다. 예를 들어 문제에서 '무엇에 대해 설명하고, 이를 어떤 것과 관련 지어, 예시의 방법으로 자신의 견해를 쓰시오.'라고 했다면 문제에서 요구하는 바대로 적절한 예를 들어야 한다. 적절한 예시는 창의성이 발휘되는 것이므로 문제가 요구하지 않더라도 적절히 사용하는 것은 채점자에게 좋은 인상을 줄 수 있다. 더욱이 문제에서 요구하면 충실히 부응하는 것은 필수적이다. 즉, 〈질문/문제〉에서 지시한 대로 적절한 구체적 사례를 통해서 논의가 설득력을 가지도록 하는 데도 소홀하지 말아야 하겠다.

6. 반드시 퇴고의 과정을 거쳐라.

　초고를 완성한 다음에는 검토의 과정이 필요하다. 문제의 핵심을 정확히 파악했는지 다시 한 번 생각을 가다듬어야 한다. 논리에 비약은 없는지, 문장 표현에 어색한 점은 없는가 살펴보아야 한다. 원고지 사용법은 올바로 지켰는가, 띄어쓰기와 맞춤법에는 이상이 없는지 검토해 보아야 한다. 원고를 고쳐야 할 때는 원고지 사용법에 따라 교정부호를 써서 고치면 아무 문제가 없다. 채점자가 정확히 알아볼 수 있도록 하면 감점하지 않으므로 답안지가 지저분해져서 감점을 당할까 염려하지 않아도 된다.

표현 영역의 문제점은 수험생들의 작문 능력 부족에도 원인이 있지만 많은 경우 답안을 너무 급하게 작성하기 때문에 발생한다. 초고의 작성에 너무 많은 시간을 보내지 말고 충분한 여유를 가지고 답안지에 옮겨져야 한다.

7. 지원하고자 하는 대학의 모의 논술고사 문제를 철저히 분석하라.

자신이 지망하려는 대학에서 출제하는 모의고사 문제를 철저히 분석하는 것은 좋은 준비 방법의 하나이다. 대개의 경우 본고사 또한 모의고사의 유형을 크게 벗어나지 않기 때문이다.

8. 제시문과 논제의 관계를 정확히 파악하라.

문제는 크게 두 부분으로 구성된다. 하나는 논제를 명시한 부분이고, 또 하나는 제시문 부분이다. 대부분의 대학이 이런 구조로 논술 문제를 출제하고 있다. 첫 부분에서 논제, 즉 무엇에 관해 쓰라는 논제가 명시적으로 주어져 있는 경우도 있고, 논제가 암시적으로 되어 있어 제시문을 철저히 독해하지 않고서는 제대로 알 수 없는 경우가 있다.

논술을 쓰려고 하는데 무엇에 대해 논술을 해야 하는지를 정확하게 모른다면 정말 황당하다. 문제는 무엇에 대해 논술해야 하는가를 정확하게 알아낸다는 것이 쉬운 일만은 아니라는 점이다. 대부분의 경우, 논제 부분과 제시문 부분을 왕복해 읽으면서 두 부분의 관계를 철저히 이해하고 파악해야 무엇을 쓸 것인가를 알게 된다.

제시문과 논제의 관계를 정확하게 파악한 다음 왜 이런 문제가 오늘 우리에게 중요한가? 이 문제의 쟁점은 무엇이며, 이에 대해 견해가 갈리는 까닭은 어째서인가? 이 문제에 대해 나는 어떤 태도를 취할 것인가? 이런 의문들을 지니고 문제를 쟁점화하고 생각을 정리해 두면 출제자가 어떤 방식으로 질문을 하더라도 당황하지 않고 문제에 접근할 수 있다.

9. 제시문 독해를 철저히 하라.

논점에 대한 자신의 견해를 밝힐 수 있는 소재를 제시문에서 찾아라.

예 1 논술 문제와 답안 작성 요령

다음 제시문을 읽고 아래 논점들에 대한 자기 견해를 밝히면서, '도덕성을 갖춘 이성적 인간은 어떻게 형성되는가?'를 논술하라.

- 도덕성을 갖춘 이성적 인간이란 어떠한 인간인가?
- 아이들에게 도덕 교육은 불가능한가?

주 논제는 '도덕성을 갖춘 이성적인 인간은 어떻게 형성되는가?'이다. 이 물음에 답하기 위해서는 먼저 도덕성을 갖춘 이성적인 인간의 모습을 규정하고, 도덕 교육의 가능성 여부를 검토하면서 도덕성을 갖춘 이성적 인간이 어떻게 형성될 수 있는가를 논의해야 한다.

따라서 제시된 두 가지 논점은 주 논제에 대한 답안 작성의 실마리가 된다.

첫째 논점에 대한 자신의 견해를 밝힐 수 있는 소재를 제시문 가운데서 찾는다. 즉 제시문에서 '이성'의 규정 요소와 '도덕성을 갖춘'의 규정 요소를 제시문 가운데서 찾아야 한다.

둘째 논점에 대해서 자신의 견해를 논술할 소재를 제시문에서 찾는다. 즉 논의를 토대로 주 논제에 대한 자신의 견해를 구체적으로 논술한다. 이 때, 도덕성을 갖춘 이성적 인간이 저절로 또는 자연적으로 형성된다고 생각하면 그 이유를 밝히고, 일정한 자연적 사회적 조건 아래에서만 형성된다고 생각한다면 그 조건들의 내용과 적절성을 구명한다. 또한 일정한 교육 과정을 통해서 형성 가능하다고 생각한다면 그 과정을 제시한다. 이와는 달리 어떻게 해도 도덕성을 갖춘 이성적 인간의 형성은 불가능하다고 생각한다면, 그 근거를 구체적으로 밝힌다.

예 2 논술 문제와 답안 작성 요령

오늘날 돈은 단순한 교환 수단이나 재화 축적 수단 이상의 복합적 의미를 가지고 있다. 아래의 제시문들을 논의의 근거로 삼아 현대사회에서 돈이 지니는 의미를 개인이 추구해야 할 삶의 질과 관련시켜 논술하시오

제시문은 최근 IMF위기와 정보통신 혁명으로 '돈'이 삶의 원칙으로 중요하게 자리잡게 되는 상황을 염두에 둔 것이다. 제시문의 내용을 간단히 요약하면 (가)는 돈의 개인적 의미, (나)는 종교적 의미, (다)는 정치 사회적 의미를 다루고 있다고 가정하자. 이때 수험생은 무엇보다 '돈의 가치'와 '삶의 질'에 대한 가치관을 정립하고 이러한 가치관과 부합되는 제시문의 내용을 논의의 근거로 삼아야 한다.

짐멜의 '돈의 철학'에서는 '돈을 포기함으로써 모든 것을 얻을 수 있다'는 의미로 가난을 적극적 소유물로 규정한 반면 서로우의 '부의 구축'은 부가 곧 행복임을 강조한다. 결국 멜빌의 문제의식을 바탕으로 짐멜과 서로우의 주장 중 하나의 입장을 선택해 논증하라는 것이 논제의 요지다.

제시문에 주어진 상황 속에 담긴 이러한 여러 요소들(그 밖의 것들도 가능하다)을 바르게 파악하고 그것을 자신의 사고 속에 소화함으로써 논리적이면서도 창의적인 답안을 작성한다면, 출제 의도에 부합하는 것으로서 높은 점수를 받게 될 것이다. 반면, 상황을 단순화시켜서 일방적 · 상투적인 답안을 작성한 응시자는 낮은 점수를 받게 될 것이다.

10. 자신의 주장을 명시적으로 제시하라.

대부분의 모든 학생들은 자신의 주장이나 관점을 세울 때 대립되는 두 입장을 절충하는 태도를 취한다. 문제는 중도적인 관점이 아니라 중도적 관점을 어떻게 도달하는가가 중요하다. 자신의 입장이 선명하지 않다면 이를 위한 논의나 논증의 시도가 구성되기 어렵기 때문이다. 입장을 내세우면서 지문에 있는 한 문장을 인용하거나 대립되는 두 입장을 절충하는 관점으로 논의를 구성해야 한다. 양자를 절충할 경우에는 논지의 선명성이 떨어지지 않도록 주의해야 한다.

논술 고사에서의 사고력 시험은 적어도 세 가지 물음을 통해 이루어진다.

첫째, 물음을 정확하게 이해하고 있는가?

둘째, 그 물음에 대해 자신의 관점을 세워 일관된 전개를 하고 있는가?

셋째, 자신의 관점을 전개하는데 있어서 배경 지식 등을 동원하여 공동체에 적합한 설득력 있는 논의를 구성하고 있는가?

이 세 가지 물음은 논술고사 평가에서도 그대로 적용된다.

11. 적절한 실례를 들어라.

학생들이 논술문을 쓸 때 흔히 범하는 오류가 적절한 실례를 제시하지 못하는 것이다. 주장을 뒷받침하기 위해서 제시하는 실례는 상황과 문맥, 논지 전개에 적절해야 한다. 그렇지 않다면 구체적인 실례를 들지 않고 논리 자체를 탄탄하게 전개하는 것이 오히려 더 설득력이 있다.

12. 지나친 강조나 과장을 하지 마라.

지나친 강조나 과장이 답안에서 흔히 나타나는 오류 가운데 하나이다. 지나친 강조나 과장은 오히려 설득력을 잃는다. 그러므로 논리적 비약이 없도록 앞에서 한 논의로부터 논리적으로 뒤따라오는 귀결을 서술하는 것이 훨씬 더 설득력이 있는 글이 될 것이다.

제3강 : 실전문제 및 풀이

● 실전문제 ❶

【문1】 김 교사는 다음과 같은 교육관을 가지고 있다. 그의 교육관에 가장 가까운 교육철학 사조는? (   )
- 배우는 일은 본래 쉽지 않기 때문에 열심히 노력해야 한다.
- 교사가 이끄는 대로 배우는 것이 중요하다.
- 반복학습과 암기가 매우 중요하다.
- 교과 및 교재의 논리적 체계에 따라 가르쳐야 한다.
① 계몽주의 ② 이상주의 ③ 본질주의 ④ 재건주의

【문2】 조선시대의 교육기관인 성균관에 대한 설명 중 맞는 것은? (   )
① 문묘에서 성현의 제사와 교육을 병행하였다.
② 학생을 사학(四學) 출신으로 제한하여 선발하였다.
③ 4서5경과 제가백가 관련 서적들을 교육내용으로 삼았다.
④ 논술시험인 제술(製述)과 구두시험인 강경(講經)이 있었다.

【문3】 다음 중 서로 맞게 연결된 것은? (   )
① 로크 - 교육에서 경험과 습관을 중요시했다.
② 페스탈로치 - 교육을 민중교육과 귀족교육으로 이원화하였다.
③ 바제도우 - 낭만주의 교육사상가로 유아체육교육을 강조하였다.
④ 훔볼트 - 교사를 정원사에 비유 되었으며 학교 환경을 중요시하였다.

【문4】 코메니우스(Commenius)의 저서 [대교수학(Didactica magna)]에서 다루어지지 않은 내용은?
       (   )

① 학교 교육의 필요성과 일반원리　② 인간 교육을 위한 5단계 교수법
③ 아동 이해에 기초한 교육의 목적　④ 교수 - 학습 방법 및 언어·도덕·신앙 교수법

【문5】 개화기 교육에 대한 설명 중 틀린 것은? (　　)
　① 국가와 민간에 의해 다수의 근대학교가 설립되었다.
　② 고종의 교육입국조서에 의해 육영공원이 설립되었다.
　③ 을사보호조약을 계기로 교육구국 운동이 활발하게 전개되었다.
　④ 교사양성의 중요성이 대두되어 한성사범학교관제가 공포되었다.

【문6】 교육현상을 보는 여러 철학적 관점에 대한 설명 중 맞는 것은? (　　)
　① 인간학적 관점은 가치중립적으로 학생을 고찰한다.
　② 실증주의적 관점은 개인의 주관적 경험을 중시한다.
　③ 변증법적 관점은 이분법적 사고로 문제에 접근한다.
　④ 실존주의적 관점은 인간을 자유로운 존재로 고찰한다.

【문7】 미군정시대의 교육에 관한 설명 중 틀린 것은? (　　)
　① 단선형 학제를 도입하였다.
　② 교육법을 제정, 공포하였다.
　③ 교육이념으로 홍익인간이 도입되었다.
　④ 진보주의 교육의 영향으로 새교육 운동이 전개되었다.

【문8】 다음의 설명에 해당하는 교육이론을 제시한 사람은? (　　)
　- 인간의 영혼은 신체적 힘의 총화로서 신체가 없이는 존재할 수 없다.
　- 교육은 참된 윤리적 생활을 가능하게 하는 것으로 정치적 문제와 관련되어 있다.
　- 본성, 습관, 이성이 함께 해야 교육이 가능하다.
　① 에라스무스　② 소크라테스　③ 플라톤　④ 아리스토텔레스

【문9】 그리스 시대의 교육사상가 이소크라테스(Isokrates)에 대한 설명 중 맞는 것은? (　　)
　① 철학적 문답법을 통해 정치가를 양성하였다.
　② 양심의 각성을 통한 언행일치의 교육을 강조하였다.

③ 수사학적 인간도야를 주창하고 수사학교를 설립하였다.
④ 실천철학과 심리학에 근거하는 교육이론을 제시하였다.

【문10】 우리나라 대안학교의 성격 및 형태와 가장 거리가 먼 것은? (   )
① 주로 노작교육과 생태교육을 강조한다.
② 일반학교에 비해 교육과정을 자유롭게 운영할 수 있다.
③ 관련 법령에 의해 일부대안학교는 특성화 학교로 전환되었다.
④ 대안 학교 졸업자가 상급학교에 진학하려면 검정고시에 합격해야 한다.

【문11】 다음과 같은 특징을 지닌 교육과정에 가장 부합하는 관점은? (   )
  - 학생이 주체적으로 학습에 참여하게 된다.
  - 학생은 자신이 속한 역사적, 문화적, 사회적 상황을 바탕으로 하여 의미와 지식을
    만들어간다.
  - 학생은 교사의 도움을 받아가며 동료들과 협동적으로 탐구한다.
① 구성주의   ② 인본주의   ③ 본질주의   ④ 행동주의

【문12】 제 7차 교육과정에서는 단위학교에서 학교 교육과정을 편성 · 운영하도록 하고 있다.
이에 따라 변화될 학교 교육의 모습으로 가장 적절하지 않은 것은? (   )
① 교육과정 전문가로서 교사의 역할이 강화된다.
② 학교의 특성을 충분히 살려 다양한 교육을 실천할 수 있다.
③ 교사, 교과서 중심의 교육이 학생, 교육과정 중심의 교육으로 전환하게 된다.
④ 학교는 국가 교육과정의 틀과 통제에서 벗어나 교육과정을 자율적으로 운영할 수 있다.

【문13】 우리나라에서 '시·도 교육청 교육과정 편성·운영지침' 작성권이 시 · 도 교육청에 부여된
시기는 언제부터인가? (   )
① 제3차 교육과정기   ② 제4차 교육과정기   ③ 제6차 교육과정기   ④ 제7차 교육과정기

【문14】 교육과정을 지방 자치적으로 운영하던 나라들이 국가 수준의 교육과정기준(National
Standards) 또는 국가 교육과정(National Curriculum)을 채택하게 된 이유와 가장 거리가 먼 것은? (   )
① 교사의 전문성과 자율성을 향상시킬 수 있다.

② 교육의 책무성 강화를 통해 국가 경쟁력을 높일 수 있다.

③ 지역 교육과정 개발을 위한 비용과 시간을 절감할 수 있다.

④ 학생의 거주지 이동에 관계없이 교육의 계속성을 보장할 수 있다.

【문15】 다음의 현상을 설명하는데 가장 적합한 교육과정 유형은? (   )

- 일본의 역사교과서에서는 한국 침략내용을 의도적으로 배제
- 진화론은 가르치나, 성경의 창조론은 배제
- 사회과 교과서에서 사회적 약자에 대한 논의 배제

① 영교육과정 (Null Curriculum)

② 공식적 교육과정 (Formal Curriculum)

③ 잠재적 교육과정 (Latent Curriculum)

④ 교사배제 교육과정 (Teacher-proof Curriculum)

【문16】 교원단체 및 교원노동조합에 관련된 법규에 대한 설명이 바르게 짝지어 진 것은?(   )

ㄱ. 교원단체는 교원의 전문성 신장과 지위향상을 위해 교섭, 협의할 수 있다.

ㄴ. 교원단체는 교육기관의 관리, 운영에 관한 사항을 교섭, 협의 할 수 있다.

ㄷ. 교원노조 조합은 조합원의 경제적 사회적 지위향상에 관한 사항을 교섭할 수 있다.

ㄹ. 교원노동 조합은 정치활동을 할 수 있다.

① ㄱ, ㄴ   ② ㄱ, ㄷ   ③ ㄴ. ㄹ   ④ ㄷ. ㄹ

【문17】 다음과 같은 평가방식은? (   )

- 수업 도중에 실시한다.
- 학습단위에 관련된 학생의 진보상태를 교사와 학생에게 피드백 한다.
- 학습단위의 구조에 따라 오류를 확인함으로써 교수방법을 수정·보완하는 데 필요한 정보를 수집하기 위해 실시한다.

① 총괄평가 ② 형성평가 ③ 사후평가 ④ 진단평가

【문18】 지금까지의 학교 내 안전사고에 대한 판례를 볼 때 안전사고에 대한 교사의 책임범위를 판단하는데 적용한 기준과 가장 거리가 먼 것은? (   )

① 교사의 자기반성   ② 사고발생의 예측성

③ 교육활동과의 밀접성   ④ 사고 발생의 구체적 위험성

【문19】 다음 중 북한 교육에 대한 설명으로 맞는 것은? (   )
   ① 초등교육 기간은 4년이다.
   ② 초중교육 단계까지 의무교육이다.
   ③ 중등교육은 중학교와 고등학교로 분리되어 운영된다.
   ④ 고등교육 기관의 수는 이공계보다 인문사회계가 많다.

【문20】 다음과 같은 자료는 어떤 방법을 사용하여 평가하는 것이 가장 적합한가? (   )
   - 일기장. 연습장. 미술작품집, 과제일지
   ① 논문형 검사 ② 포트폴리오법 ③ 관찰법 ④ 면접법

【문21】 장의존적(field-dependent) 학생에게 가장 적합한 학습 환경은? (   )
   ① 선형적인 CAI 프로그램, 구조화된 과제 제공
   ② 선형적인 CAI 프로그램, 비 구조화된 과제 제공
   ③ 하이퍼텍스트적인 CAI 프로그램, 구조화된 과제 제공
   ④ 하이퍼텍스트적인 CAI 프로그램, 비구조화된 과제 제

【문22】 다음과 같은 상황에 가장 적절한 교수-학습 방법은? (   )
- 과학을 담당하는 김 교사는 정보화 사회에서 학생들에게 요구되는 종합력, 비판력, 협
  동력을 길러줄 수 있는 교수 - 학습 방법이 무엇일까 고민하게 되었다. 교수 - 학습과
  관련된 자료를 분석한 결과, 이러한 능력을 키워주기 위해서는 실제 생활 속에서 발생
  했던 과학 관련 내용과 상황으로 구성된 학습활동을 하는 것이 매우 효과적임을 알게
  되었다. 또한 교사는 지식 전달자에서 벗어난 학습지원자(facilitator) 의 역할을 하고,
  학생은 자기주도적인 성찰을 통해 학습해야 할 필요성을 느꼈다.
   ① 직소우(Jigsaw)   ② 역할놀이(Role Play)
   ③ 시뮬레이션(Simulation)   ④ 문제기반 학습 (Problem-Based Learning)

【문23】 다음은 라이글루스(Reigeluth)의 정교화이론(Elaboration Theory)에 대한 설명으로 틀린 것은?
   (   )

① 정교화된 계열은 학습다가 사용해야할 인지전략의 조직이다.

② 정교화에는 개념적 정교화, 절차적 정교화, 이론적 정교화의 세 유형이 있다.

③ 종합자는 아이디어들을 서로 연결시키고 통합시키기 위하여 사용되는 전략 요소이다.

④ 요약자는 학습자가 학습한 것을 망각하지 않도록 하기 위해 체계적으로 복습하는 데 사용되는 전략요소이다.

【문24】 다음의 내용을 특징으로 하는 교수설계 이론은? (　　)
- 학습결과의 범주를 이차원적인 수행 - 내용 행렬표로 제시하고 있다.
- 일차적 자료제시 형태는 일반성과 사례 - 설명식과 탐구식으로 이루어져 있다.
- 이차적 자료제시 형태는 맥락, 선수학습, 암기법, 도움말, 표현법, 피드백을 포함한다.

① 상황학습이론(Situated Learning Theory)

② 체제설계 이론(System Design Theory)

③ 내용요소제시 이론 (Component Display Theory)

④ 자기주도학습 이론 (Self-Directed Learning Theory)

【문25】 학생들이 자기 주도적으로 상호작용을 하며 다양한 최신 정보에 접근하기에 가장 적절한 교수-학습 유형은? (　　)

① 시뮬레이션 ② 프로그램 학습 ③ 컴퓨터보조학습(CAI) ④ 컴퓨터매개통신(CMC)

【문26】 다음과 같은 상황에 가장 적절한 컴퓨터보조학습(CAI) 의 유형은? (　　)
- 학습자가 독자적으로 학습할 수 있도록 해 주어야 한다.
- 가네(Garne) 의 아홉 가지 수업사태를 적용하면 효과적이다.
- 새로운 정보를 가르치고, 확인하고, 강화해 줄 필요가 있다.

① 게임형 ② 반복연습형 ③ 개인교수형 ④ 발견학습형

【문27】 멀티미디어의 교육적 특성과 가장 거리가 먼 것은? (　　)

① 컴퓨터와 학습자간의 상호작용이 매우 높다.

② 학습자는 미리 설계된 경로에 따라 학습하게 된다.

③ 다양한 유형의 교수-학습 환경을 구현하기에 적합하다

④ 학습 자료는 문자, 그래픽, 음성, 영상 등 다양한 매체 형태로 이루어져 있다.

【문28】 다음과 같은 상황에서 학생들의 불만을 해소하면서, 김 교사가 추구했던 목적도 달성할 수 있는 교수-학습 방법으로 가장 적합한 것은? (   )

- 경쟁의식이 지나쳐 학생들이 학습에 필요한 정보도 서로 교환하지 않는 교실문화에서 김 교사는 학생들의 협동심을 길러주기 위해 소집단 학습을 시도하였다. 그러나 몇몇 성적이 우수한 학생들이 자기 분단에서 열심히 참여하지 않은 학생들이 있음에도 모두 같은 점수를 받는 것이 공정하지 않다고 불만을 털어놓았다.

① 토론 ② 사례분석 ③ 시뮬레이션 ④ 자율적 협동학습(Co-op Co-op)

【문29】 코스웨어를 개발할 때 컴퓨터 화면상에 제시될 내용, 그래픽, 버튼의 기능 등을 상세하게 구성한 것은? (   )

① 흐름도 ② 개발지침서 ③ 스토리보드 ④ 프로그래밍

【문20】 민츠버그의 조직이론에 비추어 볼 때, 다음과 같은 특성을 보이는 학교의 조직 형태는? (   )

- 학교장은 민주적인 방식으로 학교를 운영하고 있으며 교직원들은 교육과정 운영 및 제반학교 운영관련 업무를 권한과 책임을 가지고 처리하고 있다.

① 단순구조 ② 임시조직 ③ 전문적 관료제 ④ 기계적 관료제

【문31】 창의성과 관련한 다음 진술 중 가장 적절한 것은? (   )

① 유창성은 창의성의 주요요소이다.
② 창의성은 학교 학업 성적에 영향을 주지 않는다.
③ 창의성이 높은 학생일수록 자신을 개방하려는 경향이 적다.
④ 지능이 높을수록 창의성이 높으며 그 상관계수는 약 80 정도이다.

【문32】 학급 문화를 알아보려고 할 때 고려해야 할 사항으로 가장 거리가 먼 것은? (   )

① 학급행사 ② 학습기자재 ③ 학생의 복장 ④ 학생의 언어

【문33】 다음 중 인지주의 학습 원리를 가장 잘 적용한 교사는? (   )

① 좋지 못한 학습태도를 보일 때마다 꾸중을 하였다.
② 영어 시간에 학생들에게 문장을 열 번씩 쓰게 하였다.

③ 학생에게 질문을 한 뒤 생각할 시간을 충분히 주었다.

④ 학생이 바람직한 행동을 보일 때마다 칭찬을 해 주었다.

【문34】 편차지능 지수를 전제로 한 진술 중 가장 적절한 것은? (   )

① 나이가 들수록 지능지수는 점점 낮아지게 된다.

② 제작 연구가 오래된 지능검사에서 얻은 지능 지수는 덜 신뢰롭다.

③ 지능지수가 각각 100인 10세 어린이와 12세 어린이의 지능은 같다.

④ 검사 자체보다 하위영역 (혹은 척도) 별로 지능지수를 해석하는 것이 신뢰롭다.

【문35】 최근에 대두된 다중지능, 정서지능, 도덕지능, 성공지능에 관한 논의들은 지능을 어떤 능력으로 보려고 하는가? (   )

① 학문적 수행능력   ② 정의적 행동능력

③ 실제적 삶의 영위능력   ④ 언어, 논리, 수리적 사고 능력

【문36】 프로이드의 심리성적 발달이론과 에릭슨의 심리사회적 발달이론에서는 원만한 성격발달을 위하여 성장과정에서 어떤 경험을 많이 해야 한다고 보는가? (   )

① 여러 가지 욕구가 적절하게 충족되어야 한다.

② 무엇이든 스스로 할 기회를 많이 가져야 한다.

③ 유아기 때부터 생활습관이 잘 형성되어야 한다.

④ 좋지 못한 행동을 했을 때에는 벌을 받아야 한다.

【문37】 박 교사는 학생들에게 칭찬을 많이 하면 영어 성적이 향상될 것이라는 가정 하에, 다음과 같은 방법으로 연구를 하려고 한다. 이와 같이 연구 설계를 하였을 때 내적 타당도를 낮추는 요인이라고 볼 수 없는 것은? (   )

- 학생들에게 영어의 중요성을 강조하고 연구목적을 설명해 주려고 한다.

- 3월부터 7월까지 5개월간 수업 중에 칭찬을 해 주기로 한다.

- 동일한 시험 문제를 가지고 3월 7월에 사전, 사후검사를 실시하려고 한다.

- 사전, 사후검사 결과를 비교하여 효과를 알아보려고 한다.

① 연구기간이 너무 짧다.

② 사전, 사후검사의 내용이 같다.

③ 학생들은 자신들이 연구대상이라는 것을 알게 된다.

④ 학생들이 박 교사를 통해 영어의 중요성을 인식하게 된다.

【문38】 다음 내용에 따르면 김 교사는 어느 이론의 입장에서 상담하고 있는가? (   )

- 철수는 항상 나보다 공부를 잘하고 선생님으로부터 인정받아야 한다고 생각하고 있다.

- 그래서 철수는 성적이 떨어지거나 선생님으로부터 꾸중을 들으면 심하게 좌절을 한다.

- 교사는 상담 과정에서 철수가 가지고 있는 신념은 현실성이 없음을 깨우치려고 노력하고 있다.

- 교사는 철수에게 '남으로부터 항상 인정받고 있는 사람'이 있으면 예를 들어보라고 말하기도 한다.

① 행동주의적 상담이론   ② 정신분석적 상담이론

③ 형태주의적 상담이론   ④ 합리적, 정서적, 행동적 상담이론

【문39】 다음은 교사와 학생과의 상담과정에서 일어날 수 있는 대화의 일부이다. 가장 바람직하지 않은 것은? (   )

① 안녕하세요, 무슨 일로 찾아왔나요? 무슨 걱정이라도 있나요?

② 오늘 상담은 오후 3시 까지 약 50분간 합니다.

③ 내가 도움을 줄 수는 있지만 , 최종적인 문제해결은 학생 스스로가 해야 합니다.

④ 너무 걱정하지 말아요, 솔직하게 말해 주기만 하면 내가 해결해 줄 겁니다.

【문40】 다음 중 학생의 학습동기를 높여주는 방법으로 가장 적합하지 않은 것은? (   )

① 가능한 쉬운 과제를 부여한다.

② 시험 성적을 본인에게 알려준다.

③ 과목의 중요성을 학생의 진로와 관련지어 설명해준다.

④ 성적이 좋은 학생에게 열심히 노력한 결과라고 말해준다.

【문41】 다음은 어떤 이론적 관점에서 분석한 내용인가? (   )

- 교과서에 등장하는 인물 중에 여성보다 남성이 많다.

- 미술교과서에 한국 미술이 아닌 서양미술이, 음악교과서에 국악이 아닌 양악이 중심적 위치를 차지하고 있다.

① 경제재생산론 ② 구조기능이론 ③ 근대화교육론 ④ 신교육사회학론

【문42】평생학습사회가 지향하는 비를 가장 잘 나타낸 것은? (   )
  ① 전통문화의 고수   ② 자기 주도적 학습력 신장
  ③ 전문가에 의한 평가중시   ④ 개인의 경제력에 따른 교육기회 분배

【문43】최근 대학졸업자가 산업계에서 요구하는 수준이상으로 늘어나 과거에는 고졸 이하 학력 소지자가 취업하던 직종으로 이동하는 현상이 나타나고 있다. 이런 현상을 설명하는 데 가장 적합한 이론은? (   )
  ① 인간자본론   ② 지위경쟁이론   ③ 정치통합이론   ④ 기술기능이론

【문44】평생교육법상 민간교육훈련기관의 육성을 통해 교육서비스 산업의 국제 경제력을 높이기 위해 설치, 운영되는 것은? (   )
  ① 사업장 부설 평생교육시설   ② 시민사회단체 평생교육시설
  ③ 사내대학 형태의 평생교육시설   ④ 지식인력 개발사업 관련 평생교육시설

【문45】학교에서 집단 따돌림이 발생하고 있는가를 알아보는 데 가장 유용한 방법은? (   )
  ① 의미분석법   ② 실험설계법   ③ 사회성측정법   ④ 주제통각검사법

【문46】원격교육의 특징을 바르게 설명한 것은? (   )
  ① 다양한 통신매체를 사용한다.   ② 학생들에 대한 관리, 감독이 용이하다.
  ③ 교수자와 학습자간 상호작용이 불가능하다.   ④ 교사와 학생의 면대면 교육을 위주로 한다.

【문47】다음의 현상을 설명하는데 가장 적합한 교육이론은? (   )
  - 사회계층별로 독특한 문화를 가지고 있다.
  - 학교 교육과정은 하류계층보다 중상류 계층의 문화를 더 많이 반영하고 있다.
  - 예컨대, 학교에서는 대중음악보다 고전음악을 중시하는데. 고전음악은 하류계층보다 중상류 계층이 더 많이 향유한다.
  - 따라서, 중상류계층 학생의 학업 성취가 하류계층 학생보다 더 높다.
  ① 저항이론   ② 발전교육론   ③ 문화재생산론   ④ 상징적 상호작용론

【문48】학습부진 학생을 위해 별도의 교재를 만들어 방과 후 보충지도를 하는 것은 어떤 교육 평등관을 실현하기 위한 것인가? (   )

　① 보상적 평등관　② 허용적 평등관　③ 보수주의 평등관　④ 자유주의 평등관

【문49】최근 들어 학교 부적응이나 학교 공부에 흥미를 느끼지 못해 학교를 중도 탈락하는 학생이 늘어나고 있다고 한다. 이런 문제에 대처하기 위한 방안으로 가장 적합하지 않은 것은? (   )

　① 학생들의 자치 활동과 동아리 활동을 활성화 한다.

　② 학교 부적응 학생들을 위한 대안학교 설립을 확대한다.

　③ 학생들의 행동을 규제하는 규칙과 규칙 위반 시 처벌을 강화한다.

　④ 학생들의 관심과 요구를 반영한 다양한 과목을 설치, 운영한다.

【문50】학급 경영을 할 때 학년 초에 다루어야 할 사항으로 가장 적합하지 않은 것은? (   )

　① 교실환경 준비　② 학급 규칙 설정　③ 학예 행사 준비　④ 학생과의 관계 형성

【문51】학생들의 개인차, 또는 프로그램의 교육비 수준에 따라 차등적으로 재정지원을 한다면 이때 적용한 교육재정 배분기준은? (   )

　① 자율성　② 공정성　③ 평등성　④ 효율성

【문52】허즈버그의 동기위생이론에 비추어 볼 때, 충족되는 경우에 교사의 직무만족감 증진에 가장 크게 기여하는 것은 ? (   )

　① 보수　② 근무조건　③ 학생의 존경　④ 동료와의 관계

【문53】사회체제 이론에 대한 설명이 바르게 짝지어진 것은? (   )

　ㄱ. 사회체제는 여러 하위체제로 구성되어 있다.

　ㄴ. 사회체제와 환경은 서로 영향을 주지 않는다.

　ㄷ. 사회제체는 전환과정을 통해 교정적 정보를 제공받는다.

　ㄹ. 사회체제는 목표달성, 적용, 통합 등 기본적 기능을 수행한다.

　① ㄱ,ㄴ　② ㄴ,ㄷ　③ ㄷ,ㄹ　④ ㄱ,ㄹ

실전문제 ❶의 정답 및 풀이

번호	정답	해설
1	③	▶ 학습에 있어서 흥미보다는 노력, 교육의 주도권은 아동이 아니라 교사, 교육방법은 반복학습과 암기위주, 교과와 교재는 심리적 체계보다는 논리적 체계를 중시하는 교육사상은 진보주의의 한계점을 비판하고 등장한 본질주의의 특징이다. 본질주의는 진보주의가 아동의 지나친 자유를 중시하고 학습 시간과 경비 많이 소요되며 교사 권위가 위협받는다고 비판하고 문화유산의 본질적인 것을 가르칠 것을 주장한 교육사상이다. 이러한 본질주의의 한계점은 고전에 치중함으로써 현실생활에 필요한 사회과학을 경시하였으며 전통의 고수로 사회개혁적인 의지가 부족하며 지적 탐구심과 창의성을 저해할 수 있다. 보기 ①번 : 계몽주의는 18세기 대표적인 교육사상으로 인간의 이성과 합리성을 통해 인간을 속박하는 모든 것(신, 편견, 선입견 등)에서 해방하고자 했던 교육사상이다. 그러므로 교육목적은 인간의 이성 계발과 사고력을 높이는 것이며 교육방법에 있어서는 이성 계발을 위하여 감각주의와 도야주의를 중시하였다. 유형으로는 인간의 자연성을 강조했던 자연주의, 인간의 이성과 지성을 중시하는 합리주의, 현실의 실용적 지식과 자연과학을 강조하는 현실적 실리주의 등이 있다. 보기 ②번 : 이상주의는 3대 전통철학의 하나로 궁극적인 본질을 사물이나 경험세계가 아닌 정신, 관념, 마음으로 보고 이를 발달시키는 것이 교육의 목적이 된다. 대표적인 학자는 플라톤으로 그는 경험세계와 대비되는 이상적인 정신세계를 이데아라고 하여 경험세계의 한계를 극복하고 참다운 세계인 이데아로 나아갈 것을 주장하였다. 보기 ④ : 재건주의는 진보주의 사상을 사회개혁에 적용하고자 했던 교육사상이다. 재건주의 사상가들에 있어서 교육목적은 사회적 자아실현으로 문화적 위기에 처해있는 현대문명을 개혁하기 위해서는 교육이 핵심적 역할을 담당해야 하며 방법적인 측면에서는 행동주의 원리를 교육에 적용하고자 하였다. 또한 개혁을 통해 건설할 사회는 민주주의라고 하였다.
2	④	▶ 보기 ①번 : 성균관의 설립목적은 성현의 제사와 국가의 인재양성(교육)이다. 성균관의 시설 중 문묘는 공자를 비롯한 그의 제자를 제사지내는 곳으로 대성전과 양무(兩)로 구성되었다. 그러므로 문묘는 제사 기능만 하였으며 교육은 행해지지 않았다. 교육이 주로 행해지던 곳은 명륜당이라는 대 강의실에서 이루어졌다. 보기 ②번 : 성균관 입학의 기본자격은 생원, 진사이다. 즉, 문과 소과를 합격한 자들이 성균관에 입학할 수 있었던 것이다. 생원, 진사로 정원이 부족할 경우에, 15세 이상의 4학 학생이나 공신들의 자녀로 소학에 능통한 자, 관직에 있으면서 교육을 받고자 하는 관리 등으로 충원하였다. 그러므로 성균관 입학을 4학 출신자로 제한하지는 않았다. 보기 ③번 : 성균관의 교육내용은 4서 5경과 제사(중국 역사서-사기, 한서, 후

		한서, 삼국지 등) 정통 유학 경전만을 교육하였다. 제자백과 특히 불서와 도가서, 잡류를 읽는 것은 엄격히 법으로 규제하여 이를 어길 시는 처벌하도록 하였다. 보기 ④번 : 성균관의 시험은 크게 제술과 강경으로 나눌 수 있다. 이는 과거시험과도 일치한다. 제술은 글짓기 시험, 논술시험으로 매월 실시하였으며 특정한 주제에 대해 유학적 지식을 바탕으로 이해력과 문장실력을 테스트하는 시험이다. 강경은 유교 경전인 사서오경과 제사를 얼마나 잘 암송하는 가를 평가하는 시험이다. 고려와 조선에서는 유생의 실력을 강경보다는 제술 능력이 뛰어난 자를 높이 평가하여, 과거시험에서도 제술시험이 더 가치 있는 것으로 평가되었다.
3	①	▶ 보기 ①번 : 로크는 영국의 (교육)사상가이며 경험론의 시조라 할 수 있다. 경험주의는 모든 관념은 외계와 교섭하는 경험에 의해 형성된다는 인식론이다. 그의 교육사상은 경험론적 인식론을 바탕으로 한 백지설과 교육에 의해 모든 것이 형성될 수 있다는 교육만능설의 입장을 취하고 있으며(습관 형성) 형식도야설의 대표자로 체육과 덕육을 강조하였다. 보기 ② : 페스탈로치가 교성이라는 최고의 찬사를 받는 이유는 귀족교육보다는 민중교육 특히 빈민교육과 고아교육에 평생을 바쳤기 때문이다. 그에게 있어서 교육은 엘리트를 양성하기 위한 귀족교육, 중등교육, 대학교육이 아니라 오직 가난한 아이를 위한 빈민교육, 민중교육밖에 없다고 할 수 있다. 그러므로 페스탈로치의 교육은 귀족교육과 민중교육으로 이원화해서 생각할 수 없다. 보기 ③번 : 바제도우는 루소의 교육사상과 기독교 정신을 바탕으로 한 "범애주의"의 대표적인 사상가이다. 그는 인류애를 통한 아동의 행복한 생활을 목표로 하여 1774년 독일에 '범애학교'를 설립했다. 그는 이 학교에서 사물을 통한 직관교수를 강조하고 지, 덕, 체의 인간의 조화로운 발달을 중시하였으며 체벌을 금지하였다. 보기 ④번 : 훔볼트는 1809년 프로이센의 문교장관이 되어 근대대학의 전형인 베를린대학 창설에 진력하였다. 그는 언어철학에 깊은 관심을 가졌는데 언어는 인간성과 함께 항상 활동해야 한다는 입장에서 '언어는 기성의 성과가 아니라 하나의 활동이다'라고 주장하였다. 내적 언어의 형성을 존중하였으며, 언어를 유기적으로 취급하고, 언어철학의 기초를 쌓아 종합적이고 인간적인 언어학을 추진하였다. 교사를 정원사에 비유한 사상가는 프뢰벨이다. 프뢰벨의 "유치원"이라는 말은 "어린이 화원"이라는 의미이다. 모든 식물이 건강하게 성장하듯이 인생초기에 많은 가능성을 가지고 있는 유아는 자연과 신과 조화하면서 경험이 풍부한 정원사인 발육자의 보살핌을 받지 않으면 안 된다는 생각에서 "유치원"이라 불렀던 것이다.
4	②	▶ 실학주의 대표자인 코메니우스(comenius)는 세계 최초의 교육학 저서인 『대교수학』을 저술하였다. 이 책에는 "모든 사람에게 모든 지식을 가르친다"는 코메니우스 자신의 독특한 범지학적 교육관이 부제로 달려 있다. 책의 내용은 교육목적론, 학교론, 일반교수론, 종교교육론, 도덕교육론, 훈련론, 학교제도론 등이 담겨 있다. 그는 교육목적으로 신과 일체 되어 영원히 행복을 누리는 것을 제시하고 있으며 교육은 인간개혁과 사회개혁에 필요하며 아동의 이해를 기초한 교육이 되어야 함을 강조하고 있다. 또한 범지학적 관점에서 모든

사람에게 교육이 필요하므로 모국어 초등교육의 의무화를 주장(학교교육의 필요성)하고 있으며 교육방법으로는 "자연의 법칙은 교육의 법칙이다"는 합자연의 원리를 제시하고 있다.

그의 자연의 법칙에 따른 교수방법 몇 가지를 제시하면 다음과 같다.

① 아동은 규칙적으로 등교하지 않으면 안 된다.

② 교재는 충분히 이해한 다음에 기억시키지 않으면 안 된다.

③ 개별교수보다 학급교수가 더 좋을 것이다.

④ 학습의 실패에 대하여 체벌을 가해서는 안 될 것이다.

보기 ② : 5단계의 교수법을 제시한 교육사상가는 헤르바르트이다. 그가 최초로 제시한 교수단계는 4단계로 명료, 연합, 계통(체계), 방법(적용) 이었으나, 이것은 그의 제자인 레인에 의해 5단계로 수정되었다.(예비, 제시, 비교, 총괄, 응용). 헤르바르트에 의해 제시된 교수단계설은 교육학을 학문적으로 체계화하는데 결정적 공헌을 하였으며 오랫동안 교육방법에 있어 영향력을 행사하였다. 헤르바르트의 교육목적은 '인간의 도덕적 품성 도야'로서 철학(윤리학)의 영역이며 교육방법에 있어서는 심리학적 원리를 이용하여 교수단계설을 제시하였던 것이다.

---

5 | ②

▶ 보기 ① : 개화기의 근대학교는 그 설립주체에 있어서 국가주도, 선교사, 민족선각자로 나눌 수 있다. 국가에 의한 교육은 개화사상을 수용하여 근대국가로 발전하기 위해 각종 근대학교 관제가 공포되고 이에 따라 학교들이 설치되었다. 대표적인 학교가 한성사범학교, 소학교, 중학교 등이다.

민족선각자(민간)들 역시 개화사상의 수용과 항일의식 고취를 목적으로 개화기에 수많은 학교를 설립하는데 그 시초가 원산학사이며 오산학교, 대성학교, 점진학교 등이 대표적이다. 그러므로 개화기 국가와 민간에 의해 다수의 근대학교가 설립되었다는 표현은 바른 것이다.

보기 ② : 육영공원은 1886년에 설립된 개화기 최초의 근대 관학으로서 영어교수를 목적으로 귀족자제들만 입학이 허가되었다. 고종의 교육입국조서는 1895년에 공포되는데, 이 조서에서는 근대 교육의 정신을 담고 있으며 이에 따라 각종 학교 관제가 공포된다. 최초의 학교가 한성사범학교이며 이후 외국어학교, 소학교, 중학교 등이 설치되었다.

보기 ③번 : 1905년 을사보호조약의 체결로 기존의 민족선각자들이 운영하던 근대학교는 개화사상의 수용에서 항일운동을 통한 교육구국운동으로 방향을 전환하였다. 한일합방 이전에 전국에 수천 개의 학교들이 설치되어 항일운동을 활발히 전개하였다.

보기 ④번 : 고종의 교육입국조서의 취지에 따라 최초로 설립되는 학교가 한성사범학교이다. 이는 개화사상을 전파하기 위해서는 근대정신으로 무장한 교사가 필요하였기 때문이다. 이러한 교원양성 교육의 특징은 개화기 관학의 중요한 특징이 되었다.

---

6 | ④

▶ 인간주의의 교육사상가의 대표자인 보르노(Bollnow)는 딜타이의 영향을 받아 인간의 삶을 궁극적으로, 근원적으로 이해하려고 한다. 이해한다는 것은 단순히

객관적 이해만을 의미하는 것이 아니라 일상생활 속에서 행하여지고 있는 것과 같은 전 이해를 의미하는 것이어야 한다. 그는 인간의 전체적인 삶의 입장에서 무엇보다도 먼저 근원적인 이해를 시도하려 한다. 그러므로 학생을 이해하는데 있어서 가치중립적인 고찰은 인간주의 관점에서는 합당하지 않고 오히려 한 인간을 전체적인 관점에서 근원적이고 깊이 있는 이해를 요구하는 관점이다.

실증주의는 과학적 방법을 통해서 교육현상을 이해하고자 하는 관점으로 객관적, 과학적으로 증명되는 사실만을 진리인 것으로 수용한다. 그러므로 개인의 주관적 경험을 중시하기보다는 객관적인 사실, 과학적으로 증명 가능한 지식을 중시한다.

변증법적 관점은 이분법적 사고의 한계를 극복하고자 한다. 헤겔의 변증법에서도 알 수 있는바 정과 반의 이분법적 대립을 극복하여 새로운 합을 추구하고자 하는 관점이다. 교육현상을 이해하는데 있어서도 극단적인 진위, 선악, 미추의 방식으로 이해하기보다는 이러한 관점들의 장단점을 파악하여 발전적인 새로운 이해를 추구하고자 하는 관점이다.

실존주의 철학이 교육에 시사하는 가장 중요한 점은 인간의 주체성을 강조하고 자유로운 존재로 인정한다는 것이다. 이러한 인간관을 바탕으로 진정한 교육은 자신의 삶을 자신 스스로 선택하고 거기에 책임을 질 수 있는 능력을 일깨워주는 것이다. 실존주의 교육은 사회의 규범에 순종하며 사회적 규율에 적합한 인간을 형성하는 것이 아니라 이로부터 독립되어 창조적으로 자신을 생활을 만들어 나가는 인간 형성을 그 목적으로 하고 있다.

| 7 | ② | ▶ 미군정기(1945-1948) 교육의 중요한 특징은 ① 조선교육심의회에서 교육이념을 홍익인간으로 채택한 것 ② 진보주의 교육원리와 교육방법을 한국에 적용하고자 했던 새교육운동의 전개 ③ 6-3-3-4제의 단선형 학제의 도입 ④ 3학기제에서 2학기제의 채택 ⑤ 의무교육 실시 결정 ⑥ 일제교육을 청산하고 새로운 교육을 실시하기 위해 교과서 편찬 등을 들 수 있다.
 보기 ②번 : 교육법은 정부수립 이후 1949년 12월 31일에 제정, 공포된다. 문교부에서는 교육법을 제정하기 위하여 교육계 인사들을 총망라하여 기초위원회를 구성하여 초안을 작성하고 1949년 11월 30일 국회를 통과하여 12월 31일에 11장 173조의 교육법을 공포하였다. 이 교육법의 주요 특징은 교육이념을 홍익인간으로 하고 있으며, 모든 국민은 6년간의 의무교육을 받을 권리가 있음을 규정하고, 국가와 지방자체단체는 이를 위하여 필요한 학교를 설치, 운영하여야 하며, 아동의 보호자는 아동에게 초등교육을 받게 할 의무가 있음을 규정하고 있다. |
| 8 | ④ | ▶ 인간의 영혼에 대하여 신체 즉 객관적 사물을 중시하고 교육의 윤리적 특성을 강조하며 사람을 선하게 하고 미덕을 갖게 하는 것은 천성(본성), 습관과 이성이라고 주장한 사상가는 아리스토텔레스이다.
그의 철학적 관점은 스승인 플라톤과는 대비되게 궁극적 실재는 정신의 세계가 아니라 오직 현실의 사실세계라고 보았으며 『니코마스 윤리학』에서 인간이 달성해야할 최고의 선은 행복이라 하고 이를 위해 중용의 덕과 이성적인 행동(윤리적 생활)을 통해 얻을 수 있다고 하였다. 또한 그는 『정치학』에서 미덕을 습득 |

하는 방법으로 소크라테스나 플라톤이 주장했던 지식 (논쟁이나 이론)을 통한 것은 비효과적이고 천성, 습관, 이성에 의해 미덕을 가질 수 있다고 제시하고 있다. 아리스토텔레스의 사상에는 교육과 정치적 관련성을 담고 있는데, 그는 시민의 교육적 이상을 자유인에 두고 이러한 자유인이 되기 위해서는 정치적인 면과 경제적인 면을 가져야 한다고 보았다. 정치적인 면에서 자유인은 병역에 종사하고 투표를 하고, 공무를 수행하는 것을 의미하여 경제적인 면은 노예가 하는 천한 일을 하지 않는 것을 뜻한다. 그러므로 그리스 시대 자유인 교육은 노예제도를 바탕으로 한 자유민에 대한 교육을 의미하는 것이다.

보기 ① 번 : 에라스무스는 대표적인 인문주의 사상가로서 르네상스 인문주의와 성서주의를 결합하고자 했다. 그의 교육사상은 고전과 성서를 교육내용으로 라틴어 교육을 중시하였으며 체벌을 금지하고 조기교육을 주장하였으며 운동, 유희, 체조의 중요성을 강조하였다.

| 9 | ③ | ▶ 이소크라테스는 그리스 소피스트 중 한 사람으로 훌륭한 웅변가를 양성하는 것을 교육적 과제로 삼았다. 그가 말하는 웅변가란 추상적이고 관념적인 지식만을 소유한 사람도 아니고 세속적인 성공을 위해 노력하는 사람도 아니다. 이소크라테스가 생각했던 훌륭한 웅변가는 기원 전 4세기 혼란해진 그리스를 구원할 정치지도자이다. 그에게 있어서 웅변은 덕이 있고 지혜로운 정신의 반영이다.
이러한 웅변가는 수사학을 통해 길러진다. 그의 수사학은 단순히 합리적인 토론자를 만드는 논쟁의 기술을 가르치는 교과가 아니라 윤리학으로 승화된 단계이다. 수사학은 도덕적이고 지적인 교양인 것이다.
이소크라테스는 이러한 자신의 교육적 이상을 수사학교(기원전 392년)를 세워서 실천하였다. 이곳에서 학생들에게 당대의 역사적 사건에서 나온 다양한 주제들에 대해 글을 쓰고 발표하게 하였으며 다른 사람들과 함께 논의할 수 있는 기회를 제공하였다.
보기 ①번 : 철학적 문답법을 제시한 사상가는 소크라테스이다. 그러나 그는 문답법을 정치가 양성을 목적으로 사용한 것이 아니라 소피스트들에 의해 타락한 도덕성과 참다운 세계, 진리의 세계를 알 수 있는 방법으로 사용하였다. 그는 모든 인간은 진리의 잉태자로서 진리를 깨달을 수 있으나 마치 산모가 아이를 낳듯 고통이 없이는 이룰 수 없다고 보았다. 그러므로 문답법은 진리를 일깨우는 방법으로 노력과 고통이 수반된다.
보기 ②번 : 양심의 각성을 통한 언행일치의 교육 역시 소크라테스의 교육사상이다. 그에게 있어 지식은 행동과 분리되는 것이 아니라 반드시 실천을 수반하는 지식이다. '알고 있으면서 행하지 않는 것은 모르는 것과 같다'는 그의 유명한 말이 언행일치의 교육관을 잘 표현하고 있다.
보기 ④번 : 철학과 심리학을 기초로 하여 교육이론을 제시한 사상가는 헤르바르트이다. 그는 교육학을 체계화하기 위하여 교육목적(도덕적 품성도야)을 철학 통해 설정하고, 심리학을 근거로 교수단계(명료, 연합, 체계, 방법)를 제시하였다. |
| 10 | ④ | ▶ 대안학교는 학교에 불만족한 학생들로 인한 여러 가지 사회문제들을 해결하기 |

		위한 학교교육의 대안으로 생각하면 된다. 학생들과 그들의 부모들이 전통적인 학교 속에서 대안적인 것을 모색하기 때문에, 일반 공교육에서 잘 다루지 못하는 노작이나 생태교육 등을 강조하며, 이를 위해서 교육과정을 융통성 있게 운영할 수 있는 자율권을 허락하고 있다. 대안학교에 입학하는 대부분의 학생들은 교육의 가치를 인식하고 있으며 고등학교 졸업장을 원하고 있으므로 고등학교 졸업장을 받을 수 있도록 허가하고 있다. 따라서 검정고시를 통하여 졸업장을 받지 않아도 된다.
11	①	▶ 학습에 있어 학습자의 주체적인 자기주도 학습을 강조하고 학교에서 다루는 지식은 이미 객관적으로 결정되어 교사에 의해 제시되는 지식이 아니라 학습과정에서 학생들의 사고과정을 통해 구성되고 만들어진다는 지식관은 구성주의 관점이다. 구성주의는 인식의 대상과 성립과정을 설명하려는 존재론과 인식론적 철학에 근거를 두고 보편타당한 절대적 진리 추구로 산업사회를 대변했던 객관주의 인식론의 한계점에 대응한 대안적 인식론으로 주목받고 있다. 이는 교육의 현장에서 어떻게 배워 가는가에 대한 인지과정에 관하여 이전의 자연주의(Nativism)와 행동주의(Behaviorism)를 거치면서 등장하였다. 교수와 학습의 개념 및 그 과정에 있어 상대주의 인식론에 근거한 구성주의는 단순한 지식의 획득과 재생산 과정에서 탈피하여 학습자에게 의미 있는, 다양한 관점의 지식 구성을 중요시한다.
12	④	▶ 교육과정 지방분권제의 특징을 알면 풀 수 있는 질문이다. 보기 4번에서는 국가 교육과정을 벗어나 완전하게 자율적으로 운영하는 것이 틀렸다. 일부 교육과정 결정과 운영의 자율권을 허락하고 있다. 예를 들면 재량활동이나, 학교 교육과정 편성권 등이 이에 해당한다.
13	③	▶ 교육과정의 지방분권화 시도는 2차 교육과정에서도 있었지만, 본격적으로 시도한 것은 6차에 이르러서이다. 6차 교육과정기에 처음으로 국가 - 시도 교육청-학교로 이어지는 편성, 운영체제를 구비하였다. 1997년 7차 교육과정에서는 이를 더욱 확대하여 국가-시도 교육청-지역 교육청-학교체제를 고시한 바 있다.
14	①	▶ 보기1번 : 지방분권화의 장점을 설명한 것이다.
15	①	▶ 영 교육과정은 아이즈너 교수에 의해 제안된 개념이다. 이는 학생들이 알아야 할 중요한 교육목표나 내용이지만, 학교에서 의도적으로 공식적 교육과정에 포함하지 않은 것들을 가리키는 개념이다. 이러한 부분들을 연구하는 것은 학교에서 습관적으로 가르치지 않는 중요한 내용을 찾고 검토하는 데에 유용하다.
16	②	▶ 학교나 교육기관의 관리, 운영에 관한 사항은 교원단체의 교섭, 협의 사항에 포함되지 않는다. 봉급인상 등 교원의 전문성 신장이나 지위향상과 관련된 항목에서만 가능하다. 또한 정치활동은 불가하다는 항목을 법률에 명시하고 있다.
17	②	▶ 보기 ①번 : 총괄평가는 교과의 학습이 끝난 다음에 교수목표의 달성, 성취, 통달여부를 총괄적으로 판정하려는 평가로, 학생의 학습결과로 나타나는 성적에

		대한 점수판정이 가장 주된 역할이다. 보기 ③번 : 사후평가는 연구자가 연구대상을 설정하여 소정에 목적하는 효과를 알아보기 위해 처치를 가한 후 그 프로그램의 효과를 검토하는 방법이다. 보기 ④번 : 진단평가는 수업이 시작되기 전에 수업의 대상이 학생의 초기상태를 진단하는 것을 말하는 것으로 과거의 학습정도, 적성, 준비도, 학습흥미, 동기를 알아보는 방식이다. 이는 학생의 성취수준을 향상, 극대화하고, 학습의 중복을 회피하며, 학습곤란에 대한 사전대책의 수립을 위한 것이다. 따라서 문제의 보기 ② : 형성평가를 설명하고 있다.
18	①	▶ 안전사고의 고의 또는 과실, 가해자의 책임능력, 가해행위의 위법성 및 가해행위에 의한 손해의 발생, 가해행위와 손해간의 인과관계 이 네 가지 요소가 사고에 대한 책임여부를 판단하는 기준으로 적용된다. 그리고 학생 간에 발생한 사고에 대하여 감독자 책임, 교사를 고용한 학교법인이나 지방자치단체, 국가에게 교사의 선임 또는 사무 감독에 대한 책임을 묻는 사용자배상책임, 학교시설물의 하자에 의한 사고인 경우에 공작물 등의 점유자 또는 소유자의 책임원리가 판결 시에 적용된다. 단, 교사의 과실 또는 감독자의 책임이라고 했을 때 그 범위를 어디까지로 보는가는 국가별로 다소 차이가 있다. 대개 교사에게 학교안전사고의 책임을 묻는 경우 교육지도 상의 의무, 주의의무, 감독의무, 통고의무, 예측가능성으로 구분한다. 첫째, '교육지도상의 의무'는 교과수업시간과 직접적으로 관련되는 사항에' 대하여 교사가 취해야 하는 행동이다. 둘째, '주의 의무'는 교과수업과 간접적으로 관련되는 사항으로 교사가 취해야 하는 행동이다. 셋째, '감독의무'는 교과수업과 관련이 없는 학생생활 전반에 걸쳐서 학생들에게 취해야 하는 교사의 행동이다. 넷째, '통고의무'는 사고가 발생하기 전에는 사고 예방을 위해서 그리고 사고가 발생한 후에는 더 큰 상해를 방지하기 위해 교사가 취해야 할 행동이다. 다섯째, '예측가능성'은 가해자의 성행, 교육활동의 때, 장소, 가해자와 피해자와의 관계 등을 고려하여 판단하게 된다.
19	①	▶ 북한 정규교육의 기본 학제는 1-4-6-4(6)제이며, 유치원을 포함한 초중등 과정 11년을 의무교육으로 실시하고 있다. 보기 ③ : 중등교육은 고등중학교 6년으로 통합하여 운영하고 있다.
20	②	▶ 교육평가의 최근동향은 지필검사에 의한 평가보다는 구성주의적 수행평가를 지향하고, 잠재적 교육과정으로서의 의미를 중시하며, 관찰할 수 있는 행동을 구체적으로 진술하는 평가로 전환되고 있다. 이에 대표적인 방법으로 관찰법, 면접법, 포트폴리오법과 같은 질적 평가가 대두되었으며, 보기에 진술된 예들은 학습자 자신이 지속적, 체계적으로 작성하거나 직접 만든 개인별 작품집 또는 서류철 등을 나타내는 것으로 이를 근거로 평가하는 것은 포트폴리오법이다.

21	①	▶ 장 이론(Gestalt Psychology)은 미국의 인지주의에 영향을 미친 심리학의 이론으로 처음에는 지각경험을 연구하는데 중점을 두어 왔다. 대표적인 장 이론가는 Wertheimer과 Lewin이다. 장 이론의 기본적인 가정은 지각의 전체성이다. 장 이론에서 장(Gestalt)은 전체를 의미한다. 특히 장 이론가들은 행동주의자들 처럼 행동을 부분으로 분석하는 것을 강력하게 반대한다. 왜냐 하면 전체는 그 구성 요소를 분석하는 것으로는 이해될 수 없는 특성을 가지고 있다고 보았기 때문이다. 전체의 특성이 잘 나타나는 보기로는 Wertheimer가 발견한 파이(phi) 현상이다. 번갈아 비치는 두 개 이상의 빛은 단순히 번쩍이는 빛으로 인식되는 것이 아니라 움직이는 빛으로 지각된다는 것이다. Wertheimer는 기계적인 학습과 유의미적인 학습을 구분하였는데, 우리 집의 "전화번호는 123-4567이다"를 기억하는 것은 기계적 학습이라고 하였다. 이것이 바로 장 의존적이라고 볼 수 있다. 반면에 학생들에게 직사각형 면적 구하는 공식을 먼저 가르친 다음 그것을 이용하여 평행 사변형의 면적을 구하는 것은 유의미하다. 이것이 바로 장 독립적이라고 볼 수 있다. Wertheimer가 관심을 가졌던 것은 과제의 성질을 구분하는 것이 아니라 교실에서 과제에 맞는 학습방법을 사용하는 것이었다. 따라서 장 의존적인 학생들에게는 구조화된 과제를 통해서 선형적인 CAI프로그램이 제공되어 야 학습을 진행해 가면서 학습의 효과를 거둘 수 있을 것이다. 그리고 장 독립적인 학생들에게는 비구조화된 과제를 통해서 하이퍼텍스트적인 CAI프로그램이 제공되어야 할 것이다.
22	④	▶ 보기 ① 번 : 직소우란 원래 퍼즐을 말한다. 아이들이 조각조각 그림을 맞추어 전체 그림을 완성하는 나무퍼즐이나 그림 퍼즐 같은 것이 이에 해당한다. 직소학습은 협동학습의 한 형태나 그 내용을 구성하는 방식이 약간 다르다. 하나의 전체 주제를 선정한 다음 각 모둠별로 세부 주제를 주어 조사하고 학습한 다음 전체가 모여 발표하여 전체 주제를 완성시키는 방법이다. 퍼즐을 맞추는 모습에서 협동학습의 방법을 따왔다고 볼 수 있다. 보기 ② 번 : 역할놀이는 role playing 어떤 가상적인 역할을 수행하게 함으로써 문제시되는 태도나 행동을 변화시키려는 기법의 일종. 정서적 역할 놀이라고도 한다. 예를 들면 재니스와 많은 여성 흡연자를 대상으로 실험을 하였는데, 그들에게 암환자의 역할을 수행하게 하여 흡연 량을 줄이게 한 사례를 들 수 있다. 보기 ③번 : 모의법(Simulation Method)으로, 실제의 장면이나 상황과 유사한 사태를 인위적으로 만들어 그 속에서 학습하도록 하는 방법이다.
23	①	▶ 정교화 이론은 Reigeluth(인디애나 대학교 교수)가 단순-복잡의 순서로 학습내용의 개념, 절차, 원리들을 순환적으로 상세화 시키고 정교화 시키는 접근 방법으로 하나 이상의 여러 아이디어나 목표들을 조직하기 위한 거시적 수준의 전략수업에 속하며 정교화된 계열, 선수학습 요소의 계열화, 요약자, 종합자, 비유, 인지전략 촉진자, 학습자 통제양식 등 기본 교수 설계 전략을 포함하고 있다. 정교화 된 계열은 학습내용을 단순에서 복잡의 순서로 조직하는 것이다. 선수

		학습 능력의 계열화란 새로운 정보를 학습하기 전에 먼저 학습해야 할 지식이나 정보에 관한 구조를 말한다. 요약자란 학습한 것을 복습하는데 사용되는 전략으로서 교수에서 다른 각 아이디어나 사실에 대한 간결한 진술, 사례, 자기 평가적인 연습문제에 해당된다. 　종합자는 낱개의 아이디어들을 서로 연결시키고 통합시키기 위해서 사용되는 전략으로서 일반성 제시, 통합적 사례 제시 등이 해당된다. 비유는 새로운 정보를 학습자에게 친숙한 아이디어에 연결시켜 이해를 도와주는 것이다. 　인지전략 촉진자는 교수에서 그림, 도표, 기억술 등을 활용하거나 학습자 스스로 이러한 인지 전략 촉진자를 고안해 내도록 유도할 수 있다. 학습자 통제양식이란 학습자로 하여금 학습내용, 교수전략, 인지전략을 선택하고, 계열화할 수 있도록 기회를 제공하는 것이다.
24	③	▶ Merrill과 Reigeluth의 내용요소제시이론(Component Display Theory)란 교수설계에 있어서 어떻게 한 단위 시간의 수업을 설계할 것인가에 대한 구체적인 지침을 주는 미시적 수준의 교수설계이론이다. 요소제시이론의 기본원리는 다음 두 가지 특징으로 설명되어지는데, 첫째, 수업을 설계할 때부터 학습할 과제나 내용의 특성을 파악하여야 하고, 그 특성들이 중시되어야 하며, 둘째는 학습과 수업의 결과로 발생하는 학습자의 수행수준이 어떤 형태로 나타나야 할 것인가를 구체적으로 파악하여야 한다는 것이다. 이에 요소제시이론에서는 학습할 과제나 내용의 특성들은 사실, 개념, 절차, 원리 등으로 나뉘고 학습자의 수행수준은 기억하기, 활용하기, 발견하기 등의 세 가지 수준으로 나뉜다고 보고 있다. 따라서 내용의 특성과 수행수준의 행렬표에 따라서 교수목표를 상세화 하는 작업이 필요하다고 볼 수 있다.
25	④	▶ 시뮬레이션은 실제 생활의 생활과 과정을 추상적이고 단순화 한 것이다. 시뮬레이션에서 참가자들은 다른 사람들이나 시뮬레이터된 환경의 요소와 상호작용하는 역할을 한다(예를 들면 사업 운영 시뮬레이션). 잘 설계된 시뮬레이션은 달성해야 할 요소들의 모델들을 제시하여 즉각적인 목표를 달성하게 한다. 　프로그램 학습은 책의 형식으로 되어 있어 교수기계(교수기계는 사전에 준비된 순서대로(직선형) 학습내용을 연속적으로 제시하고 학습자가 스스로 각 항목에 대해 해답을 기록하면 즉각적으로 반응하여 정답과 오답의 여부를 알려줄 수 있는 개별처리 기능이 있다)의 원리와 장점을 살리면서 교수기계의 큰 부피와 엄청난 경비의 부담을 줄일 수 있도록 고안된 것이다. 프로그램 학습은 스키너의 강화이론에 토대를 두고 있으며, '주어진 학습목표에 도달시키기 위해 자극-반응관계에 터하여 학습자의 경험을 계획적으로 계열화한 것'이라고 정의한다. 　프로그램 학습은 개별학습과 깊은 관련이 있다. 다시 말해서, 배워야 할 학습내용을 학습자가 이해할 수 있는 기본 단위가 되도록 잘게 쪼개어 점진적으로 목표에 도달하도록 배열함으로써, 모든 학습자가 성취감을 느끼면서 자신의 속도에 따라 목표에 도달할 수 있도록 되어 있다. 　프로그램 학습의 원리를 다음의 몇 가지로 요약할 수 있다.

① 학습내용이나 문제 제시는 쉽게 답할 수 있도록 단계(step) 혹은 프레임 (frame)으로 되어 있다.
② 각 스텝 혹인 프레임마다 학습자의 반응을 유도한다.
③ 학습자의 반응에 대해 피드백해 주며 오답인 경우 원인을 알고 정정할 수 있는 분지된 처방을 제공한다.
④ 학습내용과 관련된 문제해답에 도움을 주는 힌트나 단서를 사용하여, 힌트를 점차적으로 제거하여 가는 페이딩(fading) 기법을 사용한다.
⑤ 각 프레임을 작은 스텝으로 고안해 정답률을 높이고 학습자의 성취감을 높여 강화의 횟수를 늘린다.
⑥ 자극-반응관계를 반복적으로 제시함으로써 적극적인 학습참여를 유도하고 주의집중을 높인다.

이상의 프로그램 학습 원리는 CAI에 그대로 적용이 된다. 즉, CAI가 추구하는 개별학습은 프로그램 학습의 기본 원리를 이어받은 것으로 CAI의 코스웨어를 설계할 때에도 분지를 활용하여 학습자의 반응에 따라 반복하여 내용을 제시하고, 힌트를 제시하든지, 보다 심화된 내용으로 도약할 것인지를 고려하고 있다
컴퓨터를 교육에 활용하는 유형은 다양하게 나타나는데, CAI, CMI, CBT, CMC 등이다. 이 중에서 최근 네트워크로 인한 정보 공유로 가장 대두되고 잇는 것이 CMC(Computer Mediated Communication)으로 컴퓨터 매개통신이다. 컴퓨터 매개통신은 컴퓨터를 정보통신망과 연결하여 사용자간의 정보공유와 교환, 의사소통 등을 가능하게 하는 시스템으로 인터넷의 여러 가지 기능들이 여기에 속한다고 볼 수 있다. 예를 든다면, 세계화 교실(Global Classroom)을 통한 협동적인 문제해결이나 공동 관심사에 대한 깊이 있는 탐색 등이 이루어지고 있으며, 나아가 고차적인 사고 기술을 습득할 수 있는 기회도 제공되고 있다. 또한, 가상학교 (Virtual School)를 통해서 시간과 공간적 개념을 초월한 사회적 상호작용의 기회를 제공하고 있음을 알 수 있다.

| 26 | ③ | ▶ 컴퓨터 보조학습의 유형에는 게임형, 반복학습형, 개인교수형(개별교수형), 반견학습형 외에도 문제해결형, 자료제시형, 모의실험형 등이 있다.
① 게임형은 학습동기를 높일 필요가 있거나 개별적 또는 소집단간의 경쟁을 통해서 학습동기를 높일 필요가 있을 때 필요하다. 사실의 원리, 문제해결력, 협동과 같은 사회적 기능, 태도형성 등에 이용된다.
② 반복연습형은 이미 배운 내용을 반복하여 수업목표가 달성될 때까지 계속 반복연습이 가능한 데 필요하다. 이 유형은 CAI프로그램에서 가장 많이 사용되는 양식으로 이미 습득된 지식이나 기능을 반복연습하게 하여 정규수업을 보충하고 강화하기 위한 것이다. 수학교과에서의 수 연산이나 외국어 교과에서의 단어 익히기, 발음연습등의 교과 영역에 사용된다.
③ 개인교수형은 새로운 학습내용을 제시하고 개별 학습자의 진도를 확인하면서 개별적인 지도가 많이 필요한 내용을 학습하는데 필요하다. 또한, 학습자에게 |

		자세한 안내와 정보, 연습과 피드백이 제공됨으로써 학습결과를 평가하여 학습자의 학습능력에 따라 각자의 속도로 학습할 수 있게 된다. ④ 발견학습형은 시행착오를 통한 학습을 하여 가설을 검증하거나 데이터를 탐색하여 정보 및 자료의 탐색 기능을 제시하는데 필요하다.
27	②	▶ 멀티미디어는 컴퓨터를 기본으로 하여 문자, 그림, 청각정보 등을 이용한 정보망을 만들고, 저장하고, 보내고 재생하는 상호작용적인 통신체제이다. 멀티미디어의 교육적 효과를 살펴보면 시각정보와 청각정보의 적절한 결합은 학습의 효과를 높일 수 있고, 정보가 단편적으로 제시될 때보다 상황과 관련되어 제시되었을 때 보다 효율적으로 기억될 수 있다. 또한, 주어진 학습 환경과 상호작용이 높을수록 학습효과는 향상된다. 멀티미디어에서 가장 중요시되는 것이 바로 상호작용성이다. 여기서 이야기하는 상호작용성이란 학습활동이 학습자에 의해서 통제되는 것으로 전통적인 수업과 새로운 테크놀러지에 의해 제공되는 수업을 구별하는 기준이 되기도 한다.
28	④	▶ 시뮬레이션은 지식의 실제 적용을 위한 장치를 수업 중에 마련하는 방법이다. 지금 보기의 상태는 소집단 협동학습이 구성원내의 능력과 노력 정도의 차이에 의해 의견분열과 불만을 초래한 상황이다. 이럴 경우는 협동학습과 자율적인 측면을 조합한 교수법이 요구된다.
29	③	▶ 스토리보드는 하나의 설계도라고 볼 수 있는데, 코스웨어(수업목표를 달성하기 위해서 개발된 소프트웨어)를 개발하기 위해서 반드시 해야 하는 작업이다. 토리보드에는 컴퓨터 화면상에 제시되는 내용, 즉, 텍스트, 그림, 사진, 소리, 동영상, 에니메이션, 버튼 등에 대한 상세한 것들로 구성되어진다.
30	③	▶ Mintzberg의 분류 : 상황에 의한 분류 ① 단순구조 : 조직은 소규모이고 역동적인 환경 속에서 존재하며 감독은 직접적으로 이루어진다.(신생조직). ② 기계적 관료구조 : 표준화된 업무특성을 가진 대규모 조직이다. (철강제조회사, 항공사) ③ 전문적 관료구조 : 업무는 전문성이나 공예적 기술을 통해서 표준화되고, 환경은 안정되어 있다.(대학, 사회복지기관, 공예품제조회사 등). ④ 사업부제 구조 : 조직의 각 부서는 고유의 구조가 있고, 그 구조는 이미 정형화된 하나의 형태를 취한다. (대규모의 회사, 다기능 종합회사 등). ⑤ 임시조직 구조 : 환경이 역동적이고 미지의 상태이며, 조직의 구조는 상황에 따라서 급격히 변화한다. (신예술조직, 연구개발실험 등).
31	①	▶ 창의성은 독창적인 아이디어를 생각해 내는 능력으로 Guilford는 창의력의 지적 능력 요소를 지각의 개방성, 사고의 유창성, 사고의 융통성, 사고의 독창성, 종합력, 정교성, 조직성 등 7가지로 구분하였다. 또한 창의성은 학교 학업성적에 어느 정도 상관을 가지고 있지만, 지능과의 상관에서는 IQ 120이상을 넘어가면 그 상관을 찾을 수 없다. 즉 창의성은 어느 정도의 지력이 있어야 하고 그 한계

		를 넘어서면 동기, 독창성, 성격과 같은 다른 요인과 관련이 된다. 그리고 ③번의 경우 자신의 개방성과 창의성은 관련이 없다.
32	②	▶ 학교는 설립한 후 시간이 경과하면서 구성원들 간에 특유한 행동양식을 발전시켜 나간다. 이러한 행동양식은 문화라고 불리며 이는 구성원들 간에 공유하고 있는 규범, 가치, 가정들에 담겨 있다. 조직의 이러한 가치체계는 대부분 무의식적인 것이며 당연하게 받아들여진다. 문화는 구성원들의 생각, 감정과 인식에 영향을 미친다. 학교는 특히 구성원들 간에 공유하는 문화적인 요소가 풍부하며, 이러한 문화적인 요소들은 여러 가지 상징체제에 의해 구성원들에게 전달된다. 학교의 문화는 구성원들이 일반적으로 갖게 되는 불확실성과 모호성을 감소하고 구성원들 간에 느끼게 함으로써 학교의 기능수행에 기여한다. 즉, 문화는 조직 내에서 공유되고 있는 의미체계와 신념체계의 집약이므로 추상적인 개념이며 조직에서는 이 추상적인 문화를 구체적인 형태로 새로운 구성원들에게 전달하고 기존의 구성원들을 강화시키는 상징으로서 대표적인 것은 신화, 이야기, 동화, 의례 및 의식, 비유나 유머 등이 있다. 그리고 조직의 문화적인 요소에는 인공물과 조형물, 규범, 가치, 가정 등 여러 가지가 있다. 그러므로 학급 문화를 알아보려고 하면 학급에서 이루어지는 행사, 학생의 복장, 학생의 언어 등을 고려해야 한다.
33	③	▶ 인지주의 학습이론이란 조건-반응이론과는 달리 학습을 학습자의 통찰에 의한 인지구조의 획득과 변용으로 설명하는 이론적 입장이다. 보기 ①, ④번 : 강화를 이용한 행동주의적 학습 원리이며, 보기 ②번 : 학생들에게 연습을 이용한 반복학습의 행동주의 원리이다. 그러나 보기 ③번 : 학생에게 질문한 후 대답할 시간을 충분히 주었으므로 학습자가 사고를 통한 통찰을 통해 답을 하게 됨으로 인지주의 학습이론을 적용한 것이라 할 수 있다.
34	②	▶ 편차 지능지수는 지능의 분포를 정상분포로 고려하여 평균과 표준편차를 사용한 표준 점수로 산출된 지수로서, 한 사람의 지능을 그와 동 연령인 집단 내에서의 상대적 위치로 규정한 지능 점수이다. 이는 정신연령과 생활연령의 비율로 산출하는 기존의 IQ가 문제가 있음을 비판하고, 연령이 서로 다른 사람끼리 비율 IQ로 비교할 때나, 자신과 연령이 동일한 사람과 상호 비교할 때 어느 위치에 서는지를 알 고 싶을 때 이러한 문제를 해결해 줄 수 있다. 따라서 보기 ②번 : 제작연도가 오래된 지능검사의 지능지수는 신뢰성이 결여될 수 있으므로 표준점수로 전환하여 집단내의 위치로 비교해 보는 것이 더 적합하다.
35	③	▶ 다중지능, 정서지능, 도덕지능, 성공 지능 등은 기존의 전통적 지능이론에서 벗어난 脫 전통적 지능이론으로 오랫동안 인정되어 온 심리측정적 접근에 비판을 가한 이론들이다. 다시 말해 인간의 능력이 언어, 논리, 수리적 사고능력으로 대표되는 학문적 수행능력을 의미하는 개인차 변별이 중요한 것이 아니라. 이와 더불어 성인이 실제 사회생활에서 활용할 수 있는 보다 포괄적인 지적 능력수준을 더욱 강조하는 것이다. 이 능력에는 일상의 문제해결 능력, 실제적인 적응 능력, 사회적 유능성과 관련된 것으로 이를 실제적 지능이라고 부르기도 한다.

36	①	▶ 프로이드와 에릭슨은 성격발달이론을 통하여 각 발달 시기에 여러 가지 욕구가 적절하게 충족되어야만 이 원만한 성격형성에 도움이 된다고 강조하였다. 특히 프로이드는 부모가 자녀의 욕구를 5세 이전에 충분히 만족시켜주어야 하며, 에릭슨은 전 생애에 걸쳐 8단계를 통해 욕구가 원만히 충족되어져야 하며 이는 사회적 관계 속에서 찾을 수 있다고 하였다. ②번의 보기는 프로이드와 에릭슨이 각 발달단계에 맞는 욕구를 강조하였기에 무엇이든 스스로 하는 기회가 중요하다고 할 수 없다. 단지 프로이드의 남근기와 에릭슨의 주도성과 죄책감시기에 해당하는 경험이다. 보기 ③번 : 프로이드에 해당하는 설명이고, 보기 ④번 : 에릭슨과 프로이드와는 관련이 없다.
37	①	▶ 실험 연구의 타당성에는 내적 타당성과 외적 타당성이 있다. 내적타당성이란 실험연구에 있어서 최소한의 요구조건으로, 실험 처치가 정말로 그와 같은 실험결과를 가져왔는가를 묻는 것이다. 이를 위해서는 조건통제가 엄격하게 이루어져야 한다. 대표적인 내적타당도의 저해요인으로는 사전·후에 발생한 갖가지 사건, 피험자의 성숙, 사전검사의 경험, 측정도구의 변화, 채점자의 변화, 비교집단과 선발집단의 동질성 결여, 피험자의 중도탈락, 피험자의 내적변화 등이 있다. 한편 외적타당도는 실험결과의 일반화 가능성을 따지는 문제로 현재의 실험조건을 떠나서 다른 상황에서도 어느 정도 일반화할 수 있는지를 검토하는 것이다. 이를 위해서는 표집오차를 최대한으로 줄이는 것이 필요하다. 대표적인 외적타당도의 저해요인으로는 사전검사로 인한 실험처치에 대한 피험자의 관심증가와 감소로 인한 영향, 피험자의 유형에 따른 실험처치의 상반된 결과, 실험상황과 일상 상황의 이질성 등이 있다. 따라서 본문의 보기에서는 ②번의 경우 사전 사후 검사가 동일함으로 인해 사전 검사가 사후에 영향을 미칠 수 있고, ③, ④ 학생들의 인식으로 인한 내적변화가 존재하므로 실험의 내적 타당성이 저해될 수 있다. 그러나 ①과 같이 연구기간의 길이는 내적 타당성과는 관련이 없다.
38	④	▶ 앨리스의 합리적, 정서적 상담은 인간의 사고와 신념이 정서와 행동에 크게 영향을 미친다는 점에 주목한다. 내담자가 지니고 있는 신념이나 생각이 합리적이지 않다는 사실을 깨우쳐 주어 현실적인 문제해결을 시도하는 것이 합리적, 정서적 상담의 기본이다. 난 뭐든 안돼, 되는 것이 없어, 성적이 떨어지면 끝장이야 하는 생각들은 실제로 성적이 떨어지면 정말 끝장이 나는 것이 아닌 것처럼 생각의 문제라는 점에서 접근한다. 영향력 있는 타인의 행동모방의 기능을 갖는 것이 행동적 상담인데 여기서는 남으로부터 항상 인정받고 있는 사람의 예를 들어보라고 요구하고 있다.
39	④	▶ 상담 장면에서 문제 해결의 주체는 상담자가 아니라 내담자이다. 상담은 내담자가 자신이 문제를 스스로 해결할 수 있도록 조력하는데 있다. 상담시간을 미리 내담자에게 알려주는 것은 상담자와 내담자 모두에게 약속이 되며, 밀도 있는 상담이 되기 위한 방법이다.

40	①	▶ 학습자의 학습동기를 높이기 위해서는 가능한 쉬운 과제를 부여할 것이 아니라 적합한 과제를 선택해 주는 것이 학습동기를 높여주는 방안이 된다. 즉 학습과제가 학습자의 능력보다 쉬울 경우 오히려 학습동기가 자극 받지 못해 오히려 학습 효과에 저해하는 요인이 될 수 있다. 　참고로, 학습자의 학습동기를 높여주는 구체적인 방법으로는 교사의 일반적 모범 행동제시, 바람직한 기대와 신념의 전달, 구조화된 학습경험제공, 교사의 열성적인 태도, 과제에 대한 흥미와 가치 유발 행동, 호기심이나 긴장감 유발 행동, 인지갈등 유도하기, 비형식적으로 피드백해주기, 과목의 중요성을 설명하여 진로와 연결하기, 평가 결과를 알려주거나 강평할 기회를 가짐, 적합한 과제 선택해 주기, 신기하고 다양한 자료주기, 자발적 반응의 기회 제공하기, 높은 수준의 목표와 다양한 질문하기 등이 있다.
41	④	▶ 신교육사회학이론은 기능이론과 갈등이론의 거시적 관점이(교육과 사회와의 관계분석에 중점을 두고 학교를 블랙박스(black box)로 취급)갖는 한계를 극복하여 학교 안에서 구체적으로 어떤 일들이 일어나고 있는가를 분석하고자 한다. 따라서 신교육사회학은 두 가지의 중심연구주제를 가지고 있다. 하나는 교사와 학생간의 상호작용분석이고(교실사회학), 다른 하나는 학교에서 가르치는 지식의 사회적 성격(학교에서 가르치는 지식은 사회적 권력을 반영하고 있다)에 관한 것이다(교육과정 사회학). 위 문제는 학교에서 가르치는 지식은 사회적 권력을 반영하고 있다는 교육과정사회학은 관점이다. 신교육사회학의 학문적 배경은 상징적 상호작용론, 현상학, 민속방법론과 같은 해석학적 전통과 지식사회학, 인본주의적 마르크스주의이며, 해석학적 전통은 교사 - 학생의 상호작용에 관한 분석에, 지식사회학은 교육과정사회학에, 민속방법론은 질적 연구방법론에, 인본주의적 마르크스주의는 교육과 사회에 대한 비판적 관점에 각각 영향을 미쳤다고 볼 수 있다. 경제적 재생산론(Bowles&Gintis)은 학교가 자본주의의 경제적 관계를 재생산한다는 관점이며, 구조기능주의는 기능이론을 완성시켰다고 평가를 받는 파슨즈(T. Parsons)의 이론이고, 근대화이론은 기능이론의 한 경향으로 인간자본론과 더불어 6, 70년대 발전교육론을 형성시켰다.
42	②	▶ 평생학습은 강제력이 있는 것이 아니라 시간, 공간, 여건을 학습자 스스로 찾아 선택할 수 있다. 따라서 기대하는 학습자는 자기 주도적인 학습자이다. 제7차 교육과정은 자기 주도적 학습력 신장을 주요한 목적으로 삼고 있다.
43	②	▶ 위 문제는 학교교육팽창과 그 한 현상으로서의 학력 인플레이션(과잉학력)을 묻는 질문이다. 학교교육의 팽창에 관한 이론으로는 학습욕구이론, 기술 기능이론, 신 마르크스주의 이론, 지위경쟁이론, 정치통합이론을 들 수 있다. 학습욕구이론은 Maslow의 욕구발달단계론에 기초한 것으로 인간은 자아실현을 위해 기본적으로 학습욕구가 있으며, 이 학습욕구로 인해 학교교육을 받고자하는 사람의 수가 많아진다는 것이다. 기술기능이론은 산업사회에서 요구하는 기술수준의 상승으로 인해 상급학교에 진학하고자하는 사람들의 수가 많아진다는 이론이며, 이

		이론의 최대 약점은 바로 이 학력 인플레이션현상을 설명할 수 없다는 것이다. 인간자본론은 이 기술기능이론의 기초이론이다. 신 마르크스주의 이론은 순응적 노동자를 요구하는 자본가의 요구로 인해 학교의 팽창이 초래되었다고 보는 이론으로 Bowles & Gintis가 대표적이다. 지위경쟁이론은 베버(Weber), 콜린스(Collins)등의 주장으로 오늘날 지위상승의 주요한 수단으로 졸업장이 혈통이나 족보를 대체하고 있기 때문에 사람들은 더 높은 수준의 졸업장을 획득하기 위해 상급학교에 진학하고자 한다는 것이다. 이 지위경쟁이론은 비교적 한국적 상황을 잘 설명하고 있다는 평을 받고 있으며, 학력인플레이션현상을 잘 설명하고 있다. 정치통합이론은 교육을 통한 정치적 통합을 모색하기 위해 국가에 의해 학교교육이 팽창하고 있다는 설명이다.
44	④	▶ 평생교육을 사업장의 사회교육이나 공교육을 보조하는 수단으로 보는 시대는 지났다. 보기1,2,3은 모두 협의의 개념에 의거한 평생학습 예이다.
45	③	▶ 사회성 측정법은 학급이나 소집단 내의 역동적 사회관계를 이해하고 집단 내에서의 개인의 사회적 위치 및 비형식적인 집단형성의 구조를 알아내는 방법이다. 이는 학생들에게 학생들끼리의 사회적 관계를 확인할 수 있는 질문(예: 학급 대표로 적당한 사람은?(추인법), 누구와 짝이 하고 싶은가? (지명법))을 통해 개인의 학급내 사회적 위치, 상호관계를 추정하는 방법이다. 사회성측정법을 통해 집단내의 역동적인 인간관계를 파악할 수 있는 사회도를 그려낼 수 있다. 사회도(교우도)는 표적 교우도(동심원을 이용, 제1선택을 화살표로, 선택허여 수 2인 이상) 집단구조 교우도(선택허여수가 1인인 경우에 한하여 제작할 수 있고 이를 통해 짝패, 연쇄형, 삼각결합, 파당, 분열형, 고립된자. 스타, 경시된 자. 배척된 자. 상호선택 등을 확인할 수 있다.)등이 있다. 　　주제 통각 검사(TAT)는 30매의 불분명한 그림과 한 장의 백색카드로 피험자의 내면적 세계를 도출해내는 방법이며, 의미 분석법은 어떤 사상에 대한 개념의 심리적 의미를 분석할 때 사용하며, 실험 연구는 어떤 변인을 인위적으로 조작(통제와 조작)하여 이를 작용시킴으로서 나타나는 변화를 관찰하는 연구이다.
46	①	▶ 원격교육의 특성을 살펴보면, 첫째, 교사와 학습자간의 물리적인 격리로 교수매체를 통해서 의사소통을 한다. 둘째, 교수매체의 활용으로 학습자가 개별적으로 사용하는 교수매체로 인쇄자료, 음향, 영상자료, 컴퓨터 코스웨어 등이 포함된다. 셋째, 쌍방향 의사소통이 필수적이다. 넷째, 다수 대상의 개별학습으로 사전에 계획되고, 준비되고, 조직된 교재를 통해서 개별학습이 이루어진다.
47	③	▶ 문화재생산이론은 학교는 특정계급의 문화자본을 선택, 조직, 사용함으로서, 특정계급에게 유리하게 운영되고 있으며, 그것을 통해 자본주의(혹은 사회적 불평등)를 재생산한다고 보는 관점이다. 문화자본은 각 계급이 가지고 있는 언어, 사고, 태도, 행동 등 생활양식을 지칭하는 것으로, Bourdieu에 따르면 학교가 여러 계급의 상징체계를 사용해야 함에도 불구하고 중상류층의 문화자본을 표준적

		이고 공식적인 문화로 규정하는 것은 일종의 상징적 폭력이 된다. 저항이론은 (Willis, McRobbie, Giroux 등) 학생들은 수동적으로 학교가 제시하는 문화를 받아들이는 것이 아니고, 그들의 문화에 기초해 적극적으로 학교문화에 저항하고 반학교문화를 형성하면서, 능동적으로 노동자가 되어간다는 관점을 설명하고 있다. 발전교육론은 교육이 국가와 사회발전의 토대가 된다는 관점이며, 상징적 상호작용론은 객관적인 규칙이나 원리보다는 인간 상호간의 주관성을 강조하는 입장으로, 의사소통과정에서의 상호주관성을 강조한다.(Mead, Cooley 등) 이 상징적 상호작용론은 신교육사회학의 발전에 많은 영향을 미쳤다.
48	①	▶ 평등관의 발달은 허용적 평등관, 보장적 평등관, 과정의 평등관, 결과의 평등관으로 발전해 왔다. 허용적 평등관은 교육기회에 대한 신분적 장애를 없애는 것으로 누구에게나 교육을 허용해야 한다는 관점이다. 보장적 평등관은 교육의 기회를 실질적으로 보장해야한다는 것으로 지리적, 경제적, 사회적 제반장애를 철폐하여, 무상교육의 확대, 복선제를 단선제로 변화시키려는 노력을 가져왔다. 과정의 평등관은 접근의 기회뿐만 아니라 과정상의 평등이 실현되어야 한다는 것이며, 결과의 평등은 '배울 것을 다 배우게 하는 것이 평등'이라는 관점으로 가정환경이 취약한 학생에게 그 환경을 보상(보상적 평등)하여 더 많은 지원을 해야 한다는 관점이다. 과정의 평등관에서 결과의 평등관으로 변화되는데 는 콜만 연구의 결론(학생들의 학업성취에 영향을 미치는 가장 큰 요인은 가정배경)이 중요한 영향을 미쳤으며, 롤즈(Rawls)는 그의 정의론에서 '평등(정의)은 부족한 사람에게 더 많은 서비스를 제공'하는 것이라고 주장했는데 이러한 관점이 보상적 평 등의 철학적 배경이 된다. 한편 콜맨은 평등관의 변천을 1단계(산업화이전-평등의 문제가 제기되지 않은 시기), 2단계(초기산업화 단계-능력에 따른 차등적 교육기회제공), 3단계(1차대전 이후-모든 사람에게 기회는 공정하게 주어져야하고 이를 위해 무상교육 등 각종 지원제도의 정비), 4단계(최근-결과의 평등)으로 구분하였으며, Hussen은 1단계(보수주의 단계-콜맨의 2단계), 2단계(자유주의-콜맨의 3단계), 3단계(보상적 평등관-콜맨의 4단계)로 구분하였다.
49	③	▶ 처벌 위주의 학생지도는 효과가 없다는 연구들이 발표되고 있다. 최근 대안학교를 통하여 졸업장을 주거나, 교과 이외의 활동을 허용하거나, 학생들의 교과 선택권을 확대하여 학습으로 유도하려는 방안들이 늘고 있다.
50	③	▶ 학년 초 학급경영에서 다루어야 할 사항은 다음과 같다. - 교실환경준비, 학급구성원과 친숙하기, 규칙 및 절차계획, 행동결과의 결정과 전달, 규칙 및 절차 가르치기, 학교생활 시작활동, 잠재적 문제들에 대한 전략 수립
51	②	▶ 교육재정의 원리 ① 충족성 : 교육활동을 운영하는데 있어서 어느 정도 적정 수준의 재화와 용역 확보 ② 평등성 : 동일한 여건에 있는 사람을 동일하게 취급

		③ 공정성 : 학생개인의 능력, 다른 정당한 차이로 인정되는 특징 등에 차등을 두어 지원 ④ 효율성 : 최소의 비용으로 최대의 효과를 얻으려는 가치 ⑤ 자율성 : 단위학교, 교육지원청에서 재정운영을 선택할 수 있는 정도
52	③	▶ 허즈버그(Herzberg)의 동기-위생 이론 직무만족에 기여하는 요인과 불만족에 기여하는 요인이 별개로 존재한다고 제안함. ① 동기요인 : 만족을 주고 직무수행의 동기를 유발하는 요인 　　　　　성취, 인정, 작업 자체, 책임, 발전 등이 있다. ② 위생요인 : 불만족을 느끼게 하거나 그것을 해소하는데 작용되는 요인 　　　　　회사정책과 행정, 감독, 임금, 대인관계, 작업조건 등이 있다. * 유의점 : 동기요인은 위생요인이 제거된 다음에야 작용되며, 위생요인의 제거나 개선은 불만족을 감소시키지만 이는 자동적으로 만족이나 동기를 강화하는 것은 아니다. * 비판점 : 조사방법에 따라 다른 연구결과가 나타난다는 것과 개인차를 무시하였다는 점.
53	④	▶ 사회체제이론(사회과정이론) : 사회체제는 개인들의 집합으로 이루어진 사회적 단위라고 보고 사회체제 속에서 인간이 어떠한 행동을 하는가에 대해 본격적으로 연구한 대표적 이론. 기본적 구조는 사회체제 내에서의 인간의 행위는 인성과 역할의 상호작용으로 보는 것이다. * 체제의 기본적 속성 ① 유목적적행위 : 체제는 목표 지향적이다. 체제는 여러 가지 목적을 가지고 있어 일련의 가치기준을 근거로 하여 우선순위를 결정해야 한다. ② 전체성 : 전체는 체제 각 부분의 총화보다 더 크다는 생각에 기초를 둔 개념이다. ③ 개방성 : 체제는 보다 큰 체제인 환경과 상호작용 한다. ④ 전환 : 체제는 목적달성을 위하여 여러 자원을 활용하여 산출로 전환시킴으로써 가치를 창조한다. ⑤ 상호관련성 : 체제의 각 부분은 내적으로 상호작용과 상호 의존성을 지니며, 체제와 체제의 환경과는 상호작용한다. ⑥ 통제기제 : 체제는 그 환경과 내부의 요구에 부응해야 하며, 그 자체를 유지하는 자율적 인 힘이 있다.

● 실전문제 ❷

※ 제시문 (가), (나), (다)를 읽고 주어진 논제에 대한 답안을 작성하시오.

【논제】 아래 제시문을 바탕으로 인간의 자유의지에 영향을 끼치는 요인을 정리하고 그것을 극복할 방안을 논술하시오.

제시문 ═══════════════════════════════

(가) 리벳의 실험뿐만 아니라 동물을 대상으로 한 여러 실험도 자유의지에 대한 의문을 낳았다. 과학자들이 벌레나 달팽이 같은 단순한 동물의 뇌를 관찰한 결과, 이 동물이 어떤 행동을 보일 지 거의 확실하게 예측할 수 있었다. 여러 과학자들은 이 사실이 사람에게도 마찬가지로 적용될 수 있다고 주장한다. 우리가 자유 의지에 따라 결정했다고 여기는 행동이 실제로는 뇌의 신경 세포가 정해진 법칙에 따라 활동한 결과에 불과하다는 것이다. 나아가 이 법칙은 어마어마하게 복잡다단하긴 하지만 자유의지와는 별로 상관이 없다는 것이다.

이런 관점에서 '좀비 이론'이 나오기도 했다. 좀비란 죽은 채로 움직이는 시체를 의미한다. 물론 좀비는 상상속의 존재이다. 그런데 좀비 이론에서는 우리가 자유 의지는 물론이고 아무런 의식이 없다고 하더라도, 그래서 마치 좀비처럼 세상을 돌아다닌다 하더라도 지금과 똑같이 행동할 것이라고 주장한다.

(청소년을 위한 뇌과학, 니콜라우스 뉘첼)

(나) 우리는 실험에서 여대생들에게 각자의 성격에 대해서 거짓 정보를 줌으로써 그들의 자존심을 일시적으로 변화시켰다. 이들에게 성격검사를 실시한 후 학생들의 1/3에게는 그들의 성격이 완숙하고, 호기심이 많고, 깊이가 있다는 긍정적인 평가를 알려 주었다. 다른 1/3의 학생에게는 성격검사 결과, 그들의 성격은 성숙되지 못하고, 호기심이 별로 없으며, 얄팍하다는 등의 부정적인 평가를 주었고, 나머지 1/3의 학생에게는 아무런 정보도 주지 않았다.

- 중략 -

두 번째 실험의 일부로서 피험자들은 카드게임에서 다른 상대자들과 대결을 하였다. 이 게임에서는 돈을 걸 수 있었고, 따는 만큼 그 돈은 자기의 것이 된다고 알려 주었다. 게임 중에 피험자들은 상대방을 속일 수 있는 몇 번의 기회를 가졌다. 이 때 상대방은 속임수를 전혀 눈치 챌 수 없는 상황이었다. 피험자들이 속임수를 쓰지 않으면, 피험자들은 확실히 돈을 잃게 되어 있었고, 속임수를 쓰게 되면 상당한 양의 돈을 딸 수가 있었다.

실험의 결과는 자존심을 낮추도록 설계된 정보를 받은 학생들은 높은 자존심 정보를 받은 학생들보다 더 많은 속임수를 사용하였다. 아무런 정보도 받지 않은 통제집단에 있는 학생들의 속임수 빈도는 두 집단의 빈도사이에 속하였다.   (사회심리학, Elliot Aronson)

(다) "하루 종일, 아니면 한 시간, 아니 지금 같은 식사 시간만이라도 '나'라는 말을 하지 않고 지낼 수가 있을까요?"

모인 사람들은 재미있는 실험이 될 거라고 동의했다. 우리는 그 자리에서 곧바로 시험해보기로 했다.(중략) 그러나 끊임없이 '나'라는 말이 끼어들어 성공할 수 없었으며, 말을 하다가도 규칙 위반이라는 외침으로 중단되곤 했다.

- 중략 -

"이 게임은 도무지 안 되겠네요! 이런 식으론 얘기가 끝을 보지 못하겠어요." 마침내 이것을 게임이라고 부른 한 참석자가 그만하자고 말했다. 나는 이 기억할 만한 식사모임에서 우리가 나날의 대화에서 얼마나 자기중심으로 되어 있는지, 우리 삶 속에서 얼마나 많은 '나'가 있는지 배우는 기회가 되었을 것이라 믿는다.

(아름다운 삶, 사랑 그리고 마무리, 헬렌 니어링)

▶▶▶ **대상작** ○○○(□□□ 중학교)

인류를 만물의 영장이라고 부르던 이유는 스스로 생각하여 자신의 의지대로 움직이는 이른바 '생각하는 동물'이었기 때문이다. 하지만 최근 과학자들의 주장은 인간도 다른 동물들처럼 자유의지가 아닌 정해진 법칙에 따라 활동한다는 것이다.

자유의지란, 자신이 하고 싶은 대로 행동하는 것을 의미한다. 그동안 사람들은 그들이 자유의지에 따라 행동한다고 생각했다. 그러나 제시문 (가)처럼 자유의지는 신경 세포가

정해진 법칙에 따라 행동한 결과이다. 또 제시문 (나)의 실험에서 알 수 있듯이 타인의 말이나 정보에 의해 일시적으로 변화하거나 사실로 받아들여 그것을 자신의 자유의지라 여기기도 한다.

책 〈끝없는 이야기〉에 나오는 주인공은 끝없는 이야기라는 책을 읽다가 그 이야기 속으로 들어가 달아이를 만나는 모험을 하게 된다. 모험의 과정에서 주인공은 자신의 자유의지대로 길을 선택하고 모험을 한 것이라 생각했으나 그 모든 것은 책에 쓰여 있던 것이었다. 이 책의 주인공같이 인간들의 자유의지는 뇌의 복잡한 법칙이나 타인에게서 얻는 정보 등에 영향을 받는 것이다.

본능적인 뇌의 법칙과 수동적인 타인의 정보 등을 극복할 수 있는 방법은 자신에 대해 끊임없이 생각하고 되돌아보는 것이다. 평소 아무렇지 않게 생각하고 행동했던 것들, 그동안의 삶 속에 이미 익숙해져 습관이 돼버린 행동들을 떠올려 본다. 그 후 제시문 (다)에서처럼 간단한 말이나 행동이라도 기존의 틀에서 벗어나 오직 자기만의 말과 행동으로 다시 짜는 것이다. 그렇게 한다면 모두 비슷비슷하고 일반화되어 있는 것들에게서 벗어나 진짜 자신의 자유의지대로 살 수 있을 것이다.

▶▶▶ 심사평

중학부 논제는 '인간의 자유의지'라는 다소 철학적인 주제다. 인간이 사회 문화 그리고 자신의 육체에서 자유로울 수 있는가를 생각하는 것은 중학생에게는 난해한 주제가 될 수 있었으나, 다소 추상적인 주제를 배경지식과 독서력을 바탕으로 구체화하며 논술하는 과정에서 인간이란 무엇인가에 대해 생각해 보는 것은 가치 있는 경험이 되었을 것이다.

대회 참가자는 우선 인간의 자유의지를 부인하거나 제약하는 여러 요소를 제시하는 논제를 극복하여 '인간의 자유의지'를 주장해야 했는데, 그것은 그리 쉬운 일이 아니었다. 어떤 글은 제시문에 경도[傾倒]되어 주장이 논제의 제시문에 휘말리는 모습을 보였으며, 어떤 글은 자유 의지의 개념 정의에 혼란을 보기도 했다. 하지만, 몇몇 뛰어난 글은 제시문의 내용을 나름대로 비판·해석하며 자신의 주장을 뒷받침하는 효과적인 논거로 이용하는 멋진 모습을 보였다.

제 4 강

/

핵심 논리 논술

제4강　핵심 논리 논술

■ 단어와 품사 ■

1. 단어의 정의

일반적으로 '자립하여 쓸 수 있는 가장 작은 말' 즉 자립성과 분리성을 가진 말의 최소 단위

예)
· 파악. 귀머거리. 문학. 감상문. 우두커니 등
· 순우리말 단어 ： 난달. 흔전만전. 뜨악하다. 잡도리 등

2. 단어 분류 기준

단어를 분류하는 기준은 형태에 따른 분류, 의미에 따른 분류, 기능에 따른 분류로 나눈다.

가. 형태에 따른 분류

단어의 형태가 변화하는지 그렇지 않은지에 따라 나누는 것이다. 형태가 변화하는 것은 가변어(可變語) 형태가 변하지 않는 것을 불변어(不變語)라고 한다.

예를 들어 '①먹다'와 '②산'이 라는 단어

1) 먹다 ： 나는 밥을 많이 먹는다. / 밥을 먹는 사람이 많다.에서와 같이 '먹다'라는

단어는 필요에 따라 여러 가지 형태로 바꿀(활용할) 수 있는 단어 → 가변어
2) 산 : 산이 매우 높다. / 나는 산에 오른다. 에서와 같이 '산'과 같이 문장에서 형태
   가 변화하지 않는 단어 → 불변어

나. 의미에 따른 분류 / 9품사

문법에서 배우는 품사들은 단어를 의미에 따라 구분한 것이다. 이것은 ① 명사 ② 대명
사 ③ 동사 ④ 조사 ⑤ 수사 ⑥ 형용사 ⑦ 부사 ⑧ 관형사 ⑨ 감탄사 등 9품사가 있다.

① 명사

명사는 대상의 이름을 나타내는 말로 '산', '바다'(구체적 대상)또는 '사랑', '평화'(추상
적 대상)와 같은 이름을 명사라고 한다. 명사는 다른 말의 도움 없이 홀로 쓸 수 있는
'자립명사'와 다른 말의 꾸밈을 필요로 하는 '의존명사'가 있다.

"의존명사 예)
- 예쁜 것이 많다. / 나는 좋은 줄을 모르겠다.-
'것'과 '줄'에서 '것'은 사물, 일, 현상 따위를 추상적으로 이르는 말이고, '줄'은 어떤
방법이나 속셈 따위를 이르는 말이다. 명사 '것', '줄'은 각각 '예쁜', '사랑할'이라는 말의
꾸밈이 꼭 필요하다. 이처럼 다른 말의 꾸밈을 필요로 하는 명사를 의존명사라고 한다.

② 대명사

명사를 대신하는 의미를 갖는 단어를 대명사라고 하며 대신할 대(代)가 붙어 대명사(代
名詞)이다. 대명사에는 사람을 대신하는 대명사(나, 너, 우리, 그, 그녀) 사물을 대신하는
지시대명사(이것, 저것, 그것), 장소를 대신하는 대명사(여기, 저기, 거기) 등이 있다.

③ 동사

동사는 사물의 움직임이나 과정 등을 나타내는 말로 '달리다' '먹다' '뛰다' '걷다' '마치
다' 같은 단어를 말한다. 동사는 시간의 흐름에 따라 변화가 가능한 의미가 있다.

④ 조사

조사의 한자는 도울 조(助) 말씀 사(辭)로, 뜻을 풀이하면 '돕는 말'이다.

조사는 세 가지 특징이 있는 단어다.

첫째, 자립성이 없어서 다른 말에 달라붙어 사용되는 말이다.

둘째, 체언(명사, 대명사, 수사) 뒤에 달라붙는다.

셋째, 그 말과 다른 말의 문법적 관계를 나타내거나 뜻을 더해주는 역할을 한다.

예)

그가 책을 둘째에게 주었다. :

'가' '을' '에게'는 모두 혼자 쓸 수 없는 말이다. 그러므로 체언(명사, 대명사, 수사) 뒤에 달라붙어 있다. 혼자 쓸 수 없으면서 명사 뒤에 달라붙는 말을 조사라고 정의한다.

⑤ 수사

수사는 수량이나 순서를 의미하는 단어로 첫째, 둘째, 셋째와 같이 순서를 의미하거나 하나, 둘, 셋 과 같이 수량을 의미하는 것이다.

● **참고** 〈 체언 = 명사, 대명사, 수사 〉

명사, 대명사, 수사는 서로 다른 의미가 있지만 공통점이 있다. 그것은 문장에서 주어, 목적어, 보어 등으로 사용되며 문장의 뼈대를 이룬다.

a. 철수가 밥을 먹는다. - 명사 (철수)

b. 그가 밥을 먹는다. - 대명사 (그)

c. 첫째가 밥을 먹는다. - 수사 (첫째)

a, b, c는 각각 명사, 대명사, 수사다. 이 세 품사는 문장에서 주어의 기능을 할 수 있다. 그래서 이 세 가지를 묶어서 문장의 몸이 되는 말, 즉 체언이라고 한다.

⑥ 형용사

형용사는 사물의 상태나 성질을 나타내는 단어로 '예쁘다' '작다' '곱다' '길다' '착하다' 같은 단어다. 동사가 동영상이라면 형용사는 사진이다. 사진처럼 어떤 대상의 순간적인 상태, 모양, 성질을 포착하여 말해주는 말이기 때문이다.

● 참고　〈 용언 = 동사 + 형용사 〉

　동사와 형용사는 단어를 기능으로 분류했을 때, 용언에 속한다. 용언이란 문장에서 서술어의 기능을 하면서 활용되는 말이다.

　　a. 영희가 예쁘다.　(예쁘다, 예쁘고, 예쁘니, 예뻐서, 예쁜 등) - 형용사
　　b. 철수가 달린다.　(달린다. 달리고, 달리니, 달려서, 달리는 등) - 동사

　'예쁘다', '달린다'는 각각 형용사와 동사로 서술어의 역할을 하면서 필요에 따라 다양한 형태로 활용되는 것을 알 수 있다.

● 참고　〈 형용사와 동사를 구분하는 법 〉

　문장에서 서술어로 쓰이는 말은 용언이고, 용언은 동사와 형용사 둘 중 하나다. 형용사와 동사를 쉽게 구분하는 방법은

　첫째, 의미로 구분
　움직임을 나타내는 말이면 동사, 상태, 성질을 나타내면 형용사다.
　　a. 철수가 달린다. - 동사
　　b. 영희가 예쁘다. - 형용사

　'달린다'는 단어는 시간에 흐름에 따라 변화되는 움직임을 나타내기 때문에 '동사'이며 '예쁘다'는 현재 어떤 대상의 모양, 상태, 성질을 설명하는 말로 '형용사'다.

　둘째, 명령이나 청유형 사용 유무로 구분
　명령형이나 청유형을 쓸 수 있으면 동사, 그렇지 않으면 형용사다.
　　a. 철수야 학교에 가라
　　b. 영희야 예뻐라

　a는 자연스러운 문장이지만, b는 어색한 문장이다. 이것은 형용사가 동작이 아닌 어떤 상태나 성질을 뜻하는 말이기 때문에 아무리 명령한다고 해서 변화될 수 없다. 못생긴 사람에게 아무리 '예뻐라!'라고 이야기해도 달라질 수 없는 이치다.

이와 동일한 원리로 청유형(함께 어떤 행동을 할 것을 부탁하는 것) 어미 '~자'도 동사에만 쓸 수 있고, 형용사는 쓸 수 없다.

 a. 함께 밥을 먹자.
 b. 영희야 우리 예쁘자.

셋째, 기본형을 사용할 수 있는지 유무

단어의 기본형이란 동사, 형용사의 변하지 않는 부분 어간에 '-다'가 붙는 것을 말한다.

예를 들어 '가다'를 살펴보면, 가다, 가고, 가니, 가서, 가는 이렇게 문장 속에서 활용된다. 여기서 변화하지 않는 부분은 '가'다. 나머지 부분은 필요에 따라 변화된다. 이렇게 변화하지 않는 부분은 단어의 뼈대인 어간이라고 한다. '가다'의 어간 '가-'에 기본형 어미 '-다'가 달라붙은 '가다'가 이 단어의 기본형이 된다.

 a. 영희는 예쁘다.
 b. 철수는 먹다.

a, b는 '예쁘다'와 '먹다'의 기본형을 그대로 문장에 사용한 것이다. a의 경우 예쁘다의 기본형을 썼을 때 의미가 전혀 어색하지 않고 완전한 서술이 가능하다. 그러나 b의 경우는 다르다. 평소 이런 말은 잘 쓰지 않는다. 먹었다. 먹는다로 활용해 쓴다.

그렇기 때문에 기본형을 문장에 썼을 때 자연스러우면 형용사, 그렇지 않으면 동사라고 한다.

넷째, 현재형 활용 유무

현재형 (-ㄴ/는다.)을 쓸 수 있는가 그렇지 않은가로 구분할 수 있다. 당연히 동사는 행동이기 때문에 현재형이 가능하고, 형용사는 시간과 관련 없는 상태나 성질을 나타내는 의미이기 때문에 현재형이 불가능하다.

 a. 먹다 - 먹는다 / 가다 - 간다 / 죽다 - 죽는다 : 동사임으로 현재형으로 사용가능
 b. 예쁘다 - 예쁜다 / 길다 - 길는다 : 형용사이기 때문에 현재형으로 사용 불가능

⑦ 부사

부사는 관형사와 마찬가지로 문장에서 다른 말을 꾸며주는 기능과 의미를 갖는다. 관형사가 체언 (명사, 대명사, 수사)을 꾸며주는 말이라면, 부사는 체언 이외의 문장 성분을 꾸며주는 말이다.

a. 철수가 아주 빨리 달린다.
b. 그는 정말 새 사람이 되었다.

'아주'는 다른 부사 (빨리)를 꾸며주고 있으며, '빨리'는 용언 (달린다)을 꾸며주고 있다 '새'는 관형사 (새)을 꾸며주고 있다. 이처럼 꾸며주면서 풍부한 의미를 주는 말을 부사라고 한다.

● 참고 〈 수식언 = 관형사, 부사 〉
체언을 꾸며 주는 관형사나, 체언 이외의 것을 꾸며주는 부사 모두 다른 말을 꾸며주는 기능을 하고 있기 때문에 '수식언'이라고 한다.

⑧ 관형사
문장에서 다른 말을 꾸며주는 의미와 기능을 갖는 품사는 '관형사'와 '부사'다. 관형사는 다른 말을 꾸미되, 꾸미는 대상이 체언이다. 구체적인 대상인 체언 (명사, 대명사, 수사)을 꾸미는 말이기 때문에 머리에 관(寬:갓 관)을 쓴다고 해서 관형사라고 한다.
a. 철수가 새 옷을 주었다.
b. 헌 책을 빌렸다.
'새', '헌'과 같은 말은 뒤에 오는 명사를 꾸며주고 있기 때문에 관형사다.

이상과 같이 관형사와 수사, 관형사와 대명사가 헷갈릴 때에는 쉽게 구분하는 방법이 있다.
첫째, 뒤에 대상을 꾸미는 말로 상용되었으면 관형사
둘째, 뒤에 조사가 달라붙을 수 있으면 체언이므로 수사나 대명사
관형사에서 까다로운 것 중 하나가 관형사는 아닌 데 관형사처럼 보이는 것이다.
a. 철수는 새 옷을 입었다.
b. 철수는 작은 옷을 입었다.

'새'는 뒤에 오는 옷(명사)을 꾸며주기 때문에 관형사다. '작은' 관형사가 아니라 형용사다. 왜냐하면 '작은'은 원래 상태나 성질을 나타내는 동사 '작다'가 활용되어 관형사처

럼 쓰인 것이기 때문이다. 관형사와 동사(또는 형용사)를 쉽게 구분할 수 있는 방법은 체언 (명사, 대명사, 수사)을 꾸며서 활용이 되면 용언(동사, 형용사)중 하나이며. 활용이 되지 않으면 관형사다.

⑨ 감탄사

감탄사는 감정을 넣어 말하는 것으로 놀람, 느낌, 부름, 대답 등을 나타내는 의미를 갖는다.

a. 아이고, 깜짝이야. (놀람)   b. 허허, 참 잘 됐네. (느낌)
c. 야. 너 거기 서. (부름)   d. 예, 알겠습니다. (대답)

● **참고**   〈 독립언 = 감탄사 〉

감탄사는 문장에서 다른 성분과 직접적인 관련이 없이 독립적으로 쓰이기 때문에 단어를 기능으로 나누었을 때 독립언에 해당된다.

다. 기능에 따른 분류

기능이란 단어가 문장에서 주로 어떤 역할을 하는가에 따라 구분하는 것이다. 단어는 기능에 따라 체언, 용언, 관계언, 수식언, 독립언으로 나눌 수 있다.

예를 들면 "아! 새 차가 빨리 달린다"

단어로 구분하면 ' 아 / 새 / 차 / 가 / 빨리 / 달린다 '로 구분할 수 있다.
문장에서 단어들의 역할을 정리하면 다음과 같다.

· 아 : 다른 말들과 관련 없이 혼자 쓰인다.
· 새 : 차를 꾸며주는 기능을 한다.
· 차 : 문장에서 주어로 쓰인다.
· 가 : '차' 뒤에서 다른 말과의 문법적 관계를 알려준다.
· 빨리 : '달린다'를 꾸며준다.
· 달린다 : 문장에서 서술어의 기능을 한다.

이처럼 각 단어는 문장에서 각기 다른 기능을 하는데, 이러한 기능에 따라 묶어서 분류한 것이 바로 ① 체언 ② 관계언 ③ 용언 ④ 수식언 ⑤ 독립언 5가지다.

① 체언

체언은 문장에서 몸(體·몸 체)의 역할을 하는 단어를 말하며 몸의 역할이란 문장의 뼈대가 되는 주어, 목적어, 보어 등이다.

a. 그가 사진을 첫째에게 주었다.

위 문장에서 체언은 '그', '사진', '첫째'이다. 이 단어들은 모두 문장에서 주어(또는 목적어나 보어)로 사용될 수 있다. (그가 달린다. 사진이 좋다. 첫째가 돌아왔다.) 체언에 속하는 품사는 명사, 대명사, 수사다.

② 관계언

단어는 원칙적으로 '홀로 쓰일 수 있는 말'이지만 예외적으로 '홀로 쓰이는 말에 달라붙어 쓰는 말'까지 단어에 포함한다.
1. 철수가 동화를 읽었다.
2. 나도 그것이 더 좋다.

위 문장 '철수'에 '가'를 '나'에 '도'를 '그것'에 '이'를 붙였다. 이 말들은 자립성이 있는 말에 붙어 그 말과 다른 말과의 관계를 표시하므로 '가, 도, 이'를 조사(토씨)라 부른다. 이들 단어의 중요한 기능이 관계적이라고 해서 관계언(걸림씨)라고도 한다. 즉 관계언은 체언 뒤에 붙어서 다른 말과의 문법적 관계를 나타내거나 뜻을 더해주는 말이다. 관계언에 속하는 말은 오직 조사뿐이다.

③ 용언

용언은 문장에서 서술어의 기능을 하는 단어다. 상황에 따라 다양하게 형태를 변하여 활용해 쓸 수 있기 때문에 용언(用言:쓸용 말씀언)이라고도 한다.

a. 철수가 책을 읽는다.

b. 영희는 얼굴이 예쁘다.

'읽는다', '예쁘다'는 문장에서 서술어의 역할을 하면서 다양하게 형태를 변해 활용할 수 있기 때문에 용언이라고 할 수 있다. 용언에 속하는 품사는 동사와 형용사다.

④ 수식언
수식언은 말 그대로 수식, 즉 다른 말을 꾸며주는 것을 말한다.

a. 철수가 새 책을 샀다.
b. 철수가 책을 빨리 읽는다.

'새'는 '책'을 꾸며주고 '빨리'는 '읽는다'를 꾸며주기 때문에 수식언에 속한다. 수식언에 속하는 품사는 관형사와 부사다.

⑤ 독립언
문장에서 다른 말과 상관없이 독립적으로 쓰이는 말이 있다. 그런 단어를 독립언이라고 한다. 독립언은 부름, 느낌, 놀람이나 대답을 나타내는 단어로, 특별한 단어에 의지함이 없이 직접적으로 나타내는 말이다. 독립언에 해당하는 품사는 감탄사다
예) 어머나, 흥, 여보게, 예, 어~, 저~

▣ 논술문 쓰기 기본 ▣

1. 서론

짧으면서도 핵심적인 내용을 담아야 하는데 대체로 문제를 제기하고 본론에 쓸 내용을 간단하게 소개하는 형식으로 쓴다.

① 주제와 관련된 체험이나 일화를 예로 들면서 시작한다. 사실감이 느껴져 쉽게 주제

에 접근 할 수 있다

② 주제와 관련된 문장을 의문문의 형식으로 시작한다' 과연 우리는 자연을 아끼고 있는 가' 등으로 시작하면 독자에게 호기심을 준다.

③ 속담이나 격언 고사 성어를 인용하면서 시작하는 것도 쉬운 말로 간단하게 표현할 수 있어 자주 쓰이는 방법이다. 단) 뜻을 정확하게 알고 사용하는 것이 중요하다.

④ 최근에 있었던 시사적인 사건이나 상황으로 시작한다. 많은 사람들의 관심을 끌 수 있는 방법이다.

2. 본론

논술문에서 핵심적인 내용을 다루기 때문에 가장 중요한 부분이다. 분량 역시 가장 길다. 본론에서는 서론에서 제기한 문제에 대해 자신의 주장을 내세우고 그 주장을 뒷받침 하는 여러 가지 근거나 예를 든다. 본론에서 근거를 얼마만큼 논리적이고 효과적으로 드느냐가 글의 전체 내용을 좌우한다.

① 원인을 분석해서 결과를 풀어나간다. 문제의 원인을 먼저 파악한 뒤 그에 따른 결과를 쓰면 내용을 쉽게 전개 시킬 수 있다.

② 주장에 대한 찬성의 입장과 반대의 입장을 소개하고 자신의 견해를 밝힌 뒤 근거를 쓴다.

③ 해결방안이나 새로운 방향을 제시한다. 이때 '첫째 둘째 셋째……'등 항목을 나열하는 방식으로 전개하면 보다 체계적인 글이 된다.

3. 결론

주장을 다시 한 번 상기할 수 있도록 간결하면서도 강한 문장으로 쓴다. 본론에서 내세운 의견을 간단하게 요약·정리하고 자신의 주장을 분명하게 밝히는 부분이다.

① 우선 내용을 요약한다.
  · 내용을 요약한다고 해서 서론이나 본론에서 나왔던 문장을 그대로 써서는 안 된

다. 같은 내용이라도 간결한 문장으로 요약해서 표현한다.

② 주제를 강조한다.

· 간혹 주제를 강조하려고 다른 내용을 덧붙이게 되는 일도 있는데 그렇게 하다 보면 오히려 새로운 내용 때문에 주제가 흐려질 수 있으므로 이점에 특히 유의해야한다

③ 읽는 사람에게 바라는 점을 쓴다.

· 읽는 사람에게 행동이나 생각의 변화를 이끌어내는 형식으로 이때 '~ 하도록 하자' 또는 '~ 하는 것이 바람직하다' 등의 표현을 써서 읽는 이에게 주제를 당부하면 좀 더 강한 느낌을 줄 수 있다. 결론은 간결하게 끝맺는 것이 효과적이다.

제4강 : 실전문제 및 풀이

● 실전문제 ❶

【문1】 다음 중 단어의 쓰임이 옳은 것은? (   )
① 일이 이상하게 돌아가더니 결국 사달이 났다.
② 염치 불구하고 신세 좀 지겠습니다.
③ 이 반에는 주위가 산만한 학생들이 많다.
④ 내가 어릴 때 할머니는 정안수를 떠 놓고 손자들의 안녕을 빌곤 하셨다.
⑤ 조금 잘했다고 너무 추켜세우지 마라.

【문2】 다음 중 밑줄 친 명사가 나타내는 개수가 가장 많은 것은? (   )
① 북어 한 쾌   ② 마늘 한 접   ③ 바늘 한 쌈
④ 굴비 한 두름   ⑤ 고등어 한 손

【문3】 다음은 우리가 즐겨 먹는 음식이나 반찬들이다. 이들 중 표기가 옳은 것은?(   )
① 아구찜   ② 이면수구이   ③ 쭈꾸미볶음   ④ 칼치구이   ⑤ 창난젓

【문4】 다음 중 외래어 표기법이 모두 옳은 것은? (   )
① 북까페, 스낵, 코너   ② 가죽 재킷, 도넛 판매점
③ 헐리웃 영화, 앵콜 공연   ④ 난센스 퀴즈, 리더십 교육
⑤ 내비게이션 제조업체, 디지털 티비 판매량

【문5】 다음 중 밑줄 친 부분의 발음이 옳은 것만으로 묶인 것은? (   )

가. 김밥만 먹었어요. [김: 밤만]
나. 공권력 행사는 법과 절차에 따라 이루어져야 한다. [공 / 녁]
다. 넷에 넷을 더하면 여덟이 됩니다. [여더리]
라. 구두 굽이 한 쪽만 닳는 이유가 무엇일까요? [달른]
마. 머리말을 잘 읽어 보세요. [머린마를]

① 가, 나, 라   ② 가, 나, 마   ③ 가, 다, 마   ④ 나, 다, 마   ⑤ 나, 다, 라

【문6】 다음 중 밑줄 친 부분이 어문 규정에 어긋나는 것은? (   )
　① <u>합격률</u>이 높아질 것 같아요.
　② 좋지 않은 소문이 <u>금세</u> 퍼졌어요.
　③ <u>위층</u>에 다과가 준비되어 있습니다.
　④ 문제의 답을 <u>맞히면</u> 상품권을 드리겠습니다.
　⑤ 주택 문제를 해결하기 위해서는 <u>공급을 늘여야</u> 합니다.

【문7】 다음 중 복수표준어가 아닌 것은? (   )
　① 자장면 - 짜장면   ② 메우다 - 메꾸다   ③ 날개 - 나래
　④ 먹을거리 - 먹거리 ⑤ 허섭쓰레기 - 허접쓰레기

【문8】 다음 중 밑줄 친 부분의 표기가 옳은 것은? (   )
　① 사장님의 축하 말씀이 <u>계시겠습니다.</u>
　② 아이들이 잘 찾아갈 수 <u>있을런지</u> 걱정되는군요.
　③ 아름다운 자연을 잘 보존해서 <u>후손에</u> 물려주어야 할 책임이 있습니다.
　④ 저희 아버지는 다리가 <u>아프셔서</u> 안 나오셨습니다.
　⑤ 아이가 얼마나 밥을 많이 <u>먹든지</u> 배탈 날까 걱정이 되었습니다.

【문9】 〈보기〉의 밑줄 친 동사와 어미 활용의 양상이 같은 것은? (   )

〈보기〉	· 우리는 어머니를 <u>도와서</u> 집 안 청소를 했다.

　① 나는 그녀의 손목을 잡고 놓지를 않았다.
　② 집에 가니 어머니는 저녁 반찬으로 생선을 굽고 계셨다.
　③ 그녀가 배신자를 누구라고 집지는 않았지만 누구를 얘기하는지 모두 알고 있었다.
　④ 삼촌은 종이를 접어 비행기를 만들어 주셨다.
　⑤ 나이가 드니 허리가 굽고 근력이 떨어진다.

【문10】 다음 중 ( ) 안에 들어갈 한자가 순서대로 배열된 것은? ( )

> 일부 학원이 미국 대학입학자격시험(SAT) 문제를 유출( )한 정황( )이 포착( )
> 돼 국내 시험이 연속 취소되는 초유의 사태가 발생하자 서울시교육청이 문제 유출자를 사
> 실상 '퇴출'하는 특단( )의 대책을 마련했다. 문제를 유출하고도 오히려 '족집게'로 소문
> 나면서 인기 학원이 되거나 학원 간판만 바꿔 달아 영업하는 고리를 끊어 불법행위자는
> 학원가에 발붙일 수 없게 할 방침( )이다.

① 有出 - 政況 - 捕捉 - 特段 - 方針   ② 流出 - 程況 - 捕着 - 特端 - 方枕

③ 有出 - 政況 - 捕促 - 特但 - 方砧   ④ 流出 - 情況 - 捕捉 - 特段 - 方針

⑤ 誘出 - 情況 - 捕促 - 特端 - 方枕

【문11】 다음 중 띄어쓰기가 옳은 것은? ( )

① 그분을∨뵌∨지도∨꽤∨오래되었군요.

② 그러한∨결과가∨나올∨수∨밖에∨없었겠어요.

③ 그∨책을∨다∨읽는데∨한∨달이나∨걸렸어요.

④ 믿을∨수∨있는∨것은∨실력∨뿐입니다.

⑤ 외출시에는∨문단속을∨철저히∨하세요.

【문12】 다음 한자성어의 풀이로 적절하지 않은 것은? ( )

① 左顧右眄 : 앞뒤를 재고 망설임.

② 不問曲直 : 옳고 그름을 따지지 아니함.

③ 靑出於藍 : 제자가 스승보다 더 뛰어남.

④ 支離滅裂 : 흩어지고 찢기어 갈피를 잡을 수 없음.

⑤ 千慮一失 : 잘못된 생각이 손해로 이어짐.

【문13】 다음 작품 중 서울이 배경이 아닌 것은? ( )

① 박태원 : 소설가 구보 씨의 일일   ② 윤흥길 : 아홉 켤레의 구두로 남은 사내

③ 이상 : 날개   ④ 이범선 : 오발탄   ⑤ 박완서 : 자전거 도둑

【문14】 다음에 대한 설명 중 옳은 것은? ( )

> 紅牧丹(홍모단) 白牧丹(빅모단) 丁紅牧丹(뎡홍모단)
> 紅芍藥(홍쟉약) 白芍藥(빅쟉약) 丁紅芍藥(뎡홍쟉약)
> 御柳玉梅(어류옥믜) 黃紫薔薇(황ᄌ쟝미) 芷芝冬柏(지지동빅)
> 위 間發(간발)ㅅ 景 (경) 긔 엇더ᄒ니잇고.
> 葉(엽) 合竹桃花(합 도화) 고온 두 분 合竹桃花(합 도화) 고온 두 분
> 위 相映(상영)ㅅ 景 (경) 긔 엇더ᄒ니잇고.

① 삼국 시대에 출현한 장르로서, 자연의 아름다움을 노래한 것이다.

② 고려 가요의 하나로, 유토피아적인 동경을 노래하였다.

③ 주로 사대부가 작가인 정형시로서, 조선 전기 이후 자취를 감추었다.

④ 조선 초기의 산문으로, 자연의 아름다움을 노래한 것이다.

⑤ 우리나라 고유의 정형시로서, 고려 초기부터 발달하였다.

【문15】 다음 시에 대한 해석으로 적절하지 않은 것은? ( )

> 죽는 날까지 하늘을 우러러
> 한 점 부끄럼이 없기를,
> 잎새에 이는 바람에도
> 나는 괴로워했다.
>
> 별을 노래하는 마음으로
> 모든 죽어가는 것들을 사랑해야지
> 그리고 나한테 주어진 길을
> 걸어가야겠다.
>
> 오늘 밤에도 별이 바람에 스치운다.

① 1~4행은 지금까지 살아온 생활의 고백이다.

② 5~8행은 미래의 삶에 대한 신념의 표명이다.

③ 1~8행과 9행 사이에는 '주관 : 객관'의 대립이 드러난다.

④ '잎새에 이는 바람'은 아주 작은 잘못조차 허락하지 않는 결벽증을 부각시킨다.

⑤ 9행은 어두운 시대 상황과 극복할 수 없는 시련을 비관적으로 표현하고 있다.

【문16】 뜻이 통하도록 가장 잘 배열한 것은? (   )

> 가. 과거에는 종종 언어의 표현 기능 면에서 은유가 연구되었지만, 사실 은유는 말의 본질적 상태 중 하나이다.
>
> 나. '토대'와 '상부 구조'는 마르크스주의에서 기본 개념들이다. 데리다가 보여 주었듯이, 심지어 철학에도 은유가 스며들어 있는데 단지 인식하지 못할 뿐이다.
>
> 다. 어떤 이들은 기술과학 언어에는 은유가 없어야 한다고 역설하지만, 은유적 표현들은 언어 그 자체에 깊이 뿌리박고 있다.
>
> 라. 언어는 한 종류의 현실에서 또 다른 현실로 이동함으로써 그 효력을 발휘하며, 따라서 본질적으로 은유적이다.
>
> 마. 예컨대 우리는 조직에 대해 생각할 때 습관적으로 위니 아래이니 하며 공간적으로 생각하게 된다. 우리는 이론이 마치 건물인 양 생각하는 경향이 있어서 기반이나 기본 구조 등을 말한다.

① 가-나-마-라-다   ② 가-다-나-마-라   ③ 라-마-다-가-나

④ 가-라-다-마-나   ⑤ 라-가-다-나-마

【문17】 문단 (가)와 (나)의 내용상의 관계를 가장 잘 표현한 것은? (   )

> (가) 20세기 후반, 복잡한 시스템에 관한 연구에 몰두하던 일련의 물리학자들은 기존의 경제학 이론으로는 설명할 수 없었던 경제 현상을 이해하기 위해 물리적인 접근을 시도하기 시작했다. 보이지 않는 손과 시장의 균형, 완전한 합리성 등 신고전 경제학은 숨 막힐 정도로 정교하고 아름답지만, 불행히도 현실 경제는 왈라스나 애덤 스미스가 꿈꿨던 '한 치의 오차도 없이 맞물려 돌아가는 톱니바퀴'가 아니다. 물리학자들은 인간 세상의 불합리함과 혼잡함에 관심을 가지고 그것이 만들어 내는 패턴들과 열린 가능성에 주목했다.
>
> (나) 우리가 주류 경제학이라고 부르는 것은 왈라스 이후 체계가 잡힌 신고전 경제학을 말한다. 이 이론에 의하면, 모든 경제주체는 완전한 합리성으로 무장하고 있으며, 항상 최선의 선택을 하며, 자신의 효용이나 이윤을 최적화한다. 개별 경제주체의 공급곡선과 수요곡선을 합하면 시장에서의 공급곡선과 수요곡선이 얻어진다. 이 두 곡선이 만나는 점에서 가격과 판매량이 동시에 결정된다. 더 나아가 모든 주체가 합리적 판단을 하기 때문에 모든 시장은 동시에 균형에 이르게 된다.

① (가)보다 (나)가 경제 공황을 더 잘 설명한다.

② (가)로부터 (나)가 필연적으로 도출된다.

③ (나)는 (가)의 한 부분에 대한 부연설명이다.

④ (나)는 (가)를 수학적으로 다시 설명한 것이다.

⑤ (나)는 실제 상황을, (가)는 가정된 상황을 서술한 것이다.

【문18】다음 중 (A)가 들어갈 위치로 가장 적절한 것은? (   )

> (A) 일어난 일에 대한 묘사는 본 사람이 무엇을 중요하게 판단하고, 무엇에 흥미를 가졌느냐에 따라 크게 다르다.

> 기억이 착오를 일으키는 프로세스는 인상적인 사물을 받아들이는 단계부터 이미 시작된다. (가) 감각적인 지각의 대부분은 무의식중에 기록되고 오래 유지되지 않는다. (나) 대개는 수 시간 안에 사라져 버리며, 약간의 본질만이 남아 장기 기억이 된다. 무엇이 남을지는 선택에 의해서이기도 하고, 그 사람의 견해에 따라서도 달라진다. (다) 분주하고 정신이 없는 장면을 주고, 나중에 그 모습에 대해서 이야기하게 해 보자. (라) 어느 부분에 주목하고, 또 어떻게 그것을 해석했는지에 따라 즐겁기도 하고 무섭기도 하다. (마) 단순히 정신 사나운 장면으로만 보이는 경우도 있다. 기억이란 원래 일어난 일을 단순하게 기록하는 것이 아니다.

① (가)   ② (나)   ③ (다)   ④ (라)   ⑤ (마)

【문19】다음 글에서 도킨스의 논리에 대한 필자의 문제 제기로 가장 적절한 것은? (   )

> 도킨스는 인간의 모든 행동이 유전자의 자기 보존 본능에 따라 일어난다고 주장했다. 사실 도킨스는 플라톤에서부터 쇼펜하우어에 이르기까지 통용되던 철학적 생각을 유전자라는 과학적 발견을 이용하여 반복하고 있을 뿐이다. 이에 따르면 인간 개체는 유전자라는 진정한 주체의 매체에 지나지 않게 된다. 그런데 이 같은 도킨스의 논리에 근거하면 우리 인간은 이제 자신의 몸과 관련된 모든 행동들에 대해 면죄부를 받게 된다. 모든 것들이 이미 유전자가 가진 이기적 욕망으로부터 나왔다고 볼 수 있기 때문이다. 그래서 도킨스의 생각에는 살아가고 있는 구체적 생명체를 경시하게 되는 논리가 잠재되어 있다.

① 고대의 철학은 현대의 과학과 양립할 수 있는가?
② 유전자의 자기 보존 본능이 초래하게 되는 결과는 무엇인가?
③ 인간을 포함한 생명체는 진정한 주체인가?
④ 생명 경시 풍조의 근원이 되는 사상은 무엇인가?
⑤ 인간은 자신의 행동에 책임을 질 필요가 있는가?

【문20】 등장인물들의 정서를 고려할 때, (   ) 안에 들어갈 가장 적절한 것은? (   )

> 그는 얼마 전에 살고 있던 전셋집을 옮겼다고 했다. 그래 좀 늘려 갔느냐 했더니 한 동네에 있는 비슷한 집으로 갔단다. 요즘 같은 시절에 줄여 간 게 아니라면 그래도 잘된 게 아니냐 했더니 반응이 신통치를 않았다. 집이 형편없이 낡았다는 것이다. 아무리 낡았다고 해도 설마 무너지기야 하랴 하고 웃자 그도 따라 웃는다. 큰 아파트가 무너졌다는 얘기는 들었어도 그가 살고 있는 단독주택 같은 집이 무너진다는 건 상상하기 힘들었을 테고, 또
> (   ) 웃었을 것이다.

① 드디어 자기 처지를 진정으로 이해하기 시작한다고 생각하고

② 낡았다는 것을 무너질 위험이 있다는 뜻으로 엉뚱하게 해석한 데에 대해

③ 이 사람이 지금 그걸 위로라고 해 주고 있나 해서

④ 설마설마하다가 정말 무너질 수도 있겠구나 하는 생각에

⑤ 하늘이 무너져도 솟아날 구멍이 있다는 속담이 생각나서

번호	정답	해설
1	①	② 불구하다(不拘-하다) → 불고하다(不顧-하다) ③ 주위 → 주의 ④ 정안수 → 정화수(井華水) ⑤ 추켜세우다 → '추어올리다', 또는 '추어주다', 또는 '치켜세우다' * 사달 : '사고나 탈'을 이르는 말. 흔히 '사단이 나다.'라고 쓰는 것은 잘못된 표현.
2	②	① 북어 20마리 ② 마늘 100개 ③ 바늘 24개 ④ 굴비 20마리 ⑤ 고등어 2마리
3	⑤	① → 아귀찜 ② → 임연수어(林延壽魚) ③ → 주꾸미 ④ → 갈치
4	②	① → 카페, 스낵　　　③ → 할리우드, 앙코르 ④ → 난센스, 리더십　　⑤ → 내비게이션, 티브이(텔레비전)
5	①	가, 나, 라 - 맞는 표기. 가. '김밥' : 사잇소리현상이 없는 단어로 '김: 빱'이 아니라 '김: 밥'으로 발음하는 것이 맞다. 나. 공권력 : 공권력(公權-力)[공 -녁] 다. '여덟이' : 끝소리 다음에 모음으로 시작하는 형식형태소가 오면 연음하므로 [여덜비]로 발음해야 한다. 라. '닳는' : 닳는[달는 → 달른(유음화)], 뚫는[뚤는 → 뚤른(유음화)] 마. '머리말' : 사잇소리현상이 없는 단어이므로 [머리말]로 발음해야 한다. 따라서 '머리말을'의 발음은 [머리마를]이 맞다.
6	⑤	공급을 늘이다 → 공급을 늘리다 ① 합격률 : 첫음절에서는 당연히 두음법칙을 적용하여, '열, 율'로 표기한다. ② 금세 :「부사」지금 바로. '금시에'가 줄어든 말로 구어체에서 많이 사용된다. ③ 위층 : 된소리 거센소리 앞에는 사이시옷을 넣지 않는다. '윗층'→'위층'이 맞다. ④ 문제의 답을 맞히다 : '문제의 답을 맞추다.'라고 하는 것은 틀린 표현이다.
7	⑤	① 원래의 표준어 '자장면, 간자장' - 추가된 표준어 '짜장면, 간짜장' ② 원래의 표준어 '메우다' - 추가된 표준어 '메꾸다'

		③ 원래의 표준어 '날개' - 추가된 표준어 '나래' ④ 원래의 표준어 ' 먹을거리' - 추가된 표준어 '먹거리'
8	④	① 말씀이 계시겠습니다 → 말씀이 있으시다 ② 있을런지 → 있을는지 ③ 후손에 → 후손에게 ⑤ 먹든지 → 먹던지
9	②	'잡다, 집다, 접다, 굽다[屈]'는 규칙 활용 (활용 시, 어간과 어미의 변화가 없음) · '잡다' : 규칙 활용 (예) 잡아, 잡아서, 잡았다, 잡으니, 잡으면 · '집다' : 규칙 활용 (예) 집어, 집어서, 집었다, 집으니, 집으면 · '접다' : 규칙 활용 (예) 접어, 접어서, 접었다, 접으니, 접으면 · '굽다' : '한쪽으로 휘어져 있다'의 뜻. (예) 허리가 굽어, 허리가 굽어서, 허리가 굽었다
10	④	· 유출(流出) : 밖으로 흘려 내보내다. · 정황(情況) : 일의 사정과 상황. / 정황(政況) : 정치계의 상황(狀況). · 포착(捕捉) : ㉠ 꼭 붙잡음. ㉡ 요점이나 요령을 얻음. ㉢ 어떤 기회나 정세를 알아차림. · 특단(特段) : '특단의' 꼴로 쓰여=특별(特別). · 방침(方針) : 앞으로 일을 치러 나갈 방향과 계획. / 방침(方枕) : 네모난 베개.
11	①	② 고친 표현 : 나올∨수밖에∨없었겠어요. ③ 고친 표현 : 읽는∨데 ④ 고친 표현 : 실력뿐입니다. ⑤ 고친 표현 : 외출∨시
12	⑤	① 좌고우면(左顧右眄) : 왼쪽으로 돌아보고 오른쪽으로 돌아보다. 즉 이쪽 저쪽을 돌아본다는 뜻. ② 불문곡직(不問曲直) : 옳고 그름을 따지지 아니함. ③ 청출어람(靑出於藍) : 제자나 후배가 스승이나 선배보다 나음을 비유함. ④ 지리멸렬(支離滅裂) : 이리저리 찢기고 마구 흩어져 갈피를 잡을 수 없음.
13	②	· 윤흥길 / 아홉 켤레의 구두로 남은 사내 : 공간적 배경은 1970년대 후반 급격한 도시 개발로 인한 도시 빈민 계층이 발생하던 시기의 성남 지역 · 박태원 / 소설가 구보 씨의 일일 : 공간적 배경은 식민지 시대 '경성(지금의 서울)'거리. · 이상 / 날개 : 공간적 배경은 식민지 시대 '경성(지금의 서울)'의 33번지 · 이범선 / 오발탄 : 공간적 배경은 6·25 한국전쟁 후 해방촌(서울 용산동 일대-남산 아래) · 박완서 / 자전거 도둑 : 공간적 배경은 서울

14	③	① 경기체가는 고려 13세기 초에 발생하여 조선 16세기 중엽까지 불렀다. ② '한림별곡' 5장으로 유토피아적인 동경이 아니라 화원(花園)의 풍경을 노래한 것이다. ④ 경기체가는 운문문학(3음보 율격, 3·3·4조)에 속하며 조선시대에도 불렀으나 위 지문은 고려 13세기 초 작품인 '한림별곡'이다. ⑤ 고려 초기부터 발달한 것이 아니라 고려 13세기에 발생한 장르이다.
15	⑤	'별'은 어둠(어두운 시대 상황)과 바람(시련) 속에서도 결코 꺼지거나 흐려지지 않는 순수하고 결백한 삶, 양심, 권, 희망, 이상 등을 상징하는 시어이다. 9행의 바로 앞의 8행에서 자신의 주어진 길(별을 노래하는 마음으로 살아가는 길)을 가겠다고 한 것으로 보아 극복할 수 없는 시련을 비관적으로 표현하였다는 ⑤번의 설명은 적절하지 않다.
16	④	〈윗글의 요약〉 (가) 언어는 본질적으로 은유적이다. (라) 언어가 그 효력을 발휘하는 방법으로써의 언어의 은유적 기능을 말함. (다) 어떤 이들은 기술과학 언어는 은유가 없다고 말할 것에 대해 필자의 의견을 나타냄. (마) 언어가 본질적으로 은유적이란 것에 대한 예시 단락. (나) 일상에서 인식하지 못하고 있지만 (일상에서도 은유적 표현의 언어가 많이 사용됨) 심지어 철학에도 은유적 표현의 언어가 있다.
17	③	(가)에 나오는 '보이지 않는 손과 시장의 균형, 완전한 합리성 등 신고전 경제학'에 대한 설명이 족한데 (나)에서는 좀 더 이해하기 쉽도록 설명하고 있다. 즉 (나)는 (가)단락에 대한 부연설명 단락이다. * 부연(敷衍) : 이해하기 쉽도록 설명을 덧붙여 자세히 말함.
18	④	(라) 자리에 들어가야 한다. (마) 뒤의 내용과 (마) 앞의 내용이 각각 한 장면에 대해 '즐겁기도 하다', '무섭기도 하다', '정신 사납기도 하다' 등이 내용으로 서로 대등하게 이어지는 내용이므로 계속 이어져야 한다. 따라서 (A)의 내용이 (마) 자리에 들어가도 내용은 자연스러울 수 있으나, (마) 자리에 들어가게 되면 대등한 내용의 맥락이 끊어지게 되므로 (마) 자리보다는 (라)의 자리에 들어가는 것이 적절하다.
19	③	도킨스의 논리에 대해 필자가 문제를 제기하고 있는 내용은 세 번째 문장과 마지막 문장에 나타난다. 필자는 도킨스의 논리 -유전자가 진정한 주체-에 대해 문제 제기를 하고 있다.
20	③	집을 옮긴 그의 심정이 그리 즐겁지는 않은 것에 주목하여 봐야 한다. 굳이 다른 동네로 이사를 간 것도 아니고, 집을 늘려 간 것도 아니며, 더 낡

은 집으로 옮겨간 것으로 보아 경제적 형편상 집을 옮긴 것으로 볼 수 있다. 나(서술자)는 그에게 위로의 말을 변변히 찾지 못해 고작 한다는 위로가 "집이 무너지기야 하겠어."라고 한 것이다. 괄호 안에는 이 말에 그가 웃는 이유를 나(서술자)가 추론하는 내용이 들어가야 한다. 위 소설을 실제의 대화 장면으로 유추하여 옮겨 보고 그가 웃는 이유를 나(서술자)의 입장에서 추정해 보면 된다. 나(서술자)는 자신의 위로가 변변치 못한 위로였음을 알기에 ③번의 내용이 적절하다.

● **실전문제 ❷**

【문1】 다음 중 맞춤법에 맞게 표기된 것은? (   )
　　① 떡볶기　　② 홀애비　　③ 잇따르다　　④ 챙피하다

【문2】 다음 중 외래어 표기법에 맞는 표기는? (   )
　　① 케익(cake)　　② 디스 (diskette)　　③ 티비(TV)　　④ 주스(juice)

【문3】 다음 중 밑줄 친 부분의 표기가 바른 것은? (   )
　　① 영수가 언제 올런지 나도 잘 모른다.
　　② 그녀는 찌게를 맛있게 끓여 손님을 대접했다.
　　③ 우리는 열심히 노력하므로써 성공할 수 있었다.
　　④ 멀쩡하던 차가 고장 나다니 그것 참 이상하데.

【문4】 다음 중 표기가 바르지 않은 부분이 있는 문장은? (   )
　　① 철수가 길을 가다가 서 있던 차에 부딪쳤다.
　　② 내일 현수와 영화 볼려고 하는데 너도 같이 볼래?
　　③ 그의 손을 잡았지만 왠지 쑥스러워 다시 놓아 버렸다.
　　④ 학생이면 학생 신분에 걸맞은 옷차림을 해야지.

【문5】 다음 중 띄어쓰기가 바르게 된 것은? (V는 띄어 쓴 곳임) (   )
　　① 우리동네　　② 수많은V사람　　③ 가구V별V평균V자녀수　　④ 오천원V어치

【문6】 다음 중 밑줄 친 부분의 띄어쓰기가 바르지 않은 것은? (   )
　　① 그들은 은연 중에 나를 무시하는 듯했다.
　　② 이 일은 우정과는 전혀 상관없는 일이다.
　　③ 두 사람은 이별한 후 수십 년을 못 만났다.
　　④ 그녀는 거절당하는 것을 참지 못한다.

【문7】 다음 중 조사나 어미의 쓰임이 바르게 된 문장은? (   )
① 아버지, 할아버지가 집으로 얼른 오시래요.
② 준호는 우리 반에서 자기가 제일이다고 믿는다.
③ 요즘은 삶의 질이 무엇보다 중요하다는 인식이 확산되고 있다.
④ 당국에서는 분쟁 지역을 지나는 여행객들에 주의를 당부하였다.

【문8】 다음 중 문장 성분 간의 호응이 자연스러운 문장은? (   )
① 여기서 특기할 만한 것은 세종이 뛰어난 언어학자였다는 사실이다.
② 홍 감독의 말에 의하면 손 선수의 출전 여부는 아직 미정이다.
③ 경기장 주변에서는 장기 자랑, 사물놀이 등 다양한 행사를 갖는다.
④ 피치는 신용 등급 전망을 안정적으로 기존 전망치를 유지했습니다.

【문9】 다음 중 어휘 사용의 측면에서 자연스러운 문장은? (   )
① 그는 외성적인 성격 덕분에 친구가 매우 많다.
② 염치 불구하고 한 말씀 여쭙겠습니다.
③ 철수는 어린 시절에 유난히 주의가 산만했다.
④ 그는 나와 취향이 너무 틀려서 사귀기 어렵다.

【문10】 다음 중 수식의 관점에서 가장 자연스러운 문장은? (   )
① 그 사건 이후로 우리의 사회에 대한 관심은 날이 갈수록 더욱 높아졌다.
② 당국은 수재민들에게 겨울철 이전에 주택 복구를 위해 자금을 지원키로 했다.
③ 미국에서는 연령을 이유로 고용, 해고, 근로 조건 등에서 차별 대우를 금지하고 있다.
④ 우리 경찰은 주민 여러분의 편안한 주거 생활을 위하여 최선을 다하겠습니다.

【문11】 논증을 할 때 유의해야 할 점으로 보기 힘든 것은? (   )
① 논거가 정확하고 구체적이어야 한다.
② 논의의 한계를 분명히 하는 일은 피해야 한다.
③ 문제의 핵심에서 벗어나서는 안 된다.
④ 논리적 오류를 범하지 않도록 주의한다.

【문12】 다음 중 글쓰기를 통해 기대할 수 있는 것이 아닌 것은?   (   )
　① 초 메시지의 효과적인 활용　② 문제에 대한 인식과 해결
　③ 가치의 발견, 혹은 재발견　④ 자기표현을 통한 사회적 소통

【문13】 다음 중 '새' 에 대해 내포적 정의를 한 것은?   (   )
　① 네 앞에 있는 그것이 새이다.
　② 조(鳥)의 척추동물을 일상적으로 통틀어 이르는 말이다.
　③ 몸에 깃털이 있고 다리가 둘이며, 하늘을 자유로이 날 수 있는 짐승이다.
　④ 제비, 참새, 오리, 거위, 까마귀 같은 것이다.

【문14】 다음 중 어휘 사용의 측면에서 자연스럽지 않은 문장은?   (   )
　① 기차를 타고 시골로 가는 와중에 문득 초등학교 시절이 떠올랐다.
　② 감독은 이번 시즌에 맹활약한 박 선수를 한껏 치켜세웠다.
　③ 나이가 5살 이상 차이가 나면 서로 존댓말을 써야 한다.
　④ 사람들은 고인(故人)을 전송하기 위해 길가에 줄을 지어 섰다.

【문15】 다음 중 접속의 관점에서 자연스럽지 않은 문장은?   (   )
　① 이 난로는 그을음을 줄이고 열효율을 높이기 위해 최근에 새로 개발한 것입니다.
　② 농경 기술의 발달로 수렵이 경제생활에서 차지하는 비중은 줄어들었지만 여전히 식량의 큰 몫을 차지하였다.
　③ 환자의 권리를 보장하고 의료 사고로부터 환자를 보호하기 위한 제도를 마련하는 이 의료계의 시급한 과제이다.
　④ 그동안 이 감독은 여러 대회에서 좋은 성적을 거두었을 뿐만 아니라 우수한 선수들도 많이 발굴하였다.

정답

번호	정답	번호	정답	번호	정답
1	③	6	①	11	②
2	③	7	③	12	①
3	④	8	①	13	③
4	②	9	③	14	①
5	②	10	④	15	②

● 실전문제 ❸ [논술대회 : 중학교 논제와 대상작]

> **【논제】** (가)에서 말하는 젊은 세대들의 '문화적 문법' 현상의 실상과 원인을 분석하고,
> (나)의 논지가 문제 해결에 시사 하는 바를 쓰시오.

제시문

(가) 여러 설문조사들은 한국의 젊은 세대는 기성세대와 확연하게 구별되는 가치관을 가지고 있음을 보여주고 있다. 오늘날 한국은 세계에서 세대 간의 가치관 차이가 가장 큰 나라가 되었다. 경제 성장 시대를 지탱한 권위주의적 이념과 제도를 포함하여 한국 고유의 미덕으로 여겨졌던 제반 요인들에 대한 젊은 층의 반발이 일어나고 있는 것이다. 이제 젊은 세대는 민주주의와 경제 성장의 혜택을 누리며 권위주의를 해체시키는 한국역사상 첫 번째 세대가 되었다.

- 중략 -

학교와 가정이 일차적 규율기관으로서 위상을 상실하면서 그것을 대체할 공적 기제는 출현하지 않은 상태이다. 그 결과 젊은 세대는 대중매체에 무한정 노출되었으며, 인터넷과 휴대폰은 젊은 세대들 사이에 새로운 의견이 만들어지는 의사소통의 도구가 되었다. 젊은 세대는 과거보다 훨씬 더 소비주의의 포로가 될 수 있고, 사이버 공간의 군중심리에 휘말릴 수 있고, 성해방의 물결에 몸을 맡기는 쾌락주의자가 될 수 있으며, 말로는 개인의 자유를 주장하면서 자기들에게 도움이 될 경우에는 기성세대들의 문화적 문법을 답습할 수도 있다.

- 한국인의 문화적 문법, 정수복,p.450-451

(나) 활동적인 숲일수록 구조는 더욱 복잡하다. 이 복잡성은 숲을 풍부하게 한다. 큰 나무만 서식하는 숲이라면 생태계가 빈약한 숲이다. 풀 섶에는 작은 풀벌레가 모여 작은 생태계를 이룬다. 덤불은 풀벌레를 노리는 거미와 작은 새들이 차지하고 있다. 토끼는 덤불의 순을 야금야금 먹고, 고라니는 그보다 높은 나무의 잎을 즐겨 먹는다. 덤불은 붉고 작은 열매를 키워 새들을 부양한다. 큰 나무는 큰 열매를 만들어 곰을 키운다. 박새

는 덤불에 몸을 숨기고, 딱따구리는 큰 나무에 둥지를 튼다. 녹음이 깊을수록 다양한 은신처와 산란처, 먹이 공급처가 형성되고, 크고 작은 동식물의 삶을 허락한다. 이 복층구조는 숲의 공간 효율을 높이고 단위면적당 탄소의 생산량을 높인다.

-숲은 더 큰 학교입니다. 최소영, 랜덤하우스, p.21

▶▶▶ 중학교 대상작 : 내가 속한 세대의 본분에 충실하자 (□□중학교 ○○○)

기성세대와 젊은 세대 간의 갈등은 아주 오래 전부터 존재했다. 몇 천 년 전의 고대 문서에조차도 '요즘 젊은이들은 버릇이 없다.'는 말이 등장하는 것을 보면 알 수 있듯 말이다. 그런 젊은 세대가 나이를 먹어 가며 기성세대가 되고, 또 다른 젊은 세대가 등장하며 사회는 유지된다.

젊은 세대에서 기성세대로의 전환을 흔히 '성숙', '철이 든다.'라고 일컫는다. 긍정적인 표현이 대부분이다. 그러나 현재의 젊은 세대는 그렇게 긍정적인 방향으로 성숙하지 않고 있다. 권위에 대한 적극적 저항을 시작한 이 세대는 자유를 중시하는 모습과 더불어 권위적인 성향을 띄기도 한다. 젊은 세대가 이렇게 모순적인 모습을 보이는 원인은 무엇이며 이 모순을 어떻게 해결해야 할 것인가.

평등한 관계를 주장하는 젊은 세대는 한편으로 선배의 권위를 내세울 때가 많다. 후배가 선배에게 존댓말을 사용하는 학교 안의 엄격한 선후배 관계를 보면 알 수 있다. 젊은 세대의 또 다른 특징은 성의 자유를 주장한다는 것이다. 동거, 혼전 순결을 지켜야 할지의 여부에 대해서는 관대한 그들이지만, 반면에 자신의 연인은 그렇지 않기를 바라기도 한다. 젊은 세대가 주장하던 가치에 반하는 모습을 보이는 이유는, 많은 젊은 세대가 기성세대의 모습을 바라보며 자랐기 때문이기도 하지만, 일명 '문화적 문법'을 사용함으로써 자신이 누리고 있는 특권 혹은 이들을 유지할 수 있기 때문일 것이다.

제시문 (나)에서는 숲의 구조가 복잡, 다양할수록 활동적인 숲이라고 말하고 있다. 생물들이 모여 사는 숲은 사람들이 모여 관계를 형성해가는 사회로 해석할 수 있다. 사회 역시 다양성이 가장 중요하다. 그러나 그 다양성이 곧 겉과 속이 다른 이중성을 의미하는 것은 아니다. 보수적인 기성세대가 있다면, 그런 기성세대를 비판하고 자유를 주장하는 젊은 세대가 있어야 어느 쪽으로도 치우치지 않는 사회가 되는 것이다. 모든 사람들이 자신의 이익만을 추구하며 살면 사회는 혼란해진다. 그러나 사람들이 모두 자신이 속한 세대의 본분에 충실히 한다면, 우리 사회는 혼란스러운 이 과도기를 잘 헤쳐 나갈 수 있을 것이다.

▶▶▶ 중학교 심사평

이번 글을 살피면서 학생들이 자신의 시각을 드러내는 데 매우 조심스러워한다는 느낌이 들었다. 정답을 말하려는 아이처럼 자신의 생각보다 논제의 논리에 큰 비중을 두고 글을 써나가고 있다. 한국의 경제성장과 민주주의가 세대 간의 차이를 넓혔다는 원인분석도 (가)의 내용에서 크게 벗어나지 못하였고 예의를 중시하는 유교중심의 우리 사회의 가치를 중시하고 신봉하는 논리 역시도 도덕교과서에서 막 튀어 나온 듯 했다. 논술은 자신의 생각과 해석을 논리적으로 근거를 들여 서술하는 것이다. 도덕교과서 혹은 종교서적에 있을 법한 객관적이고 무난한 주장은 논술로써 매력이 없다.

하지만 논제가 요구하는 사항에 충실한 기본이 갖추어진 글이 많았고, 글의 전개가 무난한 글의 수도 늘었다. 또한 이질적인 두 제시문의 관계를 잘 파악하여 연결하여 문제의 해결 고리를 잘 찾은 작품들이 많은 점도 고무적이다.

[논술대회 : 고등학교 논제와 대상작]

> 【논제】 행동 발현의 관점에서 (가)와 (나)를 요약하고, 이를 바탕으로 (다), (라)를 분석한 후 (가)에 나타난 부르디외의 관점을 반박(또는 지지)하며 자신의 견해를 논술하시오.

═══ **제시문** ═══

(가) 부르디외는 사회문화현상을 지배-권력관계에서 파악하고 각 계급은 사회 내에서 자신의 지배의 정당성을 확보하기 위해 끊임없는 권력투쟁을 한다고 보았다. 권력투쟁의 수단은 '상징폭력'이다. '상징폭력'은 학교와 언론이 큰 역할을 수행한다. 지배계급의 문화를 교육과 광고, 픽션의 형태로 은연중에 주입한다.

사람들은 이러한 교육과 미디어의 영향과 자신의 부를 바탕으로 자신의 계급을 부지불식간에 특징 지우기 시작하고 거기에 따라 행동하고 선택하기 시작한다. 여기에서 바로 부르디외의 대표적이고 독창적 주제인 '아비투스'가 나온 것이다. 아비투스(habitus)란 어떤 사회적인 문제에 대해 우리의 판단이나 행동을 만들어내는 내재된 계급의식이다. 우리가 살아가는 환경 - 사회적 계급, 재산의 정도, 교육수준 등에 의해 쌓이고 축적된 생활양식이 어떤 사안에 있어서 우리의 선택이나 행동에 영향을 끼치게 된다는 것이다.

　　- 중략 -

　　이러한 부르디외의 사회, 문화적 문제로의 구조적 접근방식은 그동안 사람들의 성향을 분석하는 경제적, 정치적 잣대만으로는 알 수 없었던 사회문제에 있어서 새로운 차원의 분석법을 제공하였다. 클래식과 지나간 올드팝을 즐겨 들으면서 특정 상표의 맥주에 집착하고, 프로야구 중계에 열광하면서도 선거 때는 진보정당에 표를 던지고, 환경과 진보적 사상에 대한 독서를 하면서도 패스트푸드나 라면으로 간간히 끼니를 때우는 나의 모든 행동들이 나의 의지에 의한 선택이 아닌 내가 살아온 환경과 사회적 계급에 의해 내재화된 아비투스의 발현이었던 것이다.　　　　　　출전: <구별 짓기> 피에르 부르디외

　　(나) 그러므로 안락 추구에로는 더 이상의 만족을 느끼지 못하기 때문에 인간은 더욱 강한 자극, 즉 쾌락을 요구하게 된다. 이것이 오늘날 소비의 실태가 아닐까? 그렇다면 편리함을 적당하게 줄임으로써 안락을 불완전하고 단속적인 것으로 바꾼다면 어떨까? 그 때 발생하는 불편으로 인한 자극을 쾌락화 시킬 수 있지 않을까?

　　그리고 쾌락의 증가량에서 안락의 감소량을 뺀 값이 최대치가 되도록 한다면, 인간은 지금보다 훨씬 더 만족한 삶을 누릴 수 있게 될 것이다. 그것이 에너지나 물질의 소비를 줄여야 하는 시대적 요구와 맞아떨어지고, 나아가서는 인간이 지금보다 더 행복해 질 수 있는 방법일지도 모른다. 그럼에도 불구하고 그것이 이루어지지 않는 것은, 이미 안락이 습관화 돼서 그것을 줄이면 금단현상이 나타나는 중독에 빠져 있기 때문은 아닐까? 이러한 생각도 이 르포를 시작하게 된 동기 중 하나였다.　　　　출처: <즐거운 불편> 후쿠오카 켄세이

　　(다) "당신이 사는 집이 당신의 가치를 말해줍니다."

　　"한 수 위의 품격을 갖췄다. 한 수 위의 삶을 누린다."

　　"○○동 □□□빌 - 딱 76명의 클레오파트라에게 청합니다."　　　　출처 : 신문광고

　　(라) 음식 준비에 최소한 힘을 들이는 게 내 목표이다. 맛있고 영양가 있는 음식을 충분히 만들어서 소박하게 식탁에 차리고, 찾아온 사람들에게 "수프가 준비됐으니 와서 드세요."라고 말하고 싶다.

　　- 중략 -

　　나는 사람들이 먹는 일을 아주 단순화해서, 먹는 시간보다 준비하고 만드는 시간이

덜 걸리게 살 수 있다고 믿는다.

- 중략 -

소박한 음식으로 소박하게 사는 데 한결 가까워질 것이다.

- 중략 -

소로우는 말하지 않았던가. 단출하게 하라. 욕구를 절제하면 짐이 가벼워질 것이다. 잔치하듯 먹지 말고 금식하듯 먹으라. 닥터 존 암스트롱은 "생일잔치나 혼인 잔치 때일수록 마음을 끄는 식탁은 피하라."라고 했다. 크리스마스, 추수 감사절, 정월 초하루, 부활절 등의 축일이면 주부들은 녹초가 되도록 일하고, 과식한 이들은 배탈로 고생하지만, 우리 부부는 음식을 먹지 않고 물이나 주스만 마시는 것으로 위장과 음식 만드는 사람에게 휴식을 준다. 그런 날 우리는 어처구니없는 잔칫상에 항의하는 의미로 금식한다.

▶▶▶ **고등학교 대상작** : 자신의 의지 확실히 한 후 행동해야 (□□고등학교 ○○○)

갓난아기가 자라면서 하나씩 하는 행동은 그 아기가 홀로 생각해서 나타나는 것이 아니다. 아기를 둘러싼 환경에서의 영향과 자신의 생각 등이 복잡하게 관계를 이루면서 나타나는 행동이라고 볼 수 있다. 비단 아기뿐만이 아니라 모든 대부분의 인간은 그러한 방식으로 행동을 하게 된다. 그런데 이런 행동을 일으키는 환경과 자신의 의지 중에서 어떠한 것이 더 많은 영향을 끼치는가에 대한 많은 의견들이 있어 왔다.

환경에서의 영향, 특히 지배계급의 의도에 의해서 더 많은 행동의 발현에 영향을 받는다고 생각한 부르디외의 관점은 (가)에서 볼 수 있고, 알 수 있다. 그래서 부르디외는 인간의 사회문화현상이 사회적으로 지배계급에 의한 상징폭력을 포함해 내재화되고 학습된 조건이 개인의 선택을 강요할 수 있다고 보았다. 그러나 제시문 (나)에서는 이러한 영향도 자신의 의지에 따라 행동을 바꿀 수 있다고 말하고 있다. 인간이 안락의 습관화로 안락에서보다 더 강한 자극인 쾌락을 추구함으로써 만족한다고 하였다. 그러면서 자발적인 불편의 효과를 강조한다.

(가)에서의 아비투스에 의해서 만들어진 결과를 (다)에서 잘 알 수 있다. (다)의 광고들은 광고 기획자가 영향을 받았던 사회 계급이 물질적인 것으로 연결된다는 생각에 의해 만들어진 것이다. 그 광고 기획자의 의도는 대중에게 전달되고 그것은 사람들에게 그런 생각에 의한 행동을 촉구할 것이다. 하지만 (라)에서는 그러한 광고 기획자나 제작자,

지배계급에 의한 의도에서 벗어난다. 그리고 (나)에서 말한 것과 비슷한 입장을 취하고 있다. 소박한 음식으로 조금의 불편은 생길 수 있지만 오히려 그것을 즐거움으로 받아들인다. 그러면서 더 편안한 그들만의 삶의 방식을 즐긴다.

부르디외가 말한 것처럼 인간은 지배계급의 의도에 의해서 행동에 많은 영향을 받을 수 있다. 그러나 인간은 자신의 의지에 따라서 그러한 의도들을 이겨낼 수 있다. 왜냐하면 인간의 정신력은 다른 어느 것보다 많은 영향을 주기 때문이다. 그렇기 때문에 다른 어느 것보다 지배계급에 의한 의도에서 벗어나려면 개인의 의지를 확실히 세워야만 한다.

인간은 그 자신 밖에 있는 외부적인 요소에 의해 행동이 많이 결정된다. 그리고 나쁜 외부적 요소에 의해 자신도 모르게 변화될 수 있다. 하지만 인간이 개인이 그러한 의도에서 벗어나겠다는 의지를 확실히 한다면 인간은 휘둘리지 않을 것이다. 그러므로 인간은 자신의 의지를 확실히 한 후 행동을 해야만 한다.

▶▶▶ 고등학교 심사평

논술에서 가장 중요한 것은 요약이다. 학생들은 그냥 자기 생각을 말하고 제시문을 설명하려 한다. 논술문은 설명문이 아니다. 또한 수필도 아닌 것은 분명하다. 그럼에도 불구하고 학생들은 설명문과 수필을 쓰려고 노력한다.

그 이유는 무엇일까? 제시문을 요약하지 않기 때문이다. 제시문이 '무엇'을 말하고 있는지 정리를 할 줄 알아야 논제가 요구하는 사항에 대해서 생각하고 자기의 주장을 펼치고 근거와 이유를 말 할 수 있는 것이다. 이처럼 '해석과 정리의 힘'을 보여주는 능력은 논술의 시작이자 끝이라 말할 수 있다.

이번 고등부 대상 작품은 이런 '해석과 정리'의 힘을 잘 보여주는 논술문이라 할 수 있다. 절제된 내용의 (가), (나) 요약, 그 요약을 바탕으로 한 (다), (라) 분석과 자기주장이 잘 어우러진 작품이라 할 수 있다.

부르디외는 구별 짓기를 통해 우리사회가 아비투스를 통해 계급의식이 내재화되고 있다라고 분석하고 있다. 광고나 교육 등을 통해 아비투스가 강화되고 있다는 것을 말해주고 있다. 그러면 우리는 이러한 부익부 빈익빈이라는 사회 현상을 보며 우리도 거기에 동참할 것인가, 아니면 그런 사회현상을 올바로 바로잡을 것인가에 대한 자기 생각이 있어야 한다고 생각한다.

이러한 의도를 갖고 만든 것이 바로 이번 논술문이다. 즉, 바람직하지 않은 사회에 대한 '성찰'을 통해 어떻게 하면 바람직한 사회가 만들어질 것인가에 대한 생각 펼치기이다.

· 논리 논술의 기초 ·
틀리기 쉬운 맞춤법

순	잘못 쓰는 말 → 옳은 말	
ㄱ	· 가기 쉽상이다 → 가기 십상이다 · 가던지 오던지 → 가든지 오든지 · 가랭이 → 가랑이 · 간 (한) → (한) 칸 · 값을 치루었다 → 값을 치렀다 · 강남콩 → 강낭콩 · 개발새발 → 개발쇠발 괴발개발 · 객적다 → 객쩍다 · 거짓말시키지 마라 → 거짓말하지 마라 · 거칠은 → 거친 · 게의치 마십시오 → 개의치 마십시오 · 계시판 → 게시판 · 곰곰히 → 곰곰이 · 곱빼기 → 곱배기 · 괴로와 → 괴로워 · 괴팍하다 → 괴곽하다	· 구렛나루 → 구레나룻 · 구비구비 → 굽이굽이 · 귀멀다 → 귀먹다 · 귓대기 → 귀때기 · 금새 → 금세 · 기차길 → 기찻길 · 까탈스럽게 → 까탈지게,까다롭게 · 깡총깡총 → 깡충깡충 · 꺼꾸로 → 거꾸로 · 껵다 → 꺾다 · 껍질채 먹었다 → 껍질째 먹었다 · 꼬깔 → 고깔 · 꼭둑각시 → 꼭두각시 · ㄲ나불 → ㄲ나풀 · 끔찍히 → 끔찍이
ㄴ	· 낚지볶음 → 낙지볶음 · 날이 개이는 → 날이 개는 · 날자 → 날짜 · 남비 → 냄비 · 내노라 하다 → 내로라 하다 · 넉넉치 않다 → 넉넉지 않다 · 넓다랗다 → 널따랗다 · 넓직하다 → 널찍하다 · 넙적하다 → 넓적하다	· 넙쭉 절하다 → 넙죽 절하다 · 네 말(쌀) → 너 말 · 네 장(종이) → 넉 장 · 네째 → 넷째 · 누누히 → 누누이 · 눈섭 → 눈썹 · 눈쌀을 찌푸리고 → 눈살을 찌푸리고 · 늦각이 → 늦깎이 · 님 그리워 → 임 그리워

순	잘못 쓰는 말 → 옳은 말	
ㄷ	· 닥달해라 → 닦달해라 · 달달이 → 다달이 · 댓사리 → 댑싸리 · 더우기 → 더욱이 · 더웁다 → 덥다 · 덥히다 → 데우다 · 돐 → 돌 · 동구능 → 동구릉 · 될 수록 → 되도록	· 두째 → 둘째(열두째) · 뒷굼치 → 뒤꿈치 · 뒷편 → 뒤편 · 들여마시다 → 들이마시다 · 등살에 → 등쌀에 · 딱다구리 → 딱따구리 · 때려 부시다 → 때려 부수다 · 또아리 → 똬리
ㅁ	· 마추다(옷을) → 맞추다 · 머릿말 → 머리말 · 먹으신 → 먹은, 잡수신 · 먹을껄 → 먹을걸 · 멀지않아 → 머지않아 · 멋장이 → 멋쟁이 · 멋적다 → 멋쩍다 · 몇일 동안 → 며칠 동안	· 모거치/몫어치 → 모가치 · 모자르지 → 모자라지 · 몹씨 → 몹시 · 무릎쓰고 → 무릅쓰고 · 무우 → 무 · 미류나무 → 미루나무 · 미쟁이 → 미장이
ㅂ	· 바램(우리의) → 바람 · 바토 잡고 → 바투 잡고 · 발굼치 → 발꿈치 · 발자욱 → 발자국 · 배우고져 → 배우고자 · 백분률 → 백분율 · 벌을 서다 → 벌쓰다	· 법썩대며 → 법석대며 · 봉숭화 → 봉숭아/봉선화 · 불나비 → 부나비 · 비곗덩어리 → 비곗덩어리 · 빛갈 → 빛깔 · 뻐꾹이 → 뻐꾸기
ㅅ	· 사죽을 못쓰고 → 사족을 못쓰고 · 삭월세 → 사글세 · 산 째로 잡아 → 산 채로 잡아 · 산구비 → 산굽이 · 삵괭이 → 살쾡이 · 삼가하고 → 삼가고 · 새앙쥐 → 생쥐 · 서리다 → 망설이다 · 서슴치 않고 → 서슴지 않고 · 서울내기/풋나기 → 서울내기/풋내기	· 설겆이 → 설거지 · 설레이는 가슴 → 설레는 가슴 · 성갈 → 성깔 · 수양/수쥐/수염소 → 숫양/숫쥐/숫염소 · 숫소/숫놈 → 수소/수놈 · 시험을 치루다 → 시험을 치르다 · 실증 → 싫증 · 싫컷 → 실컷 · 쌍동이 → 쌍둥이, 팔삭둥이

순	잘못 쓰는 말 → 옳은 말	
ㅇ	· 아뭏든 → 아무튼 · 아지랭이 → 아지랑이 · 안깐힘 → 안간힘 · 안절부절하다 → 안절부절못하다 · 애닯다 → 애달프다 · 어떻해 → 어떡해 · 어름 과자 → 얼음 과자 · 에이는 듯한 추위 → 에는 듯한 추위 · 열쇄 → 열쇠 · 옛부터 → 예부터, 예로부터 · 오뚜기/오똑이 → 오뚝이 · 오랜동안 → 오랫동안 · 오랫만에 → 오랜만에 · 오손도손 → 오순도순	· 옳바르다 → 올바르다 · 왠 일이니 → 웬 일이니 · 요컨데 → 요컨대 · 우뢰 → 우레 · 웃사람 → 윗사람 · 웬지 → 왠지 · 윗어른 → 웃어른 · 윗층 → 위층 · 육계장 → 육개장 · 으례 → 으레 · 익숙치 않아 → 익숙지 않아 · 있슴 → 있음 · 있읍니다 → 있습니다
ㅈ	· 잔듸밭 → 잔디밭 · 잠궜다 → 잠갔다 · 저희 나라 → 우리 나라 · 조개껍질 → 조개껍데기 · 졸리거나 → 졸립거나	· 지겟군 → 지게꾼 · 지리하다 → 지루하다 · 짤리면 어쩌지 → 자르면 (잘리면) 어쩌지 · 찌푸리잖니 → 찌푸리잖니
ㅊ	· 치루다 → (값을,시험을)치르다 · 칫과 → 치과	·
ㅋ	· 케케묵은 → 케케묵은	·
ㅌ	· 통털어 → 통틀어 · 트기 → 튀기	·
ㅍ	· 판넬 → 패널 · 푸르른 날은 → 푸른 날은	·
ㅎ	· 하는구료 → 하는구려 · 하니바람 → 하늬바람 · 한갖 → 한갓 · 할런지 → 할는지 · 할려고 → 하려고 · 햇님 → 해님	· 했길래 → 했기에 · 호르라기 → 호루라기 · 화일 → 파일 · 휴계실 → 휴게실 · 힘겨웁다 → 힘겹다

제 5 강

/

핵심 논리 논술

제5강

핵심 논리 논술

▣ 문장 ▣

문장(文章)은 일반적으로 어, 구, 절과 함께 문법을 나타내는 언어 단위의 하나를 말한다. 즉 문법적으로 충분한 독립된 단위로서 하나의 단어, 혹은 통사적으로 서로 관련된 단어들의 집합으로 구성되는 문법단위다.

● 참고
· 어(語) : 단어 1개가 하나의 품사역할을 하는 것
· 구(句) : 단어 2개가 모여 하나의 품사역할을 하면서 주어+동사 형태가 아닌 것
· 절(節) : 단어 2개 이상이 모여 하나의 품사 역할을 하면서 주어+동사 형태인 것

1. 문장의 성분

단어들이 문장에서 쓰이는 문법적 기능을 분류한 개념으로 크게 주성분, 부속성분, 독립성분으로 나뉜다.
  1) 주성분 : 문장을 이루는 데 골격이 되는 문장성분 → 필수성분
  2) 부속성분 : 문장의 부속성분은 관형어와 부사어로 이루어지며 주성분의 내용을 꾸며 주는 성분
  3) 독립성분 : 주성분이나 부속성분과 직접적인 관계가 없이 그 문장에서 따로 떨어진 성분

2. 문장의 구조

 1) 문장의 종류

① 평서문 : 말하는 이가 문장의 내용에 대해 특별한 의도 없이 평범하게 말하는 문장
② 감탄문 : 말하는 이가 문장의 내용에 대해 자신의 느낌을 나타내는 문장
③ 의문문 : 말하는 이가 말을 듣는 사람에게 질문을 하여 답을 요구하는 문장
④ 명령문 : 말하는 이가 말을 듣는 사람에게 어떤 행동을 하도록 요구하는 문장
⑤ 청유문 : 말하는 이가 말을 듣는 사람에게 어떤 행동을 하도록 요청하는 문장
⑥ 산문 : 운율 같은 것이 없이 줄글로 된 문장
⑦ 운문 : 운율을 중요시 여기어 음악적 리듬을 지닌 문장

2) 문장의 표현 방법 (수사법修辭法)

수사법은 효과적이고 미적인 표현을 위해 말과 글을 꾸미고 다듬는 것으로 문장의 표현 방법(수사법)에는 비유법, 강조법, 변화법이 있다.

〈Ⅰ〉 비유법 : 표현하고자 하는 대상을 다른 대상에 빗대어 나타내는 방법
〈Ⅱ〉 강조법 : 표현을 강하게 하여 읽는 이에게 깊은 인상을 주는 방법
〈Ⅲ〉 변화법 : 문장이나 말의 지루함과 단조로움을 덜기 위하여 변화를 주는 방법

〈Ⅰ〉 비유법(比喩法)	〈Ⅱ〉 강조법(强調法)	〈Ⅲ〉 변화법(變化法)
1. 직유법(直喩法) 2. 은유법(隱喩法) 3. 의인법(擬人法) 4. 활유법(活喩法) 5. 의태법(擬態法) 6. 의성법(擬聲法) 7. 풍유법(諷喩法) 8. 대유법(代喩法) 　(1) 제유법(提喩法) 　(2) 환유법(換喩法) 9. 중의법(重義法) 10. 상징법(象徵法)	1. 과장법(誇張法) 2. 영탄법(詠嘆法) 3. 반복법(反復法) 4. 점층법(漸層法) 5. 점강법(漸降法) 6. 대조법(對照法) 7. 미화법(美化法) 8. 열거법(列擧法) 9. 억양법(抑揚法) 10. 현재법(現在法) 11. 비교법(比較法) 12. 연쇄법(連鎖法) 13. 명령법(命令法) 14. 돈강법(頓降法)	1. 도치법(倒置法) 2. 인용법(引用法) 　(1) 직접 인용(明引法) 　(2) 간접 인용(暗引法) 3. 설의법(設疑法) 4. 대구법(對句法) 5. 경구법(警句法) 6. 반어법(反語法) 7. 역설법(逆說法) 8. 문답법(問答法) 9. 비약법(飛躍法) 10. 생략법(省略法)

〈Ⅰ〉 비유법(比喩法)

어떤 현상이나 사물을 표현하는 데 있어서 이를 곧바로 말하지 않고, 그와 비슷한 성질을 가진 다른 현상이나 사실을 끌어대어 표현하는 법

1. 직유법(直喩法)

▶ 표현하고자 하는 대상(원관념)과 견주어지는 대상(보조관념)을 '-같이, -처럼, -듯이, -인 양' 등의 말을 써서 직접 연결시키는 방법

예) 사과처럼 붉은 내 얼굴. 호박처럼 노란 네 얼굴.

 * 〈꽃 같은 미인이다〉

   꽃 : 비유의 대상 - '보조 관념'

   미인 : 말하려는 사실 - '원관념'

   꽃과 미인에는 공통점이 있어야 한다 - '아름다움'

 * 〈그 여자는 돼지 같은 미인이다〉 - (×)

2. 은유법(隱喩法)

▶ 이어 주는 말이 없이 원관념과 보조 관념사이의 유사점을 암시적으로 연결시키는 방법. ('A는 B이다'의 형식)

예) 내 마음은 호수요

3. 의인법(擬人法)

▶ 사람이 아닌 것을 사람처럼 표현하는 방법

예) 새싹이 푸른 옷을 입고 하늘을 향해 노래를 한다.

　　세수하고 나온 달이 밝기만 합니다.

4. 활유법(活喩法)

▶ 생명이 없는 사물을 생명이 있는 것처럼 표현하는 방법

예) 저 산 너머로 꼬리를 감추는 기관차

　　힘차게 날아오르는 안개의 날갯짓

5. 의태법(擬態法)

▶ 사물의 모양이나 상태를 본뜬 말을 사용하여 실제와 비슷하게 나타내는 방법

예) 성큼성큼 걸어서 얼른 도착하자

　　잠이 오지 않고 눈만 말똥말똥 빛나네

6. 의성법(擬聲法)

▶ 사물의 소리를 본뜬 말을 사용하여 실제와 비슷하게 나타내는 방법

예) 바람이 불면 나뭇잎들이 사사삭 사사삭 거린다.

　　참새가 짹짹 하고 울고, 개들은 멍멍 짖었습니다.

7. 풍유법(諷喩法)

▶ 속담이나 격언 등을 이용하여 나타내고자 하는 의미를 간접적으로 표현하는 방법
(속담은 모두 여기에 속한다).

예) 사공이 많으면 배가 산으로 간다.

　　낮말은 새가 듣고 밤말은 쥐가 듣는다.

　* 이야기 전체가 풍유를 나타내기도 한다. 예) 〈이솝 이야기〉 〈흥부전〉

8. 대유법(代喩法)

(1) 제유법(提喩法) : 한 부분을 가지고 그 사물 전체를 나타내는 방법

예) 빵만으론 살 수 없다 : 빵 → 식량, 식생활

　　사육신 : 성삼문, 박팽년, 유응부, 이개, 하위지, 유성원

　　무슨 약주 드셨습니까? : 약주 → 모든 술

(2) 환유법(換喩法) : 하나의 사물을 다른 명칭을 들어 비유하는 방법

예) 상아탑 → 대학교

　　강태공 → 낚시꾼

　　태극기(한국)가 일장기(일본)를 눌렀다

9. 중의법(重義法)

▶ 한 말에 두 가지 이상의 뜻을 포함시켜 표현하는 방법

예) 청산리 '벽계수'야 수이 감을 자랑 마라.

일도 창해하면 다시 오기 어려왜라.

'명월'이 만공산하니 쉬어 간들 어떠리.

 * 벽계수 → 시냇물, 사람 이름 / 명월 → 달, 황진이

10. 상징법(象徵法)

▶ 비유이면서도 좀처럼 원관념을 찾아내기 힘든 표현. 추상적인 것(무형)을 구체적물
 (유형)로 암시하는 방법

예) 십자가 → 희생

　　낙락장송 → 절개

 * 은유법은 원관념, 보조 관념이 다 표현되지만, 상징법은 보조 관념만 나타난다.
　예를 들면, 미인을 표현하는 데도 여러 방법이 있다.

　　　· 그녀는 꽃 같이 아름답다.   (직유)

　　　· 순이는 한떨기 백합꽃이다. (은유)

　　　· 그녀가 들어오니, 방 안이 꽃밭이 된다. (상징)

〈Ⅱ〉 강조법(强調法)

문장의 인상을 강하게 만드는 표현법. 감정보다는 의미상의 강조가 주가 되는 방식

1. 과장법(誇張法)

▶ 어떤 사물이나 사실을 실제보다 훨씬 크거나 작게 나타내는 방법

예) 우리의 눈물이 강이 되더니 눈물바다를 이루었다.

2. 영탄법(詠嘆法)

▶ 슬픔, 기쁨, 감동 등 벅찬 감정을 직접 나타내는 방법

예) 아 눈부셔라! 너의 밝은 얼굴이.

　　청춘! 그 얼마나 높고 숭고한 기상인가?

3. 반복법(反復法)

▶ 같거나 비슷한 말을 여러 번 되풀이하는 방법

예) 두껍아 두껍아, 뭐하니?

집에 가서 집에 가서 잠을 자자, 잠을 자자.

4. 점층법(漸層法)

▶ 내용을 작거나 약한 것에서 크거나 강한 것 순서로 표현하는 방법

예) 가정이 모여서 부족이 되고, 부족이 모여서 도시가 되고, 도시가 모여서 국가가
되고, 국가가 모여서 세계가 된다.

5. 점강법(漸降法)

▶ 내용을 크거나 강한 것에서 작거나 약한 것 순서로 표현하는 방법

예) 오천 원만 주라. 아니 천 원만 주라. 아니 백 원만 주라. 아니 십 원만 주라.

6. 대조법(對照法)

▶ 성질이 반대되는 대상을 짝지어 표현하는 방법

예) 너는 잘생겼는데 난 못생겼다.

인생은 짧고 예술은 길다.

* 선(善)과 악(惡), 미(美)와 추(醜), 충(忠)과 간(奸) → 작품 전체

7. 미화법(美化法)

▶ 실제보다 아름답거나 고상한 말로 표현하는 방법

예) 저 양상군자를 보아라. (양상군자 → 도둑)

8. 열거법(列擧法)

▶ 서로 관련이 있는 말들을 여러 개 나열하는 방법

예) 문학에는 시, 소설, 수필, 희곡, 비평 등이 있습니다.

어머니께서 고추, 배추, 양파, 무를 사오라고 하셨습니다.

9. 억양법(抑揚法)

▶ 우선 누르고 추켜 주거나, 추켜 세운 후 눌러 버리는 방법

예) 얼굴은 곱지만, 마음씨가 고약하다.

그는 마음은 좋지만, 행실이 나쁘다.
 * 일종의 대조법(對照法)이라 할 수 있다.

10. 현재법(現在法)
▶ 둘 이상의 대상의 모양이나 성질을 견주어 표현하는 방법
예) 거룩한 분노는 종교보다도 깊다.
   강동원보다 정용욱이 더 잘 생겼다.

11. 비교법(比較法)
▶ 두 가지 이상의 사물이나 개념의 비슷한 것을 비교시키는 법
예) 여름 바다도 좋지만, 가을 단풍이 더 좋다.
   달이 쟁반보다도 크다.
 * 같은 말의 되풀이는 반복법, 비슷한 말을 늘어놓으면 열거법, 앞 말의 꼬리를 따면 연쇄
   법, 정반대의 뜻을 가진 말을 맞세우면 대조법, 비슷한 것을 비교시키면 비교법이 된다.

12. 연쇄법(連鎖法)
▶ 바로 앞 구절의 끝말을 뒷구절의 첫말로 삼아 글을 이어 나가는 방법
예) 원숭이 엉덩이는 빨개, 빨가면 사과, 사과는 맛있어, 맛있으면 바나나, 바나나는
   길어, 길면 기차, 기차는 빨라…….

13. 명령법(命令法)
▶ 격한 감정으로 명령하는 법. 일부러 명령하는 형식으로 나타내는 방법
예) 꼭 이기고 돌아오라! 조국의 명예를 걸고 건투하라!
   젊은이여, 기회는 한번뿐, 놓치지 말라. 힘차게 약동하라.

14. 돈강법(頓降法)
▶ 앞에서 의미나 감정의 절정을 이루어 놓고 갑자기 냉정해 지거나 낮게 떨어뜨리는
   표현 방법 즉 절정에서 갑자기 속도를 뚝 떨어지게 하는 방법
예) 내 오늘 서울에 와 반 평 적막을 산다. 안개처럼 가랑비처럼 막 흩고 뿌릴까 보
   다('반 평 적막'에서 갑자기 '안개' '가랑비'로 떨어진다)

〈Ⅲ〉 변화법(變化法)

단조로운 문장에 변화를 주어 주의를 높이려는 법

1. 도치법(倒置法)
▶ 정상적인 말의 순서를 바꾸어 배치하는 방법
예) 나는 간다. 집에. 돌아와라, 얼른

2. 인용법(引用法)
▶ 남의 말이나 격언, 명언을 따다가 인용하는 법
(1) 직접 인용(明引法) : 따옴표 등의 표시로 선명히 인용이 드러나는 방법
예) '인간은 생각하는 갈대다'라는 말이 있다.
　　선생님께서 "숙제를 게을리하는 학생에게는 꼭 벌을 주겠다"고 말씀하셨다.
(2) 간접 인용(暗引法) : 따옴표 등이 없이 문장 속에 숨어 있게 표현하는 방법
예) 아버지께서는 늘 게으른 사람은 꼭 고생을 하게 마련이라고 말씀하신다.
　　등하불명(燈下不明)이라더니, 네 뒷집에서 일어난 일을 몰라?
* 인용법에는 반드시 " " 또는 ' ' 또는 …라고, …하고, …고 등의 조사가 들어감.

3. 설의법(設疑法)
▶ 누구나 다 아는 사실을 의문문 형식으로 나타내는 방법
예) 네가 저지른 일이 아닌데 왜 걱정을 하느냐?

4. 대구법(對句法)
▶ 비슷한 어구를 나란히 배열하여 문장에 변화를 주는 방법
예) 너는 집에 가고, 난 학교에 간다.
* 대조법은 뜻이나 내용이 대조(반대)를 이루는 데 반해 대구법은 내용은 같건 말건 가락이 비슷한 점만을 노리는 것이다.

5. 경구법(警句法)
▶ 기발한 글귀를 씀으로써 자극을 주는 방법. 이 기발한 말 속에는 진리가 담겨 있어야 한다. 속담, 격언 등은 이 방법으로 이루어져 있다.

예) 웅변은 은이고, 침묵은 금이다.

　　공든 탑이 무너지랴.

　　방귀 뀐 놈이 성 낸다(적반하장 : 賊反荷杖)

* 의미상으로는 경구법에 해당하는 것이 표현 양식으로는 풍유법으로 볼 수 있는 것도 있다.

6. 반어법(反語法)

▶ 표현하고자 하는 내용과 반대되는 말을 사용하는 방법

예) 야, 잘했다 잘했어. 또 싸워봐 또. (싸운 아이에게)

　　그 우람하신 허리하며, 굉장한 미인이시던걸.

* 반어법에는 풍자가 있다.

7. 역설법(逆說法)

▶ 언뜻 보기엔 모순 같으나 속에 진리를 담고 있는 방법

예) 눈이 부신 어둠이여.

　　이것은 소리 없는 아우성.

8. 문답법(問答法)

▶ 스스로 묻고 답하는 형식을 취하여 문장의 흐름에 변화를 주는 방법

예) 야 숙제는 해야 돼, 안 해야 돼? 당연히 해야지.

　　잘못했어, 잘했어? 잘못했지. 그럼 혼나야 돼.

　　왜 왔는가? 이야기 하기 위해 왔다.

9. 비약법(飛躍法)

▶ 일정한 방향으로 나아가던 글을 갑자기 엉뚱한 방향으로 바꾸거나, 하던 이야기를
　갑자기 중단하는 방법

예) 보기도 싫다는 듯이 돌아 앉아서 빈정대고 고집만 부리던 아버지, 갑자기 무슨
　생각이 들었는지 천천히 방으로 들어가며,

　　"여보! 손님이 오셨는데 밖에 세워 두는 법이 어디 있소? 건넌방으로 모시고, 고구
　마나 삶아요."(비약)

　"인생이란 따지고 보면 다 그런 걸세. 이제 그만 가세." (중단)

10. 생략법(省略法)

▶ 글의 일부분을 일부러 생략하여 여운과 함축성을 더해주는 방법

예) 이런…… . 어떻게

어떻게 그럴 수가…… .

"아버지, 나 돈". ('좀 줘요'를 줄임)

문체의 종류

1. 간결체

· 문장을 짧고 간결하게 표현한 문체 (↔ 만연체)

예) 이제 집에 가자. 얼른 가자. 늦겠다. 빨리 집에 가자.

2. 만연체

· 문장을 길게 하여 호흡을 길게 한 문체 (↔ 간결체)

예) 이제 집에 가야하니까, 얼른 가야되니까, 늦으면 안 되니까, 발리 집에 가자.

3. 강건체

· 말하는 투가 강하고 굳센 문체 (↔ 우유체)

예) 이제 일어나라. 이제 일어나서 나아가야 한다. 여기서 넘어지면 안 된다.

4. 우유체

· 말하는 투가 부드럽고 다정한 문체 (↔ 강건체)

예) 이제 일어나야지. 여기서 넘어지면 안 된단다. 힘 내거라. 앞으로 나아가야 돼.

5. 건조체

· 문장에서 꾸미는 말을 없애 건조함이 느껴지는 문체 (↔ 화려체)

예) 전 그녀를 사랑합니다. 그래서 고백을 하려 합니다.

6. 화려체

· 문장에서 아름다운 말과 수식하는 말을 사용하여 화려함이 느껴지는 문체 (↔ 건

조체)

예) 못 생긴 전 아름답고 마음씨 착한 그녀를 사랑합니다. 그래서 수줍지만 고백을 하려 하는데, 너무나 떨립니다. 아! 아름다운 그녀가 옵니다.

7. 문어체

일상 대화에서 쓰이는 것이 아닌 글에서 쓰이거나 옛 사람들이 사용하던 문체 (↔ 구어체)
예) 여보게, 자네, 이리 오게나. 약주나 한 잔 합세.

8. 구어체

일상 대화에서 쓰는 말을 그대로 문장에 사용한 문체 (↔ 문어체)
예) 야, 이리 와봐. 술이나 한 잔 하러 가자.

● 참고 좋은 문장이 갖추어야 할 10가지 요건

1. 충실성이 있어야 한다.

글은 무엇보다 내용이 충실해야 한다. 글쓴이가 아는 것이 부족하거나 기교에 너무 치우친 경우 글은 부실해진다. 따라서 독자는 글에 신뢰를 느낄 수 없다. 그러므로 좋은 문장을 쓰기 위해 글쓴이는 사전에 글 쓸 주제에 대한 많은 지식을 섭렵해야 한다. 기교를 많이 부려도 충실한 문장이 될 수 없다. 그것에 대해서는 이미 앞에서 의식의 흐름기법을 예로 들어 설명하였다. 글의 내용이 충실할 때, 다른 부족한 면을 보완해 줄 수 있다.

2. 독창성이 있어야 한다.

문장에는 글쓴이의 경험과 지식, 상상력이 인성에 작용하여 표현되는 언어능력이 배어져있다. 따라서 독창성을 발휘할 때 그 글은 더욱 다채로울 것이다. 여기서 주의할 점은 독창적인 소재를 찾는 일에 너무 골몰할 필요는 없다는 것이다. 오히려 독창적인 글은 대상 자체보다 그 대상을 어떻게 보느냐에 의해 좌우되는 경우가 많다. 소재가 독창적일 경우 독창적인 글이 나올 확률이 높은 것은 사실이지만, 평범한 소재로도 얼마든지 독창적인 글을 쓸 수 있다.

3. 정직성이 있어야 한다

정직성이란 자신이 독창적으로 글을 썼는지, 혹은 다른 사람의 글을 인용했는지 출처를 밝혀야 하는 것을 말한다. 다른 사람이 쓴 글을 인용할 경우, 꼭 출처를 밝혀야 한다. 함부로 이용하는 것은 표절 행위이므로 옳은 행동이 아니다. 정직함도 문장을 쓸 때의 기본자세라고 할 수 있다.

4. 성실성이 있어야 한다

자신의 소신을 가지고 자신의 글을 정성껏 써야 한다. 사람들은 종종 남의 눈치를 보면서 자신의 생각을 제대로 펼치지 못하는 경우가 있다. 자기 신념이 아닌 것을 마치 자기 신념인 양 쓰는 것은 필요 이상으로 수다스러워지거나 과장되기 마련이다. 독자는 성실하지 못한 문장을 금방 구분할 수 있다. 다른 사람의 의견에 너무 휘둘리지 말고 자신의 생각을 잘 표현해야 한다.

5. 명료성이 있어야 한다.

이미 앞에서 언급한 바 있지만, 자신이 이야기하려는 내용이 무엇인가를 분명히 파악할 수 있도록 명료하게 써야 한다.

6. 경제성이 있어야 한다.

꼭 필요한 자리에 필요한 말만 최소한으로 써야 한다. 이것도 앞에서 언급하였다. 부적절한 말을 마구 늘어놓아서 오히려 잘 쓴 글을 망치는 경우를 흔히 사족이라고 한다. 수식어를 많이 쓸수록 내용이 오히려 혼잡하다. 지나친 미문(美文) 의식은 막상 전달하려고 하는 핵심 생각을 흐리게 한다. 글을 무조건 길게 쓰려고 하지 말고 짧게 함축해서 그 안에 자신의 내용을 잘 담아야 한다.

7. 정확성이 있어야 한다.

적절한 어휘로 어법과 문맥에 맞게 쓰는 태도이다. 이를 위해서는 문법과 문장에 대한 기초 지식을 가지고 있어야 한다. 이런 지식을 알고, 그것을 잘 실천할 때 좋은 글을 쓸 수 있다.

8. 타당성이 있어야 한다.

문맥에 맞게 시점을 조정하고 누가 읽을지를 고려하여 서술 양식을 잘 선택해야 한다. 특히 논설문에서 필요한 요소이다. 시점과 서술 양식이 타당할 때 독자의 설득을 얻을 수 있다.

9. 일관성이 있어야 한다.

내용의 논리성, 일관성이 잘 유지되어야 한다. 글에 가끔 딴 생각이 뒤죽박죽 섞여 있는 경우가 많다. 이런 경우 글은 혼란스러워지고, 색깔을 찾을 수 없다. 따라서 하나의 주제로 일관성 있게 쓸 때 글을 쓴 목표를 가장 잘 드러낼 수 있다.

10. 자연성이 있어야 한다.

문장의 흐름이 순탄하고 문맥에 어긋나는 어구가 없어야 한다. 가끔 책을 읽다보면 문장을 읽다가 무슨 말인지 몰라서 다시 돌아가서 읽는 경우가 있다. 이런 경우 그 문장은 좋은 문장이라고 볼 수 없다.

제5강 : 실전문제 및 풀이

● **실전문제 ❶**   〈중학교 논술대회 논제 및 대상작〉

【논제】 교복 착용에 대한 찬반이 양립되고 있는 현상과는 달리 제시문의 상황을 보면 같은 옷을 선호하는 경향을 보인다. 이러한 현상이 주는 시사점을 분석하고 이러한 청소년 문화 현상에 대한 자신의 견해를 논술하시오.

※ 유의 사항
 1. 분량은 1,000자(± 100자) 내외로 할 것
 2. 검정(파란)색 펜을 사용하고 제목을 쓰지 말 것
 3. 글 안에 자신을 드러낼 내용은 쓰지 말 것
 4. 맞춤법과 원고지 사용법을 지켜서 쓸 것
 5. 자신의 생활 및 독서 체험을 반영하여 쓸 것

제시문

가) 4월 15일 날씨 맑음.

등굣길에 보니 남자애들이 일찍 와서 축구 대회 준비를 열심히 하고 있었다. 맞아, 곧 있으면 체육대회다. 중학생이 되어 두 번째 맞이하는 체육대회다. 괜시리 설렌다. 다른 애들도 들떠서 분주한 하루를 보냈다. 여자애들은 피구 대회에서 꼭 승리하자며 수업이 끝난 뒤 연습을 했다.

누군가 반티셔츠를 맞추어 입어야 단합도 더 잘 되는 법이라고 하자 모두들 좋은 생각이라고 하면서 컴퓨터 앞에 우르르 몰려 옷 고르기에 열중했다. 하지만 나는 작년에 산 반티셔츠를 체육대회 날 한번 입고 다시는 입지 않았던 기억이 나 반티셔츠를 맞추는 것이 낭비라는 생각이 들었다. 그러나 맞추자는 게 대세라서 나만 안 살 수도 없는 노릇이다. 다른 아이들은 다 같은 옷을 입을 텐데 나만 다른 옷을 입으면 소외되는 느낌을 받을 것이다. 과연 반티셔츠는 우리 반의 유대감에 얼마나 영향을 미칠까?

　미래 사회는 독창성이 중요하다는데 똑같은 교복, 똑같은 실내화, 똑같은 노래, 춤, 내 주위엔 같은 것이 너무 많다. 비슷한 게 편하긴 하지만 뭔가 좀 답답하다. 작년에는 아무 생각 없이 함께 했던 일이 왜 올해는 거슬릴까 확실히 사춘기인가 보다. [어느 중학생 일기]

　나) 제2의 교복 ○○ 세계 2위된 사연

　겨울이 되면 왼쪽가슴에 하얀 로고가 새겨진 검정색 오리털점퍼를 입은 무리들을 흔히 볼 수 있다. 일명 '대한민국 교복'으로 불리는 ○○의 △△다운재킷이다. 이 재킷은 지난 1997년 처음 선보인 이후 매 시즌마다 10만장 이상씩 꾸준히 팔리는 대표적인 '스테디셀러' 제품. 이 재킷은 매 시즌 출시 초반 매진된다. 똑같은 모양의 재킷을 입고 책상에 엎드려 있는 고등학교 교실 풍경이 인터넷에서 화제가 되기도 했다. 이 브랜드가 아웃도어 시장을 넘어 교실을 점령한 '사태'에 대해 이 회사는 의아해하고 있다. 블랙 제품의 경우 어두운 색상의 교복과 무난하게 잘 어울리고 다른 제품에 비해 비교적 저렴한 가격으로 학생들의 선호가 높다는 것이 회사 측의 해석이다. 그러나 이 설명만으로 청소년들의 이 옷에 대한 '충성'을 이해하기는 힘들다. 관계자조차 "10대들에게 이렇게까지 인기를 끌고 있는 것이 오히려 의아하다"고 말할 정도다.

▶▶▶ **중학교 대상작** : ○○○ (□□중 3학년)

　요즘 학생들의 교복 착용에 대한 찬반 논쟁이 뜨겁다. 특히 많은 학생들은 각자의 개성을 주장하며 교복 착용을 반대하곤 한다. 그러나 주어진 제시문에서는 오히려 그들 스스로가 서로 같아지길 원할 때도 있다는 것을 보여준다.

　제시문 가)에서 학생들은 체육대회를 맞아 반별로 티셔츠를 맞춘다. 글쓴이는 이에 반대하지만, 혼자서 소외될까봐 어쩔 수 없이 티셔츠를 사게 된다. 또, 제시문 나)에서는 학생들이 한 가지 종류의 옷을 선호하여 입고 다니는 바람에 그 제품이 일명 '대한민국 교복'이 된 사연을 소개하고 있다. 여기서 우리는 학생들이 말로는 개성을 중시한다고 하면서도 은연중에 또래집단의 틀 안에서 벗어나지 않으려고 한다는 것을 알 수 있다.

청소년들이 멋을 부리더라도 텔레비전과 같은 대중 매체에 의해 또래집단 사이에서 '유행'이 된 스타일을 선택하고 있음을 보여주고 있다.

이렇듯 청소년기에 또래집단의 힘이란 강력하다. 이문열의 '우리들의 일그러진 영웅'에서도 잘 알 수 있듯이, 주인공은 반장 엄석대와 그 무리에게 저항하지만, 결국 따돌림을 견디지 못해 무리에 편입되고 만다. 이런 현상은 청소년기의 일시적 현상일 수도 있겠지만, 자기 가치관을 세우지 못하고 끌려 다니는 것이어서 문제가 크다. 또 창의성을 강조하지만 획일적으로 옷을 입고, 행동한다면 결국 청소년기에 길러야할 창의성을 기대하기 어려울 것이다.

청소년기의 우리에게는 우리만의 독특한 문화가 있어야 한다. 그러나 제시문에서와 같이 무조건 친구들이 하는 것만을 좇는다면 개인의 개성이 무시되어 모두가 획일화된 사회가 발생할 우려가 있다. 따라서 청소년들은 자신만의 특별한 색깔을 잘 살려가면서 사회적 집단 속에서 원만한 인간관계를 유지하여 각자의 개성과 사회생활이 서로 잘 조화를 이루도록 하는 생활을 해야 하겠다.

▶▶▶ 중학교 심사평

이번 중학 논제는 청소년문화의 획일적 특징에 대해 생각해보도록 하였다. 학생 스스로가 한 번쯤은 눈여겨보고 생각해 봤음직한 논제여서 쉽게 접근하리라 기대했다. 그러나 출제자의 의도에 맞는 깊은 사고와 비판을 바탕으로 한 글을 찾아보기 어려워 아쉬웠다. 마지막까지 경합된 세 작품 중에서 중 ○○○ 학생의 글이 정선된 형식을 갖추고 논제에서 크게 벗어나지 않아 대상작으로 선정되었다. ○○○ 학생은 다른 학생에 비해 문장이 간결하여 호흡이 자연스럽고 군더더기가 없는 글 전개가 논술의 특징을 잘 보여주었다.

또 제시문을 정확히 읽고 논제를 잘 분석하여 적절히 인용하며 글을 전개하였고 자신의 독서경험도 끌어와 논거로 삼은 점을 높이 평가했다. 아쉬운 점은 좀 더 깊은 사고를 통해 겉모습이 일치하여 느끼는 유대감과 내면적인 주제에 대한 공통 관심사를 찾아 공유하며 느끼는 일체감을 비교해보며 또래 문화를 비판할 수 있었으면 하는 점이다. 또한 결론의 추상적이고 식상한 문장을 신선한 글로 보완했으면 한다.

● **실전문제 ❷**   〈고등학교 논술대회 논제 및 대상작〉

【논제】 제시문 (가)에 나타난 베버의 형식 합리성에 의거하여 (나)-(라)의 맥도널드화된 사회가 추구하는 합리성이 보완해야할 바를 사례를 들어 논술하시오.

※ 유의 사항
  1. 분량은 1,200자(± 100자) 내외로 할 것.
  2. 검정(파란)색 펜을 사용하고 제목을 쓰지 말 것.
  3. 글 안에 자신을 드러낼 내용은 쓰지 말 것.
  4. 맞춤법과 원고지 사용법을 지켜서 쓸 것.

═══   **제시문**   ═══════════

(가)

　베버는 근대 서구세계가 독특한 종류의 합리화를 만들어냈다고 이야기했다. 모든 사회에는 시기에 따라 다양한 유형의 합리성이 존재했으나, 근대 서구세계 이외의 그 어떤 곳도 베버가 형식합리성(formal rationality)이라고 이름 붙인 유형의 합리성을 낳지는 못했다. 형식합리성은 일반적인 합리화 과정을 지칭하는 종류의 합리성이다.

　형식합리성이란 무엇인가? 베버에 의하면, 형식합리성이란 인간이 주어진 목표에 도달하기 위한 최적의 수단을 추구하는 것이 규칙과 규정 그리고 더 큰 사회구조에 의해 결정되는 것을 의미한다. 따라서 개개인이 주어진 목적을 달성하기 위한 최선의 방법을 찾는 데는 그들 나름의 장치가 필요하지 않다. 베버는 형식합리성을 세계 역사의 중요한 발전으로 여겼다. 이전에 사람들은 그러한 메커니즘을 자구적 노력으로 찾거나, 아니면 광범위한 가치체계(예컨대 종교)의 모호하고도 일반적인 지침에 의존해야 했다. 그러나 형식합리성이 발달한 이후에는 무엇을 할 것인지를 결정할 때 제도화된 규칙들의 도움을 받거나 지시를 따르게 되었다. 형식합리성의 한 가지 중요한 측면은 개개인에게 목표를 달성하기 위한 수단의 선택을 허용하지 않는다는 점이다. 형식적으로 합리화된 체계에서는 모든 사람들이 동일한 최적의 선택을 할 수 있거나 해야 한다.

(나)

　　맥도날드화의 특성 중 생활속도가 점차 빨라진다는 사실과 가장 빈번하게 연결되는 특성은 효율성일 것이다. 효율성의 증대는 '저스트 인 타임' 생산방식, 빠른 서비스, 절차의 간소화, 빡빡한 스케줄 등 가정과 직장 도처에서 변화의 원인을 제공하고 있다.

　　누가 봐도 효율성은 좋은 것이다. 효율성은 원하는 것을 더 적은 노력으로 더 빨리 얻게 해주기 때문에 소비자에게 이로운 것임이 분명하다. 마찬가지로, 효율적으로 일하는 노동자들은 그들의 업무를 더 빠르고 쉽게 수행할 수 있다. 또한 관리자와 소유주에게도 득이 된다. 더 많은 작업이 이루어지고 더 많은 고객들을 맞아들이면 더 큰 이윤을 얻게 되기 때문이다.

　　효율성이란 주어진 목적을 위해 최적의 수단을 택하는 것을 의미한다. 하지만 목적을 위한 최적의 수단을 찾기란 쉽지 않다. 사람과 조직은 역사적인 제약, 재정문제 및 조직의 현실, 인간성의 한계 등에 의해 방해받기 때문에 효율성을 극대화할 수 없다. 그럼에도 불구하고 조직은 점차적으로 효율성을 높일 수 있다는 희망을 갖고 계속해서 효율성의 극대화에 힘쓴다.

　　맥도날드화된 사회에서, 사람들은 스스로 목적을 위한 최선의 도구를 찾지 않는다. 그 대신 다양한 사회적 상황에서 이미 발견되어 제도화된 최적의 수단에 의존한다. 따라서 새로운 직업을 가지고 일을 시작하는 사람이 혼자 힘으로 가장 효율적인 작업방식을 마련해야 하는 것은 아니다. 그 대신에 오랜 기간에 걸쳐 그 일을 하는데 가장 효율적인 방식이라고 검증된 것을 가르치는 교육을 받는다. 직업을 가지고 일을 하다보면 업무를 한층 효율적으로 수행하는 데 필요한 요령들을 발견하게 되고, 이러한 요령은 그 일을 하는 모든 사람들이 공유하여 좀 더 효율적으로 일할 수 있도록 경영진에 알리도록 권장된다. 이런 방식으로 효율성(그리고 생산성)은 점차 높아진다. 사실 1990년대 경제의 활황을 이끈 요소는 저인플레 현상과 함께 성장을 가능케 한 효율성과 생산성의 증대라고 할 수 있다.

　　패스트푸드점은 효율성에 대한 열망을 만들어내지 않았지만, 효율성을 거의 보편적 욕구로 바꾸어놓는 데 커다란 공헌을 했다. 사회의 여러 부문들은 패스트푸드점의 운전자용 창구처럼 신속한 서비스에 익숙해진 사람들이 요구하는 효율적인 운영을 위해 변화되어야만 했다. 효율성에 대한 모든 예들이 패스트푸드점에 직접 기원을 두고 있는 것은 아니다. 그 가운데 일부는 패스트푸드점보다 시대적으로 앞서 있고, 오히려 패스트푸드점이 만들어지는 데 기여하기도 했다. 어쨌든 그런 부문들은 맥도날드화가 불을 지핀 효율성의 확산에 한 몫을 하고 있다.

(다)

맥도날드화의 두 번째 특성은 단순히 효율성만의 문제가 아니다. 그것은 셀 수 있고 계산되고 수량화될 수 있음을 강조한다. 맥도날드화에서는 양이 질을 대신하는 경향이 있다. 양에 대한 강조는 과정(예컨대 생산)과 최종결과(예컨대 제품) 모두에 적용된다. 과정의 측면에서는 속도(대개는 빠른 속도)가 강조되고, 최종결과의 측면에서는 생산 판매되는 제품의 수량(대개는 많은 양) 또는 그 크기(대개는 큰 것)에 초점이 맞추어진다.

이러한 계산가능성에 대한 강조는 여러 가지 긍정적인 결과를 낳는데, 그 중 가장 중요한 결과는 많은 양을 아주 신속하게 생산하고 획득할 수 있게 된다는 것이다. 패스트푸드점의 고객은 짧은 시간에 많은 음식을 먹을 수 있고, 그 관리자와 소유주는 종업원에게 많은 일을 시키고, 업무는 빠르게 이루어진다. 하지만 양의 강조는 과정과 결과 모두에 질적으로 부정적인 영향을 미칠 수 있다. 손님 입장에서는 황급한 식사와 평범한 음식을 먹는 것을 의미한다. 종업원들로 말하자면 일에서 개인적인 의미를 찾을 기회가 없다는 의미이기도 하다. 그러므로 일뿐만 아니라 제품과 서비스 모두 문제가 된다.

계산 가능성을 비롯한 맥도날드화의 모든 기본 특성들은 서로 복잡하게 얽혀 있다. 예컨대, 계산가능성은 효율성에 대한 결정을 용이하게 한다. 즉 최소한의 시간이 소요되는 생산과정이 가장 효율적인 것으로 평가된다. 일단 수량화되면, 제품과 생산과정의 예측이 용이해진다. 때와 장소에 상관없이 일정량의 재료나 시간이 소요되기 때문이다. 수량화는 통제, 특히 기계화와도 연관이 있다. 기계화는 주어진 시간에 업무를 완수하거나 정해진 무게나 크기의 제품생산을 가능케 한다. 계산가능성이 불합리성과 연결되어 있다는 것은 분명하다. 양에 대한 강조는 무엇보다도 질에 부정적인 영향을 미치기 때문이다.

현대사회에서 계산가능성에 대해 논의할 때 결정적인 영향을 미치는 것은 컴퓨터다. 모든 것을 수량화하려는 경향은 컴퓨터의 발달과 광범위한 이용으로 가속화되었다. 만일 컴퓨터가 없었더라면, 양을 지향하는 현대사회의 여러 모습들은 보기 힘들거나 대부분 수정되어야 했을 것이다. 다음 사항들을 생각해보자.

· 대학의 수많은 학생들의 등록, 성적처리, 평점평균 계산
· 환자 스스로 일련의 혈액 및 소변 검사를 실시하면, 검사결과는 여러 항목의 정상수치와 검사수치가 나열된 형태로 나온다. 이런 계량화를 통해서 질병진단은 효율적으로 이루어지고, 환자는 일종의 셀프서비스 의사가 된다.
· 신용카드의 발달과 보급, 컴퓨터는 신용카드와 관련된 수십억 건의 거래를 가능하게 한다. 그에 따른 신용카드의 발달은 소비자의 지출과 기업의 매출을 엄청나게

증가시켰다.

· 거의 바로 선거결과를 알려줄 수 있는 텔레비전 방송망의 발달

· 지속적인 여론 조사와 텔레비전 시청률조사

컴퓨터 기술의 지속적인 발전으로 이러한 경향은 더욱 촉진되고 확산되었다.

(라)

맥도널드화의 세 번째 특성은 예측가능성이다. 합리화된 사회에서 사람들은 언제 어디서 무슨 일이 일어날지 알고 싶어 한다. 사람들은 예상하지 못한 일에 놀라는 것을 바라지도, 원하지도 않는다. 그들은 오늘 빅맥을 주문할 때 그것이 어제 먹었던 것 그리고 내일 먹을 것과 동일한 것이기를 바란다. 어떤 날은 특별한 소스가 들어가고 어떤 날은 들어가지 않아 매일 맛이 달라진다면, 사람들은 심한 불쾌감을 느낄 것이다. 그들은 맥도널드가 디모인(미국 아이오와 주의 수도)에 있건, 로스앤젤레스에 있건, 파리에 있건 자기가 살고 있는 곳의 맥도날드와 동일한 모습으로 운영되리라는 것을 확인하고 싶어 한다. 예측가능성을 확보하기 위해 합리화된 사회는 규율, 질서, 체계화, 형식화, 관례, 일관성, 조직적 운영 같은 것을 강조한다.

소비자의 관점에서 볼 때 예측가능성은 일상생활에서 마음의 평화를 가져다준다. 노동자로서는 업무가 한층 용이해지므로 별다른 노력과 주의 없이 업무를 수행할 수 있게 된다. 사실, 일부 노동자들은 반복적인 일을 선호한다. 특별한 일만 없다면 그들은 단순하게 반복하는 것을 하면서 다른 것, 심지어는 몽상에도 빠져들 수 있다. 예측가능성은 관리자나 소유주에게 종업원과 손님을 한층 쉽게 관리할 수 있게 한다. 또한 필요한 공급량과 재료, 인원배치, 수입, 수익에 대한 예상도 용이해진다.

▶▶▶ 고등학교 대상작 : ○○○ (□□여자고등고 3학년)

장자는 인간의 삶에서 '달인'을 긍정적으로 제시했다. '달인'은 사회적 지위와 무관하게 자신이 좋아하고 잘하는 분야에서 높은 경지에 이른 이를 말한다. 이러한 '달인'은 현대 사회에서도 또한 긍정적으로 비춰진다. 그러나 그 당시의 사회보다 현대사회는 '달인'의 분야가 이끌어 낼 수 있는 합리성에 따라 중요성을 구분 짓고 그러한 합리성을 강조하고 있다.

위와 같은 합리성 강조의 형태는 제시문 (나) - (라)에 나타난 맥도널드화된 사회가 추구하는 합리성과 맥락을 같이 한다. 제시문은 각각 효율성, 수량화의 가능성 그리고 예측가능성 등을 통해 합리성을 추구하는 사회의 모습을 보여준다. 이와 관련하여 제시문 (가)의 형식적 합리성을 볼 수 있다. 형식적 합리성은 목표 달성을 위한 최적의 수단이 개인의 의지와 선택을 허용하지 않을 뿐만 아니라 규율과 사회구조에 의해 결정된다는 것이다. 이에 근거한다면 (나) - (라)에 나타난 합리성 추구의 과정에서 개인의 자율성을 상실하고 효율성을 무의식적으로 강조하며 그에 따라 가해지는 규율을 당연시하는 것으로 볼 수 있다. 이러한 점에서 (나) - (라)의 합리성 추구는 주체의 자율성, 주체에 대한 적합성 측면에서 보완이 필요하다. 이를 보완하려는 바의 사례로는 최근 활성화되고 있는 '슬로 운동'을 들 수 있다. 급속한 서구 산업과 문화의 유입으로 적절한 준비 없이 시작했던 산업화는 효율성이란 명목으로 합리성을 추구하며 각종 규율 등으로 개인의 수단 탐구에 대한 자율성을 박탈해왔다. '슬로 운동'은 이러한 방식에서 벗어나 진정으로 효율적이고 적합한 방향을 찾는 것에 의미를 두고 있다.

그 다음 사례로는 무하마드 유누스의 그라민 은행을 들 수 있다. 효율성이란 명목 아래 국가의, 은행의 주체인 빈민들에게는 대출을 해주지 않던 다른 은행과는 달리 무하마드 유누스는 주체에 대한 적합성과 자율성을 고려함으로써 결국 불가능으로 보였던 상환율 98%를 달성하였다.

철학자 미셸 푸코는 〈광기의 역사〉에서 규율은 개인을 '제조'한다고 하였다. 그러므로 이에 따른다면 목표를 달성하는 과정 속에 그에 대한 기존의 제도화된 수단을 무비판적으로 수용한다면 목표를 수행하는 주체는 개인이 아니라 규율이 될 것이다. 그러므로 장자의 달인에 대한 것과 같이 개인이나 사회는 현재적 효율성보단 장기적 관점에서의 효율성을 고려하여 본질을 추구해야 한다. 그것이 실행될 때 개인과 그 사회는 진정으로 합리성을 추구하는 주체가 될 것이다.

▶▶▶ 고등학교 심사평

논술에서 가장 중요한 것은 출제자의 요구이다. 제시문과 논제를 잘 읽고 '해석과 정리'의 힘을 통해서 출제자의 요구를 잘 파악하고, 자신만의 논리를 잘 펼치는 것이 바로 논술문이다.

항상 대회를 치르다보면 공통적인 모습이 보인다.

첫째, 학생들이 논술문을 통해 설명하거나 무조건적인 주장만 펼치는 글이다. 학생들은 베버의 형식합리성을 군이 설명하려 한다.

둘째, 이보다 나은 답안이다. 대부분 맥도널드 사회의 문제점만 나열하고 있다. 이번 논제는 맥도널드화된 사회가 보완해야 할 점이다.

셋째, 대상인 ○○○ 학생과 마찬가지로 맨 먼저 맥도널드화된 사회처럼 합리화된 사회가 가지는 특성을 '해석과 정리'의 힘이 드러날 수 있도록 요약한 다음 보완해야 할 점을 효율성, 계산가능성, 예측가능성으로 나누어 논술하지 않고 맥도널드화된 사회가 나아갈 방향을 제시한 논술문을 대상 및 금상으로 정했다는 것이다.

맥도널드는 햄버거다. 그냥 먹는 것이다. 그런데 이 맥도널드 햄버거 속에는 현대산업사회를 지배하는 원리가 숨어 있음을 알게 하는 것이 이번 논술대회의 의의이다. 합리적이라고 생각했지만 결코 합리적이지 않은 합리성. 맥도널드화에 대한 성찰은 우리가 만들어가는 사회에 대한 새로운 통찰을 요구한다.

제 6 강

핵심 논리 논술

제6강 핵심 논리 논술

■ 논리 논술의 어휘 ■

1. 우리말 어휘의 체계

어종에 따라 1)고유어 2)한자어 3)외래어로 분류한다.

1) 고유어
다른 나라 말에서 들여온 것이 아니라 본래부터 국어로 탄생하여 사용되는 순 우리말
· 우리 민족 특유의 문화나 정서를 표현하며 정서적 감수성을 풍부하게 함
  예) 시냇물, 지우개, 종이

2) 한자어
중국의 한자를 기반으로 만들어진 단어(중국에서 들어온 말, 일본에서 만들어져 들어온 말, 우리나라에서 만들어 낸 말 등이 있음)
· 한자어는 대개 개념어나 추상어로서 고유어에 비해 좀 더 정확하고 분화된 의미를 지니며, 고유어를 보완하는 역할을 함
  예) 전기, 책상, 필통

3) 외래어
· 한자어 외에 다른 언어권에서 들어와 국어의 일부로 인정되는 단어
· 우리의 언어생활을 풍부하게 하는 데 기여하며 새로운 문화 창조를 위한 자극제 역할을 함.(외래어의 지나친 사용은 고유어를 사라지게 하고, 외국의 문명과 문화에 종속되거나 의존적이 되도록 할 수 있음)
  예) 잉크, 컴퓨터, 볼펜

[외국어와 외래어의 차이점]

　　외국어 : 다른 나라의 말로, 원어 그대로 발음함

　　외래어 : 다른 나라의 말이지만 원래 언어에서 지니고 있던 특징을 잃어버리고 우리말의 특
　　　　　　징을 지니게 됨.(국어사전에 등재되며 국어의 음운 체계에 맞게 변화되어 쓰임.)

2. 단어의 의미 관계에 따른 양상과 활용

1) 유의어

　　유의 관계(두 개 이상의 단어가 서로 소리는 다르나 의미가 비슷할 때)가 있는 단어들

● 참고

　　의미가 서로 비슷하지만, 가리키는 대상의 범위나 쓰이는 상황이 다르고, 미묘한 느
　　낌의 차이가 있음

2) 반의어

　　반의 관계(둘 이상의 단어에서 의미가 서로 짝을 이루어 대립하는 경우)에 있는 단
어들

● 참고

　　반의 관계에 있는 두 단어는 오직 한 개의 의미 요소만 다르고 나머지 의미 요소들
은 모두 공통됨

3) 상의어와 하의어

　　상하관계 : 어떤 단어가 다른 단어에 포함되는 경우

　　하의어 : 다른 단어의 의미에 포함되는 단어

　　상의어 : 다른 단어의 의미를 포함하는 단어

● 참고

　　상의어일수록 일반적이고 포괄적인 의미를 지니며, 하의어일수록 개별적이고 한정적
인 의미를 지님

4) 동음이의어

　동음이의어 : 동음이의 관계(소리는 같으나 의미가 다른 단어의 관계)에 있는 단어들

● 참고

　동음이의 관계에 해당하는 단어들은 우연히 소리가 같아졌을 뿐 어원은 전혀 다름

5) 다의어

　다의어 : 하나의 소리에 두 가지 이상의 관련된 의미가 결합되어 있는 단어

● 참고

　같은 어원에서 나왔지만 뜻이 분화되면서 여러 가지 의미를 갖게 된 것이므로 사전에서 하나의 단어로 취급

3. 어휘의 특성에 따른 양상과 활용

　어휘의 특성에 따라 1)방언 2)은어 3)속어 4)금기어 5)완곡어 6)전문어 7)새말 등으로 분류한다.

1) 방언
　한 언어가 지리적 요인이나 사회적 요인 때문에 그 모습이 달라진 것
　지역 방언 : 지역에 따라 달라진 말
　사회 방언 : 언어의 사회적 요인(계층, 세대, 성별, 학력, 직업 등)에 의해 변이가 나타난 말

2) 은어
　은어 : 다른 집단으로부터 자신의 집단을 방어하기 위해 만든 말
　은어의 특징 : ① 다른 집단에 알려지면 더 이상 은어로 쓰이지 못함
　　　　　　　② 사회에 어떤 폐쇄적 집단이 존재할 경우 필연적으로 발생

3) 속어
　통속적으로 쓰는 저속한 말 : 은어와 비슷

장난기 어린 표현, 반항적인 표현 등을 하고 싶을 때 주로 사용

일반적인 표현에 비하여 비속하고 천박한 느낌을 줌

4) 금기어

'죽음, 질병, 범죄, 성(性), 배설' 등과 같이 불쾌하거나 두려운 것을 연상하게 하는 단어들과 같이 입 밖에 내기를 꺼리는 말

5) 완곡어

금기어를 에둘러서 우회적으로 하는 말

상황과 장면을 고려하여 사용

6) 전문어

전문 분야의 일을 효과적으로 수행하기 위하여 도구처럼 사용하는 어휘

의미가 정밀하고 그에 대응하는 일반 어휘가 없는 경우가 많음

● 참고

일반인과 원활하게 의사소통하기 위해서는 전문어를 쉬운 말로 풀어 사용하는 것이 좋음

7) 새말 (신어 / 신조어)

새롭게 생겨난 개념이나 사물을 표현하기 위하여 새로 만든 어휘

사회 현상의 영향을 받아 만들어지므로 그 시대의 사회 모습을 반영함

일정 기간 사용되다가 사라지기도 하지만, 표준어로 인정되어 국어사전에 실리기도 함

■ 글의 전개 방법 ■

주제가 정해지면 주제에 적합한 내용 전개의 방법을 결정해야 한다

· 글 설명 방법 ·

1. 정의
어떤 대상의 본질이나 뜻을 밝히는 것
예) 문학이란 언어를 도구로 하여 쓴 예술 작품이다.

2. 예시
구체적인 예를 들어 설명하는 것
예) 외래어에는 우리말로 완전히 변하여 외국에서 들어온 말인지 잘 모르는 단어가 많다. 빵이나 담배, 구두 등이 그것이다.

3. 분류
대상을 일정한 기준에 따라 나누거나 묶어서 설명하는 것
예) 문학에는 여러 갈래가 있는데 크게 두 가지로 나누면 운문 문학과 산문문학이 있다. 산문문학에는 다시 소설, 수필 등으로 나뉘어진다.

4. 분석
대상을 구성 요소로 나누어 설명하는 것
예) 시계는 태엽, 톱니바퀴, 시침, 분침 등으로 이루어져 있는데 태엽은 시계가 움직이게 해주고 동력을 공급하고, 톱니바퀴는 시침과 분침으로 동력을 전달한다.

5. 비교
둘 이상의 대상을 견주어서 공통점이나 비슷한 점을 중심으로 설명하는 것
예) 풍물놀이와 사물놀이는 사물을 비롯한 풍물을 사용하는 전통 음악 연주이다.

6. 대조

둘 이상의 대상을 견주어서 차이점을 중심으로 설명하는 것

예) 풍물놀이는 마당에서 춤을 추고 몸짓을 해 가며 악기를 연주하지만, 사물놀이는 무대에서 연주하고 춤을 추지 않는다.

7. 비유

설명하려는 대상이 독자에게 낯선 것일 때 낯익은 것에 빗대어 설명하는 것

예) 그가 대통령이 되는 것은 낙타가 바늘귀에 들어가는 것과 같다.

8. 확인

'그는 누구인가?', '그것은 무엇인가?'에 답하는 형태로 설명하는 것

예) 세종대왕은 뛰어난 학자요, 신하를 사랑하고 백성을 아낄 줄 아는 위대한 왕이었다.

· 글 진술 방법 ·

1. 설명(說明)

일정한 사물, 곧 과제를 쉽게 풀어서 그것이 무엇인가를 알게 하는 것으로 논리적으로 사실명제(事實明題)를 'A는 C다.'와 같은 방식으로 진술하는 기술 양식

예) 설명문, 설명문, 사전, 교과서

> 〈예문〉
> 천마총은 경주시 황남동 제 155호 고분이다. 1973년에 발굴되었는데, 금관과 천마도가 나옴으로써 유명해졌다. 이 고분은 지름 47m, 높이 12.7m의 완전한 봉토분이며, 세심한 발굴을 통해 매장물의 본디 모습을 되살릴 수 있었다.
> ⇒ 천마총에 대한 객관적 지식과 정보 전달의 글이다.

2. 논증(論證)

분명하지 않은 사실이나 원칙을 놓고 그 진실의 여부를 증명하는 동시에, 읽는 이로 하여금 쓰는 이와 증명하는 바를 시인하여 믿게 하고, 그것대로 행동하기를 요구하는 기술양식

예) 인간은 만물의 영장이다.

〈예문〉
  천마총의 천마도가 본디 모습을 잃어 간다는 소식이 들린다. 고분의 발굴은 비전문가가 마구 발굴해서는 안 된다. 발굴하기 전에 유물 보존에 필요한 과학적인 배려가 있어야 할 것이다.
  ⇒ 고분발굴에 대한 자기의견을 주장하고 있다.

3. 묘사(描寫)

구체적인 대상을 말로 그려 보이는 기술 양식. 대상의 특징을 일반화, 유형화하여 설명하지 않고, 어떤 사물의 모습이나 상황을 감각적으로 제시하는 기술 양식

예) 예술문, 소설, 서경문

〈예문〉
  천마총의 천마도가 본디 모습을 잃어 간다는 소식이 들린다. 고분의 발굴은 비전문가가 마천마총 주위에 이름 모를 고분들이 천 년의 숱한 비밀을 간직한 채 신화 속의 산처럼 누워 있다. 남산에는 진달래가 불타고, 천마총 어귀에선 연상홍이 봄이 무르익었음을 수줍게 알린다. 4월의 훈풍이 스쳐 가는 대나무 숲은 신라 천 년의 숨결을 되살리듯 뒤척이며 서걱거린다.
  ⇒ 천마총 주변의 배경을 공간 이동에 따라 묘사했다.

4. 서사(敍事)

사건을 시간의 흐름에 따라 전개하는 것으로 진행 과정이나 사물의 움직임과 변화를 구체적으로 풀어 이야기하는 방법으로 전달을 목적으로 하는 기술 양식

예) 소설

〈예문〉
  서울역에서 새마을호 기차를 탄 것이 오전 9시, 우리 일행이 경주역에 도착한 것은 오후 1시가 조금 지난 시각이었다. 우리는 역 부근의 간이식당에서 칼국수로 요기를 하고, 택시로 천마총엘 갔다. 천마총 주위에는 이름 모를 고분들이 여럿 있었다.
  ⇒ 진행과정을 구체적으로 표현하고 있다.

위 글은 모두 하나의 글에서 발췌한 것으로 하나의 글에는 여러 기술 방식이 복합적으로 상용된다.

논술은 '주장'을 논증적으로 개진하는 것이 핵심이다. 그렇기 때문에 주장을 제시하는

것은 물론 그것을 논증적으로 정당화해야 한다. 이런 의미에서 논술은 논증적인 글쓰기에만 국한되는 것이 아니라 핵심적인 서술방식이나 기술방식이 포함된다.

▣ 문장을 쓸 때 주의점 ▣

1. 가급적 단문을 써라.
2. 한 문장 안에 두 가지 이상의 수식어를 쓰지마라.
3. 글쓰기의 초보자일수록 기승전결, 시간의 순행으로 이야기를 전개해 나가라.
4. 단어에 시간성과 공간성을 부여하라. (단어를 색칠하는 기법 활용)

· 논술 평가 내용 ·

1. 주제파악
· 다루고자하는 주제를 정확하게 파악하였는가?
· 읽기 자료의 내용을 정확하고 깊이 있게 파악하였는가?
· 발문의 내용을 바르게 이해하였는가?

2. 내용
· 주제에 맞는 주장을 제시 하였는가?
· 주장의 내용이 적절한가?
· 주장에 대한 근거이유를 제시 하였는가?
· 주장에 대한 근거이유가 적절하고 타당한가?
· 해결방안이 구체적인가?
· 실천 가능한 해결방안을 제시하였는가?
· 서론 본론 결론의 구성에 맞는 내용을 썼는가?

3. 구성
· 서론 - 본론 - 결론의 구성이 타당한가?
· 글의 제목이 적절한가?

· 글의 내용을 잘 드러내고 있는가?
· 글의 전체적인 흐름이 일관적인가?

· 논술 채점 요소별 기준표 1, 2 ·

[기준표 1]

항목	관점	채 점 기 준	배 점				
이해·분석력 (20점)	논제의 파악 (10점)	· 논제의 요구를 올바르게 파악했는가?	5	4	3	2	1
		· 논제의 의도에 맞게 논지를 설정했는가?	5	4	3	2	1
	자료의 분석 (10점)	· 논제에서 참고할 점을 정확히 파악하여 분석했는가?	5	4	3	2	1
		· 논제의 문제점과 원인을 정확히 파악하여 분석했는가?	5	4	3	2	1
논리력 (10점)	논리적전개의 적절성 (10점)	· 논제의 문제점과 원인을 논리적으로 서술했는가?	5	4	3	2	1
		· 논제의 문제점과 원인을 논리적으로 서술했는가?	5	4	3	2	1
표현력 (10점)	표현의 적절성 (10점)	· 분량이 적절하고 어문 규정을 준수하였는가?	5	4	3	2	1
		· 단어의 선택과 문장 간의 결합이 적절한가?	5	4	3	2	1
합 계							점

[기준표 2]

항목	관점	채 점 기 준	배 점				
이해·분석력 (20점)	논제의 파악 (10점)	· 논제가 요구하는 바를 정확하게 포착했는가?	5	4	3	2	1
		· 논제의 의도에 맞게 논지를 설정했는가?	5	4	3	2	1
	논지의 정확성 (10점)	· 논제의 논의 내용을 참고하여 논지를 전개하였는가?	5	4	3	2	1
		· 논제에 나타난 사회 문제를 정확히 지적했는가?	5	4	3	2	1
논증력 (20점)	논의의 일관성 (10점)	· 논제의 해결 방안을 긴밀하게 제시하였는가?	5	4	3	2	1
		· 논제의 해결방안에 대한 서술이 논리적인 체계를 유지하고 있는가?	5	4	3	2	1
	논거 제시의 적합성	· 논거로 제시된 분석 사례들의 성격이 적절한가?	5	4	3	2	1
		· 논거로 제시된 분석 사례들이 글의 주장을 타당하게	5	4	3	2	1

	(10점)	뒷받침하고 있는가?					
창의력 (10점)	심층적 논의의 전개 (10점)	· 논제 대한 구체적 내용을 심층적으로 분석하고 논의를 전개하고 있는가?	5	4	3	2	1
		· 논제를 이해하는 관점이 글의 맥락 속에 잘 드러나고 있는가?	5	4	3	2	1
표현력 (10점)	단어와 문장 (5점)	· 단어의 선택이 적절하고, 문장이 어법에 맞게 표현되었는가?	5	4	3	2	1
	형식면 (5점)	· 문장과 문장은 긴밀하게 연결되어 있으며, 어문규정 등 형식면을 충족시켰는가?	5	4	3	2	1
합 계							점

제6강 : 실전문제 및 풀이

● 실전문제 ❶

【논제】 다음 제시문의 요지(要旨)를 200자 이내로 쓰고, 글쓴이의 주장에 대한 자신의 생각을 제목을 붙여 2,800자 정도 (띄어쓰기 포함 ±200자 허용)로   1) 요지 2)제목 3)논술 세 부분으로 구성하여 논술하시오.

─── **제시문** ══════════════════

　오랫동안 지식인은 진리와 정의를 주관하는 자로서 발언하였으며, 그 권위를 인정받아 왔다. 사람들은 보편적 진리의 대변인으로서 지식인에게 귀 기울였다. 지식인은 모든 사람의 의식과 양심의 지표로 간주되었다. 그러나 지식인은 이제 더 이상 이러한 역할을 할 것을 요구받지 않는다. 지식인은 '보편' '모범' '모든 이들을 위한 진리와 정의'의 자격으로서가 아니라, 그들의 직업적인 근로 조건 또는 삶의 조건이 처한 구체적인 장에서 일하는 것에 익숙해졌다. 이를 통하여 그들은 더욱 생생한 현실 의식을 얻게 되었고, 구체적이고 '비 보편적인' 문제들에 직면하게 되었다. 따라서 그들은 가족, 주택, 보건, 남녀 관계 등의 실질적인 일상생활에 얽혀 있는 문제들에 관여하지 않을 수 없게 되었다.

　이제 우리는 지식인의 기능을 재고해야 할 단계에 이른 듯하다. 위대한 '보편적' 지식인에 대한 향수를 가진 이들이 아직 남아 있다 할지라도, 지식인의 기능은 재정될 필요가 있는 것이다.

　오늘날의 '구체적' 지식인이 핵 과학자, 유전공학자, 자료 처리 전문가, 약물학자 등의 신분으로서 싫든 좋든 받아들이지 않을 수 없는 정치적 책임이 중대함에 따라서 그들의 역할 또한 더욱 중요하게 된다고 할 수 있다. 구체적 지식인이 특수 영역에서 맺게 되는 권력 관계를 두고 그것이 전문가들만의 소관사일 뿐, 일반 대중의 이해와는 무관하다는 구실 아래 그들을 정치적으로 과소평가하는 것은 아주 위험한 일이다. 또 이들 지식인이 개인적 이데올로기를 퍼뜨린다는 구실로 그들을 비난하기도 하는데, 지식인이 항상 그러한 것은 아니며, 사실 그들이 이데올로기를 퍼뜨리려 하는 경우에도 그것은 진정한 담론의 효과라는 근본적인 것에 비하면 부차적인 것일 뿐이다.

여기서 중요한 것은 진리란 권력 밖에 존재하는 것도, 진리에서 권력이 배제되는 것도 아니라는 점이다. 진리는 세상에 속한 것이다. 진리는 여러 제약 조건들을 통하여 생산된다. 각 사회는 그 나름의 진리 체제, '일반적 정치 체계'를 갖는다. 각 사회가 은연중에 받아들이는 담론의 방식, 참된 진술과 거짓 진술을 구분하는 기제(機制, 메커니즘)와 사례들, 진리를 얻기 위하여 공인된 기술과 절차들, 무엇이 진리로 간주되는가를 말하는 책임을 지는 사람들의 지위 등이 이런 정치 체계를 구성한다.

우리 사회에서 보이는 진리의 '정치경제학'은 다섯 가지 중요한 특징을 갖는다. 진리는 과학적 담론의 형식과 그 형식을 생산하는 제도에 맞추어져 있다. 정치적 권력과 경제적 생산을 위해 진리가 요구된다는 점에서 진리는 지속적인 정치적, 경제적 동기에 의해 성립한다. 진리는 사회 전체 내에 널리 퍼져 있는 다양한 형식을 통해 대규모로 확산되고 소비되는 대상이다. 진리는 대학, 군대, 출판, 대중 매체 등 몇몇 거대한 정치적이고 경제적인 장치들의 지배 아래서 생산되고 전파된다. 마지막으로, 진리는 전반적인 정치적 논쟁과 사회적 갈등의 결말을 판가름하는 관건이다.

요컨대, 진리 체제는 우리 사회의 구조 및 기능과 본질적으로 연관되어 있으며, 지식인은 이 가운데서 작업하고 싸우는 존재다. 미셸 푸코(Michel Foucault) 「지식인의 정치적 기능」

▶▶▶ 대상 · 금상 수상작 및 심사평 외 해설

▨ 대상 수상작 / ○○○ (□□고등학교)

【요지】

현대의 '구체적' 지식인들은 정치 · 경제 · 권력 관계에서 자유로울 수 없다. 그들의 구체적 진리들이 막강한 정치 · 경제적 권력을 행사할 뿐 아니라, 그 진리의 성립이 정치 · 경제적 권력 기제에 의해 이루어지기 때문이다. 따라서 오늘날의 지식인들은 사회 권력 구조와 본질적으로 연관된 진리 체제 가운데에서 작업하는 존재이며 막대한 정치적 책임을 지닌다.

【제목】

지식과 권력의 관계를 바탕으로 본 현대 지식인의 역할

【논술】

일찍이 플라톤은 보편적 진리의 존재를 '이데아'로 상정했다. 이데아는 초월적 세계에 존재하는 순수한 본질 그 자체이다. 기본적으로 플라톤은 보편적 진리를 현실 세계와는 동떨어진 피안에서 찾으려 했던 것이다. 이러한 플라톤의 진리관은 오랫동안 확고한 믿음으로 존재해 왔다. 상아탑의 존재 등이 이를 잘 말해준다. 사람들은, 진리 탐구란 세속적 권력과는 무관한 순수한 활동이라 여겼던 것이다.

그러나 진리란, 어디까지나 사회와의 연관 속에서 성립된다. 즉, 인간 사회의 진리는 사회적 상황과 그 속에서 살아가는 인간에 대한 진리로서, 이는 필연적으로 사회와 관련을 맺을 수밖에 없다. 더구나 진리가 인간에 의해 사회적으로 수용된다는 점을 고려해 본다면 인간의 진리란 '선택되고 수용'된 것이다. 지식인들은 분명 보편적 진리 탐구를 추구하지만 그 활동 자체가 사회 속에서 이루어지기 때문에 플라톤이 말한 이데아적 순수성은 애초에 보장받기 어렵다.

진리와 권력의 필연적 관계는 바로 여기에서 발생한다. 진리가 사회에 의해 '선택되고 수용'되는 지식 체계라면, 그 선택과 수용의 주체는 사회 전체를 지배하는 정치·경제적 권력 구조이다. 참·거짓을 구분하고 참으로 채택된 지식 체계에 신빙성이 가해지는 과정에서 정치·경제적 권력의 개입을 무시할 수 없다. 토마스 쿤의 패러다임 이론에는 이같은 '진리 성립에 있어서의 권력 개입'이 잘 드러나 있다. 자연에 대한 가장 객관적 지식 체계라 믿어지는 자연 과학적 진리의 성립 과정에도 과학자 사회의 권력 기제가 작용한다는 것이다. 이는 진리가 성립되기 위해서는 사회 권력의 동의와 인정이 있어야 함을 보여준다.

그러나 진리가 권력 기제에 의해 성립된다고 해서 진리가 반드시 권력에 종속되는 것은 아니다. 왜냐하면 진리 자체가 이미 사회 속에서 엄청난 정치·경제적 특권을 행사할 수 있기 때문이다. 특히 지식·정보 사회로 변해가면서 진리의 정치·경제적 영향력은 더욱 막대해지고 있다. 사회가 전문화, 분업화되면서 진리의 영향 범위는 축소되고 있을지 모르나, 그것은 여전히 사회적 갈등의 해결과 정치적 논쟁의 결말을 판가름한다. 즉, 본질적으로 지식은 권력의 기제 속에서 선택되기는 하지만 권력에 완전히 종속되지는 않는다.

이렇게 본다면 권력과 진리는 상호 밀접한 관련을 지니고 있다. 이는 진리의 본질적 속성에서 빚어진 불가피한 결과로서 둘의 관련성 자체를 부인하는 것은 바람직하지 않다. 그러나 이러한 관계가 현실적으로 왜곡되는 것을 방관하는 것도 바람직하지 않다. 즉, 현실 사회에서는 진리와 권력의 관계가 왜곡되어 진리가 특정 권력 강화에 기여하는 경우가 발생하는데 이는 마땅히 경계되어야 한다. 권력은 흔히 진리와 비진리의 구분을 통해 자신의 정치·경제적 힘을 증대시키려고 한다. 그래서 주류 이론과 비주류 이론, 진리와 비진리를 철저히 구분하여 주류 이론과 진리를 통해 사회를 획일적으로 운영하려고 한다. 일례로, 중세엔 교회 세력이 기독교적 사상을 지배 진리를 수단으로 마녀 사냥 등을 벌이며 권력 강화에 힘썼다. 또한 푸코에 따르면, 근대 사회를 지배해 온 이성 중심주의는 병자, 광인 등의 약자를 분리시키며 기존의 권력 강화에 기여했다. 이 같은 권력에 의한 지식의 수단화는 경계되어야 한다.

그렇다면 권력과 진리의 관계를 올바르게 정립하기 위한 노력이 필요하다. 그리고 이러한 노력은 지식인에 의해 선구적으로 전개되어야 한다. 권력 관계 속에서 직접 진리를 연구하는 존재가 지식인이기 때문이다. 현대의 지식인들은 우선 권력 관계로부터 자신이 자유로울 수 없는 현실을 직시해야 한다. 아무리 자신이 순수한 의도로 진리를 탐구하고 이를 실생활에 적용하려 한다 할지라도 그 의도는 이미 권력과의 관계 속에 그릇되게 이용될 수 있다. 따라서 지식과 권력의 메커니즘에 대한 이해가 가장 우선적으로 요청된다.

이러한 이해를 확고히 한 뒤에는 권력과의 긴장 관계 속에 자신의 진리와 지식의 활용에 대해 강한 책임 의식을 지녀야 한다. 특히, 전문 영역으로 학문 체계가 분화되어 있는 현실 세계에서는 지식인의 책임의식이 약화될 수 있다. 지식인이 사회 전반에 걸쳐 폭넓은 안목과 비판의식을 갖기 어렵기 때문이다. 따라서 지식인들은 사회 전반의 권력 기제가 작동하는 원리를 인식하고, 자신의 진리가 수단화되는지 비판적으로 감시하며, 지식의 최종적 사용 결과에 대해 고민해야 한다. 맨해튼의 원자탄 프로젝트가 그에 참여했던 지식인들의 의도와 무관하게 권력의 수단으로 사용되었다고 해도, 지식인들은 분명 그에 대해 책임이 있다.

마지막으로 지식인들은 지식의 수단화를 막기 위해 권력과 투쟁할 수도 있어야 한다. '실천하는 지성'이 요구된다는 것이다. 특히 개별화되고 파편화된 현대 사회에서 지식인들은 거대 권력에 대한 실천적 행동을 포기하기 쉽다. 또 지식의 권력화를 통해 그 자신이 권력 속에 안주하기도 쉽다. 이를 막기 위해선 지식인들 간의 연대와 대중과의 연대,

언론을 통한 활발한 비판 활동이 요구된다.

지식과 권력의 연관성은 부정할 수 없는 현실이다. 그러나 지식이 플라톤의 이데아적인 순수성을 지킬 수 없다는 현실을 빌미로, 진리가 지녀야 할 최소한의 순수성을 포기해서는 안 된다. 진리는 분명 권력과 구분되는 것이기 때문이다. 진리가 지녀야 할 최소한의 순수성은 진리에 대한 지식인들 스스로의 믿음에서 비롯된다. 그것이 현실에서 사용되는 과정에서 권력의 수단으로 전락한다면 그것은 이미 진리가 아니다. 따라서 지식인들은 권력과 자신의 관계를 올바르게 인식해야 한다. 그리고 이를 바탕으로 자기 자신의 진정한 가치 발현을 위해 책임 의식과 실천 의식을 지녀야 할 것이다.

▶▶▶ 심사평

【요지】

제시문의 주제를 제대로 파악하고 요약한 글이다. 다만 제시문은 현대 지식인의 역할을 과거에 간주되었던 지식인의 보편적 진리 추구 역할과 대비하고 있는데, 이를 언급하지 않은 것이 아쉽다. 제시문은 지식인의 기능을 권력의 측면에서 재조명하려는 시도라 할 수 있는데, 이 부분이 지면의 제약 때문에 생략된 것 같다.

【제목】

제시문을 제대로 파악하였음을 말해주면서 논술의 내용과도 잘 어울리는 제목이다.

【논술】

과거의 보편적 진리가 권력과는 무관한 순수한 활동으로 여겨졌던 것이 사실은 그렇지 않았으며, 오늘날은 진리가 현실과 더욱 밀접하게 관련되어 성립함을 주장하는 글의 전개가 제시문을 잘 이해하고 있음을 웅변하고 있다. 특히 도입부에서 플라톤의 '이데아' 개념을 예로 들어 글을 시작하고, 전개부에서 토마스 쿤과 푸코를 인용하여 자신의 논지에 설득력을 부여하는 솜씨는 글쓴이의 독서량을 뽐내면서 고등학생으로서는 수준급이라 할만하다. 즉 글쓴이는 제시문을 제대로 이해하고 이를 바탕으로 적절한 예를 들어가며 자기 나름의 논지를 설득력 있게 개진하고 있다.

글쓴이는 진리가 세상과는 무관한 것이 아니라 구체적 사회 속에서 '선택되고 수용'되는 점을 강조하면서 글을 전개한다. 이를 예증하기 위해 토마스 쿤의 '진리 성립에서의 권력개입'을 예로 든 것은 글쓴이의 다양한 독서경험을 과시하고 있으나 토마스 쿤의 진리의 개념을 약간 과장한 것이 흠이다. 사실 쿤은 진리의 사회적 맥락 너머의 요소도 간과하지 말 것을 이야기했기 때문이다. 또한 진리가 권력에 종속되는 점 너머의 면에 착안하여 사회에서의 진리의 영향력, 즉 진리가 정치·경제적 권력을 행사할 수 있음을 지적한 것은 참신했다. 진리와 권력의 올바른 관계 정립의 필요성을 이끌어내기 위해 진리가 기존 권력을 강화하는데 이용되었던 역사적 예에 대한 푸코의 경우를 빌려 온 것 또한 훌륭했다. 결론으로 지식인이 진리 또는 지식을 이용하여 신분상승 또는 권력 행사에 몰두할 수 있음을 경계하고, 진리가 권력의 수단으로 전락하지 말 것을 강조하면서, 지식인들이 권력과 긴장관계를 유지함과 동시에 자신의 활동에 책임의식과 비판의식을 지닐 것을 주문하고, 지식인들이 권력의 수단화되는 현상을 막아야함을 강조한 것도 순조로웠다. 실천하는 지성을 주장한 것은 제시문의 맥락과 상응하는 결론이면서 논술의 제목에 충실하고 있다.

문장들이 대체로 너무 긴 편인 점과 논리의 비약 등이 간혹 눈에 띄는 점, 그리고 시간상의 제약 때문이라 여겨지지만 거친 문장들이 보여서 아쉬웠다. 하지만 고등학생으로서 그것도 제한된 시간 내에서 그리 쉽지 않은 제시문을 제대로 이해하고 자신의 생각을 자기 나름의 언어로 적절한 예를 들어가며 전개한 것은 높이 사줄만하다는 것이 채점위원들의 대체적인 의견이었다. 글이 전체적으로 자연스럽고 논리 정연하게 진행되고 있으며, 앞뒤가 상치되지 않으면서 예증을 적절하게 구사한 것도 강점이었다. 논술의 생명은 통일성, 일관성, 응집성 등이 아니겠는가. 더욱 정진하기 바란다.

▨ 금상 수상작 / ○○○ (□□여자고등학교)

【요지】

우리는 진리가 보편적인 것이라 믿어 왔으며 지식인의 역할 또한 그러한 일반적 진리를 연구하는 것이라 생각했다. 그러나 진리는 결코 사회·경제적으로 자유로운 보편적인 것이 아닌 체제 안에서 생산·소비되는 체제의 산물일 뿐이다. 따라서 오늘날의 지식인은 정치·경제의 틀 속에서 실질·구체적 진리를 연구하는 존재이며 정치적으로 큰 영향력을 지닌다.

【제목】

· 진정한 진리는 인류의 보편적 가치에 입각한 것이어야 한다.

【논술】

우리는 학문은 언제나 객관적이어야 한다고 생각한다. 그래서 우리는 학문하는 사람이 어떤 권력을 옹호하는 학문을 하는 것을 가리켜 '곡학아세'라며 비난한다. 우리의 이러한 비난 속에는 학문이란 어떠한 것으로부터 영향을 받지 말아야 할 자유로운 것이라는 생각이 담겨 있다. 그러나 어떠한 가치로부터도 영향을 받지 않을 객관적 학문이 과연 존재하는가?

역사적 사실만을 탐구하는 사학은 자료를 있는 그대로 탐구해야 하는 것이므로 객관적일 수 있을 것 같다. 실제로 실증주의 사학자 랑케도 그렇게 이야기했다. 그러나 그 많은 사료들 중 필요한 것을 뽑고, 서술하는 것은 사가의 몫이다. 결국 그 서술에는 사가의 가치관이 존재할 수밖에 없다. 또한 우리가 가장 객관적이라 말하는 과학은 어떠한가? 실험 수행 과정 자체는 객관적일 수 있을지언정 수많은 가설 중 하나를 뽑아 실험의 방향을 설정하는 데에는 과학자 자신의 가치관이 포함되지 않을 수 없다. 오랫동안 가부장제를 뒷받침해온 남성 위주의 과학이 오늘날 비판을 받으며 허물어지는 것은 그러한 사실을 뒷받침한다. 결국 학문은 어떠한 가치의 영향을 받아 성립하는, 어느 정도는 주관적인 것이다.

예시문의 글쓴이는 더 나아가 모든 학문(진리)이 정치 · 경제의 틀 속에서 형성되는 것이라고 말한다. 학자의 가치관 또한 현재의 체제에 의해 의식적 · 무의식적 영향을 받으므로, 그에 의해 형성되는 학문 또한 체제의 소산이 아니냐는 것이다. 그래서 정치 · 경제의 틀에 입각한 학문은 실질적이고 구체적인, 즉 현재의 체제 유지에 도움이 되는 진리를 논할 수밖에 없고 그러한 역할을 담당하는 것이 바로 지식인이라는 것이다. 실제로 오늘날 우리나라에서도 '신지식인'이라는 말이 등장하는 등 실제적 진리가 주가를 높이고 있고, 많은 학문이 그 사회의 정치 · 경제적 상황을 배경으로 발전했다. 독일에 의학이 발달한 것은 오랜 전쟁을 겪은 덕택이다. 글쓴이는 이러한 추세가 현실임을 강조하며 구체적인 것이야말로 진리라는 사실을 이야기한다. 그러나 사회의 틀 속에서의 학문을 인정하는 그의 태도는 옳지 못하다. 앞서 언급했듯 학문은 충분히 주관적이고 어떤 가치에 입각한 채 연구될 수 있다. 그러나 학문이 근거하는 곳이 정치 · 경제의 틀이어서는 안 되며, 더 나아가 그 틀에 근거함으로써 구체적 진리만을 양산하는 사회는 대단히 위험하다.

우선 글쓴이는 학문의 다양성을 간과하고 있다. 과학 같은 학문은 제쳐 두고서라도 인문학, 사회과학 등의 목적 중 하나는 우리 사회의 문제 해결이다. 이러한 학문들이 우리 사회의 틀 속에 존재한다고 치자. 그렇다면 정치·경제란 근거는 과연 완벽한가? 사실 우리 사회의 모든 문제는 정치·경제의 문제에서 비롯되고 존재한다고 해도 지나친 말이 아니다. 그리고 이런 문제의 틀에 근거하는 학문은 정치·경제 자체의 문제를 해결할 수 없다. 틀 자체의 문제를 해결하기 위해서는 틀 안팎을 넘나드는 눈이 절실하다. 그러기 위해서는 이러한 학문들이 체제 안에서 존재해서는 안 된다. 우리 사회의 양성 평등을 이루기 위해 존재하는 여성학이 현재의 불평등한 가부장제적 정치·경제 제도에 기인해서는 결코 그 목적을 달성할 수 없다.

또한 정치·경제의 영향으로 생산되거나 변형된 진리는 정치·경제적으로 영향력을 지닌 강자들의 것이 되기 쉽고 그렇게 되면 상대적으로 약자들의 권리를 대변해 줄 진리는 줄게 될 것이다. 현대 사회는 점차 힘을 지닌 소수는 더욱 강해지고 그 외의 다수는 점차 약해지는 양상을 띠고 있다. 이러한 사회에서 무지해지는 다수 위에 군림하는 똑똑한 소수가 자신들을 위해 진리를 악용하고 만들어내는 과정은 더욱 심화될 것이다. 우리 사회만 보더라도 몇몇 언론이 진실을 왜곡하고 악용했지만 받아들이는 국민은 그것을 그대로 받아들임으로써 그들의 입지만을 강화시켜주었던 사례가 많다. 언론인도 지식인이며 정치·경제적 권력을 지닌 소수이다. 그리고 그들은 현재의 정치적·경제적 틀에서 그들만을 위한 진리의 양산으로 사회 발전을 저해한다.

정치·경제적 틀에서만 진리가 양산될 때 현재에 당장 가치를 지니지 않는다는 이유로 미래에, 혹은 현재에도 어딘가에 꼭 필요한 진리가 묻혀버릴 우려가 있다. 우리가 현재 당연하다고 여기는 수많은 것들이 과거의 틀에서 보면 결코 이롭지 못한 것들이었고, 그 때 만약 이것들이 그냥 없어져 버렸더라면 지금의 우리는 큰 피해를 입었을 것이다. 모든 진리는 그 나름대로의 가치를 지닌다. 그것이 언제 그 빛을 낼 수 있을지는 현재만을 바라볼 수 있는 우리 인간의 능력으로는 알 수가 없다. 그것이 잘 사용될 수 있는 날까지 존중하고 보관하는 것이 현재 우리의 몫이다. 우리가 당연시하는 참정권, 자유권 등의 권리를 절대 왕권 시대의 사람들이 그 당시 사회에도 맞지 않고 쓸모도 없다고 하여 쉽게 포기했었던들 현재의 우리 삶이 존재할 수 있었겠는가?

이제 우리는 학문이 진정으로 근거해야할 곳은 어디인가라는 의문을 지니게 된다. 모든 진리는 인간을 위한 방향이어야 한다. 진정으로 인류를 위한 방향은 어디인가라는 질문을 늘 지녀야 할 것이다. 우리는 때로 실제적인 방향에 지나치게 얽매인 채 우리가 학습해 온 인류의 보편적 가치를 못 보게 된다. 자유·평등·인간 존중과 같은 가치가 학문의 발전과 더불어 그것의 지침이 되어야 할 것이다.

학문은 정치나 경제의 틀에 얽매이지 않고 자유로워야 한다. 우리는 진리를 언제나 존중하고 보존해야 할 필요가 있다. 아마도 이렇게 되면 몇몇 학문에서는 윤리의 문제가 등장할 수가 있다. 그러나 이러한 문제는 보편적 가치를 탐구하는 학문이 그들의 지침이 됨으로써 해결 가능할 것이다. 현대 사회에서 과학의 윤리 문제가 대두될수록 인문학 등이 더욱 활기를 띄어야 하는 이유가 여기에 있다.

지식인의 역할은 결국 사회의 틀 안에서 무엇인가를 양산해내는 것이 아니다. 인류의 보편적 가치에 비추어 잘못된 사회의 틀을 허물 수도 있고, 그 위에 또 올바른 사회를 만들 진리를 제공할 수도 있는 것이 지식인이다. 인류의 역사는 끝없이 완벽을 향해 가고 있다. 완벽에 도달하는 그 때가 바로 보편적 진리에 다다르는 순간이 아닐까? 그리고 그 안내자가 바로 지식인이 아니겠는가.

▶▶▶ 심사평

【요지】

어떤 사람의 주장에 대해서 자기 의견을 말하기 위해서는 상대방 주장의 요점을 정확히 파악하는 것이 선행되어야 한다. 이런 점에서 위의 논지 파악은 비교적 정확한 편이다. 다만, '따라서'로 시작되는 세 번째 문장의 후반부, 곧 '정치적으로 큰 영향력을 지닌다'는 '그들의 정치적 책임 또한 중대하고 있다'로 바꿔 표현했더라면, 더 좋았을 것이다.

【제목】

약간 길다는 느낌을 준다. '진정한 지식인과 보편적 진리 탐구' 정도였으면 어떨까 싶다.

【논술】

서술에서와는 다르게, 논술자가 자기주장을 펴면서 제시문을 간접 인용하는 것을 보면 제시문에 대한 이해가 그다지 정확하지 않음을 알 수 있다. 사람들은 자기주장을 강하게 피력하기 위한 방편으로 상대방의 의견을 한편으로 몰아세우는 경향이 있는데, 이 글에서도 그런 모습을 볼 수 있다. 예컨대, 세 번째 문단에서 논술자는 '그래서 정치·경제 틀에 입각한 학문은 실질적이고 구체적인, 현재의 체제 유지에 도움이 되는 진리를 논할 수밖에 없고 그러한 역할을 담당하는 것이 바로 지식인이라는 것이다.'고 말하고, 또 네 번째 문단에서는 '글쓴이는 […] 구체적인 것이야말로 진리라는 사실을 이야기한다.'고 보고 있는데, 이는 제시문의 내용과는 상당히 다르다. 제시문의 필자는 단지, 일반 사람들은 오랫동안 지식인들을 보편적 진리의 대변자로 여겨왔고, 기대해 왔으며, 또 지식인들도 그런 양 행세해 왔으나, 실상은 그렇지가 못하고, 사회적 조건상 지식인들이 그러한 기대에 부응할 수도 없다는 것을 말하고 있을 따름이다. 또한 제시문의 필자는 '구체적인 것이야말로 진리'라고 말한 바는 없고, 단지 지식인들은 점차로 구체적인 문제에 개입하지 않을 수 없는 상황에 처하게 되었고, 그 결과 '구체적' 지식인이 될 수밖에 없게 됐다는 사정을 말하고 있을 뿐이다.

제시문의 내용에 대한 이 같은 오해는 이 논술문을 '당위적' 주장으로 짜이게 만들었다. 제시문의 필자는 '오늘날 지식인은 이러이러하다'는 '사실'을 말하면서, 그런 사실을 바탕으로 일반인들의 지식인에 대한 개념이 바뀌어야 함을 주장하고 있는데, 논술문의 글쓴이는 여전히 '지식인은 마땅히 이러이러한 사람이어야 한다'고 주장하고 있는 것이다. 그러나 제시문의 필자를 정면으로 논박하기 위해서는 '오늘날의 지식인도 결코 그렇지 않다'는 사실적 논거들을 제시한 다음에 이를 토대로 자기의 당위적 주장을 덧붙여야 할 것이다. 한편에서 사실적 주장을 펴는데 이에 대응하는 쪽에서 당위적 주장으로 일관하면, 그 논쟁은 겉돌 수밖에 없는 것이다. 한 사람이 '진리란 권력 밖에 존재하는 것도, 진리에서 권력이 배제되는 것도 아니다'고 말한 것에 대해서, 대응하는 사람이 '진리란 권력의 지배 아래에 있어서는 안 된다'고 말한다면, 논의에 무슨 진전이 있겠는가? 뒤의 주장은 '진리란 권력의 지배 아래에 있어야 한다'는 주장에 대한 반론이겠는데, 제시문의 필자는 이런 주장을 어디에서도 하고 있지 않다.

이런 점이 인지됐더라면, 좀 더 좋은 논술문이 됐겠지만, 그러나 제한 된 시간에 짧은 제시문을 읽고 지정된 글자 수로 자기주장을 펴나간 점을 감안하면, 지금 상태로도 상당히 좋은 글이라고 본다. 글쓴이의 더 큰 발전을 기대한다.

▶▶▶ 문제 해설

1) 문제의 구성

이번 시험 문제는 1) 제시문의 요지 쓰기와 2) 자기 글의 제목 달기, 그리고 3) 논술 본문 쓰기, 이렇게 세 부분으로 구성되어 있다.

요지 쓰기는 남의 글을 올바르게 읽고 이해하여 그 핵심 내용을 논리적으로 정리하는 것이다. 올바른 요지 파악은 토론에서 논점을 잃지 않도록 해 주는 것으로, 이를 잘한다는 것은 남의 글을 논리적으로 분석하고 종합하는, 이른바 논리적 사고 능력이 뛰어나다는 것을 말한다.

제목은 글 전체의 얼굴과 같다. 그러므로 제목은 글 전체의 핵심 내용을 첫눈에 짐작케 해 줄 수 있어야 하며, 되도록 간결하고 이해하기 쉬워야 한다. 그러니까 자기 글의 제목을 적절히 붙일 수 있다는 것은 자기 생각을 요령 있게 전달할 능력이 있다는 것을 뜻한다.

본문 쓰기는 〈논술〉 시험의 본령으로서 글쓴이의 종합적인 사고 능력과 표현 능력이 이를 통해 드러난다.

2) 제시문의 출전

제시문은 프랑스 출신의 대표적 현대 사상가 중 한 사람인 미셸 푸코(Michel Foucault, 1926-84)의 글 「지식인의 정치적 기능」("The Political Function of the Intellectual", 수록: Politique Hebdo, Nov. 1976)에서 발췌 번역 편집한 것이다. 푸코는 심리학, 정신병학, 정치 철학, 사상사 등에 대한 폭넓은 관심을 가졌으며 많은 저술을 남겼고, 유럽과 미국 등지에서 학문적으로 뿐만 아니라 정치적으로도 활발히 활동하였다.

3) 제시문의 요지

(막연히 읽지 말고 자신도 요약해보고 대학에서 발표한 예시답안과 비교할 때 자신의 강점과 약점을 깨닫게 됩니다. 중요한 것은 요약이란 단순한 글자 수의 축약이 아니라 제시문을 자신의 언어로 바꾸어 표현하는 것입니다.) 읽는 이의 시각에 따라서 요지는 여러 가지로 파악되겠으나, 적어도 다음 네 가지로 정리될 수 있을 것이다.

【예시 1】

오늘날 지식인은 보편적 진리의 대변인이라기보다는 정치적 권력 관계에 놓인 '구체적' 지식인의 성격을 갖는다. 그리고 지식인이 추구하는 진리 자체는 권력 밖에 존재하지 않으며 '일반적 정치 체계' 안에서 이루어지기 때문에 '정치경제학적' 특징을 갖는다.

따라서 오늘날의 지식인은 사회의 구조 및 기능과 밀접하게 연관된 진리 체제 안에서 작업하고 싸우는 존재라 할 수 있다.

【예시 2】

시대와 사회를 초월하는 추상적이고 보편적인 진리를 추구하는 것으로 간주되었던 지식인의 역할이 오늘날 새로이 이해되고 있다. 지식인은 자신이 처한 구체적인 상황과 관계 맺으며, 또한 일정한 사회 제도의 영향 하에 문제의식을 갖고 문제를 해결하고자 하는 존재로 이해된다. 이러한 사정은 진리 자체가 특정한 사회 구조의 영향 아래서 형성된다는 사실과 밀접히 연관되어 있다.

【예시 3】

오랫동안 지식인은 보편적 진리의 대변인으로 간주되어 왔으나, 이제는 일상의 실질적인 문제에 관여하는 '구체적' 지식인의 기능이 강조되고 있다. 원래 진리라는 것이 권력과 긴밀한 관계를 맺고 있기 때문에 구체적인 장에서 활동하는 '구체적' 지식인은 우리 사회의 구조 및 기능과 본질적으로 연관된 싸움을 할 수밖에 없으며, 그만큼 정치적으로 큰 중요성을 가지고 있다.

【예시 4】

지식인은 보편적 의식과 양심의 지표로 간주되었으나, 오늘날 '구체적' 지식인에 대한 개념은 지식인을 재 정의할 것을 요구한다. 즉 지식인은 구체적 상황 하에서 특정 권력과 연관되어 이데올로기를 전파한다는 것이다. 요컨대 진리는 현실의 구체적 상황에서 발생하며, 이것이 나름의 정치 체제를 구성하여 기능한다. 진리는 현실과 연관되어 있고 지식인은 이 속에서 자신의 이데올로기를 드러내는 것이다.

■ 논리 논술의 기초 ■

『외래어 표기』

■ 영어식 ■

□ 인명 □

- 고호 → 고흐
- 뉴우튼 → 뉴튼
- 루우스벨트 → 루스벨트
- 마오쩌뚱 → 마오쩌둥
- 모짜르트 → 모차르트
- 뭇솔리니 → 무솔리니
- 바하 → 바흐
- 베에토벤 → 베토벤
- 시저 → 타이사르
- 아인시타인 → 아인슈타인
- 처어칠 → 처칠
- 콜룸부스 → 콜롬버스
- 페스탈로찌 → 페스탈로치
- 헷세 → 헤세
- 힙포크리테스 → 힙포크라테포

□ 올바른 외래어 표기 □

- 디이젤 → 디젤
- 메세지 → 메시지
- 밧데리 → 배터리
- 샤쓰 → 셔츠
- 스티로풀 → 스티로폼
- 심볼 → 심벌
- 쓰레빠 → 슬리퍼
- 초코렛 → 초콜릿
- 커텐 → 커튼

□ 지명 □

- 그리이스 → 그리스
- 뉴우요오크 → 뉴욕
- 뉴우지일랜드 → 뉴질랜드
- 말레이지아 → 말레이시아
- 에스파니아 → 에스파냐
- 토오쿄오 → 도쿄

□ 일반용어의 표기 □

- 뉴우스 → 뉴스
- 도우넛 → 도넛
- 로보트 → 로봇
- 로케트 → 로켓
- 보올 → 볼
- 보우트 → 보트
- 수우프 → 수프
- 아마튜어 → 아마추어
- 어나운서 → 아나운서
- 유우엔 → 유엔
- 텔레비젼 → 텔레비전
- 포케트 → 포켓

□ 자주 쓰는 외래어 의미 □

(ㄱ)
· 가드레일 → 보호 난간
· 가이드라인 → ①지침 ②제한선
· 골 세레머니 → 득점 뒤풀이
· 골 포스트 → 골대
· 골드러시 → ①금메달행진 ②금메달바람
· 골든골 → 끝내기 골
· 글로발 스탠다드 → 국제 표준

(ㄴ)
· 노블레스 오블리주 → 지도층의 의무
· 뉴스레터 → ①소식지 ②회보(會報)
· 뉴타운 → 새 도시
· 님비 → 지역 이기주의

(ㄷ)
· 다운로딩 → (내려)받기
· 다이어리 → ①비망록 ②일기장
· 더블마크 → 이중 방어
· 드라이크리닝 → ①마른세탁 ②건식세탁

(ㄹ)
· 랜드마크 → 표시물
· 랜딩(비) → 납품 사례비
· 러닝머신 → 달리기틀
· 로그아웃 → 접속해지
· 로그인 → 접속
· 롤모델 → 본보기

(ㅁ)
· 마이너 → 비주류
· 매직 넘버 → 우승 승수
· 맨투맨 → 일대일
· 멀티플렉스극장 → 복합상영(관)
· 메이져 → 주류
· 모니터 → ①감시자 ②검색자
· 모니터링 → ①감시 ②검색
· 모델하우스 → 본보기 집
· 모럴 해져드 → 도덕적 해이

(ㅂ)

(ㅅ)
· 쇼 호스트 → ①방송판매자 ②상품안내자
· 쇼윈도우 → ①전시적 ②진열장
· 스와핑 → (주식)맞 교환
· 스트레이트 뉴스 → ①단신 ②직접뉴스

(ㅇ)
· 어젠다 → 의제
· 에이(A)매치 → 국가간 경기
· 엘로카드 → 경고 쪽지
· 오픈 베타 → 공개 시험
· 와일드카드 → 예외규정
· 워크북 → 익힘책
· 워터스크린 → 수막현상
· 유닛(unit) → 전시방
· 이메일 → 전자우편

(ㅈ)
· 정크 머니 → 정기 지체성 자금
· 정크 본드 → 쓰레기 채권
· 제로섬 게임 → 죽기살기 게임

(ㅋ)
· 카파라치 → 교통 신고꾼
· 캠프(선거) → ①이동본부 ②진영
· 컨셉트 → ①개념 ②설정
· 컷오프 → 탈락
· 케시백 → 적립금(환금)
· 콜쎈터 → 전화 상담실
· 크로스오버 → 넘나들기
· 크루즈 관광 → 순항(巡航)관광

(ㅌ)
· 템플스테이 → ①사찰 체험 ②절 체험
· 튜닝 → (부분)개조
· 팀 컬러 → ①팀 색깔 ②팀 성향

(ㅍ)
· 패널 → 토론자
· 패스트후드 → 즉석 음식
· 펀더멘탈 → (경제)기초 여건
· 프렌차이즈 → 가맹점
· 프로토콜 → 규약

· 바 코드 → ①막대 표시 ②줄 표시
· 바이오테크 → 생명공학
· 북클럽 → 독서 모임
· 브레인스토밍 → ①난상토론②발상모으기
· 블랙 마켓 → 암시장
(ㅅ)
· 사이버머니 → 전자 화폐
· 서든 데스 → ①즉각 퇴출 ②단판승부
· 서치 → (정보)검색
· 서포터스 → ①응원단 ②후원자

· 피트니스쎈터 → 건강쎈터
(ㅎ)
· 하이라이트 → ①백미 ②압권
· 하프타임 → 중간 휴식(시간)
· 홈 → 첫 화면
· 홈 어드밴티지 → 개최지 이점
· 홈시어터 → 안방극장
· 홈페이지 → ①둥지 ②누리집

■ 일본식 ■

□ 일본말 □

· 가께우동 → 가락국수
· 곤색(紺色) → 진남색. 감청색
· 기스 → 홈, 상처
· 노가다 → 노동자. 막노동꾼
· 다대기 → 다진 양념
· 단도리 → 준비, 단속
· 단스 → 서랍장, 옷장
· 데모도 → 허드레 일꾼, 조수
· 뗑깡 → 생떼, 행패. 억지
· 뗑뗑이가라 → 점박이 무늬, 물방울무늬
· 똔똔 → 득실 없음, 본전
· 마호병 → 보온병
· 멕기 → 도금
· 모찌 → 찹쌀떡
· 분빠이 → 분배. 나눔
· 사라 → 접시
· 소데나시 → 민소매
· 소라색 → 하늘색
· 시다 → 조수, 보조원
· 시보리 → 물수건
· 아나고 → 붕장어
· 아다리 → 적중, 단수
· 야끼만두 → 군만두

□ 일본식 외래어 □

· 가라오케 → 노래방
· 가오 → 얼굴
· 겐세이 → 방해
· 곤죠 → 근성(根性)
· 구루마 → 짐을 싣는 수레
· 구쓰 → 구두
· 꼬붕 → 부하, 종
· 낑깡 → 금귤
· 나시 → 민소매
· 난닝구 → 런닝셔츠
· 다꾸앙 → 단무지
· 다스 → 타(打), 묶음, 단
· 만땅 → 가득 채움(가득)
· 몸뻬 → 일 바지
· 무데뽀 → 무턱대고, 막무가내
· 빠쿠 → 뒤
· 빵꾸 → 구멍, 망치다
· 뺑끼 → 칠, 페인트
· 삐까삐까 → 광택이 나는 모양
· 사라다 → 샐러드
· 쇼부 → 승부
· 스끼다시 → 곁들인 안주
· 쓰레빠 → 슬리퍼

· 에리 → 옷깃	· 앗사리 → 간단하게, 깨끗이
· 엥꼬 → 바닥남, 떨어짐	· 오바 → 외투
· 오뎅 → 생선묵	· 오봉 → 쟁반
· 와사비 → 고추냉이 양념	· 와리바시 → 나무젓가락
· 요지 → 이쑤시개	· 요이 땅! → 일본 시작 구호에서 비롯 됨
· 우라 → 안감	· 우동 → 가락국수
· 우와기 → 저고리, 상의	· 조끼 → 저그(큰잔, 주전자, 단지)
· 유도리 → 융통성, 여유	· 짱, 껨, 뽀 → 가위, 바위, 보
· 입빠이 → 가득	· 자쿠 → 지퍼
· 자바라 → 주름물통	· 테레비 → 텔레비전
· 짬뽕 → 뒤섞음, 초마면	· 후앙 → 환풍기
· 찌라시 → 선전지, 광고 쪽지	
· 후까시 → 부풀이, 부풀머리, 힘	
· 히야시 → 차게 함	

『실전 논술 어휘』

어휘(語彙) : 어떤 일정한 범위 안에서 쓰는 낱말의 수효(數爻)로 단어의 폭 넓은 표현
즉 (단어+표현력+문법=어휘)

(ㄱ) · 가르치다 : 지식·기능 등을 알아듣게 설명하여 인도하다. 예) 음악을 가르치다. · 가리키다 : 손가락 따위로 지시하거나 알리다. 예) 손짓으로 북쪽을 가리키다. · 가외(加外) : 일정한 것 이외에 더함. 예) 가외 수입 / 가외 지출 · 가호(加護) : 신이나 부처가 힘을 베풀어 잘 돌보아 줌 · 간과(看過) : 깊이 유의하지 않고 예사로 보아 넘김. 예) 간과할 수 없는 문제 · 간주(看做) : 그렇다고 침. 그런 양으로 여김 · 강조(强調) : 역설함. 강력히 주장함. 예) 일의 중요성을 강조하다. · 개발(開發) : 새로운 것을 생각해 내어 실용화하는 일. 예) 신제품 개발 · 개선(改善) : 좋게 고침. 예) 생활 개선 / 대우 개선 · 개악(改惡) : 고쳐서 도리어 나빠지게 함 ↔ 개선(改善) · 견지(見地) : 사물을 관찰하는 입장, 관점. 예) 대국적 견지 / 교육적 견지 · 견지(堅持) : 굳게 지님. 예) 전통을 견지하다. · 결성(結成) : 단체의 조직을 형성함. 예) 결성식 · 결연(決然) : 태도가 매우 굳세고 결정적이다. · 경시(輕視) : 대수롭지 않게 여김. 예) 경쟁자를 경시하다. ↔ 중시(重視)

· 계발(啓發) : 슬기와 재능을 널리 열어 깨우쳐 줌. 예) 기술을 개발해야 한다.
· 고무(鼓舞) : 격려하여 기세를 돋움. 예) 고무적인 사실
· 고수(固守) : 굳게 지킴 예) 생각을 고수하다.
· 고조(高調) : 의기(意氣)를 돋움. 어떤 분위기나 감정 같은 것이 한창 높아진 상태
　　　　　　　예) 사기를 고조시키다. / 고조된 분위기
· 공개(公開) : 여러 사람에게 개방함. 방청이나 관람을 허락함. 예) 공개 석상
· 관조(觀照) : 대상의 본질을 주관을 떠나서 냉정히 응시함. 예) 인생을 관조하다.
· 괴리(乖離) : 서로 등져 떨어짐. 예) 인심의 괴리
· 교체(交替) : 서로 번갈아 들어 대신함. 예) 선수 교체 / 세대교체
· 구연(口演) : 말로 진술함
· 구현(具現·具顯) : 구체적으로 나타냄 / 실제로 나타냄. 또 나타난 그것
· 규명(糾明) : 자세히 캐고 따져 사실을 밝힘. 예) 책임을 규명하다.
· 기여(寄與) : 이바지하여 줌. 예) 국가에 기여하다.

(ㄴ)
· 낙관(樂觀) : 일이 잘 될 것으로 생각됨. 예) 일의 성공 여부에 대해서는 낙관하고 있다.

(ㄷ)
· 단견(斷見) : ①세상만사의 단면을 주장하여 인과응보를 인정하지 않는 견해 ↔ 상견 (常見)
　　　　　　　②우주의 진리는 볼 수 없으니 그것이 아주 없다는 견해
· 당착(撞着) : 앞뒤가 서로 맞지 아니함. 예) 자가 당착
· 도래(到來) : 닥쳐옴
· 도모(圖謀) : 어떤 일을 이루려고 수단과 방법을 꾀함. 예) 친목을 도모하다.
· 도야(陶冶) : 심신을 닦아 기름. 예) 인격 도야
· 도외시(度外視) : 가외의 것으로 봄. 안중에 두지 않고 무시함
　　　　　　　　예) 도외시하여 문제로 삼지 않다. ↔ 문제시
· 도출(導出) : (어떤 생각이나 판단, 결론 따위를) 이끌어 냄. 예) 주제의 도출
· 도출(挑出) : 시비를 일으키거나 싸움을 돋움

(ㅁ)
· 마각(馬脚) : 말의 다리 간사하게 숨기고 있던 일을 부지중에 드러내다.
　　　　　　　예) 마각을 드러내다 .
· 매진(邁進) : 씩씩하게 나아감. 예) 목표 달성을 위해 매진하다.
· 모색(摸索) : 더듬어 찾음. 예) 방법을 모색하다.
· 모호(模糊) : 흐리어 분명하지 못하다. 예) 모호한 대답
· 몰각(沒却) : 없애 버리거나 무시해 버림. 예) 당초의 목적을 몰각하다.
· 몽매(蒙昧) : 어리석고 어두움. 예) 무지몽매
· 무상(無相) : ①일정한 형태나 양상이 없음. ②형상에 구애됨이 없음
　　　　　　　예) 집착을 떠나 초연한 지경 ↔ 유상(有相)

· 묵과(黙過) : 말없이 지나쳐 버림. 예) 부정행위를 보고 묵과할 수는 없다.
· 문외한(門外漢) : 그 일에 전문가가 아닌 사람. 직접 관계가 없는 사람
· 미답(未踏) : 아직 아무도 밟지 않음. 예) 전인(前人) 미답의 땅

(ㅂ)
· 박절(迫切) : 인정이 없고 야박하다.
· 반실(半失) : 절반가량 잃거나 손해 봄
· 반영(反映) : 어떤 일에 반사적으로 일어나는 영향을 드러냄. 예) 민의를 반영시키다.
· 반의(反意·叛意) : 뜻에 반대함. 배반하려는 의사
· 반향(反響) : 어떤 일의 영향을 받아 다른 것에도 이와 같은 사태가 생기는 현상
　　　　　　　예) 대단한 반향을 불러일으키다.
· 배격(排擊) : 남의 의견, 사상, 물건 따위를 물리침. 예) 기회주의를 배격하다.
· 배치(背馳) : 서로 반대가 되어 어긋남. 예) 이론과 실제가 배치되다.
· 배상(賠償) : 남의 권리를 침해한 사람이 그 손해를 보상하는 일. 변상
· 배제(排除) : 물리쳐서 제거함. 예) 폭력의 배제
· 변개(變改) : ①변경(變更)-바꾸어 고침 예) 명의(名義) 변경
　　　　　　　②변역(變易)-변하여 바꿈, 변하여 바뀜
· 변색(變色) : 빛깔이 변함. 성이 나서 얼굴빛이 달라짐
· 변화(變化) : 사물의 형상·성질 등이 달라짐
· 변환(變換) : 성질·상태 등을 바꿈
· 보상(補償) : 남의 손해를 메꾸어 갚아 줌. 예) 피해 보상
· 보수(保守·補修) : 풍속습관과 전통을 그대로 지킴 / 낡은 것을 보충하여 수선함
　　　　　　　예) 다리를 보수하다.
· 보완(補完) : 모자라는 것을 보충하여 완전하게 함. 예) 미비점의 보완
· 본령(本領) : 가장 본질적이고 근원적인 것 예) 민주 정치의 본령은 주권재민에 있다.
· 봉착(逢着) : 서로 닥뜨려 만남 예) 새로운 국면에 봉착하다.
· 부각(浮刻) : 사물의 특징을 두드러지게 나타냄
　　　　　　　예) 현대 문명의 위기를 부각시킨 노작(勞作)
· 부재(不在) : 그 곳에 있지 않음
· 부합(符合) : 둘이 서로 꼭 들어맞음
· 분담(分擔) : 일을 나누어서 맡음 예) 책임을 분담하다.
· 비견(比肩) : (어깨를 나란히 한다는 뜻으로) 낮고 못함이 없이 서로 비슷함
　　　　　　　예) 그와 비견할 만한 사람이 없다.
· 비애(悲哀) : 슬픔과 설움. 예) 인생의 비애
· 비호(庇護) : 감싸 보호함. 예) 특정인을 비호하다.

(ㅅ)
· 사주(使嗾) : 남을 부추기어 시킴 사촉(唆囑)
· 사장(死藏) : 활용하지 않고 간직하여 둠. 예) 능력을 사장시키다.

· 상견(常見) : 존재는 영겁불변의 실재이며 우리 자아도 멸하지 않는다는 망신(妄信)
　　　　　　　　　↔ 단견(斷見) · 무상관(無常觀)
· 상충(相衝) : 맞지 않고 서로 어긋남 예) 의견이 서로 상충되다.
· 선변(善變) : 성행(性行)이나 사물 또는 형편이 전보다 좋게 변함
· 섭렵(涉獵) : 여러 종류의 책을 널리 읽음. 예) 고대사 문헌을 섭렵하다.
· 성숙(成熟) : 사물이 적당한 시기에 이름 예) 시기가 성숙하다.
· 소견(所見) : 사물을 보고 살펴 인식하는 생각
　　　　　　　예) 이 계획안에 대한 소견을 말해 주시오.
· 소급(遡及) : 지나간 일에까지 거슬러 올라가서 미침 예) 월급을 소급 인상함
· 쇄신(刷新) : 묵은 나쁜 폐단을 없애고 새롭게 함 예) 관기(官紀) 쇄신
· 수용(收用·收容) : 거두어들여 씀 / 거두어서 넣어 둠
· 수정(修正) : 바로 잡아서 고침
· 숙성(熟成) : 익어서 충분하게 이루어짐
· 시사(示唆) : 미리 암시하여 알려 줌 예) 그 사건이 시사 하는 바가 크다.
· 실증(實證) : 확실한 증거. 사실에 의해 증명함
· 십상팔구(十常八九) : 열 가운데 여덟이나 아홉이 됨. 거의 다 됨을 가리키는 말. 십중팔구
　　　　　　　예) 그렇게 급하게 먹다가는 체하기가 십상이다.

(ㅇ)
· 아집(我執) : 자기중심의 좁은 생각이나 소견 또는 그것에 사로잡힌 고집
　　　　　　　예) 아집이 세다 / 아집을 버리지 못하다.
· 야기(惹起) : 끌어 일으킴. 예) 중대 사건을 야기하다.
· 양양(洋洋)하다 : 사람의 앞길이 한없이 넓어 발전할 여지가 매우 많고 크다.
　　　　　　　예) 양양한 앞길
· 양양(揚揚)하다 : 득의(得意)하는 빛을 외모와 행동에 나타내는 기색이 있다.
　　　　　　　예) 의지가 양양
· 언급(言及) : 하는 말이 어떤 문제에까지 미침. 어떤 일에 대해 말함
· 여담(餘談) : 용건 밖의 이야기 잡담
· 역설(逆說) : 대중의 예기(豫期)에 반하여 일반적 진리라고 인정되는 것에 반하는 설. 또,
　　　　　　　진리에 반대하고 있는 듯하나, 음미해 보면 진리인 설. 패러독스
· 예기(豫期) : 앞으로 닥칠 일을 미리 기대하거나 예상함. 예) 예기하지 못한 사건.
· 예측(豫測) : 미리 추측함. 예료(豫料). 예탁(豫度)
· 오만(傲慢) : 잘난 체하여 방자함.
· 옹호(擁護) : 부축하여 보호함. 역성들어 지킴. 예) 인권옹호
· 와전(訛傳) : 그릇 전함. 유전(謬傳)
· 왜곡(歪曲) : 비틀어 곱새김.
· 외경(畏敬) : 공경하고 두려워함. 경외(敬畏)
· 원망(怨望) : ①남이 한 일을 억울하게 또는 못마땅하게 여겨 탓함.
　　　　　　　②분하게 여겨 미워함. 유감으로 생각하여 불평함.

③지난 일을 언짢게 여기고 부르짖음.
- 유리(遊離) : 다른 것과 떨어져 존재함. 예) 대중으로부터 유리된 문학
- 유추(類推) : 유사한 점에 의해 다른 사물을 미루어 추측함.
- 유행(遊行) : 유람하기 위해 각처로 돌아다님.
- 유혹(誘惑) : 남을 꾀어서 정신을 어지럽게 함. 나쁜 길로 꾐
- 인접(隣接) : 이웃해 있다. 옆에 닿아 있음. 예) 우리 집은 산에 인접해 있다.
- 인정(認定) : 옳다고 믿고 정하는 일. 인정(을) 받다.
　　　　　　①남이 인정을 해 주게 되다.
　　　　　　②예술계·학계 그 밖의 사회에서 충분한 자격이 있다고 믿게 된다.
- 인정(人情) : 사람이 본디 가지고 있는 온갖 욕망. 남을 동정하는 마음씨
- 인지(認知) : 어떠한 사실을 분명히 인정함. 예) 실태를 인지하다.
- 일가견(一家見) : 어떤 문제에 대하여 개인이 가지는 일정한 체계의 전문적 견해
　　　　　　　　예) 일가견을 피력하다.

(ㅈ)
- 자각(自覺) : ①자기 결점이나 지위·책임이 무엇인가를 스스로 깨달음
　　　　　　예) 엘리트 사원이란 자각이 부족하다.
　　　　　　②스스로 앎. 예) 병이 매우 위중한 것을 자각하다.
- 잠재(潛在) : 속에 숨어 겉으로 드러나지 않음. 예) 잠재해 있는 민족의 저력
- 전가(轉嫁) : (자기의 허물이나 책임 따위를) 남에게 덮어씌움. 예) 책임을 전가하다.
- 전도(顚倒) : 엎어져서 넘어짐. 위와 아래를 바꾸어 거꾸로 함
　　　　　　예) 주객(主客)이 전도되다.
- 전도(前途) : 앞으로 나아갈 길. 예) 전도가 양양하다. 장래 ㅣ 전도가 유망한 청년
- 전락(轉落) : 나쁜 상태나 처지에 빠짐. 예) 창부(娼婦)로 전락하다.
- 정채(精彩) : 활발한 기상. 정신의 활기
- 정책(政策) : 정치 또는 정무를 시행하는 방침. 예) 외교 정책
- 제재(制裁) : 도덕 · 관습 · 규정에 어그러짐이 있을 때 사회가 금지하기도 하고
　　　　　　도의상 나무라기도 하는 일. 예) 여론(輿論)의 제재를 받다.
- 조성(造成) : 만들어서 이룸. 예) 분위기를 조성하다.
- 조소(嘲笑) : 비웃는 웃음. 비웃음 예) 조소의 대상이 되다.
- 조짐(兆朕) : 좋거나 나쁜 일이 생길 기미 예) 심상찮은 조짐이 보인다.
- 종요롭다 : 없으면 안 될 만큼 요긴하다.
- 지엽(枝葉) : 중요하지 않은 부분 예) 지엽적인 문제
- 지양(止揚) : 모순이나 대접을 부정하면서 도리어 한층 더 높은 단계에서 이것을 살려
　　　　　　가는 일 예) 이러한 방식은 지양하고 새로운 방식을 살려 보도록 합시다.
- 지향(指向) : 뜻하여 향함. 지정해 그 쪽으로 향하는 것

(ㅊ)
- 초래(招來) : 불러 옴. 그렇게 되게 함. 예) 불행을 초래하다.

· 초연(超然)하다 : ①어떤 수준보다 뛰어나다.
　　　　　　　②세속(世俗)에서 벗어나 있어 속사(俗事)에 구애되지 않다.
　　　　　　　예) 돈 문제에 초연하다. 초연히 살아가다
· 촉진(促進) : 재촉하여 빨리 나아가게 함
· 추리(推理) : 사리를 미루어서 생각함
· 추세(趨勢) : 일이나 형편의 전반적인 형세 예) 시대의 추세에 따르다.
· 추이(推移) : 일이나 형편이 변하여 옮김. 또는 그 모습 예) 일의 추이를 지켜보자.
· 취지(趣旨) : 근본이 되는 종요로운 뜻 취의(趣意) 예) 취지를 설명하다.

(ㅌ)
· 타개(打開) : 얽히고 막힌 일을 잘 처리하여 나아갈 길을 엶
· 타파(打破) : 규정이나 관습 같은 것을 깨뜨려 버림
　　　　　　예) 미신(迷信) 타파 / 악습(惡習)을 타파하다.
· 토로(吐露) : 속마음을 모두 드러내어 말함. 예) 심정을 토로하다.

(ㅍ)
· 파급(波及) : 어떤 일의 여파나 영향이 차차
· 피력(披瀝) : 심중의 생각을 털어 내어 말함. 예) 견해를 피력하다.
· 풍자(諷刺) : 무엇에 빗대어 재치 있게 경계하거나 비판함

(ㅎ)
· 함양(涵養) : 서서히 양성(養成)함. 학문과 식견을 넓혀서 심성을 닦음
　　　　　　예) 도덕심을 함양하다.
· 호도(糊塗) : (근본적인 조처를 하지 않고) 일시적으로 얼버무려 넘김
　　　　　　어물쩍하게 넘겨 버림. 예) 사건의 진상을 호도하다.
· 호소(呼訴) : 제 사정을 관부(官府)나 남에게 하소연함
· 회의(懷疑) : 인식이나 지식에 결정적인 근거가 없이 그 확실성을 의심하는 정신 상태
　　　　　　예) 지금까지 해 온 일이 과연 옳은 일인지 회의가 느껴진다.
· 회자(膾炙) : 널리 사람의 입에 오르내림
· 횡행(橫行) : 제멋대로 행동함. 예) 횡행활보

제 7 강

핵심 논리 논술

제7강　핵심 논리 논술

■ 원고지 사용법 ■

1. 논술을 돕는 원고지 쓰기

컴퓨터 보급이 늘어나면서 원고지를 사용하는 사람들이 줄고 있다. 하지만 원고지를 사용하면 띄어쓰기에 편하고, 한글 맞춤법을 제대로 배울 수 있어 아주 좋다. 특히 처음 글을 읽는 사람들에게 원고지 쓰기는 아주 중요하다. 그러나, 대부분의 사람들이 원고지 사용법을 잘 모르고 있다. '원고지는 이렇게 써야 한다'고 법으로 정해 놓은 것은 아니지만 원고지를 쓰는 데는 일정한 법칙이 있다.

1) 원고지
원고지란 원고용지의 준말로 네모 칸이 있어서 글자를 한 자씩 써 넣기 좋게 된 용지를 말한다. 일반적으로 사용되는 원고지로는 200자(20×10), 400자(20×20,25×16), 600자(25×24, 20×30) 원고지 등이 있다.

2) 원고지를 쓰는 까닭
원고지에 글을 쓰면 교정보기가 쉽고 글의 분량은 정확하게 계산할 수 있다. 뿐만 아니라 연설이나 방송원고인 경우에 시간을 가늠할 수 있어 더욱 요긴하게 쓰인다.

3) 원고지 쓰기
① 일반적인 원고지 쓰기 : 원고지의 첫 장에는 글의 종류, 제목 및 부제, 소속과 성명 등을 쓴다.
(예)

㉠	<	생	활	문	>												
㉡						내		동	생								
㉢						서	울	○	○	초	등	학	교				
㉣											서	영	은				
㉤																	
㉥	내	가		친	구	네		집	에		놀	러		가	려	는	데,	다
	섯		살		된		동	생	이		따	라	나	섰	습	니	다.
㉦	동	생	이		끼	면		재	미	가		없	습	니	다.		제	마
	음	대	로	만		하	겠	다	고		떼	를		써	서		다	들	싫
	어	합	니	다.													

〈설명〉

  ㉠ 첫줄은 쓰지 않고 비워둔다.

   (단 : 글의 종류를 표시할 때는 첫줄의 첫칸을 비우고 둘째칸 부터 글의 종류를 〈독서 감상문〉〈동시〉〈생활문〉〈일기〉 등으로 표기한다.

  ㉡ 둘째 줄의 가운데에 제목을 쓴다. 제목을 쓸 때에는 문장 부호에 유의한다.

   · 마침표는 찍지 않는다.

   · 물음표(?)와 느낌표(!)는 가급적 붙이지 않도록 한다.

   · 같은 의미의 단어가 열거될 때에는 쉼표 대신 가운뎃점(·)을 쓴다.

   · 줄임표(……)는 사용하지 않는다.

  · 제목이 길 때에는 두 행을 잡아 첫 행은 좌측으로, 둘째 행은 우측으로 치우쳐 쓴다.

   · '부제'가 있으면 본 제목 아랫줄에 쓰되 양 끝에 줄표(-)를 한다.

  ㉢ 셋째 줄에는 지은이의 주소 · 소속을 뒤에서 3칸을 비워서 쓴다.

  ㉣ 넷째 줄에는 지은이의 이름을 뒤에서 2칸을 비워서 쓴다.

   · 성과 이름은 붙여 쓴다. 단)남궁 민 같은 경우는 띄어 쓴다.

   · 성과 이름사이는 한 칸씩 띄어 써도 무방하다.

  ㉤ 다섯째 줄은 본문과의 구별을 위해서 한 줄은 비워 둔다.

  ㉥ 여섯째 줄부터 본문을 쓰되 첫 칸을 비우고 둘째 칸부터 쓴다.

  ㉦ 글의 내용이 달라져 줄을 바꾸어 쓸 때에도 줄의 첫 칸은 비워두고 둘째 칸부터 쓴다.

② 문장부호를 원고지에 쓰는 법

  ㉠ 부호표시법

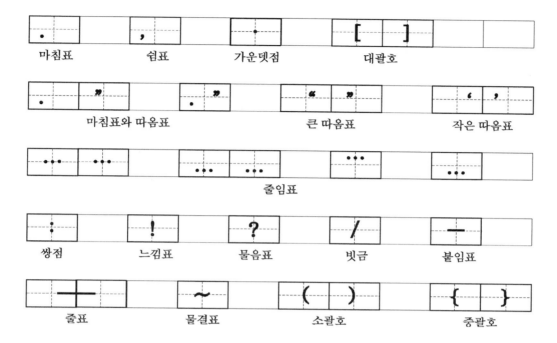

ⓛ 문장부호는 앞 말에 붙여 쓰고 다음 한 칸을 띄운다. 쉼표, 마침표, 쌍점, 쌍반점 등 비교적 간단한 부호와 줄표 다음 칸은 띄우지 않는다.

③ 글 쓸 때의 여러 가지 부호

이름	부호	쓰임	보기
마침표	.	글이 끝났을 때 찍는다.	향기 없는 꽃은 없습니다.
쉼표	,	윗말이나 아랫말의 뜻이 달라질 때	뒤뜰에서, 놀았습니다.
물음표	?	물음이나 의심을 나타낼 때	이것이 좋을까? 저것이 좋을까?
느낌표	!	느낌, 놀람, 부르짖음을 나타내낼 때	오! 하느님! 굽어 살피소서!
큰따옴표	" "	남의 말을 따서 글 가운데 넣을 때 또는 말을 주고받을 때	그 여자는 "물론, 좋아요"하고 웃었습니다.
작은따옴표	' '	남의 말 가운데 또 말이 들어갈 때	"형! '원수를 사랑하라.'고 누가 말했지요?"
말줄임표	……	말을 줄이거나 말을 안 할 때	"하여튼 ……."
말바꿈표	―	바꾸어 말하거나 위의 말을 설명할때	그는 - 배움이 적었으니 금방 들통이 났다.
숨김표	○	글자를 숨기고 싶을 때	○월○일, 사랑한다고 고백했다.
끼움표	√	빠진 글자를 넣을 때	은자는 √ 성당에 갔다. (예) √ : 정신없이
묶음표	( )	더 풀이하여 말할 때	언니와 동생은 (백화점)으로 갔다.
같음표	=	양쪽 말이 같음을 나타낼 때	겨레 = 민족

④ 원고지 쓰기의 보기

㉠ 보기 : 산문 쓸 때

```
〈산문〉
          내 버릇 삼기
             익산 ○○초등학교
                6의1  정옥희

   '세 살 버릇 여든까지 간다'는 속
담을 배웠는데, 나는 고쳐야 할 나쁜
버릇을 많이 가지고 있다.
   그 중에서도 가장 걱정스런 것은 부
모님께 반말하는 버릇이다.
```

㉡ 보기 : 동시 쓸 때

```
〈동시〉
      소풍날 아침
             서울 ○○초등학교
                4의5  강원규

   학교 가는 아이들마다
   먹을 것 한 보따리씩
   웃음을 한 보따리씩

   소풍날 아침은
```

㉢ 보기 : 독후감 쓸 때

```
〈독후감〉
      '안네의 일기'를 읽고
             전주 ○○초등학교
                5학년 조정애

   우리 집에는 책이 몇 권 있습니다.
언니 책도 몇 권 되고 내 책도 몇
권 됩니다. 그런데, 나의 것은 너무 두
꺼워 하루에 다 못 읽습니다.
   나는 언니 책 중에서 '안네의 일기'
```

4) 원고지를 쓸 때 유의사항

① 한글 또는 한자는 한 칸에 한자씩 쓰고 띄어쓰기를 할 자리에는 빈칸으로 둔다. 또한 글을 처음 시작할 때, 단락이 바뀔 때마다 그 행의 첫 칸을 비우고 둘째 칸부터 쓴다.

② 부호(구두점, 괄호 등)도 한 칸을 차지하며 그 뒤에 띄어 써야 할 경우에는 빈칸으로 둔다. (단 : 쉼표(,), 마침표(.), 쌍점(:), 쌍반점(;)등 간단한 구두점으로 나타낼 경우는 그 뒤 띄어쓰기 빈칸은 두지 않아도 된다)

③ 알파벳 대문자(A, B,……)나 로마 숫자(Ⅰ, Ⅱ,……)도 한 칸에 한 자씩 쓴다. 그러나 알파벳 소문자(a, b,……)나 아라비아 숫자(1, 2,……)는 한 칸에 두 자씩 쓴다.

④ 줄표(–)나 줄임표(……)는 원고지 두 칸을 잡아 쓴다. 점을 찍을 때에는 한 칸에 3개씩 찍는다.

⑤ 대화 글은 줄을 따로 잡아 쓰되 첫 칸은 비우고 둘째 칸에 따옴표를 열고 쓰기 시작하며 따옴표 안의 글이 끝날 때까지 연이어 쓴다. 또한 대화가 아무리 짧아도 두 사람의 대화를 한 줄에 같이 쓰지 않는다.

(예)

	형	이		숙	제	하	는		나	를		불	렀	다	.
	"	남	호	야	,	약	방	에		가	서		약		좀		사	다
	줄	래	?	"												
하	였	다	.		밤	도		늦	고		추	워	서		싫	었	다	.
	"	또		무	슨		약	을		사		오	란		말	야	"
하	고		중	얼	거	리	며	,		나	는		형	의		방	으	로		건
너		갔	다	.												

⑥ 단락 또는 문단이 시작되는 자리는 왼편 첫줄의 한 칸 또는 두 칸은 비워 둔다.

⑦ 띄어 쓸 자리가 원고의 왼편 첫 간에 해당한 경우에는 그 칸은 비우지 않는다.(이런 경우 : 원고지 바른 편 마지막 줄 옆에 "∨"를 한다.)

⑧ 쉼표・마침표 등 부호가 원고지 왼편 첫 칸에 놓이지 않도록 한다.
(이런 경우 : 바른 편 마지막 칸에 쓰인 글자 옆에 표시한다)

⑨ 생활문에서는 단락을 구별해야 하고 동시에서는 행과 연을 구별해야 한다.

⑩ 조사(토씨)와 '이다'는 윗말에 붙여 쓴다.

⑪ 원고의 각 장에는 쪽수(Page)를 표시하고 원고 쓰기가 끝나면 '끝'이라 쓴다.

5) 원고지를 고치는 법

　원고지를 고친다는 것은 원고를 쓰는 과정에서 오·탈자 및 틀린 낱말, 맞춤법 등 잘못된 점은 바로 잡아 표시하는 것을 말한다. 원고 고치기라는 것은 '정정'하는 것으로 원고지에 쓰인 글 가운데 일부만 바로 잡는 것을 뜻한다.

참고	· 수정 [修正] : 기존의 잘못된 것을 고쳐서 바로잡음. · 정정 [訂正] : 글의 내용이나 글자 따위의 잘못된 곳을 고쳐서 바로잡음. · 교정 [矯正] : 틀어지거나 잘못된 것을 바로잡아 고침. · 윤문 [潤文] : 글을 다듬고 고침. · 첨삭 [添削] : 글 내용 일부를 덧붙이거나 삭제하여 고침.

① 원고 고치기의 부호

이　름	부　호	쓰임의 보기	설　명
끼움표	∨	그는 헐레벌떡 달려왔다.	빠진 말을 넣을 때
붙임표	⌒	토끼 와 다람쥐가	잘못 띄운 걸 붙일 때
띄움표	∨	부뺨에 눈물방울을 달고	낱말 사이를 띄울 때
줄바꿈표	⌐	"많이 팔아라." 하곤 달아났다.	줄바꾸기 표시
순서바꿈표	⌒	떡 쳐라 곱방매야 낼이 설이다.	글 순서를 바꿀 때
앞으로 밀어냄	⊐	얼른 동생 것을 몰래	글자 앞으로 내밀 것
뒤로 당겨들임	⊏	곤한 잠결에도 구수한 냄새가	글자를 뒤로 낼 것
글자바꿈	○	길에는 눈이 쌓여 있었다.	틀린 글자를 바르게
말을 빼냄	◯	그 때가 누구인지 말했다.	필요 없는 것 빼냄
말 고침표	⌣	떠났습니다. 여행을 갔습니다.	틀린말을 고칠 때
바로 잡음표	ℒ	여행을 떠났습니다.	글씨를 바로 잡을 때
행 바꿈표	⌐	여행을 떠났습니다. 기 차를 타고 갔습니다.	글의 줄을 바꿀 때
줄 띄우기표	＞＜	너무나도 예쁜 시입니다. 다같이 큰소리로 읽어봅시다.	줄과 줄 사이를 띄울 때
이어쓰기 표	⟵	살찐 사람은 무리하게 러닝머신을 이용하면…	줄을 이어 쓸 때

② 원고 고치기의 부호(교정부호)의 사용법

· 정해진 교정부호를 사용해야 한다.
· 의미가 명확하게 전달되도록 깨끗이 정서하여 가지런히 표기한다.
· 교정부호 색깔은 원고의 색과 다르고 눈에 잘 띄는 색으로 한다.
· 교정부호나 글자는 명확하고, 간략하게 표기한다.
· 수정하려는 글자를 정확하게 지적해야 한다.
· 교정될 부호가 서로 겹치지 않도록 주의하여 교정 내용을 알아볼 수 있도록 한다.

③ 원고 고치기의 예문

제7강 : 실전문제 및 풀이

• 실전문제 ❶

【문1】 다음은 원고지 부호 쓰기입니다. 맞게 말한 것은 어느 것입니까? (　　)

① 따옴표가 들어 있는 대화체 문장은 대화체가 끝날 때까지 첫 칸을 비우고 쓴다.

② 어떠한 경우라도 글자와 부호는 한 칸에 쓰면 안 된다.

③ 마침표와 따옴표가 같이 올 때는 두 칸에 쓴다.

④ 모든 문장부호는 첫줄에 오지 않도록 한다.

⑤ 모든 부호는 문장부호만 한 줄에 쓰면 안 된다.

【문2】 원고지 쓰기에서 문장이 줄의 끝 칸에서 끝났을 경우에는 어떻게 하여야 하는지 방법을 써 봅시다.

(　　　　　　　　　　　　　　　　　　　　　　　　　　　　　　　)

【문3】 다음 제시문은 대화체의 따옴표 쓰기의 두 가지 방법입니다. 원고지에 바르게 옮겨 봅시다.

> "그래, 과연 이건 그럴 듯하구나!"
> "그래, 과연 그것이 그럴 듯하구나!"

【문4】 원고지 쓰기를 하면 어떤 좋은 점이 있을까요? 아래에 써 봅시다.

(　　　　　　　　　　　　　　　　　　　　　　　　　　　　　　　)

【문5】 다음 제시문은 영어 알파벳 쓰기입니다. 원고지에 바르게 써 봅시다.

대문자로는 SCHOOL이라 하고 소문자로는 school이라 합니다.

【문6】 대화글을 원고지에 쓸 때 주의할 점은 무엇입니까? (   )

① 두 번째 줄부터는 첫 칸에 써야 합니다.

② 온점이 있으면 바로 줄을 바꾸어 써야 합니다.

③ 글씨를 크게 써야 합니다.

④ 대화가 끝날 때까지 한 칸씩 들여 써야 합니다.

⑤ 큰 따옴표를 첫 칸에 써야 합니다.

【문7】 원고지에 쓸 때 따옴표는 빈 칸의 어느 부분에 써야 할까요?

(   )

【문8】 다음 동시 한 편을 원고지에 그대로 써보세요.

[동시]

까치 형제

전주 □□중학교
제2학년 3반 정성수

운동장 가
은행나무 높은 가지에
까치 형제 오순도순 살고 있어요

아침부터 달리기 시작됩니다
개구쟁이 노마가 꼴지 할 때면
까치 형제 안타까워 꺽꺽꺽

가을 하늘 파란 하늘
만국기 펄럭이는 운동회 날은
까치 형제 신이 나서 깍깍깍

아랫마을 윗마을
모두 모두 친구들
하루 종일 정다운 까치 형제

【문9】 다음 글을 아래 원고지에 옮겨 써 보세요.

[생활문]

매는 있어야 한다

서울 □□중학교
제1학년2반 ○○○

　매는 있어야 한다. 매가 없으면 엄마, 아빠께서 말씀하신 것을 듣지 않고 딴것만 한다. 하지만 매가 있으면 정신을 바짝 차릴 수 있다. 나도 지난번에 일기 공책을 집에 가져오지 않아서 엄마께 자로 두 대를 맞았으나 그건 옳다고 생각한다.

그날도 엄마께서 할머니 댁에 두었던 일기를 가져오라고 전화까지 하셨는데도 깜박 잊었다. 내가 약속을 지키지 않았기 때문에 맞은 거다. 그런데 아버지께서 때리실 때는 내가 엄마께 반말을 했다고 오해했을 때이다.

　"엄마가, 엄마와 아빠만 잘 살면 된다고 말씀하셨잖아요!"

이렇게 말했는데 아빠는 내가 엄마, 아빠만 잘 살라고 오해하시고 때렸다. 나는 참 억울하다. 매를 맞을 때는 싫지만 엄마가 매를 때리는 것은 옳다고 생각한다.

실전문제 ❶ 의 정답

1. (①)

2. (마침표와 쉼표는 끝에 오는 글자와 한 칸에 쓰고 따옴표나 느낌표, 물음표는 칸 밖
   에 쓴다.)

3.

	"	그	래	,	과	연		이	건		그	럴		듯	하	구	나	!	"
	"	그	래	,	과	연		그	것	이		그	럴		듯	하	구	나	!"

4. (띄어쓰기에 편리하고 글자 수 계산이 쉬우며 원고량을 쉽게 알 수 있고 퇴고가 용이
   하다)

5.

	대	문	자	로	는		S	C	H	O	O	L	이	라		하	고	,	소
문	자	로	는		sc	ho	ol	이	라		합	니	다	.					

6. (④)

7. (큰따옴표와 작은 따옴표를 쓸 때 여는 따옴표는 칸의 오른쪽 윗부분에 닫는 따옴표
   는 칸의 왼쪽 윗부분에 쓴다.)

8.

〈동시〉

까치 형제

전주 □□중학교

2의 3 정성수

운동장 가
은행나무 높은 가지에
까치 형제 오순도순 살고 있어요

아침부터 달리기 시작됩니다
개구쟁이 노마가 꼴찌 할 때면
까치 형제 안타까워 꺽꺽꺽

가을 하늘 파란 하늘
만국기 펄럭이는 운동회 날은
까치 형제 신이 나서 깍깍깍

아랫마을 윗마을
모두 모두 친구들
하루 종일 정다운 까치 형제

9.

〈 생 활 문 〉

　　　　　　매는　있어야　한다

　　　　　　　　　서울　□□중학교

　　　　　　　　　　1의 2　○○○

　　매는　있어야　한다. 매가　없으면　엄마,
아빠께서　말씀하신　것을　듣지　않고　딴
것만　한다. 하지만　매가　있으면　정신을
바짝　차릴　수　있다.
　　나도　지난번에　일기　공책을　집에　가
져오지　않아서　엄마께　자로　두　대를
맞았으나　그건　옳다고　생각한다.
　　그날도　엄마께서　할머니　댁에　두었던
일기를　가져오라고　전화까지　하셨는데도
깜박　잊었다. 내가　약속을　지키지　않았
기　때문에　맞은　거다.
　　그런데　아버지께서　때리실　때는　내가
엄마께　반말을　했다고　오해했을　때이다.
　　"엄마가, 엄마와　아빠만　잘　살면　된
　　다고　말씀하셨잖아요!"
　　이렇게　말했는데　아빠는　내가　엄마,
아빠만　잘　살라고　한　줄　오해하시고
때렸다. 나는　참　억울하다.
　　매를　맞는　것은　싫지만　엄마가　매를
때리는　것은　옳다고　생각한다.
　　'끝'

● 실전문제 ❷

※ 제시문을 읽고 물음에 답하시오.

━━━ **제시문** ━━━━━━━━━━━━━━━━━━━━━━━━━━

[개]

10년 전까지만 해도 기업은 특별한 결격사유가 없는 한 평생고용을 보장했다. 그러나 이제 안정된 공동체와 물질적 복지를 제공해주었던 온정주의적 기업은 찾아보기 어렵다. 게다가 치열한 생존경쟁을 벌이고 있는 오늘날의 기업 환경은 그러한 온정주의의 귀환을 용납하지 않는다. 특히 1990년대의 구조조정은 경종을 울리는 것이었다. 사람들은 실직당했고, 공동체적 삶은 파괴되었다. 반면에 한 가지 메시지만큼은 분명하게 전달되었다. 고용불안정은 실업률이 낮을 때조차 새로운 삶의 방식이 되었다는 것이다. 많은 근로자들은 고용주들에게 헌신하는 것에 대해 회의하기 시작했다. 왜냐하면 상시적인 '정리해고'에서 알 수 있듯이, 고용주들이 먼저 그들에 대한 헌신을 철회했기 때문이다. 따라서 사무실에서 오랜 시간 일하느라 가족과의 삶이나 자신의 여가를 챙기지 못하는 부가적인 희생은 이제 의미가 없다.

그렇다면 일은 무엇을 약속하고, 무엇을 줄 수 있는가? 1960년대 이후 사회에 대한 개인의 저항, 개인의 욕망을 부추기는 현대의 정치학, 감각적 상업 광고의 범람, 사이버 공간의 자유와 개인주의를 경험하며 자란 젊은 세대들에게 일은 더 이상 과거와 같은 의미를 갖지 않는다. 그래서 경영자들은 젊은 근로자들이 일에 대한 헌신이 부족하고, 현재의 고용을 단기적으로 여긴다며 초조해하곤 한다.

그런데 이들이 고용을 단기적으로 여기는 것은 20대라서, 혹은 게으르거나 도덕적으로 타락해서가 아니다. 현실적이기 때문이다. 그들은 양복을 입은 근엄한 중년 남성이 실직하는 모습을 지켜보았다. 비록 경제가 튼튼해 보인다 하더라도 항상 변덕스럽다는 사실을 알고 있는 것이다. 이런 환경에서 '할 수 있을 때, 잡아라 (get it while you can)' 하는 태도는 자연스런 것이다. 우리는 20대의 젊은이들이 10년 내지 15년 동안 일을 해서 재산을 모은 후, 일을 그만두고 여유 있게 지내고 싶다고 이야기하는 것을 자주

든다. 그들을 이상하게 바라보거나 게으름뱅이라고 부르는 장년세대와 달리, 그들은 근로연령이 다소 단축되는 것을 애석해하지 않는다. 단지 즐거운 삶을 영위하기 위한 전략을 세우려고 할 뿐이다.

[나]
작년 하반기 공채에서 40명 모집에 2,700명이 넘는 지원자가 몰려 전형에 애를 먹었던 한 대기업의 인사담당 A부장은 요즘 허탈하기 그지없다. 뽑은 인원 중 60%가 회사를 그만 둬 또다시 채용 작업을 해야 하기 때문이다. 탈락한 지원자 가운데 쓸 만한 인재가 얼마나 많았을까를 생각하면 울화통이 터질 지경이다. 교육과정에 든 여러 비용까지 감안하면 손실이 너무 커, 올해부터는 아예 예정인원의 2배수를 뽑자는 건의를 해볼 생각까지 하고 있다. 신입사원을 교육하여 현장에서 활용하는 데에 1억 가까운 비용이 든다고 한다.
한 취업정보업체는 최근 입사 1년도 안 돼 회사를 떠나는 이런 신입사원들이 28%에 달한다는 조사결과를 발표했다. 동화 〈파랑새〉의 주인공처럼 장래의 행복만 꿈꾸며 현재의 일에 열정을 느끼지 못하는 사회 초년생의 '파랑새 증후군'은 기업들의 골칫거리이다. 이 때문에 '파랑새'들의 마음을 잡기 위한 아이디어가 속출하고 있다. 한 대기업 간부는 "기업들이 초년병 사원들의 긍지를 키워주기 위해 노력하는 것은 좋은 일"이라면서도 "구직자 역시 일단 붙고 보자는 식의 지원은 하지 않아야 한다"고 말했다.

[대]
우리는 바야흐로 평균 수명 100세 시대를 눈앞에 두고 있다. 이는 대부분의 사람들이 곧 '번식기 (reproductive period)'와 '번식후기 (post-reproductive period)'를 거의 비슷하게 살게 된다는 것을 의미한다. 이런 현상은 '인간 유전자군 (gene pool)'이 일찍이 겪어보지 못한 새로운 경험이다. 이 같은 생물학적 변화를 무시한 채 60세를 은퇴하는 시점으로 잡고 인생의 거의 절반을 놀면서 쉬는 현 체제를 언제까지 유지할 수 있겠는가?
그 동안 우리가 갖고 있던 은퇴의 개념은 "자식들도 다 길러냈고 근력도 옛날 같지 않으니 편히 쉬라"는 것이었다. 그래서 대개 현직에서 물러나 조용히 남은 인생을 정리해왔다. 그러나 이제는 은퇴를 하고 살아야 할 기간이 견디기 어려울 정도로 길어지고, 평생 건강을 잘 관리한 사람들은 은퇴 후에도 웬만한 젊은이 못지않은 체력을 유지하게 되었다. 그들은 일을 하기를 원하고, 또 실제로 일을 하고 있는 고령인구가 늘고 있다.
최근 UN 인구보고서는 우리나라를 포함한 선진 8개국에서 현재 수준의 노동인구를 유지하려면, 정년을 적어도 77세 이상으로 올려야 한다고 주장한다. 고령화 문제의 심각성을 우리보다 먼저 깨달은 선진국들은 발 빠르게 대책을 마련하여 실시하고 있다. 영국 정부는 최근 정년을 70세로 연장하는 정책을 발표했다. 그 동안 젊은이들의 실업률을 낮추기 위해 정년을 앞당기던 정책을 완전히 거꾸로 되돌리는 방안이다.

【문1】

제시문 가)와 나)를 읽고, 젊은 세대의 일과 노동에 대한 관점이 어떻게 변하고 있는지를 이전 세대와 비교하여 적고, 두 제시문에 나타난 관점의 차이를 지적하시오.

(300자~400자)

【문2】

제시문 가), 나), 다) 모두에 근거하여, 조만간 닥칠 고령사회에서 발생할 수 있는 문제점을 찾아보고 해결 방안을 논하시오.   (300자~400자)

예시 답안

【문1】

이전에는 회사에 헌신하면 평생고용을 보장받았다. 그래서 장년세대는 자신의 여가와 가족과의 삶까지를 희생해가면서 일에 투자했다. 그러나 젊은 세대는 일에 자신을 바치지 않는다. 평생고용의 신화가 깨졌기 때문이다. 오히려 짧게 일하고 즐거운 삶을 누리고 싶어 한다. 하지만 이 과정에서 미래의 행복만 꿈꾸며 현재의 일에 열정을 느끼지 못하는 사회적 문제를 낳기도 한다. 이런 변화에 대해 가)는 젊은 세대의 노동관을 긍정적으로 바라보고 있는 반면에, 나)는 경영자의 입장에서 그러한 노동관을 비판하고 있다.

【문2】

고령사회는 피할 수 없는 현실이다. 이 고령사회에서는 자칫하면 노동인구와 고령인구 사이의 건강한 균형을 맞추기가 어렵다. 젊은 세대는 가능한 한 짧게 일하고 즐거운 삶을 누리고 싶어 하는 반면에, 고령사회의 현실은 그들에게 더 나이 들어서도 일을 할 것을 요구하기 때문이다. UN의 인구보고서나 영국의 정년 연장에서 보듯, 우리나라에서도 정년은 늘어날 것이다. 그렇다면 국가는 고령인구에게 적합한 일자리를 마련하고, 그들이 건강하게 일 할 수 있도록 하는 정책을 마련해야 한다.

평가 목표 및 출제 의도

1) 평가 목표

대학교육에서 원하는 목적을 달성하려면, 전공 텍스트의 중심내용을 정해진 시간 안에 정확히 이해할 줄 알아야 한다. 그리고 자신이 파악한 내용을 또 정확하게 표현, 전달할 수 있는 능력을 갖추어야 한다. 이것이 전제되어야 각 학문이 요구하는 창의성, 추론능력, 비판적 사고도 가능하다. 따라서 보고서와 논문쓰기, 강의와 발표 그리고 토론 수업을 쫓아갈 수 있는 기본 자질로서 읽기와 쓰기의 언어능력을 평가하는 일은 반드시 필요하다. 수시 1학기 학업적성논술 언어영역 출제는 이런 기본적인 능력을 바탕으로 하는 종합적 사고력을 측정하는 데 초점을 맞추었다.

2) 출제 의도

다음과 같은 사항에 중점을 두어 학생들의 능력을 알아보고자 했다.

가) 제시문의 핵심적인 내용을 잘 이해하고 있는가? (분석력과 이해력)

나) 이해한 바를 잘 정리하고 조리 있게 표현하는가? (논리력과 문장력)

다) 제시문을 바탕으로 비교 대조하면서 논점을 찾아내는가? (비판적 창의성)

3) 지문 정보와 해설

지문은 모두 세 개로 이루어져 있다.

첫 번째 제시문은, 사회윤리학자 조안 시울라의 《일의 발견》 의 한 부분이다. 여기서 저자는 젊은 세대의 일과 노동을 바라보는 관점이 이전 세대의 그것과는 다르다는 점을 말하고 있다. 장년세대는 자신의 여가와 가족과의 삶까지를 희생해가면서 일에 투자했지만, 젊은 세대는 더 이상 그렇지 않다는 점을 지적한다. 짧게 일하고 즐거운 삶을 누리고 싶어 하는 그들의 현실주의를 긍정적으로 평가하고 있다.

두 번째 제시문은, 미래의 행복만 꿈꾸며 현재의 일에 열정을 느끼지 못하는 젊은 세대를 비판적으로 바라보고 있다. '파랑새 증후군'이라는 사회적 문제를 다루고 있는 이 글은 한 일간신문의 기사를 퍼온 것이다.

　세 번째 제시문은, 생물학자 최재천이 쓴《당신의 인생을 이모작하라》의 한 대목이다. 여기서 저자는 조만간 닥칠 고령사회의 위험과 함께 정년이 늘어날 수밖에 없는 현실을 지적하고 있다. 저자에 따르면, 고령사회에서는 좀 더 건강하게 오래 일해야 한다. 이 새 개의 제시문을 통해 일과 노동의 성격이 어떻게 변하고 있으며, 젊은 세대에게 주어질 미래의 상황은 어떨 것인지를 미리 생각해보도록 하였다. 부차적으로, 이 셋은 각각 2005년 4월, 5월, 3월에 출간 혹은 기사화된 것으로, 혹시라도 다른 계기를 통해 학생들에게 제시문이 노출될 수 있는 가능성을 처음부터 차단하여, 사교육의 유혹을 방지하고자 애썼다.

· 실전문제 ❸

> ※ 아래 제시문 (가), (나), (다), (라)를 읽고 질문에 답하시오.

제시문 (가)

하늘에서 타고난 재주와 기력은 사람의 지혜로 어찌할 수 없으므로 타고난 인품을 통일할 방법은 없지만, 모든 사람의 사람 된 도리와 권리를 하나로 통일시키기 위해서 국가의 대업과 정부의 법도가 세워졌다. 의롭지 못한 무리들은 과격한 기질로 그러한 질서를 파괴하고 자기들의 사사로운 욕심을 채우는 일이 적지 않았다. 그러나 이성으로 힘을 제어하여 일정한 제도를 시행하게 되었으니, 이것이 정부가 만들어진 근본 뜻이다.

정부의 직분은 나라의 정치를 안정되고도 온전히 하여 국민으로 하여금 태평스러운 즐거움을 누리게 하는 것, 법치를 확립하여 국민으로 하여금 원통하거나 억울한 일이 없도록 하는 것, 외국과의 교제를 신의 있게 하여 나라가 분란의 우려에서 벗어나게 하는 것이다.

군대 양성과 도로 건설, 학교 설립과 같은 공공사업을 시행하지 않으면 한 나라의 안녕과 문명을 바랄 수 없을 것이다. 한 나라가 개화되었는지 미개한지의 구별은 정부가 공공사업을 시행하는지 아닌지에 달려있다. 군대가 없으면 외국의 침략이나 국내의 반란이 있을 때 무슨 방법으로 방어하며 진압하겠는가. 도로를 건설하지 않으면 국민들이 어찌 편리하게 이동하겠으며, 학교를 설립하지 않는다면 국민들이 어찌 윤리와 기강에 밝고 기술에도 정통하여 풍속이 문란해지거나 가난한 지경에 이르지 않기를 기약하겠는가. 이 밖에도 여러 가지 면에서 정부의 역할은 중요하다.

사람들이 어떠한 생업에 종사하든지 자신들의 생애를 편안히 하여, 집안에서는 부모를 봉양하고 형제 처자와 즐거움을 누리며, 집 밖에 나가서는 친구들을 따라다니며 재미있게 놀더라도, 도둑을 맞을 우려와 재앙을 만날 공포가 없는 것이 모두 정부의 덕택이다. 만약 사람들이 함께 사는 사회에 정부가 설립되지 않았다면 약한 자가 억울한 일을 당했을 때 어디에 호소하며, 강폭한 자가 무도한 행위를 저지른들 누가 막아주겠는가.

═══ **제시문 (나)** ═══

좁은 의미에서 '공적'(公的)이라는 말은 '국가적'이라는 말과 동의어다. 이런 속성은 사법권의 규제와 정당한 강제력을 독점적으로 행사하는 국가기구의 기능과 연관된다. 국가기구의 권력에 맞서 생겨난 것이 시민사회다. 한나 아렌트(Hannah Arendt)에 따르면, 공적 영역과 사적 영역의 근대적 관계는 '사회적인 것'의 등장으로 특징지을 수 있다. 이때 그녀가 의미했던 것은 바로 사적 영역이 공적인 것과 연관성을 가진 그러한 사회의 영역이다. 즉, "단지 살기 위해서 상호 의존한다는 사실이 공적인 의미를 획득하고, 단순한 생존에 관련된 활동이 공적으로 등장하는 곳이 사회다."

시민사회의 사적 영역에 관한 공중(公衆)의 관심사가 더 이상 공권력에 의해 만들어지거나 제한되지 않고, 공중이 그 관심사를 자신의 문제로 여기면서 시민사회의 공적 영역은 더욱 발전했다. 한편으로 이제 국가에 맞서게 된 사회는 사적인 부문을 공권력에서 분명히 분리시켰고, 또 다른 한편으로 경제적 재생산의 문제를 사적인 가정의 범위를 넘어 공중의 이해관계와 직결된 문제로 끌어올렸다. 이에 따라 국가와 시민사회가 행정절차를 통해 지속적으로 접촉하는 지점에서 공중은 자신들의 이성을 사용하여 비판적 판단력을 키웠다.

시민사회의 공론장(公論場)은 개인들이 결집한 공중의 영역으로 파악될 수 있다. 공권력 그 자체에 대항하여 시민사회는 이제 국가에 의해 규제되어 온 공적인 영역을 차지하고자 했다. 그 결과 시민사회는, 기본적으로 사적 영역에 속하지만 공적으로 연관되어 있는 상품교환과 사회적 노동에 관한 관계들을 규제하는 일반적인 규칙을 놓고서 공권력과 논쟁을 벌였다. 정치적 대결의 매개가 시민들이 공적인 용도로 사용한 이성이었다는 점은 매우 특수하고 역사상 유례가 없는 것이었다.

정치적으로 기능하는 공론장은 18세기로 넘어가는 문턱의 영국에서 처음으로 발생했다. 잡지와 신문은 정치적인 문제를 논의하는 공중의 비판적 기구로 가장 먼저 자리 잡게 되었다. 이 시기에 『타임즈』(The Times)와 같은 새로운 거대 일간지와 더불어 정치적인 문제를 논의하는 공중의 다른 제도들도 출현했다. 공적 집회도 그 규모와 횟수가 증가했고 정치적 연합체 역시 많이 생겼다.

═══ **제시문 (다)** ═══

공리(Utility)의 원리는 이해관계가 걸려있는 당사자의 행복을 증가시키거나 감소시키는 (또는 촉진시키거나 억누르는) 경향에 따라 모든 행위를 승인하거나 부인하는 원리를 의미한다. 또한 여기서 말하는 모든 행위란 개인의 사적인 모든 행위뿐 아니라 정부의 모든 정책까지도 포함하는 것이다.

공리는 어떤 것이든 이해관계가 걸린 당사자에게 혜택, 이점, 쾌락, 선, 행복(이 경우에 이 모든 어휘는 동일한 의미를 갖고, 그것은 고통의 경우도 마찬가지다)을 가져다주거나 불운, 고통, 악, 불행이 일어나는 것을 막아주는 그러한 속성을 의미한다. 여기서 당사자가 공동체 전체일 경우 행복은 공동체의 행복을 뜻하며 당사자가 특정 개인인 경우는 그 개인의 행복을 가리킨다.

공동체는 구성원으로 여겨지는 개인들로 이루어진 허구체다. 그렇다면 공동체의 이익이란 무엇인가? 그 이익이란 공동체를 구성하는 여러 개인들이 얻는 이익의 총합이다. 개인의 이익이 무엇인지를 염두에 두지 않고 공동체의 이익에 대해 말하는 것은 무의미하다. 어떤 일이 개인의 이익을 증진시키거나 그것을 위한 일이라고 하는 것은 그것이 그 개인의 쾌락의 합계를 증가시키거나 고통의 합계를 감소시킨다는 것을 의미한다. 마찬가지로 어떤 일이 공동체의 이익을 증진시킨다는 것은 그것이 구성원들의 쾌락의 합계를 증가시키는 것을 의미한다. 그러므로 어떤 행위가 공동체의 행복을 증가시키는 경향이 그것을 감소시키는 경향보다도 큰 경우, 이는 공리의 원리에 상응한다고 할 수 있다.

어떤 행위에 대한 개인의 승인이나 부인이 공동체의 행복을 증가시키거나 감소시키는 경향에 따라 결정되는 경우, 다시 말해 공리의 법칙에 상응하는지 상응하지 않는지에 따라 결정되는 경우, 그 개인은 공리의 원리를 따른다고 할 수 있다.

━━━ **제시문 (라)** ━━━

다음과 같은 작은 마을이 있다고 상상해 보자. 마을 주민들은 삼림을 공유하며 거기서 나무를 베어 땔감으로 쓴다. 주민 개개인이 벨 수 있는 나무의 양은 제한되어 있지 않으나 전체 나무의 양은 제한되어 있다. 삼림 훼손에 의한 비용은 마을 주민 모두가 치러야 하기 때문에, 나무를 많이 베어 개인의 이익을 추구하는 주민들의 수가 늘어날수록 결국 개인의 이익에 해가 될 수도 있다. 예를 들어, 주민 대다수가 나무를 적게 베는 데 반해 일부 개인들이 나무를 많이 베면 그 개인들은 큰 이익을 얻을 것이다. 하지만 그런 개인들이 너무 많아져 삼림 훼손에 의한 집단적 비용이 지나치게 증가하게 되면, 결국 나무를 많이 벤 개인들의 이득은 마을 주민 모두와 협력해서 나무를 적게 벨 때보다 더

낮아지게 된다.

이런 상황에서, 마을의 주민들은 다음과 같은 세 가지 규칙에 따라 나무를 얼마나 벨지를 선택한다.

규칙 1: 주민들은 각자 나무를 얼마나 벨지를 동시에 선택한다.

규칙 2: 주민들은 각자가 선택한 후 마을 전체의 벌목량을 알 수 있다.

규칙 3: 주민들은 이러한 선택을 일주일 간격으로 반복한다.

이 마을에는 오랫동안 운영되어 온 마을 자치회가 있는데, 주민들은 회의를 통해 마을 전체의 벌목량을 확인한다. 정부도 삼림 자원의 중요성을 인식하고 있으며, 필요한 경우 행정적 조치를 취할 수 있다.

【문제1】 제시문 (가), (나), (다)는 공공성을 실현하는 주체가 누구인지에 대해 서로 다른 해석을 하고 있다. 그 차이점을 분석하시오. (800자 내외로 쓰시오. 30점)

【문제2】 아래에 소개된 공공성의 속성이 제시문 (가), (나) 각각에 제시된 공공성에서 구체적으로 실현될 수 있는가? 자신의 답변을 제시하고 그 근거를 밝히시오.
(800자 내외로 쓰시오. 30점)

· 공공성이란 공중에 관련된 모든 것을 누구나 보고 들을 수 있으며 누구에게나 공개해야 함을 의미한다.

【문제1】 제시문 (라)의 마을은 삼림 훼손을 막아 마을 전체의 이익을 높이고자 한다. 이를 위해 가장 적절한 입장을 제시문 (가), (나), (다) 가운데서 선택하여 그 선택의 근거를 설명하고, 어떤 구체적인 방안들을 도입할 수 있는지를 논의하시오. 그 방안들은 제시문 (라)에 나온 세 가지 규칙에 어긋나지 않아야 한다.
(1,000자 내외로 쓰시오. 40점)

제시문 분석

1) 제시문 (가)

유길준이 1895년에 발간한 『서유견문』(西遊見聞)의 일부를 발췌·편집한 것이다. 이 글에서 유길준은 근대 국가에서 정부가 정책이나 법을 통해 구현하는 공공성에 대해 말하고 있다. 국가는 국민들 모두에게 동일한 권리를 부여하며 이를 법과 제도 등을 통해 유지한다. 국가가 행정활동으로 시행하는 군대 양성, 도로 건설, 학교 설립 등은 어떤 특정한 지위나 신분에 속한 사람이 아니라 '국민 모두'의 생명과 안전을 보호하고 부와 지식을 증진시키기 위한 '공공사업'이다. 이상의 내용을 종합하면, 국가는 공공성을 구현하려는 의지와 그것을 효과적으로 실현할 수 있는 자원과 능력을 소유한, 근대세계에서 매우 중요한 공공성의 주체라고 할 수 있다.

2) 제시문 (나)

독일의 철학자이자 사회학자인 하버마스(Jügen Harbermas)의 『공론장의 구조변동, 1961』의 일부를 발췌·편집한 것이다. 하버마스는 국가가 구현하는 공공성과는 다른 성격의 공공성이 형성되는 과정을 설명하는데, 이는 (시민)사회의 등장과 관련되어 있다. 자본주의의 발전과 더불어 이전에는 사적인 영역으로 여겨졌던 경제적 영역이 공적인 것, 즉 공동의 문제로 대두하면서 성립된 것이 '(시민)사회'다. 시민사회는, 시민들이 자신들과 관련된 '모든 문제'에 대해 '누구나' 자신의 '이성'에 의거하여 자유롭게 토론하고 판단하는 것을 이상으로 삼는 '공론장(public sphere)'을 형성시킨다. 이러한 공론장에 참여하는 개인은 자신의 '이성'을 '공적'으로 사용할 수 있는 능력, 즉 비판적 판단력을 가진 '공중'으로 간주된다.

3) 제시문 (다)

영국의 철학자인 벤담(Jeremy Bentham)의 『도덕과 입법의 원리, 1789』에서 발췌·편집한 것이다. 이 글에 따르면, 인간의 삶은 쾌락을 증진하고 고통을 감소키는 것을 목적으로 한다. 제시문 (다)에는 어떤 행위의 옳음이 행복이나 쾌락을 유발하고 불행이나 고통을 막는 경향에 달려있다는 주장이 담겨 있다. 사람들 각자 자유로이 쾌락을 증진하고 고통을 감소시킬 수 있다면, '최대다수의 최대행복'이 가능하다는 것이다. 한편, 공동체는 구성원인 개인들의 총합과는 별개로 존재하는 어떤 실재가 아니라 허구체(fictitious body)일 뿐이다. 따라서 공동체 전체의 이익보다 개인의 이익을 먼저 고려해야 한다. 각 개인의 이익을 측정하여 이를 합하여 계산해 낸다면 그것이 바로 공동체 전체의 이익이 되기 때문이다.

4) 제시문 (라)

World Development Vol. 28 (2000)에 실린 Cardenas & Stranlund의 'Local Environmental Control and Institutional Crowding-Out'에서 실행한 삼림자원 보호에 대한 가상의 실험을 문제의도에 맞게 수정한 것이다. 원문은 개인이 주어진 상황 속에서 어떤 방식으로 자기 이익을 추구하는 개인적 선택을 하며 이것이 공동체의 이익과 어떻게 연관되는 가를 검토하는 것인데 반해, 본 제시문은 개인적 선택과 함께 공동체 차원의 선택과 정부라는 공동체 외부자의 선택이 가능하도록 수정되었다. 땔감의 확보라는 개인의 이익추구와 삼림보호라는 공익의 추구가 일치하지 않을 때 어떻게 하면 개인들이 삼림이라는 공공재를 보호하도록 할 수 있을지가 이 글에서 다루는 핵심적인 문제다. 이 글은 이 문제를 해결하는 방식에 있어 국가의 개입, 시민사회의 합의 형성, 개인들 사이의 반복되는 게임이라는 다양한 가능성을 보여주고 있다.

문제 분석 및 예시 답안

【문1】 분석

이 문제는 공공성의 주체와 속성에 대한 다양한 해석과 주장을 담은 제시문들을 분석하여 그 차이점을 읽어낼 수 있는 능력을 측정하는 데 목적이 있다. 공공성이란 일반적으로 공동체 전체의 이익과 연관된 성질을 일컫는다. 이러한 공공성을 실현하는 주체는 다양할 수 있다. 이 문제는 각 제시문에서 나타난 공공성 실현의 서로 다른 주체(국가, 시민사회, 개인)을 찾아내고, 각 주체가 구현하는 공공성의 차이를 논리적으로 설명하기를 요구한다.

【문1】 예시답안

제시문들은 각각 공공성 실현의 주체로 국가, 시민사회, 개인을 꼽고 있다. 제시문

(가)는 공공성 실현의 주체로서 국가가 갖는 특징에 주목한다. 근대 국가에서 정부는 정책이나 법을 통해 공공성을 구현한다. 국가는 국민들 모두에게 동일한 권리를 부여하며 이를 법과 제도 등을 통해 유지한다. 국가가 행정활동으로 시행하는 군대 양성, 도로 건설, 학교 설립 등은 어떤 특정한 지위나 신분에 속한 사람이 아니라 '국민 모두'의 생명과 안전을 보호하고 부와 지식을 증진시키기 위한 '공공사업'이다. 국가는 공공성을 구현하려는 의지와 그것을 효과적으로 실현할 수 있는 자원과 능력을 소유한, 근대세계에서 매우 중요한 공공성의 주체라고 할 수 있다.

국가가 공공성 실현의 집행자로서 의미를 갖는다면 제시문 (다)에서 강조하는 개인은 공공성의 직접적인 이해 당사자로서의 의미를 갖는다. 공동체는 구성원인 개인들의 총합과는 별개로 존재하는 어떤 실재가 아니라 허구체일 뿐이다. 따라서 공동체 전체의 이익보다 개인의 이익을 먼저 고려해야 한다. 각 개인의 이익을 측정하여 이를 합하여 계산해 낸다면 그것이 바로 공동체 전체의 이익이 되기 때문이다.

제시문 (나)는 시민사회라는 개념을 통해 국가가 구현하는 공공성과는 다른 성격의 공공성이 형성되는 과정을 설명한다. 사적인 영역으로 여겨졌던 경제적 영역이 공적인 문제로 대두하면서 성립된 시민사회는, 시민들이 자신들과 관련된 '모든 문제'에 대해 '누구나' 자신의 '이성'에 의거하여 자유롭게 토론하고 판단하는 것을 이상으로 삼는 '공론장'을 형성시킨다. 이러한 공론장에 참여하는 개인은 자신의 '이성'을 '공적'으로 사용할 수 있는 능력, 즉 비판적 판단력을 가진 '공중'으로 간주됨으로써 (다)에서 강조하는 개인과는 구별된다. (874자)

【문2】 분석

공개성은 공공성의 중요한 속성 중 하나다. 여기서 공개성이란 공중과 관련된 정보 또는 혜택이 누구에게나 공개되고 접근 가능함을 의미한다. 정부와 시민사회는 공히 이러한 공개성의 원칙을 실현하기 위한 가능성과 한계를 동시에 가지고 있다. 이 문제는 공공성이 국가에 의해 주도되는 경우 [제시문 (가)]와 시민사회에 의해 추구되는 경우 [제시문 (나)], 각각 공개성이 어떻게 실현가능 혹은 불가능한지를 분석하고 그러한 분석의 근거를 밝히도록 요구하는 것이다.

【문2】 예시답안

공개성은 공공성의 중요한 속성 중 하나다. 여기서 공개성이란 공중과 관련된 정보 또는 혜택이 누구에게나 공개되고 접근 가능함을 의미한다. 정부와 시민사회는 모두 이러한 공개성의 원칙을 실현하기 위한 가능성과 한계를 동시에 가지고 있다.

공공성이 국가에 의해 주도되는 경우 공개성은 공공정책이 국민들로부터 신뢰를 얻기 위한 필수 요소가 된다. 정부는 공개성을 확보하기 위해 공청회 등의 다양한 의사수렴을 통한 공공정책의 마련, 다양한 공시제도를 통한 홍보, 국민의 정보공개청구권을 보장하는 등의 사후 보완 노력을 기울인다. 그러나 바로 이런 노력을 기울인다는 것이 역설적으로 공공정책의 주체로서 정부가 갖는 공개성의 한계를 보여준다. 정부의 공공정책이 모든 국민에게 공개되는 것은 현실적으로 불가능하다. 정책의 수립과 집행의 과정에서 지나친 시간과 노력의 낭비를 수반하기 때문이다. 국가가 주도하는 공개성에서 '누구에게나 공개해야 한다'는 원칙은 모든 국민이 알도록 해야 한다는 것이 아니라, 원한다면 알 수 있도록 해야 한다는 의미로 축소하는 것이 타당하다.

시민사회가 추구하는 공공성에서 공개성은 필연적인 존재기반이다. 시민사회는 모든 시민들이 자유롭게 토론하고 판단하는 것을 이상으로 삼는 '공론장'을 추구한다. 공론장은 모든 시민들에게 공개된 공간이며 공개적으로 결정되고, 공개적으로 집행되는 것을 운영원리로 한다. 그러나 현실적으로 모든 공동체의 구성원들이 그 공론장에 능동적으로 참여할 수 없으며, 공개적으로 결정된다는 운영원리가 오히려 결과를 공개해야할 필요성을 약화시키기도 한다. 정부에 대한 '공개'요구는 분명한 대상과 근거가 존재하지만 '공론장'을 통해 이루어지는 공공성은 공개의 주체와 대상이 불분명 하다는 한계를 갖는다. (861자)

【문3】 분석

이 문제는 개인의 이익과 공동체의 이익이 갈등을 일으키는 경우, 공공성을 실현하는 세 가지 주체 가운데 어떤 주체가 적합할지 밝히고 그러한 선택의 근거는 무엇인지, 그리고 그 주체에 의해 공동체의 이익을 추구하려고 할 때 구체적으로 어떤 방안이 도입될 수 있는지를 따져보도록 요구한다. 이 문제에서 중요한 점은 어떻게 하면 나무를 적절한 수준에서 베도록 하여 현재의 이익뿐만 아니라 장기적 관점에서 개인과 공동체의 이익도 보호할 수 있는가이다. 중요한 논리적 출발점은 제시문 (라)에 나와 있듯이 삼림 훼손에 의한 비용은 마을 주민 모두가 치러야 하기 때문에, 나무를 많이 베어 개인의 이익을 추구하는 주민들의 수가 늘어날수록 결국 개인의 이익에 해가 될 수도 있다는 점이다. 또한 주어진 규칙들에 위배되지 않은 한에서, 창의적인 해결방안들을 모색하기를 요구한다.

【문3】 예시답안

　제시문 (라)는 표면적으로 땔감의 확보라는 개인의 이익추구와 삼림보호라는 공익의 추구가 갈등하는 상황이다. 그러나 본질은 개인의 지속적 이익을 어떻게 보장할 것인가의 문제이다. 삼림 훼손에 의한 비용은 마을 주민 모두가 치러야 하기 때문에, 나무를 많이 베어 개인의 이익을 추구하는 주민들의 수가 늘어날수록 결국 개인의 이익에 해가 되기 때문이다. 따라서 삼림 훼손을 막아 마을 전체의 이익을 높일 수 있는 궁극적인 해결책은 개인의 가치를 중시하는 (다)의 관점이다. 공동체의 이익이란 결국 공동체를 구성하는 여러 개인들이 얻는 이익의 총합일 수밖에 없기 때문이다.

　개인은 자신의 이익을 극대화하려는 욕망을 갖는다. (가)에서 강조하는 국가의 법이나 제도에 의한 강제는 단기적 효과는 높을 수 있지만 지속성을 갖기 어렵고, 통제의 과정에서 불필요한 비용이 발생할 수 있다. 이에 비해 (다)에서 강조하는 공리의 원리는 이해관계가 걸려있는 당사자의 행복과 밀접하게 연관되어 있으므로 자발적이고 지속적인 참여를 가능하게 한다.

　벌목량이 개별적인 선택의 총합으로 주어지는 상황이 개인적 이해를 중심으로 문제를 해결해야 하는 이유라면, 일주일 간격으로 반복된다는 규칙은 개인의 선택을 '공론장'으로 끌어들일 수 있는 조건이 된다. 선택은 개인적 판단에 맞겨져 있지만 그 선택의 결과에 대해 토론할 수 있는 충분한 시간이 주어져 있고, 그 토론의 결과가 검증되는 선택의 반복이 이루어진다. 개인의 선택에 따른 책임을 물을 수 있는 조건이다.

　자유로운 개인의 선택은 인정하지만 그 선택에 대한 책임을 지게 하는 것이 마을의 문제를 해결하는 원칙이다. 무분별한 벌채가 결국 자신들의 이익을 해친다는 사실, 즉 자신들에게 손해가 됨을 인정할 때 개인들은 자신들의 권리를 포기할 수 있다. 이 포기는 엄밀한 의미에서 나만의 희생이 아니라 타인의 희생을 강요하는 것이기도 하다. 삼림훼손의 피해를 최소화하며 이익을 극대화하는 벌채량을 확정할 수 있다면 개인에게 허용되는 벌채량을 공평하게 분배할 수 있다. 여기에 개인에게 분배된 벌채량의 사적 거래를 허용한다면 질병이나 사고 등으로 발생하는 개인적 사정에 따른 변수도 효과적으로 통제할 수 있다. (1079자)

제 8 강

/

핵심 논리 논술

제8강 핵심 논리 논술

■ 문장부호 ■

1. 논술을 다듬는 문장부호

　문장 각 부분 사이에 표시하여 논리적 관계를 명시하거나 문장의 정확한 의미를 전달하기 위하여 표기법의 보조수단으로 쓰이는 부호로써 월점이라고도 한다.
　문장 부호에는 1) 쉼표 2) 마침표 3) 따옴표 4) 묶음표 5) 이음표 6) 드러냄표 7) 안드러냄표 7종류가 있다.

1) 쉼표
　쉼표에는 ① 반점(,)모점(、) ② 빗금(/) 등 2가지가 있으며 문장 안에서 짧게 쉬는 부분을 나타내는 부호

① 반점(,) 모점(、)
　　㉠ 가로쓰기에는 반점, 세로쓰기에는 모점을 쓴다.
　　　　· 되풀이를 피하기 위해 한 부분을 줄일 때
　　　　　예) 여름에는 바다에서, 가을에는 산에서 휴가를 즐겼다.
　　　　· 문맥상 끊어 읽어야 할 곳에서
　　　　　예) 나는 울면서, 떠나는 너를 배웅했다.
　　　　· 숫자를 나열할 때
　　　　　예) 21, 22, 23, 24, 25……
　　　　· 수의 폭, 개략의 수를 나타낼 때
　　　　　예) 7, 8세기, · 6, 7개월
　　　　· 숫자의 자릿점을 나타낼 때

예) 89, 399, 018,
· 같은 자격의 어구가 열거될 때
　예) 근면, 겸손, 협동은 우리 겨레의 미덕이다.
· 짝을 지어 구별할 필요가 있을 때
　예) 당근과 오이, 개와 고양이는 상극이다.
· 바로 다음의 말은 꾸미지 않을 때
　예) 슬픈 사연을 간직한, 에밀레종
· 대등하거나 종속적인 절이 이어질 때
　예) 콩 심은 데 콩 나고, 팥 심은 데 팥 난다.
· 부르는 말 또는 대답 뒤에
　예) 얘야, 저리 가라.
· 도치 문장에
　예) 다시 보자, 금강산아.
· 가벼운 감탄을 나타낼 때
　예) 아, 벌써 왔네.
· 문장 첫 머리의 접속어 또는 연결을 나타낼 때
　예) 첫째, 이를 잘 닦아야 한다.
· 문장 중간에 끼어든 구절 앞에
　예) 나는, 솔직히 말하면, 네가 밉다.

② 빗금(/)
　㉠ 구·절 사이에 또는 부수를 나타낼 때 쓴다.
　　· 대응, 대립, 대응한 것은 단어와 구절 사이에
　　　예) 백이십오원 / 125원, 착한 사람 / 악한 사람
　　· 분수를 나타낼 때
　　　예) 1/4분기
　〈기타〉 : 1) 조사로 연결될 때는 쓰지 않는다.
　　　　예) 매화와 난초와 국화와 대나무를 사군자라고 한다. (조사)
　　　　2) 접속어로 연결할 때는 반점(,)을 쓴다.
　　　　예) 그러나, 그러므로, 그런데, 그리고(접속어)

2) 마침표

마침표는 ① 온점(.) 고리점 (。) ② 물음표(?) ③ 느낌표(!) ④ 가운데점 (·) ⑤ 쌍점
(:)쌍반점(;) 등 5 가지가 있으며 한 문장이 끝났을 때 문장 끝에 쓰는 부호

① 온점(.) 고리점(。)
ㄱ 서술, 명령, 청유 등을 나타낼 때 문장의 끝에 쓴다.
· 서술 : 젊은이는 나라의 기둥이다.
· 명령 : 황금 보기를 돌같이 하라.
· 청유 : 집으로 돌아가자.
ㄴ 표제어나 표어에는 사용하지 않는다.
· 표제어 : 압록강은 흐른다.
· 표어 : 꺼진 불도 다시 보자
ㄷ 아리비아 숫자만으로 연월일은 표시할 때 쓴다.
예) · 1919. 3. 1 : 1919년 3월 1일
ㄹ 표시문자 다음에 쓴다.
예) · 1, · A, · ㄱ, · 가
ㅁ 준말을 나타내는데 쓴다.
예) · 사랑하였기에…….
〈주의!〉: 가로쓰기에는 온점(.), 세로쓰기에는 고리점(。)을 쓴다.

② 물음표(?)
ㄱ 의심이나 물음을 나타낼 때 쓴다.
· 직접 질문할 때
예) 이제 가면 언제 돌아오니?
· 반어 수사 의문을 나타낼 때
예) 제가 감히 거역할 리가 있습니까?
· 특정한 어구, 내용 등에 의심, 빈정거림 비웃음을 나타낼 때
예) 우리 집 고양이가 가출(?)을 했어요.
〈기타〉: 한 문장에서 여러 개의 선택적 물음이 겹칠 때는 맨 끝에 사용하고 각기
독립 물음에는 물음마다 각각 사용한다.

예) 당신은 한국인이요? 일본인이요?

예) 당신은 어디서 왔소? 언제 왔소? 어찌 왔소?

③ 느낌표(!)

㉠ 명령, 부르짖음, 감탄, 놀람 등 강한 느낌을 나타낼 때 쓴다.

감탄사나 감탄형 종결 어미

예) 아!, 달이 밝구나!

㉡ 명령문·청유문에 쓴다.

부르거나 대답할 때

예) 춘향아! 예, 선생님!

㉢ 놀람·항의의 뜻을 나타낼 때 쓴다.

예) 진짜 밉네! 너 나빠!

〈기타〉 : 감탄의 정도가 약할 때는 느낌표 대신 온점(.)을 쓸 수도 있다.

예) 진달래가 된 것을 보니, 봄이 오긴 왔구나.

④ 가운데점(·)

㉠ 열거된 단위가 대등하거나 밀접한 관계일 때 쓴다. 숨표로 열거된 어구가 다시 여러 단위로 나누어 질 때

예) 은자 · 성수, 용욱 · 기원이가 짝을 이뤄 윷놀이를 했다.

㉡ 특정한 의미를 가질 날을 나타내는 숫자에 쓸 때 쓴다.

예) 8 · 15 광복절, 10 · 9 한글날

㉢ 같은 계열의 단어 사이에 쓸 때 쓴다.

예) 사투리의 조사연구

⑤ 쌍점(:) 쌍반점(;)

㉠ 내포, 소표제, 저자명 뒤(또는 구별, 대비)에 쓴다.

· 내포되는 종류를 들 때

예) 문방사우 : 붓, 먹, 벼루, 종이

· 소표제 뒤에 간단한 설명을 할 때

예) 일시 : 2003년 12월 25일 10시

· 저자명 뒤에 저서명을 쓸 때

　예) 정성수 : 산다는 것은 장난이 아니다.

· 구별 또는 대비 할 때

　예) (구별) 오전 10 : 20 (10시20분)

　예) (대비) 65 : 70 (65대70)

· 구(句)나 절(節)의 짝을 구별할 때

　예) 물이 지나치게 맑으면 사는 고기가 없고 ; 사람이 지나치게 비판적이
　　　면 사귀는 벗이 없고

· 대등한 절의 앞 절과 뒷 절 사이에 쓸 때

　예) 어린이는 나라의 희망이 되고 ; 청년은 나라의 방패가 된다.

　3) 따옴표

　따옴표에는 ① 큰따옴표(" ")겹낫표(『』)   ② 작은따옴표(' ')낫표(「 」)   2가지가 있
으며 따옴말이나 문장에서 특별히 드러내는 말의 앞뒤에 쓴다.

　① 큰따옴표(" "), 겹낫표(『』)

　　㉠ 대화, 인용 특별어구 등을 나타낸다. (가로쓰기에는 큰따옴표) (세로쓰기에
　　　는 겹낫표)

　　· 글 중의 직접 대화 표시 할 때

　　　예) "새는 울 때 왜 눈물이 없을까?"

　　· 남의 말을 인용할 때

　　　예) "사랑은 눈물이다"라고 말한 시인이여.

　② 작은따옴표(' ') 낫표(「 」)

　　㉠ 대화, 인용, 특별어구 등을 나타낸다.(가로쓰기에는 작은따옴표) (세로쓰기
　　　에는 낫표)

　　· 따온 말속에 다시 따온 말이 들어갈 때

　　　예) "여러분, 침착해야 합니다'하늘이 무너져도 솟아날 구멍이 있습니다'
　　　　　하고 소리했다."

　　　예) 마음속으로 한 말은 적을 때 '내 모습을 보면 깜짝 놀라겠지'

〈기타〉: 중요한 분을 들어내기 위해 드러냄 표 대신 사용한다.
　　　　　・'배부른 돼지' 보다도 '배고픈 소크라테스'가 되겠다.

4) 묶음표

　묶음표에는 ① 소괄호( ) ② 중괄호{ } ③ 대괄호[ ] 3가지가 있으며 숫자나 문장 따위의 앞뒤에 써서 다른 것과 구별한다.

① 소괄호 / ( )

　㉠ 원어, 설명 등을 적어 넣거나 기호를 나타내거나 빈칸을 나타낼 때 또는 여러 개의 단어를 묶을 때 또는 묶음표를 사용 시에 쓴다.
　　・원어, 연대, 보충, 설명 등을 적어 넣을 때
　　　예) "무정(無情)"은 춘원 이광수(6·25때 납북)의 작품이다.
　　・기호를 나타낼 때
　　　예) (1), (ㄱ), (라)
　　・빈칸을 나타낼 때
　　　예) 담임선생님의 이름은 (　　)이다.
　〈기타〉: 소괄호는 손톱묶음이라고 한다.

② 중괄호 / { }

　㉠ 원어, 설명 등을 적어 넣거나 기호를 나타내거나 빈칸을 나타낼 때 또는 여러 개의 단어를 묶을 때 또는 묶음표를 사용 시에 쓴다.
　　・여러 개의 단어를 동등하게 묶을 때
　　　예) 국가의 3대 요소 { 국토 국어 주권 }
　〈기타〉: 중괄호를 활짱묶음이라고도 한다.

③ 대괄호 / [ ]

　㉠ 원어, 설명 등을 적어 넣거나 기호를 나타내거나 빈칸을 나타낼 때 또는 여러 개의 단어를 묶을 때 또는 묶음표를 사용시에 쓴다.

· 묶음표 안의 말이 바깥 말과 음이 다를 때
  예) 나이, 낱말
· 묶음표 안에 또 묶음표가 있을 때
  예) 명령의 불확실[단호하지 못함]은 복종에서 불확실[모호]을 낳는다.
〈기타〉; 대괄호는 꺾쇠묶음이라고도 한다.

5) 이음표

이음표에는 ① 줄표(-) ② 붙임표(-) ③ 물결표(˜) ④ 같음표(=)의 4가지가 있으며 낱말의 이루어진 조각(형태소)을 보일 때, 또는 영어 따위의 낱말을 두 줄에 걸쳐 적을 때 쓴다.

① 줄표(-) : 풀이표라고도 한다.
  ㉠ 부언의 말, 말의 정정 또는 변명, 합성어, 내지 양쪽이 갈음을 나타낼 때 쓴다.
    · 문장 중간에 앞의 내용에 대해 부언하는 말이 끼어들 때
      예) 그 아이는 3살에 - 보통아이 같으면 말도 제대로 못한 나이에 - 이미 영어 책을 읽었다.
    · 앞의 말을 정정 또는 변명의 말이 이어질 때
      예) 아버지께 말했다가 - 아니 말씀드렸다가 - 꾸중만 들었다.

② 붙임표(-) : 이음표라고도 한다.
  ㉠ 부언의 말, 말의 정정 또는 변명, 합성어, 내지 양쪽이 갈음을 나타낼 때 쓴다.
    · 합성어, 접사나 어미 음은 나타낼 때
      예) 밤 - 손님, - (이)ㄹ 걸
    · 외래어, 고유어, 한자어가 결합될 때
      예) 다 - 장조, 염화 - 칼슘

③ 물결표(~)
  ㉠ 부언의 말, 말의 정정 또는 변명, 합성어, 내지 등을 나타낼 때 쓴다.
    · '내지, 라는 뜻으로 쓸 때

예) 10월 1일 ~ 10월 15일

· 어떤 말의 앞이나 뒤에 들어갈 말 대신에

예) 가(家) : 음악~, 미술~

예) 대중 : ~운동, ~가요

④ 같음표(=)

㉠ 부언의 말, 말의 정정 또는 변명, 합성어, 내지, 양쪽이 같음을 나타낼 때 쓴다.

· 양쪽의 말이나 말뜻이 같음을 나타낼 때

예) 한글 = 훈민정음

예) 2 + 5 = 7

〈기타〉 : (-)은 줄표 또는 붙임표라고 한다.

6) 드러냄표

드러냄표에는 ① 드러냄표(˙, ˚) 1가지가 있으며 문장에서 중요하거나 주의해야 할 부분을 특별히 드러나게 보일 때 쓴다.

① 드러냄표(˙, ˚)

㉠ 가로쓰기 또는 세로쓰기에서 드러냄을 나타낼 때 쓴다. 또는 ˚을 가로쓰기에서는 글자 위에 세로쓰기에서는 글자 오른 쪽 나타낼 사용한다.

예) · 한글의 이름은 원래 훈민정음이다.

〈기타〉 : 가로쓰기에서는 밑줄을 치기도 한다.

(_____ , ︵︵)

예) · 다음에서 명사가 아닌 것?

· 다음에서 동사가 아닌 것?

7) 안드러냄표

안드러냄표에는 ① 숨김표(××, ○○) ② 빠짐표(□) ③ 줄임표 (……) 3가지가 있으며 숨김표, 빠짐표, 줄임표를 통틀어 일컫는 말이다.

① 숨김표(××, ○○)

㉠ 공개하기 어려운 단어 또는 글자가 분명치 않거나 말은 줄이고 싶을 때 말이다.
　· 금기어, 비속어 등 공개하기 어렵다고 생각되는 단어의 숫자만큼 표시
　　할 때
　　예) 그 말을 듣는 순간 ×××이라고 소리치고 싶었다.
　· 비밀을 유지하고 싶을 때
　　예) 공군 ○○ 부대명의 작전 참가
〈기타〉: 알면서도 고의로 들어내지 않음을 나타낸다.

② **빠짐표(□)**

㉠ 공개하기 어려운 단어 또는 글자가 분명치 않거나 말은 줄이고 싶을 때 말이다.
　· 서적 비문 등의 글자가 분명치 않을 경우에
　　예) 空手□ 空手去 攻成名遂□□天之道
　　　　(공수래 공수거 공성명수신퇴천지도)
　· 글자가 들어가야 할 자리를 할 자리를 나타낼 때
　　예) 훈민정음의 초성 중에서 아음(牙音)은 □□□의 3자다.
〈기타〉: 글자의 비움 등을 나타낸다.

③ **줄임표(……)**

㉠ 공개하기 어려운 단어 또는 글자가 분명치 않거나 말은 줄이고 싶을 때 쓴다.
　· 할 말을 줄일 때
　　예) ‘사랑하고 싶었는데……’.
　· 말이 없음을 나타낼 때
　　예) “눈물을 글썽이며…….”
　　예) “……”그는 대답이 없었다.

[문장 부호] : 용법 현실화, 「한글 맞춤법」 일부개정안 고시

　1988년 「한글맞춤법」 규정의 부록으로 처음 선을 보였던 〈문장부호〉가 26년 만에 새 옷을 입었다. 문화체육관광부는 2014년 10월 27일 〈문장부호〉 용법을 보완하는 것을 주요 내용으로 하는 「한글 맞춤법」 일부개정안을 고시했다. 시행은 2015년 1월 1일부터다.

새 〈문장 부호〉의 주요 내용은 다음과 같다.

주요 변경 사항	이전 규정	설명
가로쓰기로 통합	세로쓰기용 부호 별도 규정	그동안 세로쓰기용 부호로 규정된 '고리점(。)'과 '모점(、)'은 개정안에서 제외, '낫표(「 」, 『 』)'는 가로쓰기용 부호로 용법을 수정하여 유지.
문장 부호 명칭 정리	'.'는 '온점' ','는 '반점'	부호 '.'와 ','를 각각 '마침표'와 '쉼표'라 하고 기존의 '온점'과 '반점'이라는 용어도 쓸 수 있도록 함.
	〈 〉, ≪ ≫'명칭 및 용법 불분명	부호 '〈 〉, ≪ ≫'를 각각 '홑화살괄호, 겹화살괄호'로 명명하고 각각의 용법 규정.
부호 선택 폭 확대	줄임표는 '……'만	컴퓨터 입력을 고려하여 아래에 여섯 점(......)을 찍거나 세 점(…, ...)만 찍는 것도 가능하도록 함.
	가운뎃점, 낫표, 화살괄호 사용 불편	- 가운뎃점 대신 마침표(.) 쉼표(,)도 쓸 수 있는 경우 확대. - 낫표(「 」, 『 』)나 화살괄호(〈 〉, ≪ ≫) 대신 따옴표(' ', " ")도 쓸 수 있도록 함.
조항 수 증가 (66개→94개)	조항 수 66개	소괄호 관련 조항은 3개에서 6개로, 줄임표 관련 조항은 2개에서 7개로 늘어나는 등 전체적으로 이전 규정에 비해 28개가 늘어남. ※ (조항 수): [붙임], [다만] 조항을 포함함.

● 참고

〈기본 원칙〉

　1) 기존 맞춤법대로 써도 틀리지 않음.

　2) 컴퓨터 자판에서 편하게 칠 수 있게 대폭 편하게 고침.(허용규정 대폭 확대)

　　「국어기본법」 → '국어기본법 '

3 · 1 운동 → 3.1 운동

상 · 중 · 하위권 → 상, 중, 하위권

3월 ~ 4월 → 3월 - 4월

저런…… . → 저런.......

* 줄임표는 가운데 찍어도 되고 아래에 찍어도 되며, 기존의 여섯 점도 되고 세 점도 됨.

<개정내용 및 예>

□ 마침표(.)

· 용언의 명사형이나 명사로 끝나는 문장, 직접 인용한 문장의 끝에는 마침표를 쓰는 것을 원칙으로 하되, 쓰지 않는 것을 허용함.

(예)

목적을 이루기 위하여 몸과 마음을 다하여 애를 씀. (○) / 씀 (○)

신입 사원 모집을 위한 기업 설명회 개최. (○) / 개최 (○)

그는 "지금 바로 떠나자. (○)/떠나자 (○)"라고 말하며 서둘러 짐을 챙겼다.

· 아라비아 숫자만으로 연월일을 표시할 때 마침표를 모두 씀.

'일(日)'을 나타내는 마침표를 반드시 써야 함.

(예)

2014년 10월 27일 - 2014. 10. 27. (○) / 2014. 10. 27 (×)

· 특정한 의미가 있는 날을 표시할 때 월과 일을 나타내는 아라비아 숫자 사이에는 마침표를 쓰거나 가운뎃점을 쓸 수 있음.

(예)

3.1 운동 (○) / 3·1 운동 (○)

· '마침표'가 기본 용어이고, '온점'으로 부를 수도 있음.

□ 가운뎃점(·)

· 짝을 이루는 어구들 사이, 또는 공통 성분을 줄여서 하나의 어구로 묶을 때는 가운뎃점을 쓰거나 쉼표를 쓸 수 있음.

(예)
하천 수질의 조사·분석 (ㅇ) / 하천 수질의 조사, 분석 (ㅇ)
상·중·하위권 (ㅇ) / 상, 중, 하위권 (ㅇ)

· 아래 경우는 가운뎃점을 쓰지 않을 수 있다.
(예)
한(韓)·이(伊) 양국(ㅇ) / 한(韓) 이(伊) 양국(ㅇ)
그 일의 참·거짓을(ㅇ) / 그 일의 참 거짓을(ㅇ)

▢ 낫표(「 」, 『 』)와 화살괄호(〈 〉, ≪ ≫)
· 소제목, 그림이나 노래와 같은 예술 작품의 제목, 상호, 법률, 규정 등을 나타낼 때는 홑낫표나 홑화살괄호를 쓰는 것이 원칙이며 작은따옴표를 대신 쓸 수 있음.
(예)
「한강」은 (ㅇ) /〈한강〉은 (ㅇ)/ ‘한강’은 (ㅇ) 사진집 ≪아름다운 땅≫에 실린 작품이다.

· 책의 제목이나 신문 이름 등을 나타낼 때는 겹낫표나 겹화살괄호를 쓰는 것이 원칙이며 큰따옴표를 대신 쓸 수 있음.
(예)
『훈민정음』은 (ㅇ) / ≪훈민정음≫은 (ㅇ) / “훈민정음”은 (ㅇ) 1997년에 유네스코 세계 기록 유산으로 지정되었다.

▢ 줄표(―)
· 제목 다음에 표시하는 부제의 앞뒤에는 줄표를 쓰되, 뒤에 오는 줄표는 생략할 수 있음.
(예)
‘환경 보호 ― 숲 가꾸기 ―’라는 (ㅇ) / ‘환경 보호 ― 숲 가꾸기’라는 (ㅇ) 제목으로 글짓기를 했다.

▢ 붙임표(-)와 물결표(~)
· 차례대로 이어지는 내용을 하나로 묶어 열거할 때 각 어구 사이, 또는 두 개 이상의 어구가 밀접한 관련이 있음을 나타내고자 할 때는 붙임표를 씀.

(예)

멀리뛰기는 도움닫기-도약-공중 자세-착지의 순서로 이루어진다.

원-달러 환율

· 기간이나 거리 또는 범위를 나타낼 때는 물결표 또는 붙임표를 씀.

(예)

9월 15일~9월 25일 (ㅇ) / 9월 15일-9월 25일 (ㅇ)

□ 줄임표(……)

· 할 말을 줄였을 때, 말이 없음을 나타낼 때, 문장이나 글의 일부를 생략할 때, 머뭇거림을 보일 때에는 줄임표를 씀.

(예)

"어디 나하고 한번……." 하고 민수가 나섰다.

"우리는 모두…… 그러니까…… 예외 없이 눈물만…… 흘렸다."

· 줄임표는 점을 가운데에 찍는 대신 아래쪽에 찍을 수도 있으며, 여섯 점을 찍는 대신 세 점을 찍을 수도 있음.

(예)

"어디 나하고 한번…." 하고 민수가 나섰다.

"어디 나하고 한번.......") 하고 민수가 나섰다.

"어디 나하고 한번...." 하고 민수가 나섰다.

제8강 : 실전문제 및 풀이

● 실전문제 ❶

※ 다음 물음에 답하시오.

【문1】 글이 끝났음을 나타내는 문장 부호는 어느 것인가요? (   )
　　1) 반점　　　2) 온점　　　3) 쌍점　　　4) 큰따옴표

【문2】 말을 주고받을 때에 쓰는 문장 부호는 어느 것인가요? (   )
　　1) 작은따옴표　　2) 줄임표　　3) 반점　　　4) 큰따옴표

【문3】 (,) 의 이름은 무엇인가요? (　　　)

【문4】 문장부호 틀린 것 찾기 (　　)
　　1) 개구리가 나온 것을 보니, 봄이 오긴 왔구나.
　　2) 너는 한국인이냐, 중국인이냐?
　　3) 충북 · 충남 두 도를 합하여 충청도라고 한다.
　　4) 손발(手足)
　　5) 배운 사람 입에서 어찌 ○○○란 말이 나올 수 있느냐?

※ 다음 보기와 같이, ( )안에 알맞은 문장 부호를 넣으세요.

보기	· 나는 길에서 친구를 만났다(.)

　　1) 가을 하늘이 참 푸르구나(　　　)
　　2) 하늘도 푸르고(　　　)바다도 푸르다(　　　)

3) (   )먹을 것 좀 줄까(   )(   )

4) 초원의 동물들처럼 마음껏 뛰어놀았으면(   )

5) "선생님께서 (   )참 잘했어요.(   )라고 칭찬하셨습니다."

6) 저런(   )정말 큰일 날 뻔했구나.

※ 다음 문장 부호가 들어가는 문장을 만들어 보세요.

【문1】(.)
　　답 :＿＿＿＿＿＿＿＿＿＿＿＿＿＿＿＿＿＿＿＿

【문2】(,)
　　답 :＿＿＿＿＿＿＿＿＿＿＿＿＿＿＿＿＿＿＿＿

【문3】('   ')
　　답 : ＿＿＿＿＿＿＿＿＿＿＿＿＿＿＿＿＿＿＿

【문4】("   ")
　　답 :＿＿＿＿＿＿＿＿＿＿＿＿＿＿＿＿＿＿＿＿

※ 다음 밑줄 친 부분을 고치세요.

【문1】그 사나이는 놀음으로 신세를 망쳤다. (   )

【문2】복도 끝으머리에 갖다 두거라. (   )

【문3】간밤에 내린 눈이 마당에 가득히 싸여 있었다. (   )

【문4】책보로 쌓여 있는 책이 상당히 많았다. (   )

【문5】우체국에 가서 편지를 붙여라. (   )

【문6】 이 포스터를 게시판에 부쳐라. (   )

【문7】 나는 달달이 2만원씩 저축했다. (   )

【문8】 당시 우리 가족은 세방살이를 하고 있었다.(   )

【문9】 그날 밤 아래마을로 놀러갔다. (   )

【문10】 널다란 평상에는 할머니들이 모여 정겨운 이야기를 하신다. (   )

※ 다음 문제에 답하세요.

【문1】 다음 중 밑줄 친 말이 맞춤법에 맞는 것을 고르세요. (   )
   1) 요즘은 대학 진학율이 아주 높다.
   2) 실업율이 최악이다.
   3) 배가 고프니 능율이 오르지 않는다.
   4) 10점 만점에 7점을 맞았으면 백분율로 환산해보면 70%다.

【문2】 밑줄 친 부분의 표기가 잘못된 것을 고르세요.(   )
   1) 저 산 너머에는 널따란 호수가 있다.
   2) 종노릇하면서 어깨 넘어로 한글을 깨쳤다.
   3) 이 고개를 넘으면 우리 마을이에요.
   4) 병원에 입원한 지 벌써 한 달이 넘었다.

실전문제 ❶ 의 정답

※ 물음에 답
   1. 2)   2. 4)   3. 반점   4. 4)

※(   ) 안에 알맞은 문장 부호

1) (!) 2) (,)(.) 3) (“)(?)(”) 4) (……). 5) (‘)(’) 6) (,)

※ 문장 부호가 들어가는 문장

  1.(.)

    예 : 나는 우리 가족을 사랑한다.

  3.(‘ ’)

    예 : ‘새가 되어 날아 봤으면.’

  2.(,)

    예 : 어디, 잘했나 좀 볼까?

  4. (“ ”)

    예 : “나랑 친하게 지내자.”, “좋아.”

※ 다음 밑줄 친 부분을 고치세요.

  1. 놀음으로 → (노름으로) 2. 끝으머리 → (끄트머리) 3. 싸여 → (쌓여)

  4. 쌓여 → (싸여) 5. 붙여라 → (부쳐라) 6. 부쳐라 → (붙여라)

  7. 달달이 → (다달이) 8. 셋방살이 → (셋방살이) 9. 아랫마을 → (아랫마을)

  10. 널다란 → (널따란)

※ 문제에 답

  1. 4)   2. 2)

● 실전문제 ❷

〈□□대학교 사범대학 (   )년도 (   )학기 논리·논술 중간고사〉

학번: 학과: 성별: 이름:

■ 자신의 교직관을 밝히고 바람직한 학생교육 방향에 대한 견해를 기술하시오.

(분량 1,500자 / ±100자)

※ 답안 작성 시 유의사항
1. 필기구는 반드시 흑색 또는 청색 펜을 사용할 것. (연필은 불가)
2. 답안의 글자 수는 띄어쓰기를 포함함.
3. 규정된 자수에서 100자를 초과하거나 100자 이상 부족할 시 감점함.

원고지 : 별지 제공

제 9 강

/

핵심 논리 논술

제9강   핵심 논리 논술

▣ 창조적 글쓰기 ▣

글쓰기에서 가장 중요한 것은 창의성과, 조직성, 합리성이다. 따라서 이 세 가지 요소를 염두에 두면서 글쓰기를 하는 습관을 기르도록 하자.

1. 글쓰기에는 특별한 형태와 방식이 없다

글에는 여러 종류가 있고 쓰기에도 여러 방식이 있습니다. 그러나 그 모든 것은 효과적인 표현과 전달을 위한 방법론의 차이일 뿐 특별하게 정해진 것은 없다. 말하자면, 글쓰기에는 특별한 형태나 방식이 없는 것이다.

2. 글쓰기를 위한 다독(多讀)과 다사(多思)와 다작(多作, 多書)

글을 잘 짓는 방법으로 중국 북송 대문장가 구양수(歐陽修)는 삼다법(三多法)을 주장했다.
첫째, 간다(看多) : 남의 글을 많이 읽어라 - 多讀
둘째, 주다(酒多) : 글을 많이 지어봐라 - 多作, 多書
셋째, 상량다(想量多) : 많이 생각하라 - 多思

글쓰기를 위해선 우선 많이 읽어야 한다. 아는 게 많아야 지식인이 되고 쓸 게 생기는 것이다. 그리고 많이 생각해야 한다. 아무리 아는 게 많더라도 그것이 잡다한 지식에 그쳐서는 곤란하다. 그 지식이 바른 생각으로 정리되어야 하는 것이다. 지식에 사상이 담길 때 우리는 그것을 지성이라고 한다. 그러나 그 지성이 머릿속에만 들어 있다면 아무런 소용이 없다. 그것은 반드시 글로 표현되어야 한다. 그래서 글쓰기는 다독과 다사와 다작의 과정을 거치는 것이다. 결국 다독과 다사와 다작은 글쓰기를 위한 전제조건일 뿐만 아니라 훌륭한 인간이 되는 길이다. 이 말은 글쓰기를 잘하는 사람은 훌륭한 인간이라는 말과 같다.

따라서, 지성인은 글을 잘 쓰는 사람이라고 할 수 있으며 지성인이 되기 위해서는 글 쓰는 노력을 해야 한다.

3. 일단 쓰자

글은 두 가지 경우에 쓰게 된다. 즉, 청탁을 받거나 과제를 제출하기 위해 쓰는 경우와 스스로 쓰고 싶어 쓰는 경우가 그것이다. 그러나 여기선 스스로 쓰는 경우에 대해서만 말하겠다.

스스로 글을 쓴다는 것은 삶에 대해서 혹은 인생에 대해서 뭔가 말하고 싶어졌기 때문이다. 그럴 땐 이미 소재를 포함한 주제의 모양이 어느 정도 형성이 되어 있는 것이다. 즉, 말하고자 하는 바가 웬만큼 방향을 잡고 있다는 뜻이다. 왜냐하면 주제는 소재를 해석한 통일된 힘이며 그 의미이기 때문이다.

글을 쓸 땐 '뭘 쓰지?'와 '어떻게 쓰지?'라는 문제에 봉착하게 된다. '뭘 쓰지?'는 소재와 주제에 관한 문제이다. 그리고 '어떻게 쓰지?'는 그 주제를 형상화하기 위해 어떤 방식으로 글을 쓸 것인가 하는 방법론의 문제이다.

그러나 보다 중요한 것은 뭘 쓰든 어떻게 쓰든 일단 글쓰기를 시작해야 한다. 그리고 자주 글쓰기를 해야한다. 우리는 글쓰기가 훌륭한 인간이 되는 지름길이라는 것을 알고 있다. '무엇을 쓰기' 위해서는 삶을 부단히 관찰해야 한다. 그것을 주제화하기 위해선 관찰한 삶을 해석해야 한다. 삶을 관찰하고 해석하는 일은 숭고한 일이거니와 글쓰기의 핵심이다. '어떻게 쓸 것인가?'는 '시작이 반이다'란 말과 같다. 그것은 글을 쓰려고 했을 때 이미 절반은 해답을 얻은 거나 다름없기 때문이다. '노래방 효과'란 말이 있다. 물론 이 말은 시중에만 회자되는 말이 아니다.

우리나라 사람들의 노래 실력은 최근 1,20년 사이에 엄청나게 좋아졌다. 웬만한 사람치고 노래 못 부르는 사람이 없다. 그것은 노래방 덕분이다. 전엔 공개된 장소에서 마이

크를 대면 노래를 못 부른다면서 사양하는 사람들이 많다. 그러나, 노래방에 자주 노래를 부르다 보니 자기도 모르게 노래 실력이 향상되었고 또, 마이크를 잡는 일에도 주저하지 않게 되었기 때문이다.

글쓰기도 그렇다. 처음엔 막연하고 어렵지만 자꾸 써 보는 가운데 실력이 늘게 된다. 그러므로 일단 써 보는 것이다. 횟수가 거듭될수록 글 솜씨가 놀라울 정도로 달라질 것이다.

4. 설명이냐? 논증(논술)이냐? 서술이냐?

1) 설명적 글쓰기
어떤 사물이나 사실을 상대방에게 이해시킬 목적으로 알기 쉽게 풀이하거나 자세히 해명하는 방식의 글쓰기

2) 논증적 글쓰기
어떤 사실이나 사물에 대한 자기주장이나 의견을 제시하고 이를 합리적으로 뒷받침하여 자신의 주장에 대한 정당성을 입증하고 동조하도록 설득하는 방식의 글쓰기

3) 서술적 글쓰기
자신이 표현하거나 전달하려는 내용을 어떤 종류의 글로 표현할 것인가를 정하고 사실 그대로 전개하는 방식의 글쓰기

5. 글의 구성

1) 3단 구성, 4단 구성, 5단 구성
3단 구성은 논설문이나 논문 등을 말한다. 모든 글이 다 '도입부, 전개부, 결말부'를 갖추고 있어 결국 우리가 쓰는 모든 글에 적용되는 형식이다. 물론 이 형식과 순서가 글대로 지켜지는 것은 아니다.

구성별	형식			비고
3단 구성	서론	- 본론	- 결론	
4단 구성	기	- 승 - 전	- 결	
5단 구성	발단	- 전개 - 위기 - 절정	- 결말	

2) 글의 구성 방식

글을 구성하는 방식에는 3단 구성, 4단 구성, 5단 구성 외에 다음과 같은 방법도 있다.

1. 두괄식 ↔ ■□□
· 중심 문장이 글의 처음에 있는 것

2. 미괄식 ↔ □□■
· 중심 문장이 글의 끝에 있는 것

3. 중괄식 ↔ □■□
· 중심 문장이 글의 중간에 있는 것

4. 양괄식 ↔ ■□■
· 중심 문장이 글의 처음과 끝에 있는 것

5. 병렬식 ↔ ■■■
· 여러 개의 중심 문장들이 대등하게 나열해 있는 것

3) 연역법과 귀납법

연역법과 귀납법은 글을 구성하는 데 있어 결론을 도출하기 위한 하나의 방법으로 쓰인다.

(1) 연역법

일반적인 원리를 바탕으로 개별적이거나 특수한 사실, 원리를 이끌어내는 논증 방식.
예1)
· 대전제 : 모든 사람은 죽는다.
· 소전제 : 공주는 사람이다.
· 결 론 : 고로 공주는 죽는다.

(2) **귀납법**
  · 특수한 사실이나 개별적인 현상들을 모아 일반적인 원리를 추출해 내는 논증 방식.
  · 전제 1 : 곤충, 짐승, 새, 물고기 등은 다 죽는다.
  · 전제 2 : 곤충, 짐승, 새, 물고기 등은 다 생물이다.
  · 결 론 : 모든 생물은 다 죽는다.

6. 글쓰기에서 유념해야 할 몇 가지 사항들

1) 자신만의 문체를 가질 것

글쓰기에서 문체란 가수에 있어서의 음색과 창법이나 화가의 터치나 색감의 사용과 같은 것이다. 글쓰기의 문체는 글쓴이 고유의 서술방식이다. 같은 내용을 서술할지라도 글을 쓰는 사람마다 표현하는 방식 즉, 서술방식까지 같지는 않다 글쓴이마다 다른 서술방식으로 이루어진 글을 문체라고 한다. 문체는 글의 주인이 누구인가를 말해 준다. 그러므로 자기만의 문체를 확립할 필요가 있다. 우리가 최종 목표로 삼는 개성적인 글쓰기도 바로 문체를 확립하는 데서 시작된다.

2) 묘사에 지나치게 신경 쓰지 말 것

우리는 글을 쓰면서 묘사에 대한 강박관념을 갖는다. 즉, 묘사를 해야 문장이 멋있지 않을까 생각하는 것이다. 물론 우리가 옷을 차려 입으면서 장신구를 부착하는 것처럼 글도 수식어를 사용해서 꾸며야 아름다운 것이 사실이다. 장신구는 보조적인 것인 것처럼 묘사도 마찬가지다. 그러므로 글쓰기에서 중요한 것은 내용을 충실히 전달하는 것이기 때문에 묘사는 부차적인 작업에 지나지 않는다. 따라서 묘사에 있어 다음과 같은 점을 유의하자

(1) 부적당한 묘사를 하지 말 것

부적당한 묘사란 사실과 다른 묘사를 하는 경우다. 부적당한 묘사를 하게 되는 것은 묘사를 하지 않으면 안 된다는 강박관념 때문이다.
  예)
  a) 비 오는 달밤에 / 나무 없는 그림자에 / 둘이서 홀로 앉아 / 말없이 속삭였다.

  b) 제트기가 / 프로펠러 소리를 / 요란하게 내면서 / 남쪽으로 날아갔다.

  위의 예문 (a)에서 비 오는 날엔 달이 뜨지 않으며 나무가 없으면 당연히 그림자도 없다. 그리고 두 사람이면 '둘이 앉아'가 맞고 말이 없었다면 침묵이다. 그리고 (b)의 제트기는 프로펠러가 없다. 말하자면 논리성이나 사실성을 무시하면 안 된다는 것이다.

(2) 상투적인 묘사를 하지 말 것

  상투적인 묘사란 그 묘사가 이미 정형화되어서 더 이상 묘사로서의 신선함이 없어진 경우를 말한다. 이럴 경우 다시 새롭고 참신한 묘사를 찾거나 아니면 아예 묘사를 안하는 편이 좋다.

  예)

  a) 앵두 같은 입술 (입술이라고 모두 앵두 같지는 않음. 거머리 입과 같은 입술도 있음)

  b) 별빛 같은 눈동자 (눈동자라고 모두 별빛 같지는 않음. 독사 같은 눈동자 있음)

  c) 보름달처럼 환한 미소 (달맞이꽃처럼 조용한 미소도 있음)

  d) 복사꽃 같은 뺨 (물미역처럼 푸른 뺨도 있음)

  e) 신선한 충격 (충격이면 무조건 신선한가? 신선한 게 얼마나 된다고?)

  f) 비단결 같은 머리카락 (고무줄, 새끼줄 같은 머리카락)

(3) 과장된 묘사를 하지 말 것

  a) 알랭드롱 만큼 잘 생긴 아이들이 우리 반엔 많다. (알랭드롱 만큼? 거짓말!)

  b) 반엔 놈현스러운 녀석들이 많다.(그럼 큰일이게?) '놈현스럽다'는 기대를 저버리고 실망을 주는 데가 있다는 뜻.

  c) 걔가 백배는 더 낫다. (너무 과장된 표현)

3) 쓸 내용에 대해 잘 알고 있을 것

  아는 것을 모두 글로 옮길 수는 없다. 쓸 것보다 더 많이 알아야 좋은 글을 쓸 수 있다. 그러므로 글을 쓸 때는 그 내용과 직결되는 것은 물론 연관되는 지식도 폭넓게 습득해야 한다. 유비무환이다.

4) 굳이 긴 문장의 글을 쓰지는 말 것

  복잡하고 어려운 내용의 글을 쓰다 보면 문장이 길어질 수밖에 없다. 문장이 길면 단문보다 멋있고 그럴 듯하게 보이는 것이 사실이다. 그러나 긴 문장은 자칫 틀리는 문장이 될 위험성이 있다. 멋있는 것보다 틀리지 않는 게 문장에선 중요하다. 긴 문장을 잘 쓸 자신이 없다면 가급적 짧은 문장으로 쓰는 것이 효과적이다. 짧은 문장 역시 잘 쓴다는 것은 쉬운 일이 아니다. 그러므로 짧은 문장을 정확하게 쓰는 것부터 연습해야 한다.

5) 중복되는 단어나 표현 혹은 내용은 가급적 피할 것

(1) 한 문장에서 같은 단어는 될 수 있으면 쓰지 말자.

한 문장 안에서 같은 단어를 중복해서 쓴다는 것은 어휘력이 빈곤하게 보일 뿐이며 모양새도 좋지 않다.

(2) 같은 표현도 될 수 있는 한 삼가자.

표현도 마찬가지다. 이를테면 '부챗살 같은 아침 햇살'은 신선한 표현이지만 방금 쓰고 또 쓰면 신선도가 떨어진다. 그러므로 다양한 표현법을 기르는 게 좋다.

(3) 중언부언 하지 말자.

세상에 제일 매력 없는 사람 중의 하나가 했던 얘기 또 하는 사람이다. 글도 마찬가지다. 앞에서 한 얘기를 뒤에서 또 하면 듣는 사람은 짜증이 나는 것과 같은 이치다.

글속에서 중언부언 하는 것은 일차적으로 글에 대한 전반적인 구상이 없었기 때문이다. 뿐만 아니라 어떤 주제를 가지고 어떻게 결말지어야겠다는 구체적인 계획이 없어 보인다.

6) 너무 어렵게 쓰지 말 것

(1) 쉽게 표현하고 쉽게 전달하도록 노력하자.

어려운 말을 하거나 어렵게 글을 쓰는 사람은 대체로 두 부류가 있다.

첫째, 어렵게 말을 해야 자신의 무식함이 드러나지 않거나 자신을 유식한 사람으로 인정해 줄 거라고 오해하는 열등감이 있는 사람이다.

둘째, 사물이나 사안에 대해 잘 알지 못하기 때문에 쉽게 설명할 수 없는 무식한 사람이다. 사물이나 사안의 핵심을 잘 파악하고 있어야 쉽게 설명할 수 있다.

따라서, 좋은 글을 쓰려면 사물이나 사안에 대해 분명하게 알고 쉽게 표현하고 전달하려는 노력을 한때 가능하다.

(2) 한자어와 영어도 가급적 피하자.

우리는 주변에는 지나친 한문 투, 번역 투의 말을 하거나 한자어와 영어를 섞어 쓰는 사람을 만나는데 그런 말이나 글은 바람직하지 못하다.

예)

· '결재를 득하고' → '결재를 얻어서' 혹은 '결재를 맡아서'
· '~ 은 아무리 강조해도 지나치지 않다' → '매우 중요하다'

그 외에도 말끝마다 '앱설루트(absollute)!' '엑셀란트해' '샤프하게' '쿨하게' '디테일하게' 따위의 말을 쓰는 사람도 있다. 그런 말을 써서 문장을 만들면 그 문장은 불을 보듯 뻔하다. 쉽게 쓰자. 쉽게 쓰면서 아름다운 우리말로 문장을 만드는 습관을 기르자.

(3) 부득이한 외국어 표기는 잘 알고 쓰자.

인명이나 지명처럼 외국어로 쓸 수밖에 없는 단어는 그 표기법을 알고 써야 한다.

제9강 : 실전문제 및 풀이

● 실전문제 ❶

【문제】 다음 제시문의 요지(要旨)를 200자 이내로 쓰고, 글쓴이의 주장에 대한 자신의 생각을 제목을 붙여 2,800자 정도(띄어쓰기 포함 ±200자 허용)로 논술하시오.

※ 답안을 작성할 때 지켜야 할 사항
1. 답안은 연필, 볼펜 등 혹 청색 필기구로 작성할 것.
2. 자신의 신원을 드러내는 표현을 쓰지 말 것.
3. 한 편의 완결된 글로 쓸 것.
4. 어문 규정과 원고지 작성법에 따를 것.

제시문

많은 사람들은 아직도 개인주의를 이기주의와 동일시하고, 이타주의는 집단주의와 동일시하는데, 이것은 낭만주의적 관념의 영향이다. 그러나 이런 생각은 인간이 타인들과의 관계 속에서 자신의 고유한 중요성을 어떻게 잘 드러낼 수 있을 것인가 하는 주요한 문제를 명확하게 인식하는 데에 방해가 된다. 우리는 흔히 우리 자신을 넘어선 어떤 것, 우리가 헌신할 수 있는 어떤 것, 우리가 그것을 위해 희생해도 될 어떤 목적을 지향해야만 한다고 여기는 것을 당연하게 받아들인다. 따라서 그와 같은 어떤 것은 바로 '역사적 사명'을 가지고 임해야 할 집단적인 것임에 틀림없다고 결론을 내린다. 그렇기 때문에 우리는 희생이라는 말을 듣게 되며, 동시에 그렇게 하면 훌륭한 거래를 한 것이라고 확신한다. 희생을 한다 하더라도 그 결과 명예와 명성을 얻게 된다는 말을 우리는 자주 듣는다. 우리는 역사의 무대에 등장하는 영웅, 곧 역사의 '주역(主役)'이 될 것이요, 작은 위험을 무릅쓴 대가로 큰 보상을 얻게 된다는 것이다.

이것은 극소수 사람들만의 가치가 인정되고 평범한 사람들은 버림받은 시대의 미심쩍은 도덕률이요, 역사 교과서에 한 자리 차지할 기회를 가진 정치적 귀족이나 지적 귀족들의 도덕률이라 하지 않을 수 없다. 그것은 도저히 정의와 평등주의를 찬성하는 사람들의 도덕률일 수가 없다. 역사적 명성이란 정의로운 것일 수 없는 것이요, 극소수의 사람들만이 획득할 수 있는 것이기 때문이다. 그들 못지않게 존귀한 무수한 사람들은 언제나 잊히게 될 것이다.

한층 고차적인 보상은 후대만이 줄 수 있다는 윤리적 교설이 눈앞의 보상을 찾으라고 가르치는 교설보다 아마 어떤 면에서 조금 우월하리라는 것은 인정해야 마땅할지도 모른다. 그러나 그 교설은 지금 우리에게 요구되는 것은 아니다. 우리에게는 성공과 보상을 거부하는 윤리가 필요하다. 그리고 이런 윤리는 굳이 창안해 낼 필요도 없다. 그것은 새로운 것이 아니고, 이미 기독교가 가르쳤던 것이다. 적어도 초창기 기독교는 그러했다. 그것은 다시 우리 시대에 와서 산업에서의 협업뿐만 아니라 학문 활동에서의 협업이 가르치는 바이기도 하다. 다행스럽게도 낭만적인 역사주의적 명성의 도덕률은 이제 쇠퇴의 길에 접어든 것으로 보인다. 무명용사가 그것을 보여준다. 희생은 익명으로 이루어졌을 때 더 소중할 수 있다는 것을 우리는 깨닫기 시작했다. 우리의 윤리 교육도 이 길을 따라야만 한다.

우리는 자기의 일을 행하도록 배워야만 하고, 우리가 자신을 희생할 때는 그 일 자체를 위해서이지 칭찬을 받거나 비난을 면하기 위해서는 아니라는 것을 배워야만 한다. 우리의 정당성은 우리의 일에서, 말하자면 우리가 하고 있는 일 자체에서 찾아야 마땅하며, 허구적인 '역사의 의미'에서 찾으려 해서는 안 된다.

▶▶▶ 고등학교 대상 수상작 : ○○○ (□□고등학교)

[요지]
개인을 희생하고 집단을 위하면 명예를 얻을 수 있다는 윤리 의식은 위험하다. 오직 극소수의 사람들만이 약속 받은 것을 획득할 수 있기 때문이다. 그러므로 개인은 자신의 행위의 정당성을 그것 자체에서 찾아야 한다. 자기희생 또한 자기 스스로 그 일에 정당성을 부여했을 때 더 큰 의미가 있는 것이다.

[제목]

개인의 중요성을 인식하자.

[논술문]

　제시문에서 잘 지적했듯이 많은 사람들이 개인주의를 이기주의와 동일시하고, 이타주의를 집단주의와 동일시한다. 여기에는 집단주의가 이기주의보다 우월한 것이라는 가치판단이 은연중에 깔려 있다. 대부분의 사람들은 개인주의보다 이타주의가 더 바람직하다고 생각하기 때문이다. 따라서 보통의 집단주의자들은 자신의 사상에 반하는 행동을 하는 사람들을 이기주의자라고 매도함으로써 큰 효과를 볼 수 있다. 유감스럽게도 우리나라는 이러한 '매도'가 잘 통하는 사회이다. 민족주의, 국가주의, 지역주의, 가문 중심주의 등의 수많은 집단적 이데올로기에 대한 비판적 접근이 제대로 이루어지지 않고 있다. 때문에 개인의 이성을 무력화시키는 집단의 폐해가 다른 어느 곳보다 크다. 이러한 집단의 횡포는 제시문이 비판했던 '윤리적 교설'에 그 뿌리를 두고 있다. '역사의 의미'라는 명예를 내거는 것과는 조금 다르지만 다른 집단들도 모두 보상으로서의 명예를 약속하거나 집단의 이익이 개인의 이익이라고 주장한다. 이 '보상'이 개인에겐 아무 의미도 없는 것이고 개인의 일의 정당성을 일 자체에서 찾아야 한다는 주장은 그러한 집단들의 주장의 당위성을 정면으로 부정하는 것이다.

　그러나 제시문의 논증은 그 자체로는 어느 정도 무리가 있다. '한층 고차원적인 보상'이 대다수의 개인에겐 별 의미가 없다는 주장은 자신의 입장에서 그들의 주장을 평가한 것이다. 역사상의 명예를 중요시 여기는 쪽에서는 자신 역시 그것을 획득했다고 판단할 것이기 때문이다. 반드시 역사에 이름이 남는 사람들만이 그 '명예'를 획득했다고 볼 수 있는 지도 의심스럽다. 명예와 명성은 집단의 일부분으로서 획득할 수도 있는 것이기 때문이다. 실지로 전체주의자들이 국민을 동원할 때에 그 국민들이 자기 개개인의 명예와 명성이 후세에 남을 수 있을 거라고 믿기는 어려웠을 것이다. 오히려 그들은 집단의 역사적 의미에 주목했고 거기에서 스스로도 희열을 맛보았던 것이다. '게르만 민족의 영광'을 위해 자신을 희생했던 나치 치하의 독일 국민, '천황 폐하의 신민'으로서의 명예를 위해 전면적인 충성을 바쳤던 일본 국민의 경우를 보라. 제시문의 논증은 실제로 그들을 설득하는 데에는 별 효과를 발휘하지 못할 것이다. '이런 생각은 인간이 타인들과의 관계 속에서 자신의 고유한 중요성을 어떻게 잘 드러낼 수 있을 것인가 하는 주요한 문제를 명확하게 인식하는 데에 방해가 된다.'는 주장도 이와 마찬가지 경우다. 인간 개인의 고유한 중요성을 드러내는 일은 개인의 존엄성을 중요하게 여기는 이들에겐 중요할지 몰라도 개인이 스스로를 헌신해서라도 집단의 목적을 지향해야 한다고 믿는 사람들에게는 그리 중요한 일이 아닐 수 있다. 근본적인 생각의 차이를 고려하지 않는 논증은 설득력을 가지기 힘들다고 볼 수 있다.

오히려 제시문의 주장을 뒷받침하기 위해서는 '역사적 사명', '역사의 의미' 등의 전체주의적인 어휘에 맞서 적극적으로 개인의 중요성을 논해야 했다고 본다. 개인이 보다 큰 집단 혹은 보편적인 가치에 맹종해야 한다는 사상에 맞서 개인이 그러한 것들 보다 더 중요한 위치에 있음을 밝혔어야 했다. 집단을 중시하는 사람들은 흔히 '인간은 혼자서는 살 수 없다.'고 말한다. 그것은 물론 옳은 말이다. 그러나 그것이 개인을 집단 아래에 두어야 한다는 주장의 근거는 될 수 없다. 집단은 '혼자서 살 수 없는' 인간이 스스로의 생존을 위해 만든 것이다. 그 집단은 유일무이할 필요도 없고 그렇게 되려고 노력해서도 안 된다. 개인은 분명 집단을 이루지 않고는 살 수 없지만 하나의 집단을 떠날 수 있는 능력과 권리를 가지고 있다. 다른 집단에 소속되거나 스스로 또 다른 집단을 만들어 살아나갈 수 있는 것이다. 역사 또한 마찬가지이다. 애초에 역사의 흐름이라는 것이 정해져 있는 것이 아니다. 단지 무수한 개인의 욕구가 비슷한 방향으로 작용하여 대체적인 경향을 보여 주고 있을 뿐이다. 그러한 역사에서 사명을 찾거나 의미를 느낀다 해도 그것이 집단적이어야 할 이유는 전혀 없다. 각각의 개인이 지향하는 역사의 방향도 분명 다를 수 있기 때문이다. 이런 식으로 모든 집단이나 가치가 개인에서 출발한 것임을 밝힌다면 개인이 중시되어야 한다는 주장은 설득력을 가질 수 있다.

이를 바탕으로, 우리는 제시문에서 전개된 상황에 대해 보다 잘 이해할 수 있을 것이다. 이타주의자의 자기희생과 집단주의자의 그것은 뚜렷이 구별된다. 전자는 판단의 주체요, 후자는 판단의 객체다. 개인이 스스로 결정한 것이 아니라는 점에서 집단이 강요하는 자기희생은 집단이 개인에게 가하는 폭력이라고 할 수 있다. 개인을 중시하며 사는 개인주의와 자신의 이익을 희생해서라도 타인을 위하려는 이타주의는 개인이 주체적으로 선택한 삶의 방식이라는 점에서 동일하고 그에 대해 옳고 그름을 따질 수 없다. 제시문이 개인주의, 이타주의를 집단주의와 구별 지어야 한다고 판단한 이유는 이처럼 개인에 대한 관념의 차이이다. 개인의 중요성을 인식할 때 우리는 제시문이 상정한 그릇된 상황

- 허구적인 '역사의 의미'에서 집단적으로 자신의 행위의 의미를 찾는 - 상황에서 벗어날 수 있는 것이다.

국적이 같은 스포츠 선수의 선전에 열광하고 지역민이 당한 수모를 자신이 당한 것으로 여기는 것에서도 알 수 있듯이 인간의 자아는 흔히 자신을 확대시켜 집단에 투영하고자 한다. 그것이 적절한 수준에서 끝나지 않으면 스스로의 자율성과 존엄성을 해치게 되는 것이다. 개인의 중요성을 인식하는 것은 우리가 그러한 인식론적 오류에서 벗어나 보다 자신을 위한 삶을 살아가는 데 큰 도움을 줄 수 있다. 그리고 건전하고 이성적인 집단은 바로 이 개인에서 나온다. 개인이 집단의 일부가 아니라, 집단이 확장된 개인인 것이다.

▶▶▶ 심사평

논란 끝에 ○○○군의 글이 대상 수상작으로 결정되었다. 이 수상작은 거친 글이다. 다른 대상 후보작들과 비교할 때, 현란한 비유법도 없고 수사학적 재능이 과시된 곳도 없다. 몇몇 글들처럼 아름답고 깔끔한 문장을 자랑하는 것도 아니며 다양한 독서 체험을 반영하고 있는 것도 아니다. 제시문의 요약도 썩 훌륭한 것은 아니다. 그럼에도 불구하고 이 글이 높은 평가를 받은 것은 강인한 사고력을 보여주고 있기 때문이다. 심사 위원들은 제시문의 주장에 맞서 자신의 논지를 힘차게 펼쳐가는 후보자의 용기를, 그리고 그 용기를 뒷받침하는 논리적 분석 능력을 높이 샀다.

물론 제시문의 주장에 반대 논증을 펼치는 과정에서 결함이 엿보이는 대목이 아주 없는 것은 아니다. 심사 위원들은 특히 두 번째 문단의 전반부에서 그런 미약함을 지적하였다. 그러나 그 이후의 논의가 이 부분의 미약함을 보완하고 있고, 전반적으로 다른 후보작에서 볼 수 없는 개성의 추구에 비추어볼 때, 그런 부분적 결함은 크게 문제 삼을 필요는 없을 것이다. 모름지기 글이란 성공과 실패의 경계선을 아슬아슬하게 지날 때 감동적이다. 모험을 무릅쓰지 않는 글에서 신선한 인상을 받기 어렵다. 개성을 발휘하는 자유는 평균적인 사고와 정형화된 형식을 깨뜨리는 용기 없이 기대할 수 없다. 수상자는 제시문에 밀착하여 평소의 확고한 신념을 자신 있게 피력하고 있고, 적절한 근거를 통하여 그 신념을 논증의 형식 안에 담아내고 있다. 무엇보다 그 젊은이다운 패기에 찬사를 보낸다.

논술 시험이 자리를 잡아 갈수록 수험생들의 답안자가 점점 더 유형화되고 판에 박힌 형식으로 흐르는 경향을 보여주고 있다. 독창을 개진하기는커녕 감점의 위험을 최소화하는 방어적 태도가 일반화되고 있는 것도 사실이다. 글쓰기 교육이 점수 획득 요령을 가르치는 데 급급한 것이 아닌가 하는 개탄스러운 생각이 들 지경이다. 이번의 대상 수상작 결정이 글쓰기 교육의 본래 취지를 되살리는 조그만 계기가 되기를 희망해 본다.

▶▶▶ 문제 해설

· 문제의 구성 ·

이번 시험 문제는 1) 제시문의 요지 쓰기와 2) 자기 글의 제목 달기 그리고 3) 논술 본문 쓰기, 이렇게 3부분으로 구성되어 있다.

요지 쓰기는 남의 글을 올바르게 읽고 이해하여 그 핵심 내용을 논리적으로 정리하는 것이다. 올바른 요지 파악은 토론에서 논점을 잃지 않도록 해 주는 것으로, 이를 잘한다는 것은 남의 글을 논리적으로 분석하고 종합하는, 이른바 논리적 사고 능력이 뛰어나다는 것을 말한다.

제목은 글 전체의 얼굴과 같다. 그러므로 제목은 글 전체의 핵심 내용을 첫눈에 짐작케 해 줄 수 있어야 하며, 되도록 간결하고 이해하기 쉬워야 한다. 그러니까 자기 글의 제목을 적절히 붙일 수 있다는 것을 자기 생각을 요령 있게 전달할 능력이 있다는 것을 뜻한다. 본문 쓰기는 〈논술〉 시험의 본령으로서 글쓴이의 종합적인 사고 능력과 표현 능력이 이를 통해 드러난다.

· 제시문 출전 ·

제시문은 오스트리아 출신으로 주로 영국과 미국에서 활동한 과학 철학자이자 사회철학자인 포퍼(K.R. Popper, 1902-1994)의 '열린사회와 그 적들'의 한 대목을 우리말로 옮기고 몇 문장을 바꾼 것이다.

· 제시문 요지 ·

　읽는 이의 시각에 따라서 요지는 여러 가지로 파악되겠으나, 적어도 다음 네 가지로 정리될 수 있을 것이다.

[예시 1]

　흔히 개인주의는 이기주의로, 이타주의는 집단주의로 오해되어 왔다. 이 같은 오해로 인해 지난 날 이타주의의 미명 아래 개인을 희생, 역사적 사명에 투신하라는 집단주의 윤리가 강요되었고, 개성 발양을 위한 개인주의는 이기주의로 격하 비판되었다. 새로운 시대에는 소수 정치적 귀족을 위한 집단주의적 윤리가 지양되고, 개개인의 삶이 사회의 중추를 이루는 개인주의적 도덕률이 선양되어야 한다.

[예시 2]

　개인주의와 이기주의, 이타주의와 집단주의는 명확히 구별되어야 한다. 집단적인 목적을 위해 개개인의 일을 희생하도록 요구하는 집단주의적 윤리는 정의와 평등을 지향하는 사회의 도덕률이 될 수 없다. 개개인의 행위의 보상을 '역사적 의미'에서 찾는 것이 아니라, 개개인의 일 자체에서 찾는 개인주의적 윤리가 새 시대에는 확립되어야 한다.

[예시 3]

　이타주의의 이름 아래 집단주의적 사고가 은연중에 강요될 수 있다. '역사적 사명'을 논하는 것도, 후대에 올 어떤 보상을 위해 희생하라는 윤리도 극소수 엘리트의 도덕률이 횡행하던 시대의 유물이다. 이것은 평등주의와 정의에 배치된다. 새 시대에 필요한 것은 자기 행위에 대한 어떤 보상을 바라서가 아니라 진정으로 자신의 가치를 드러내는 일이기에 이를 추구하는 개인주의 윤리다.

[예시 4]

　과거는 '역사적 사명'이란 미명 아래 평범한 사람들을 오도하여 그들의 희생을 강요하던 귀족들의 도덕률이 지배했다. 그러나 이것은 집단주의적인 것이요, 정의와 평등주의에 어긋나는 것이다. 우리는 초기 기독교와 현대의 협업 체제에서 보는 바와 같이, 개개인이 자기 자신을 위해서 살면서도 그것이 사회 전체에 기여하게 되는 그런 삶을 영위해야 한다. 이것이 진정한 의미의 개인주의다.

▶▶▶ 평가 및 채점 원칙

1) 지시 사항을 준수하고 있는가?
    (1) 답안의 길이
     (허용 분량 2,600~3,000자 기준 한도 초과 또는 미달의 경우 감점. 1,300자 미만 0점)
    (2) 원고지 작성법 (어긴 경우 감점)
    (3) 맞춤법 (틀린 경우 감점)
    (4) 어휘와 문장 (어법에 어긋난 경우 감점)
    (5) 필기구 (지정되지 않은 것을 사용한 경우 감점 또는 0점)
    (6) 신원 (노출시킨 경우 0점)

2) 문제의 3구성 요소에 적절하게 답하고 있으며, 답안 구성요소 간의 연결이 적절한가?
    (1) 요소별 분리 채점
    (2) 요소 간 연결이 부적절한 경우 감점 (특히 제목과 본문 사이의 연관성 주목)

3) (본문 쓰기에서) 논제 설정은 올바르고, 논거는 적절한가?
    (1) 본문의 논제가 제시문의 요지와 상관이 있는가? (논점 일탈의 경우 0점)
    (2) 논거는 적합한가? (부적합하거나 중첩될 경우 감점)

4) 글의 짜임새가 논리적이고, 표현은 적절한가?
    (1) 문단을 제대로 구분하고 있는가?
    (2) 서두의 시작과 결말의 매듭이 제대로 이루어지고 있는가?
    (3) 본론에서 얼마나 구체적인 논의가 이루어지고 있는가?
    (4) 문장의 표현이 자연스럽고 적절한가?

▶▶▶ 총평

대부분의 학생들이 지문의 복선적이고 입체적인 논변구조를 단지 '개인주의와 집단주의의 대비' 문제로 단순화하여 틀에 박힌 진부한 논의를 전개하고 있어 채점자들은 안타까운 심정을 금할 수 없었다. 또한 서론의 주장과 결론 단락을 이어주는 전체적 문맥 속에서 본론 단락들을 이해하기보다는 본론 단락의 일부를 전체 글의 논지인양 다소 빗나간 대답을 하는 글들이 다수 눈에 띄었다. 예를 들어서 전체 논지를 동기론과 결과론의 대비로 본다든지 그릇된 희생과 진정한 희생의 대비 등으로 이해하는 등이 그것이다.

이는 마치 목적지가 서울의 관악구에 있는 서울대학교 인문대학인데 일부 학생은 아예 서울을 찾지 못하거나 또는 서울에 진입을 했는데도 강북의 종로나 을지로를 맴도는 등 정곡을 찌르지 못하는 경우와 같다. 이런 점에서 논문의 요지 파악에 실패한 학생이 의외로 많다는 것은 놀라운 일이다. 요지의 파악이 제대로 이루어져야, 학생이 쓰게 될 논술문이 올바른 문맥 속에 놓이게 되고 논술문의 핵심개념을 통해 그에 합당한 제목이 설정될 수 있을 것이다.

논술문 내용은 대부분의 학생들에 있어 개인주의와 집단주의의 장단을 논하고 양자를 절충하거나 제시된 지문의 주장에 동조하여 개인주의적 입장을 옹호하기도 한다. 그런데 채점자들은 대상입상자의 경우와 같이 오히려 지문의 입장에 반론을 제기하는 용기와 그것을 끝까지 논리적으로 밀고 간 논문에 특별히 관심을 가지고 주목했다. 이에 비해 평범하고 무난한 글은 흠을 잡기는 어려우나 독자들을 설득하는 호소력이 없다고 평가되었고 따라서 채점자들의 눈에도 차지 않았다.

응시자 전체 중에서 약 20% 정도의 학생들이 요구되는 분량을 제대로 채우지 못하고 있음은 충격적으로 다가온다. 경시대회에 응시할 정도면 각 학교에서 아주 우수한 학생으로 평가받았을 가능성이 크다. 그런데 이런 학생들조차 요구된 분량을 제대로 채우지 못했다는 것은 고교교육이 아직도 단편적인 지식암기에 머물러 있다는 것을 간접적으로 보여주는 것이 아닌지 걱정스럽다.

분량을 채운 답안들 중에도 많은 글들이 도입부분에 문제가 있는 것으로 보인다. 글의 시작 부분에서 문제 제기를 명료하게 하거나 자신의 입장을 압축적으로 표명하는 것이 기본이다. 그러나 거의 반수 이상의 학생들이 이러한 최소한의 조건조차 만족시키지 못하고 있다. 별 상관이 없는 일상적 예를 장황하게 나열하거나 유명한 경구를 억지로 인용해 보고자 하는 글들이 많다는 것은 논리적 글쓰기가 제대로 지도되지 못하고 있다는 증거일 수가 있다.

끝으로 문제의식이 나름대로 명료한 답안들도 대부분 그 문제의식을 풀어 가는 과정에서 논변능력이 부족한 것이 일반적인 경향으로 평가되었다. 논변능력은 곧바로 논리적이고 비판적인 사고에서 비롯된다고 할 수 있다. 고등교육을 받은 소위 우수 집단에서까지 논변능력을 갖춘 학생이 20%에 미치지 못하는 현실은 고등학교에서 철학, 논리학 교육이 시급히 정상적으로 이루어져야함을 웅변적으로 말해 준다 할 것이다.

【문제1】제시문 [가]와 [나]에서 그린버그와 세종이 거둔 성공의 공통 요인을 찾아 이를 구체적으로 논하라. 〈30%, 500~600자〉

【문제2】제시문 [다]의 논거를 활용하여 제시문 [가]에 나타난 그린버그의 문제 해결 과정을 논하라. 〈30%, 500~600자〉

※ 유의사항
1. 제목은 쓰지 말고 본문부터 시작할 것
2. 답안 분량은 띄어쓰기 포함한 글자 수임
3. 답안 작성 필기구는 반드시 흑색 또는 청색 펜이나 연필 가운데 통일된 한 종류의 필기구만 사용하여야 함
4. 답안이나 답안지의 여백에 자신을 드러낼 수 있는 답안 이외의 불필요한 낙서나 이와 유사한 표현 또는 표시를 한 경우에는 0점 처리함

제시문 (가)

오전 1시 21분 13초, 우리는 부기장이 말하고자 했던 것을 알고 있다. "기장님, 후행 대책 없이 시계 접근을 하겠다고 하셨지만 바깥 날씨가 끔찍합니다."

하지만 이렇게 말하지 못했다.

- 중략 -

기관사도 아마 이렇게 말하고 싶었을 것이다. "육안에만 의존해서 착륙을 시도할 수 있는 상황이 아닙니다. 기상 레이더에 뜬 걸 보세요. 계속가면 문제가 생길 수 있습니다."

- 중략 -

오전 1시 41분 59초, 부기장이 혼잣말을 했다. "안 보이잖아?"

오전 1시 42분 19초, 부기장이 말했다. "착륙, 포기합시다." 그는 결국 힌트를 주다가 동료에게 권유하는 방식으로 어조를 높였다. 그는 착륙을 취소하고 싶었던 것이다. 훗날 조사를 통해 그 시점에 부기장이 조종권을 넘겨받고 조종간을 당겼더라면, 니미츠 힐에 충돌하지 않고 재착륙을 시도할 수 있는 충분한 여유가 있었음이 확인되었다. 부기장은 기장이 명백히 잘못하고 있을 경우, 그렇게 행동하라고 훈련을 받고 있다. 하지만 그것

은 교실에서 배우는 내용일 뿐이고 하늘에서 벌어지는 일은 엄연히 달랐다. 실수를 하면 손으로 등을 얻어맞을 수도 있는 것이 조종실의 현실이었다. 오전 1시 42분 20초, 기관사가 말했다.

"안 보이잖아."

결국 재앙이 그들 앞에 얼굴을 드러낼 때가 되어서야 부기장과 기관사가 입을 열었다. 그들은 기장이 '고 어라운드'하기를, 조종간을 당겨 다시 착륙을 시도하기를 바랐다. 하지만 너무 늦었다. 엄격한 위계질서를 중시하는 문화 속에서 조종사, 부조종사, 기관사 간의 커뮤니케이션은 단절되었고 1997년 8월 5일, 괌 사고는 이렇게 발생했다.

2000년, 대한항공은 데이비드 그린버그를 비행 담당 임원으로 영입한다. 그린버그가 처음으로 한 일은 그가 대한항공의 문제를 뿌리부터 파악하고 있지 않았다면 내놓을 수 없던 것이었다. 그린버그는 '대한항공의 공용어는 영어다. 만약 대한항공의 조종사로 남고 싶다면 영어를 유창하게 구사할 수 있어야 한다'는 규칙을 세웠다. "케네디공항의 러시아워에 손짓, 발짓으로 대화할 수 없지요. 어디까지나 대화로 풀어가야 하므로 상황이 어떻게 돌아가고 있는지 잘 이해하고 있다는 걸 보여줘야 합니다. 물론 한국 사람들끼리 영어로 말할 필요는 없겠죠. 그러나 외국인과 중요한 의사소통을 해야 하는 경우라면 영어는 매우 중요해집니다."

그린버그는 조종사들에게 또 다른 정체성을 심어주고자 애썼다. 그들이 문화적 유산의 함정에 빠져 있다는 것을 심각한 문제로 보았기 때문이다. 일단 조종석에 앉았을 때는 기존의 역할로부터 벗어날 필요가 있었고, 언어는 그 전환을 이끌어내는 열쇠였다. 영어로는 한국어의 복잡한 경어체계를 사용할 수 없지 않은가.

그린버그의 개혁에서 가장 결정적인 것은 '그가 하지 않은 일'에 있었다. 그는 절망에 빠진 대한항공 조종사들을 몽땅 해고하고 권력 간격이 낮은 문화권의 조종사로 대체하지 않았다. 그는 문화적 유산이 문제이고, 그 힘은 강력하고 널리 퍼져 있으며 본래의 유용성이 사라진 후에도 오래도록 지속된다는 것을 잘 알고 있었다. 하지만 그 문화적 유산을 떨쳐낼 수 없는 것으로 보지는 않았다. 그는 한국인이 스스로의 문화적 기원에 솔직해지고 항공 세계와 맞지 않는 부분과 정면으로 대결할 의향이 있다면 그것을 바꿀 수 있을 거라고 믿었다. 결국 그는 하키선수로부터 소프트웨어 재벌, 인수합병 변호사까지 모든 이들이 누렸던 기회를 대한항공 파일럿에게도 제공했다. 일과 삶의 관계를 재정립할 수 있는 기회를 말이다.

- 말콤 글래드웰, 『아웃라이어』

===== **제시문 (나)** =====

"정 그렇다면, 백성들에게 어떤 제도가 더 좋은지 여론조사를 실시하는 것이 어떻겠소?"

- 중략 -

허를 찔린 신하들은 허둥거렸지만 세종은 침착하게 여론조사를 준비했다. 여론조사 기관에서 집집마다 찾아가 백성들에게 의견을 물어 본 결과 찬성이 9만 8000여 가구, 반대가 7만 4000여 가구였다. 찬성이 우세했다. 찬성이 압도적인 곳은 삼남과 같은 단위 면적당 생산량이 높은 지역이었고, 반대가 많은 곳은 척박한 농지가 많은 한강 이북의 지역이었다. 그런데 이처럼 지역적으로 이해관계에 얽혀 편차가 심하고 신하들도 반대하자 세종은 공법개혁을 일단 유보했다. 세종은 반대하는 신하들의 심리를 어느 정도는 이해하고 있었다. 이유는 명확했다. 공법개혁을 하게 되면 세금을 더 많이 걷을 수 있어 국가재정은 튼튼해지지만 문제는 누구도 세금을 더 많이 내고 싶어 하지 않는다는 것이었다. 특히 부유한 관리들은 세금을 덜 내고 싶어 했기 때문에 강력히 반대했다. 다시 1년이 지나자 세종은 공법개혁 문제를 또 꺼냈다.

- 중략 -

세종도 물러서지 않았다. 거듭 개혁안의 수정을 지시했다. 세금처럼 민감한 문제일수록 반대편의 동의 없이는 성공할 수 없었기 때문이다. 세종은 조급해하지 않았다. 시간이 걸리더라도 꼼꼼하게 챙겼다. 마침내 공법개혁을 제안한지 15년 만에, 즉 세종 24년에 토질과 수확량에 따라 세금을 거두는 새로운 제도가 통과되었다. 손실답험법과 정액세제를 절충하여 '연분 9등-전분 6등'이라는 새로운 징수기준이 마련된 것이다. 만장일치로 이뤄낸 결과였기에 그 의미는 더욱 컸다.

세종은 프로젝트를 언제나 중장기적으로 모두가 동의하는 방향으로 진행했다. 그리고 프로젝트를 시행하기 전에 전문가로 하여금 충분히 연구하게 했다. 또 연구 결과가 나오고 프로젝트의 성공과 그 영향에 대해 확신이 설 때까지 그 문제를 중신들끼리 충분히 논의하도록 했다. 그리고 중신들의 의견이 하나로 결집되지 않으면 여론조사를 통해 백성들의 의견을 모았다. 세종은 대화를 통한 상호이해의 중요성을 누구보다 깊게 인식한 왕이었던 것이었다. 이렇게 해서 새로운 정책과 제도를 채택했고, 채택을 한 경우에도 한꺼번에 실시하는 것이 아니라 차츰차츰 시행했다.

- 정도상 & 최재혁, 『백성을 섬긴 왕, 세종이 꿈꾼 나라』

━━━ **제시문 (다)** ━━━

영국 역사가 E.H. Carr은 "역사는 역사가와 사실과의 상호작용의 부단한 과정이며 현재와 과거와의 끊임없는 대화"라고 했지만, 그 상호작용, 대화의 성격과 질이 문제의 핵심이다. '대화'보다는 넓은 의미의 '커뮤니케이션'이라는 단어가 더 적합하다. 역사는 커뮤니케이션이다.

- 중략 -

어떤 주제를 다루더라도 커뮤니케이션의 관점에서 보자는 게 커뮤니케이션사의 취지다. 역사를 선의로 이용할 경우에도 일반적인 역사 기술 방법 자체에서 비롯되는 문제가 있다. 역사가들은 역사의 객관성 확보와 자료 활용의 용이성 때문에 주로 명시지(明示知)에 의존하며 암묵지(暗黙知)를 배척한다. 명시지는 구체적으로 명문화하기 쉬운 지식인 반면, 암묵지는 그렇게 하기 어려운 지식이다. 객관성을 소중하게 여기는 역사가들이 명시지를 선호하는 건 당연하지만, 암묵지를 전면 배척할 경우 의도하지 않은 역사 왜곡이 발생할 수 있다.

체제, 제도, 법, 규칙, 선거, 사건, 사고 등은 명시지의 영역인 반면, 정신, 자세, 의식, 전통, 습속, 관습, 관행, 기질 등은 암묵지의 영역이다. 역사가 후자를 무시하고 전자 위주로 기록된다고 생각해보라. 왜곡이 발생하는 것도 문제지만, 그런 역사 기술은 인간을 왜소하게 만들고 성찰을 무의미한 것으로 여기게끔 하는 결과를 초래할 수 있다. 달리 말하자면, 기존 역사 기술은 커뮤니케이션과 과정을 소홀히 하면서 구조와 결과에 과도한 의미를 부여함으로써 '거대담론의 폭력성'을 은연중 드러낸다고 볼 수 있다.

- 강준만, 『역사는 커뮤니케이션이다』

【문제3】 제시문 [개]를 읽고 자아와 자서전의 관계에 대한 인식의 변화를 설명하고, 이를 토대로 제시문 [내]에서 예로 든 것과 같은 자서전의 경우에는 자아와 자서전의 의미가 어떻게 해석될 수 있는지를 제시문 [대]를 참조하여 논하라.

〈40%, 1,000~1,200자〉

━━━ **제시문 (가)** ━━━

문학적 자서전은 우리가 우리 자신에 대해 보다 자연스럽고 간결하게, 그리고 에피소

드와 연결된 설명을 하게 될 때에 쉽게 드러나지 않았던 것들에 대해 많은 것을 가르쳐 준다. 그것은 우리에게 자아가 무엇인가 하는 데 대해서 작가들이 가지고 있는 숨겨진 철학적 개념을 암시해준다. 최근의 한 저서에서는 이 점이 분명히 강조되어 있는데, 여기에서는 이 자서전 장르를 실질적으로 개척한 성 어거스틴의 『고백 Confessions』에서부터 그 종언이라 할 수 있는 사뮤엘 베케트까지 검토되고 있다.

어거스틴은 자신의 탐구를 그의 진실한 인생, 그의 진실한 자아를 위한 탐구로 보았고, 그래서 자서전을 진실한 기억, 실재의 탐구로 간주한다. 그에게 있어서 인간의 진실한 삶은 신과 섭리에 의해 주어진 것이며, 내러티브(자서전 이야기)의 고유한 독자적 질서는 기억이라고 하는 자연적인 형식, 섭리로서 주어진 존재에 대한 가장 진실한 형식을 반영한다. 그리고 어거스틴은, 진실한 기억은 현실세계를 반영하며, 내러티브가 그 매체라고 인정한다. 그의 생각은 내러티브적 실재론(realism)이며, 그로부터 출현하는 자아는 계시의 선물, 이성에 의해 발효되는 것이다.

18세기의 지암바티스타 비코와 어거스틴을 대조해보기로 하자. 비코는 마음의 힘에 대해 생각함으로 써, 어거스틴의 내러티브적 실재론에 눈을 돌린다. 비코에게 삶이란, 그 삶을 살아가는 인간의 정신적 행위에 의해 생겨나는 것이지 신의 행위에 의해서 생겨나는 것이 아니다. 삶의 이야기적 측면은 우리의 활동에 의한 것이지 신의 그것이 아닌 것이다. 비록 비코가 일종의 합리주의에 의해 보호받고는 있지만―그 합리주의가 일반적으로 그런 입장과 연결되어 있는 회의주의로부터 그를 지켜주었다―그는 아마도 최초의 급진적 구성 주의자였을 것이다. 그리고 약 반세기 뒤의 장-자크 루소도, 비코의 사상에 영향을 받고 또 자기가 살고 있던 혁명적 시대의 새로운 회의주의에 의해 고무되어, 어거스틴의 확고하고도 순수한 내러티브적 실재론에 대해 새로운 의문을 제기했다. 루소의 "고백록 Confessions"은 대담한 회의주의와 연결되어 있다.

그로부터 2세기 뒤에, 베케트는 비코가 어거스틴의 내러티브적 실재론을 이성적으로 거부한 것을 지지하고 루소의 왜곡된 회의주의에도 공감한다. 하지만 그는 내러티브를 삶의 초월적 질서를 반영하는 것으로 보는 견해에 대해서는 분명하게 반대한다. 실제로, 그는 어떤 초월적인 질서가 존재한다고 하는 생각을 거부한다. 그의 이런 생각은 철저한 허구주의(fictionalism)이며, 그의 사명은 삶에 대해 글을 쓰는 것―문학만이 아니라―을 그 내러티브적 구속으로부터 해방시키는 것이다. 삶은 문제적인 것으로서, 관습적인 장르에 구속되는 것이 아니다.

― 존 브루너, 『이야기 만들기』

═══ **제시문 (나)** ═══

알튀세르(Louis Althusser)는 프랑스의 철학자로, 1940년 전쟁포로가 되어 심리치료를 받기 위해 입원한 적이 있으며 1947년에도 심각한 우울증 증세로 인해 병원에 입원하여 전기요법 치료를 받았다. 이후 그는 1980년 정신착란 상태에 빠져 아내를 교살한 죄로 병원에 강제 수용되었으나, 이듬해 금치산자 판정을 받고 면소(免訴)되었다. 그는 1985년 『미래는 오래 지속된다』라는 제목의 자서전을 집필했는데, 그 자서전에서 다음과 같이 말하고 있다.

"나는 이제까지 그 누구도 하기를 원치 않았거나 할 수 없었던 것을 했다. 즉, 마치 제3자의 일인 것처럼 나는 모든 '자료들'을 내가 겪은 것에 비추어 정리하고 대조했으며 그 역으로도 했던 것이다. 그리고 나는 온전한 정신과 책임 하에 마침내 나 자신이 공개적으로 나를 해명하기 위해 말문을 열기로 결정한 것이다.

- 중략 -

나는 내가 지금 나 자신에 대해서 어느 정도 명료하게 해명할 수 있을 뿐 아니라, 그런 경험에 대한 비판적 '고백'의 선례가 전혀 없었던 하나의 구체적 경험, 가장 심각하고 가장 끔찍한 형태로 내가 겪은 한 경험에 대해 다른 사람들도 깊이 생각해 보기를 권하는 입장에 있다고 생각한다. 그런데 그 경험은 분명 나의 이해를 넘어서는 것이다.

- 중략 -

내가 일러두고자 하는 것은 이 글이 일기도 회상록도 자서전도 아니라는 점이다. 모든 것을 희생시키면서 내가 오직 드러내고자 한 것, 그것은 바로 내 존재에 결정적인 영향을 주었으며 또 나의 존재를 이러한 형태로, 즉 그 속에서 내가 나 자신을 알아보게 되고 타인들도 나를 알아볼 수 있으리라 여겨지는 그런 형태로 만들었던 모든 정서적 감정 상태들의 충격이다."

═══ **제시문 (다)** ═══

자서전의 문제는 고유명사와의 관련 하에 연구되어야 한다. 책으로 인쇄된 텍스트의 경우에 그 언술 행위는 일반적으로 책의 표지와 간지 위에, 제목 상단 혹은 하단에 이름이 기록되는 사람의 것으로 인정된다. 바로 그 이름 속에 우리가 저자라고 부르는 존재가 그대로 요약되는 것이다. 그것은 확실한 텍스트 외부의 요소가 텍스트 내에 존재하는 유일한 징표이며, 결국 텍스트의 언술 행위에 대한 책임을 최종적으로 자기에게 물을 것을 요구하는 실제 인물을 지칭한다.

많은 경우에 있어서 텍스트 내에서 작가가 나타나는 것은 이 단 한 번의 이름으로 족하다. 그렇지만 이 이름이 차지하는 위치는 아주 중요하고, 그것은 사회적인 관례에 의해 텍스트의 언술 행위에 대해 실제 인물이 책임을 약속하는 행위에 연결된다. …(중략)…

자서전은 저자(책 표지에 자기 이름을 걸고 모습을 드러내는 대로의 저자)와 그 이야기의 화자, 또 그 속에서 이야기되고 있는 인물의 이름이 모두 동일하다는 것을 상정한다. -(중략)-

저자의 이름이 들어간 그 페이지를 텍스트에 포함시키게 되면 (저자-화자-주인공의) 동일성이라는, 자서전을 정의해주는 보편적인 텍스트 내적 기준이 주어진다. 자서전의 규약이란 결국 표지에 기록되는 작가의 이름으로 귀결되는 이러한 동일성의 문제를 텍스트 내에서 확실하게 드러내는 것을 의미한다.

- 필립 르죈, 『자서전의 규약』

제시문 분석 ❶

제시문 [가]

크게 두 부분으로 나눌 수 있다. 첫 부분은 사고과정을 묘사한 부분이고, 둘째 부분은 이후 그린버그의 개혁과정을 설명한 부분이다. 물론 핵심 논지는 주로 둘째 부분에 있지만, 첫 부분에서도 눈여겨볼 만한 대목이 있다. 그 대목은 위의 제시문에 밑줄을 쳤다. 첫 부분의 가장 마지막에 '엄격한 위계질서를 강조하는 문화'가 '커뮤니케이션'의 '단절'을 불러왔고 이는 사고로 이어졌다고 나온다. 그 전에 밑줄 친 부분은 블랙박스 녹취로 커뮤니케이션 단절 과정을 보여준다. 결국 사고의 직접 원인은 커뮤니케이션 단절이고 사고의 근본 원인은 위계질서를 강조하는 문화라고 분석할 수 있다. 둘째 부분에서는 그린버그의 개혁 과정과 개혁의 쟁점에 대해 파악할 필요가 있다. 그린버그의 영어 공용화 방침은 두 가지 의미가 있다. 첫째, 직접적 커뮤니케이션의 수단으로서 의사소통의 폭을 세계화하려는 의도이다. 둘째, 단순한 소통 수단에서 더 나아가 한국어 자체의 경어 체계가 비행기 조종문화에 적합하지 않은 면을 간파하여, 영어 공용화로 이를 극복하고자 한 의도이다.

제시문 [나]

세종의 정책 수립·집행 스타일을 보여주는 제시문이다. 그는 전문적인 연구를 통해 문제의 본질을 파악했고, 민감한 문제에 대한 정책 수립에 있어서는 소통을 강조했다. 이러한 모습은 특히 공법개혁에서 잘 나타났다. 그는 무려 15년 동안 점진적으로 정책을 조절했으며, 그 과정에서 일반 백성과 반대하는 신하들의 의견을 폭넓게 청취했다. 또한 정책 집행도 점진적으로 했다.

제시문 [다]

이 제시문은 기존의 역사 담론이 명시지에 지나치게 의존함으로써 구조와 결과에만 집착하게 되는 오류를 범했다고 비판한다. 그 대안으로 암묵지에 관심을 가져야 한다고 주장하며 커뮤니케이션과 과정에 초점을 맞춰 역사를 맥락적으로 파악해야 한다고 주장한다. 그래서 거대담론의 폭력을 회피하고 개별적 주체의 독립성과 자율성을 부각시키자는 것을 추론할 수 있다.

제시문 분석 ❷

(가) 이 제시문은 자서전이라는 장르가 자아를 어떻게 드러내는지에 대해 철학적으로 접근하고 있다. 어거스틴부터 베케트까지 자서전이 어떻게 변천해 왔는지에 대해 분석하고 있는 것이다. 어거스틴의 자서전은 내러티브적 실재론으로 요약된다. 어거스틴은 자서전에서 기억에 의한 실재를 내러티브라는 매체로 표현할 수 있다고 주장했다. 어거스틴이 표현하는 자아는 신의 섭리에 의해 주어진 진실한 자아이다.

반면, 비코에 있어서의 자아는 신의 섭리가 아닌, 자신의 정신적 행위에 의해 만들어진 자아이다. 내러티브에 의해 진실한 실재를 표현할 수 있다는 측면에서는 어거스틴의 생각과 동일하지만, 삶이 이야기로 표현될 수 있는 근본적인 추동력은 인간의 정신적 힘에 있다고 보았다. 비코의 이러한 합리주의는 회의주의로 연결되지는 않았지만, 루소는 어거스틴의 내러티브적 실재론에 회의적이었다. 루소는 내러티브로 자아의 진실한 모습을 표현할 수 있는지에 대해 회의했던 것이다.

마지막으로 베케트는 내러티브 자체에 대해 부정적이었다. 베케트는 보다 본질적으로 내러티브 자체를 구속으로 보았다. 그래서 자서전이 내러티브여야 하는가에 대해 전면적으로 부정적인 입장에 섰으며, 이에 따라 기존의 자서전이라는 장르는 전복되었다.

    (가)를 독해할 때 중요한 점은 4명의 등장인물의 자서전에 대한 기본적인 태도를 확실하게 구분하여 이해하는 것이다.

    (나)알튀세르는 자신의 경험을 바탕으로 자서전을 썼다. 이것은 기존의 자서전과 차이가 없다. 그러나 그가 어떤 태도로, 어떤 의도로, 어떤 방식으로 자서전을 썼는지는 기존의 자서전과 다르다. (나)를 읽을 때는 이러한 차이점을 눈여겨봐야 한다. 알튀세르는 자신의 자서전을 자서전이 아니라고 했다. 그러면 어떤 점에서 그는 그렇게 생각했을까? 우선 그는 최대한 제3자의 입장에 서서 자신의 경험을 객관적 자료와 대조하는 식으로 분석했다. 그는 자신을 공개적으로 해명하기 위해서 자신이 겪은 경험과 자신의 정체성을 만드는 데 중요한 역할을 했던 정서적 감정상태의 충격을 객관적으로 서술했다. 그래서 자기 자신만의 경험을 타인들과 최대한 공유하는 기회를 갖고자 했던 것이다.

    (다)이 제시문은 자서전이 자서전이기 위해 반드시 갖춰야 하는 기본 요건을 주장하고 있다. 즉, 저자는 이야기 속의 화자여야 하고, 화자가 내러티브를 펼치는 이야기에서 주인공 역시 저자이자 화자여야 한다고 말한다. 이러한 동일성이 자서전의 가장 기본적인 규약이라고 제시문의 필자는 주장한다.

논제 분석 및 예시 답안

【문1】의 분석

문제 1에서 출제자는 그린버그와 세종이 모두 '성공'을 거뒀다고 주장한다. 그렇다면 성공이라고 평가할 수 있을 정도의 업적이 무엇인지 파악하는 게 중요하다. 결과적으로 두 사람 모두 문제를 근본적으로 해결했다고 볼 수 있다. 대중요법이나 미봉책에서 머물지 않고 문제를 제대로 해결했다는 것이다. 이처럼 논술 문제를 풀 때는 논제에서 출제자가 선택한 어휘 하나에도 신경 써야 한다.

문제의 근본적 해결의 첫 단계는 무엇일까? 이는 문제의 본질에 대한 정확한 진단이다. 그린버그는 의사소통의 문제를 단순히 기능적으로 접근하지 않았다. 그는 문화적 배경까지 꿰뚫었다. 즉 유교적 위계서열 중시 문화와 그것이 반영된 한국어의 경어체계를 인식한 것이다. 세종은 프로젝트 추진 전 전문가에게 연구시켰다. 이 또한 문제의 본질을 파악하기 위한 것이라고 볼 수 있다.

문제의 근본적 해결을 위한 요인으로 추진의 점진성을 들 수 있다. 이는 또 다른 요인인 상대방의 동의와 자발성 확보와 밀접한 연관을 지닌다. 그린버그는 영어를 모국어로 쓰는 조종사로 대체하지 않고 기존의 조종사에게 시간을 주어 기회를 부여했다. 그는 기존 조종사들이 자신의 문화적 배경을 자각하게 하여 자발적으로 문제를 인식하게 했다. 그 결과 조종사들은 영어를 적극적으로 습득하게 되었다. 세종은 반대편의 동의를 구하기 위해 꾸준히 설득했다. 개혁의 당위성을 자각하게 하여 개혁을 회피할 수 없도록 한 것이다. 두 사람 모두 이 과정에서 의사소통의 중요성을 역설했다. 개혁이나 문제의 대상을 스스로 주체로 만들기 위해 그 과정에서 의사소통을 적극적으로 한 것이다.

문제 1에서 조심해야 할 것은 첫째로 성공의 공통요인을 다각적으로 찾는 것이다. 겉으로 드러나는 의사소통에만 초점을 맞추면 답안의 심층도가 떨어질 수밖에 없다. 둘째로는 답안 서술의 형식이다. 공통요인을 다각적으로 찾았다고 해서 그것을 단순히 나열한 다음, 각 제시문을 요약하는 형식으로 뭉뚱 굴려서 구체적으로 논한다면 공통요인과 구체적으로 논함 사이의 긴밀성이 떨어진다. 따라서 공통요인 하나에 대해 따로 떼어서 구체적으로 논해야 할 것이다. 아울러 공통요인 간의 상관성까지 꼼꼼하게 분석한다면 보다 '이야기'가 있는 답안이 될 것이다.

✍ 합격생 답안

[가]의 그린버그는 대한항공의 비행 시 문제점을 해결하기 위해 영입되고, [나]의 세종은 공법개혁을 단행하여 둘 다 목표를 이룬다. 이 성공 과정에서 그린버그와 세종은 몇 가지 공통점을 보여주는데, 소통의 중요성에 대한 이해와 상대방 이해가 그것이다.

그린버그는 대한항공의 가장 큰 문제점이 조종실 내의 커뮤니케이션의 단절이란 점을 이해했다. 이를 해결하기 위해 그린버그는 영어 의무화를 추진한다. 이는 조종실에서의 평등하고 원활한 의사소통을 도왔다. 마찬가지로 세종은 소통의 중요성을 인식하고 있었고, 공법 개혁을 밀어 붙이기보다는 대화와 조정, 합의를 통해 문제를 해결할 수 있다고 보았다. 이러한 그린버그와 세종의 커뮤니케이션을 중시하는 태도는 모두 상대에 대한 이해에서 나올 수 있었다. 그린버그는 대한항공 파일럿들이 지닌 문화를 이해했다.

따라서 소통의 부재가 곽 사건의 핵심이란 것을 이해하고 이를 해결 할 수 있었다. 세종 또한 여론조사를 통해 백성을, 논의를 통해 신하들을 설득했고 그 이해를 바탕으로 모두가 동의할 만한 조정안을 이끌어 낼 수 있었다.(541 자)

【문2】의 분석

이 문제에서는 그린버그의 문제 해결 과정에 (다)의 논거를 적용하는 게 중요하다. 이를 위해서 두 가지를 따로 준비해야 하는데, 먼저 그린버그의 문제 해결 과정을 간략히 정리할 수 있어야 한다. 그런데 이는 사실 문제 1을 제대로 풀었으면 이미 해결된 것이다. 따라서 (다)의 중심 논거를 잘 이해하는 것이 문제 1을 정확히 해결한 학생에게는 더욱 중요하다.

(다)에서 명시지의 단점과 이를 보완할 수 있는 암묵지의 장점을 찾아내야 한다. 암묵지는 어떤 사건을 대할 때 겉으로 드러나는 결과나 구조에만 집착하지 않고, 속에 숨어 있는 과정이나 의미를 커뮤니케이션을 중심으로 파악해야 한다는 점을 보여준다. 이는 사건을 좀 더 본질적으로 보게 한다.

(가)에서 그린버그는 문제를 뿌리부터 보고자 했다. 그래서 단순히 겉으로 드러나는 조종실에서의 의사소통의 부재, 영어 능력 미흡에서 사고의 원인을 찾지 않았다. 이는 명시지에 해당하는 것들이다. 사실 사고는 한국어를 쓰는 조종사들 사이의 커뮤니케이션 단절 때문에 일어났다. 그린버그는 암묵지에 해당하는 문화적 배경을 분석했다. 유교적 위계질서가 중요한 한국적 문화가 조종사에게 필요한 덕목과 일치하지 않는 점을 인식하였던 것이다.

다음으로 그린버그는 문제 해결을 위한 대안으로 영어 능력을 제시했다. 이 역시 명시지로서 뿐만 아니라 암묵지의 역할을 한다. 영어는 경어체계가 발달하지 않은 언어라는 것이 중요하다. 따라서 영어로 의사소통을 하게 되면 위급한 순간에 보다 직선적인 표현이 가능해서 꼭 필요한 의사를 전달할 수 있다. 그린버그는 여기서도 (다)에서 말하는 과정을 중시했다. 조종사들을 해고하지 않고, 그린버그 본인이 생각한 문제 해결 과정에 기존 조종사들이 동참하도록 유도한 것이다. 즉 문제의 모든 맥락에 조종사들이 참여하게 하여 함께 소통하며 본질적 의미를 파악하게 한 것이다.

이 문제에서 실수하지 말아야 할 것은 (다)가 역사를 중심으로 논지를 전개하는 부분이다. 문제는 (다)의 논거(명시지, 암묵지)를 활용하라고 했지, (가)와 무관한 역사 관련 이야기를 쓰라고 하지는 않았다.

✍ 합격생 답안

[다]는 역사는 역사가와 사실의, 그리고 과거와 현재의 커뮤니케이션이라고 주장한다. 이 커뮤니케이션에서 중요한 것은 인간 외면의 사료인 명시지와 인간 내면의 사료인 암묵지의 조화이다. 이 둘이 균형을 이루지 못하면 사실(역사)의 왜곡이 일어나며 특히 암묵지의 경시는 인간을 왜소하게 한다.

[가]의 그린버그는 문제의 핵심이 조종실 내에서 소통이 원활하지 않기 때문임을 파악한다. 부기장은 기장의 잘못에 대항할 수 있도록 훈련받았으나 문화가 그렇지 않았다는 점에서 이 문제는 암묵지의 영역에서 발생한 것이고, 그린버그도 그것을 이해한다. 이 문제의 해결 방안으로 그린버그는 우선 명시지의 변화를 꾀하는데, 대한항공 내의 영어 사용 규칙이 그것이다. 이 명시지의 변화는 암묵지의 변화를 이끌어 내는데, 영어 사용으로 경어가 사라지면서 생긴 조정실의 평등하고 원활한 소통이 그것이다. 그린버그의 문제 해결 과정에서 특히 주목해야 할 부분은, 그가 제도와 관행의 변화를 모두 꾀하였다는 것이다. 만약 그가 제도와 관행 어느 한쪽에 치우쳤다면 문제의 원인이 왜곡되어 문제의 근본적 해결이 불가능했을 것이다. 그러나 그린버그는 둘의 조화를 통해 문제를 정확히 해결할 수 있었다.(596 자)

【문3】의 분석

(가) 이 제시문은 자서전이라는 장르가 자아를 어떻게 드러내는지에 대해 철학적으로 접근하고 있다. 어거스틴부터 베케트까지 자서전이 어떻게 변천해 왔는지에 대해 분석하고 있는 것이다. 어거스틴의 자서전은 내러티브적 실재론으로 요약된다. 어거스틴은 자서전에서 기억에 의한 실재를 내러티브라는 매체로 표현할 수 있다고 주장했다. 어거스틴이 표현하는 자아는 신의 섭리에 의해 주어진 진실한 자아이다. 반면, 비코에 있어서의 자아는 신의 섭리가 아닌, 자신의 정신적 행위에 의해 만들어진 자아이다. 내러티브에 의해 진실한 실재를 표현할 수 있다는 측면에서는 어거스틴의 생각과 동일하지만, 삶이 이야기로 표현될 수 있는 근본적인 추동력은 인간의 정신적 힘에 있다고 보았다. 비코의 이

러한 합리주의는 회의주의로 연결되지는 않았지만, 루소는 어거스틴의 내러티브적 실재론에 회의적이었다. 루소는 내러티브로 자아의 진실한 모습을 표현할 수 있는지에 대해 회의했던 것이다.

마지막으로 베케트는 내러티브 자체에 대해 부정적이었다. 베케트는 보다 본질적으로 내러티브 자체를 구속으로 보았다. 그래서 자서전이 내러티브여야 하는가에 대해 전면적으로 부정적인 입장에 섰으며, 이에 따라 기존의 자서전이라는 장르는 전복되었다.

(가)를 독해할 때 중요한 점은 4명의 등장인물의 자서전에 대한 기본적인 태도를 확실하게 구분하여 이해하는 것이다.

(나) 알튀세르는 자신의 경험을 바탕으로 자서전을 썼다. 이것은 기존의 자서전과 차이가 없다. 그러나 그가 어떤 태도로, 어떤 의도로, 어떤 방식으로 자서전을 썼는지는 기존의 자서전과 다르다. (나)를 읽을 때는 이러한 차이점을 눈여겨봐야 한다.

알튀세르는 자신의 자서전을 자서전이 아니라고 했다. 그러면 어떤 점에서 그는 그렇게 생각했을까? 우선 그는 최대한 제3자의 입장에 서서 자신의 경험을 객관적 자료와 대조하는 식으로 분석했다. 그는 자신을 공개적으로 해명하기 위해서 자신이 겪은 경험과 자신의 정체성을 만드는 데 중요한 역할을 했던 정서적 감정상태의 충격을 객관적으로 서술했다. 그래서 자기 자신만의 경험을 타인들과 최대한 공유하는 기회를 갖고자 했던 것이다.

(다) 이 제시문은 자서전이 자서전이기 위해 반드시 갖춰야 하는 기본 요건을 주장하고 있다. 즉, 저자는 이야기 속의 화자여야 하고, 화자가 내러티브를 펼치는 이야기에서 주인공 역시 저자이자 화자여야 한다고 말한다. 이러한 동일성이 자서전의 가장 기본적인 규약이라고 제시문의 필자는 주장한다.

✍ 합격생 답안

[가]는 자서전 집필 형식과 자아 탐구에 대한 인식의 변화를 보여준다. 어거스틴은 인간의 삶은 신의 섭리에 따라 부여된 결과로 보고, 자서전은 현실세계를 반영한 진실한 기억이라는 '내러티브적 실재론'을 주장한다. 인간의 자아는 신에 의해 결정된 것이고, 그 자아의 행동을 그대로 드러내는 것이 자서전이라는 것이다. 18세기 비코는 어거스틴의 내러티브적 실재론을 거부한다. 그는 인간의 삶은 인간의 정신적 행위의 결과물로 보고 인간의 마음을 중시한 자서전을 강조한다. 비코에게 자아란 이성이며 마음이다. 자서

전은 이런 자아의 모습을 드러내는 것이라는 입장이다. 어거스틴과 비코는 자아에 대한 인식은 다르지만 자서전이 개인의 삶을 그대로 드러낼 수 있다는 점에는 동의한다. 그러나 베케트는 자아에 대한 인식에서는 비코의 관점에 동의 하지만 자서전 또한 허구적 문학일 뿐이라고 본다. 자서전을 곧 개인의 삶으로 일치시키던 기존의 시각에 반대하는 것이다.

[나]에서 알튀세르는 자신의 자서전을 두 가지 방식으로 집필한다. 그는 자신의 삶을 1인칭 주인공으로서 서술하는 동시에 객관적 관찰자로서 접근한다. 그는 자신의 경험을 제 3자의 경험인 것처럼 진술해서 다른 사람들도 자신의 경험을 깊이 생각해 보기를 원했다. 이런 방식은 [다]의'저자·화자·주인공의 동일성'이라는 자서전의 규약에 어긋난다. 알튀세르는 자신의 경험을 객관화 하여 서술함으로써 '자신의 이야기'에서 주인공이 아닌 관찰자가 되고 있다.

이런 알튀세르의 자서전은 베케트의 관점과 유사하다. 알튀세르는 자신의 삶을'어떤 초월적인 질서'에 의해 규정된 닫힌 텍스트가 아니라, 보는 시각과 상황에 따라 다양한 해석이 가능한 열린 텍스트로 보고 있다. 알튀세르에게 있어서 자서전을 쓴다는 것은 자신의 삶에 대한 이해와 통찰을 드러내는 것이 아니라, 자신의 삶을 이해하고 통찰하는 수단인 것이다. 결국 알튀세르의 자서전은 자아의 생각과 행동의 절대적 기록이 아니라, 삶의 선택과 행동을 통해 자아의 모습을 파악하고 완성해 가는 과정인 것이다.(1011 자)

제 10 강

/

핵심 논리 논술

핵심 논리 논술

■ 논술 띄어쓰기 ■

1. 띄어쓰기를 하는 목적

띄어쓰기는 단어들로 엮어진 문장 속에서 잠시 멈추는 시간을 줌으로써 읽기 쉽게 하고, 의미의 단락을 구분함으로써 뜻을 명확하게 하는데 목적이 있다. 따라서 띄어쓰기를 철저히 해야 읽기 편하고 의미를 파악하기 쉽다. 그러나 우리말의 띄어쓰기 규정이 복잡하고 예외 규정이 많아 띄어쓰기를 완벽하게 구사하기는 쉽지 않다. 특히 일부 단어는 쓰임새(뜻)에 따라 의존명사가 되기도 하고 조사나 어미가 되기도 해 그때마다 띄어쓰기를 달리해야 한다. 띄어쓰기를 철저히 하면 문장의 정학한 의미가 전달되어 남보다 좋은 평가를 받을 수 있다.

2. 띄어쓰기의 옳은 예와 틀린 예

순	예문	○.×	순	예문	○.×
1	· ○○시 장애인 복지관	○	5	· 사랑해 보고 싶어	○
	· ○○시장 애인 복지관	×		· 사랑 해보고 싶어	×
2	· 친구가 자꾸만 져요	○	6	· 아버지가 방에 들어가신다	○
	· 친구가 자꾸 만져요	×		· 아버지 가방에 들어가신다	×
3	· 무지개 같은 사장님	○	7	· 아저씨 발 냄새나요	○
	· 무지 개같은 사장님	×		· 아저 씨발 냄새나요	×
4	· 성격차 (性格差)	○	8	· 엄마 새끼손가락은 유난히 작다	○
	· 성 격차 (性 隔差)	×		· 엄마새끼 손가락은 유난히 작다	×

3. 띄어쓰기의 일반적인 방법

1)   조사는 반드시 앞 말에 붙여 쓴다.
· 조사는 앞의 말에 기대어 뜻을 더해 주는 단어다.
예) 조사는 '은, 는, 이, 가, 을, 를, 도, 만, 로, 으로, 에게, 에서, 한테, 부터, 까지, 처럼, 같이, 밖에, 보다, 조차, 하고, 마다, 요, 이다.' 등이다.
· 조사 두 개가 겹칠 때에도 다 붙여 쓴다.
  예) '~에서부터, ~으로만' 등

· 조사는 그 앞말에 붙여 쓰도록 한다.
예) 꽃이, 학교에, 돈은커녕, 하나씩, 그야말로 너밖에는, 너하고, 그만큼, 학자치고, 바보처럼, 좋은데, 그쯤은, 집에서부터, 염려했지마는 등

2) 의존명사는 앞 말과 띄어 쓴다.
· 의존명사는 다른 말 아래에 기대야만 뜻을 전할 수 있는 명사다.
예) "것, 만큼, 지, 수, 편, 리, 데, 만, 체, 채, 들, 뿐, 대로, 즈음, 무렵, 터" 등
예) 아는 것이 힘이다.   먹을 만큼 먹어라. 그가 떠난 지가 오래다.

● 참고: 의존명사별 예문

· 주로 주어로 쓰이는 의존명사
  예) 어쩔 수 없이, 떠난 지 얼마 안 돼, 더할 나위 없이
· 서술어로 주로 쓰이는 의존명사
  예) 아는 체하지 마, 기쁠 따름이다, 그럴 테지, 모른 척하다,
· 모든 성분으로 두루 쓰이는 의존명사
  예) 갈 데가 없다, 너 따위는 비교가 안 돼
· 주로 부사어로 쓰이는 의존명사
  예) 그런 줄도 모르고, 주는 대로 먹어라

동일한 형태가 경우에 따라 다르게 쓰이는 예를 들어 보면 다음과 같다.

① **'대로'** : '법대로,' '약속대로'처럼 체언 뒤에 붙어서 '그와 같이'란 뜻을 나타내는 경우
   는 조사이므로 붙여 쓴다, 그러나 '아는 대로 말한다.' '약속한 대로 이행한다.'와
   같이, 용언의 관형사형 뒤에서, '그와 같이'란 뜻을 나타내는 경우는 의존 명사이
   므로 띄어 쓴다.

② **'만'** : '하나만 알고, 둘은 모른다.' '이것은 그것만 못하다.'처럼 체언에 붙어서 한정
   또는 비교의 뜻을 나타내는 경우는 조사이므로 붙여 쓴다. 그러나 '떠난 지 사흘
   만에 돌아왔다.' '온 지 1년 만에 떠나갔다.'와 같이 경과한 시간을 나타내는 경
   우는 의존 명사이므로 띄어 쓴다.

③ **'들'** : '남자들', '학생들'처럼 하나의 단어에 결합하여 복수를 나타내는 경우는 접미
   사로 다루어 붙여 쓴다. 그러나 '쌀, 보리, 콩, 조, 기장을 오곡(五穀)이라 한다.'
   와 같이 두 개 이상의 사물을 열거하는 구조에서 '그런 따위'란 뜻을 나타내는
   경우는 의존 명사이므로 띄어 쓴다. 'ㅂ, ㄷ, ㄱ 등은 파열음이다.' 처럼 쓰이는
   '등'도 마찬가지다.

④ **'만큼'** : '여자도 남자만큼 일한다.' '키가 전봇대만큼 크다.' 처럼 체언 뒤에 붙어서
   '그런 정도로'라는 뜻을 나타내는 경우는 조사이므로 붙여 쓴다. 그러나 '볼 만큼
   보았다.' '애쓴 만큼 얻는다.'와 같이 용언의 관형사형 뒤에서 '그런 정도로' 또는
   '실컷'이란 뜻을 나타내는 경우는 의존 명사이므로 띄어 쓴다.

⑤ **'~지'** : '집이 큰지 작은지 모르겠다.'처럼 쓰이는 '-지'는 어미의 일부이므로 붙여 쓴다.
   그러나 '그가 떠난 지 보름이 지났다. 그를 만난 지 한 달이 지났다.'와 같이, 용언의
   관형사형 뒤에서 경과한 시간을 나타내는 경우는 의존 명사이므로 띄어 쓴다.

⑥ **'뿐'** : '남자뿐이다, 셋뿐이다'처럼 체언 뒤에 붙어서 한정의 뜻을 나타내는 경우는
   접미사로 다루어 붙여 쓴다. 그러나 '웃을 뿐이다.'와 같이, 용언의 관형사형 '-
   을' 뒤에서 '따름'이란 뜻을 나타내는 경우는 의존 명사이므로 띄어 쓴다.

⑦ **'판'** : '노름판, 씨름판, 웃음판'처럼 쓰일 때는 합성어를 이루는 명사이므로 붙여 쓴
   다. 그러나 '바둑 한 판 두자. 장기를 세 판이나 두었다.'와 같이, 수 관형사 뒤
   에서 승부를 겨루는 일의 수효를 나타내는 경우는 의존 명사이므로 띄어 쓴다.

⑧ **'차(次)'** : '연수차(研修次) 도미(渡美)한다.'처럼 명사 뒤에 붙어서 '~하려고'란 뜻을
   나타내는 경우는 접미사로 다루어 붙여 쓴다. 그러나 '고향에 갔던 차에 선을
   보았다.'와 같이, 용언의 관형사형 뒤에서 '어떤 기회에 겸해서'란 뜻을 나타내는
   경우는 의존 명사이므로 띄어 쓴다.

3) 명사나 용언 뒤에 낱말이 붙어 하나의 낱말이 될 경우에는 붙여 쓴다.
　예) · '하다, 당하다, 시키다, 되다, 받다, 지다' 등이 낱말이 명사나 용언 뒤에 올 때
　　　 · 말하다. 결박당하다. 당선시키다. 결정되다. 버림받다. 달라지다 등

4) 보조용언은 본 용언과 띄어 쓰는 것이 원칙이지만 경우에 따라서는 붙여 쓴다.
　예) · 비가 올 듯하다(O) / 비가 올듯하다(O)
　　　 · 밝아 오다(O) / 밝아오다(O)
　　　 · 놓쳐 버렸다(O) / 놓쳐버렸다(O)
　　　 · 보고 싶은 얼굴(O) / 보고싶은 얼굴(O)
　　　 · 그 일은 할 만하다(O) / 그 일은 할만하다(O)

　다만, 앞말에 조사가 붙거나 앞말이 합성 동사인 경우, 그리고 중간에 조사가 들어갈
적에는 그 뒤에 오는 보조 용언은 띄어 쓸 수 있다.
　예) · 잘도 놀아만 나는구나!　　 · 책을 읽어도 보고.
　　　 · 지금 덤벼들어 보아라.　　 · 강물에 떠내려가 버렸다.

5) 체언 앞에서 체언을 꾸며 주는 말은 띄어 쓴다.
　예) 예쁜 꽃, 해박한 지식, 무슨 냄새, 좋아하는 색, 커다란 바위, 다친 데 바르는 약 등

6) 첩어는 붙여 쓴다.
　예) 싱글벙글, 기나긴, 구불구불, 아장아장, 깡충깡충, 요모조모, 착하디착한 등

7) 수를 적을 때는 '만(萬)' 단위로 띄어 쓴다.
　예) · 15억 3456만 7896 · 십오억 삼천사백오십육만 칠천팔백구십육

8) 단위를 나타내는 명사는 띄어 쓴다.
　예) 사과 두 개, 금 서 돈, 고기 한 근, 염소 두 마리, 연필 네 자루 등
　참고: 다만, 순서를 나타내는 경우나 숫자와 어울리어 쓰이는 경우에는 붙여 쓸 수 있다.
　예) 삼학년, 1946년 10월 14일, 제일과, 두시 오십분 오초, 육층, 7대대 등

9) 숫자와 함께 쓰이는 '여' 나 '몇' 은 숫자에 붙여 쓴다. 다만 숫자와 함께 쓰이지 않을 때는 띄어 쓴다.

　예1) 10여 년, 20여 일, 100여 미터 등

　예2) 몇십 년. 몇 사람, 몇백 명, 몇 가지 등

10) 성과 이름은 붙여 쓴다. 다만 호칭어, 관직명 등은 띄어 쓰고 성이 두 자일 경우는 붙여도 되고 띄어도 된다. 호칭이나 직책 이름은 띄어 쓴다

　예1) 유관순, 이순신, 강감찬 등

　예2) 하송이 씨, 최치원 선생, 이봉구 박사 등

　예3) 제갈공명(O) 제갈 공명(O), 독고탁(O) 독고 탁(O) 등

11) 명사나 명사의 성질을 가진 말에 '~없다' 를 붙여 합성할 때는 붙여 쓴다.

　예) 어림없다, 거침없다, 틀림없다, 필요없다, 별수없다, 어처구니없다

12) 고유명사, 전문용어는 단어별로 띄어 쓰는 것이 원칙이지만 붙여 쓰는 것도 허용된다.

　예)

　· 서울대학교(O) 서울 대학교(O) / 수학능력시험(O) 수학 능력 시험(O)

　· 만성신부전증(O) 만성 신부전증(O) / 중거리유도탄(O) 중거리 유도탄(O)

　· 국제통화기금(O) 국제 통화 기금(O) / 국립과천과학관(O) 국립 과천과학관(O)

13) 한 글자로 된 낱말이 세 개 이상 연달아 나올 때는 붙여 쓸 수 있다.

　예) · 좀 더 큰 것(O) 좀더 큰것(O) / 한 잎 두 잎(O) 한잎 두잎(O)

　　· 내 것 네 것(O) 내것 네것(O) / 이 집 저 집(O) 이집 저집(O)

14) 단음절로 된 단어가 연이어 나타날 때는 붙여 쓴다.

　예) 그때 그곳, 좀더 큰것, 이말 저말, 한잎 두잎

15) 두 말을 이어 주거나 열거할 때 쓰는 말은 띄어 쓴다.

　예) · 대, 겸, 및, 등, 내지, 또는, 또 등 / · 대 : 청군 대 백군

· 겸 : 의사 겸 교수 / · 및 : 사장 및 사원들

· 등 : 책상, 걸상, 칠판 등 / · 내지 : 하루 내지 이틀

16) 마을이나 산천, 지방의 이름에 붙는 '도, 시, 구, 읍, 면, 동, 주, 섬, 강, 산 역' 등은 붙여 쓴다. 단 외국 이름에 붙을 경우에는 띄어 쓴다.

예) · 전라북도, 대전시, 동해, 낙동강, 부산항, 서울역 등

· 아미존 강, 안데스 산, 동경 시, 자바 섬, 뮌헨 역 등

■ 독서와 독서 감상문 ■

· 독서 ·

1. 독서(讀書)의 정의

독서란 '책을 읽는다.' 혹은 '글을 읽는다.'의 뜻이다. 책을 읽는다는 의미는 결국 책 속의 글을 읽는 것이므로 독서란 '글을 읽는다.'는 뜻이다. 따라서 독서는 '글의 이해는 물론 독자가 자신의 지식과 경험을 바탕으로 글을 분석, 종합, 추론, 판단하는 주체적이고 능동적인 사고 과정'으로 보아 필자와 독자의 의사소통을 강조하는 개념이다.

· 미시적 정의 : '책을 읽는다 는 독서행위로 '단순히 문자에서 의미를 도출하는 문자 해독 과정'으로 보는 견해

· 거시적 정의 : '필자의 기호화된 의미가 독자의 뇌리에 재생되어 다시 형성되는 커뮤 니케이션'으로 '독서 행위가 문자의 해독은 물론 필자의 사상과 감정 의 의미까지를 해독 과정'으로 보는 견해

2. 독서

바른 독서 자세가 눈건강도 지키고 독서의 효율성도 높인다. 특히 식사전후 바로 책 읽지 않으며 책과 눈의 거리는 30㎝, 책과의 시선은 90°를 유지하는 것이 좋다.

1) 바른 자세 및 독서하는 방법

독서 시 바른 자세의 원리는 신체가 사물에 닿는 접지면적이 적을수록 좋은 자세다. 예를 들어 눕거나 엎드려 책을 보는 독서 자세가 가장 나쁘다.

① 집중도가 가장 높은 자세는 서서 하는 독서 자세이나 장시간동안 자세를 유지하는 것이 어려우므로 바람직한 독서 자세는 먼저 의자에 자연스럽게 앉되 중간쯤에 걸쳐서 앉는 것이 좋다.
② 무릎은 직각을 유지할수록 바람직하고 발은 바닥을 모아서 양발의 날이 바닥에 닿도록하여 접지면적을 줄여준다.
③ 허리를 펴고 척추를 바르게 하되 의자에 등을 기대지 않는다. 등받이가 없는 의자에 장시간 앉아 있으면 허리의 통증을 호소하는 경우가 있는데 이는 자세가 교정되면서 생기는 일시적인 현상이다. 그리고 턱을 목 쪽으로 당겨서 고개를 약간 숙여 줍니다.
④ 책의 내용을 읽을 때 윗줄은 약간 위로 치켜뜨는 각도이어야 집중력이 향상되며 고개를 숙이지 않고 아랫줄까지 편안하게 볼 수 있다.
⑤ 가급적 독서대를 사용하는 것이 바람직하고 각도는 30~90도로 유지한다.
⑥ 책상과 흉부 사이에 주먹이 하나 정도 들어가게 앉고 그 자세에서 팔을 가지런히 펴서 독서대의 책을 가볍게 잡고 읽는다.

2) 독서의 종류

① 정독(精讀) : 자세히 읽기
　자세한 부분까지 주의하여 빠진 곳이 없도록 깊이 생각하고 따지면서 읽는 방법 (교과서, 고전, 전문서적, 참고서)

② 다독(多讀) : 많이 읽기

여러 종류의 책을 많이 읽는 독서법으로 지나치면 남독과 난독을 역효과를 낼 수 있다. 깊이 있는 지식의 습득 보다는 폭넓은 지식의 습득에 알맞은 방법 (교양서)

③ 속독(速讀) : 빠르게 읽기

책을 빨리 읽는 방법으로 짧은 기간 내에 많은 분량의 책을 읽는 독서 방법 (문학작품, 대중소설)

④ 통독(通讀) : 훑어 읽기

글 전체의 내용을 훑어 볼 필요가 있거나, 자세한 내용 이해가 필요하지 않을 때 읽는 방법 (문학 작품, 교양 서적)

⑤ 음독(音讀) : 소리내어 읽기

소리를 내어 읽는 방법으로, 다른 사람이 알아듣도록 읽어야 하거나, 문자나 말을 확인하며 읽는 방법. 시 및 시 낭송, 동요 (독서효과는 적음)

⑥ 묵독(默讀) : 눈으로 읽기

소리를 내지 않고 눈으로 읽는 독서 방법. 내용을 생각하며 읽을 수 있고, 주위 사람에게 방해가 되지 않으며, 읽는 속도가 빠름. 글의 내용을 이해할 때 가장 일반적인 읽기 (연구적인 독서)

⑦ 순독(脣讀) : 입술을 벙긋거리며 읽기

음독처럼 소리내어 읽지는 않지만 입술을 움직이면서 책을 읽는 방법

⑧ 발췌독(拔萃讀) : 필요한 부분만 뽑아 읽기

적독(摘讀)이라고도 하며, 한 권의 책 가운데서 자기에게 필요한 부분만 찾아 골라 읽는 방법으로 사전류나 참고서를 읽는 데 적합함

그 외에도

· 낭독[朗讀] : 소리를 높여서 여러 사람에게 읽음 (감동을 전달)
· 적독[摘讀] : 띄엄띄엄 가려서 필요한 부분만 골라서 읽음 (사전, 참고서 등)
· 남독[濫讀] : 순서 · 체계 · 내용에 관계없이 무조건 읽음 (독서 중 가장 나쁜 습관임)
· 다독[多讀] : 글이나 책을 많이 읽고 넓게 읽음 (교양서)
· 지독[知讀] : 필요한 내용을 연구하고 생각하며 읽음 (학문적인 것)
· 미독[味讀] : 뜻과 내용을 음미하면서 문장을 맛보듯이 감상하며 읽음 (예술성 도서)

3) 독서 감상문 쓰는 방법

① 제목은 책 제목이 아닌 재미난 제목으로 붙일 것
    (원제:○○○를 읽고, 부제:○○○○○)
② 이야기의 줄거리와 느낌을 따로 쓰지 말고 골고루 쓸 것
③ 한 부분만 쓰지 말고 전체의 내용을 고루 담도록 할 것
④ 가장 크게 받은 느낌이나 감동을 강조해서 쓸 것
⑤ 자기경험과 생활을 책 내용과 견주어 옳고 그름을 비판할 것
⑥ 작품을 읽은 후의 마음가짐과 뉘우친 점 등을 쓸 것
⑦ 책을 읽은 동기, 읽은 후의 독서생활에 준 영향 등을 첨삭할 것
⑧ 글의 앞뒤가 연결되어 독서 감상문만 읽어도 이야기 흐름을 짐작할 수 있도록 할 것

4) 도서 선택 요령

① 전체적인 면에서
· 책의 제목, 머리말, 목차를 살핀다.
· 읽고자 하는 책으로 내 수준에 맞는 책을 고른다.
· 저자, 편자, 역자, 등에 가격, 경험, 교육적 배경 등을 알아본다.
· 권위있는 출판사로서 발행 일자와 판이 거듭된 횟수를 본다.(최신 개정판을 고를 것)
· 많은 사람이 권하고, 오랫동안 정평이 나있는 책을 고른다.(문학서는 고전, 과학 서적은 최근에 발간된 책)
· 오래도록 활용할 수 있고, 지식과 교양을 높일 수 있는 책
② 형식면에서
· 제본이 잘 되고 인쇄 상태가 선명하여 지은이의 검인이 있는가?
· 사전류에는 새 맞춤법으로 저작되었어야 한다.
· 참고서인 경우 색인의 유무와 기타 부록 유무를 본다.
③ 내용 면에서
· 교과 학습과 인격 형성에 도움이 되는 책
· 사진이나 삽화가 내용에 알맞게 실려 있는가?
· 이해하기 쉽고 간결한 문장으로 표현된 도서

5) 독서를 해야 하는 이유

① 책은 바르게 세상을 살아가도록 우리를 이끌어준다.
② 책은 우리의 시야를 넓혀준다.
③ 책은 삶의 소중한 교훈을 깨닫게 한다.
④ 책은 재미를 준다.
⑤ 책은 우리에게 삶을 가르쳐 준다.
⑥ 책은 과거와 현재와의 대화이다.
⑦ 책은 우리에게 생각하는 힘을 갖게 한다.
⑧ 책은 살아있는 지식을 얽게 하여 학습에 도움을 준다.
⑨ 책은 자신의 미래를 발견하게 해준다.
⑩ 책은 우리의 마음을 풍요롭게 해준다.
⑪ 책은 우리에게 풍부한 어휘를 구사하게 한다.
⑫ 책은 풍부한 상상력을 길러주어 창조적인 생활을 하도록 한다.

· 독서 감상문 ·

1. 정의

　독서 감상문은 독서+감상문의 합성조어이다. 따라서 독서 감상문은 책을 읽고 난 후의 느낌이나 생각, 의견 등을 형식과 내용에 구애됨이 없이 자유롭게 쓴 글이라 정의할 수 있다. 독서 감상문은 일정한 형식은 없지만 대체로 글의 간략한 줄거리와 함께 글을 읽고 자신이 깨달은 점, 느낌, 생각 등을 서술한 것을 말한다.

　독서 감상문을 쓸 때는 먼저 글머리에 책을 읽게 된 동기, 책의 첫 느낌, 책 전체를 간략하게 요약하는 말 등을 이야기 하며 자연스럽고 간단하게 시작해야 한다. 그 후에 책의 전체적인 줄거리를 요약하며 자신이 크게 깨달았거나 새롭게 느꼈던 부분, 고민하고 깊게 생각했던 부분 등에 대해 중점적으로 서술한다. 그리고 마지막 부분에 작품의 주제나 지은이의 의도를 나름대로 추론해 보고, 자신의 생각을 정리하여 마무리 하는 것이 좋다. 독서 감상문을 통해 우리는 좀 더 효과적으로 책을 기억할 수 있고 책에 대한 자신의 생각을 정확하게 파악할 수 있다.

2. 독서 감상문을 쓰는 까닭

1) 읽은 책의 내용을 되살려 다시 맛보기 위해 쓴다.
2) 감동을 오래 간직하기 위해 쓴다.
3) 책 읽는 보람을 얻기 위해 쓴다.
4) 생각과 느낌을 정리하는 힘을 기르기 위해 쓴다.

3. 독서 감상문을 쓰면 좋은 점

독서에서 그치는 경우와 독서 감상문을 쓰는 독서 생활을 비교하여 볼 때, 독서 감상문을 쓸 경우, 다음과 같은 능력이 더욱 향상된다.

1) 독서 감상문은 글을 읽고 난 후 주인공의 성품을 헤아려 보거나, 주인공의 행동에 대하여 옳고 그름을 따져 나의 생각이나 느낌을 쓰므로 판단력과 비판력을 길러준다.
2) 독서 감상문은 글 속의 인물이나 사건, 배경을 다시 한번 생각하고 정리하는 기회가 되므로 간접 경험을 더욱 풍부하게 해 준다.
3) 독서 감상문은 다양한 등장인물의 말과 행동에 대하여 옳고 그름을 따져 보고 자신의 생활과 비교하며 글을 쓰는 행위임으로 삶에 대한 통찰력을 길러준다
4) 독서 감상문은 다양한 방법의 글쓰기이므로 문장력과 어휘 사용 능력을 길러준다

4. 독서 감상문을 잘 쓰려면?

1) 줄거리보다 느낌을 주로 써야 한다.
어린이들은 독서 감상문을 쓸 때 대부분 줄거리를 주로 쓴다. '참 재미있었다.'라고 글의 끝에 쓴 것만으로는 감상문이라고 할 수 없다. 이야기의 어느 대목을 어떻게 생각하는지 자세하고 구체적으로 써야 좋은 독서 감상문이 될 수 있다.

2) 자기 생활과 관련지어 써야 한다.

느낌은 자기 생활과 깊은 관계가 있다. 예를 들어 전기 '한석봉'을 읽었을 때는 '글씨'에 대한 생각이 나게 된다. 이런 생각을 자기 글씨와 관련지어 보고, 그 느낌과 생각 또는 반성한 점 등을 쓴다.

3) 여러 형식으로 써보아야 한다.

독서 감상문을 쓰는데는 정해진 형식이 없다. 그러므로 글쓴이에 따라 여러가지 형식으로 쓸 수 있다. 편지 · 동시 · 마인드맵 · 만화 · 일기 · 그림일기 · 골든벨 등 다양한 방법으로 개성 있게 쓰는 것이 좋다.

5. 독서 감상문의 작성 요령

1) 독서 이전의 단계

자신에게 맞는 책을 선택하고 미리 어떤 책인가? 쓰여진 시기 · 내용 및 작가에 관한 윤곽을 파악하도록 한다.

2) 독서 과정의 단계

독서 기록장에 줄거리나 요점을 간략하게 메모하며 그러한 과정에 주제를 파악한다. 이때 주요 인물의 성격 · 행동 · 인간관계 · 시대적 배경 등을 분석하고 그것이 주제의 전개에 어떻게 관련되어지는지 생각한다. 작중 인물의 행동이나 스토리의 전개를 자기의 생활 · 의견 · 경험 · 생활 환경과 결부시켜 생각한다.

3) 감상문 작성 단계

감상문 작성에 들어가기 전에 개요를 짜고 머리에 떠오르는 것을 잘 이끌어내도록 한다. 표현의 형식에 구애됨이 없이 생각한 것을 솔직하게 쓰도록 한다.

▶ 다양한 표현 방법으로는
  · 학생의 경우는 자신 또는 선생님 · 친구 · 친척 등과 편지 형식
  · 등장 인물과의 현지 혹은 대화 형식
  · '내가 주인공이라면' 하는 형식

· 독서 일기 형식

· 독후화 형식

참고: 다른 사람의 글을 모방하는 것보다는 자기의 경험·사고·감상을 소중히 표현
하도록 한다. 동일한 책이나 내용을 읽은 학생들에게는 좌담회 형식으로 독서 감
상 발표를 하는 것도 좋다.

4) 독서 감상문 작성 후 단계

동일한 작품을 읽고 쓴 몇 개의 감상문을 중심으로 이야기 해보거나 독서·토론을
하는 독서감상회를 전개해 본다.

6. 글의 종류에 따른 다양한 독서 감상문 쓰기

독서 감상문을 쓰는 방법은 정해져 있는 것이 아니다. 읽고 난 느낌을 다음의 방법으
로 다양하게 쓸수 있다.

1) 전기문

우리는 전기문의 주인공을 통해 주인공이 살던 시대와 업적을 알 수 있다. 전기 속
인물과 나의 닮은 점, 다른 점을 살펴보고 이를 바탕으로 내 모습을 되돌아보는 기회
를 갖는다.

2) 동화·소설

동화와 소설은 우리에게 다양한 경험들을 제공한다. 감동 받은 부분이나 주인공에게
하고 싶은 말, 느낀 점 등을 중심으로 적는다. 또한 이야기의 사건이나 주인공을 바꾸
어 새로운 나만의 이야기를 만들어 본다.

3) 과학

과학책에는 많은 지식들이 담겨져 있다. 책을 통해 새롭게 알게 된 내용을 정리한다.

4) 동시

재미있거나 새로운 표현 등을 찾아 정리한다. 이를 바탕으로 나만의 새로운 시를 만들어 본다.

7. 독서 감상문 쓰는 순서

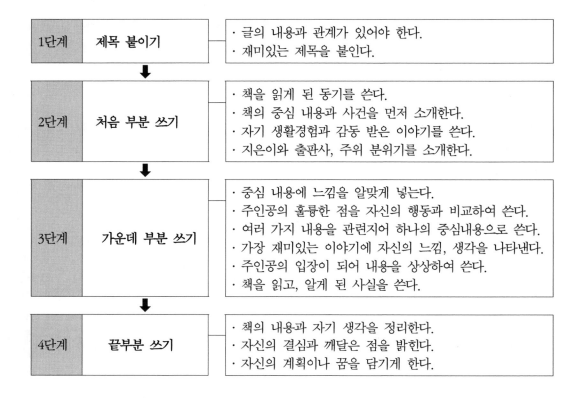

1단계	제목 붙이기	· 글의 내용과 관계가 있어야 한다. · 재미있는 제목을 붙인다.
2단계	처음 부분 쓰기	· 책을 읽게 된 동기를 쓴다. · 책의 중심 내용과 사건을 먼저 소개한다. · 자기 생활경험과 감동 받은 이야기를 쓴다. · 지은이와 출판사, 주위 분위기를 소개한다.
3단계	가운데 부분 쓰기	· 중심 내용에 느낌을 알맞게 넣는다. · 주인공의 훌륭한 점을 자신의 행동과 비교하여 쓴다. · 여러 가지 내용을 관련지어 하나의 중심내용으로 쓴다. · 가장 재미있는 이야기에 자신의 느낌, 생각을 나타낸다. · 주인공의 입장이 되어 내용을 상상하여 쓴다. · 책을 읽고, 알게 된 사실을 쓴다.
4단계	끝부분 쓰기	· 책의 내용과 자기 생각을 정리한다. · 자신의 결심과 깨달은 점을 밝힌다. · 자신의 계획이나 꿈을 담기게 한다.

8. 독서 감상문 쓰기의 실제

1) 제목 붙이기

① 〈책 이름〉 뒤에 '읽고' 혹은 '읽고 나서' 라는 말을 붙인다. 책 이름이 『심청전』 이면 독서 감상문 제목은 '심청전을 읽고'라고 쓴다.

② 제목을 따로 붙이기 / (예)

영원한 어린이의 친구 '방정환'을 읽고	정성수 지음 '폐암 걸린 호랑이'를 읽고

2) 처음 부분 쓰기 (머릿글) / (예)

> 이 이야기는 프랑스의 르나르가 쓴 것이다. 이 책에는 못 생기고 겁이 많고, 어머니 르
> 피크 부인에게 구박만 받는 '홍당무'란 별명이 붙은 어린 한 소년의 이야기가 애달프게
> 그려져 있다.
> **- 이하 줄임 -**

① 책을 읽게 된 동기나 책을 처음 대했을 때의 느낌을 쓴다.

② 생활 경험(자기 이야기)부터 쓴다.

③ 감동 받은 대목을 인용해 처음을 시작한다.

④ 책의 지은이나 주인공을 소개로 시작한다.

3) 가운데 부분 / (예)

> 어제는 숙제가 없는 날이라서 학교 도서실에 들려 책을 한 권 빌렸습니다. 많은 책들
> 중에서 '서울로 간 허수아비'라는 책이 눈에 띠었습니다. 허수아비는 농촌의 논에 있는
> 건데 왜 서울로 갔을까? 생각하면서 책을 읽었습니다.
> -이하 줄임-

① 자기의 생활과 견주어 쓴다.

② 주인공의 행동과 나의 행동을 비교해서 쓴다.

③ 주인공의 행동을 비판해서 쓴다.

④ 자신이 주인공이라 생각하고 쓴다.

4) 끝 부분 / (예)

> 나는 지금 아래 어금니가 거의 망가졌다. 단 것을 많이 먹고 또 식사 후에 양치질을 제
> 대로 하지 않아서 그렇게 되었다. 그래서 며칠 전에도 이가 아파 아무것도 못 먹고 치과
> 에 다녀왔었다.
> 그런데 어제 학급 문고에 새로 들어온 책 중에서 엄기원 아저씨가 쓰신 '이상한 청진기'
> 를 보고 호기심에 읽게 되었다.
> **- 이하 줄임 -**

① 느낌이나 감동을 정리한다.

② 자신의 결심을 쓴다.

9. 독서 감상문의 여러 형태

독서 감상문은 '줄거리, 내용, 느낌을 어느 부분에 두느냐에 따라 다음과 같이 나눠집니다.

1) 책의 줄거리를 먼저 쓰고 느낌을 적는 형태 (저학년) / 줄거리 + 느낌
2) 책의 내용 중간 중간에 느낌을 적는 형태 (중학년) / 내용(줄거리) + 느낌 + 내용(줄거리) + 느낌
3) 책의 줄거리나 내용을 쓰지 않고 느낌만 적는 형태 (고학년)

10. 독서 감상문을 잘 쓰려면

1) 책을 읽으면서 느꼈던 느낌을 씁니다.
2) 책을 읽고 가장 감동을 받았던 부분을 자신의 느낌과 함께 씁니다.
3) 다른 사람이 쓴 '독서 감상문'을 자주 읽어 보고 자신의 느낌과 비교해 봅니다.
4) 다른 사람의 '독서 감상문'을 보고 따라서 써보세요. 그러다 보면 자신만의 독특한 독서 감상문을 쓸 수 있게 됩니다.

11. 독서 감상문의 형식

1) 느낌 중심의 독서 감상문
2) 편지글 형식의 독서 감상문
3) 일기 형식의 독서 감상문
4) 시 형식의 독서 감상문
5) 보고문 형식의 독서 감상문
6) 기행문 형식의 독서 감상문
7) 그림으로 나타내는 독후 감상화

12. 독서 감상문 작성시 유의점

독서 감상문은 이해, 사고, 표현의 3요소를 통일하는 종합적인 활동이다. 독서 감상문 작성시 유의점은 다음과 같다.
1) 작품을 바르게 이해할 것
2) 대강의 줄거리, 짜임, 인물 관계를 파악할 것

3) 주요 인물의 성격과 그의 삶의 방법을 파악할 것

4) 자기가 말하고자 하는 주제를 파악할 것

5) 문체나 글의 표현, 그 밖에 작품의 사회적, 시대적 배경이나 주제가 지니는 글의
    문제점, 전개 방법에 대하여 메모를 해둘 것

6) 작품과 관련하여 자기의 생각이나 생활상의 공통점과 반대점을 파악하여 그것들을
    감상문 속에 나타낼 것

7) 글쓰기 형식은 자유이나 대강의 구상(들어가는 말, 끝맺음, 쓰는 순서)등은 세워둘 것

● 참고

독서 감상문의 유형은 특별한 형식과 틀을 강요해서는 안된다. 자유스럽게 자신의 생각을 쓰게 하면서 변화있는 감상의 표현 방법, 문장력의 기초 지도에 노력을 기울 여야 한다. 특히 일기와 같은 생활문을 열심히 쓰면서 글쓰기의 힘을 기르는 것이 좋다. 일기 글 속에서 편지쓰기, 독서 감상문을 쓸 수 있듯이 독서 감상문에서도 일기, 편지를 기행 문 등의 다양한 형식으로 쓰여질 수 있다.

13. 독서 감상문 (예)

1) 주인공의 행동 중 감명 깊은 부분을 뽑아 자신의 생각이나 느낌을 적어보는 방법

'천로역정'을 읽고

□□중학교 1학년 ○○○

난 이 책에 나오는 믿음씨의 행동에서 여러 가지를 깨달았다.

구덩이에 빠지고 험한 길만 다니고, 또 악마에게 시달리면서도 믿음씨는 구원을 받기 위해 어려움들을 헤쳐나갔다. 나 같으면 진작에 그만 두었을 텐데……

'구원을 받겠다는 마음하나로 어떻게 이런 어려움을 헤쳐나갔을까?'하고 책을 처음 읽을 때 생각했었다. 그러나 책을 계속 읽으면서 어려움을 이겨내어 구원을 받고, 다른 사람들을 행복하게 해 주려는 것임을 알게 되었다.

마지막에 구원씨가 구원을 받는 내용에서는 나도 모르게 기분이 좋았다. 나도 믿음씨의 끈기와 어려운 일을 헤쳐나가는 용기를 본받아야겠다.

---

2) 책을 읽고 새로 알게 된 사실이나 신기한 현상에 대한 생각이나 느낌을 적어보는 방법

'잡초의 세계'를 읽고

□□중학교 2학년 ○○○

잡초는 대단한 생명력을 가진 풀이다. 흙만 있으면 자라기 때문이다.

나는 지나가다가 보도 블록이며 길가에 있는 잡초를 보잘 것 없는 풀로 생각했지만 흙만 있으면 어디서나 자란다는 것을 알고 나서는 잡초도 다른 풀 못지 않는 풀이라는 것을 알았다.

잡초는 논에서 흔히 볼 수 있는데 농부들이 곡식을 심기 위해 잡초를 뽑아버려도 다시 난다고 한다. 나는 잡초도 다른 풀들처럼 한 번 뽑아버리면 다시는 나지 않는다고 생각했는데 정말 신기하다. 그 생명력이 대단한 것 같다.

농부들에게 피해를 주는 잡초도 곤충들에겐 절실히 필요한 풀이다. 풀이 없으면 곤충들도 살 수 없기 때문에 잡초도 피해를 주지 않는 곳에서는 있어야 한다고 생각한다. 그리고 무엇이건 '필요 없는 것은 없다'라는 생각을 하였다.

---

3) 글의 줄거리를 쓴 후 자신의 생각이나 느낌을 쓰는 방법

'로빈슨 크루소'를 읽고

□□초등학교 6학년 ○○○

로빈슨은 어려서부터 모험심이 많은 아이였다. 로빈슨은 자라면서 주위의 반대를 무릅쓰고 배를 탔다가 풍랑을 만나 죽을 뻔하였다. 그러나 로빈슨은 꿈을 버리지 않고 다시 선원이 되었다가 또 다시 풍랑을 만나 동료들은 다 죽고 혼자만 무인도에 표류하여 외로운 생활을 하게 된다. 로빈슨은 외딴 섬에서 오두막을 짓고 동물과 곡식을 키우며 살아간다.

어느 날, 산책을 하다가 식인종을 만나 결투를 벌이다가 식인종과 친해져 같이 생활한다. 그러던 중 선원들이 반란을 일으켜 위기에 빠진 선장을 구해주고, 빼앗겼던 배도 무사히 찾아 20년 간의 무인도 생활을 마친다.

내가 만약 로빈슨이었다면, 침착하지도 못하고 금방 죽었을 것이다. 이 책을 읽고 본받을 점은 침착한 정신이라고 생각한다. 아무리 힘든 일이라도 견디고 최선을 다하면 어떤 일도 해낼 수 있을 것이라고 생각한다.

---

4) 글 속의 주인공과 자기 자신을 비교하는 방법

'만년 셔츠'를 읽고

□□중학교 2학년 ○○○

고모께서 꼭 읽어보라며 '만년 셔츠'라는 책을 선물해 주셨다. 그래서 나는 한창남 오빠를 만나게 되었다.

오빠는 다해진 구두를 몇 년씩 고쳐 신고도 학교를 가고, 내의도 없이 맨 몸으로 체육 시간에 나가는 오빠의 용기가 자랑스러웠다. 그 동안 예쁜 옷이나 신발을 보면 사달라고 졸라대던 내가 부끄러워졌다.

또 앞 못보시는 엄마를 위해 오빠의 양복과 양말까지도 벗어드리는 착한 마음씨에 감동하였다. 지난 겨울, 잠을 자려고 하는데 희진이가 추워 벌벌 떨길래 이불을 덮어주었다. 조금 춥기는 했지만 마음은 훈훈하였다.

나도 한창남 오빠처럼 어떠한 환경에서도 열심히 공부하고 남을 위해 조금이라도 노력하는 습관을 길러야겠다.

---

5) 주인공에게 편지를 써보는 방법

'심술 나쁜 공주님'을 읽고

□□초등학교 3학년 ○○○

심술 나쁜 공주님께!

공주님 안녕하세요?　신분도 높으신 분이 어떻게 그런 욕심을 내셨어요?

저도 가끔 친구의 좋은 물건을 보면 갖고 싶다는 생각이 들지만 그걸 가진다는 건 도둑질이나 마찬가지예요. 한번 빼앗긴 사람의 심정을 생각해 보세요. 그것도 부모님께서 남겨주신 보물인데 도둑을 맞았으니 얼마나 가슴이 아팠겠어요.

이제부터는 욕심 내지 마시고, 자기 나라를 잘 다스리시는 공주님이 되세요. 제가 보고 있을거예요.

안녕히 계세요.

○○년　○월　○일
○○○ 드림

▶▶▶ 독서 감상문 양식

학교 제   학년   반 이름 :

독서 감상문										
책제목	폐암 걸린 호랑이	지은이	정성수	출판사	청어	발행년도	2014	쪽수	207	

제10강 : 실전문제 및 풀이

• 실전문제 ❶

※ 다음 글에는 각각 띄어쓰기가 잘못된 것이 하나씩 있으니 찾아 바르게 쓰시오.

【문제1】 산새는 산새 대로 날마다 먹을 것을 찾아 헤매고 있지만 잘 보이질 않는다.
【문제2】 그 사람이 어제 우리 집에서 말한 김창수씨라는 분인가요.
【문제3】 공사장에서 매일같이 혹사 당하는 사람들은 괴로운 것이 아니라 슬프다.
【문제4】 그 사람이 고향을 떠난 지 십 년만에 귀향했지만, 누구 하나 환영하는 사람은 없었다.
【문제5】 그 사과는 색깔이 고운 것이 먹을만했지만, 값이 비싸서 그냥 돌아왔다.
【문제6】 그는 밥을 먹을만큼 먹고도 계속 욕심을 부리고 있으니 볼 꼴이 아니었다.
【문제7】 원고는 다 쓰고 한 편 밖에 안 남았지만, 퇴고할 것이 많아 걱정이다.

실전문제 ❶ 의 정답 및 해설

1. 산새 대로 〉 산새대로
   '대로, 만큼, 뿐' - 명사, 대명사 다음에는 붙여 씀
2. 김창수씨 〉 김창수 씨
   성이나 이름만 쓸 때는 붙여 씀 - 김씨. 창수씨
3. 혹사 당하는 〉 혹사당하는
   명사 다음의 '되다. 당하다. 시키다. 받다' 등도 모두 붙여 씀
4. 십 년만에 〉 십 년 만에
   시간적 거리를 말할 때에는 띄어 씀. '오랜만'은 붙어 있는 한 낱말이니 띄지 않음
5. 먹을만했지만 〉 먹을 만했지만

만하다 (가치보조형용사). 듯하다. 듯싶다 (추측보조형용사)는 붙어 있는 한 낱말임

6. 먹을만큼 〉 먹을 만큼

'대로, 만큼, 뿐'은 관형사형어미 'ㄴ,ㄹ' 다음에는 띄어 씀 -

예) 할 대로 해라. 먹은 만큼 지불하라.

7. 한 편 밖에 〉 한 편밖에

실제의 '밖'이 아닌 경우로서 漢字 '~外'의 뜻일 때는 앞 낱말에 붙여 씀

예) 갈 수밖에 없다. 너밖에 없다. 다 먹고 둘밖에 안 남았다. 실지로 '밖은 띄어서 씀.

예) 그집 밖에는 꽃밭이 있다.

● 실전문제 ❷

※ 맞춤법과 표준어 예상문제

【문1】 다음 중 맞춤법에 맞는 것은? (   )
　(1) 거치른 들판의 푸르른 솔잎처럼　　(2) 거친 들판의 푸르른 솔잎처럼
　(3) 거치른 들판의 푸른 솔잎처럼　　　(4) 거친 들판의 푸른 솔잎처럼

【문2】 다음 중 맞춤법에 어긋나는 것은? (   )
　(1) 오늘은 일찍이 일어났다.　　　　　(2) 오늘은 반드시 일을 끝내자.
　(3) 눈을 지긋이 감았다.　　　　　　　(4) 의자에 반듯이 앉아라.

【문3】 다음 중 맞춤법에 어긋나는 것은? (   )
　(1) 점심은 국수를 먹을까?　　　　　　(2) 빨리 일어날걸.
　(3) 제주도로 갈꺼야.　　　　　　　　(4) 내일 학교로 찾아갈게.

【문4】 다음 중 표현이 바른 것은? (   )
　(1) 퀴즈의 답을 맞혀 보세요.　　　　　(2) 퀴즈의 답을 맞춰 보세요.

【문5】 다음 중 표현이 바른 것은? (　　)

   (1) 이 자리를 빌어 감사의 말씀을 드립니다.

   (2) 이 자리를 빌려 감사의 말씀을 드립니다.

【문6】 다음 중 맞춤법에 맞는 것은? (　　)

   (1) 흡연을 삼가해 주십시오.　　　　(2) 흡연을 삼가 주십시오.

【문7】 "오늘 청수가 온다고 했니?" 에 대한 답으로 맞는 것은? (　　)

   (1) "아니요, 영수가 온대요."　　　(2) "아니오, 영수가 온데요."

【문8】 다음 중 맞춤법에 맞는 것은? (　　)

   (1) 빈칸에 알맞은 답을 쓰시오.　　(2) 빈칸에 알맞는 답을 쓰시오.

【문9】 다음 중 맞춤법에 맞는 것은? (　　)

   (1) 예스럽다　　　　　　　　　　(2) 옛스럽다

【문10】 다음 중 맞춤법에 어긋나는 것은? (　　)

   (1) 오늘은 왠지 기분이 안 좋아.　　(2) 오늘은 웬지 기분이 안 좋아.

   (3) 웬 낯선 사람이 나를 부른다.　　(4) 국립공원에 골프장이 웬말이냐!

【문11】 다음 중 맞춤법에 맞는 것을 두 개 고르시오. (　　)

   (1) 어서 오십시오.　　　　　　　(2) 어서 오십시요.

   (3) 어서 오세요.　　　　　　　　(4) 어서 오세오.

【문12】 다음 중 맞춤법에 맞는 것을 두 개 고르시오. (　　)

   (1) 철수는 서울에 있슴.　　　　　(2) 철수는 서울에 없음.

   (3) 철수는 서울에 있습니다.　　　(4) 철수는 서울에 없읍니다.

【문13】 다음 중 맞춤법에 어긋나는 것은? (　　)

   (1) 그러면 안 되요.　　　　　　　(2) 그러면 안 돼.

(3) 착한 사람이 돼라.   (4) 먹으면 안 되니까.

【문14】 다음 중 맞춤법에 맞는 것은? (   )

  (1) 오늘이 몇 월 몇 일이지?   (2) 오늘이 몇 월 며칠이지?

【문15】 다음 중 맞춤법에 맞는 것은? (   )

  (1) 그것은 우리의 바램이었어.   (2) 나는 네가 성공하길 바래.
  (3) 난 네가 이기길 바랬다.   (4) 조국의 통일을 바랍니다.

【문16】 다음 중 맞춤법에 어긋나는 것은? (   )

  (1) 첫째   (2) 둘째   (3) 열두째   (4) 세째

【문17】 다음 중 표준어가 아닌 것은? (   )

  (1) 쌍동이   (2) 쌍둥이   (3) 바람둥이

【문18】 다음 중 맞춤법에 맞는 것은? (   )

  (1) 다시는 술을 않 먹겠다.   (2) 술을 먹지 않고 담배도 끊겠다.
  (3) 그 일 안하면 안 돼?   (4) 숙제도 않하고 뭐하니?

【문19】 다음 중 맞춤법에 어긋나는 것은? (   )

  (1) 비가 올 것 같다.   (2) 비가 올 것같은 날
  (3) 영희는 남자같이 행동한다.   (4) 나와 같이 집에 가자.

【문20】 다음 중 맞춤법에 어긋나는 것은? (   )

  (1) 노동량   (2) 작업량   (3) 알칼리양   (4) 쓰레기량

【문21】 다음 중 맞춤법에 맞는 것은? (   )

  (1) 늦은 시간에 어딜 갈려고 하니?   (2) 뭘 먹으려고 냉장고 문을 여니?
  (3) 사랑이 뭐길래.   (4) 언제 경제가 좋아질런지 모르겠다.

【문22】다음 중 맞춤법에 맞는 것은? (   )
　　(1) 나는 자랑스런 태극기 앞에　　　(2) 나는 자랑스러운 태극기 앞에

【문23】다음 중 맞춤법에 맞는 것은? (   )
　　(1) 거기서 발을 띠면 안 돼.　　(2) 불을 키지마.
　　(3) 거기 스라니까.　　(4) 회사에서 잘렸다.

【문24】다음 중 맞춤법에 맞는 것은? (   )
　　(1) 그것은 제 물건이어요.　　(2) 그것은 내 착각이였다.
　　(3) 그것은 책이예요.　　(4) 걔는 철수에요.

【25】다음 중 맞춤법에 맞는 것 두 개를 고르시오. (   )
　　(1) 어제 백일잔치를 치렀다.　　(2) 어제 백일잔치를 치뤘다.
　　(3) 물건 값을 치르고 와라.　　(4) 물건 값을 치루고 와라.

【26】다음 중 맞춤법에 맞는 것은? (   )
　　(1) 서러운 서른살 그 설레임을 안고 내가 왔다.
　　(2) 목이 메인 이별가를 불러야 옳으냐?
　　(3) 비가 개면 밭일을 나가야겠다.
　　(4) 잊혀진 계절

【문27】다음 중 외래어 표기법에 어긋나는 것은? (   )
　　(1) 포클레인　　(2) 파이팅　　(3) 커피숍　　(4) 써클

【문28】다음 중 표기 규정에 맞게 쓴 것은? (   )
　　(1) 2003.09.01.　　(2) 2003년.09월.01일

【문29】다음 중 '닭이'의 발음으로 맞는 것은? (   )
　　(1) [달기]　　(2) [다기]　　(3) [닥이]　　(4) [탁이]

【문30】 다음 중 '밭이'의 발음으로 맞는 것은? (   )

   (1) [바티]   (2) [바치]   (3) [바시]   (4) [밧치]

【문31】 다음 중 '끝을'의 발음으로 맞는 것은? (   )

   (1) [끄틀]   (2) [끄츨]   (3) [끄슬]

【문32】 '독립문'의 발음으로 맞는 것은? (   )

   (1) [독닙문]   (2) [동닙문]   (3) [동님문]   (4) [동림문]

【문33】 다음 중 표준어가 아닌 것은? (   )

   (1) 깡충깡충   (2) 아지랑이   (3) 멋쟁이   (4) 으레

【문34】 다음 중 표준어가 아닌 것은? (   )

   (1) 상추   (2) 윗어른   (3) 귀고리   (4) 설거지

【문35】 다음 중 표준어가 아닌 것은? (   )

   (1) 안절부절하다   (2) 가엽다   (3) 가엾다   (4) 넝쿨

【문36】 다음 중 표준어가 아닌 것은? (   )

   (1) 개구쟁이   (2) 점장이   (3) 미장이   (4) 관상쟁이

【문37】 다음 중 표준어가 아닌 것은? (   )

   (1) 수캐   (2) 수곰   (3) 숫쥐   (4) 숫소

【문38】 다음 중 표준어가 아닌 것은? (   )

   (1) 댓구법   (2) 망가뜨리다   (3) 망가트리다   (4) 게 섰거라!

【문39】 다음 중 표준어가 아닌 것은? (   )

   (1) 알쏭달쏭하다   (2) 아리송하다
   (3) 아리까리하다   (4) 헷갈리다

【문40】 다음 중 표준어가 아닌 것은? (　　)

　(1) 거무스레하다　　　(2) 거무스름하다

　(3) 요술쟁이　　　　　(4) 오손도손

실전문제 ❷의 정답 및 해설

번호	정답	해설	참고
1	(4)	거친 들판의 푸른 솔잎처럼	
2	(3)	눈을 지긋이 감았다.	눈을 지그시 감았다.(나이가 지긋이 들었다)
3	(3)	제주도로 갈꺼야.	제주도로 갈∨거야.
4	(1)	퀴즈의 답을 맞혀 보세요.	양복(조각)을 맞춰보세요.
5	(2)	이 자리를 빌려 감사의 말씀을 드립니다. =>'빌리다	저는 (1)은 '구걸', '용서'의 의미 (2)는 '잠시 대여'의 의미.
6	(2)	흡연을 삼가 주십시오.	
7	(1)	"아니요, 영수가 온대요."	
8	(1)	빈칸에 알맞은 답을 쓰시오.	알맞다 : 형용사 뒤에는 '는'이 못 옴.
9	(1)	예스럽다	
10	(2)	오늘은 웬지 기분이 안 좋아.	왠지 : 왜 그런지(왜인지)가 줄어서 된 말 '웬'관 : 어찌 된, 어떠 한
11	(1)	어서 오십시오. (3) 어서 오세요.	
12	(2)	철수는 서울에 없음. (3) 철수는 서울에 있습니다.	
13	(1)	그러면 안 되요.	
14	(2)	오늘이 몇 월 며칠이지?	
15	(4)	조국의 통일을 바랍니다.	희망, 소원의 의미로 해석
16	(4)	세째 (참고) 셋째	
17	(1)	쌍둥이	쌍둥이
18	(2)	술을 먹지 않고 담배도 끊겠다.	(1) 다시는 술을 않 먹겠다. ⇨ 안 (3) 그 일 안하면 안 돼? ⇨ 안∨하면 (4) 숙제도 않하고 뭐하니? ⇨ 안∨하고
19	(2)	비가 올 것같은 날 ⇨ 올 것∨같은	

20	(4)	쓰레기량	쓰레기양
21	(2)	뭘 먹으려고 냉장고 문을 여니?	(1) 늦은 시간에 어딜 갈려고 하니? ⇨ 가려고 (3) 사랑이 뭐길래 ⇨ 뭐기에 (4) 언제 경제가 좋아질런지 모르겠다 ⇨ 좋아질는지
22	(2)	나는 자랑스러운 태극기 앞에	
23	(4)	회사에서 잘렸다.	(1) 거기서 발을 띠면 안 돼. ⇨ 떼면 (2) 불을 키지마. ⇨ 켜지마 (3) 거기 스라니까. ⇨ 서라니까.
24	(1)	그것은 제 물건이어요.	(2) 그것은 내 착각이였다. ⇨ 었 (3) 그것은 책이예요. ⇨ 에 (4) 걔는 철수예요. ⇨ 예요.
25	(1)	어제 백일잔치를 치렀다. (3) 물건 값을 치르고 와라.	(2) 어제 백일잔치를 치뤘다. ⇨ '치루다'는 말은 없음. (4) 물건 값을 치루고 와라. ⇨ 치루 / 치질의 한 종류 치르다 [타](치르니·치러) 품삯을 ~. 초상을 ~. 손님을 ~. 조반을 ~. (2) 어제 백일잔치를 치뤘다. ⇨ '치루다'는 말은 없음. (4) 물건 값을 치루고 와라. ⇨ 치루 / 치질의 한 종류 치르다 [타](치르니·치러) 품삯을 ~. 초상을 ~. 손님을 ~. 조반을 ~.
26	(3)	비가 개면 밭일을 나가야겠다.	(1) 서러운 서른살 그 설레임을 안고 내가 왔다. ⇨ 설렘을 (2) 목이 메인 이별가를 불러야 옳으냐? ⇨ 멘 (4) 잊혀진 계절 ⇨ 잊혀지다 [자] : 잊힌
27	(4)	써클 ⇨ 서클	외래어는 된소리 표기 않음.
28	(1)	2003.09.01	
29	(1)	[달기]	
30	(2)	[바치]	
31	(1)	[끄틀]	

32	(3)	[동닙문]	
33	(1)	깡총깡총 (참고) 깡충깡충	
34	(2)	웃어른(참고) 윗어른 (위 아래 분리 가능할 때만 '윗') 〉 윗옷=上衣, 웃옷=겉에 입는 옷) ** 위와 아래의 대립이 있는 경우. 예) 윗- : 윗머리, 윗목, 윗몸, 윗변, 윗입술 * 위- : 위짝, 위쪽, 위층 (된소리나 거센 소리 앞에 옴) ** 위와 아래의 대립이 없는 경우 예) 웃- : 웃국, 웃돈, 웃어른, 웃옷	
35	(1)	안절부절하다 (참고) 안절부절못하다	(2) 가엽다 (3) 가엾다 (2)(3) 둘 다 사용.
36	(2)	점장이	점쟁이(기술직이 아님)
37	(4)	숫소	수컷을 뜻하는 것은 '수 -'로 통일함. 예) 수나사, 수놈, 수소, 수컷, 수탉, 수캉아지 * 예외 : 숫양, 숫염소, 숫쥐
38	(1)	댓구법	대구법 (구句는 '구'로 통일함. 결구結句 대구對句 성구成句 문구文句) * 예외 : 글귀. 귀글 두 마디가 한 덩이로 짝지어져 있는 글(한시·동시·시조 등) ↔ 줄글 예) 망가뜨리다 / 망가트리다 / 깨뜨리다 / 깨트리다 / 떨어뜨리다 / 떨어트리다 (4) 게 섰거라! (서 있거라, 떴다방)
39	(3)	아리까리하다	(4) 헛갈리다 (헛갈리다㉜, 헷갈리다㉘) 모두 사용)
40	(4)	오순도순	오순도순

• 실전문제 ❸

【문제】 아래 두 글에는 '아이를 땅에 묻으려 한 행위' 와 '딸의 눈에 청강수를 넣는 행위' 가 서술되어 있다. 행위의 목적과 결과를 고려하여 두 행위의 정당성 여부에 대한 자신의 견해를 논술하라.   (600자 이상으로 작성할 것)

※ 유의 사항
  다음과 같은 답안지는 0점으로 처리한다.
  (1) 논술 출제 의도와 전혀 다른 주제를 논술한 경우
  (2) 600자 미만인 경우
  (3) 흑색이나 청색 펜을 사용하지 않은 경우
  (4) 자신의 신분이 드러날 수 있는 내용을 쓰거나 표시한 경우

══ 제시문 (가) ══

  손순(孫順; 古本에는 孫舜이라고 했다)은 모량리(牟梁里) 사람이니 아버지는 학산(鶴山)이다. 아버지가 죽자 아내와 함께 남의 집에 품을 팔아 양식을 얻어 늙은 어머니를 봉양했는데 어머니의 이름은 운오(運烏)였다. 손순에게는 어린 아이가 있었는데 항상 어머니의 음식을 빼앗아 먹으니, 손순은 민망히 여겨 그 아내에게 말했다.

  "아이는 다시 얻을 수가 있지만 어머니는 다시 구하기 어렵소. 그런데 아이가 어머님 음식을 빼앗아 먹어서 어머님은 굶주림이 심하시니 이 아이를 땅에 묻어서 어머님 배를 부르게 해드려야겠소."

  이에 아이를 업고 취산(醉山; 이 산은 모량리 서북쪽에 있다) 북쪽 들에 가서 땅을 파다가 이상한 석종(石鐘)을 얻었다. 부부는 놀라고 괴이히 여겨 잠깐 나무 위에 걸어 놓고 시험 삼아 두드렸더니 그 소리가 은은해서 들을 만했다. 아내가 말했다.

  "이상한 물건을 얻은 것은 필경 이 아이의 복인 듯싶습니다. 그러니 이 아이를 묻어서는 안 되겠습니다."

  남편도 이 말을 옳게 여겨 아이와 석종(石鐘)을 지고 집으로 돌아와서 종을 들보에 매달고 두드렸더니 그 소리가 대궐에까지 들렸다.

  흥덕왕(興德王)이 이 소리를 듣고 좌우를 보고 말했다.

"서쪽 들에서 이상한 종소리가 나는데 맑고도 멀리 들리는 것이 보통 종소리가 아니니 빨리 가서 조사해 보라."

왕의 사자(使者)가 그 집에 가서 조사해 보고 그 사실을 자세히 아뢰니 왕은 말했다.

"옛날 곽거(郭巨)가 아들을 땅에 묻자 하늘에서 금솥을 내렸더니, 이번에는 손순이 그 아이를 묻자 땅 속에서 석종이 솟아나왔으니 전세(前世)의 효도와 후세의 효도를 천지가 함께 보시는 것이로구나."

이에 집 한 채를 내리고 해마다 벼 50석을 주어 순후한 효성을 숭상했다.

━━━━ **제시문 (나)** ━━━━━━━━━━━━━━━━━

한데 그때였다. 여인의 말 가운데 부지중 뜻밖의 사실이 한 가지 흘러 나왔다.

"행여 또 그런 핏줄 같은 것이 한 사람쯤 있었다 해도 앞을 못 보는 그 여자 처지에 떳떳이 얼굴을 내밀고 찾아 나설 형편도 못 되었고요."

여인의 눈이 장님이었다는 것이었다.

"아니, 그 여자가 그럼 앞을 못 보는 장님이었단 말인가? 그리 된 내력이 도대체 어떤 것이었다던가? 그 여자 아마 태생부터가 장님으로 난 여잔 아니었을 거 아닌가 말이네."

사내의 표정이 갑자기 사납게 흔들리고 있었다. 여인은 무의식중에 깜박 그런 말을 하고 나서도, 사내의 반응에는 도대체 영문을 알 수 없다는 듯 천연스럽게 말꼬리를 다시 눙치려 하고 있었다.

"그 여자가 장님이었다는 걸 말씀드리지 않았던가요. 하기야 그 여잔 눈이 먼 사람답지 않게 거동이 워낙 가지런해서 함께 지내고 있을 때부터 앞을 못 보는 사람이라는 생각을 잊고 있을 때가 많았으니께요. 하지만 손님 말씀대로 그 여자도 태생부터가 장님은 아니었던가 봅디다."

"그래, 어떻게 되어서 눈을 잃게 되었다던가? 사연을 들은 것이 있었으면 들은 대로 얘기를 좀 털어놔 보게."

사내의 목소리는 억제할 수 없는 예감에 떨고 있었다. 그러자 여인은 처음 얼마간 겁을 먹은 듯한 표정으로 말끝을 자꾸 흐리려 하고 있었으나 이제는 사내의 기세가 그것을 용납하지 않았다.

"상세한 내력까지는 저도 잘 모르지만요……."

딸아이에게 눈을 잃게 한 것은 다름 아닌 그녀의 아비 바로 그 사람이었을 거라 말한 것이 여자가 사내에게 털어놓은 놀라운 비밀의 핵심이었다. 소리꾼의 계집 딸이 나이 아직 열 살도 채 못 되었을 때, 어느 날 밤 그녀는 갑자기 견딜 수 없는 통증으로 그의 아비 곁에서 잠을 깨어 일어나게 되었고, 잠을 깨고 일어나 보니 그녀의 얼굴은 웬 일로 숯불이라도 들어부은 듯 두 눈알이 모진 아픔으로 활활 타들어 오는 것 같았고, 그것으로 그녀는 영영 앞을 못 보는 장님 신세가 되어 버리고 만 것이라 했다. 여자의 아비가 잠든 계집자식 눈 속에다 청강수를 몰래 찍어 넣은 것이라 했다. 그런 얘기는 여인이 일찍이 읍내 대갓댁 심부름꾼 시절서부터 이미 어른들에게서 들어 알고 있던 사실이었는데, 그렇게 하면 눈으로 뻗칠 사람의 영기가 귀와 목청 쪽으로 옮겨가서 눈빛 대신 사람의 목청소리를 비상하게 한다는 것이었다. 어렸을 적의 여인은 결코 그런 끔찍스런 얘기들을 믿으려 하지 않았었다. 하지만 어느 날 밤 사실이 못내 궁금해진 여인이 그 눈이 먼 여자 앞에 이야기를 모두 털어놓고 물었을 때 가엾은 그 계집 장님은 길고 긴 한숨으로 대답을 대신하여 믿을 수 없는 이야기를 믿어도 좋은 듯이 응대를 하고 말더라는 것이었다.

- 중략 -

사내는 이제 얼굴빛이 참혹할 만큼 힘이 빠져 있었다.

"그래 여자는 그럼 자기의 눈을 멀게 한 비정스런 아비를 어떻게 말하던가?"

- 중략 -

"행동거지로만 본다면야 말도 없고 원망도 없었으니 용서를 한 것 같아 보였지요. 더구나 소리를 좀 안다 하는 사람들까지도 그걸 외려 당연하고 장한 일처럼 여기고들 있었으니께요."

"그 목청을 다스리기 위해 눈을 멀게 했을 거라는 얘기 말인가?"

"목청도 목청이지만, 좋은 소리를 가꾸자면 소리를 지니는 사람 가슴에다 말 못할 한(恨)을 심어 줘야 한다던가요?"

"그래서 그 한을 심어 주려고 아비가 자식 눈을 빼앗았단 말인가?"

"사람들 얘기들이 그랬었다오."

▶▶▶ 평가 항목

1. 이해력
   (1) 문제의 정확한 이해   (2) 제시된 자료의 분석 능력

2. 논리적 사고 능력

(1) 주장과 논거의 논리적 연관   (2) 논의의 적합성   (3) 논리 전개의 일관성

3. 창의성

(1) 참신한 논거의 제시   (2) 주장 및 관점의 독창성

4, 표현력

(1) 단락의 적절한 구성   (2) 적절한 단어의 사용   (3) 어법에 맞는 글쓰기

▶▶▶ 출제 의도

이번 문제의 제시문 (가)는 〈삼국유사〉에서 뽑은 것이고, (나)는 이청준의 〈서편제〉에서 뽑은 것이다. 효(孝)라는 도덕적 가치와 훌륭한 소리(창)라는 예술적 가치를 성취하기 위한 목적에서 자식의 몸을 그 수단으로서 희생시키려 한 아버지의 행위가 그려져 있다. 그 행동이 과연 좋은 목적에 비추어 정당화될 수 있는가를 물은 것이 이번 문제의 의도였다. 여기에 결과라는 변수를 추가함으로써 문제를 다양한 각도에서 살필 수 있도록 하였다.

이 문제에서 측정하고자 한 사항은 다음과 같은 것들이다. 첫째, 구체적 상황을 직시하여 문제를 제대로 파악하는 능력을 보고자 하였다. 둘째, 인간의 행위에 얽힌 여러 요소의 상호관계 및 경중(輕重)을 논리적으로 판별하는 능력을 검증하고자 하였다. 셋째, 수험생들이 삶의 방식에 대한 주체적인 판단력을 지니고 있으며 그것을 설득력 있게 논증할 수 있는가를 보고자 하였다. 전체적으로, 학생 개개인의 가치관을 묻기보다는 대학생에게 일반적으로 요구되는 주체적이고 논리적인 사고능력을 점검하는 데 주안점을 두었다.

인간의 행위에는 목적과 수단, 결과라는 여러 측면이 얽혀 있다. 목적이 좋고 방법이 올바르며 결과가 좋은 행위를 우리는 훌륭한 행위로 평가한다. 문제는 그 중 어느 하나가 좋지 못한 경우다. 특히 목적을 이루기 위한 수단(또는 방법)이 바르지 않은 경우가 흔히 문제시된다.

손순과 소리꾼의 사례는 바로 이 문제를 환기하고 있다. 손순이 아이를 땅에 묻으려 한 것이나 소리꾼이 딸의 눈을 멀게 한 것은 그 자체로 보면 그릇된 것이지만, 그것은 어머니를 살리겠다는, 또는 딸을 명창으로 키우겠다는 좋은 목적에 따른 행위였다. 그

결과 역시 소리꾼의 딸이 장님이 된 것을 제외하면 대체로 좋게 나타나고 있다. 목적이나 결과의 정당성이 수단의 부당성과 맞부딪치고 있는 양상이다. 이 사례에 있어 목적 또는 결과가 좋다는 것이 그릇된 수단을 정당화하지는 못한다고 본다. 그 근거는 다음과 같다.

먼저 두 인물의 행위가 극단적인 것이라는 점을 들 수 있다. 자식을 산 채로 매장한다는 것이나 독극물을 써서 딸의 눈을 멀게 한다는 것은, 정도의 차이가 없지 않지만, 건전한 도덕적 규범에 비추어 도저히 용인되기 어려운 극단적인 행위들이다. 손순의 아이가 살아났다고 하지만, 손순이 아이를 죽이려 한 사실 자체가 달라지는 것은 아니다.

다음으로 두 행위가 불가피한 것이 아니었다는 점도 고려 대상이 된다. 두 사람이 목적을 이루는 길은 꼭 그런 비도덕적인 행위를 통해야 하는 것이었다고 보이지 않는다. 깊이 생각하지 않더라도, 손순의 경우 아이를 호되게 꾸짖어 버릇을 고친다거나 어머니의 밥을 따로 차리는 방법을, 소리꾼의 경우 훌륭한 선생을 찾아내서 딸의 소리 공부를 맡기는 등의 방법을 떠올릴 수 있다.

우리는 무엇보다도 목적에 의한 수단의 정당화가 가치관의 혼란으로 이어진다는 점에 유의하지 않을 수 없다. 만약 손순이나 소리꾼의 행위와 같은 비윤리적 행위가 어떤 이유에서든 정당화된다면, 세상에 용인되지 못할 행위가 거의 없어지게 될 것이다. 어떤 행동이든 다 그럴듯한 목적을 붙일 수 있는 것이기 때문이다. 이런 여러 가지 이유로, 손순과 소리꾼의 행위는 정당한 것으로 볼 수 없다. 그들이 그 상황에서 했어야 하는 일은 사회의 도덕적 규범에 어긋나지 않는 범위 내에서 최선의 해법을 찾는 일이었다. 그것은 우리가 그들과 비슷한 상황에 처하게 될 경우에 해야 할 일이기도 하다.

■ 논리 논술의 기초 / 흔히 틀리기 쉬운 한글 맞춤법 6가지 ■

1. 요 / 오

· '꼭 답장 주십시요.', '수고하십시요' 이런 말들은 모두 마지막의 '요'를 '오'로 바꿔 써야 맞다. 반면, '꼭 답장 주세요', '수고 하세요'에서는 '요'가 맞다. 말의 마지막에 '-시요'를 적을 일이 있을 때는 꼭 '-시오'로 바꿔 쓰자.

2. 데로 / 대로

· '부탁하는 데로 해 주었다', '시키는 데로 했을 뿐'은 틀린 말이다. '데로'를 '대로'로

고쳐야 맞다. 그러나 모든 '데로'가 다 틀리는 것은 아니다. '조용한 데로 가서 얘기하자'의 경우는 '데로'가 맞다. 둘의 차이는 장소를 나타내는 '곳'으로 바꿔 말이 되는 곳은 '데로', 이외의 경우에는 '대로'로 쓴다.

3. 음 / 슴

· 모든 '-읍니다'가 '-습니다'로 바뀌었다. 그러자 많은 사람들이 '밥을 먹었음'을 '밥을 먹었슴'으로 쓰기 시작했다. '사슴', '가슴' 등의 명사 말고 말 끝이 '슴'으로 끝나는 경우는 없으니, 말 끝을 '음'으로 바꿔 말이 되면 무조건 '음'으로 적어야 한다.

4. 으로 / 므로

· "부재중이므로 전화를 받을 수 없습니다." → '때문에'의 뜻일 때는 '므로'

"편지를 보냄으로 대신한다." → '-는 것으로'의 뜻일 때는 'ㅁ+으로'

따라서 "바쁨으로 깜박 잊었다"라든지, "혼잡함으로 후문을 이용해 주십시오"는 다 '므로'로 바꿔써야 한다. 이 둘을 확실히 구별하는 방법은, '때문에'로 바꾸어 말이 되는지 보는 것이다. 된다면 무조건 '므로'로 적어야 맞다.

● **참고**

'그러므로' → '그렇기 때문에'

'그럼으로' → '그러는 것으로'

'일을 하므로 보람을 느낀다' → '일을 하기 때문에 보람을 느낀다'

'일을 함으로 보람을 느낀다' → '일을 하는 것으로 보람을 느낀다'

5. 되다 / 돼다

· 우리말에 '돼다'는 없다. '돼'는 '되어'를 줄인 말이므로, 풀어보면 '되어다'가 되므로 말이 안 된다는 것을 쉽게 알 수 있다. 반면, '됐다'는 '되었다'이므로 맞는 말이다. 흔히 틀리는 경우가 '돼다', '돼어'등이 있는데, 감별하는 방법은 일단 '돼'라고 적으려 시도를 하면서, '되어'로 바꾸어 보면 된다.

● **참고**

　'됐습니다' → '되었습니다'

　'안 돼' → '안 되어'

　(늘 줄여놓는 말만 써서 좀 이상해 보이지만 원형대로 쓰면 이렇다.)

　'ㄷ습니다' → '되었습니다'가 말이 되므로 '돼'로 고쳐야 하는 말.

　'다 돼어 갑니다' → '다 되어어 갑니다' ✕

　'안 돼어' → '안 되어므로' ✕

6. 안 / 않

　· 부정을 나타낼 때 앞에 붙이는 '안'은 '아니'의 줄임말이다. 따라서 '안 먹다', '안 좋다'가 맞는다. 역시 부정을 나타내는 '않'은 '아니하-'의 줄임말이다. 이 말은 앞말이 '무엇무엇하지'가 오고, 그 다음에 붙어서 부정을 나타낸다.

　'안 보다' → '아니 보다' / '안 가다' → '아니 가다' / '보지 않다' → '보지 아니하다' / '가지 않다' → '가지 아니하다' / '않 보다' → '아니하- 보다'✕ / '않 먹다' → '아니하- 먹다'✕ / '뛰지 안다' → '뛰지 아니'✕ / '먹지 안다' → '먹지 아니'✕

　이것을 외우려면, 부정하고 싶은 말 앞에서는 '안', 뒤에서는 '않'으로 생각하면 좋다.

● **참고**

　한국어 문법상 돼 / 되 의 구분은 해 / 하 의 구분 원리와 같다. 하지만 해 / 하 는 발음이 다르기 때문에 누구도 헷갈려하지 않지만 돼 / 되 는 발음이 똑같아 많은 분들이 헷갈려 한다. '돼 -〉 해 / 되 -〉 하'로 바꿔서 생각하면 된다.

■ 틀리기 쉬운 漢字 表記 ■

한글 표기	맞는 표기	틀린 표기	설 명
· 가정부	家政婦	家庭婦	· 家政: 집안 살림을 다스림, 家庭: 사회집단
· 각기	各其	各己	· 각기 저마다 개별적인 개념
· 강의	講義	講議	· 뜻을 풀어서 가르친다는 의미
· 경품	景品	競品	· 상품 이외에 곁들여 주는 물건
· 골자	骨子	骨字	· 일이나 말의 요긴한 줄거리
· 교사	校舍	敎舍	· 학교의 건물 / [동음어]敎師, 敎唆
· 기적	奇蹟	奇跡	· 사람이 불가능 한 신기한 일/ 跡은 발자취
· 납부금	納付金	納附金	· 세금 등을 관청에 내는 일 / 付는 주다
· 녹음기	錄音器	錄音機	· 예외적 적용 / 器는 무동력, 機는 동력
· 농기계	農機械	農器械	· 농사에 쓰여지는 동력 기계
· 농기구	農器具	農機具	· 농업에 사용되는 모든 기계나 도구의 총칭
· 대기발령	待機發令	待期發令	· 待機는 공무원의 대명(待命) 처분
· 망중한	忙中閑	忘中閑	· 바쁜 가운데 한가함 / 忘은 잊다
· 매매	賣買	買賣	· 관용적 순서/晝夜(주야),風雨(풍우) 등
· 목사	牧師	牧士	· 인도하는 교역자의 의미
· 반경	半徑	半經	· 반지름. 徑은 지름길, 經은 날줄, 다스리다
· 변명	辨明	辯明	· 사리를 분별하여 똑바로 밝힘. 辯:말잘하다
· 변증법	辨證法	辯證法	· 개념을 분석하여 사리를 연구하는 법
· 보도	報道	報導	· 발생한 일을 알려서 말함. 導는 인도하다
· 부녀자	婦女子	婦女者	· 婦人과 女子
· 부록	附錄	付錄	· 신문, 잡지에 덧붙인 지면이나 따로 내는 책자
· 사법부	司法府	司法部	· 국가의 三權分立상의 하나
· 상여금	賞與金	償與金	· 노력에 대해 상금으로 주는 돈. 償은 보상
· 서재	書齋	書齊	· 책을 보관하고 글 읽는 방. 齊는 가지런하다
· 서전	緖戰	序戰	· 발단이 되는 싸움
· 선회	旋回	旋廻	· 둘레를 빙빙 돎. 항공기의 방향을 바꿈
· 숙직	宿直	宿職	· 잠을 자면서 맡아 지키는 일. 直: 번을 돌다
· 십계명	十誡命	十戒命	· 기독교의 계율은 '誡'를 사용

· 세속오계	世俗五戒	世俗五誡	· 불교의 계율은 '戒'를 사용
· 어시장	魚市場	漁市場	· 어물을 파는 시장. 漁는 고기잡다
· 여부	與否	如否	· 그러하냐? 그렇지 않냐?
· 역전승	逆轉勝	逆戰勝	· 형세가 뒤바뀌어 이김
· 왜소	矮小	倭小	· 키가 낮고 작음. / 倭는 왜국(일본)
· 이사	移徙	移徒	· 집을 옮김. 徙(사)와 徒(도: 무리) 자형 유의
· 일률적	一律的	一率的	· 한결같이 / 率는 거느리다(솔), 비율(률)
· 일확천금	一攫千金	一穫千金	· 한 움큼에 천금을 얻음. 穫은 거두다
· 입찰	入札	立札	· 예정 가격을 써내어 경쟁하는 방법
· 재판	裁判	栽判	· 裁는 마름질하다. 栽는 심다
· 절기	節氣	節期	· 기후(氣候)를 나눈 개념[節侯(절후)]
· 정찰제	正札制	定札制	· 정당한 물건값을 적은 나무나 종이
· 중개인	仲介人	中介人	· 두 당사자 사이에서 일을 주선함
· 추세	趨勢	推勢	· 나아가는 형편. 趨는 달리다. 推는 옮기다
· 침투	浸透	侵透	· 젖어 들어감. 스며들어감. 侵은 침략하다
· 퇴폐	頹廢	退廢	· 무너져 쇠하여 결딴남. 退는 물러나다

제 11 강

/

핵심 논리 논술

제11강 핵심 논리 논술

▣ 토론 ▣

1. 토론 의미

토론은 어떤 문제에 대하여 여러 사람이 각자의 의견을 내세워 그것이 정당함을 논하는 것이다. 이때 의견이나 제안 또는 서로 생각이 다른 문제에 대하여 찬성자와 반대자가 자신의 의견을 말하고 상대방의 의견을 반박하며 자기주장이 옳음을 밝혀 나가는 형식이다. 즉 토론은 자신의 주장에 대해 정당한 근거를 제시함으로써 타인의 동의를 구하는 과정이다.

〈토론의 기본 사항〉
토론하는 양측의 생각과 입장에서 차이가 있어야 하며 자신의 주장을 상대방이 받아들이도록 설득하는 과정에서는 객관적·사실적으로 이루어져야 한다.

2. 토론이 필요한 이유

1) 사람마다 의견이 다를 수 있기 때문이다
2) 토론을 통해 사회구성원들이 합의에 도달하고 개인의 자율과 그 자율에 따른 책임감을 갖도록 할 수 있기 때문이다
3) 토론을 통해 바람직한 의사 결정을 할 수 있기 때문이다
4) 토론을 통해 다른 사람의 느낌과 행동을 수용하고, 상호관계에서 마음을 열고, 다른 사람의 차이를 인정할 수 있기 때문이다
5) 집단 구성원으로서의 역할을 이해하고 또한 상호관계에서의 자아 인식과 자신감을 성장시킬 수 있기 때문이다

3. 토론의 특징

1) 토론자들은 토론 주제에 대하여 의견이 서로 대립되는 관계에 있다.
2) 주장을 뒷받침하는 근거를 제시하여 주장의 정당성을 알린다.
3) 토론자가 제시한 근거는 정확한 자료이어야 한다.
4) 상대방의 주장을 잘 듣고 논리적으로 반박한다.

4. 토론의 종류

1) 공개 토론회
   공개된 장소에서 선정된 몇 사람의 토론자가 어떤 논제에 대하여 자기의 의견과 조사한 내용 등을 발표하고, 듣는 이들로부터 질문이나 의견을 듣고 대답하는 형식

2) 집단 토론
   20~30명 정도가 모여 어떤 논제에 대하여 자유롭게 의견을 나누는 방법

3) 배심 토의
   선정된 5~6명의 토론자가 사회자의 진행 아래 공개된 자리에서 자유롭게 토론하는 방법

4) 심포지엄
   5~6명의 전문가가 어떤 논제를 가지고 각각 다른 면에서 생각하고 연구한 것을 발표하고, 듣는 이 또는 사회자의 질문에 답변하는 형식의 토론

5. 토론 과정

토론 주제 정하기 → 내 주장 정하기 → 주장에 대한 근거 마련하기 → 상대의 주장을 반박할 근거 마련하기→ 토론규칙을 지키며 토론하기 → 정리하기

1) 토론 주제 정하기

- 명백하게 찬성, 반대의 양측에 설 수 있는 형식으로 표현한다.
- 주제의 내용이 분명해야 한다.
- 용어 중 명료하지 않은 것이 있으면, 토론에 들어가기 전 그 해석에 일치를 보아야 한다.
- 주장은 하나이어야 한다. 둘 이상의 주장을 가지고 있으면 혼란을 줄 수 있다.
- '~는 ~이어야 한다.' 또는 '~는 ~이어야 하는가'와 같은 문장 형식으로 명확하게 표현하는 것이 원칙이다.

2) 내 주장 정하기

토론 주제에 찬성 입장인지 반대 입장인지 생각해 보고, 그렇게 생각한 까닭이 타당한지 스스로 판단해 본다.

3) 주장에 대한 근거 마련하기

인터넷이나 책, 신문 자료 등에서 주장에 대한 근거를 마련하는 데 필요한 사진이나 그림, 내용을 수집한다.

4) 상대의 주장을 반박할 근거 마련하기

상대측이 준비할 만한 자료를 예측해 보고, 상대측의 근거를 반박할 수 있는 자료를 모은다.

5) 토론 규칙을 지키며 토론하기

토론 규칙과 순서를 잘 지키며 토론한다.

6) 정리하기

토론한 결과를 바탕으로 토론 내용을 정리한다.

6. 토론 주제 정하기

1) 토론 주제는 '~는 ~이어야 한다.' 또는 '~는 ~는가'와 같은 문장 형식으로 명확

하게 제시하여야 한다.

2) 토론 주제는 찬성(긍정)과 반대(부정)의 주장이 대립될 수 있는 것이어야 한다.

3) 토론 주제와 주장을 정해 본다.

4) 토론 주제 : 예) 강을 막아 큰 저수지를 만들어야 한다.

5) 주장 : 예) 저수지를 만들어야 한다. 강을 막아서는 안 된다.

7. 주장의 근거 마련하기

· 주장에 대한 근거 마련하기 : 인터넷이나 책 신문 자료, 통계, 앙케트 조사 등을 통해 주장에 대한 근거를 마련하는 데 필요한 사진이나 그림, 관련 자료를 수집한다.

· 상대의 주장을 반박할 근거 마련하기 : 상대측이 준비할 만한 자료를 예측해 보고, 상대측의 근거를 반박할 수 있는 자료를 수집한다.

8. 토론 규칙 알아보기

1) 토론이 원활하고 공정하게 진행되기 위해서는 토론 규칙이 필요하다.

2) 토론할 때에는 토론의 규칙을 잘 지키면서 말한다.

3) 자신의 주장을 나타내고자 할 때에는 사회자에게 요청한다.

 · 주장을 분명하고 간결하게 말한다.

 · 주장의 근거는 누가 보아도 적절한 것으로 제시하여야 한다.

 · 화를 내지 말고 침착하고 정중하게 말한다.

4) 각자의 발표 시간은 반드시 지킨다.

 · 정해진 시간 안에 자기 의견을 조리 있게 말해야 한다.

5) 찬성측 의견과 반대측 의견을 번갈아 가며 듣는다.

6) 상대편의 주장을 끝까지 듣는다.

7) 반론과 질문은 정해진 순서대로 한다.

8) 발언 시간을 같게 한다.

9) 토론 주제에서 벗어난 엉뚱한 이야기를 하지 않는다.

10) 상대의 발언 중간에 끼어들거나 남의 말을 도중에서 끊지 않는다.

11) 처음과 끝은 찬성 측에서 말하도록 한다.

12) 논박의 시간을 같게 한다.

13) 사회자는 한쪽 편을 들지 않고, 공정하게 토론을 이끌어가야 한다.

14) 토론자는 토론에 집중하지 않거나 다른 짓을 하지 않는다.

9. 적절한 근거를 들어가며 토론하기

1) 모둠별로 찬성편과 반대편을 적절하게 나누어 누가 어떤 역할을 맡을지 정한다.

2) 모둠별로 토론을 하기 위한 준비를 한다.
   · 같은 주장을 가진 사람들끼리 모여, 주장을 뒷받침할 수 있는 근거를 정리한다.
   · 근거를 들기 위하여 조사해 온 자료들을 정리한다.
   · 누가 어떤 자료를 활용하여 말할지 정한다.
   · 사회자는 토론을 어떻게 진행하면 좋을지 선생님과 의논한다.

3) 찬성편과 반대편으로 나누어 토론한다.
   · 토론을 하기 전에 사회자는 토론 규칙을 확인시켜 준다.
   · 토론자는 근거를 들기 위하여 조사해 온 자료를 적절히 활용하여 자신의 주장을 말한다.

4) 토론한 결과를 바탕으로 하여 토론 내용을 정리한다.
   · 찬성편의 주장과 근거를 정리한다.
   · 반대편의 주장과 근거를 정리한다.

5) 토론을 하면서 잘 한 점과 앞으로 고쳐야 할 점을 적는다.

10. 토론에서의 각 역할

1) 사회자 : 토론을 전체적으로 진행하는 사람이다.

2) 반대 토론자 : 주제에 대하여 부정적인 의견을 가지고 있는 사람이다.

3) 찬성 토론자 : 주제에 대하여 긍정적인 의견을 가지고 있는 사람이다.

4) 판정인 : 회의 과정을 지켜보면서, 여러 주장과 근거를 객관적으로 판단하여 최종

적으로 판정하는 사람이다.
- 토론에서 나온 내용만으로 판정한다.
- 자기 의견과 같다고 해서 점수를 많이 주어서는 안 된다.
- 토론 중에 나온 의견에 대해 호응을 하거나 비난하는 말을 해서는 안 된다.
- 주장과 주장에 따른 근거가 적절한지 판정한다.

11. 모둠별 토론을 위한 준비

1) 같은 의견을 가진 사람들끼리 모여 자기 편 의견을 뒷받침할 수 있는 근거를 정리한다.
  - 사진 자료, 인터넷이나 신문 등을 찾아 수집한 내용 등
2) 근거를 들기 위하여 필요한 자료들을 정리한다.
3) 누가 어떤 자료를 활용하여 말할지 정한다.
  - 주장에 대한 근거 몇 가지를 준비한 후, 각 근거마다 필요한 자료를 분류하여 누가 발표할지 정한다.
4) 사회자는 토론을 어떻게 진행할지 선생님과 의논한다.
  - 발언 규칙, 발언 시간, 논박의 시간 등 토론 규칙을 정한다.

12. 토론할 때 토론자가 주의해야 할 점

1) 타당한 근거를 대며 주장을 말한다.
2) 주장을 간결하고 분명하게 말한다.
3) 화를 내지 말고 끝까지 침착하고 정중하게 말한다.
4) 상대편 주장의 문제점을 찾아내어 지적한다.
5) 주제를 벗어나는 발언을 해서는 안 된다.
6) 상대편에 대해 나쁜 감정이 섞인, 감정적인 발언을 해서는 안 된다.
7) 토론의 규칙을 지키며 질서 있게 참여해야 한다.

13. 토론을 하는 과정에서 나타난 잘 한 점과 고쳐야 할 점

 1) 잘 한 점을 말한다.
   예)
   - 주장이 처음부터 끝까지 한결같았다.
   - 근거로 사용한 자료가 정확하였다.
   - 상대편의 주장을 논리적으로 반박하였다.
   - 정해진 규칙을 잘 지켰다.
   - 발음이 분명하고 태도가 자연스러웠다.

 2) 고쳐야 할 점을 말한다.
   예)
   - 주장이 처음부터 끝까지 한결같지 않았다.
   - 근거로 사용한 자료가 객관적이지 못했다.
   - 상대편의 주장을 논리적으로 반박하지 못했다.
   - 정해진 규칙을 잘 지키지 못했다.
   - 발음과 태도가 부자연스럽다.

14. 형식을 갖춘 공식적인 토론이 되기 위해서는

 1) 서로 상반된 의견을 가진, 찬성편 토론자와 반대편 토론자가 필요하다.
 2) 토론의 중심이 되는 논제가 있어야 한다.
 3) 토론을 공평하게 진행하기 위한 여러 규칙과 형식이 마련되어야 한다.
 4) 청중과 토론의 내용을 듣고 판정을 내릴 공정한 심판이 있어야 한다.

15. 토론 중에 점검해야 할 것

 1) 자신이 주장하고자 하는 것이 주제와 관련되어 있는지 생각해 본다.

2) 자신의 주장에 대한 기준이나 타당한 근거가 있는지 생각해 본다.

3) 찬성이나 반대에 대한 타당한 이유를 가지고 있는지 생각해 본다.

4) 자신의 주장이 토론 주제에 대한 문제 해결 방법을 포함하고 있는지 생각해 본다.

5) 다른 사람의 의견을 존중하면서 자신의 주장을 펴고 있는지 생각해 본다.

16. 토론을 할 때에 주의할 점

1) 자신의 주장을 뒷받침할 수 있는, 객관적이고 논리적인 근거를 제시해야 한다.

2) 논리적인 근거를 제시할 때에는 사실적인 내용을 바탕으로 주장하여야 한다.

3) 자기의 주장을 내세우기에 급급하여, 상대방의 이야기를 무시해서는 안 된다.

4) 토론의 처음부터 끝까지 주제를 잊지 말아야 한다.

5) 주제를 잊어버리면 토론의 내용이 엉뚱한 방향으로 흘러가게 되고, 결론을 명쾌하게 맺지 못하게 된다.

6) 토론의 결론이 자신의 주장과 다른 의견으로 결정되었다고 해서 결정된 사항이나 내용을 무시한다거나 따르지 않는 것은 옳지 않다.

■ 독서 · 토론 ■

1. 독서 · 토론의 이해

1) 필요성

지금까지의 독서 교육은 학생들이 책을 읽고 난 후, 책의 줄거리나 자신의 느낌 등을 독서 감상문이나 독후화 등으로 표현해 보게 하는 활동이 주를 이루었다. 그러나 21세기 지식 정보화 사회는 사고력, 창의력, 문제 해결력과 같은 고등 정신 능력을 요구하고 있어 독서를 하고 토론 과정을 통해 서로의 견해를 밝혀 보는 것은 대단히 바람직한 일이다 특히 성장의 과정에 있는 학생들은 대상을 획일적으로 해석하기도 하고, 때로는 남들이 생각하지 못한 자신만의 주관적인 발상으로 대상을 파악하기도 한다. 그래서 일정한 구성원들에게 동일한 독서 자료를 제공하여 학생 각자의 감상을 피력하게 하고 문제를 제기하도록 하여 독서 감상의 영역을 확대해 나가야 할 필요성이 있다.

2) 개념

독서 · 토론이란 구성원이 동일한 도서를 읽고서 문제를 제기하여 여러 사람이 논의하는 것을 말한다. 즉 독서 활동에서 독자의 주관적인 이해보다는 여러 사람과의 토론이라는 과정을 통해서 자신의 이해의 폭을 넓히고 자신이 갖게 되는 의문점을 해결하는 과정을 독서 · 토론이라고 한다.

3) 독서 · 토론의 3 요소
① 책을 읽는 사람
② 책에 있는 내용
③ 토킹스틱 Talking Stick (경청을 도와주는 도구)

● 참고 토킹스틱 Talking Stick

토킹스틱은 대머리 독수리가 정교하게 새겨진 1.5m짜리 지팡이를 말하며 북미 인디언 이로코이족이 회의를 할 때 이 지팡이를 가진 사람만이 발언할 수 있다. 말하는 동안에는 그 누구도 끼어들 수 없고 발언자는 자신의 뜻을 모든 사람이 정확하게 이해했는지 재차 확인을 하고 다음 사람에게 지팡이를 넘겨준다. 한 사람씩 돌아가며 의견을 얘기하고 듣는 가운데 부정적인 감정과 논쟁은 사라지고 창의적인 아이디어가 생겨나는 것이다. 이것이 토킹스틱의 힘이다.

4) 독서 · 토론의 질문
① 사실적 질문 : 주인공이 누구인가?
② 평가적 질문 : 옳은가? 틀린가?
③ 사색적 질문 : 주인공은 어떻게 되었을까?
④ 해석적 질문 : 주인공은 왜 그렇게 행동했을까?

5) 효과

① 좋은 책을 골라 정밀하고 정확하게 읽는 능력과 자세를 키울 수 있다.

② 의사 표현 능력과 복잡한 상호 작용의 능력(의사 교환 능력)을 획득할 수 있다.

③ 독서 내용을 음미하고 비판하는 능력을 발달시킬 수 있다.

④ 개인과 집단의 성장을 가져온다.

⑤ 좋은 독서가로서의 인격을 형성시켜 준다.

⑥ 자발적인 독서 습관 형성 및 독서 능력의 향상을 가져온다.

⑦ 상호 견해차를 검토하고 시정함으로써 이해를 깊게 하는 기술을 체험시켜 준다.

즉 표현력 신장, 독해력 신장, 이해력 신장, 사고력 신장, 리더십 향상의 효과가 있다.

2. 독서 · 토론 수업의 실제

1) 독서 · 토론의 절차

① 도서 선정

토론 교재를 선정하기 위해서는 내용의 검토 분석을 통해 예상되는 학생들의 반응을 객관적으로 고려하는 작업이 필요하기 때문에 먼저 지도 교사가 읽어야 한다. 지도 교사는 자신이 검토한 도서 목록과 다양한 권장 도서를 수합하고 공공 도서관과 서점의 청소년 도서 코너를 참고로 하여 2배수 정도의 자체 도서 목록을 작성한 뒤 여기에 토론 교재로 가능한 도서를 선정하도록 한다. 또한 선정 도서는 문학 작품 뿐만 아니라 자연 과학, 역사, 사회 과학, 철학 등 다양한 분야의 도서가 되도록 해야 한다. 처음에는 널리 알려진 내용의 책을 선택하여 누구나 토론에 참여하고자 하는 의욕을 불러일으킨다.

a) 토론 도서 선정을 위한 일반적인 기준
· 문학 작품은 신간보다는 고전을 중심으로 양서를 선정한다.
· 문장 구성이 간결하고 학년 수준에 알맞은 작품을 선정한다.
· 교과 교재 내용과 관련 있는 작품을 선정한다.
· 인격 형성에 대한 기초와 교양을 기를 수 있도록 선정한다.
· 사고 능력을 기를 수 있는 도서를 선정한다.
· 독서에 대한 흥미를 유발시킬 수 있는 도서를 선정한다.

b) 토론 도서의 선정 시 유의해야 할 점
· 난이도 문제 : 학생들이 그 자료의 내용을 읽었을 때 이해할 수 있는 수준
· 주제 문제 : 40%는 문학, 60%는 철학, 종교, 과학, 역사, 전기, 예술 분야
· 번역 도서 문제 : 국내 도서와 번역 도서의 적장 비율로 선정
· 성별 관계 문제 : 주제가 남성 중심인가 여성 중심인가 고려

② **토론 주제 정하기**
 a) 토론 주제 선정 시기
  · 선정된 책을 읽은 후 소집단별로 각자 자신의 독서 감상을 포괄적으로 발표하고 토론하고자 하는 토론거리를 1~2가지 제시하여 그 중에서 구성원 전체 협의를 통해 토론 주제를 선정하는 것이 좋다.
 b) 토론 주제의 수
  · 소집단별로 제시한 여러 개의 토론 주제에서 사회자는 토론거리를 종합하여 공통 주제를 묶어 몇 개의 토론 주제로 요약하고 협의를 통해 그 중에서 1~2가지를 토론 주제로 선정한다.
 c) 토론 주제의 내용 수준
  · **초보 수준** : 주로 주인공의 행동에 대한 비판(옹호 입장, 반박 입장)
  · **중급 수준** : 책의 주제나 주인공이 그런 행동을 할 수밖에 없었던 시대적인 상황 등에 대한 독자 개인의 견해 등을 제시하고 토론할 수 있는 주제
  · **고급 수준** : 책에 등장하는 주인공의 행동, 성격, 설정한 상황 등을 통해 저자의 인생관, 작품관 등에 대한 독자 개인의 견해 등을 제시하고 토론할 수 있는 주제

③ **토론 · 주제 사례 : 예**

회	책이름	주 제	비고
1	심청전	■ 주제 : 심청이는 효녀인가? ▷ 찬성 : 눈 먼 아버지의 눈을 뜨게 하기 위해 목숨까지 바친 효녀이다. ▶ 반대 : 아무리 아버지의 눈을 뜨게 하기 위한 일일지라도 자식이 부모보다 먼저 죽는 것은 불효이다.	□찬반이 확실하고 비교적 쉬운 주제부터 시작함

④ 토론 주제 선정시 유의점

· 토론의 초기에는 주인공의 행동에 대한 비판 등 단순한 토론 주제를 선정하고 횟수가 많아질수록 수준을 높여 가는 것이 좋다.

· 주인공의 행동을 비판하는 토론 주제를 선정하였을 때에는 자칫 주인공의 언행에 대한 가치를 전도시켜 버리는 방향으로 전개되지 않도록 유의해야 한다.

· 하나의 이야깃거리로 그쳐버리거나 말장난에 머무를 가능성이 있는 주제는 선정하지 않도록 지도하는 것이 좋다.

· 주인공 행동에 대한 비판에만 머무르지 말고 사회 문제, 환경 문제 등을 다양하게 다룰수 있게 폭을 넓혀줄 수 있도록 지도한다.

참고 : 토론 주제는 토론에 참가하는 구성원들이 선정하도록 하여 책의 주제를 파악하는데 도움이 되는 방향으로 선정하도록 지도해야 한다.

2) 독서 · 토론 방법 지도

① 토론의 종류

a) 2인 토론

· 형식 : 1명의 사회자와 2명의 토론자에 의해 진행하는 것으로 짧은 시간에 논리에 맞는 쪽을 선택하려는 것이다.

· 방법 : 긍정자 발언(10분) → 부정자 논박(15분) → 긍정자 논박, 재주장(5분)

b) 직파 토론(直播 討論)

· 형식 : 2~3인이 짝을 이루어 함께 대항하는 형식. 한정된 시간에 논의의 핵심을 발견하고 토론 시간을 논쟁점에서 집중하려는 것이다.

· 방법
- 제1 긍정자 : 긍정적 주장의 이유를 말함
- 제1 부정자 : 제 1긍정자의 내용을 논박하고 부정적 주장을 말함
- 제2 긍정자 : 제 1부정을 논박하고 긍정적 주장을 보완함
- 제2 부정자 : 부정적 논박을 계속하고, 부정적 주장을 보완함

c) 반대 심문식 토론
 ・**형식** : 토론의 형식에 법정의 심문 형식을 첨가하여 청중의 관심을 자극적으로 유발시킴. 청중의 관심을 적극적으로 유발하며, 유능하고 성숙한 도록자들에게 효과적이다.
 ・**방법** : 긍정자 발표 → 부정자의 반대 심문 → 청중의 긍정자에 대한 반대 → 청중의 부정에 대한 질문 → 부정자의 답변, 긍정자의 답변

d) 참고
 ・**대담** : 두 사람이 마주 앉아서 하는 이야기
 ・**정담** : 세 사람이 마주 앉아서 하는 이야기
 ・**좌담** : 여러 사람이 마주 앉아서 하는 이야기

② **토론 진행 순서**
 ・독서 토론의 순서는 토론 주제나 방법, 도서의 종류에 따라 다소 다르나 대체로 다음과 같은 순서로 진행하는 것이 좋다.

a) 인사 : 구성원 소개(사회자가 소개하는 방법, 자기가 소개하는 방법)
b) 토론 도서 소개 : 사회자가 토론한 도서를 소개함 (책명, 지은이, 지은이의 약력, 출판사 등)
c) 독후감 발표 : 12분 정도 간략하게, 토론 주제를 명료하게 하는 방향으로 구성원이 윤번제로 돌아가면서 토론회 때마다 1명씩 발표함
d) 토론 주제 확인 : 사회자가 이미 선정되어 있는 토론 주제를 확인하여 토론 방향을 다시 제시 함
e) 토론 방법 결정 : 자유 토론할 것인가, 직파 토론(옹호, 반박)할 것인가?
f) 역할 분담 : 직파 토론일 경우 옹호자(2-3명 정도), 반박자(2-3명 정도) 역할 결정
g) 상호 의견 교환(토의) : 직파 토론일 경우 같은 역할끼리 잠시 모여 토론 방향 협의
h) 토론 시작 : 옹호 → 반박 → 재 옹호 → 재 반박이 계속됨
i) 중간 정리 : 사회자는 10여분 정도 토론이 진행되면 중간에 오고간 토론 내용의 요지를 중간 정리할 필요가 있음
j) 재 토론 시작 : 옹호 → 반박 → 재 옹호 → 재 반박이 계속됨

　k) 청중의 질문 청취 및 답변 : 토론의 끝부분에 가서는 청중들의 의견이나 질문을 받고 답변하는 과정도 필요하다.

　l) 토론 내용 정리 및 결론 : 사회자가 토론자들이 토론한 내용을 정리하여 안내한다. 토론에 대한 각자 느낌 발표 및 지도 교사의 조언 듣기

　m) 다음 도서 선정

3) 독서 · 토론의 평가

① 독서 능력면

· 주제 및 내용 이해 : 선정된 책의 주제와 내용을 충분히 이해하고 있어야 한다.

· 인물이나 관점의 이해 : 등장인물(문학의 경우)이나 작가의 관점을 파악하고 있어야 한다.

② 토론 능력면

· 논증력과 분석력 : 논리적이고 일관성 있는 분석을 토대로 상대방의 주장을 보다 분명하고 확실하게 제압해야 한다.

· 내용 : 증거나 통계 외에 실제 생활의 사례나 구체적인 지식을 통해 추상적인 주장을 제시하거나 강화하는 방법이 동원되어야 한다.

· 반박 : 자신의 일방적인 쟁점만을 제시하는 것이 아니라 상대방의 논점을 조목조목 반박하여 제압할 수 있어야 한다.

· 조직 : 자신의 주장을 분명하고도 사려 깊게 구성하여 전달하여야 한다.

· 스타일 및 수사 : 주장을 전달하는 방식은 주장의 내용만큼 중요하다. 수사적 기법을 동원하여 매끄럽고도 확신에 찬 스타일로 내용을 전달하여야 한다. 적절한 유머의 사용도 강력한 전달의 효과를 갖는다.

· 팀워크 : 2~3인이 짝을 이루어서 직파 토론의 경우 토론 팀은 서로 상대방의 주장을 보강해 주면서 토론 과정 내내 일관된 팀의 입장을 제시해야 한다.

· 보충 질의 : 상대방의 논리나 구성상의 문제점에 대해 빠르고도 효과적으로 대응하여 보충 질의를 제기하는 것은 토론을 유리하게 진행하는 관건이 된다.

※ 예 : 〈독서 · 토론을 위한 준비 학습지〉 : 참고

독서 · 토론을 위한 학습지 /토론의 실제									
책이름	폐암 걸린 호랑이		**지은이**	정성수	**출판사**	청어	**출판년도**	2014	**쪽수** 207
토론자	학교　　　학년　　반　　번 이름 :								
토 론 내 용	■ 금연이냐? 건강이냐? ■ 요즘 금연운동이 범 국가적으로 전개되고 있다. 흡연자들은 흡연권 박탈에 불만을 표시하고 비 흡연자들은 국민건강을 주장한다. 흡연권 박탈과 국민건강 우선에 여러분은 어떻게 생각하나요?								
찬성 입장 폐널 흡연권을 보장해야 한다면 그 이유?									
반대 입장 폐널 국민 건강을 주장 한다면 그 이유?									

▣ 어린이들의 독서 · 토론 ▣

1. 초등학교에서 독서 · 토론의 문제점

독서 · 토론은 책을 읽은 다음에 읽은 내용을 검토하고 내면화하는 가장 중요한 방법이라고 할 수 있다. 읽은 책에 대한 각자의 느낌과 생각을 주고받으면서 그 책의 내용에서 문제점을 찾기도 하고, 주제에 대한 토론을 하면서 좀더 분명하고 정확하게 주제에 접근할 수 있는 것이 독서 · 토론이다. 이러한 독서 · 토론이 초등학교에서부터 이뤄지지 않고 있다. 그 까닭을 살펴보기로 한다.

첫째는 초등학교 어린이들이 독서 · 토론을 할 수 있느냐는 의문을 교사들이 품고 있기 때문이다.

대다수 교사들이 어린이는 독서 · 토론을 할 지적 수준이 안된다고 미리 예단하고 있기 때문이다. 물론 어린이들이 어른 독서회와 같은 수준으로 토론을 할 수는 없다. 그러나 어린이 수준에 맞는 독서 · 토론은 가능하다고 생각한다. 바꿔 말하면 토론의 수준에는 차이가 있지만 어린이 수준에 맞는 토론 내용과 방법을 제시하고 이끈다면 어린이들도 충분히 독서 · 토론을 할 수 있으며, 교사가 설정한 목표 도달이 가능하다고 본다. 1학년이면 1학년에 맞게, 6학년이면 6학년에 맞게 토론 내용과 방법을 제시해야 한다.

둘째는 교재를 준비하기 어렵기 때문이다.

독서 · 토론을 하려면 한 가지 책을 토론에 참가하는 어린이가 모두 읽어야 한다. 그러려면 한 반 어린이가 동시에 읽을 수 있는 수량의 책을 구입해야 한다. 최소한 모둠 토론을 하려고 해도 6~8권이 필요한데 이렇게 같은 책을 여러 권 구입하기가 쉽지 않다. 대부분 학교 도서관에 이렇게 토론할 수 있을 정도로 같은 책을 여러 권 비치하지 않기 때문에 어린이들에게 같은 책을 각자 사도록 하거나 학급 문고용으로 사야 하는데 어느 쪽이나 만만치 않은 문제다.

셋째는 독서 토론을 할 시간을 확보하기 어려운 여건이다.

국어책이 말하기·듣기·쓰기·읽기로 나눠져 있기 때문에 진도 나가기도 바쁜 현실이다. 그리고 수업이 끝난 다음에 별도 시간을 마련하려고 해도 많은 어린이들이 학원 과외 시간에 쫓기기 때문에 남으려고 하지 않는다. 또한 교사의 잡무가 많아 시간을 내기도 어려운 현실이다.

이런 문제점들이 있음에도 불구하고 교사들이 독서·토론을 위해 노력해야 한다고 주장하는 까닭은 독서·토론의 중요성 때문이다. 교사들은 어린이도 독서·토론이 가능하다는 믿음을 가져야 한다.

2. 초등학교 독서 토론 방법과 교사가 할 일

독서·토론은 먼저 집단 구성에 따라 학급 전체 토론, 모둠 토론, 개별 토론으로 나눌 수 있다. 학급 전체 토론은 전체가 같은 동화를 읽고 이야기를 나누는 것이고, 모둠 토론은 6~8명을 한 모둠으로 하여 같은 동화를 읽고 이야기를 나누는 것이다. 개별 토론은 교사와 어린이가 일 대 일로 이야기를 나누는 것이다.

1) 전체 토론
전체 토론을 할 때는 교사가 사회를 보면서 지도자 역할을 하는 것이 좋다. 처음부터 어린이에게 모두 맡겨버리면 토론에 대한 경험이 없기 때문에 대부분 실패하고 만다. 교사가 먼저 독서·토론 시 사회자가 해야 할 일을 모범을 보여야 한다.

▶ 1단계 : 동화 내용에 나오는 사실을 어린이들이 얼마나 알고 있는가 서너 가지 질문을 던진다. 이 질문은 어린이들이 동화 내용을 얼마나 알고 있는가를 확인하는 질문인 동시에 그 시간에 토론할 내용에 대해서 관심을 갖도록 이끌어주고, 암시하는 질문을 한다.
▶ 2단계 : 사실에 대한 해석을 할 수 있는 질문을 한다. 토론을 할 때 필요한 지식을 확대하는 질문이다.

▶ 3단계 : 실제 토론이다. 처음엔 교사가 토론 주제를 마련해 주지만 몇 번 한 다음
에 어린이들이 토론 주제를 제기할 수 있게 된다. 토론 주제는 어린이들이
생활속에서 공통으로 경험할 수 있는 가능성이 많은 것으로 골라야 한다.

▶ 4단계 : 토론 결과를 정리한다.

▶ 5단계 : 토론 결과를 보충할 수 있는 자료 및 책을 소개한다. 이때 어린이들의 의
견을 존중한다.

2) 모둠 토론

모둠 토론은 6명 정도로 구성하는 것이 좋다. 모둠별로 사회자를 한 명씩 뽑은 다음
에 사회자에게 1, 2단계 질문 항목을 만들어 오도록 한다. 그 항목을 보면서 교사가 예
상하는 토론 주제에 맞는가 확인하고 사회자와 함께 토론 주제를 정한다. 이렇게 해서 3
단계까지 정한 질문과 토론 주제를 8절지에 크게 쓰도록 한 다음에 8절지를 모둠원에게
보여주면서 질문과 토론을 진행하도록 한다. 어느 정도 익숙해지면 독서 · 토론 공책을
마련해서 모둠원끼리 의논해서 토론 주제를 먼저 정한 다음에 토론 주제에 맞는 1단계,
2단계 질문과 대답을 독서 · 토론 공책에다 쓴 다음에 토론을 진행하도록 한다. 1단계와
2단계 질문과 대답을 만들면서 토론 주제에 대한 각자의 생각을 키울 수 있다. 교사는
토론 과정을 지켜보다가 토론이 진행되지 않거나 한두 명이 서로 말꼬리를 잡는 경우에
만 개입해서 매듭을 풀어준다.

3) 개별 토론

특별히 토론이라고까지 이름 붙일 필요는 없다. 학급에서 유달리 책을 많이 읽는 어
린이와 책에 대한 대화를 나누는 정도다. 특히 만화책이나 유령, 괴기, 명랑 동화 종류
를 많이 읽거나 특정한 종류의 책만 집중해서 읽는 어린이를 지도할 때 필요하다. 책에
대한 2단계 질문, 곧 책 내용을 해석하는 질문을 던진다. 어린이의 해석에 대한 교사의
의견을 제시하면서 토론으로 이끈다. 곧 어린이 스스로 교사가 던지는 해석에 관한 질문
에 대답하는 과정 자체를 토론한다고 느끼도록 하는 것이다.

▶ 1 · 2학년은 대개 전체 토론으로 진행하면서 교사가 던지는 질문에 대답하는 방법
으로 이끌어 갈 수 있으면 된다. 한 명의 등장 인물이나 주인공이 겪은 사건에 대
한 자기 생각을 말하게 하고, 이에 대해 다른 어린이는 어떻게 생각하는가? 왜 그

렇게 생각하는가? 정도만 이야기를 나눌 수 있어도 성과가 있는 것이다.

▶ 3 · 4학년도 전체 토론은 물론 모둠 토론도 질문지와 토론거리를 교사가 마련해 줄 필요가 있다. 토론 주제도 등장 인물이 겪은 사건을 내가 겪었을 때 할 수 있는 방법을 찾는 정도가 좋겠다.

▶ 5 · 6학년은 전체 토론과 개별 토론도 많이 하면서 모둠 토론 방식을 스스로 만들어 나갈 수 있게 이끌었으면 한다. 1, 2 단계 질문을 만드는 경험을 하도록 하여 주제까지 스스로 찾아내도록 한다. 주제를 바르게 찾아야 토론이 재미있게 된다.

3. 독서 토론 교재의 선택

독서 · 토론 교재로 삼을 동화는 어린이들이 대부분 경험할 수 있는 사건이 들어 있는 것을 골라야 좋다. 형제나 친한 어린이들 사이에 일어난 싸움, 전자오락을 하다 생긴 일, 물건을 잃었다거나, 훔치다 생긴 일, 남녀 차별이 뚜렷하게 드러난 장면, 시험과 관련된 일, 교통 사고, 장애우와 생활, 공부하다 느낀 일 등을 담은 동화면 토론 거리가 풍부하다. 토론할 때 자기가 겪거나 친구와 겪은 일을 바탕으로 하는 토론은 활발히 이루어 진다.

전체 토론에 쓸 교재는 한 권의 책보다는 짧은 동화 한 편이 좋다. 이때 복사를 해주거나, 교사가 읽어주면서 토론을 할수 있다. 모둠 토론에 쓸 교재는 처음에는 동화 한 편이면 충분하다. 그 외에도 짧은 동화를 복사해서 쓰거나 대자보로 써 교실 벽에다 붙이고 얼마동안 시간을 줘서 읽은 다음에 토론을 할 수 있다.

제11강 : 실전문제 및 풀이

● 실전문제 ❶

※ 아래의 제시문을 읽고 논제에 답하시오

【문제1】자유에 대해 (가),(나),(다)를 비교하시오. (700~800자)
【문제2】[라]를 바탕으로 [마]의 현상을 설명하시오. (500~600자)

※ 답안 작성 시 유의 사항
· 답안 작성 시간은 120분입니다.
· 1번부터 2번까지 각각의 논제 번호를 쓰고 순서대로 답안을 쓰시오.
· 연습지가 필요한 경우 문제지의 여백을 이용하시기 바랍니다.
· 답안지의 학교명, 학번 및 성명을 반드시 써야 합니다.
· 흑색필기구를 사용해야 합니다.(연필 사용 가능)
· 답안은 원고지 작성법에 따라 써야합니다.
· 주어진 답안 작성 분량을 지켜야 합니다.(띄어쓰기 포함)
· 답안과 관계없는 인적 사항 관련 내용은 일절 작성·표기할 수 없습니다.
· 답안은 반드시 문항 별 지정된 구역을 벗어나지 않도록 작성하셔야 합니다.

제시문

(가)

만약 우리가 '우리의 본성을 타락시키거나 부정'하려 하지 않는다면 최소한의 개인적 자유의 영역을 보존해야 한다. 우리는 절대적으로 자유로울 수는 없으며, 다른 사람들의 자유를 보존하기 위해서는 우리의 자유 일부를 포기해야 한다. 그러나 전면적인 자기 포기는 자기 파멸이다.

그렇다면 그 최소한은 어떤 것이어야 하는가? 그것은 어떤 사람이 자신의 인간적 본성을 침해당하지 않고서는 포기할 수 없는 것이다. 이것의 본질은 무엇인가? 이것이 포함하는 기준들은 무엇인가? 이는 무한한 논쟁의 대상이었으며, 아마도 항상 그럴 것이다. 하지만 불간섭의 영역을 설정하는 원리가 어떤 것이든 간에, 그것이 자연법이든 자연권이든 간에, 효용이든 정언명령이든 간에, 사회계약론의 의무이든 또는 인간들이 자신의 신념들을 명료화하고 정당화하기 위해 찾고 있는 어떤 개념이든 간에, 이런 의미의 자유는 '~로부터의 자유'를 의미한다. 즉 변화하지만 언제나 인정될 수 있는 한계를 넘는 간섭이 없는 것을 의미한다. "그 이름에 부응하는 유일한 자유는 우리 나름의 방식으로 우리 나름의 선을 추구하는 것이다."라고 가장 유명한 자유의 옹호자는 말했다.

- 중략 -

　자유의 옹호는 간섭을 피하는 '소극적인 목표'로 이루어지고 있다. 어떤 사람이 자기 자신의 목표들을 선택할 수 없는 삶을 거부할 경우 그를 위협하는 것, 모든 문중에서 단 하나의 문—이 문이 참으로 고상한 전망을 보여준다 할지라도, 또는 이렇게 배려하는 사람들의 동기가 아무리 자비로운 것이라 할지라도—만을 그에게 열어두는 것은 그가 한 사람의 인간이며, 자기 스스로 살아가야 할 삶을 지닌 존재라는 진실에 거스르는 죄악을 저지르는 것이다. 이것이 바로 에라스무스의 시대로부터 우리 시대에 이르기까지 자유주의자들이 인식해온 자유다.

- 이사아 벌린 <자유의 두 개념>

(나)

　간섭의 부재에 초점을 두는 자유와 지배의 부재에 초점을 두는 자유는 서로 다르다. '간섭 없는 지배'와 '지배 없는 간섭'이 각각 가능하다는 사실은 양자의 차이를 더욱 뚜렷하게 보여준다. 간섭 없는 지배를 잘 보여주는 예로 주인과 노예의 관계를 들 수 있다. 일반적으로 주인은 노예에 대해 자의적으로 간섭할 수 있는 입장에 선다. 그러나 주인이 너그러운 사람이어서 노예에 대해 간섭하지 않을 수 있으며, 노예가 간사하거나 아첨에 능한 사람이어서 자기 마음대로 행동하면서 주인의 처벌을 피할 수도 있다. 그 경우 노예는 주인에게 지배되면서도 주인의 간섭을 받지 않는 자유를 누린다.

　지배 없는 간섭을 잘 보여주는 예로는 선거를 통해 뽑힌 시장과 유권자인 시민들의 관계를 들 수 있다. 시장은 시민들이 동의하는 사안과 관련하여 시민들을 간섭할 수 있다. 시장의 간섭에 대한 시민들의 동의는 강제나 선동이 없는 상태에서 이루어져야 한다. 그러한 조건 하에서 시민들은 자신들의 이익을 증진하기 위해 자발적으로 시장의 간섭을 받아들일 수 있고, 자신들이 동의한 사안에서 발생하는 불이익을 감수할 수 있다. 그 경우 시민들에 대한 시장의 간섭은 지배가 아니다. 시장은 자의적으로 시민들을 간섭할 수 없으며 시민들도 시장에게 무조건 복종할 필요가 없다.

　결국 간섭 없는 자유와 지배 없는 자유는 서로 다른 이상(理想)이다. 간섭 없는 자유가 이상으로 설정될 경우 간섭을 받는 시민은 진정한 자유를 누리는 것이 아니다. 시민들이 시장의 간섭에 동의했다 하더라도 그 간섭은 간섭 없는 자유의 이상과 상충된다. 지배 없는 자유가 이상으로 설정될 경우 간섭 받지 않는 노예라 하더라도 그는 피지배 상태에 있으므로 진정한 자유를 누리는 것이 아니다. 홉스의 견해에 따르면 자유란 법의 간섭을 받지 않는 상태이며, 전제 군주정이건 민주 공화정이건 자유의 향유라는 면에서는 서로 다를 바 없다. 그러나 그러한 견해는 지배 없는 간섭의 이상에 의거한다면 반박될 수 있다. 전제 군주정에서는 아무리 높은 지위에 있는 사람이라 할지라도 군주의 의지에 따라야 하는 노예일 뿐이다. 그 반면 민주 공화정에서는 아무리 지위가 낮은 사람이라 할지라도 자유로운 시민이다.

　인간 사회에서 간섭은 늘 있기 마련이다. 자의적인 간섭은 지배와 예속의 상태를 초래할 가능성이 농후하다. 지배 없는 자유의 이상은 그러한 가능성을 축소시킬 것을 요구한다. 한편으로는 강자가 약자를 자의적으로 간섭할 수 없도록 하면서 다른 한편으로는 약자가 강자의 자의적인 간섭에 저항할 수 있도록 하는 제도가 마련되어야 한다.

- 필립 페팃 <공화주의>

(다)

　'당신이 원하는 바를 말할 수 있다. 여기는 자유국가다.'(중략) 이 표현이 시사하는 바는, 당신을 자유롭게 하고 그 자유를 유지하는데 중요한 것은 오직 '자유로운 사회', 즉 자유로운 개인들의 사회가 당신이 원하는 행동을 금지하지 않으며 그런 행위 때문에 당신을 벌주지 않는다는 점뿐이라는 것이다. 그러나 바로 여기서 이 메시지는 우리를 잘못된 길로 이끈다. 금지하지 않는다거나 벌주지 않는다는 것은, 원하는 대로 행할 수 있는 필요조건이기는 하지만 충분조건은 아니다. 당신은 마음대로 이 나라를 떠날 자유가 있을지 모르지만 비행기 표를 살 돈이 없을 수 있다. 당신은 당신이 선택한 영역에서 기술을 연마하고자 할 자유가 있지만, 당신이 공부하고자 하는 곳에 자리가 없을 수도 있다. 당신은 흥미를 끄는 직업을 갖고 일하고 싶겠지만, 그런 일거리를 얻지 못할 수도 있다.

- 중략 -

　자유는 하나의 특권으로서 탄생했고 오랫동안 그렇게 남아 있었다. 자유는 어떤 것을 나누고 떼어놓는다. 자유는 최고의 것을 나머지 것들에서 분리한다. 자유는 그 매력을 차이에서 끌어온다. 자유가 있느냐 없느냐는 높은가 낮은가, 좋은가 나쁜가, 탐나느냐

거슬리느냐 사이의 대비를 보여주며, 또 그런 대비를 근거 짓는다.

처음부터 그리고 그 뒤로도 계속 자유는 선명하게 구분되는 두 가지 사회적 조건의 공존을 나타냈다. 자유는 얻는다는 것, 자유롭게 된다는 것은 하나의 사회적 조건에서 다른 사회적 조건으로, 즉 열등한 조건에서 우월한 조건으로 상승하는 것을 의미한다. 두 가지 조건은 많은 점에서 달랐지만, 특히 그 대립의 한 면―자유라는 성질로 포착되는―이 나머지 면들에 비해 다르다는 것이 두드러진다. 그것은 타인의 의지에 의존하는 행위와 자기 자신의 의지에 의존하는 행위 사이의 차이다.

하나가 자유롭기 위해서는 적어도 둘이 있어야 한다. 자유는 사회적 관계를, 사회적 조건의 비대칭성을 나타낸다. 본질적으로 자유는 사회적 차이를 의미한다. 자유는 사회적 분할을 전제하며 내포한다.

- 중략 -

이처럼 '우리의 타고난' 자유로운 개인이 오히려 드문 종류의 인간이며 국지적인 현상이다. 그런 인간이 존재하기 위해서는 아주 특수하게 연결된 환경이 있어야 했다. 그리고 그런 인간이 살아남기 위해서는 이 특수한 환경이 지속되어야 한다. 자유로운 개인은 인류의 보편적인 조건이기는커녕 역사적이고 사회적인 창조물일 따름이다.

― 지그문트 바우만 <자유>

(라)

인류는 오류를 범할 수밖에 없다. 왜냐하면 대부분의 경우에 그들이 주장하는 진리는 단지 반쪽의 진리에 불과하고, 반대 의견과의 충분하고 자유로운 비교를 거치지 않은 상태에서 의견이 통일되는 경우가 있기 때문이다. 인류가 진리의 모든 측면에 대한 인식을 현재보다 더 뛰어나게 할 때까지는 의견의 다양성은 악이 아니라 선이라는 원칙은 인간의 의견에 못지않게 그 행동 양식에도 적용되어야 한다. 이런 맥락에서 인간이 불완전한 존재인 한, 다양한 의견이 있는 것이 유용한 것과 마찬가지로 생활에 대한 다양한 실험이 있는 것도 유용하다. 타인에게 해를 입히지 않는 범위 내에서 다양한 성격에 자유로운 시각을 가지는 것도, 누구나 자신에게 적합하다고 생각되는 생활방식을 시도함으로써 다양한 생활양식의 가치가 실천적으로 증명되어야 한다는 것도 마찬가지로 유용한 사실이다. 개인 자신의 성격이 아니라 타인이 세운 전통과 관습이 행동규범인 곳에서는, 인간 행복의 주요한 요소 중의 하나이고 개인과 사회발전의 핵심적 요소이기도 한 것이 결여되어 있다.

― 밀 <자유론>

[마]

원시적 농업 시대에 곤충은 농부들에게 별로 고민거리가 아니었다. 곤충으로 인한 문제가 심각해진 것은 농업이 본격화되고 대규모 농지에 대한 작물 재배를 선호하면서부터 시작되었다. 이런 방식으로 농사를 짓게 되면 특정 곤충 개체의 수가 폭발적으로 증가할 수 있는 환경이 조성된다. 단일 작물 경작은 자연의 기본적 원칙이라기보다는 기술자들이 선호하는 방식이다. 자연은 자연계에 다양성을 선사했지만 인간은 이를 단순화하는 데 열성을 보이고 있다. 특정 영역 내의 생물에 대해 자연이 행사하는 내재적 견제와 균형 체계를 흐트러뜨리려 애쓰는 것이다. 자연의 견제로 인해 각각의 생물들은 자신들에게 적합한 넓이의 거주지를 확보할 수 있었다. 하지만 단일 작물을 경작할 경우에는 다른 작물 때문에 널리 퍼져나갈 수 없게 된 해충이 급증하게 된다.

– 레이첼 카슨, <침묵의 봄>

▶▶▶ **대상작 :** ○○○ (□□여자고등학교)

【문제1】

제시문[가], [나], [다]는 자유의 본질에 대해 논한다. 세 제시문은 모두 공통적으로 자유는 절대적인 것이 아니며 사회적 합의에 의해 보장되는 것이라고 보는 점에서 같다. 그러나 자유의 본질을 바라보는 관점에서 제시문[가], [나]와 [다]는 다르다. [가], [나]는 자유의 본질을 간섭받지 않는 상태로 본다. [가]는 인간이 보장받아야 할 최소한의 자유는 어떠한 간섭이나 개입 없이 자신에 대한 일을 결정하는 것이라고 말한다. [나]는 자의적인 간섭은 지배 상태를 야기할 가능성이 있기 때문에 지배 없는 자유의 이상에 따르면 간섭은 막아져야 하고 저항할 수 있는 권리는 보장되어야 한다고 말한다. 반면에 [다]는 자유의 본질을 사회적 차이와 분할을 의미하는 것으로 본다. 자유를 얻는다는 것은 열등한 사회적 조건에서 우월한 사회적 조건으로 상승하는 것과 같은데, 이것은 서로 대비되는 사회적 조건들의 공존을 보여준다고 말한다. 또한 제시문[가], [다]는 자유의 천부성에 대한 점에서 다르다. [가]는 자유를 천부적인 것으로 본다. 자유는 인간이 인간의 본성을 존중받기 위해 반드시 소유해야 하는 것으로 생각한다. 그러나 [다]는 자유란 인류의 보편적 조건이 아니며 타고나는 것이 아니라고 주장한다. 자유는 사회적 관계에서만 의미를 갖기 때문에 자유로운 개인이 존재하기 위해서는 특수한 사회적 환경이 있어야 하며 따라서 자유는 역사적, 사회적인 창조물이라고 말한다.

【문제1】

　　제시문[라]는 인간은 절대적인 진리에 쉽게 도달할 수 없기 때문에 의견의 다양성은 옹호된다고 말한다. 또 인간이 불완전한 존재인 한 그러한 다양성을 존중하는 것은 유용하기 때문에 인간의 생활 세계에도 적용되어야 한다고 주장한다. 이러한 맥락에서 제시문 [마]는 다양성의 유용함이 인간의 삶에서 뿐만 아니라 자연계에서까지도 적용됨을 보여준다. [라]는 타인에게 해를 입히지 않는 범위 내에서 각자의 개인이 갖는 개성은 존중되어야 하며, 이것이 인간의 행복과 개인과 사회발전에 핵심적 요소라고 말한다. [마]는 다양한 작물을 길러 다양한 곤충들이 적당한 개체수를 유지할 수 있었던 원시적 농업시대와 달리, 대규모 농지에 단일작물을 경작하면서 다른 작물로 인해 퍼져나가기 못했던 특정 곤충의 개체수가 폭증해 작물에 피해가 간 사례를 보여준다. 인위적 행위가 가해지기 전 자연 그대로에서는 문제가 나타나지 않았는데 다양성을 훼손당한 후 문제점이 나타났다는 것은 자연계에서도 다양성의 보존이 유용한 것이라는 사실을 의미한다. 즉 [마]는 [라]에서 말하는 각각의 인간의 개성을 존중해 사회의 다양성을 보존하는 것이 유용하다는 사실이 자연에서도 종의 다양성을 보존하는 것이 그 종을 포함한 자연 전체에 다 좋다는 사실로 확장될 수 있음을 보여준다.

▶▶▶ 평가

　　대상을 수상한 ○○○ 학생의 답안은 미흡한 점이 있지만 교수 5인, 교사 5인인 10명의 평가자로부터 상대적으로 높은 점수를 받았다. [문제1]의 답안에서 자유의 절대성, 자유의 본질, 자유의 천부성이라는 차원을 제시했고 그에 대한 판단은 긍정적이었다. 하지만 자유의 절대성에 대해 판단근거를 들지 않은 점과 자유의 천부성에 대해 지문 [나]를 아우르지 못한 것은 감점요소였다. [문제2]에서 [마]의 해충의 급습이 보여주는 '함의'와 함축의 근거로써 [라]의 내용과 [마]의 내용의 유사성을 견주어 [라]의 논지를 [마]의 현상에 적용하려 시도한 것은 바람직했다. 아쉬운 점은 근거를 설명할 때에 같은 의미를 반복적으로 사용함에 따라 표현과정이 매끄럽지 못했다. 시간제약 탓으로 여겨지며 추후에 분발하면 더 좋은 글을 쓸 수 있을 것이라 의심치 않는다.

▶▶▶ 문제 해설

· 출제 의도 ·

　논술대회 논제는 '자유' 이다. 고등학교까지의 정규교육과정에서 자유는 정치, 윤리에 등장하는 딱딱한 이론에 불과할 수 있다. 자유민주주의 사회에서 자유는 사회적 기본이념이라는 점에서 의의가 있다. 자유에 대한 진지한 고민은 단지 논술의 문제에서 그치는 것이 아니라 사회적 삶에서 자신의 존재적 의미를 성찰하기 위해 꼭 필요한 부분이라고 할 수 있다. 하지만 자유의 정의나 가치에 대해 다양한 관점이 있는 것은 명백하다.

　바로 이러한 자유에 대한 다양한 관점에서 수험생 개개인의 생각을 바탕으로 자유의 의미를 이해할 것을 요구하고 있다. 자유의 의미는 '간섭이나 억압의 부재'로서 간주되어 왔다. 그러나 이처럼 '금지의 부재'로서 '해도 된다'는 의미의 자유는 절대적이고 객관적인 진리라고 할 수 없다. 즉 초역사적이고 보편적인 개념이 아니다. 근대국가의 등장과 더불어 나타난 역사적이고 상대적인 개념이다. 그것은 마치 개인이라는 개념이 보편적인 개념이 아니라 특정한 목적을 위해 만들어진 허구적인 개념인 것과 유사하다. 나아가 현대 사회에서 근대적 자유개념을 추구하는 것이 최종적 이상은 아니다.

　빈부격차와 차별, 인간의 원자화 등 수많은 문제점은 자유주의 국가 속에 내재하고 지속적인 문제였다. '간섭이나 억압의 부재'로서 자유 이외의 또 다른 자유 개념의 가능성 및 정당성에 관심을 가져야 하는 것도 이와 관련되어 있다. 또한 자유의 본질은 다양성일 수 있다. 인간이 불완전한 존재이므로 각자의 삶의 방식을 인정하고 상호 교류할 때만이 개인적으로나 사회적으로 바람직한 결과를 가져올 수 있다.

　제시된 문제에서는 첫째, 제시문 분석을 통해 자유에 대한 다양한 관점을 비교할 수 있는 능력을 측정하려고 했다. 즉 차원을 정해 각 제시문의 주장을 같거나 다르다고 판단하고 구체적으로 공통점이나 차이점을 정확하게 서술할 수 있는가를 묻고자 했다. 또한 자유의 본질을 다양성으로 규정한 제시문을 바탕으로 다양성의 파괴가 가져올 인류의 재난을 경계하고자 했다.

· 논제 분석 ·

【문제 1】 자유에 대해 [개],[내],[대]를 비교하시오.(700~800자)

　　비교는 여러 대상 간의 공통점이나 차이점을 설명하는 것인데 그 핵심은 차원설정 능력에 있다. 즉 여러 대상을 포괄할 수 있는 차원(기준)을 바탕으로 대상의 성질을 같거나 다르게 분류할 수 있어야 한다. 공통 화제는 '자유'이므로 자유에 대해 설명한 각 제시문의 내용을 포괄할 수 있는 차원을 바탕으로 같거나 다르다고 판단하고 그에 대한 근거를 제시하면 답안으로 충분하다. 우선 각 제시문에서 자유를 실현하는 요소를 찾아낼 수 있다. 즉 각 제시문은 자유를 실현하는 요소를 설명한다. 또한 이를 바탕으로 자유를 실현하는 요소에서 공통적인 요소의 가치를 평가해 제시문을 비교할 수 있다. '간섭'이 이에 해당한다. 즉 자유를 평가하는 절대적인 요소가 간섭인가, 간섭 이외에 다른 요소인가로 각 제시문을 비교할 수 있다. 이 외에도 수험생에 따라 제시문을 바탕으로 한 다른 기준을 제시할 수 있다. 문제는 그 기준이 제시문과 관련되어 있으며 기준에 따른 판단과 근거가 제시문에 비추어 옳으면 답안으로 아무런 문제가 없다. 단지 기준에 상응하는 판단과 근거를 종합적으로 서술하는 것이 중요할 뿐이다. 따라서 기준을 정확하게 찾았다고 해도 판단과 근거가 제시문에 부합하지 않으면 좋은 답안이라고 볼 수 없다.

【문제 2】 [래]를 바탕으로 [매]의 현상을 설명하시오.(500~600자)

　　전제를 바탕으로 특정한 상황이 보여주고자 하는 의미를 추론하라는 문제이다. 어떤 상황이든 상황이 보여주려는 의미는 다양하다. 즉 같은 상황이라도 해석 주체의 관점이나 연관된 다른 상황에 따라 다른 의미를 보여줄 수 있다. 오직 의미는 맥락에서만 규정할 수 있다는 비트켄슈타인의 언어관이 가치 있는 것도 이 때문이다. 답안작성과정은 설명대상과 관련된 전제의 내용을 서술하고 그 맥락에서 [매]의 현상(외연)이 무엇을 보여주려고 하는지를 설명한다(내포). 즉 전제를 바탕으로 내포를 추론한다. 또한 추론이 어떤 과정을 통해 이루어졌는가를 근거로써 제시한다. 그 과정을 부연하면 전제의 맥락을 설명대상에 적용하여 결론을 도출한다. 즉 전제에서 무엇이라고 했는데 같은 맥락에서 설명대상인 현상의 어떤 부분이 그것에 대응하는 지를 근거로 보여준다.

제시문 분석

1) 제시문 (가)

타고난 본성인 인간다움을 유지하려면 개인에게 최소한의 자유를 보장해야 한다. 즉 타자로부터 침해당하지 않는 절대적 영역이 있어야 한다. 따라서 모든 개인은 상대를 위해 자신의 자유 중에 일부를 포기해야 한다. 즉 절대적으로 자유로울 수 없다. 하지만 타자를 위해 모든 개인적 자유를 포기하는 것은 옳지 않다. 자신을 파멸시키는 것에 불과하다. 문제는 개인에게 보장해줘야 할 최소한의 것이 무엇이냐는 것이다. 그에 대해 여러 의견이 있을 수 있지만 '~로부터의 자유'가 해당된다. 즉 보편적이고 상식적인 수준을 넘어서 타자로부터 간섭받지 않은 것이다. 이렇게 보면 자유란 자신의 방식으로 자기가 생각하는 선을 추구하는 것이라는 주장을 받아들일 수 있다. 결국 자유를 추구하는 것은 소극적 목표지만 간섭을 피하는 것이라고 할 수 있다. 즉 자유는 자신이 추구하는 목표를 성취할 수 없는 삶의 방식을 거부할 때 불이익을 당하지 않으며 강제적으로 특정한 삶의 방식만을 강요받지 않는 것을 의미한다.

2) 제시문 (나)

자유를 간섭의 부재나 지배의 부재라는 측면에서 이해할 수 있다. 간섭 없는 지배나 지배 없는 간섭의 상황에서 자유로움을 느낄 수 있기 때문이다. 하지만 자유의 참된 의미는 지배 없는 자유이지 간섭 없는 자유라고 할 수 없다. 사회적 삶에서 개인 간의 간섭은 일상적이기 때문에 간섭의 유무가 자유를 평가하는 기준이 될 수 없다. 즉 타자의 간섭에 자발적으로 동의하고 그에 따라 불이익을 받는 것을 자유의 침해라고 할 수 없다. 오히려 간섭이 없지만 피지배상태에 있을 경우에 자유를 누린다고 볼 수 없다. 따라서 문제는 자신이 동의하지 않는데도 타자가 간섭하는 상황은 지배와 예속을 가져올 가능성이 크다는 것이며 지배 없는 자유가 자유로서 가치 있는 것도 이 때문이다. 결국 자유를 실현하려면 강자가 약자를 자의적으로 간섭할 수 없으며 강자의 자의적인 간섭에 약자가 저항할 수 있는 사회제도가 필요하다.

3) 제시문 (다)

자신이 추구하는 행위에 대해 금지당하거나 처벌받지 않는 것만으로 자유로운 사회라고 할 수 없다. 실제로 그 사회에서 자신의 욕망을 충족할 수 있어야 한다. 즉 선택한 것들을 실현할 수 있어야 한다. 그런 점에서 역사적으로 자유는 사람들에게 특권으로 받아들여졌다. 즉 자유는 자신과 타자의 차이를 드러내며 가장 가치 있는 것을 정하는 기준이었다. 이렇게 보면 자유는 우리 삶에서 서로 다른 사회적 조건이 공존하고 있으며 자유롭게 된다는 것은 더 나은 조건으로 상승하는 것을 의미한다. 또한 서로 다른 사회적 조건은 자기의 의지대로 행동하는 상황과 타자의 의지에 종속되어 행동하는 상황이 있음을 보여준다.

따라서 자유는 상대적인 것이며 서로 다른 비대칭적 사회적 조건에 있는 것을 보여준다. 또한 그 점을 전제할 때만이 의미가 있다. 따라서 선천적으로 자유로운 개인이 존재한다는 것은 허구적이거나 특수한 현상에 불과하다. 즉 역사적이고 사회적인 창조물에 불과하다. 설사 진실이라고 해도 그런 인간이 생존하려면 특수한 환경이 있고 지속되어야 한다. 하지만 인류의 역사를 볼 때 그런 환경은 없었거나 있다 해도 지속하기 어렵다. 따라서 개인을 보편적으로 자유로운 존재로 규정하는 것은 옳지 않다.

4) 제시문 (라)

타인에게 해를 끼치지 않는 경우에 우리들 각자의 의견이나 행동이 서로 다른 것은 옳고 유용하다. 인간은 불완전한 존재로서 오류를 범할 수 있기 때문이다. 즉 현재로서 한 개인은 완전하고 절대적인 진리를 인식할 수 없기 때문에 서로 간에 토론하고 다양한 생활방식을 검증해서 옳은 방식을 찾아야 하기 때문이다. 따라서 타자가 만든 전통과 관습에만 의존해서 행동하는 것은 개인과 사회발전에 기여할 수 없으며 행복한 삶이라고 할 수 없다.

5) 제시문 (마)

농업이 보편화되고 대규모 농지에 단일 작물을 재배하면서부터 해충이 급증했다. 자연의 기본적 원칙은 다양한 작물을 재배하는 것이다. 하지만 인간은 경제적 효율성을 목적으로 단일재배방식을 선택함으로써 그 원칙을 파괴했다. 즉 자연이 각 생물에게 행사하는 견제와 균형을 통해 각 개체가 생존할 수 있는 개체의 터전을 파괴했고 결과적으로 해충이 급증하는 문제가 발생했다.

> ### 예시 답안

【문제 1】

　[가], [나], [다]는 자유에 대해 설명한다. 하지만 자유를 실현하는 요소에 있어 (가), (나), (다)는 다르다. (가)에 따르면 인간다움을 지킬 수 있는 최소한의 간섭을 타자로부터 받지 않아야 한다. 즉 자신의 목표를 성취할 수 없는 삶의 방식을 거부할 경우에 불이익을 당하지 않아야 하며 특정한 삶의 방식만을 강요받지 않아야 한다. (나)에 따르면 자발적인 동의가 없으면 타자로부터 간섭받지 않아야 한다. 즉 지배받지 않아야 한다. 또한 이처럼 지배 없는 상태를 보장해주는 사회제도가 있어야 한다. (다)에 따르면 자신의 목표를 성취하려고 할 때 금지당하거나 처벌받지 않아야 한다. 즉 간섭받지 않아야 한다. 나아가 선택한 것들을 실제로 실현할 수 있어야 한다. 이렇게 보면 간섭의 가치에 대해 (가)와 (나), (다)의 평가가 다르다. (가)에서 간섭은 자유를 평가하는 유일하고 절대적인 요소이다. 타자로부터 간섭이 없을수록 자유로우며 자유로운 사회이다. 하지만 (나),(다)에서 간섭은 절대적 요소라고 할 수 없다. (나)에 따르면 간섭 중에서 강제적 간섭인 지배가 자유의 기준이다. 개인이 자발적으로 간섭을 허용한 경우라면 간섭당해도 자유롭다. 간섭은 일상적인 사회적 행위이기 때문이다. (다)에서도 간섭은 없어야 하지만 실제로 자유를 누릴 수 있는 권력의 가치가 간섭 보다 크다. 자유란 자신이 속한 상황보다 더 나은 상황으로 상승한 것이며 타자에 종속되지 않고 자신의 의지에 따라 행동하는 것을 의미하기 때문이다.(723자)

【문제 2】

　[라]에 따르면 타자에게 해를 끼치지 않는 경우에 각 개인의 의견이나 행위의 차이는 긍정적이다. 이런 맥락에서 [마]에 나타난 해충의 급증은 자연계의 개체적 다양성을 인간이 조작하는 것은 옳지 않다는 것을 보여준다. 자연계에서 해충이 급증한 것은 경제적 효율을 추구하려고 대규모 토지에 대량으로 단일작물을 재배하였기 때문인데 [라]에 따르면 자연계의 다양성은 필연적이며 지켜져야 할 원칙이기 때문이다. [라]에서 인간은 세계를 제대로 인식하지 못하는 근원적으로 불완전한 존재로 주관적으로 세계를 인식한다. 따라서 개인적 행복과 사회적 발전을 도모하려면 개인 간에 토론하고 각 자의 삶의 방식을 검증해야 한다. 이를 위해서는 타자의 삶의 방식을 긍정해야 한다. 이처럼 [마]의 자연계의 개체도 자연의 원리인 견제와 균형 속에서 사는 불완전한 존재이다. 또한 그럴 때만이 자신의 삶의 영역을 확보할 수 있다. 이렇게 보면 다양한 개체가 있어야 하며 상대와 더불어 살 수밖에 없다. 결국 경제적 효율성만으로 타자를 지배하고 조작하는 것은

옳지 않다. 해충의 급증에서 보듯이 의도치 않은 불행을 겪을 수 있다. (572자)

● 실전문제 ❷

> ※ 다음 물음에 대한 답안을 주어진 네 개의 글을 읽고 서술하시오.
>
> 【문제1】 '고통'에 대한 (가) (나) (다) 내용의 공통점과 차이점을 서술하시오.
>
> (500~600자)
>
> 【문제2】 (가) (나) (다)의 내용을 바탕으로 (라)의 전봉준이 겪고 있는 '고통'을 설명하시오.
>
> (500~600자)

━━ 제시문 ━━

(가)

불교는 대단히 구체적이고 현실적인 목표를 가진다. 바로 고통 인식과 고통 극복이다. 이것이 유일한 목표다. 고통에 대한 인식이야말로 불교의 출발이라고 할 수 있다.

붓다는 삶이 고(苦)라고 했다. 붓다가 말하는 고통이 단지 감정의 동요나 감각의 불편만은 아니다. 우리는 일상에서 웃다 울고, 울다 웃기를 반복한다. 이럴 때면 내가 뭐 하나 싶다. 붓다는 저런 기쁨의 감정이 극히 일시적이고 불안하다고 말한다. 불교의 입장에서 보자면 쾌락이나 기쁨은 고통과 슬픔으로 곧바로 역전될 수 있다. 이렇게 이야기해도 삶이 고(苦)라는 사실을 순순히 받아들이기는 쉽지 않다. 고통에 대한 실감이 없을 경우, 그것에 대한 극복은 요원하다.

도대체 고통은 왜 발생할까. 불교에서 내리는 답은 무명(無明)이다. 무명은 그냥 무지(無知)라고 해도 좋다. 무엇을 모른단 말인가. 불교에서는 어떤 사실이나 감정을 고정된 무엇으로 간주하는 것을 집착이라고 말한다. 모든 현상은 늘 변하기 때문에 고정 불변하는 '자아'나 현상의 '본질'은 없으며, 영원히 나의 소유인 것도 없다는 것을 모른 채 집착을 하니 고통이 발생한다. 그래서 불교 수행은 집착을 타파하고 결국 열반에 도달하는 방법이자 길이다.

- 김영진, 『공이란 무엇인갱』

(나)

고통에 '당연성의 의미'를 부여하는 경향은 고대 세계의 도처에서 발견된다. 거의 모든 곳에서 발견되는 고대적인 관념에 의하면, 신이 직접 개입하여 고통을 유발하든 아니면 악령이나 다른 신들에게 고통을 유발도록 허용하든 간에, 어쨌든 모든 고통은 신의 의지에 따른 것이다. 수확을 망치는 일, 가뭄, 적에 의한 도시의 약탈, 자유의 상실이나 죽음, 온갖 종류의 재난(전염병, 지진) 중에서 초월적인 존재나 신의 섭리에 의해 어떤 식으로든 설명되지 않거나 정당화되지 않는 것은 아무것도 없다. 패배한 도시의 신이 승리한 군대의 신보다 덜 강했다든지, 공동체 전체나 한 집안이 어떤 신에게 의례상의 과오를 범했다든지, 마법, 악령, 저주 따위가 끼어들었다든지 아무튼 개인이나 집단의 고통에는 항상 어떤 설명이 주어진다. 결과적으로 고통은 견딜 만하고, 견딜 만해진다.

'고통'의 가장 결정적인 계기를 이루는 것은 고통의 난데없는 출현이다. 그 원인이 아직 알려지지 않았을 때 고통은 사람을 불안하게 만든다. 아이들이나 가축들이 죽고, 가뭄이 계속되고, 폭우가 심해지고, 사냥거리가 사라지고 하는 일들의 원인이 주술사나 사제에 의해 일단 밝혀지기만 하면, '고통'은 견딜 만한 것이 된다. 고통에 원인과 의미가 있고, 따라서 고통도 이제 하나의 체계 속에 끌어들여져 설명이 가능해지기 때문이다. 만약, 주술사나 사제가 관여했는데도 아무런 결과가 나타나지 않으면, 원시인들은 그 동안 거의 잊고 지내왔던 지고지순한 절대적인 존재를 다시 생각해내고 그에게 희생 제물을 바쳐서 기도한다.

미르치아 엘리아데, 『영원회귀의 신화』

(다)

나는 모든 경험들이 고통 또는 쾌락으로 물들여 있고, 어떤 것도 완전히 중립적인 것은 없다고 확신한다. 두려움과 비탄과 같은 일련의 정서들은 고통스럽지만, 기쁨과 같은 다른 정서들은 유쾌하다. 감각들과 지각들도 또한 고통스러운 속성들을 갖는 것으로 이해될 수 있다.

도덕성은 선과 나쁨에 관한 것이고, 어떤 규정에서는 '나쁨'은 단지 고통스러운 것만을 의미한다. 고통 자체는 항상 나쁘다. 비록 간접적으로도 고통이 이익을 이끌 수 있다고 하더라도 말이다. 항상 우리는 궁극적으로 고통의 의식적 경험으로 돌아간다. 모든 고통을 겪는 피조물들의 삶은 다음과 같은 한 쌍의 경험들, 즉 쾌락과 고통, 보상과 처벌, 그리고 긍정의 자극과 부정의 자극에 의해 결정된다.

선한 것들은 무엇을 공통으로 갖고 있는가? 선한 것들은 모두 쾌락을 제공한다. 모든 나쁜 것들은 무엇을 공유하고 있는가? 넓은 의미에서 본다면 모든 나쁜 것들은 고통을 일으킨다. 살인, 거짓말, 속임수 그리고 도둑질은 나쁘다. 다른 사람들에게 고통을 일으키기 때문이다. 불의, 불평등, 자유의 결여 그리고 미의 부재는 나쁘다. 고통은 모든 나쁜 것들의 공통적인 모습이다. 나쁜 것이 어떤 것이든지 간에 그것은 고통을 일으킨다.

나는 자유, 정의, 평등, 그리고 우애와 같은 다른 위대한 도덕의 목적들이 중요하다고 보는데, 그 이유는 단지 이 목적들이 고통을 감소시킨다고 확신하기 때문이다. 예를 들어 사람들이 정의를 원하는 이유는 무엇인가? 그것이 사람들로 하여금 침해를 덜 받는다고 느끼게 하기 때문이다. 그래서 그들의 고통을 감소시킬 것이기 때문이다. 사람들이 자유와 평등을 원하는 이유는 무엇인가? 사람들은 이 조건들이 그들의 고통들을 감소시킬 것이라고 확신하기 때문이다.

결국 도덕이란 쾌락을 추구하고 고통을 감소시키는 과정이다. 그렇기 때문에 고통에 대한 인식은 도덕적인 행위의 출발점이란 점에 가치가 있다. 억압과 부정의, 불평등은 고통을 주는 것들로서 이것들을 없애거나 줄이는 일은 고통을 감소시키는 과정으로서 도덕적인 행위이다.

– 리차드 라이더, 『페이니즘(Painism)(윤리문화의 서막 – 고(苦)와 통(痛))』

(라)

가마 안에 앉은 전봉준은 두 가지 고통에 시달렸다. 하나는 으깨진 발등과 부러진 정강뼈, 재갈 찬 입의 고통이요, 다른 하나는 사로잡힌 채 눈을 번히 뜨고, 일본군의 잔혹한 만행들을 보아야 하는 치욕과 분노의 고통이었다. 이 고통과 치욕과 분노에서 어떻게 벗어날 것인가. 그것은 빨리 죽는 것뿐이었다. 그런데 일본군은 그에게서 혀를 깨물어 자결할 자유를 빼앗아버렸다. 입에 물려 있는 재갈 그 자체가 지긋지긋한 고통이었다. 그가 기절해 있는 사이에, 위아래 이빨 사이를 들어 올리고 나무 조각을 가로로 끼워 넣은 다음, 조각이 빠져나가지 않도록 수건으로 조여 뒤통수에 묶어놓은 것이었다.

모든 고통과 불만을 그는 "아, 으으" 하는 신음으로 호소해야 했다. 그렇지만 앓는 소리를 내어 동정을 구하고 싶지는 않았다. 앓는 소리를 내지 않으려고 어금니로 재갈을 씹으며 안간힘을 썼다. 거듭된 안간힘과 절망과 분노로 말미암아 그의 얼굴은 암회색으로 변해 버렸다. 두 눈만이 야수의 눈처럼 퍼런 인광을 발하고 있었다.

아, 내가 그토록 이 땅에서 몰아내고 싶었던 일본군, 그들이 나를 이렇듯 고통스럽게 끌고 가고 있다. 전봉준은 절망과 치욕과 분노가 차오르자 턱과 목과 아구창이 뻣뻣해지고 가슴이 답답해졌다. 심호흡을 하면서 도리질을 했다. 지금 성급하게 굴어서는 안 된다. 세상을 향해 하고 싶은 말을 하고 나서 죽어야 한다. 우리는 왜 봉기했으며 우리의 주장과 꿈은 무엇인가. 이 세상에 존재하는 모든 사람들은 각자가 다 한울님이고, 박해받거나 착취당하지 않고 평등하게 살아야 한다는 것이 우리의 꿈이다. 이 말을 해야 하고 일본군의 잔혹함을 폭로하기 위해 지금은 꿋꿋하게 살아 있어야 한다. 우선 마음을 비워야 한다. 편안함을 향한 집착을 풀어놓으면서, 눈을 감은 채 천천히 심호흡을 했다. 차오르는 절망과 치욕과 분노부터 가라앉혔다. 몸의 모든 근육에서 힘을 뺐다. 신경을 하나씩 하나씩 껐다. 편안한 사유만 머리에 굴렸다.

— 한승원, 『겨울잠, 봄꿈』

▶▶▶ **대상작 :** ○○○ (□□중학교)

【문제 1】
　　우리는 살면서 다양한 형태의 고통과 마주하게 된다. 그것이 육체적 형태이든 정신적 형태이든 말이다. 그 고통의 원인은 각자 다를지라도 우리는 모두 고통이 부정적인 것임을 알고 그것에서부터 벗어나고자 한다.
　　제시문들은 공통적으로 고통의 원인을 인식하는 것이 중요하다고 하고 있다. 제시문 (가)를 보자. 제시문 (가)에서 설명하는 불교에서의 고통은 무지에 의해 발생한 것이며, 고통의 인식이 중요하다고 한다. 제시문 (나)에서는 고통의 원인을 아는 것이 고통을 견딜만하게 만드는 것이라고 한다. 또한, 제시문 (다)에서도 고통의 원인을 인식하는 것이 도덕적 행위의 출발이라고 한다. 세 제시문 모두 고통의 원인을 인식하는 것이 중요하다고 하고 있지만, 그에 대한 극복 방안은 각자 다르게 제시하고 있다. (가)에서는 모든 현상이 변한다는 것을 알지 못한 채 집착하는 것이 고통을 유발하므로 집착을 타파하는 것이 극복 방안이라고 한다. (나)에서는 원인을 인식할 수 없는 고통에 대해 재물로써 신께 의지하며 고통을 견디고자 한다. 마지막으로 (다)는 도덕에서 의미하는 나쁜 것들이 고통을 유발한다고 하여 도덕을 행하며 선한 것을 추구하여 고통을 감소시킬 수 있다고 한다. 따라서 세 제시문들의 고통 극복 방안에는 차이가 있다.

【문제 2】
　　제시문 (라)에서 전봉준은 육체적 고통과 일본군들에게 느끼는 수치와 분노 같은 정신적 고통을 느낀다. 그의 고통은 세 제시문들로 설명될 수 있다. 제시문 (가)로 평가했을 때, 그는 편안함을 추구하는 집착을 버리고 차분한 태도를 보이고 있음으로써 불교에서 말하는 불교 수행, 즉 열반에 도달한 것이라고 할 수 있다. 그는 마음을 비우며 집착을 버림으로 고통이 발생하지 않게 하고 있는 것이다. 그의 고통을 (나)로 평가하자면, 그는 그의 고통의 원인을 인식하고 있고, 그것에 대한 설명을 할 수 있으므로 그의 고통은 견딜만한 것이다. 제시문 (다)로 설명을 한다면, 현재 그가 처한 상황은 억압과 부정의로 둘러싸여 있으므로 도덕적으로 나쁜 것, 즉 그에게 고통을 주는 요소가 되는 것이다. 그가 고통을 느끼는 이유는 단순한 육체적 고통이 아닌 사회와 그의 결백을 주장할 수 없는 것에 대한 억울함 때문이다. 그는 세상을 향해 억압받는 사람들의 고통을 호소하며 모든 사람들의 평등을 실현함으로써 도덕을 행하여 도덕에서의 선을 행하여 자신의 고통을 감소시키려고 한다고 평가될 수 있다.

▶▶▶ 심사평

대상을 수상한 ○○○ 학생의 답안은 1, 2차 채점 합산 점수에서 두드러지게 높은 점수를 받았다. 공통점은 '고통의 원인 인식의 중요성'을 기준으로, 차이점은 '고통 극복 방안'을 기준으로 설정하고 왜 그러한지 제시문 각각의 내용을 서술함으로써 논증의 형태를 잘 갖춘 답안을 작성했다. 또한 논제 2번에서도 전봉준이 자신의 고통을 (가)의 집착에서 벗어나기, (나)의 고통의 원인 인식, (다)의 도덕적 가치 추구를 통해 해소하려 하거나 견딜만한 수준으로 감소시키려 한다는 점을 정확히 서술하였다.

물론, 공통점을 '고통의 가감으로 설정하고 '고통의 원인' 차이점의 차원에서 서술했다면 더 나은 답안이었을 것이다. 그리고 '~고통에 대해 재물로써 신께 의지하여 고통을 견디고자 한다.'와 같은 부정확한 서술이 있었지만, 전체적으로 간결하게 핵심만을 정확히 서술하는 글쓰기 능력은 크게 칭찬할 만하다.

출제 의도와 평가 기준

본 논술 문제는 중학교 3학년『도덕』교과서에 실려 있는 '고통'을 주제로 출제되었다. 논제 1번은 세 개의 지문에서 논의하고 있는 고통에 대해 공통점과 차이점을 서술하되, 각각의 기준 또는 차원을 설정했는지 여부, 구체적이고 명시적인 표현으로 각 지문의 어떤 내용을 근거로 삼았는지 여부와 그것의 적절성을 평가의 기준으로 삼았다. 세 개 지문 모두 고통이 가치 있는 것이라고 주장하지만 고통의 원인 또는 고통 극복 가능성을 기준으로 보면 논지의 차이가 있다. 논제 2번은 세 개 지문의 논지를 구체적인 상황에 적용해서 설명할 것을 요구한다. 논제 1번 풀이 과정에서 제시문 분석이 옳다면 세 개 지문 모두를 활용해서 전봉준이 겪고 있는 고통의 의미나 성격, 그리고 전봉준의 고통에 대한 태도 등을 설명할 수 있다. 제시문 세 개 모두를 활용했는지 여부와 활용의 적절성과 타당성을 기준으로 평가하였다.

▶▶▶ 문제 해설

· 출제 의도와 문제 유형 ·

현재 중학교 3학년 도덕 교과서 네 번째 대단원의 제목은 '삶과 종교'이다. 이 단원의 첫 번째 중단원은 '인간의 고통에 대한 이해'를 중심 주제로 삼고 있다. 여기에는 고통의 정의, 육체적·정신적 고통의 차이, 고통의 여러 가지 의미 등과 관련된 다양한 논의들이 담겨 있다. 본 논술 문제는 이처럼 중학교 교육 과정에 있는 '고통'을 주제로 출제되었다.

교과서(변순용 외,『도덕』중학교 3학년, 천재교육)는 고통이란 자신을 보호하게 하고, 자신과 주변 세계를 이해하게 하고, 인격을 성숙시키고 행복을 느낄 수 있게 한다고 한다. 이와 같은 고통의 의미 분석을 통해 나와 타인의 고통을 대하는 올바른 태도란 무엇인지를 생각할 수 있게 하고 있다. 본 논술 문제는 주어진 글을 독해하고 문제에 대한 답안을 문장으로 서술하는 과정에서 고통의 문제를 진지하게 고민할 수 있는 기회를 제공할 것이다.

· 논제 분석 ·

두 개의 문제는 긴밀히 연결되어 있다. 주어진 지문들의 논지를 정확히 파악하고, 【문제1】의 요구를 해결한 뒤에 이를 바탕으로 【문제2】에 대한 답안을 작성해야 한다. 【문제1】를 잘 해결한다면 【문2】는 크게 힘들이지 않고 풀이할 수 있다. 그렇기 때문에 학생들은 【문제1】과 【문제2】의 답안 개요를 동시에 작성하는 방법을 택하는 게 유리하다. 즉, 【문제1】의 답안 개요를 작성한 뒤에 곧바로 원고지에 답안 작성을 하지 말고, 【문제2】의 답안 개요를 작성하면서 【문제1】의 답안을 수정하고 보완하는 게 좋다. 이럴 경우 논지파악의 오류를 최소화할 수 있고 일관성 있는 분석과 설명을 수행할 수 있다.

【문제 1】'고통'에 대한 (가) (나) (다) 내용의 공통점과 차이점을 논술하시오.(500~600자)

이 문제는 각 지문의 중심 서술 대상에 대한 논지를 비교 분석할 것을 요구하고 있다. 비교가 가능한 기준 또는 차원을 설정하고 비교하되 반드시 이의 근거를 서술해야 한다. 또한 여러 가지 어휘를 사용해서 고통에 대한 공통적인 관점이나 차이점을 분석할 수 있겠다. 이러한 진술들은 주어진 지문에 근거한 판단에 의해서만 이루어져야만 한다. 논지와 무관한 내용을 근거로 비교를 한다면 틀린 분석을 한 글이다.

【문제 2】(가) (나) (다)의 내용을 바탕으로 (라)의 전봉준이 겪고 있는 '고통'을 설명하시오.(500~600자)

이 문제는 (가), (나), (다) 지문의 논지를 (라)의 내용에 적용해야 한다. 이때 (가), (나), (다)의 논지는 근거이고 이를 적용해서 설명한 내용은 주장이다. 이를 위해【문제1】답안을 작성할 때 정리한 비교의 여러 기준 내지 차원을 근거로 전봉준이 겪고 있는 고통의 의미나 성격, 전봉준이 고통에 대해 취하고 있는 태도 등을 설명하면 된다. 이때 어떤 지문을 근거로 한 해석과 설명인지 밝혀야 한다.

제시문 해설

네 개의 제시문 모두 원서의 논지를 훼손하지 않는 범위에서 출제 의도에 맞게 일부 내용의 순서를 바꾸거나 일부 문장을 삭제하고 고쳐 쓴 글이다.

(가)는 김영진이 쓴 『공이란 무엇인갱 : 그린비』의 일부다. 불교에서 고통은 인간 삶의 실존 자체다. 이러한 고통의 원인은 인간 자신이 영원불멸하는 그 무엇이 있다고 전제하면서 이에 집착하는 데 있다. 따라서 고통을 제거하거나 고통에서 벗어나기 위해서는 집착해서는 안 된다. 집착이 없는 상태가 곧 고통이 없는 상태이고, 이를 열반이라고 한다. 열반을 위한 수행은 인간 삶을 고통으로 자각하는 데부터 시작한다. 따라서 고통은 인간으로 하여금 열반을 향한 수행의 출발점에 서 있도록 한다.

(나)는 미르치아 엘리아데의 『영원회귀의 신화』라는 글의 일부다. 고대인들은 고통을 신의 의지에 따른 결과로 받아들였다. 그렇게 이해되지 않는 고통은 주술사나 사제를 통해서라도 신의 의지에 의한 것이라고 이해하면서 고통의 당연성과 일상성을 정당화하려고 하였다. 결과적으로 고통의 강도는 견딜 수 있을 만큼 감소하게 된다. 결국 고통이란 고대인들에게 초월적인 존재를 인정하고 기억하게 하는 역할을 수행한다는 점에서 가치 있는 것이다.

(다)는 리차드 라이더가 쓴 『Painism』의 일부 내용이다. 『윤리문화의 서막 - 고(苦)와 통(痛)』이라는 제목으로 출간될 예정인 번역서의 내용을 발췌하고 출제 의도에 맞춰서 고쳐 쓴 글이다. 라이더는 인간의 모든 경험은 쾌락이 아니면 고통이라고 본다. 쾌락도 고통도 아닌 경험은 없다고 단언한다. 여기서 쾌락은 선이고 고통은 악이다. 따라서 도덕성을 추구하는 일은 쾌락을 증진하고 고통을 줄이는 과정이다. 라이더에게 고통에 대한 인식은 도덕적인 과업을 수행하는 출발점으로서 가치가 있다. 억압과 부정의, 불평등은 고통을 초래하는 것들로서 이것들을 없애거나 줄이는 일은 고통을 감소시키는 과정으로서 도덕적인 행위이다.

(라)는 한승원이 쓴 소설, 『겨울잠, 봄꿈』(비채)의 일부 내용을 옮긴 글이다. 이 소설은 전봉준이 순창 피로리에서 붙잡힌 뒤 서울까지 압송되어 참수당하기까지 119일의 여정을 극화하고 있다. 그는 체포 과정에서 다친 다리와 재갈에 물린 입, 그리고 포박 상태에 있기 때문에 극심한 육체적 고통을 겪고 있다. 동시에 일본군에게

붙잡힌 자신의 처지에 대한 절망감과 압송 과정에서 일본군이 조선 백성들에게 저지르고 있는 만행에 대한 분노에 따른 엄청난 심리적 고통을 경험하고 있다. 죽고 싶을 정도의 극단의 고통 속에서 전봉준은 죽지 않고 고통을 견뎌내야 하는 이유를 찾는다. 그것은 모든 인간이 평등하다는 신념과 일본군의 만행을 세상 사람들에 알리는 일이다. 그리고 고통이 완전히 사라진 상태에 대한 집착에서 벗어나려고 한다. 이로써 그는 고통을 견뎌낼 만한 정도로 완화하고자 한다.

예시 답안

【문제 1】 '고통'에 대한 (가) (나) (다) 내용의 공통점과 차이점을 논술하시오. (500~600자)

〈예시 답안 1〉

　세 개의 지문 모두 고통을 가치 있는 것으로 간주한다는 점이 공통점이다. (가)에서 고통은 집착에서 벗어나 열반을 얻기 위한 수행의 출발점, (나)에서는 절대적인 존재인 신에 대한 인식의 계기, (다)는 도덕과 부도덕을 판단하는 기준이라는 점에서 고통을 인간 삶에 가치 있는 것으로 본다.(이것을 "세 개의 지문은 고통을 통해 삶을 성찰할 수 있다는 점에서 고통을 가치 있는 것으로 본다. 즉, (가)에서 고통은 수행의 필요성을 자각하게 한다는 점, (나)에서 고통은 인간 자신을 초월적 존재나 신과의 관계를 상기시킨다는 점, (다)에서 고통을 인간으로 하여금 도덕적 가치를 추구하게 하는 계기로 본다는 점에서 고통을 가치 있는 것으로 본다."라고 서술할 수 있다. 이처럼 세 지문 모두 고통을 무의미한 것으로서 쓸모없는 것으로 보지 않고 가치 있는 것으로 본다는 점에 주목하면 이것은 '공통점'이다. 그런데 '고통의 가치를 무엇으로 보고 있느냐'에 주목하면 앞의 밑줄 그은 부분은 '차이점'이 된다.) 그러나 '고통의 원인'을 기준으로 보면 차이가 있다. (가)는 고정되고 불변하는 것에 대한 집착을, (나)는 초월적인 존재나 신의 의지를, (다)는 도덕적으로 나쁜 것을 경험하는 것을 고통의 원인으로 본다는 점이 다르다. 또한, '고통 극복의 가능성'을 기준으로 보면, (가)와 (나), (다)는 다르다. (가)에 따르면, 수행을 통해 집착을 버리고 열반에 이르면 고통에서 완전히 벗어날 수 있다고 본 반면에 (나), (다)는 그럴 가능성을 부정하면서, 고통이란 견딜 수 있을 만큼 줄일 수는 있다고 본다. 즉, (나)는 주술사나 사제, 그리고 절대적 존재에게 의지함으로써(또는 '고통의 원인을 설명하고 정당화함으로써'), (다)는 자유, 평등, 정의와 같은 도덕적 가치를 추구함으로써 줄일 수 있다는 점에서 차이가 있다.

(괄호 안에 있는 글을 빼고 539자)

〈예시 답안 2〉
　세 개의 지문은 고통을 통해 삶을 성찰할 수 있다는 점에서 고통을 가치 있는 것으로 본다. 즉, (가)에서 고통은 수행의 필요성을 자각하게 한다는 점, (나)에서 고통은 인간 자신을 초월적 존재나 신과의 관계를 상기시킨다는 점, (다)에서 고통을 인간으로 하여금 도덕적 가치를 추구하게 하는 계기로 본다는 점에서 고통을 가치 있는 것으로 본다. 그러나 '고통의 원인'을 기준으로 보면 차이가 있다. (가)는 고정되고 불변하는 것에 대한 집착을, (나)는 초월적인 존재나 신의 의지를, (다)는 도덕적으로 나쁜 것을 경험하는 것을 고통의 원인으로 본다는 점이 다르다. 또한, '고통 극복의 가능성'을 기준으로 보면, (가)와 (나), (다)는 다르다. (가)에 따르면, 수행을 통해 집착을 버리고 열반에 이르면 고통에서 완전히 벗어날 수 있다고 본 반면에 (나), (다)는 그럴 가능성을 부정하면서, 고통을 견딜 수 있을 만큼 줄일 수 있다고 본다. 즉, (나)는 주술사나 사제, 그리고 절대적 존재에게 의지함으로써, (다)는 고통을 견딘 후에 자신이 할 일을 생각함으로써 고통을 줄이고자 한다. (570자)

【문제 2】 (가), (나), (다)의 내용을 바탕으로 (라)의 전봉준이 겪고 있는 '고통'을 설명하시오. (500~600자)

〈예시 답안 1〉
　(가), (나), (다)에 따르면 고통은 우리 삶에 일상적인 것이다. (가)에 따르면, 우리의 삶 자체가 고통임을 인식할 때에야 비로소 고통에서 벗어나기 위한 수행을 할 수 있다. (나)에 따르면, 아무리 극심한 고통도 그 원인을 찾게 되면 고통은 견딜만한 수준으로 줄일 수 있다. (다)는 우리가 도덕적 가치를 추구할 때 고통을 줄일 수 있다고 본다. 이러한 맥락에서 (라)의 전봉준은 자신이 겪고 있는 육체적, 정신적 고통을 (가)의 집착에서 벗어나기와 같은 방식으로 편안함에 대한 집착을 끊음으로써 극복하려고 한다. (나)의 관점을 적용하면, 전봉준은 고통의 원인이 발등과 정강이뼈의 상처, 포박당한 자신의 처지에서 일본군의 만행을 지켜봐야만 하는 상태에 있음을 확인한다. 이를 통해 고통을

견딜만한 수준으로 줄이려고 한다고 볼 수 있다. 한편, (다)와 같이 도덕적 가치를 추구함으로써 고통을 견뎌내려고 한다. 즉, 그는 살아남아서 세상 사람들에게 인간이 평등하다는 점을 말하고 일본군이 만행을 저지르고 있음을 폭로하려고 한다. 이러한 가치 있는 일을 하겠다는 의지를 가짐으로써 고통을 줄이려고 한다. (565자)

〈예시 답안 2〉

(라)의 전봉준이 겪고 있는 고통은 신체에 직접적으로 가해지는 고통과 심리적인 차원에서 일어나는 수치스러움과 분노에 따른 고통이다. 이러한 고통은 (가), (나), (다) 모든 지문의 논지와 같이, 죽음으로써 벗어나야만 하는 가치 없는 것이 아니다. 그에게 고통은 살아서 세상 사람들에게 하고 싶은 말을 해야 한다는 각성을 불러일으킨 계기가 되고 있다는 점에서 가치 있는 것이다. 그리고 전봉준은 고통의 원인을 (나)와 같이 초월적인 존재에서 찾지 않고, (가)와 (다)처럼 자신이 편안함을 추구하고자 하는 집착과 일본인에 의해 가해진 결박 상태, 그들의 만행에 대한 심리적인 상태와 같은 현실적 조건에서 찾고 있다. 그래서 그는 (가)에서 제시한 집착에서 벗어나기를 통해 자신이 겪고 있는 고통을 극복하려고 한다. 또한 그는 (다)와 같이 고통을 감소시키기 위한 조건, 즉 살아남아야 하는 목적을 설정하고 이를 추구함으로써 고통의 강도를 줄이고자 한다. 한편 그는 비록 고통의 원인을 초월적인 존재의 의지에서 찾고 있지 않지만, (나)와 같이 고통의 양상을 설명함으로써 고통을 견뎌내려고 한다. (557자)

제 12 강

/

핵심 논리 논술

제12강　핵심 논리 논술

■ 논술문 작성 요령 ■

1. 논리적이고 독창성 있게 쓸 것

아무리 잘 쓴 문장이라도 논리적이지 못하면 소용이 없다. 화려한 문장보다는 치밀한 논리를 드러내는 것이 더 중요하다. 주의해야 할 것은 독창적인 사고를 표현하기 위해서 말도 안 되는 주장을 하지 않도록 해야 한다.

2. 제시문을 옮겨 쓰지 말 것

자료 제시형의 경우 제시문을 그대로 옮겨 쓰는 사람들이 의외로 많다. 유의 사항에 "본문의 내용을 한 문장 이상 그대로 옮겨 쓰지 말 것" 이라고 제시하는 경우만 봐도 제시문을 그대로 옮겨 쓰면 그 만큼 불리하다.

3. 유의 사항을 지켜 쓸 것

대부분의 논술 문제에는 ① 제목과 이름은 쓰지 말 것 ② 반드시 흑색 혹은 청색 펜을 사용할 것 ③ 1500±100자 등 다양한 유의 사항이 있다. 유의 사항을 지키지 않으면 답안을 0점 처리하는 경우도 있다.

4. 솔직하게 쓸 것

좋은 글의 첫째 요건은 솔직함이다. 잘 모르는 것을 아는 것처럼 쓰면 금방 탄로 난다. 자신이 아는 범위 내에서 최선을 다한다는 마음가짐이 필요하다.

5. 간결하게 쓰자

문장이 길수록 중언부언하게 되어 논리가 정연하지 못하고 호응 관계 등이 잘못될 가능성이 크다. 반면에 단문형식으로 문장을 짧게 쓰면 생각을 분명하게 드러내어 의사전달이 명확하고 틀릴 확률도 적다.

6. 글씨를 깨끗하게 쓸 것

단정하고 깨끗한 글씨는 채점자에게 호감을 준다. 난필로 써 성의 없어 보이는 글씨나 해독이 어려운 글씨는 채점자가 이해하는데 곤란하여 좋은 결과를 기대하기 어렵다. 또박또박 쓴 글씨는 답안지 작성의 기본이다.

▣ 논술문 작성 시 해야 할 것과 하지 말아야 할 것 ▣

1. 논술문 작성 시 해야 할 것들

1) 답안 작성 전에 충분히 생각하라.
   문제분석 → 주제설정 → 개요작성 → 집필 → 퇴고

2) 논술의 성패는 서두에 있다는 것을 명심하라
   서두는 여러 개의 문단으로 나타낼 것이 아니라 한 문단으로 써야 한다. 길이는 대략

250자 이내로 쓰면 족하다. 채점자들이 많은 논술을 다 읽을 수는 없기 때문에 서두 부분이 대단히 중요하다. 따라서 첫머리 3행정도가 논술문의 성패를 결정된다고 해도 과언이 아니다.

3) 문장은 짧게 써라.

  짧다는 것은 몇 자까지를 가리켜 말하는 것이 아니라 한 문장에 한 가지 내용만을 담도록 하는 것을 의미한다.

4) 자신 있는 주장을 해라.

  '~라고 생각된다' '~일 것 같다' 식의 표현은 자신이 없고 정확성이 없다는 인상을 준다. 그렇다고 '분명히' '절대로' '당연히' '결코' 등과 같이 단정적인 말은 오히려 설득력을 약화시킨다. 이와 같은 표현을 피해가면서 자신 있는 주장을 해야 한다.

5) 시작 부분을 이렇게 해라.
  · 개념 정의를 언급하며 시작한다.
  · 격언, 속담 등을 인용하면서 시작한다.
  · 질문 형식으로 시작한다.
  · 일화에 대해 언급하면서 시작한다.
  · 최근의 사건에 대해 언급하면서 시작한다.

6) 문단 구성은 이렇게 해라
  · 문단은 통일성 · 연결성 · 유연성을 가져야 한다.
  · 중간 문단들을 결합시키면서 끝을 맺어야 한다.

 참고 : 결론을 완성하는 방법 중에, 중간 문단들의 중심 내용을 결합시켜 통일성을 주는 것을 '요약적인 결론'이라고 한다. 다음과 같이 세 가지 유형이 있다.
    첫째는 중간 문단들의 중심 내용을 그대로 옮기는 유형
    둘째는 중간 문단들의 중심 내용을 직접 옮기지 않고 암시하는 내용
    셋째로 중간 문단들의 내용을 변형시키는 유형

7) 요구사항인 자수(字數)를 지켜라.

논술문은 대개 800자~1200자 정도를 요구한다. 이는 200자 원고지 4~6장의 분량이다. '1,000자 이내'라는 조건이 주어졌다면 980자 이상은 쓰는 것이 좋다. 자수가 초과되면 감점의 원인이 되므로 절대로 초과하지 않도록 주의해야 한다.

8) 논술이 끝나면 다음과 같은 항목을 체크해하면서 점검 및 퇴고를 해라.

· 주어와 서술어는 바르게 연결되었는가?　　· 고유 명사, 숫자는 정확히 썼는가?

· 글의 길이는 적절한가?　　· 단락은 알맞게 구분되었는가?

· 부족하거나 쓸데없는 부분은 없는가?　　· 서론과 결론은 효과적으로 썼는가?

· 내용이 극단으로 흐르거나 편견은 없는가?　· 모순되는 부분은 없는가?

· 문자, 용어는 바르게 썼는가?　　· 인용, 예시, 문체, 시제는 통일하였는가?

· 띄어쓰기, 문장부호, 오탈자는 없는가?　　· 원고지법에 알맞게 썼는가?

· 제한 잣수를 벗어나지는 않았는가?

2. 논술문 작성 시 하지 말아야 할 것들

1) 현학적(衒學的) 표현을 하지마라.

글은 어려운 것도 쉽게 표현할 때, 비로소 읽는 이에게 자기의 생각을 바르게 전달할 수 있다. 현학적 허세를 부려 유식하고 박식함을 과시하려 하면 오히려 유치함만 더한다. 자기 수준에 맞는 적절한 어휘 선택이 필요하다.

2) 이중부정(二重否定)은 하지마라.

논술문의 표현은 간결하고 명확해야 한다. 이중부정은 문제 본질 파악에 방해가 되고 쓸 데 없이 문장의 길이만 길게 만들 뿐이다.

3) 자기만의 조어(造語)는 쓰지 마라.

조어는 의미의 전달을 제대로 할 수 없다. 아무리 쉬운 조어라 할지라도 사전에도 없는 말을 마음대로 만들어 쓰는 일은 절대 하지 말아야 한다.

4) 같은 접속사나 '그런데' '아무튼' '여담이지만' 등의 접속어를 쓰지마라.

접속사의 중복 연결은 글을 쓰는 이가 문장의 접속 관계를 정확하게 파악하지 못하고 있다는 증거다. 또한 애매모호한 접속사는 자신의 논리의 파탄을 숨기거나 논지와 관계 없는 내용을 쓰고 있다는 증거다.

5) 흑백 논리에 빠지지 마라.

내 의견만 옳고, 그 외에 모든 것은 그르다는 흑백 논리는 독선과 아집의 결과로써 반감만 살 뿐이다. 보편성 있는 논거를 들어 시비를 가려야 한다.

6) 삽입구를 남용하지 마라.

삽입구를 많이 쓰면 깨끗하고 선명한 인상을 주지 못한다. 뿐만 아니라 적절한 논리 전개에도 방해가 된다. 꼭 삽입해야 할 문장은 앞부분으로 당겨서 하나의 문장으로 처리 하는 것이 좋다.

7) 불확실한 한자(漢字)나 숙어(熟語)는 쓰지 마라.

한자 혼용은 한자로 써야만 그 의미를 확실히 전달할 수 있는 경우에만 쓰는 것이 좋다. 한글로 써도 의미 파악이 가능한 말은 한글로 쓰는 것이 유리하다. 잘못 섞어 쓴 한자는 도리어 감점의 대상이 될 수 있다.

▣ 논술 고득점을 위한 전략 ▣

논술고사 준비는 독서와 깊은 사색을 통한 꾸준한 글쓰기 연습과 토론이 필요하다. 같은 주제를 가지고 다각도의 반론을 제기한 뒤 각각의 반론이 정당하다는 논증을 해보고 서로의 생각에 대해 토론해 보는 것도 논술 준비의 한 방법이 될 수 있다. 수험생들이 논술 고득점을 얻으려면 먼저 우리나라 대학에서 왜 논술시험을 치르고자 하는지를 이해하는 것이 무엇보다도 중요하다. 즉 수험생들이 논술시험의 취지와 의도를 제대로 이해해야 한다는 것이 논술 합격과 고득점의 출발인 것이다. 가장 바람직한 논술답안은 출제자와의 지적인 대화가 이루어지는 답안이며 논술 고득점의 가장 중요한 요소는 수험생이 출제자와 문제의식을 공유해야 한다는 것이기 때문이다.

대학 논술시험의 근본 취지는 수험생들에게 바람직한 지식인의 자세와 자질을 갖추도록 하자는 것이다. 이제 지식인은 단순한 지식 기능공에서 벗어나 창의적이고 지적이며 비판적인 지성인 본연의 역할을 충실히 하지 않으면 안 되는 시대가 되었다. 따라서 대학신입생 즉 우리 사회의 예비 청년 지식인을 선발하는 대학별 시험에서 논술시험이 지성인으로서의 비판력과 실천적인 고뇌를 수험생들에게 요구하는 것은 당연하고도 필요한 일이다.

이런 점에서 대학의 논술문제는 우리 사회가 안고 있는 현실적인 문제이면서 동시에 세계적 문제인 어떤 문제점에 대해서 지성인으로서의 비판적이고 실천적인 안목과 자질을 요구하는 문제가 출제되는 것이다. 그렇다고 해서 당장 눈앞에 드러나는 시사적 이슈가 그대로 논술문제로 출제된다고 보는 것은 오산이다. 논술문제는 보다 거시적이고 역사적인 관점에서 발견되는 현실의 문제에 대해서 다루어진다고 봐야 한다.

예컨대 우리나라가 현재 처해 있는 국제적이고 역사적인 현실은 백척간두(百尺竿頭)이자 살얼음판의 운명의 갈림길이라고 할 만하다. 내적으로는 과거 고도성장 전략의 변화를 꾀해야 하고 또 그러기 위한 내적 동력을 마련해야 하며, 외부적으로는 복잡하고 위태로운 한반도 주변정세 및 세계질서의 변동에 주도적으로 대응해야 한다. 이러한 문제의식에서 세계화의 현실에 대한 논술문제가 출제되었고 민족주의의 서구적 인식과 한국적 특수성에 대한 논술문제가 앞으로 출제될 수 있는 것이다. 또한 이러한 문제의식에 기초해서 현대문명의 위기와 유럽중심주의와 세계적 근대화의 역사에 대한 비판적 성찰을 요구하는 문제가 출제되었고 앞으로도 계속 출제될 수 있는 것이다. 마찬가지로 지식정보화에 따른 유목문명화가 우리에게 기회가 되는 점과 이 기회를 살려가기 위한 우리의 인식 정도와 준비 정도에 대한 문제의식이 논술문제로 출제되는 것이다. 더 깊숙이 들여다보면 지성인의 바람직한 상을 마련하기 위해 필요한 반성들을 근원적으로 찾아갈 때 '위르겐 하버마스'가 지적하듯이 서구 근대의 이성 중심주의가 불러온 다양한 폐해를 물질문명의 인간 소외나 근대과학의 패러다임 또는 효율성과 합리성만 추구해 온 현대산업사회의 문제와 연관시켜 논술하는 문제가 출제되는 것이다.

또 한 가지 분명한 사실은, 논술문제가 다루는 현실의 문제는 정치적이고 경제적인 것만이 아니라 보다 철학적이고 지적인 성찰을 요구하는 문제이기도 하다는 점이다. 예컨대 현재 숨 가쁘게 전개되고 있는 문명의 전환을 예비 지식인으로서 수험생들이 얼마나 관심을 가지고 있고 주체적인 인식을 하고 있는가를 보다 학문적으로 묻는 문제가 그러하다. 이를테면, 서구문명의 한계가 지적되고 있는 현실에서 동양사상과 문화가 새로운 문명의 대안적 실마리를 지니고 있다는 다양한 견해에 대해서 묻는 문제를 생각해 볼 수 있다.

1. 많은 배경 지식이 있어야 한다.

논술 고득점을 위해서는 우선 문제를 발견하는 능력이 있어야 하고, 발견한 문제를 해결하는 과정이 적절히 이루어져야 한다. 이 문제 발견 능력은 많은 시사적인 배경이 있을 때 가능하다. 또한 종합적으로 문제를 검토하는 능력이 있어야 한다. 대체로 문제가 되는 상황은 여러 요인이 복합적으로 작용하게 마련이다.

따라서 문제를 검토하는 데는 복합적 시각이 필요하다. 문제를 마련하고 검토한 다음에는 언어적 형식으로 표현하는 글쓰기 과정을 거쳐야 한다. 이를 위해서는 글쓰기의 일반 원리를 터득해야 한다. 논술의 내용은 논리적 사고와 종합적 판단이며, 형식은 글쓰기의 일반원리를 적용해야 한다. 신문, 잡지, 텔레비전의 뉴스 등을 통해 시사적인 내용, 사회적으로 논란이 된 사건 등에 대해 잘 알고 있어야 한다. 그래야 논술문을 작성할 때, 정확하고 풍부하게 논거를 제시할 수 있다.

2. 스스로 생각해야 한다.

사회적, 학문적 문제에 대해 스스로 생각하는 습관을 길러야 한다. 항상 '왜'라는 문제의식을 갖고서 주장의 근거 등을 따져 보아야 한다.

① 그것은 무엇인가
② 그것은 어떤 의의가 있는가
③ 그것은 어떻게 성립되었는가
④ 그것은 어떻게 조직되었는가
⑤ 그것은 무엇을 위한 것인가
⑥ 그것은 어떻게 존재하는가
⑦ 그것은 어떻게 변화하는가
⑧ 그것은 왜 그렇게 되었는가
⑨ 그것이 끼치는 영향은 무엇인가
⑩ 그것은 다른 것과 어떤 관계인가
⑪ 그것은 어떻게 해결할 수 있을까
⑫ 그것은 앞으로 어떻게 될까

⑬ 그것은 나와 어떤 관계가 있는가

등 실로 다양한 질문을 스스로 해보고 답해 보는 과정에서 자신의 견해는 더욱 확고해지고 어떤 대상이나 현상에 대한 문제 발견 능력이 생겨날 것이다. 뿐만아니라 기출문제 등 다양한 논술 문제를 직접 다루어 보아야 한다.

3. 우수 답안을 위한 제언

쓰고 싶은 대로 쓰기 이전에 우선 '쓰라는 대로' 써야 한다. 대입 논술은 짧은 시간에 짧은 분량의 글을 요구하면서도 효과적인 실력 측정을 위해 논제에 요구 사항을 적절히 배치하는 경우가 많다.

논술은 '현장성이 강한 글쓰기'라는 것이다. 두 시간 남짓한 시간에 논제와 제시문을 분석하고 글을 완성해야 한다. 충분한 시간을 두고 쓰는 일반적인 논설문 작성 요령과는 상당히 다른 접근이 필요하다. 시간과 분량에 적응하는 것이 가장 중요한 요소로 작용하며, 또한 어느 누구도 완벽한 답안을 쓰기는 힘든 것이 현실이다. 결국 누가 치명적인 약점을 범하지 않는가가 점수를 올리는 1차적 접근법이다.

즉

· 논제에 나오는 용어 하나하나, 낱말 하나하나를 신중하게 파악해야 한다.
· 각 대학별 기출 문제를 놓고, 해설이나 분석 등을 보지 말고, 스스로 생각하면서 어떤 논거를 내세워 어떻게 글을 작성할 것인가를 구상하면서 직접 원고지에 글쓰기 연습을 해야 한다.
· 대학별 출제 유형에 맞춰서 연습을 하는 것이 좋다.

따라서 논제 파악을 정확히 해서 답안을 작성해야 한다.

제12강 : 실전문제 및 풀이

● 실전문제 ❶

【문제1】 제시문 (가)를 읽고 카메라폰의 발달로 인해 생기는 부작용과 그를 해결하기 위한 상반된 입장을 파악하여 제시하고, 관련 정책 결정자의 입장에서 이에 대한 해결 방안을 글 (나)와 (다)를 활용하여 논술하시오.

───── **제시문 (가)** ═════

카메라가 달린 휴대전화기(일명 카메라폰)의 오·남용을 막기 위해 카메라폰에 사진 촬영을 자동으로 알리는 기능이 의무적으로 장착되었다. 또 공중목욕탕 등 신체가 노출되는 공공장소에서 카메라폰 사용 규정이 크게 강화되었다. 정보통신부는 최근 카메라폰의 보급 확산으로 '몰래 카메라용'이나 기업 영업비밀 취득 수단으로 오·남용되는 사례가 늘어남에 따라 카메라폰 사용에 대한 종합 규제 방안을 수립했다고 밝혔다.

정통부는 이와 관련해 대중목욕탕·스포츠센터 등 신체가 노출되는 지역에서 카메라폰을 휴대하지 못하게 하는 방안과 카메라폰의 각종 센서 기능을 이용해 촬영시 촬영대상이 이를 즉시 알아채도록 하는 방안 등을 다각도로 검토 했다. 정통부는 이 중 카메라폰 공공장소 휴대금지를 법적으로 규제하고 세계 카메라폰 시장을 주도하고 있는 국내 산업이 위축될 가능성을 고려해 향후 대처 방안을 결정할 예정이다

(조선일보, 기사 종합)

───── **제시문 (나)** ═════

경제에 있어서의 국가 연루가 산업변형을 유도하기보다는 더욱 억누르거나 방해한다

는 것이다. 이것은 필연적으로 시장이 변화를 예측하거나 조정하는 데 정부보다 더 효율
적이며, 시장만이 생산자들이 새로이 발전에 뒤지지 않고 따라갈 수 있게 하는 데 필요
한 정보를 제공할 수 있으며, 정부실패는 시장실패보다 더 널리 퍼져있고 더 많은 비용
이 들며, 변화의 과정에 안내와 지도력을 제공하려는 정부기관의 시도는 정보의 문제와
초과이윤 추구 때문에 반드시 실패한다는 (신고전주의적) 교의에 근거한다.

(린다 위스, 『국가몰락의 신화』 일신사)

—— **제시문 (다)** ——

개인 정보는 현대 기업의 생산 부분에서 매우 중요한 요소가 되고 있다. (중략) 우
리 사회는 아직까지 개인 정보에 대한 기본적인 마인드를 제대로 갖추지 못하고 있다.
그래서인지 몰라도, 우리는 외부의 부탁이나 상업적 목적으로 자신이 관리하는 개인 정
보를 빼돌리는 사람들에 대한 이야기들을 신문이나 방송 매체에서 자주 접하곤 한다. 또
그런 사람들이 빼돌리는 개인 정보들의 유형들은 매우 다양하다. (중략) 이와 같이 개인
정보가 상업적 가치로 남용되고 있는 사실을 흔히 볼 수 있음에도 불구하고, 우리 사회
는 그로 인해 피해를 보는 사람들의 인권이나 프라이버시에 대한 보호의 측면은 등한시
하는 경향이 있다.

(고영삼, 『전자감시사회와 프라이버시』 참조)

모범답안

소련의 체르노빌 원자력 발전소 폭발은 우리에게 과학기술의 필요성과 부작용이라는
측면에서 중요한 교훈을 주었다. 최근 인기를 누리고 있는 카메라폰 역시 사생활 침해라
는 부작용으로 문제시 되고 있다. 이 부작용을 해결할 수 있는 방안에는 두 가지가 있다.
하나는 카메라폰에 대하여 기계적으로나 사용자 측면에서 규제해야 한다는 입장이고, 다
른 하나는 과도한 규제는 산업 활동의 위축을 가져올 수 있다는 입장이다.

카메라폰은 우리에게 과학기술의 편리함과 예기치 못했던 부작용을 동시에 줄 수 있
다. 카메라폰은 사용자들이 서로의 얼굴을 보고 통화할 수 있고 아름다운 장면이나 감격

스러웠던 순간을 담아 소중한 사람들과 공유할 수 있다는 이점이 있다. 또 휴대가 간편하여 적절하게 카메라 대용으로 쓰일 수도 있다. 반면 잘못 사용되면 심각한 부작용을 안겨 준다. 그 하나는 개인의 사적 정보의 상업화로 인한 프라이버시 침해이다. 일부 몰지각한 사람들이 카메라폰을 이용하여 목욕탕이나 공중변소 또는 러브호텔에서 여성의 나체나 남녀 간의 성행위를 촬영하여 비디오로 만들고 인터넷에 띄워 상품으로 판매할 가능성이 있다. 이런 부작용은 분명 자신의 나체나 성행위가 상품화된 사람, 즉 자신의 사적 정보가 노출된 사람에게는 프라이버시 침해나 인권침해에 해당된다. 따라서 개인의 프라이버시나 인권의 문제를 해결할 수 있는 카메라폰의 규제조치가 요청된다.

하지만 일부의 부도덕한 사용자로 인해 대다수의 소비자들이 불이익을 받아서는 안 될 것이다. 사실 카메라폰의 금지와 같은 정부의 과도한 규제조치는 경제 발달을 저해하고 대다수 사람들이 원하는 변화의 방향을 놓칠 수 있다. 그리고 자본주의와 경제 발달에 필요한 기업가와 과학자의 창의성과 도전 정신을 위축시켜 과학기술의 발달을 저해할 수 있다. 요컨대, 카메라폰의 판매를 금지시키는 것과 같은 정부의 과도한 조치는, 대다수의 소비자가 원하는 방향의 과학 기술 변화를 금하는 것은 물론 기업가와 과학자의 창의성을 억압하여 우리 경제를 비효율적으로 만들 수 있다.

따라서 정부는 신체가 노출되는 지역에서 카메라 폰의 사용금지와 카메라폰의 신호음 부착 등 적절한 방법으로 부작용을 최소화할 수 있는 방안을 마련해야 할 것이다. 다시 말해서 기업가의 정신을 방해하지 않으면서 개인의 프라이버시를 보호하는 방향으로 선회할 필요가 있다.

▶▶▶ 기본방향 및 출제 의도외 문제해설

· 기본방향 ·

모의논술고사는 대학교육에 필요한 기본적 자질을 평가하기 위하여 실시하는 바, 고등학교 교육과정을 정상적으로 이수한 학생이라면 누구나 서술할 수 있는 정도의 지문제시형으로 출제하였다. 논술문제는 주어진 현상에 대한 분석 이해력과 문제 해결에 대한 자신의 주장을 창의적이고 논리적으로 구성 표현하는 능력을 평가할 수 있도록 고안하였다.

· 출제 의도 ·

모의논술고사 문제는 최근 오남용으로 문제시 되고 있는 '카메라폰'의 부작용을 정책 결정자의 입장에서 어떻게 해결해야 되는지를 생각해보려는 의도에서 출제되었다. 오늘날 우리 사회는 경제적인 측면에서는 기업가의 도전적이고 창조적인 정신을 중요시하는 반면, 개인의 인권을 중요시하는 측면에서는 사생활 보호를 강조하고 있다.

현재 우리나라는 두개의 축에 기반하여 움직이고 있다. 하나는 개인의 인권을 중요시하는 자유민주주의 축이고, 다른 하나는 기업가의 도전정신을 중요시하는 자본주의 축이다. 이 두 축 가운데 어느 것이 더 중요하다고 말 할 수 없다. 하지만 기업가의 진취적이고 창의적인 산물인 과학기술 상품이 때론 인간의 사생활 침해 도구가 되기도 한다. 그러므로 우리는 이 폐해에 대한 대처 방안을 모색해야만 한다. 그런 상품의 한 예가 카메라폰이다.

따라서 본 모의논술시험의 주제는 카메라폰이란 한 사례를 통해, 이러한 부작용에 대하여 산업생산을 촉진해야 하는 기업가의 입장과, 이에 따른 사생활 침해라는 부작용을 최소화하기 위한 입장이 충돌할 때, 정책결정자의 입장에서 자신의 견해를 논리적으로 진술할 수 있는 능력을 평가하고자 했다.

· 문제 해설 ·

이번 논술문제는 하나의 논제와 세 개의 제시문으로 구성하였다. 제시문은 카메라폰에 관한 기사와 문제를 해결하는 데 필요한 실마리를 제공하는 두 개의 제시문으로 구성하였다.

질문은 크게 두 부분으로 구분된다. 하나는 '제시문 (가)를 읽고 카메라폰의 발달로 인해 생기는 부작용과 그를 해결하기 위한 상반된 입장을 파악'하는 것이고, 다른 하나는 '제시문 (나)와 (다)를 이용하여 정책 결정자의 입장에서 해결 방안을 논술하는 것'이다. 전자는 사건 보도 기사를 통하여 카메라폰이 가지고 있는 본질적인 문제점을 파악할 수 있는 능력을 평가하고자 하는 것이다. 후자는 제시문에 대한 올바른 이해는 물론, 자신의 견해를 얼마나 논리적으로 전개하는가와 그 견해가 얼마나 독창적인가를 평가하고자 의도된 것이다. 논술 전개과정에 제시문을 활용하도록 한 것은 적어도 제시문의 핵심적인 논리들을 자신의 주장에 포함하여 논의하기를 바라는 것이며, 구체적으로 논술하도록 한 것은 사실의 추상적 나열이 아니라 자신의 논리에 대한 구체적 근거를 제시하기를 바라는 의도이다.

　제시문 (가)는 조선일보의 기사를 종합한 글이다. 첫 번째 단락부터 세 번째 단락까지는 카메라 폰의 부작용을 나열하면서 정부가 규제 방안을 검토하고 있음을 언급하고 있고, 마지막 단락은 카메라폰의 규제로 인한 국내 산업이 위축될 가능성을 말하고 있다. 이것은 카메라폰은 일부 사용자들이 공중목욕탕 등에서 남의 알몸을 찍음으로써 개인의 프라이버시를 침해하고 또 기업의 비밀 정보를 취득하는 수단으로 사용되는 부작용이 있음을 드러내 주고 있다. 이러한 부작용을 해결하기 위한 방안으로 카메라폰에 대한 규제와 비규제라는 상반된 입장을 읽을 수 있다.

　제시문 (나)는 린다 위그의 저서 〈국가몰락의 신화〉 박형준 옮김(일신사 출판)에서 발췌한 글이다. 정부가 시장을 규제하면 경제 발전을 저해할 수 있고, 시장은 소비자가 필요한 정보를 보다 효율적으로 제공하기 때문에 시장이 정부보다 변화에 보다 효율적으로 대처할 수 있고, 정부가 변화를 주도하면 시장이 변화를 주도하는 것보다 실패할 가능성이 높다는 내용으로 구성되어 있다. 요컨대 정부는 시장의 원리에 떠 맡겨야지 규제를 해서는 안 된다는 것이다.

　제시문 (다)는 고영삼의 저서 〈전자감시사회와 프라이버시〉에서 글을 발췌하여 편집한 것이다. 개인의 정보는 기업이 이윤을 추구하는데 있어 불법적으로 악용할 수 있음에도 불구하고 개인은 이를 간과하고 있으며, 또 개인 정보 관리자는 사적 정보를 기업에 팔아 넘기기도 한다는 것이다. 이는 카메라폰이 예기치 않게 사생활을 침해할 수 있다는 논거가 된다.

◼ 논리 논술의 기초 ◼

※ 순우리말 달력과 요일

〈달력〉

· 1월 : 해오름달 - 새해 아침에 힘 있게 오르는 달
· 2월 : 시샘달 - 잎샘추위와 꽃샘추위가 있는 겨울의 끝 달
· 3월 : 물오름달 - 뫼와 들에 물오르는 달
· 4월 : 잎새달 - 물오른 나무들이 저마다 잎 돋우는 달
· 5월 : 푸른달 - 마음이 푸른 모든 이의 달
· 6월 : 누리달 - 온 누리에 생명의 소리가 가득 차 넘치는 달
· 7월 : 견우직녀달 - 견우직녀가 만나는 아름다운 달
· 8월 : 타오름달 - 하늘에서 해가 땅위에선 가슴이 타는 정열의 달
· 9월 : 열매달 - 가지마다 열매 맺는 달
· 10월 : 하늘연달 - 밝달 뫼에 아침의 나라가 열린 달
· 11월 : 미틈달 - 가을에서 겨울로 치닫는 달
· 12월 : 매듭달 - 마음을 가다듬는 한해의 끄트머리 달

〈요일〉

· 월요일 : 다날
· 화요일 : 부날
· 수요일 : 무날
· 목요일 : 남날
· 금요일 : 쇠날
· 토요일 : 흙날
· 일요일 : 해날

▣ 구술 ▣

1. 정의

구술은 구술면접시험이라고도 하며 말로 하는 논술 시험이다. 단순한 면접으로 끝나는 것이 아닌 구술 성적을 대학입학 전형 자료로 활용함으로써 당락을 결정하는 중요한 요소다.

2. 구술의 특성

구술은 지식의 이해 정도뿐만 아니라 수능성적을 통해서 놓치기 쉬운 수험생의 논리적 사고력과 인성 및 태도 등도 파악하는 것으로 대화를 주고받음으로써 응시생이 '스스로 생각할 수 있는 능력을 가지고 있는가? 지적 성숙도는 어느 정도인가?'를 알아보는 것이다. 구술의 형태는 대학에 따라 약간씩 차이를 보이고 있으며 주로 기초적 교양 영역과 전공 관련 영역에 대한 평가가 이루어진다. 응시생들간 변별력의 척도가 된다.

3. 논술과 구술의 차이

첫째, 글과 말이라는 차이
　　논술은 글로 표현하는 것이고 구술은 말로 표현하는 것이다.
둘째, 주어진 시간의 차이
　　논술은 길고 보편적인 주제를 다루는 반면 구술은 상대적으로 짧고 시사적인 문제를 다룬다.

● 참고

논술이나 구술은 근본적으로 문제에 답하기 위한 기본 소양은 동일하다. 문제에 내재한 핵심을 파악하는 능력, 문제 해결을 위한 사전 지식과 이해, 논리적 의견 제시 능력은 논술과 구술 양자에 공히 필요하다. '논술=지식+표현력'이라면 '구술=지식+표현력+대화술(논의력+태도)'로 요약할 수 있다. 따라서 구술에 대한 준비는 결코 웅변이나 화술 준비가 아니라 논쟁의 주제에 대한 내용적 견해다. 이 점에서 구술은 말로 하는 논술인 셈이다.

4. 구술의 평가 항목

1) 기초적 교양 영역

응시생의 신변에 관한 사항, 지원 동기, 졸업 후의 진로, 시사문제 등과 인생관, 가치관, 교육관을 비롯해서 독서능력, 의사표현능력 등을 종합적으로 평가한다. 이때 응시생은 제시된 문항에 대해 평소 자신의 생각과 의견을 조리 있고 간략하게 대답한다. 그러나 구술의 비중이 커지면서 높은 수준의 사고력과 논리력을 요구하는 문제들이 출제되고 있어 이에 대비해야 한다.

2) 전공 관련 영역

응시생들이 지원하는 학과의 전공 지식에 관한 인지도를 평가하는 것이다. 지원학과와 관련된 전공 용어에서부터 다양한 전공지식들이 출제된다. 제시문을 읽고 견해를 밝히거나 제시문을 보충 완결시키는 논술형 문제가 출제되기도 한다. 이때 지원한 학과에 대한 관심, 포부 등을 솔직하고 성의껏 대답한다. 그러므로 평소에 전공하고 싶은 학과에 관심을 가지고 기본적인 지식을 갖추도록 노력해야 한다.

5. 구술 준비 이렇게

구술은 서류전형과 필기시험을 보완하는 장점 외에 교수들이 자신의 제자를 직접 보고 뽑는다는 상징적 의미가 있다. 구술은 최종 단계에서 합격자의 30%~50% 정도가 당락이 뒤바뀌고 있을 만큼 영향력이 크다. 구술에 대비하기 위해서는 지원 대학의 기출 문제를 파악하는 것이 무엇보다 중요하다. 또 사회적으로 이슈가 된 문제에 대해 자신의 관점과 견해를 윤리나 정치·사회·문화·역사 등 고교 교과서 내용과 관련해 답하는 것이 좋다. 자신이 알고 있는 것과, 아는 것을 표현하는 것은 큰 차이가 있다. 긴장한 나머지 알고 있는 내용을 충분히 발표하지 못하면 좋은 결과를 얻을 수 없으므로 구술에 대한 준비를 철저히 해야 한다.

6. 구술에 임하는 태도 - 공손하되 답변핵심은 분명하게!

1) 기본 예의를 갖출 것

노크를 하고 면접실에 들어가 정중하게 인사한다. 의자에 앉아 무릎 위에 두 손을 가지런히 모으고, 허리는 곧게 세우도록 한다. 예의를 갖춰 침착하게 말하는 것이 좋다. 면접이 끝나면 "감사합니다." 정도로 인사하면 좋다. "수고하셨습니다"는 윗사람에 대한 예의가 아닌 결례다.

2) 긴장하지 말 것

의젓하고 자신 있게 말하고 면접관의 말을 주의 깊게 경청하는 태도가 중요하다. 긴장이 될 때는 시험이 아니라 수업이라고 생각해 보자. 평가보다는 가르침을 받는다고 생각한다면 좀 편안하게 구술에 임할 수 있다.

3) 중언부언하지 말 것

말이 길어지면 논리성이 떨어진다. 답변은 핵심을 분명하게 해야 한다. 더 하고 싶은 말이 있더라도 적당한 부분에서 끊어 면접관의 질문을 유도하는 것도 하나의 방법이다.

4) 유행어 은어를 삼가 할 것

유행어나 비속어, 은어 사용을 자제해야 한다. 면접관은 신세대가 쓰고 있는 말을 모르는 경우가 많다. 일상에서 흔히 쓰는 유행어나 인터넷 언어를 섞어 쓰는 화술은 자신을 경박하게 보이게 할 수 있다. 어법에 맞고 품위 있게 대답하도록 한다.

5) 모르면서 아는 척하지 말 것

쉽게 포기하는 것도 문제이지만 잘 알지도 못하면서 많이 아는 것처럼 이야기하는 것도 좋지 않다. 신뢰감을 주지 못하고 오히려 감점을 받을 수 있다. "죄송합니다. 잘 모르겠습니다."라고 말하는 솔직함이 낫다.

6) 단답형 답변을 하지 말 것

"예" "아니요"로 짧게 대답하기보다는 주장이나 답변에 대한 근거와 이유를 덧붙여 자신감 있게 말하는 것이 좋다. 타당한 근거나 이유가 주장에 대한 신뢰감을 주기 때문이다. 자기주장만 내세우는 것도 좋은 인상을 받기 어렵다.

7) 전공에 대한 기본 지식 갖출 것

학업적성평가는 대학에서 전공 지식을 소화 할 수 있는 능력과 가능성이 있는지를 평가하는 것이다. 고교 교과 지식을 바탕으로 전공 이해도를 평가하기 때문에 교과 내용과 전공의 특성을 연계해 마무리 정리를 해 둬야 언제든지 자신 있게 말할 수 있다.

8) 포기하지 말 것

대학이 요구하는 것은 지식 그 자체가 아니라 그와 관련한 견해나 사고력이다. 잘 모르는 문제가 나올 경우 쉽게 포기해선 안 된다. "다시 한 번 설명해 주십시오."라고 요구하는 것도 적극적인 인상을 남길 수 있는 좋은 방법이다.

9) 면접관 지적을 진지하게 들을 것

면접관이 답변의 허점을 지적하면 기분 나쁘게 생각하지 말고 진지하게 귀를 기울이자. 그렇다고 주장의 일관성을 잃을 필요는 없다. 지적이 부당하다고 생각하면 자신 있고 조리 있게 설명하면 된다.

10) 튀는 복장을 하지 말 것

염색 머리나 액세서리의 착용, 찢어진 청바지를 입는 것 등은 면접관의 눈에 거슬릴 수 있다. 교복은 신원 노출의 위험이 있어 금지하는 대학도 있다. 무난하고 단정한 평상복 차림이 바람직하다. 복장은 첫인상에 영향을 주기 때문이다.

제 13 강

/

핵심 논리 논술

제13강 핵심 논리 논술

■ 자기소개서自己紹介書 ■

1. 정의

특별한 목적을 가지고 자기의 성명, 경력, 포부, 직업 따위를 남에게 알리기 위해 쓴 글

2. 목적

학생들의 입장에서는 자라온 성장 배경과 과정을 기술하여 입학사정관에게 자기를 소개하는 설득문에 해당하며 특정한 기업에 입사를 원하는 사람은 자기를 적극적으로 알려 지원 회사에 취업을 하는데 목적이 있다.

1) 입장별 자기소개서

① 지원자의 입장에서
자신의 개인사(Personal History)를 소개하는 글이 아닌 입학이나 취업을 위한 서류로 자기소개서의 의미는 철저히 학업이나 일과 결부된 자신의 정보 전달서이다. 지원대학이나 지원회사에 자신이 적합한 인재라는 것을 객관화하여 보여줌으로써 자신을 선택해 달라는 목적을 지닌 글이다.

② 대학이나 기업의 입장에서
지원자의 인품, 성격, 적성, 직무능력, 가치관 및 인생관 등을 이력서와 달리 보다 구체적이고 실질적으로 파악할 수 있는 근거 자료이다. 서류전형의 평가요소로 사용할 뿐만 아니라 서류전형 후 면접 시 구체적인 질문내용 등을 채택하는 기초자료로 활용하게 된다.

(자기소개서를 읽고 호감을 가진 면접위원은 면접 시 좋은 선입견을 가질 수 있다. 따라서 신중하고 짜임새 있게 작성하여야 하며, 사본은 반드시 보관하여 면접에 대비하도록 하여야 한다)

2) 자기소개서 작성 양식 (자기소개서의 작성 양식은 두 가지로 분류)

　① 대학 및 입사지원서에 지정된 양식으로 작성하는 경우
　지정된 양식의 경우 : 성장과정 / 성격의 장단점 / 학창생활(아르바이트. 동아리, 해외연수 등) / 지원동기 / 장래희망 및 포부 / 특기사항으로 구분

　② 대학 및 입사 지원시 지정된 양식 없이 지원자 나름대로 작성하는 경우
　지정된 양식이 없을 경우에는 위의 항목들을 기본요소로 나름대로 개성 있게 작성한다.

3) 효과적인 자기 소개서를 작성하려면
　· 입학사정관이나 채용담당자의 입장에서 써라.
　· 수많은 지원자 중에 나를 만나보고 싶도록 어필하라.
　· 충분한 시간을 두고 수정을 반복하여 충실한 원본을 만들도록 노력하라.
　· 수사나 비유 등 기교의 남발을 피하라.
　· 응시부문과 관련 있는 사항을 중심으로 일관성 있게 써라.
　· 원고는 A4 용지 2매 이내가 적당하다.

　✍ 기타 :
　① '자기'에 관한 글이기 때문에 자신의 정체성이 잘 나타나야 한다.
　　(자기만의 공유한 가치를 타인의 글로 베껴 표현한다던가 짜깁기해서는 채용담당자가 공감하는 자기소개서를 작성할 수 없다)
　② '소개'는 단순히 알린다는 의미 이상인 취업 목적을 전달하는 서식의 개념을 가지고 일목요연한 전개방식과 정제된 단어로 간결하고 명료하게 쓴다.
　　('글/書은 사람이다.' 즉 한 편의 글은 그 사람의 인격을 대변한다. 채용담당자가 읽고 호감을 갖고 공감할 수 있도록 진술 되고 참신한 내용을 논리적이고 설득력 있게 나타낸다)

4) 채용담당자는 자기소개서에서 무엇을 파악할까?
· 성장배경을 통해 성격과 가치관을 파악한다.
· 성장과정의 표현 중에서 지원자가 말하고 싶은 것
· 가정생활, 학교생활, 친구관계 등에서 지원자의 성격을 파악한다.
· 학내외 활동사항, 전공분야 등 관심분야를 통해 업무수행능력을 파악한다.
· 지원동기와 장래성을 제일 중점적으로 파악한다.
· 문장력과 표현방식을 통해 문장구성, 논리성 등 파악한다.

5) 자기소개서 항목별 작성 도움말
 다음과 같은 순서로 써도 무난하다
 ◎ 제목 및 항목 → ◎ 성장과정 → ◎ 성격의 장단점 → ◎ 학창생활 → ◎ 지원동기
 → ◎ 장래 계획 및 포부

 ① 제목 및 항목
· 전체내용과 항목에 대한 내용을 잘 상징할 수 있게 제목을 쓴다.
· 내용 중 강조하고 싶은 부분은 음영처리나 진하게 인쇄하는 것도 좋은 방법이다.

 ② 성장과정
 "저는…….", "나는……."으로 시작한다던지, "인자하신 부모님", "화목하고 단란한 가정", "저는 ○○시 ○○에서 2남 1녀 중 막내로 태어나……." 운운하는 상투적인 표현을 사용함으로써 무성의한 첫인상을 심어주지 말자. 성장과정은 현재의 자신을 이루는 근본에 해당하는 것으로 자신의 이미지를 무리 없이 심어주는 대목이 되도록 해야 한다.

 ③ 성격의 장단점
 '외향적, 적극적, 긍정적, 낙천적' 등의 추상적이고 막연한 표현으로 끝내지 말자. 입학사정관이나 채용담당자는 이러한 표현에 식상하며 별다른 주목을 하지 않는다.
 가족이나 친구의 표현을 빌려 인용하거나 자신의 성격을 나타낼 수 있는 경험이나, 체험을 제시하는 간접묘사 방법도 효과적이다.
 구체적이고 집약적인 표현이 중요하며 자신의 장점은 최대한 부각하고 단점도 언급하고 그것을 극복하기 위한 의지나 실천행동 등을 나타내는 것도 좋다.

④ 학창생활

경력이 없는 대학졸업자의 경우 학창생활이 곧 경력사항이므로 전공수업, 아르바이트 경험, 동아리 활동, 여행경험, 봉사활동, 공모전 출품 등에 대한 소개를 잘 정리하여 자신의 특기, 적성, 소질, 소양이 드러나도록 하여야 한다. 학창생활의 서술 포인트는 이러한 활동이 자신의 직업관, 지원업무에 대한 관심도, 업무수행능력과 연관성을 가져야 한다는 것이다. 특히 전공에 대한 언급은 지원한 업무와 밀착시켜 나가는 것이 좋다. 활동 사항을 단순한 경력 나열식으로 표현하지 말고 활동에 대한 동기, 배운 점, 남달리 느낀점에 대한 구체적이고 세밀한 서술이 필요하다. (예비교사는 이 부분에 교육관을 쓰는 것도 무방하다)

⑤ 지원동기

입학사정관이나 기업의 입장에서 지원동기는 실제적인 관심사가 되므로 자기소개서의 핵심적인 평가항목이 된다. 자기소개서 전반부에서 아무리 유능한 인재로 판단이 되었다 하더라도 이 부분에서 확고한 모습을 보이지 못할 경우에는 결정적인 신뢰감을 얻을 수 없다. 기본적으로 강한 의지를 나타내되 거창하고 추상적인 구호는 오히려 지원자의 알찬 목소리를 가릴 수도 있음을 유의하고 "합격만하면 공부를 열심히 하겠습니다" "무슨 일이든지 맡겨만 주십시오" 등의 표현은 "나는 아무 일도 할 수 없다"는 얘기와 같다.

입학하고자 하는 대학이나 기업의 구체적 환경에 대한 사전지식을 바탕으로 지원동기 및 목적, 지원업무에 대한 자신의 특기 및 직무능력을 연관 지어 밝힌다. 이를 위해서 지원 대학이나 기업의 사전정보를 알아보는 것은 필수적이다.

⑥ 장래 계획 및 포부

자신이 선택한 대학의 학과나 자신이 선택한 업종에 대한 목표성취나 자기계발을 위한 구체적인 계획이나 각오, 인생관을 피력하되 지원동기와 일관성을 유지하여야 한다.

"만일 합격만 된다면 최선을 다해 ……", "○○분야에 일인자가 되겠다는 각오로……." 등과 같은 과장되고, 실현가능성이 희박한 계획이나 포부 등은 입학사정관이나 채용담당자와 유대감을 상실케 하는 지름길임을 명심해야 한다.

6) 자기소개서에서 잘못된 표현과 유형

입학사정관이나 채용담당자가 읽어야 하는 자기소개서는 수십 장에서 수백 장에 이른다. 수많은 서류를 꼼꼼하게 읽고 의사결정을 할 것이라는 생각은 지원자의 오해다. 무엇보다 주목받는 자기소개서의 작성은 서류전형 통과의 관건이다.

① 진부하고 구태의연한 표현들

저는 물 맑고 공기 좋은 ○○에서 ○○년 ○월에 2남 1녀의 막내로 태어났습니다. 화목한 가정환경 속에서 공무원이셨던 아버님은 엄격함으로 저희 형제들을 이끌어 주셨으며, 어머님은 아버님의 완고함을 부드러움으로 보완하면서…….

수많은 이력서를 접수받는 채용담당자는 이 같은 자기소개서를 하루에도 수십 통 이상 접하게 된다. 자기소개서 사례에서 옮겨놓은 듯 한 이러한 진부한 표현들은 채용담당자의 눈에서 벗어나는 첫 번째 유형이다.

② 연대기식 나열형 및 경력 나열형 표현들

예) 대입예정자의 경우

저는 ○○년 □□에서 태어나 초등학교 1학년까지 다니다가 □□로 이사를 와서 □□초등학교를 거쳐 ○○년 □□중학교를 졸업하고, ○○년 □□고등학교를 졸업하였으며……

예) 입사 예정자의 경우

○○년 □□대학 금융정보과에 입학하였습니다. 재학 중 ○○년부터 ○○년까지 강원도 □□에서 군복무를 수행하였으며……. 대학에서 경험한 과외활동으로는 벤처창업동아리와 영어동아리, 영어회화반 및 경영학부 학생회 등에 열심이었으며, 이 같은 다양한 동아리 활동을 통하여 지식과 경험을 축적하였고 학생회 활동을 통하여 대인관계와 리더십을 함양하였으며…….

나열형 문장은 좋은 인상을 받기가 힘들다. 자신을 알리는데 불필요한 내용은 과감하게 삭제하고 간결한 문체의 단문을 사용하는 것이 효과적이며 지원대학과 지원업무와 관련 없는 과외활동 소개는 사족이다.

③ 지나친 과장 및 미사여구, 감정 오버형 표현들

예) 합격만 한다면 대학의 명예를 위해서 최선을 다하겠습니다.

예) 만약 귀사에 채용된다면 숙명으로 여기고 뼈를 묻는다는 각오로 일 하겠습니다.

　과장과 미사어구는 읽는 사람으로부터 결코 공감을 얻지 못한다. 자신의 계획과 포부는 밝히되 '열심히', '최선을 다해' 등의 표현은 가능한 삼가도록 한다. 목표성취와 자기계발을 위한 구체적 계획이나 각오를 피력한다면 채용담당자와의 유대관계가 형성될 것이다.

④ 추상적이고 막연한 표현들

예) "상아탑이야말로 젊음의 표상이다" "막히더라도 다른 관점에서 사물을 봐라" 등

　추상적인 표현은 지원자의 알찬 목소리의 전달을 방해할 뿐이다. 일화, 사례 등을 중심으로 객관적이고 구체적으로 서술한다.

⑤ 오탈자, 잘못된 고사성어의 인용 표현들

예) 석3년 남직(남짓의 오기)의 대입준비를 위하여 피나는 노력……, 國土防位(防衛의 오기)를 위하여 入對(入隊의 오기)하여……. 우리나라 속담에도 있듯이 "구르는 돌은 이끼가 끼지 않는다" (서양격언 임)를 좌우명으로 삼고…….

　오탈자의 빈번한 등장은 거의 치명적이라 할 수 있다. 자신이 없는 단어 구사는 삼가고, 사전 등을 통하여 반드시 의미를 확인 후 인용한다.

⑥ 말의 중복 표현들

　같은 말이 중복되면 식상한다. 중복되는 말의 사용은 피하도록 한다.

그 외

- 자기소개서를 작성할 때 자신의 과거사는 적을 필요가 없다.
- 많은 실수 중 "저는 어릴 적에 어디에서 살았고……" 이런 내용은 절대 금물이다.
- 자신 전공학과, 회사를 연결시켜서 적어주는 것이 좋다.
- '제가 좋아하는 분야와 입학하고자 하는 학과가 일치하는 부분이 많다. 제가 어떤 것을 좋아하는데 이 부분이 회사에 도움이 될 것 같고 내 적성과도 맞는 것 같다' 라는 내용이 좋다.
- 자기소개서의 길이는 A4지 1~2 페이지 내외가 적당하다.

자기소개서: A형, B형. C형

▶▶▶ 예1 : 자기소개서 A형 대입지원자 입장에서

● 대입지원자의 자기소개서는 문항에 따라서 작성한다.

  자기 특성을 진술하게 표현함으로써, 응시하는 대학에게 자신을 꼭 합격시켜 달라고 설득하는 글이다. 자기소개서는 대학입시에서 하나의 평가 항목일 뿐만 아니라, 면접관이 면접 때 활용하는 구체적인 참고자료가 된다. 따라서 자기소개서는 대학 입시의 당락을 좌우하는 주요한 문건이라고 할 수 있다. 그러므로 자기소개서를 작성하는 학생은 무엇보다도 자신을 솔직하고도 인상 깊게 상대방에게 알릴 수 있도록 심혈을 기울여야 한다.
  먼저 자신이 경험한 일화나 구체적 사례를 증거로 들어 솔직 담백하게 작성하면 도움이 된다. 신뢰성과 설득력을 얻을 수 있도록 구체적이면서도 간결하게 또한 논리적으로 명확하게 본인의 모습을 표현해야 한다. 언제나 최선을 다해야 한다는 점을 물론 잊어서는 안 될 것이다.
  특히 학부 또는 계열이 모집단위인 경우에는 전공학과를 먼저 선택한 뒤, 해당학과와 본인의 특성을 조화롭게 결부시켜 이 학과에 자신이 적합한 인물임을 드러나도록 작성하는 것이 중요하다. 그리고 질문 항목의 취지에 맞게 자신의 참된 모습을 설득력 있게 나타내어야 한다. 자신의 삶에 결정적인 영향을 준 사건이나 일화, 인물 등 구체성이 있어야 하며, 간결성, 논리적 명확성은 또한 모든 글의 생명이라고 할 수 있다.

대입지원자의 자기소개서 작성 시 유의사항

1) 전공학과를 선정하고, 소재선정 작업을 먼저 하라
  학부 또는 계열로 모집하는 경우는 먼저 전공학과를 선정하고, 각 항목에 맞는 소재 선정 작업을 신중히 한 뒤 자기소개서를 작성하는 것이 제일 중요하다. 소재 선정은 학생부, 서류, 사례나 경험 등 증명할 수 있는 구체적 자료가 있는 것을 선정하는 것이 원칙이다.

2) 근거 없는 과시는 금물이다

남에게 잘 보이기 위한 욕심 때문에 근거 없이 자신을 과장하는 잘못을 범하지 말라. 자기 과시적인 표현은 아무런 신뢰성을 얻지 못한다. 따라서 자신이 경험한 일화나 구체적인 사례 및 학생부, 서류를 증거로 들어 진솔하게 기술해야 한다.

3) 객관성을 유지하라

솔직하고 객관적으로 기술해야 한다. 주관적으로 기술하면 자기 과시 성격이 강해 오히려 상대방이 거부 반응을 느낄 수 있다. 객관적으로 기술하되 은연중 상대방이 호감을 갖도록 유도하는 것이 중요하다.

4) 면접 시 질문을 유도할 수 있는 이야기 거리를 만들어라

자기소개서에서 은연중 질문거리를 만들어 한다. 이러한 질문거리는 면접 시 부연 설명을 통해 자기를 남에게 돋보이게 할 수 있는 좋은 계기가 될 것이다.

5) 추상적인 표현보다 구체적으로 표현하라

과다한 미사어구나 추상적 표현은 피하고, 증거 자료(학생부, 서류)나 구체적인 사례를 들어 표현하는 것이 효과적이다.

6) 자기의 장점이 잘 드러나도록 하라

자기의 장점을 부각시켜 상대방이 호감을 느끼도록 하라. 그러나 겸손한 태도를 잊지는 말자.

7) 단점도 솔직하게 기술하라

자신의 장점을 솔직하고 객관적으로 기술하되 자기의 단점도 어느 정도는 기술하라. 그렇다고 해서 자신의 단점을 지나치게 드러내어선 안 된다. 그리고 단점을 고쳐나가고자 하는 자신의 개선 노력도 반드시 제시하라. 자신이 미래지향적 인간임을 반드시 힘주어 밝혀라.

8) 간단명료하게 표현하라

장문보다는 간결한 단문을 사용하라. 과다한 미사어구나 불필요한 접속어도 피하라.

또한 간단명료하게 표현하되, 자신을 성심 성의껏 드러내도록 노력해야 한다. 또한 간결하되, 구체성을 담을 수 있도록 노력하라.

9) 논리적이어야 한다

표현은 논리적이어야 한다. 애매한 표현이나 모호한 표현은 피해야 한다. 논리적으로 명쾌한 글만이 자신의 모습을 효과적으로 전달할 수 있다. 논리적 명확성만이 상대방을 설득하여 호감을 이끌어 낼 수 있다.

10) 모순이 있어서는 안 된다

이것은 논리적 일관성의 문제다. 만약 자기소개서에서 앞과 뒤의 내용이 서로 다르다면, 진실성을 가질 수 없다. 글은 전체적으로 논리적 일관성을 지녀야 한다. 논리적 일관성은 작성자의 정직한 인격을 보증한다.

11) 완벽하다고 생각될 때까지 수정 한다

훌륭한 자기소개서가 되기 위해서는 반드시 검토 과정을 거쳐야 한다. 문장, 문맥, 어휘 등이 과연 적절하게 사용되었는지를 반드시 검토하라. 여러 번의 수정작업 만이 훌륭한 자기소개서를 만들어 낸다. 국어 선생님이나 전문가에게 부탁하여 마지막 감수를 받는 것도 잊지 말자.

12) 기타 : 교대 또는 사대 지원자 유의사항

교직에 대한 희망과 포부, 신념과 긍지가 있음을 부각시키고, 교사로서의 자질이 잘 드러나도록 해야 한다. 그리고 교직관과 교육에 대한 자기의 견해, 훌륭한 은사 등의 언급도 필요하다. 이런 점이 일반대학과 다르다.

* 참고 : 학부 또는 계열로 모집하는 경우는 먼저 전공학과를 선정해야 함.

자기소개서의 구성 요소와 작성 요령 및 실례

1. 가족 소개 및 성장과정

구성 요소	· 가족을 소개하고, 자신의 성장과정에 대하여 기술하여 주십시오.

작성요령 및 실례

자신의 출생과 가정환경을 서두에 간단, 명료하게 서술한다. 특히 특징적인 가정 분위기와 가정교육측면을 개성 있게 쓰는 것이 좋다. 길지 않도록 유념한다. 성장 과정과 배경을 간단히 서술하되 평범한 사건이나 과정보다는 인상을 깊게 줄 수 있고, 특별한 배경과 사건을 언급하는 것이 좋다. 그리고 자기에게 큰 영향을 주었던 주변 인물이나 주변 환경을 언급하여 자신의 성장 과정을 간접적으로 어필하면 더욱 효과적이다.

주의할 사항은 어릴 때, 초·중·고 때 순으로 단순한 과정을 연대기적으로 표현하는 것은 분량만 차지하고 무미건조하여 상대방에게 호감을 주지 못한다. 그러므로 특징적이고 남다른 과정 한두 개를 특히 강조하여 기술하는 것이 좋다.

예)
저는 청렴하고 공직을 천직으로 여기시는 아버님과 항상 인자하시고 따뜻한 미소를 지니신 어머님 사이에서 장남으로 태어났습니다. 저의 고향은 ○○도입니다. 중학교 2학년 때 서울로 전학 온 뒤로 고향은 제게 가장 큰 자랑거리 중 하나였습니다. 서울 친구들에게 제 고향을 말할 때면 항상 자부심을 느꼈습니다. 비교적 문명의 손이 덜 뻗친 지방에서 어린 시절을 보내면서 순박한 자연과 가까이 지내게 되었고 그것이 제 인성에 큰 영향을 주었다고 생각합니다. 자연을 닮은 토속적이고 온순한 성격 때문에 초등학교 때부터 중·고등학교 때까지 9년간 줄곧 반장을 했습니다. 때로는 남보다 책임감과 솔선수범의 자세가 필요했기에 다소 힘이 든 때도 있었지만, 타인에 대한 배려와 통솔력 있는 리더십을 기를 수 있던 것은 앞으로의 사회생활과 대인관계 형성에 큰 역할을 할 수 있을 것이라고 생각합니다.

2. 자신의 장·단점

구성 요소	· 자신의 장·단점을 밝히고, 단점 개선을 위하여 어떤 노력을 하였는지에 대하여 기술하여 주십시오.

작성요령 및 실례

자신의 장점	자기소개서에서 가장 중요한 부분이다. 심혈을 기울여야 함은 물론이고 남에게 자신을 돋보일 수 있도록 최선의 지혜를 모아야 한다. 남들보다 뛰어난 특성이나 능력을 부각시키되, 구체적인 사례나 일화를 증거로 들어 그러한 장점을 설득력 있게 기술해야 한다.

	자신의 특성이나 능력【특기 및 재능(어느 분야에 소질이 있다든지, 어떤 남다른 특기를 갖고 있다든지), 창의력 또는 탐구력, 지도력, 대인 관계, 표현력, 발표력, 이해력, 책임감, 성실성, 자신감, 자율성 등】 중에서 남들보다 뛰어난 항목을 찾되, 가능한 자기가 지원하는 학과와 관련 있는 내용을 선정하는 것이 중요하다. ① 인문계 : 언어능력, 외국어능력, 인문계 관련 수상 경력 및 주요 경시 대회 입상 등 인문계 지원학과와 관련 있는 내용을 선정하면 더욱 좋다. ② 자연계 : 수학, 과학, 자연계 관련 수상 경력 및 주요 경시 대회 입상, 탐구력, 논리적 사고력, 창의력 등 자연계 지원학과와 관련 있는 내용을 선택한다. ③ 예체능계 : 체육, 음악, 미술, 각종 대회 입상 경력, 예술적 감각 등 예체능계 지원학과와 관련 있는 내용을 선정한다. ※ 지원학과와 연관이 있는 소재를 선택하는 것이 중요하다. 학생부나 혹은 그 밖의 증빙 서류가 있는 소재를 선택할 수 있다면 금상첨화. 만약 그렇지 않다면 자신이 직접 체험한 일화나 구체적인 사례를 증거로 들어 기술하는 것이 좋다.
자신의 단점	누구에게나 남보다 부족한 점이 있다. 자신의 특기나 재능, 혹은 창의력, 탐구력, 지도력, 대인 관계, 표현력, 발표력, 이해력, 책임감, 자신감, 자율성, 성격, 습관 등에서 자신이 남보다 부족한 면이 있다면 솔직 담백하게 기술해야 한다. 그러나 심각한 문제와 오해를 불러일으킬 수 있는 단점은 되도록 피해야 한다. 또한 자신의 단점을 비교적 진솔하게 기술하되, 반드시 그러한 단점을 극복하기 위해 자신의 구체적인 노력 과정과 개선의 의지를 적극적으로 보여주어야 한다. 현재의 문제를 슬기롭게 극복하여 새로운 미래를 창조해 나가는 미래지향적 인간임을 밝히는 것이 가장 중요하다.

예)

저는 고등학교 입학식 때 신입생 대표로 선서를 한 것과 3학년 때 서울시 수학 경시대회에서 장려상을 수상한 것과 교내 논술 대회에서 최우수상을 수상한 것 등은 저에게는 큰 자랑으로 내세울 만한 것입니다. 그리고 고등학교 시절 중 가장 기억에 남는 것은 축제 때 특별 활동으로 영어 연극을 공연한 것입니다. 1학년 때 공연한 '피터 팬'에서 해적 역을 맡았고 2학년 때에는 '백설 공주'의 대본을 작성하고 왕자 역을 맡았습니다. 지금 생각하면 '좀 더 잘할 수 있었을 텐데'하는 아쉬움이 남기도 하고, 어설펐던 연기를 떠올리면 웃음이 나오기도 합니다. 하지만 부원들과 함께 밤11시까지 학교에 남아서 한 달 이상의 고된 연습과정은 '협동'의 의미와 가치를 깨닫는 소중한 체험인 동시에 아름다운 추억으로 가슴에 남아 있습니다.

3. 가장 의미 있었던 경험

구성 요소	· 지금까지 살면서 자신에게 가장 의미 있었던 경험에 대하여 기술하여 주십시오.
작성요령 및 실례	
자신의 삶에 영향을 미친 가장 중요한 사건이나 경험	지금까지 살아오면서 겪어온 사건 중에서, 자신에게 가장 기억에 남고 중요한 영향을 미친 구체적인 일화나 사례를 기술해야 한다. 그러한 사건을 체험하는 과정이나 혹은 극복하는 과정에서 자신이 스스로 깨닫게 된 교훈적인 면이 있다면, 부각시켜 작성하는 것이 중요하다. 더욱이 그러한 교훈을 통해 자신의 가치관이나 인생관의 좌표가 새롭게 자리매김을 하였다면, 그 과정을 구체적으로 기술해야 한다. * 가치관 : 자신을 둘러싼 세계나 만물에 대하여 그 스스로가 가지고 있는 근본적인 평가의 태도나 견해를 말한다. * 인생관 : 자기 인생의 존재 가치, 혹은 의미나 목적 등에 관해 자신이 갖고 있는 전체적인 사고방식을 말한다.
고등학생 시절 가장 큰 위기나 좌절	고등학생 시절 자신이 겪었던 가장 큰 위기나 좌절을 구체적인 일화나 사례를 증거로 들어 진술하게 기술하되, 이러한 위기나 좌절을 극복하기 위한 과정에서 자신이 기울인 노력과 자세를 상세하게 기술해야 한다. 특히 이러한 위기나 좌절을 극복하는 과정에서 자신이 스스로 깨달은 교훈적인 면이나 새로운 삶의 좌표가 있다면, 이러한 측면을 부각시켜 기술해야 한다. 자신의 모습이 미래지향적인 도전적인 인감임을 밝히는 것은 매우 중요하다.

예)
　세상을 살면서 무조건 나를 믿어주고 힘들 때, 위안이 되어줄 수 있는 것은 가족들일 것입니다. 그래서 저는 무엇보다도 인생을 살면서 가장 중요한 것은 가족들의 정과 사랑이라고 생각합니다. 제가 초등학교 1학년 때부터 4학년 때까지 할머니께서 골수암에 걸려 투병 생활을 하신 적이 있습니다. 4년이라는 짧지 않은 시간동안 할머니의 완쾌를 위해 저를 포함한 모든 가족들의 많은 노력과 사랑이 필요했습니다. 어린 나이에도 서로 힘들 때 의지가 돼가며 보살피는 가족들의 모습을 보면서 그들의 소중함을 깨달았습니다. 저는 항암치료를 받으시며 할머니의 머리가 빠지는 것을 보고 "할머니, 내 머리 뽑아서 할머니 머리 만들어줬으면 좋겠다."라고 말한 적이 있습니다. 어린 손녀딸의 그 작은 말 한마디가 할머니에게는 큰 위안이 되었다고 오랜 세월이 흐른 지금까지도 할머니께서는 제 머리를 만지며 그 말씀을 하십니다. 이렇게 할머니께서는 본인의 의지와 가족들의 노력으로 병마를 이기고 완쾌를 하셨고 지금도 건강하게 생활하고 계십니다. 저는 이런 것들을 보면서 어렸을 때부터 힘들고 어려울 때 가족들의 사랑과 보살핌이 얼마나 중요한가를 깨달았습니다. 그 뒤로 저희 가족은 더욱 화목해졌고 서로를 사랑하며 보듬어 주고 있습니다. 이렇게 사랑이 넘치는 가정 속에서 저는 제 주변의 사람들을 사랑하고 위해 주는 마음을 배웠고, 그 사랑을 다른 사람들에게도 베풀어주고 싶습니다. 저는 사랑하며 사는 것이 가장 행복한 삶이라 생각합니다.

4. 지원동기 및 준비사항

구성 요소	· 해당 모집단위에 지원한 이유와 이를 위해 어떤 노력과 준비를 했는지에 대하여 기술하여 주십시오.
작성요령 및 실례	타인의 권유나 성적 때문이라는 것은 피하고 자신이 평소에 관심을 갖고 있었으며, 적성, 흥미, 소질 등에도 적합하고 장래의 진로 희망과 밀접하게 연관되어 있음을 강조하는 것이 중요하다. 또 자신의 주체적 선택이었다는 점과 전공하고자 하는 분야에 대한 강렬한 욕구를 담아 기술하는 것이 좋다. 전공 분야에 대한 선택 이유를 개인적 차원뿐만 아니라 사회적 차원에서도 의의를 찾아 기록하는 것도 좋다. 이를 위해 어떤 노력과 준비를 했는지 기술하여 본인의 지원의지를 적극적으로 보여주는 것이 무엇보다 중요하다. 　예를 들어 법학을 전공하고자 한다면 유능한 변호사가 되어 법의 혜택을 받지 못하고, 불우한 사람들에게 무료 변호를 해주어 이 사회에 무엇인가 보탬이 되기 위하여 법학과를 지원하게 되었습니다. 그런 인식을 담아 작성하는 것이 좋다. 특히 그 학과를 지원하게 된 직접적인 동기가 있으면 구체적인 사례나 일화를 들어 서술하는 것이 제일 중요하다.
예	제가 지구 환경 시스템 공학부에 지원하게 된 이유 중 하나는 저의 꿈을 실현하기 위해서입니다. 또 다른 이유는 시민 공학(civil engineering)이라는 의미를 가진 토목 공학을 배워서 시민들이 안전하고 편안하게 생활하도록 기여를 하고 싶기 때문입니다. 우리나라의 토목 기술수준이 아직 선진국에 비해 뒤떨어지고, 부실시공도 많아 시민들이 편히 생활할 수 없는 것이 사실입니다. 그래서인지 제가 토목 공학을 하고 싶다고 하니까 주변 사람들 중에는 부실 공사를 해서 구속되는 것이 아니냐고 농담하는 사람들도 있었습니다. 비록 농담이었지만 그 말을 듣고 기분이 좋지는 않았습니다. 그래서 저는 진정으로 시민을 위하여 토목 공학자가 되어 사람들의 이런 부정적 인식을 변화시키고 싶습니다. 진학을 한 후 토목의 여러 분야 중 다리와 도로 설계를 전공하고 싶고 환경 파괴를 최소화할 수 있는 토목 기술에 대해서도 배우고 싶습니다. 통일이 된 후 고속도로를 건설하는데 참여하고 싶습니다. 　지원을 위한 노력과 준비 사항은 토목 공학에 대한 자료를 서적 및 인터넷을 통해 수집과 스크랩을 하여 토목공학에 대한 정확한 이해를 하였으며, 토목업에 종사하는 아버지를 따라 토목현장에서 아르바이트를 자주하여 토목에 대한 이해를 많이 할 수 있었다. 그 밖에도 매달 토목 월간지를 구독하여 토목에 대한 새로운 정보를 수집하여 나만의 토목 정보 철을 만들었다. 이와 같은 저의 노력이 토목공학을 지원하여 유능한 토목공학자가 되는데 밑거름이 되리라 믿습니다.

5. 학업 계획 및 진로 계획
1) 입학 후 학업계획

구성 요소	· 입학 후 학업계획과 졸업 후 진로계획에 대하여 기술하여 주십시오.
작성요령 및 실례	
학업 계획	구체적으로 계획을 진술한다. '무엇을 하겠다.' 보다 '무엇을 어떻게 하겠다.' 라고 구체적으로 기술하는 것이 좋다. 대학 학업 과정에 대해 아는 한도 내에서 가능한 한 자세하고 구체적으로 기록해야 한다. 그러기 위해서는 반드시 전공 분야 및 인접 분야에 대한 기본적인 이해가 바탕이 되어야만 한다. 먼저 전공 분야에 대한 이해를 서술하고, 그것을 바탕으로 학업 계획을 기술하는 것이 순서일 것이다. 학기별, 학년별, 단기 및 중장기별로 세분하여 기술하면 체계적이고 간단명료해 보인다. 내용도 일반 기초 공부(컴퓨터, 영어, 교양 및 일반상식)와 전공 공부로 나누어 기술하면 좋다. 세부 전공으로 들어가는 경우는 어떤 전공을, 왜 선택하는지 동기를 명시해 주면 좋다. '무엇을 어떻게 해서 공부를 열심히 하겠다' 형태로 서술하여 대학에 들어오면 열심히 공부하겠구나 하는 인상과 함께 강력한 실천 의지를 심어 주어야 한다.
교내외 활동 계획	학과 공부 이외에 자기 인성 교육 프로그램이나 봉사 활동 등의 인성 교육과 학회, 동아리 활동, 어학연수, 해외연수, 해외여행 등을 통한 폭넓은 지식 습득을 밝힌다.
특기 적성 및 능력 개발 계획	학과와 관련이 있으면 더욱 좋고, 학과와는 관련이 없지만 특기와 적성이 있는 분야가 있으면 그것을 어떻게 개발 및 발전시킬 것인가를 구체적으로 기술한다.

예	토목 공학에서는 물리와 컴퓨터를 필수로 요구하므로 합격이 확정되면 입학 전까지 이 두 가지를 배우려고 합니다. 물리를 배우려는 이유는 제가 지구과학을 선택해 물리에 대한 지식이 부족하다고 생각하기 때문입니다. 입학 후에는 일본어를 배우고자 합니다. 지진에 대비하는 토목기술에 관심이 많은데 그 방면을 깊이 연구하려면 일본의 토목 기술을 배우는 것이 필요하다고 생각하기 때문입니다. 영어도 열심히 공부해 외국인과 자연스럽게 대화할 수 있는 수준에 이르고 싶습니다. 복수 전공을 한다면 지리학을 하려고 합니다. 앞에서 말했듯이 어렸을 때부터 하고 싶었던 학문이고 국토를 바르게 이해 분석하여 토목 공학을 연구하는데 도움이 될 것으로 기대되기 때문입니다. 그리고 여행을 다니는 모임에 가입해 우리나라는 물론 세계 곳곳을 여행하고 싶습니다. 여행을 통해 많은 다양한 사람들과 교류와 세계 각국의 토목 구조물에 대한 넓은 안목을 갖고 싶습니다. 졸업 후에는 일본이나 미국에 유학을 가서 선진 토목 기술을 더 배워 실력 있는 설계가가 되고 싶습니다.

2) 졸업 후 장래 희망 및 진로 계획

구성 요소	· 입학 후 학업계획과 졸업 후 진로계획에 대하여 기술하여 주십시오.
작성요령 및 실례	장래의 희망과 목표가 무엇인가를 밝히고 그 희망과 목표를 위해서 어떤 진로를 택할 것인가를 명시하면 된다. 진로의 방향은 대학원 진학, 취업, 유학 등이 있다. 학과 관련 취업이나 진학으로 학과의 연속성을 유지하여 졸업 후 해당 학과 분야에서 헌신하고자 하는 열의를 보여주어야 한다.
예	졸업 후에는 법조계에 진출하여 제 꿈을 이루기 위해 노력할 것입니다. 기회가 닿는다면 미국이나 유럽의 유학을 가서 더 심도 있게 법학을 공부한 다음, 그것을 토대로 국제무대에서 국제변호사로 활동할 계획도 세우고 있습니다. 지금은 법학에 대한 좁은 식견으로 큰 틀만 잡아 놓은 셈이지만 법학과에 진학하게 되면 지도 교수님의 조언과 법학에 대한 정보를 종합하여 체계적인 계획을 세우고 실천에 옮길 생각입니다. 저의 이러한 인생의 목표와 장래의 포부를 실현시키기 위해 반드시 서울대 법학과에 진학하여 열심히 공부해 보고 싶습니다.

6. 교 · 내외 활동

구성 요소	· 교내 · 외 활동 중 가장 의미 있다고 생각하는 활동을 순서대로 5개 이내로 기술하여 주십시오.
작성요령 및 실례	학교생활기록부에 기록되어 있는 내용이나 가능한 증빙서류나 실적 자료에 있는 내용으로 선정하여 공신력을 얻는 것을 잃지 말아야 한다. CA활동, 학생 간부 경력, 동아리 활동, 단체 활동, 인상 깊었던 봉사 활동 등을 기술한다. 활동을 통하여 얻은 점과 느낀 점을 구체적으로 서술하는 것이 중요하다. 가능한 한 현재와 가까운 시점의 활동을 우선적으로 기록하는 것이 좋다. 그리고 타인에게 사소하게 보일 수 있는 활동이라도 자신에게 의미 있는 활동이라면 기록할 수도 있다. 사소해 보이는 활동이지만 자신에게 진로를 선택하는데 많은 영향을 끼쳤다든지 하는 것이라면 중요하게 취급하여 기록할 만하다. 활동 상황을 구체적으로 기술하는 것도 놓쳐서는 안 된다.
예 (자유형)	저는 고등학교에 입학 후에 항상 희망해 왔던 방송반 PD로 활동하게 되었습니다. 물론 학교 공부와 방송반 생활 두 가지를 병행해야 하는 어려움이 있었지만 방송반 활동은 학교생활을 더 잘해 갈 수 있도록 큰 도움은 준 것 같습니다. 41년 전통의 방송반은 위계질서가 확고하며 보수적인 면이 있었습니다. 방송과 관련된 일을 하는 것보다 방송반이라는 작은 사회에 익숙해져야 했습니다. 그 속에서 공동체 의식, 책임감, 인간관계의 중요성에 대해서 많이 배울 수 있었고 남들보다 훨씬 더 성숙된 생각을 가지게 되었습니다. 앞으로의 사회생활에서 경험하게 될 일을 먼저 경험할 수 있었던 좋은 기회

	였습니다. 차츰 방송반 생활에 익숙해졌고 2학년 때부터는 직접 방송을 할 수 있게 되었습니다. 그러면서 일상적인 방송에 조금씩 제 개성을 살린 새로운 형식의 방송을 시도할 수 있었고 계획했던 방송들이 성공적으로 마무리되면서 큰 보람을 느꼈습니다. 특히 '제작에 ○○○' 이라는 방송이 나갈 때마다 좀 더 잘해야겠다는 책임감을 느꼈습니다. 앞으로 어떤 사회생활을 하더라도 그 체제에 쉽게 적응하면서 제 자신을 잃지 않는 삶의 자세를 가지는데 밑거름이 될 훌륭한 계기가 되었습니다.	
예 (양식형)		**활동상황 및 느낀 점**
	활동명(단체명, 동아리명 등) : (○○○ 봉사회)	지체장애인들을 위한 시설에서 그들의 손과 발이 되면서 정상인으로 낳아주신 부모님께 감사한 마음을 가졌고, 많은 대화를 통해 그들을 진심으로 위로하고 용기를 북돋아 주려고 노력했다. 다른 봉사 단체와도 연합 활동을 하면서 우정과 정보를 나누는 좋은 계기가 되었고, 고교 시절의 아름다운 추억이 되었다.
	활동단체규모 및 담당 역할명	
	활동 기간 : ○○년○월○일 ~ ○○년○월○일	

7. 감명 깊게 읽은 책

구성 요소	· 자신이 읽었던 책 가운데 가장 인상 깊었던 책을 순서대로 3권 이내로 선택하고 선택 이유와 느낀 점을 기술하여 주십시오.	
작성요령 및 실례	읽은 시기와 상관없이(고교 재학기간이 아니어도 됨) 본인에게 가장 큰 영향을 미친 책을 선택하면 된다. 단순한 내용 요약이나 감상보다는 처음 접한 시기, 읽게 된 계기, 선정이유, 책에 대한 긍정적 또는 부정적 평가, 이 책이 자신에게 미친 영향(변화)을 중심으로 기술하면 된다. 인문계는 인문계 관련 서적을 자연계는 과학 계통의 서적이 좋다. 전공하고자 하는 분야와 관련 있는 서적을 한두 권 포함시키는 것이 좋다. 특히 자신이 감명 받은 이유와 내용을 중심으로 책명, 저자, 출판사 등을 기록해야 한다. 면접시험 때 집중적으로 활용되므로 반드시 읽은 책을 선정하고 기록하여 서적에 대한 깊이 있는 이해를 하고 있어야 한다.	
예 (자유형)	제목 : 체 게바라 평전 (장 코르미에)	"인간은 태양을 향해 당당하게 가슴을 펼 수 있어야 한다. 태양은 인간을 불타오르게 하고 인간의 존엄성을 드러내준다. 그가 고개를 숙인다면 그는 인간으로서의 존엄성을 잃게 되는 것이다."마르크스의 사상이 우리나라에서는 공산당으로 인해 왜곡되어 있지만 이 책은 편견의 벽을 허물어 주었습니다. '천식'이라는 자신의 발목을 잡는 병에도 불구하고 진정한 인류를 위한 사랑, 진실로 민중을 위할 줄 아는 위대한 혁명가의 모습을 보게 되었습니

예 (양식형)			다. 자신의 뜻을 끝까지 관철하고 앞으로 내닫는 그의 모습에 감동 받았습니다.
	도서명	가시고기	아낌없이, 조건 없이 주는 사랑. 이 세상에서 가장 아름다운 사랑이 아닐까 생각합니다. 병에 걸린 아들을 위해 희생적인 사랑을 한 아버지의 모습을 보며 참 많은 것을 느꼈습니다. 이 책을 읽고 평소에는 잘 느끼지 못했던 아버지의 소중한 사랑에 대하서 생각하며 뜨거운 눈물을 흘려 볼 수 있는 기회를 가질 수 있게 되었습니다.
	저자	조창인	
	출판사	밝은 세상	

고등학교 자기소개서 양식 : 연습용

저를 소개합니다.

학년   반   번   이름: (   )

1. 인적 사항

생년월일		현주소				우편번호	
전화번호		e-mail	(홈페이지 등 포함)			휴대폰	
가장 친한 친구 이름	▷우리 반:			▷다른 반: (학년 반)			
비상시 연락처	(부모님 직장, 친척집 등)				본인혈액형		
출신 중학교					중3 담임선생님		

2. 부모님 소개 (안 계시는 경우 '성함'칸에 '안 계심' 또는 '돌아가심'으로 쓰세요)

	성함	연세	학력	직업	직장명/직위(직책)	직장전화/휴대폰 메일 주소	동거 여부 (O,×)	나와의 친밀도 (해당란에"O"표)				
아버지					/			최상	상	중	하	최하
어머니					/			최상	상	중	하	최하

※ 우리 집의 분위기 (부모님간의 사이, 나와의 사이 등) 또는 부모님에 대해 특히 쓰고 싶은 것은?	최상 - 아주 친함 상 - 친한 편 중 - 보통 하 - 별로 안 친함 최하 - 아주 나쁨

※ 엄마, 아빠의 좋은 점과 싫은 점이 있다면?
  ▷ 엄마의 좋은 점과 나쁜 점 :

  ▷ 아빠의 좋은 점과 나쁜 점 :

3. 다른 가족 소개

이름	나이	관계	직업(학교)	학력 (학년)	동거여부 (○,×)	나와의 친밀도					특기 사항
						최상	상	중	하	최하	
						최상	상	중	하	최하	
						최상	상	중	하	최하	
						최상	상	중	하	최하	

* 특기 사항 / 예 : 나의 정신적 지주, 4대 독자라 사랑 받음, 전교1등, 장애인, 너무 바빠서 얼굴도 잘 못 봄…… 등)

4. 저희 집 경제적 형편

※ 혹시 학비감면이나 급식지원이 필요하지는 않은지? 작년에 지원을 받았었는지? 누가 돈을 벌어 오시고, 본인이
생각할 때에 집안의 경제적 형편은 어떤지 구체적으로 적어 주세요. 가난은 조금 불편한 것일 뿐, 부끄러운 일도
불행한 일도 아닙니다.

5. 나의 하루 생활 (해당 번호에 '○'표하고, (   )에 들어갈 말은 쓰세요)

아침밥은	① 먹고 와요		② 안 먹고 올 때가 더 많아요			③ 거의 또는 전혀 안 먹어요	
집에서 학교에 올 때			① 걸어서	② 버스를 타고	③ (기타:)/를 타고	( )분 걸려요	
점심밥은	① 학교급식		② 도시락		③ 매점에서 빵이나 우유 등	④ 안 먹어요	
방과 후에는	① 집에	②( ) 학원에 가서 ( )시쯤 집에 와요				③ 기타 :	
집에 있을 때 주로	( )에서 ( )을/를 해요. 하루에 보통 ( )시간 정도						
잠은 보통	하루에 ( )시간 정도 잡니다. ( )시부터 ( )시까지						

6. 나의 건강 상태

※ 구체적으로 어디가 얼마만큼 좋지 않으며, 그래서 어떤 시간에 수업 받기가 곤란한지를 자세히 적어주세요

8. 나의 특기 및 흥미

9. 나의 고쳐야 할 점

10. 내가 좋아하는 과목과 자신 있는 과목 외 이유

〈과목〉

〈이유〉

11. 일 년 후 나의 변한 모습 (올해의 목표 또는 각오)

12. 장래 희망

※ 장래에 갖고 싶은 직업을 구체적으로 써주세요. 그리고 왜 그 직업을 희망하는지, 어떻게 그 희망을 이룰 계획인지도 써주세요.

★ 참고 : 부모님께서 바라시는 저의 직업은 (   )입니다.

13. 선생님께 바라는 점

14. 선생님과 상담하고 싶은 내용

• 자기소개서: 예문 •

예문 ❶   (□□대학교 자연과학대학-지원자)

【문제1】아래 문항 1·2·3·4를 읽고 자기소개서를 작성하시오

답안 : 예시

1. 자신의 성장과정과 이러한 환경이 자신의 삶에 미친 영향에 대해 기술하세요. (띄어쓰기 포함 1,000자 이내)

　　우리가족은 GM대우에 근무하는 아버지와 초등학교에 나가시는 어머니 그리고 동생과 나입니다. 아버지는 기계 조작능력이 대단하십니다. 우리 집 가전제품을 비롯하여 이웃의 각종 생활기구들의 고장까지 수리해 해주십니다. 특히 어머니는 플롯을 비롯한 피아노 그 외에도 여러 악기를 자유자재로 다루십니다. 동생은 공부는 물론 여러 운동에도 소질이 있습니다. 우리 가족은 단란하고 행복하다고 자랑스럽게 말할 수 있습니다. 일요일이면 월명산이나 청암산 등에 가족 산행을 가기도 합니다. 산행을 오가면서 자연의 아름다움을 만끽하고 살아 숨 쉬는 생명의 존귀함을 느끼기도 합니다.

　　가족들은 산을 오르내리면서 나무와 나뭇잎 이름 알아맞히기를 합니다. 이때 자연스럽게 나뭇잎 모양과, 나무의 생육과정을 관찰하게 됩니다. 이러는 동안 나무에 대한 지식을 탄탄하게 쌓아갑니다. 아울러 자연과 더불어 살아가는 따뜻한 정서를 키워갑니다. 뿐만 아니라 계절에 따라 식물이 싹트는 모습, 꽃을 피우고 열매를 맺는 과정 등을 지켜보며 생명력을 존중하는 법을 배우고 원대한 꿈과 호연지기를 기르기도 합니다.

　　초등학교 5학년 때 과학과 생물 단원에서 현미경을 통한 개구리밥, 플라나리아, 장구벌레를 직접 대할 때의 경의감은 희열 그 자체였습니다. 이것은 제가 생물에 관심을 갖게 하는 결정적인 계기가 되었습니다. 생물체를 확대해서 볼 수 있는 현미경을 놀라운

과학기구였습니다. 현미경이 발명되지 않았다면 피를 빨아들이는 모기의 침이 아랫입술에 덮여 있다는 사실도, 달걀 표면에 수많은 구멍이 뚫려 있다는 사실도, 파리 입 주변에 무수히 많은 털이 나 있다는 사실도, 알지 못했을 것입니다. 이처럼 현미경을 통해 맨눈으로는 볼 수 없는 미지의 세계를 들여다보는 것은 저에게는 무척 흥미롭고 재미있는 일입니다. 이런 경험을 통해서 앞으로 생명과학과에 진학하여 체계적이고 과학적인 공부를 해 보고 싶습니다. 특히 부모님의 전폭적인 지지는 제가 생명과학분야에서 독보적인 존재가 되는 밑거름이 될 것임을 믿습니다. 〈답변/993자〉

 2. 학교생활 중 배려, 나눔, 협력, 갈등 관리 등을 실천한 사례를 들고 그 과정을 통해 배우고 느낀 점을 구체적으로 기술하세요. (띄어쓰기 포함 1,000자 이내)

　학생의 본분은 말할 것도 없이 공부입니다. 그러나 어른들이 말하는 '공부'의 의미는 학교나 학원, 도서실 등에서 교과서, 참고서, 문제집을 읽고 풀면서 시험 준비를 하는 것입니다. 그러므로 학생의 본분을 지키라고 말하는 것은, 결국 시험을 잘 보라는 말입니다. 하지만 저는 시험을 잘 보기 위해서 공부하는 것이 학생의 본분이라고 생각하지 않습니다. 해야 할 일은 공부 외에도 여러 가지가 있다고 생각합니다. 예를 들면 TV를 보거나 음악 감상 또는 운동, 여행 등 입니다. 그 외에도 친구들과 어울리거나 운동장에서 뛰놀거나, 선생님과 좋은 관계를 가질 권리가 있습니다. 서클 활동을 할 자유가 있고 부당한 일을 겪으면 반대하거나 항의도 할 수 있어야 진정한 학생이라고 생각합니다. 학교 밖에서도 배우고 경험해야 할 것들이 많습니다. 이런 것들이 인생 공부가 될 수 있습니다. 저희 부모님은 '공부 잘하는 것보다 먼저 인간이 되는 것이 중요하다'고 말씀하십니다. 그러나 인간으로 살아가기 위해 배우고 익히고 경험하는 것 보다 가고 싶은 대학에 가기 위해서 시험을 준비하는 공부를 우선해야 합니다.

　저는 초등학교 때는 다문화 활동을 했습니다. 다문화 친구들과 함께하는 다문화체험 활동을 통해 다른 나라 문화에 대한 이해와 관심의 폭을 넓히고 함께 살아가는 지구촌의 사람들을 알게 되었습니다. 특히 외국에서 우리나라에 시집와 사는 친구들의 어머니를 보면서 피부색과 말씨는 달라도 어머니는 똑 같다는 것을 알았습니다. 고1~고2 까지는 한 달에 2회 정도 독거노인 댁에 방문하여 봉사활동을 하였습니다. 요즘은 대입 준비로 한 달에 1회 방문하여 말벗이 되어드리고 집안 청소를 해드립니다. 그 외에도 쓰레기

분리수거, 식사 준비 등을 합니다. 봉사활동을 하면서 세상에는 어렵게 살아가고 계시는 노인들이 많다는 것을 알았습니다. 나라에서 경제적으로 많은 도움이 필요하다는 것을 절실히 깨달았습니다. 특히 건강검진을 자주하고 치료를 받을 수 있는 의료시설이 많았으면 좋겠다는 생각을 했습니다. 〈답변/998자〉

3. 지원동기와 지원한 분야를 위해 어떤 노력과 준비를 해왔는지 교내 · 외 활동 중 본인에게 가장 의미 있다고 생각되는 활동을 기술하세요. (띄어쓰기 포함 1,000자 이내)

어렸을 때부터 부모님을 따라 시골 할아버지 댁에 자주 가던 저는 자연과 접할 기회가 많았습니다. 뿐만 아니라 가족 산행에서도 자연스럽게 자연과의 친밀감을 길렀습니다. 초등학교 시절에는 물고기 해부 실험에서 생명의 소중함을 인식했습니다. 중학교에 입학하면서 생명에 관한 깊은 흥미를 가지게 되었습니다. 인간의 지혜로는 도저히 알기 어려운 거대한 자연의 신비로움과 본질에 대하여 일종의 경외감마저 느끼면서 자랐습니다. 저는 어렸을 때부터 생명체에 관심이 많았습니다. 그래서 살아있는 생물이라면 벌레는 물론 뭐든지 다 좋아했습니다. 개미가 과자를 물고 가는 것을 관찰하는 것은 물론이고 따가운 햇볕 때문에 길에서 죽어가는 지렁이를 살려 주기도 했습니다. 남다른 상상력 때문에 많은 사람들이 진리라고 믿는 과학이론에 대해서도 의문을 품었습니다. '현재의 이론들이 과연 진리인가?' 에 대한 생각도 많이 한 것이 사실입니다.

작년에는 심폐소생술에 대한 강습을 받고 자격증을 취득하기도 하였습니다. 뿐만 아니라 생명 환경 동아리 활동에서 실적물 발표 대회에 출전하여 은상을 수상하여 우수한 동아리로 학교 모델이 되었음은 물론 친구들의 부러움을 사기도 했습니다. 그 뿐만 아니라 □□대학교 ○○○ 교수님의 초정 강연회에서 '유전성과 난치병의 종류 및 치료방법' 이라는 주제로 토론자로 나서 기량을 뽐내기도 했습니다.

최근에는 난치병환자의 체세포로부터 줄기세포를 얻어 낸 일과 개 복제는 매우 획기적이라는 보도를 접했습니다. 다른 분야와 달리 커다란 주목을 받는 생명과학분야의 폭발적 첨단연구 결과는 저에게 대단한 흥미와 관심을 갖게 하기 충분했습니다. 이런 일들로 하여금 제가 공부하고 전공으로 삼아야 할 방향을 결정했습니다. 그것은 귀 대학교 자연과학대학 생명과학과에 입학하는 것입니다. 생명과학부에서 제가 좋아하는 생물체에 관해서 전문적으로 공부를 해 보고 싶습니다. 〈답변/930자〉

4. 입학 후 학업 계획과 향후 진로 계획에 대해 기술하세요. (띄어쓰기 포함 1,000자 이내)

　제가 귀 대학교 자연과학대학 생명과학과에 진학하게 되면 우선 독창적인 학업을 수행할 수 있도록 창조적인 학생 자질을 갖추는데 역점을 두겠습니다. 그것은 제가 전공하고자 하는 생명과학은 과학 분야 가운데서도 종합적인 지식이 필요하다는 것을 알고 있기 때문입니다. 복잡한 생명활동의 과제들을 풀려면 다른 기초 과학 분야의 전문적 지식과 이해가 필요하다고 생각합니다. 학업을 할 수 있도록 허락해 주신다면 새내기 과학도로서 기본 소양을 갖추기 위하여 생물학을 비롯한 화학, 물리학, 지구환경공학의 이론은 물론 실험에도 최선을 다 할 자세가 되어 있습니다. 필요하다면 해양학, 천문학 분야까지에도 적극적인 관심을 가지겠습니다. 그것은 제가 공부하고 싶은 학문이기 때문입니다.

　요즈음 생명과학 전문 인력을 필요로 하는 분야가 늘어나고 있다는 반가운 소식입니다. 바이오산업은 우리나라 차세대 주력 산업으로 자리매김하고 있으며, 농학, 약학, 환경관련학 등 기존의 학문 뿐만 아니라 의학·치의학 등에도 생물학 전공 인력이 필요한 실정입니다. 전북 지역은 전주 생물 산업지원센터, 전북 생물소재 연구소, 한국생명공학 발효 미생물센터 등 유수의 연구 기관들이 위치하고 있어 장래가 밝다고 생각합니다. 그렇기 때문에 졸업 후엔 생명과학 시험원이나 관련 종사자로 활동할 수 있습니다. 의학, 제약, 환경, 비료, 식품, 화장품과 관련된 업체에도 취업이 가능합니다. 그 뿐이 아니라 국가기술자격인 생물분류기사, 축산기사, 자연생태복원기사, 환경기사, 토양환경기술사, 자연환경관리기술사, 수질환경기사, 대기환경기사, 소음진동기사, 폐기물처리기사 등의 자격을 취득할 수 있습니다. 조건이 좋습니다. 노력에 따라서 제 희망인 생명과학 분야에서 연구원으로 일할 수도 있습니다. 21세기 첨단산업이 될 생명과학과에서 학업을 펼치면 틀림없이 꿈을 성취할 수 있다는 확신을 가집니다. 〈답변/925자〉

예문 ❷ (□□대학교 -합격자)

1. 지원동기와 학업계획을 기술하여 주십시오.

　　유의사항　▶ 띄어쓰기를 포함하여 1,000자 이내로 작성해야 합니다.

　　제가 인문학부를 지원한 것은 중어 중문학을 공부하고 싶기 때문입니다. 저는 중학교 2학년 때 우연히 중국 가요를 접하게 되면서부터 중국어에 관심을 가지게 되었고 그것이 계기가 되어 중국어를 배우기 시작했습니다. 제가 며칠 배우다가 중간에 그만 둘 것이라는 주위 사람들의 예상과는 달리 지금까지 한 번도 중국어 공부를 그만두고 싶다는 생각을 한 적이 없었습니다. 정말 최선을 다해 공부했으며 중국어를 배우고, 중국문화를 알게 되는 것이 저에게 있어서 가장 큰 즐거움이 되었습니다. 또한 제 미래를 결정할 만큼 중요한 부분이 되었습니다. 그러면서 자연스럽게 중국어와 관련된 진로를 모색하게 되었습니다. 그래서 대학교에 들어가 중어중문학을 전공한다면 제가 좋아하는 중국어를 좀 더 체계적으로, 전문적으로 배울 수 있을 거라고 생각했기 때문입니다. 또한 ＷＴＯ가입이후 전 세계가 주목하고 있는 중국이란 국가의 잠재적인 발전 가능성도 제가 이 학과를 지원하는 것에 영향을 끼쳤다고 할 수 있습니다. 현재 제가 가지고 있는 지식은 결코 완전한 것이 아니기 때문에 중어중문학과에서 교수님들께 폭넓은 지식을 얻고 싶으며, 또 같은 길을 걷고 있는 같은 과 친구들과도 전공 분야에 대한 정보를 교환해나가고 싶습니다.

　　저의 꿈은 중어중문학과 교수가 되는 것입니다. 저는 어려서부터 남을 가르치는 직업을 갖고 싶었습니다. 제가 가지고 있는 여러 지식을 전달함으로써 학생들의 지적능력이 향상되고 또한 저에게서 삶의 지혜를 배워나간다면 그보다 보람된 일은 없을 것 같습니다. 또한 학생들을 가르치며 저 스스로도 자신의 부족함을 느끼며 더욱 연구에 매진하고 싶습니다. 단순히 중국어를 알고 이해하게 하는 수업보다는 학생들이 적극 참여함으로써 중국어를 말하고 체험할 수 있는 수업을 하고 싶습니다. 앞으로 제가 꿈꾸는 교수가 되기 위해서는 아직도 해야 할 공부가 많다고 생각합니다. 그러므로 저는 대학 입학 후에 학업에 열중하며 제 꿈을 이루기 위해 노력 또 노력할 것입니다.

---

2. 학업능력을 중심으로 지원 모집단위와 관련하여 어떻게 노력해 왔는지 기술하여 주십시오.

　　유의사항　▶ 고등학교 재학 경험이 없거나, 졸업한 지 오래된 경우에는 최근 3년간의 활동을 중심으로 기술하면 됩니다.
　　　　　　　▶ 띄어쓰기를 포함하여 1,000자 이내로 작성해야 합니다.

　　중학교 1학년 때 '황제의 딸' 이라는 중국 장편 드라마를 보았습니다. 배우들의 특이한 언어가 어린 저의 관심을 끌기에는 충분했습니다. 그 드라마의 주제곡을 외우고 친구들 앞에서 부르며 제 자신이 뿌듯하고 자랑스러웠던 기억이 납니다. 그 후 중국에 대한 관심을 기울이며 여러 서적을 읽었습니다. 그 중에서 가장 감명 깊게 읽은 책은 '세계는 왜 베이징으로 몰리는가?' 라는 책입니다. 이 책을 통하여 개방과 수용으로 세계화의 중심에 떠오른 중국이 아

시아를 세계의 중심으로 만들 수 있는 가능성이 큰 나라라는 것을 알 수 있었습니다.

고등학교 때는 제 2외국어를 중국어를 선택하여 2학년 때는 중국어 과목 수석상을 차지하기도 하였습니다. 3학년 때는 과목 수석상을 차지하지 못했으나, 전교 중국어 2등을 하였습니다. 중국어는 제가 가장 즐기고 자신 있는 과목이 되었습니다.

특활반은 중국어 회화반을 선택하여 보다 폭넓은 중국어를 경험하는 계기가 되었습니다. 중국어 말하기가 어려웠지만 불굴의 의지와 노력으로 지금은 상당한 수준의 중국어 통역도 가능하게 되었습니다. 지금은 새벽에 중국어 회화 강좌를 학원에서 수강하여 중국 원어민과 회화를 하면서 더 업그레이드된 중국어를 위해 노력 중입니다.

3. 특별한 성장과정이나 가정환경, 그 동안 겪었던 어려움이나 이를 극복하기 위한 노력 또는 자신의 가치관에 큰 영향을 주었던 일 등 개인적 경험을 기술하여 주십시오.

유의사항　　▶ 띄어쓰기를 포함하여 1,000자 이내로 작성해야 합니다.

저희 아버지는 제가 초등학교 4학년 때부터 세무사 자격시험을 준비하셨습니다. 한창 아버지의 손길이 필요하고 예민한 나이어서 아버지가 집에 안 계시고 직업도 없다는 사실이 원망스러웠습니다. 몇 년이나 계속되는 아버지의 공부로 집안 형편이 어렵게 되었고 힘들어하시는 어머니를 보며 아버지가 원망스러운 적도 있었습니다. 다행히 아버지는 몇 번의 실패를 이겨내시고 40대 중반의 연세에 감격 어린 합격을 하셨습니다. 그런데 그것도 잠시 아버지는 또다시 ㅇㅇ대학교에 진학하셔서 현재 경영학과 4학년에 재학 중이십니다. 아버지의 배움에 대한 집념을 통해 '실패는 성공의 어머니' 라는 준칙을 가슴 속 깊이 되새길 수 있었습니다. 또한 노력의 대가란 참으로 값진 것이고 마음먹고 노력하면 이루지 못할 일이 없다는 것을 깨달았습니다.

아버지께서 여러 차례 실패에도 불구하고 좌절함 없이 끝까지 최선을 다하시는 모습은 저의 가치관을 형성하는데 큰 영향을 주었습니다. 저도 아버지처럼 한 가지 일에 집중하여 실패에 굴하지 않고 결국에는 그것을 이루어 내고야마는 의지의 사람이 되고 싶습니다. 또한 '늦었다고 생각할 때가 가장 빠르다.' 라는 격언을 명심하고, 특히 배움에 있어서는 나이에 구애받지 않고 평생 추구할 필요가 있다고 생각하게 되었습니다. 그것은 학문을 수단으로 생각하는 것이 아니라 목적 그 자체로 간주해야 가능하다는 점도 아버지로부터 배웠습니다. 한편 아버지의 합격 뒤에는 어머니의 믿음과 오빠와 저의 사랑이 든든한 버팀목이 되었습니다. 현대 사회가 아무리 가족 해체의 시대라고 할지라도 안정된 가정과 가족 간의 사랑은 아무리 강조해도 지나치지 않을 것입니다. 가족 간의 사랑, 그리고 보다 나은 내일을 위해 부단히 노력하는 불굴의 의지, 이 두 가지가 아버지께서 저에게 물려주신 가장 위대한 유산이십니다.

4. 교내·외 활동 중 가장 의미 있다고 생각하는 활동을 순서대로 5개 이내로 기술하여 주십시오.

유의사항　　▶ 학교생활기록부에 기록되어 있지 않은 내용은 가능한 증빙서류나 실적 자료를 첨부해 주십시오.

▶ 각 활동별로 띄어쓰기를 포함하여 500자 이내로 작성해야 합니다.

	의미 있다고 생각하는 이유
활동명(단체명, 동아리명등) : ○○ 활동단체규모 및 담당역할 활동 기간 : ○○년○월~○○년○○월	○○는 종합 예술 동아리로 친구들과 함께 2학년 때 만든 동아리입니다. 함께 다양한 예술 분야를 경험하자는 취지로 만들고 실제로 문학과 미술 분야의 일을 했습니다. 벚꽃축제 때는 백일장을 준비하기도 하고 축제 때에는 그림을 그리고 전시회를 했습니다. 후배들과는 친해질 기회가 없었는데 동아리 활동을 하면서 후배들과의 관계와 친구들과도 더욱 친해졌습니다. 특히 축제 준비기간에 함께 고생한 것은 좋은 경험이었습니다.
활동명(단체명, 동아리명등) : 검도부 활동단체규모 및 담당역할 활동 기간 : ○○년○월 ~ ○○년○월	검도를 해본 적이 없었기 때문에 호기심을 가지고 처음 시작했습니다. 검도의 기본적인 자세를 배우고 고등학교 시절 부족하기 쉬운 체육 활동을 보충했습니다. 검을 잡고 연습하는 것이 힘들 때도 있었지만 검도를 배우며 인내심과 체력을 기를 수 있었습니다. 또한 새로운 것을 배운다는 것이 재미있었고 검도에 관심을 가질 수 있었습니다. 고등학교 선배나 친구들도 사귈 수 있었고 새로운 생활에 적응해 나가는 데에도 도움이 됐습니다.
활동명(단체명, 동아리명등) : 독서비평반 활동단체규모 및 담당역할 활동 기간 : ○○년○월~○○년○월	평소 독서를 즐겼지만 책 한 권에 대해 심도 있게 생각해 볼 기회는 없었습니다. 독서 비평반 활동을 하면서 선생님과 학생들이 함께 책을 선정하고 그 책에 대해 토론을 했습니다. '치인의 사랑'과 같은 일본소설에서 '무쏘의 뿔처럼 혼자서 가라'같은 현대소설까지 다양한 문학작품을 읽었고 순수문학과 참여 문학 간에 대한 생각도 해보았습니다. 이런 활동을 하면서 평소보다 깊이 있게 독서하고 비평해보는 능력이 생겼습니다.

5. 자신이 읽었던 책 가운데 가장 인상 깊었던 책을 순서대로 3권 이내로 선택하고 선택 이유와 느낀 점을 기술하여 주십시오.

유의사항	▶ 읽은 시기와 상관없이(고교 재학기간이 아니어도 됨) 본인에게 가장 큰 영향을 미친 책을 선택하면 됩니다. ▶ 단순한 내용 요약이나 감상보다는 처음 접한 시기, 읽게 된 계기, 선정 이유, 책에 대한 긍정적 또는 부정적 평가, 이 책이 자신에게 미친 영향(변화)을 중심으로 기술하면 됩니다. ▶ 각 도서별로 띄어쓰기를 포함하여 500자 이내로 작성해야 합니다.

선정 도서		자신에게 미친 영향
도서명	보보스	이 책을 읽고 21세기에 맞는 엘리트의 개념을 정립하였습니다. 풍요로운 삶을 살지만 사치하지 않으며, 다양성과 복합성을 깨닫고 나와 다른 사람의 의견과 아이디어를 존중하고 이해하는 그들
저자	데이빗 브룩스	

출판사	동방미디어	을 보면서 이들은 기존의 배타적이고 속물적인 엘리트 집단과는 다르다는 느낌을 받았습니다. 저는 이들의 생활양식을 본받아 인간적인 사회를 만들기 위해 노력해야겠다고 생각했습니다.
도서명	소유냐 삶이냐	진정한 자유를 추구하기 위해서는 소유 지향적인 삶이 아니라, 존재 양식의 삶을 살 것을 강조한 내용이 마음에 들었습니다. 이 책은 물질 만능주의에 빠진 현대 사회에 시사점을 제공해 주었고, 저에게는 어떠한 삶이 행복한 것인지를 일깨워 주었습니다.
저자	에리히 프롬	
출판사	홍신문화사	
도서명	소피의 세계	평범한 사람들이 접하기 어려운 철학의 내용을 소설의 형식을 썼기 때문에 재미있게 읽을 수 있었습니다. 그리고 고등학교 윤리 과목을 배우면서 함께 읽었기 때문에 철학사를 일목요연하게 정리할 수 있는 기회가 되었습니다.
저자	요슈타인 가더	
출판사	현암사	

▶▶▶ 예2 : 자기소개서 B형 예비교사 입장에서

● 일반적인 예비교사 입장에서의 자기소개서는 1.성장과정 2.성격소개 3.학창시절 4.경력사항 5.지원동기 및 포부의 5부분으로 구성된다. (경력사항이 없으면 '교직관'으로 대체해도 무방)

1. 성장과정

> 저는 ○○에서 태어나 친구들과 항상 집 앞 바닷가에서 뛰어놀면서, 유독 여행을 좋아하시는 부모님들을 따라 전국방방곡곡을 돌아다니면서 자연을 사랑하게 되었고(이걸 왜 썼느냐? 제 과목이 도덕입니다), 다양한 사람들을 접하면서(이것도 도덕이라서) **-이하 생략-**

2. 성격소개

> 항상 유쾌하고 남을 즐겁게 해주는 것을 좋아하면서도 신중하고 사려 깊은 성격 (-중략-) 관심 있는 것은 무엇이든 직접 도전해봐야 직성이 풀리는 성격이 (-중략-)이런 경험주의적인 사고방식과 도전정신이 도덕교사로서 학생들을 지도함에 있어 주요한 장점으로 (-중략-) 그리고 제가 대인관계에서 철칙으로 삼고 있는 '배려정신' 또한 학생들을 지도하는 데 있어 **-이하 생략-**

3. 학창시절

유쾌하고 사려 깊은 성격 덕에 누구와도 친해질 수 있어서 항상 다양한 성격과 부류의 친구들이 많습니다. 그리고 그런 성격 덕분인지 여러 은사님들로부터 귀여움을 독차지하기도 하였습니다.(솔직히 이건 좀 아닙니다; 선생님들이 제일 싫어하던 학생들 중 하나였거든요; 그래도 절 유독 좋아하시던 분도 계셨다는) 대학에 진학하여서는 친구들과 밴드활동을 하기도 하고 노점장사를 하기도 하면서 다양한 경험을 통해 독립적인 자세와 다양한 방면으로 시야를 넓힐 수 있는 좋은 기회를 가졌습니다.(솔직히 저 고등/대학교 때 성적이 바닥이었습니다; 그래서 약간의 변명을) 그러나 그러는 동안에 학업에 소홀하게 되어 성적이 좋지 못하였지만, 이후에 제 인생을 송두리째 바꾼 ○○이란 책을 접하면서 윤리학에 진심으로 빠져들게 되었고 성적도 점차 상승하게 되었고 교수님들의 추천으로 대학원에까지 진학하고 도덕교사의 꿈도 체계적으로 키울 수 있었습니다.(변명이 좀 화려합니다) **-이하 생략**
(봉사활동 경력이 있다면 여기서 사용해도 무방)

4. 경력사항

도덕교사로서 참다운 도덕성인 '상호부조'의 정신을 자라나는 청소년들에게 (-중략-) 그래서 지난 두 번의 기간제 어쩌구저쩌구 학생들에게 (-중략-)또한 학습한 내용을 실생활과 연계시킬 수 있는 다양한 토의와 토론을 (-중략-) 그리고 유쾌한 성격으로 학생들에게 (-중략-) 그리고 실존주의적 교육철학관을 토대로 ……
-이하 생략
참고 : 경력사항이 없으면 '교직관' 으로 대체해도 무방

5. 지원동기 및 포부

저는 아직 배울 것이 많은 교사입니다. 그리고 어쩌구저쩌구 아직 부족한 사람입니다. 하지만 언제나 노력하는 자세와 (-중략-) 특히 인성교육을 위해 제 모든 정열과 혼신을 (-중략-) 또한 저는 언제나 머물러 있는 교사가 아닌 어쩌구저쩌구 학생들과 학교의 발전을 위해 어쩌구저쩌구하는 교사가 되기 위해 최선을 다할 것입니다.
-이하 생략

▶▶▶ 예3 : 자기소개서 C형 입사자 입장에서

● 입시자의 입장에서 자기소개서는 1. 성과장정 2. 성격, 장·단점 및 특기 3. 교·내외 활동과 중요경력 4. 지원동기 5. 입사후 희망업무와 포부 등으로 구성하여 작성한다.

예문

1. 성장과정

바람직한 인격 형성을 위해선, 유년 시절은 자연과 벗하고, 청소년기는 친구와 벗하고, 청·장년기는 치열한 사회와 접해야 한다고 합니다. 어려서는 시골에서 보냈고, 이후에는 공부에 대한 열정이 있어 서울로 전학을 오게 되어 많은 친구를 사귀었으며, 친구나 선배와의 많은 교류를 가졌습니다. 능력 있고 자신 있는 사회인이 되기 위해, 대학에서 자신의 계발에 많은 시간을 할애했습니다. 물론 많은 시행착오를 겪었지만 거기에 머무르지 않고, 그것을 통해서 새로운 경험과 개선점을 찾으려는 노력을 게을리 하지 않았습니다.

2. 성격, 장·단점 및 특기

한마디로 말하면 '하면 하고 안 하면 안 한다'는 것입니다. 사소한 것에서는 양보를 많이 하는 편이지만 내가 한 번 승부를 건 일에 대해서는 절대 양보하지 않습니다. 그렇다고 무턱대고 아무 것에나 승부를 걸지는 않습니다. 어떤 현안이 있을 때 너무 완전한 방법을 강구해 놓고 행동하기보다는 일단 저질러 놓고 사태를 수습하는 스타일입니다. 성격은 차분하면서도 사교적이고, 인물형은 리더 형이라기보다는 참모 형입니다. 단점은 한 가지 일에 너무 몰두하여 다른 일들을 간과하는 경우가 종종 있다는 것입니다.

3. 교·내외 활동과 중요경력

대학 1학년 때 교내 서클인 ○○에 들어 거기에서 음악 활동이외에도 엄격한 조직사회를 배웠습니다. 그래 여름에는 '한국자유총연맹'에서 주최하는 '중국 연수단'에 선발되어 낯설었던 중국과 접하게 되었습니다. 그리고 96년 9월~97년 9월까지 중국어 연합서클인 '○○'에서 회장을 맡아 하면서 중국문화와 언어에 조예를 키웠습니다. 이런 경험들을 통해 중국을 위시한 동양의 시대가 오리라는 확신이 섰습니다. 대학에서는 ○○○를 전공했고, 중국어는 부전공으로 했습니다. 중국어에 있어서만큼은 자신 있는 중국통(中國通)입니다.

4. 희망기업 지원동기

  자신에 대한 신념이 있고 기업에서 자기 꿈을 실현하고자 하는 사람이면, 누구나 보다 안정적이고, 누구나가 인정해 주는 곳에서 일하고 싶어 합니다. 이것 이외에도 보다 중요한 것은 개인 역량의 실현 여부에 있습니다. 제 개인적으로는 돈 많이 주는 회사보다는 제 능력을 발휘할 수 있는 회사에서 일하고 싶습니다. 그리고 사원들을 위한 지속적인 교육프로그램이 많은 회사에서 일하고 싶습니다. 자신의 계발 없이는 발전이 없으므로 이런 것들이 충족된 ○○회사에서 일할 수 있었으면 합니다.

5. 입사 후 희망업무와 포부

  세계화 조류에 뒤지지 않기 위해, 일선에서 뛰는 해외 영업 파트에서 일하고 싶습니다. 특히 중국 전문가가 되고 싶습니다. 무역을 하기 위해서는 우선 어학이 기본이 되어야 하는데 중국어를 바탕으로 전문 무역가가 되어 조직 사회에서 제 능력을 인정받고 싶습니다. 제가 비록 무역을 전공하지는 않았지만, 입사 후에는 무역 부문에서 부족한 점을 집중적으로 학습할 것입니다. 그리고 인생을 살면서 최종적으로 추구하고 싶은 것은 시대감을 잃지 않고 그 시대를 끌어가며 살아가는 것입니다.

입사지원자의 자기소개서 작성 시 유의사항

1. 근거 없고 터무니없는 과장을 하지 말 것

  잘 보이기 위한 욕심 때문에 근거 없는 과장이나 자기 과시적인 표현은 신뢰성을 얻지 못한다. 따라서 자신이 경험한 일화나 구체적인 사례를 증거로 들어 진솔하게 기술해야 한다.

2. 객관성을 유지할 것

  주관적 기술은 자기 과시 성격이 강해 상대방이 거부 반응을 느낄 수 있다. 객관적으로 기술하되 은연중 상대방이 호감을 갖도록 유도하는 것이 중요하다.

3. 자신의 장점이 잘 드러나도록 쓸 것

자기의 장점을 부각시켜 상대방이 호감을 느끼도록 한다. 또한 겸손한 태도를 보여줘야 한다.

4. 자신의 단점도 솔직하게 쓸 것

자기의 단점도 기술하되 그렇다고 자신의 단점을 지나치게 드러내어선 안 된다. 이때 단점을 개선하자 노력하고 있다는 것을 부각시키는 것도 효과적이다. 이것은 자신이 미래지향적 인간임을 강조하는 것이기 때문이다.

5. 추상적인 표현보다 구체적으로 표현할 것

미사여구나 추상적 표현은 채점자의 시선을 잡는데 오히려 불리하다. 구체적이고 신빙성 있는 사례를 들어 표현하는 것이 좋다.

6. 면접 시 질문을 유도할 수 있는 이야깃거리를 쓸 것

자기소개서 작성 시 은연중 질문거리를 작성한다. 이러한 질문거리는 면접 시 부연설명을 통해 자신을 돋보이게 할 수 있는 좋은 계기가 된다.

7. 간단명료하게 표현할 것

중언부언하지 말고 단문을 사용하는 것이 좋다. 미사어구나 불필요한 접속어를 피하고 간단명료하게 표현한다. 이때 자신을 드러내도록 노력해야 한다.

8. 논리적으로 쓸 것

애매한 표현·모호한 표현은 피해야 한다. 논리적으로 명쾌한 글만이 자신의 모습을 효과적으로 전달할 수 있다. 논리적 명확성은 상대방을 설득하여 호감을 이끌어 낼 수 있다.

9. 내용에 모순이 없을 것

자기소개서에서 앞뒤의 내용이 다르다면 진실성이 없어 보인다. 글은 전체적으로 논리적 일관성을 지녀야 한다. 논리적 일관성이야말로 자기소개서 성패를 좌우한다.

10. 수정을 철저히 할 것

자기 소개서가 완성되면 반드시 검토를 해야 한다. 어휘, 문맥, 문장 등이 적절하게 사용되었는지를 검토하고 수정을 거쳐야 한다. 전문가에게 감수를 받는 것도 좋은 자기 소개서 작성 방법이다.

자기소개서 작성 7가지 원칙

1. 민낯 그대로 솔직하게 써라

자기소개서를 쓸 때 화려한 포장지로 선물을 감싸듯 좀 더 그럴 듯하게 포장하고 싶은 유혹에 빠지기 쉽다. 내 껍질을 하나하나 벗겨내서 보여주는 솔직함이 낫다. 감추거나 부풀린 자기소개서로는 면접관의 심층적인 질문을 통과하기 어렵다. 친구와 선생님, 부모님 등 주변 사람들이 '그래, 이게 바로 너야'라고 고개를 끄덕일 정도로 진솔하게 써야한다.

나만의 경험과 그 경험들을 가장 짜임새 있고 의미 있게 연계시킬 수 있는 것도 나 자신이다. 억지로 끼워 맞춘 대필원고를 외운 후 그에 따라 입을 맞춰야 하는 대필은 무용지물이 될 수 있다. 대필한 자기소개서는 생활기록부에 적힌 '팩트'와 연결해보면 과대 포장이 금방 드러나기 때문이다. 표절검증시스템과 면접과정에서도 집요하게 파고들어 걸려들고 만다.

2. 백 마디 미문보다 한 가지 사례가 낫다

미사여구와 명언을 동원해 아름답고 감동적인 글을 쓰려는 경우도 적지 않다. 자기소개서는 문학적인 글쓰기가 아니다. 화려한 수식어와 표현을 넣다 보면 분량이 제한된 자소서의 글자 수만 늘리는 셈이 된다. 자기소개서는 글쓰기 능력이 아니라 어떤 활동을 통해 무엇을 느꼈는지를 보여주어야 한다. 감정에 치우치기보다 상대방을 설득할 만한 논리를 사례와 경험을 통해 얼마나 정확하게 보여줄 수 있느냐가 자기소개서의 성패다.

3. 사소함의 가치를 안다

거창하고 화려한 스펙이 없다고 탄식할 필요는 없다. 사소한 일상과 경험이라도 꼼꼼히 돌아보고 그 의미를 찾는 것으로 충분하다. 소소한 경험에서 상대방을 배려하고 협력하는 덕목을 끄집어내는 것도 좋겠다. 고등학생들이 산전수전 다 겪는 건 불가능하다. 그 나이와 수준에서 공감 가능한 이야기가 더 진정성이 있다.

4. 교내 활동에 충실하라

누군가 판을 짜놓은 교외 활동보다 스스로 기획하여 실행한 교내활동이 자기주도 역량을 부각시키는데 유리하다. 예를 들면 횡단보도가 없던 학교 앞 교통지킴이 활동 추진, 학교 축제 패션쇼 연출, 과학 동아리 활동과 교내물리경시대회 수상 등 교내 실적 등을 부각시키는 것이 좋다. 최근에는 교외활동에 여러 가지 문제점이 대두되어 자기소개서에 교외활동 질문을 제외시켰다.

5. '나 자신'에만 초점을 맞추지 않는다

대부분의 자기소개서는 학창시절의 활동들이 본인을 어떻게 성장시키고 인격적으로 성숙하게 했는지를 보여주는 데 그친다. 주변에 어떤 긍정적 영향을 미쳤는지, 사회에 어떤 기여를 할 수 있을지 등을 고민한다면 훨씬 더 의미 있을 것이다.

6. '나만의 키워드'를 뽑아낸다

주요 활동들을 시간 순으로 나열해보는 게 자기소개서의 출발이다. 글감의 소재를 나열하듯 고교 3년간 활동을 정리하며 자기소개서 항목에 따른 배치를 고민해야 한다. 단순한 배분이 아니라 여러 활동을 연계하여 하나의 키워드로 뽑아내야 효과적이다. 자기소개서 전체의 내용을 하나의 완결된 이야기로 연결 짓는 것도 바람직하다. 이때 한 편의 일관된 스토리로 느껴질 수 있어야만 나에 대한 설명이 제대로 된 것이다.

7. 질문부터 곱씹어 봐라

자기소개서가 요구하는 답변이 무엇인지 질문을 잘게 쪼개어 본다. 질문을 이해하지 못한 채 엉뚱한 답변을 늘어놓는 경우가 있기 때문이다. 질문지의 핵심을 놓치지 말아야 제대로 답변을 할 수 있다. 또한 학생부와 교사추천서 등에도 충분히 기록된 내용을 자기소개서에서 중언부언할 필요가 없다. 다른 서류에서는 언급되지 못한 이야기를 적는 것이 글자 수가 제한된 자기소개서를 효율적으로 활용하는 방법이다.

● 참고 자기소개서에 '외부 스펙' 쓰면 0점 처리

2015년 부터는 학생부 전형에 지원할 때 '자기소개서'나 '교사추천서'에 토익·토플 등 공인 어학 성적이나 교외 경시대회 수상실적 같은 '외부 스펙'을 적으면 서류 점수가 '0점' 처리돼 사실상 불합격된다.

교육부와 한국대학교육협의회는 이 같은 내용의 학생부 전형 '자기 소개서·교사추천서 공통양식'을 발표했다. 서류에 썼을 때 0점 처리되는 항목은 영어, 프랑스어, 중국어, 일본어 등 모든 외국어시험 성적과 한자능력검정, 실용한자 등 공인 한자 성적이다. 또 수학·물리 올림피아드나 창의수학 경시대회, 전국 초·중·고 외국어 경시대회 같은 교외 수상 실적도 적으면 안 된다. 교외 수상실적이란 학교 외 기관이 개최한 대회 수상실적을 의미하며, 학교장 허락을 받고 참가한 대회라 해도 서류에 작성 시 '0점' 처리된다. 어학연수 경력은 '0점' 처리되지는 않지만, 평가에 반영하지 않도록 했다.

이러한 외부 스펙 기재 금지는 학생부 전형(기존 입학사정관 전형 포함)에 한하며, 특기자 전형 등의 경우에는 작성이 가능하다. 이와 함께 자기소개서도 내용도 간소화 된다. 지난해 공통문항 4개와 자율문항 2개였던 자기소개서 문항 수는 각각 3개와 1개로 줄고 문항내용도 체계화됐다. 재학 중 학습경험, 비교과 활동, 인성 항목 위주로 작성하도록 해 학생부 전형 취지에 맞췄다.

교사추천도서도 학업영역과 인성영역의 체크리스트 문항이 각각 6개에서 3개로, 7개에서 5개로 줄었다. 문항별 글자 수도 500자에서 250자로 제한해 교사들의 작성 부담을 완화했다.

작성시 '0점' 처리 되는 항목

자료 : 교육부

▫ 공인어학성적 ▫	

영어(TOEIC,TEPS), 중국어(HSK), 일본어(JPT,JLPT), 프랑스어(DELF,DALF), 독일어(ZD, TESTDAF,DSH,DSD), 러시아어(TORFL), 스페인어(DELE), 상공회의소한자시험, 한자능력검정, 실용한자, 한자급수자격검정, YBM상무한검, 한자급수인증시험, 한자자격검정

▫ 수학 · 과학 · 외국어 교과에 대한 교외 수상실적 ▫	

수학	한국수학올림피아드(KMO), 한국수학인증시험(KMC), 온라인 창의수학 경시대회, 도시대항 국제 수학토너먼트
과학	한국물리올림피아드(KPHO), 한국화학올림피아드(KCHO), 한국생물올림피아드(KBO), 한국천문올림피아드(KAO), 한국지구과학올림피아드(KESO), 한국뇌과학올림피아드. 전국정보과학올림피아드, 국제물리올림피아드, 국제지구과학올림피아드, 국제수학올림피아드, 국제생물올림피아드, 국제천문올림피아드, 한국중등과학올림피아드
외국어	전국 초 · 중 · 고 외국어(영어,중국어,일본어,프랑스어,독일어,러시아어,스페인어) 경시대회, IET 국제영어대회, IEWC 국제영어글쓰기대회, 글로벌리더십 영어경연대회, SIFEC 전국영어말하기대회, 국제영어논술대회

※ 위에 명시되지 않더라도 대회 명칭에 수학 · 과학(물리,화학,생물,지구과학,천문) · 외국어 (영어 등) 교과명이 명시된 학교 외 각종 대회(경시대회,올림피아드 등) 수상실적을 작성했을 경우 0점 처리.

제13강 : 실전문제 및 풀이

● 실전문제 ❶

【논제】 제시문 (가)를 읽고 체첸이 처한 상황과 아래 사건의 의미를 분석하고, 제시문 (나)와 (다)를 활용하여 체첸 지도자 입장에서 현 사태 해결 방안을 논술하시오.

※ 유의사항
  1. 답안작성과 수정은 반드시 흑색 필기구를 사용하시오.
  2. 띄어쓰기를 포함하여 900자 이상 1100자 이내로 논술하시오.
  3. 제목은 쓰지 말고 본문부터 시작하시오.
  4. 제시문의 문장을 그대로 옮겨 쓰지 마시오.
  5. 아래의 경우는 모두 '0'점 처리합니다.
   - 흑색 이외의 색 필기구 또는 연필로 작성한 답안
   - 수정 시에 적색 펜이나 수정액 등을 사용한 경우의 답안
   - 문제와 관계없는 내용이나 자신의 성명 또는 신분이 드러나는 내용이 있는 답안
   - 낙서 또는 표식이 있는 답안

===== 제시문 =====

(가)

　기관단총 등으로 무장한 체첸 반군 50여 명이 2002년 10월 23일 오후 9시쯤 러시아 수도 모스크바에서 뮤지컬을 공연 중이던 '문화궁전'을 점거, 700여 명의 관객과 배우들을 인질로 삼고 러시아 정부에 대해 체첸 전쟁 즉각 중지와 1주일 이내 러시아군 철수를 요구했다. 나흘 후 27일 정체불명의 신경가스를 동원한 러시아 특전사의 기습작전으로 체첸 반군 50여 명과 117명이 목숨을 잃고 인질극은 막을 내렸다.

　체첸은 코카서스 산맥 북단에 위치해 있으며, 경상북도만한 크기와 약 80만 명의 인구를 가지고 있다. 17세기 이후 페르시아, 제정 러시아 등 강대국의 통치를 받았다.

1932년 스탈린이 언어, 문화가 다른 잉구셰티아인과 강제 병합시켜 체첸·잉구쉬 자치공화국을 만들자 무력 항거에 나섰다. 스탈린은 또 체첸인들이 독일군에 협조했다는 이유로 1944년 중앙아시아와 시베리아로 강제 이주시켰다. 1956년 고향으로 귀환이 허용되자 많은 체첸인들이 돌아왔고, 1992년에는 체첸과 잉구셰티아 공화국으로 분리됐다. 소련이 해체되자 1991년 8월 고 두다예프 체첸 대통령이 소련으로부터 독립을 선포했다. 이를 계기로 1994년 제1차 체첸 전쟁이 발발했으나, 러시아가 고배를 마셨다. 1998년 바샤예프 체첸 반군사령관이 이웃 다게스탄 공화국을 침입해 '이슬람 공화국'을 선포하자, 1999년 9월 당시 러시아 총리이던 블라디미르 푸틴 현 대통령 주도하에 제2차 체첸 공습으로 전쟁이 시작됐고, 2000년 2월 수도 그로즈니가 점령된다. 현재도 1000여 명의 체첸 반군들은 남부 산악지대에 거점을 두고 게릴라전을 계속하고 있다. 러시아가 체첸 독립을 방관하지 않는 이유 중 하나는 흑해로 이어지는 송유관 일부가 체첸을 통과하기 때문이다. 또 남부 국경의 전략적 요충지이며, 이슬람 세력 확대를 방지하는 최후 교두보이기 때문이다.

(기사 종합 편집)

(나)

1920년대 후반부터 일제의 집요한 감시와 탄압, 그리고 자금과 인력의 부족으로 임시 정부의 활동은 점차 침체되어 갔다. 더욱이 일제의 만주 침략으로 사기가 극도로 저하되자, 난국을 타개하기 위해 획기적인 방안이 있어야 했다. 이에 임시 정부의 김구는 강력한 항일 무력 단체인 한인 애국단을 조직하고, 한민족에게 희망과 용기를 불어넣을 방안을 실행에 옮겼다. 그 첫 번째의 거사가 이봉창에 의한 일본 국왕 폭살 기도 사건이었다. 이 의거는 비록 실패로 끝났지 만, 우리 민족에게는 희망을 주고 일제에게는 두려움을 안겨 주었다. 이 사건을 계기로 일제는 이른바 상하이 사변을 일으켰다.

침략 전쟁에서 승리한 일제가 상하이 홍커우 공원에서 전승 축하식을 거행하자 한인 애국단에서는 윤봉길을 보내어 식장을 폭파하게 하였다. 윤봉길은 폭탄을 던져 단상에 있던 많은 일본군 장성과 고관들을 살상하였고, 이로 인하여 식장은 순식간에 아비규환의 이수라장이 되었다.

(교육부. 『고등학교 국사(하)』)

(다)

"그러나 나는 '비폭력'이 폭력보다 훨씬 훌륭하며, 용서가 처벌보다 더욱 용감한 행위라는 것을 알고 있다. 용서는 무인(武人)의 명예다. 그러나 절제도 처벌할 힘이 있을 때에만 용서가 된다. 그것은 무력한 자에게는 아무 의미도 갖지 못한다. ……나는 인도가 무력하다고는 믿지 않는다. ……10만의 영국인이 3억의 인간을 위협할 수는 없다. …… 그리고 힘이란 물리적인 수단에 있는 것이 아니라 불굴의 의지 속에 깃들어 있다. …… '비폭력'은 모든 정신력을 폭군의 의지에 대항시키는 것이다. 그리하여 오직 한 사람의 인간이 부정한 하나의 제국에 도전하여 이를 전복시킬 수도 있는 것이다…… . "

(로맹 롤랑, 『마하트마 간디』)

문제 해설

  이번 논술문제는 하나의 질문과 세 개의 제시문으로 구성하였다. 제시문은 체첸의 인질극에 대한 기사와 문제를 해결하는 데 필요한 실마리를 제공하는 두 개의 제시문으로 구성하였다.

  질문은 크게 두 부분으로 구분된다. 하나는 '제시문 (가)를 읽고 체첸이 처한 상황과 인질극에 대한 의미를 분석하고', 다른 것은 '제시문 (나)와 (다)를 활용하여 체첸 지도자 입장에서 현 사태 해결 방안을 논술하시오'이다. 전자는 사건 보도 가사를 통하여 체첸이 처한 정치적인 문제와 인질극이 가지고 있는 본질적 의미를 종합적으로 이해할 수 있는 능력을 평가하고자 하는 것이다. 후자는 제시문에 대한 올바른 이해는 물론, 자신의 견해를 얼마나 논리적으로 전개하는가와 그 견해가 얼마나 독창적인가를 평가하고자 의도된 것이다. 논술 전개과정에 제시문을 활용하도록 한 것은 적어도 제시문의 핵심적인 논리들을 찬성하든 반대하든 자신의 주장에 포함하여 논의하기를 바라는 것이며, 구체적으로 논술하도록 한 것은 사실의 추상적 나열이 아니라 자신의 논리에 대한 구체적 근거를 제시하기를 바라는 의도이다.

  1) 제시문 (가)는 일간신문과 시사주간지의 기사를 발췌한 글이다. 앞글은 단순한 인질극 사건에 대한 사실보도의 요약이다. 뒷글은 체첸에 대한 간략한 소개와 현재 사건이 일어나게 된 배경을 간단하게 정리한 것이다. 이를 통해 체첸이 독립을 간절히 원하고 있으며, 세계적인 관심이 멀어져 가는 절망적인 상황에서 이를 타개하고자 일으킨 것임을 알 수 있다.

  2) 제시문 (나)는 국사교과서에서 발췌한 글이다. 김구 선생이 3.1운동 이후 비폭력적 항일 운동으로는 독립을 쟁취할 수 없다는 것을 자각하고, 조국광복을 달성하기 위해서

는 무장 독립전쟁의 조직적인 전개가 이루어진 내용이다. 김구 선생이 사용한 방법은 무고한 시민을 희생시키는 일없이 침략국의 수괴만을 대상으로 하였기에 이는 정당화될 수 있는 무력 사용의 예이다.

3) 제시문 (다)는 간디의 연설문에서 발췌한 것이다. 간디는 국민들에게 비폭력적인 방법을 통하여 영국으로부터 독립을 쟁취하고자 호소하였다. 무력행위만으로는 문제해결을 할 수 없으며 오히려 사태를 악화시킬 수 있다고 보고 비폭력, 무저항, 불복종 운동을 전개하였다. 이러한 내용은 비폭력을 통해서도 독립을 쟁취할 수 있다는 논거를 얻을 수 있다.

채점

채점기준은 출제의 기본 방향과 출제의도에 따라 다음과 같이 정하였다. 우선 채점은 형평성과 공정성을 위하여 미리 정해진 평가영역과 영역별 채점기준에 따르고, 채점위원 간의 점수가 일정 이상 차이가 나면 재 채점하도록 하였다.

평가영역은 형식영역(40%)과 내용영역(60%)으로 나누었다. 형식영역에서는 정해진 분량을 잘 지키고 있는가, 표현이 적절한가, 원고지 사용법과 어문규정은 잘 지키고 있는가 등을 평가기준으로 하였다. 내용 영역에서는 논제를 명확히 파악하고 있는가, 제시문의 제시된 주장을 적절하게 활용하고 있는가, 논지전개에서 타당하고 새로운 주장을 적절하게 제시하고 있는가, 논증이 일관되게 유지되고 있느냐, 서론, 본론, 결론의 내용이 타당하게 전개되고 있는가 등을 평가기준으로 하였다.

예시 답안

체첸은 지리적·경제적으로 유리한 지역에 위치에 있다. 그래서 많은 강대국들이 이 지역을 차지하기 위해 체첸을 통치해 왔다. 이 '문화궁전'에서 일어난 인질사건도 체첸을 차지하기 위한 러시아 세력에 대항하는 체첸반군의 몸부림인 것이다. 체첸은 러시아로부터 독립을 원하고 러시아는 체첸이 갖고 있는 자원과 지리적 이점을 놓치기 싫어서 이러한 사건이 일어난 것이다.

이러한 상황에서 체첸 지도자의 문제해결 능력에 따라 체첸의 후일이 달려 있다고 할 수 있다. 한인애국단을 조직한 김구 선생의 적절한 폭력을 동원할 것인가, 아니면 '비폭력 불복종'이라는 신념을 갖고 이를 힘쓰라는 마하트마 간디의 입장에서 해결할 것인가.

두 가지 방법 모두 나름대로의 장·단점이 있을 것으로 생각된다. 김구 선생의 입장에서 해결한다면 양쪽세력 모두 인명 및 재산 피해가 생길 것이다. 그렇지만 치밀한 전략과 사전준비가 있다면 아군인 체첸은 그 피해를 줄일 수도 있을 것이다.

간디의 '비폭력' 지지입장에서 체첸이 처한 상황에서 벗어나려고 한다면 단기간에 독립을 이룰 수 없을 것이다. 폭력을 사용하지 않으려면 정신력과 의지를 갖추고 있어야 한다. 간디는 처벌보다는 용서를, 물리적인 힘보다는 정신적인 면을 강조했다. 이러한 방식은 끈질긴 인내와 절제가 필요하다. 이 두 가지 방법 중 어느 것이 우선이고 차선이라고 하기는 어렵다. 체첸의 지도자는 상황에 따라 이 두 가지를 절충하는 것이 중요하다고 본다.

내가 체첸의 지도자라면 간디의 비폭력을 중요시할 것이다. 섣불리 폭력을 사용한다면 예상치 못한 피해를 입힐 수도 있을 것이다. 폭력을 사용하는 데 있어서는 생사가 달린 문제이므로 사전에 준비를 철저히 하지 않은 이상은 비폭력이 중요할 것이다. 이러한 비폭력을 위주로 노력한 다음, 독립이 되지 않을 경우 적절한 폭력을 사용하여 러시아로부터 독립을 이루어 내야 할 것이다.

● 실전문제 ❷

【문1】다음 중 맞춤법이 맞는 것은? (   )

① 육상대회에서 새로운 기록을 <u>갱신</u>하였다.   ② 동생의 공부를 <u>가리켜</u> 주었다.
③ 나는 더 이상 아무런 <u>바램</u>이 없다.   ④ 산을 <u>너머</u> 밤이 새도록 길을 걸었다.
⑤ 지금은 오징어가 <u>한창</u>인 계절이다.

【문2】같은 수량을 나타내는 단위가 사용된 것은? (   )

한 두름의 굴비. 한 광주리의 사과를 만지작거리며 귀향하는 기분

① 김 한 톳   ② 바늘 한 쌈   ③ 대포 한 문   ④ 오징어 한 축   ⑤ 벼 한 섬

【문3】다음 단어의 형성 방법이 다른 하나는? (   )

① 여닫다   ② 드높다   ③ 낮추다   ④ 휘감다   ⑤ 사랑스럽다

【문4】현재의 국어 표준어에 대한 설명 중 가장 옳은 것은? (   )

① 표준어는 서울의 중류사회에서 쓰는 말이다.
② 표준어는 방언에 비해 수준이 높은 말이다.
③ 표준어는 공용어의 자격을 부여받은 말이다.
④ 표준어는 국가가 정한 말이므로 어떤자리에서든 사용해야 한다.
⑤ 미장이는 표준어가 아니고 미쟁이가 표준어이다.

【문5】다음 글을 내용의 흐름에 따라 세 단락으로 나눌때 가장 적절한 것은? (   )

> 인종이란 신체적인 특성을 기준으로 분류한 인간의 종별 개념을 의미하는 말로 유전적으로 공통적인 선조를 가지고 있는 경우로 분류하는 것이 일반적이다. 서로 다른 인종의 특성은 지역에 따른 차이에 의해 가장 많이 드러나는데 이런 점으로 미루어 보아 인종이란 인류가 각기 다른 생활 터전에 적응하면서 변화해온 결과라고 볼 수 있다.

㉠ 인종을 구별할 때에는 대체적으로 얼굴 구조와 같은 신체적 특징 특히 피부색등을 매개로 분류한다.

㉡ 그러나 인간에게는 번식 방법의 사회적 규정으로 '혼인'이라는 제도가 존재하기 때문

에 순수한 인종이란 드물다.

ⓒ 한 집단이 매우 특수한 사회적 속성이란 희귀한 풍습을 지니고 있다 하더라도 공통적인 유전자를 가지고 있지 않다면 그들을 인종적 개념으로 분류할 수 없다.

ⓔ 역사적으로 각 인종 간에는 차별이 존재했고 때로는 특정 소수민족의 유전자적 열성을 들어 인종간우열의 격차를 논하기도 하였다. 유대인이나 집시 혹인 등은 지능이 열등하다는 혹은 게으르고 천박하다는 견해 하에 역사 속에서 수없이 많은 멸시와 모멸 심지어는 잔혹한 박해와 탄압을 받아왔다.

ⓜ 그러나 오늘날에 와서 어떠한 인종이 열등하다고 여기는 고정관념은 전혀 증거가 없는 것으로 밝혀졌다. 본래 인류의 종이 번식하면서부터 순수한 인종의 개념은 찾아보기 어렵게 되었을 뿐더러 인종의 격차를 측정하는 각가지 방법들에서 기득권을 쥐고 있는 다수의 민족에게 유리하고 소수의 민족에게는 불리하게 편성되어 있다는 사실에서 그러한 이유를 찾아볼 수 있다.

① ㉠, ㉢   ② ㉠, ㉣   ③ ㉡, ㉣   ④ ㉡, ㉤   ⑤ ㉢, ㉤

※ 다음 글을 읽고 물음에 답하시오.(6-7)

나의 그림에 대해서는 더 이야기하고 싶지 않다. 그것은 견딜 수 없이 괴로운 일이다. 그리고 나는 내가 그것에 대해서 생각하고 ㉠(화필과 물감)을 통해서 의미를 부여하고자 하는 것의 십분의 일도 설명할 수가 없을 것이다. 다만 나는 ㉡(인간의 근원)에 대해 좀 더 생각을 깊이 하지 않으면 안 된다는 느낌이 깊었던 점만은 지금도 고백할 수가 있을 것이다. 하여 에덴으로부터 그 이후로는 아벨이라든지 카인 또 그 인간들이 지니고 의미하는 속성들을 논거 없이 생각해 보곤 하였다. 그러나 어느 것도 전부 긍정할 수는 없었다. ㉢(단세포동물)처럼 아무 사고도 찾아볼 수 없는 에덴의 두 인간과 창세기적 아벨의 선개념, 또 산으로부터 염원한 악으로 단리 받은 카인의 질투 그것도 참으로 ㉣(인간의 향상의지)로서 신을 두렵게 했는지도 모른다. 그 이후로 나타난 수많은 분화 선과 악의 무한정한 배합비율…… 그러나 감격으로 나의 화필이 떨리게 하고 얼굴은 없었다. 실상 나는 그 많은 얼굴들 사이를 방황하고 있었는지도 모를 일이었다, 하지만 안타까운 것은 혜인 이후 나는 벌써 어떤 얼굴을 강하게 예감하고 있다는 것이다. 아직은 내가 그것과 만날 수가 없었을 뿐이었다. 둥그스름한, 그러나 튀어나갈 듯이 긴장한 선으로 얼굴 ㉤(외곽선)을 떠 놓고 나는 며칠 동안 고심만 했다.

【문6】 화자 '나'의 고민과 어울리는 가장 적절한 말? (   )

① 허무주의   ② 탐미주의   ③ 쾌락주의   ④ 실존주의   ⑤ 구복주의

【문7】 ㉠~㉤중에서 화자의 심리상태를 상징적으로 보여주는 것은? (   )

① ㉠   ② ㉡   ③ ㉢   ④ ㉣   ⑤ ㉤

【문8】 다음 중 띄어쓰기가 올바른 것은? (   )

① 이^순신^장군을^모신^사당   ② 한국^대학교^사범^대학
③ 부산^광주등지에서^살았다.   ④ 책을^읽어도보고
⑤ 벼^석섬

【문9】 다음 사설시조를 읽고 설명한 내용 중 잘못된 것은? (   )

> 무정하고 야속한 임아 애혼 이별후에 소식이 어이 돈절허냐 야월공산 두견지성과 춘풍소리 호접지몽에 다만 생각는디 낭자로다, 오동에 걸린달, 두렷한 네얼골 완연히 겻혜와 슷치는 듯 이슬에 져진곳 연년헌 너의 티도 눈앞에 버렷는 듯 벽사창전 시벽비에 옥기허고 안전는 제비 네 말소리 곱다마는 니귀에 하눕는 듯 밤중만 청천에 울고 가는 기러기 소리에 잠든 나를 우느냐.

① 사설시조로 조선후기때 크게 유행한 장르로 당시 민중들의 진술한 감정들이 잘 반영되어 있다.

② 돈절 - 갑자기 끊어짐, 벽사창전 - 푸른 비단을 친 창가, 욕기 - 기수에서 목욕함

③ 사랑하던 사람과 갑자기 이별한 뒤 다시 만날 기약이 없는 답답한 심정을 여러 고사와 사물에 견주어서 노래하고 있다.

④ 옛 노래에서 기러기는 이별을 상징하면서 그가 돌아오면서 가져올 반가운 편지나 소식을 뜻하기도 하였다.

⑤ 과장된 표현과 한문 어구를 많이 쓰고 있어서 작자의 심정을 전달하는 데 실패하고 말았다.

【문10】 ㉠~㉤에 맞는 한자가 아닌 것은? (   )

> 관혼상제의 ㉠의례를 가례라고 하여 집안을 중심으로 여주어지는 의식임을 강조했는데 집안 뿐만 아니라 공동체를 구성하는 구성원 대부분이 참여하는 의식으로 확장되는 경우가 많다. ㉡관례와 ㉢제례는 한집안 내부에서 이루어 질수 있는 행사 의식이지만 ㉣혼례와 ㉤상례는 한 집안 뿐만 아니라 그 범위가 확장된다.

① ㉠依禮   ② ㉡冠禮   ③ ㉢祭禮   ④ ㉣婚禮   ⑤ ㉤喪禮

【문11】 다음은 설명의 방법을 나열한 글이다. ㉠~㉣에 들어갈 말을 순서대로 배치한 것은?

> (㉠)은/는 둘 이상의 대상들 사이에 존재하는 공통점을 중심으로 설명하는 방법이고
> (㉡)은/는 둘 이상의 대상들 사이에 존재하는 차이점을 중심으로 설명하는 방법이다.
> (㉢)은/는 구체적인 사례를 제시함으로써 설명하는 방식이고 (㉣)은/는 설명하고자 대상의
> 성분 즉, 구성인자를 나누어가며 설명하는 방법이다.

① 비교 - 대조 - 분석 - 정의   ② 비교 - 분류 - 분석 - 예시

③ 비교 - 대조 - 예시 - 분석   ④ 분석 - 분류 - 예시 - 분류

⑤ 분석 - 대조 - 분류 - 예시

【문12】 다음 글의 성격으로 적절하지 않은 것은? (   )

> 아깝다 바늘이여, 어여쁘다 바늘이여, 너는 미묘한 품질과 특별한 재치를 가졌으니 물품
> 의 명물이여 철중의 쟁쟁이라. 민첩하고 날래기는 백대의 협객이요, 굳세고 곧기는 만고의
> 충절이라 추호 같은 부리는 말하는듯하고 뚜렷한 귀는 소리를 듣는 듯한지라 능라와 비단
> 에 난봉과 공작을 수놓을제, 그 민첩하고 고귀함은 귀신이 돕는 듯하니, 어찌 인력의 미칠
> 바이요.

① 글의 소재와 형식이 자유롭다.

② 다양한 구성법을 활용할 수 있다.

③ 행동이나 사건이 구조의 중심을 이룬다.

④ 관조적인 자세로 자아와 사물을 통찰하는 글이다.

⑤ 긴밀한 내적통일성을 갖추고 있다.

【문13】 다음 중 서사(敍事)와 가장 거리가 먼 것은? (   )

> 나는 그림을 그릴 때는 대체로 거의 같은 순서로 작업을 진행한다.
> ㉠ 먼저 도화지를 준비한다.
> ㉡ 그 다음에는 붓을 찾아다놓고 물감을 챙긴다.
> ㉢ 그렇지만 바로 그림을 그리기 시작하는 것은 아니다.
> ㉣ 화실밖에는 첫눈처럼 소리 없이 땅거미가 내려와 창조의 신비를 돕고 있다.
> ㉤ 그렇게 주변을 살피고 마음을 가다듬은 뒤 연필을 들고 구도를 잡기 시작한다.

① ㉠   ② ㉡   ③ ㉢   ④ ㉣   ⑤ ㉤

【문14】 아래 글의 각 괄호에 가장 적당한 접속어로 짝지은 것은? ( )

> 신화의 내용이 황당무계하다는 것은 누구나 인정한다. 현실의 세계에서는 상식적으로 불가능한 사건들이 신화의 세계에서는 아무렇지도 않게 전개된다.
> (㉠)신화는 현실적인 이야기가 아닌 상상속의 이야기일 뿐이라고 치부되어 왔다.
> (㉡)그렇게 볼일 아니다. 신화의 내용은 현실적으로 분명히 존재하지 않는가. 신들이 만들었다는 세계가 있고 인간이 있으며 산천초목이 있다. 제도가 있고 풍습이 존재한다. 신화의 내용은 어김없이 있는 것이다. (㉢)신화의 내용이 황당하다고 부정할 수는 없는 일이다.

① 그리고, 하지만, 따라서   ② 그래서, 하지만, 그리고
③ 그래서, 하지만, 따라서   ④ 하지만, 그러나, 따라서
⑤ 하지만, 따라서, 그러나

【문15】 아래 한문과 그 뜻이 일치하도록 ㉠㉡㉢의 빈 칸을 옳게 채운 것은? ( )

> (㉠)教而不嚴 : 비록 가르치되 엄하게 하지 않는다면
> (㉡)日新者 : 날로 새로워지지 못하는 사람
> (㉢)益之有 : 무슨 이익이 있겠는가

① 雖 不 何 ② 雖 何 不 ③ 何 雖 不 ④ 何 不 雖 ⑤ 雖 不 不

【문16】 다음 중 한자를 바르게 적은 것은? ( )
① (학교)에서 새(교과서)를 받았다. / 學校, 校科書
② 대학의 (주체)는 (학생)과 (교수)이다. / 主體, 學生, 教受
③ (환경보호운동)을 하고 있다. / 環經保護隕動
④ (수강신청)을 (철회)했다. / 受講申請 撤回
⑤ (공중전화)로 (통화)를 했다. / 共衆電話 通貨

【문17】 국어의 모음체계에 대한 설명으로 잘못된 것은? ( )
① 국어의 모음은 단모음 10개와 이중모음 11개 모두 21개이다.
② 발음하는 방법에 따라 이중모음과 단모음으로 나뉜다.
③ 혀의 위치에 따라 원순모음과 평순모음으로 나뉜다.
④ 입술모양에 따라 원순모음과 평순모음으로 나뉜다.
⑤ 혀의 높이에 따라 양성모음과 음성모음으로 나뉜다.

【문18】 아래 지문과 관련이 없는 것을 고르시오. (   )

> 야담은 민간적인 견문을 바탕으로 실제와 허구가 뒤섞인 일관된 이야기 줄거리를 가지고 있는 서사성을 지니고 있다. 따라서 야담은 설화와 소설의 중간에 자리 잡고 있다고 할 수 있다. 야담을 문학에서는 문헌설화라고 하고 역사에서는 야담이라고 지칭하는데 이는 야담에는 문학성과 역사성이 공존하고 있음을 말해준다. 특히 야담은 17-19세기의 당대현실을 소재로 하는 이야기가 대부분이다. 조선조 후기의 사회상과 사람들의 삶을 파악하는데 중요한 단서를 제공해주는 사료로서 사용되기도 한다. 이것이 바로 야담의 특성이라 할 수 있으며, 또한 이러한 이유로 인해서 야담의 문학과 역사의 주변적 존재로 남게 된 것이다.

① 동패낙송   ② 동야휘집   ③ 계서야담   ④ 광문자전   ⑤ 태평한화골계전

【문19】 다음 중 문장부호의 사용이 올바른 것은? (   )

① 그것참 훌륭한(?) 태도야

② 커피〔coffee〕는 기호식품이다.

③ 손발(手足)

④ "여러분," "하늘이 무너져도 솟아날 구멍이 있다"고 합니다"

⑤ 니체 ˹독일의 철학자˼ 는 이렇게 말했다.

【문20】 다음 시를 읽고 틀린 답을 고르시오. (   )

> 벌레 먹은 두리 기둥, 빛 낡은 단청(丹靑), 풍경(風磬) 소리 날러간 추녀 끝에는 산새도 비둘기도 둥주리를 마구 쳤다. 큰 나라 섬기다 거미줄 친 옥좌(玉座) 위엔 여의주(如意珠) 희롱하는 쌍룡(雙龍) 대신에 두 마리 봉황새를 틀어 올렸다.
> 어느 땐들 봉황이 울었으랴만, 푸르른 하늘 밑 추석(甃石)을 밟고 가는 나의 그림자. 패옥(佩玉) 소리도 없었다. 품석(品石) 옆에서 정일품(正一品), 종구품(從九品) 어느 줄에도 나의 몸 둘 곳은 바이 없었다. 눈물이 속된 줄을 모를 양이면 봉황새야 구천(九天)에 호곡(呼哭)하리라

① 이시는 자유시이기는 하지만 내재율을 가지고 있다.

② 이시는 내용상 첫째문장에서 셋째문장까지 하나의 의미단락을 이루고 넷째문장에서 여섯째 문장까지 하나의 의미단락을 이루고 있다.

③ 이시는 몰락한 왕조와 나라 잃은 슬픔을 관념적, 추상적으로 표현하고 있다.

④ 이작품의 시어들은 역사의식을 담고 있으나 감상적(感傷的) 정서를 담고 있다.

⑤ 이작품은 전형적인 수미쌍관법(首尾雙關法) 구조를 하고 있다.

실전문제 ❷ 의 정답 및 해설

번호	정답	해설
1	⑤	어떤 일이 번성한 상태는 '한창'으로 쓰는 게 맞다. 〈참고〉 그가 떠난 지가 한참이 지났다. ('한참': 시간이 오래 지난 상태) ①기록은 '경신(更新)'이 맞다. '갱신'은 전세 계약서 갱신, 비자 갱신에서 쓰는 말이다. ②가르쳐 주었다. 敎(교)의 의미로는 '가르치다'가 맞고, 指(지)의 의미에는 '가리키다'가 적절하다. 예) 동생에게 예술의 전당 가는 길을 '가리켜' 주었다. ③'바램'을 '바람'으로 고쳐야 한다. ④동작이 나타날 경우에는 산을 '넘어'가 맞다. 예) 언덕을 넘어 들판으로 나섰다. 그러나, 동작이 아니고 '저쪽, 저편'을 가리키는 경우에는 '너머'로 쓴다. 예) 산 너머 남촌에는 누가 살기에. 언덕 너머에 학교가 있었다.
2	④	'두름'은 20마리이고, '축'도 20마리를 의미한다. 〈참고〉 ①톳 : 김 백 장 ②쌈 : 24개 ③문 : 대포 한 대 ⑤섬 : 벼 열 말
3	①	①은 합성어다. '열고 닫다 = 여닫다' 나머지 : 모두 파생어임.
4	③	표준어란 한 국가의 정치, 문화적 공용어이다. 〈참고〉 ①서울 교양 있는 사람들의 언어이다. ②표준어는 수준이 높고 방언은 수준이 낮다는 발상은 그릇된 것이다. ④방언의 효용이 있으므로, 문학작품이라든가, 개인적 자리에서는 써도 문제가 없다. ⑤'미장이'가 표준어이다.
5	②	글의 내용을 보면 1) 인종의 개념 2) 인종의 분류 3) 인종차별의 허구성으로 나눌 수 있다.
6	④	주어진 글에 '나는 인간의 근원에 대해 생각을 깊이 하지 않으면 안 된다'는 구절이 있다. 이것으로 봐서 주인공은 인간의 본질을 그림으로 통해 드러내고자 하는 사람인데, 그 작업이 의외로 어려운 데서 좌절감을 느끼고 있다는 것을 알 수 있다.
7	⑤	서술자는 인간의 본질을 탐구하고 있으며, 어렴풋이나마 자신이 그려야 할 그림의 느낌을 알고 있다. 그러나 그 형상이 아직 뚜렷이 나타나지 않아 고민하는 상태이므로 ⑤의 '외곽선'이 적절하다. 여기서 '외곽선'이란 아직 형체가 없는 대강의 모양만 나타낸다
8	②	고유명사인 경우 붙여도 되고 띄어 써도 된다. '한국대학교 사범대학'도 가능하다. 〈참고〉 ①이순신 장군을 모신 사당(성과 이름은 붙인다) ③부산, 광주 등지에서 살았다. ④책을 읽어도 보고(본용언인 '읽어도'에 '도'라는 보조사가 붙어 있다. 이런 경우는 뒤에 오는 보조용언인 '보고'를 반드시 띄어 써야 한다.) ⑤벼 석 섬 (단위명사는 반드시 띄어 써야 한다)

9	⑤	이 글에서 한문어구는 '야월공산 두견지성 춘풍소리 호접지몽' 같은 상투적인 것인데 모두 앞뒤 분위기로 이해가 가능한 것이어서 정서를 드러내는 데 걸림돌이 되는 것이 아니다. 오히려 이 사설시조에서는 순국어로 임의 모습을 묘사하고 있어서 ⑤는 적절하지 못한 설명이다. 〈해석〉 무정하고 야속한 임아, 슬픈 이별 후에 소식이 어찌 끊어졌는가. 빈 산에 두견이 소리와 봄바람 나비 꿈에 다만 생각하는 것은 낭자로다. 오동나무에 걸린 달, 둥근 네 얼굴 뚜렷이 곁에 와 스치는 듯, 이슬에 젖은 듯 곱디고운 너의 모습도 눈앞에 늘어선 듯, 푸른 비단 창 앞에 벽에 기대 깨끗하고 고운 모습으로 앉아있는 제비 네 말소리 곱다마는 한밤중 푸른 하늘에 울고 가는 기러기 소리에 잠든 나를 깨우는구나.
10	①	① 依例(의지할 의, 법 례) /의례[儀禮] 어떤 행사를 치르는 법식이나 정해진 방식에 따라 치르는 행사. 〈참고〉②冠禮(갓 관, 예도 예): 20세에 하는 성년식 ③祭禮(제사 제, 예도 례) ④婚禮(혼인할 혼) ⑤喪禮(잃을 상)
11	③	설명이란 자신이 알고 있는 사실이나 지식, 정보 등을 다른 사람에게 알기 쉽게 풀이해서 전달하기 위한 진술 방식. 〈참고〉 · 비교 - 둘 이상의 대상을 견주어서 공통점이나 비슷한 점을 중심으로 설명하는 방법. · 대조 - 둘 이상의 대상을 견주어서 차이점을 중심으로 설명하는 방법. · 예시 - 구체적인 예를 들어 설명하는 방법 · 분석 - 대상을 구성 요소로 나누어 설명하는 방법.
12	③	긴밀한 사건, 행동이 중심인 것은 서사장르인 소설의 특징이다. 〈참고〉 이 글은 조선후기 수필인 〈조침문〉이다. 늘 갖고 쓰던 바늘이 부러뜨려진 것을 안타까이 여겨서 마치 살아있던 사람의 제문처럼 창작한 작품이다. 수필의 특성이란 무형식의 형식이라 어떤 형식을 취해도 되며(①), 제문형식이든 기행문 형식이든 혹은 서간문 형식이든 작가의 개성에 따라 선택할 수 있다.(②) 수필이 비록 글의 구성이나 소재에서 자유로움은 있지만, 글 자체의 통일성은 있어야 하므로(⑤) 모두 수필과 관련이 있는 내용이다.
13	④	서사란 시간 변화가 나타나고 행동이 중심을 이루는 서술방식이다. 주어진 글에서는 그림을 그리는 과정을 이야기하고 있는데, ④는 배경을 묘사하고 있는 구절이다. 풍경, 생김새를 그림 그리듯이 이야기하는 것은 묘사라고 한다.
14	③	㉠에는 앞 문장이 근거가 되므로 인과 관계 접속어의 하나인 '그래서'가 들어가야 하고, ㉡에는 반대되는 화제가 나오고 있으므로 역접 접속어인 '하지만', ㉢에는 전체 결론을 나타내는 '따라서'가 들어가야 한다.

15	①	'비록 수, 아닐 불, 어찌 하', 주어진 문장은 '수교이불엄 불일신자 하익지유'
16	④	受講申請(받을 수, 말할 강, 펼 신, 요청할 청) 撤回(거둘 철, 돌 회) 〈참고〉 ① 學校(배울 학, 학교 교), 教科書(가르칠 교, 과정 과, 책 서) ② 主體(주인 주, 몸 체),學生(배울 학, 날 생),教授(가르칠 교, 줄 수) ③ 環境保護運動(고리 환, 지경 경, 지킬 보, 보호할 호, 돌 운, 움직일 동) ⑤ 公衆電話(드러낼 공, 무리 중, 전기 전, 말할 화) 通話(통할 통, 말할 화)
17	⑤	소리의 어감에 따라 양성모음, 음성모음으로 나눈다. 혀의 높이에 따라 나누는 것은 고모음(폐모음), 중모음, 저모음(개모음)으로 나눈다. 〈참고〉 고모음 : ㅣ,ㅟ, ㅜ,ㅡ , 저모음: ㅐ,ㅏ
18	④	연암 박지원의 '광문자전'은 한문소설이다. 거지 광문의 인간됨을 통해 새로운 인간상을 형상화한 특이한 작품인데 연암의 문집 중에 〈방경각외전〉에 실려 있다. 주어진 지문은 '야담집'의 가치를 인정하는 글인데, 패관문학으로 분류하기도 하는 야담, 설화류는 당대 현실을 실질적으로 알 수 있다는 것 때문에 가치를 인정받는다. 〈참고〉① 동패낙송 : 조선 후기 노명흠 작. ② 동야휘집 : 이원명 작, 야담이 잡스러워지는 것을 막기 위해 야담집의 규범을 마련한 책. ③ 계서야담 : 이희평 작, 계속 늘어나는 야담집의 자료를 집대성할 필요로 지은 책. ⑤ 태평한화골계전 : 서거정 작 이 외에도 야담집으로 〈청구야담〉〈어우야담〉〈어면순〉〈촌담해이〉 등이 있다. 주로 '野(야)'나 '稗(패)'라는 글자가 제목에 많이 들어간다.
19	①	비꼬는 말을 나타낼 때, 혹은 적절한 말을 쓰기 어려울 때 소괄호 안에 물음표를 쓴다. 〈참고〉②원어, 연대, 주석, 설명은 소괄호로 표시한다. 예) 커피(coffee), 정지용(6.25때 행방불명됨) ③묶음표 안의 말이 바깥 말과 음이 다를 경우는 대괄호로 쓴다. 예) 손발[手足], 나이[年歲], 낱말[單語] ④인용한 말 중에 다시 인용한 말이 있을 때는, 작은따옴표를 쓴다. "여러분! '하늘이 무너져도 솟아날 구멍이 있다'고 합니다" 그리고, 마음속으로 한 말이거나 문장에서 강조하고 싶은 구절에도 작은따옴표를 쓴다. ⑤설명을 할 때는 소괄호를 쓴다. 예) 니체 (독일의 철학자)
20	④	조지훈의 〈봉황수〉이다. 맥수지탄(麥秀之嘆)을 읊은 대표적 작품이다. 일제 말기 고궁에 산책을 가서 썼다는 작품이다. 〈참고〉 ① 자유시가 아니다. 이 시는 행과 연의 구분이 없는 전형적인 산문시인데, 내재율은 가지고 있다. 앞구절을 읽어 보면 독특한 음보를 느낄 수 있다.

② 표시한 (1)에서 (2)까지는 고궁의 퇴락한 모습을 보여주고 있고, (3)에서 (6)까지는 망국의 한을 직접적으로 읊고 있다. 마치 한시의 선경후정 기법처럼 되어 있다.

③ 이 시는 망국의 한을 퇴락한 고궁의 모습 즉 궁궐의 벌레 먹은 기둥이나 빛이 바랜 단청, 있어야 할 자리에 이미 사라지고 없는 풍경, 거미줄을 통해서 구체적으로 묘사하고 있다. 관념적, 추상적이라는 말과는 어울리지 않는다.

⑤ 수미쌍관식(수미상응식) 구조란 것은 첫 구절과 마지막 구절에 같은 시구를 써서 시의 통일감, 안정감을 도모하는 방식을 말한다. 김소월의 '진달래꽃'에서 '나 보기가 역겨워 가실 때에는'이란 첫 구절이 마지막 연에도 똑같이 나타나는 것이 그 예이다. 주어진 시는 전혀 수미쌍관식 구조가 아니다.

참고 : 「봉황수鳳凰愁 / 조지훈(趙芝薰)」

벌레 먹은 두리 기둥, 빛 낡은 단청(丹靑), 풍경(風磬) 소리 날러간 추녀 끝에는 산새도 비둘기도 둥주리를 마구 쳤다. 큰 나라 섬기던 거미줄 친 옥좌(玉座) 위엔 여의주(如意珠) 희롱하는 쌍룡(雙龍) 대신에 두 마리 봉황새를 틀어 올렸다. 어느 땐들 봉황이 울었으라만, 푸르른 하늘 밑 추석(瑴石)을 밟고 가는 나의 그림자. 패옥(佩玉) 소리도 없었다. 품석(品石) 옆에서 정일품(正一品), 종구품(從九品) 어느 줄에도 나의 몸 둘 곳은 바이 없었다. 눈물이 속된 줄을 모를 양이면 봉황새야 구천(九天)에 호곡(呼哭)하리라

몰락한 조선 왕조의 퇴락한 고궁을 보면서 망국의 비애를 노래한 산문시

· 벌레 먹은 ~ 단청 : 멸망해 가는 역사에 대한 관심과 소멸해 가는 것들에 대한 애정의 형상화
· 풍경소리 ~ 마구 쳤다 : 국권 상실의 비극을 형상화 '벌레' '산새' '비둘기'는 나라를 좀먹는 무리, 또는 외세의 침략을 표상하고 있음
· 큰 나라 ~ 옥좌 : 망국의 비참함을 표현하여 지난날의 역사의 그릇됨을 비판하고 주체성 확립을 강조
· 어느 땐들 ~ 나의 그림자 : 봉황이 울지 못한 것은 우리 민족의 역사가 한 번도 펴 보지 못한 것이다, 또는 사적 자아의 서글픔이 투영되어 그림 속의 봉황마저도 울 것 같은 느낌이 든다. 울지 못하는 봉황은 주체성을 상실한 민족사며 마음껏 뜻을 펴지 못하는 시적 자아의 모습 억눌려 온 민족사에 대한 시적 자아의 비애
· 패옥 소리도 ~ 바이 없었다 : 품석만 서 있고 그 주인공은 없으며, 후손인 나에게도 어느 위치를 차지한 자격이 없음
· 눈물이 ~ 호곡 하리라 : 봉황은 국권 상실의 설움을 당하면서도 묵묵히 침묵할 수밖에 없었던 우리 민족, 또는 시적 사와. 수난의 민족사에서 느끼는 슬픔을 직설적 표현

작품 해설

　퇴락한 고궁의 모습을 통해서 국권 상실에 대한 뼈저린 슬픔을 노래하고 있다. 이 시에서 '봉황새'는 역사적으로 항상 외세에 짓눌려온 나약한 우리 민족 또는 우리 국가를 상징한다고 할 수 있다. 몰락한 왕조의 고궁을 소재로 하여 나라 잃은 울분과 수심을 표현한 시로, 하나의 연으로 된 산문시이다. 선경(퇴락한 고궁의 풍경) 후정(망국을 슬퍼하는 화자의 심회)'의 시상 전개를 보이고 있으며, 봉황이 시적 화자의 감정이 이입된 객관적 상관물로 나타나고 있다.

(1) 성격 : 고전적, 애국적, 회고적, 민족적, 우국적　(2) 제재 : 퇴락한 고궁

(3) 주제 : 망국(亡國)의 비애　(4) 특징 : 산문시, 감정 이입, 고풍스런 언어

(5) 구성 : 【기】 퇴락한 고궁의 모습 / 【승】 사대주의의 슬픈 역사 / 【전】 지난날의 영화와 망국의 현실 인식 / 【결】 망국의 한과 극복 의지

제 14 강

/

핵심 논리 논술

제14강   핵심 논리 논술

▣ 논술시험 답안작성 요령 ▣

1. 흐름도 10 단계

작성 순서	해야 할 일	구체적 실천사항
1. 논제 파악	· 논제를 정확하게 파악한다.	· 문제가 던지는 질문이 무엇인지 파악한다. · 답해야 할 내용이 무엇인지 파악한다.
2. 제시문독해	· 제시문을 꼼꼼하게 읽는다.	· 제시문 독해력도 평가 요소 · 제시문의 내용에서 논제와 관련된 부분을 찾아낸다.
3. 생각(견해) 정리	· 생각을 정리한다.	· 시험문제가 던지는 질문(논제)를 의문형으로 바꿔본다. · 이 질문에 대해 뭐라고 답할 것인지 자신의 생각을 정리한다.
4. 논지주제 정리	· 논지와 주제를 정리한다.	· 정리된 생각의 키워드를 메모한다. (논지) · 키워드들을 간단하고 명료한 하나의 문장으로 정리한다.(주제문)
5. 구성하기	· 구성을 생각한다.	· 서론·본론·결론에 어떤 논점을 담을 것인지 정리한다 · 각 단락을 어떻게 구성할지 정리한다.
6. 논거모으기	· 논거를 모은다.	· 각 단락의 논점을 뒷받침할 사례를 모은다. · 모은 사례 중 논거가 될 수 있는 것을 추려낸다.
7. 유의사항 점검	· 유의사항을 점검한다.	· 원고의 분량 등 유의사항을 점검한다.
8. 개요짜기	· 개요표를 만든다.	· 개요표는 글의 설계도에 해당 · 개요표에 논제 논지 주제 논거 구성 등을 기재한다.
9. 논술문쓰기	· 논술문을 쓴다.	· 개요표에 따라 실제 논술문을 작성한다.
10. 퇴고	· 퇴고를 한다.	· 마지막으로 논술문을 찬찬히 다시 읽어 보고 덧붙이거나 뺀다. · 단어나 문장이 잘못된 것은 없는지 점검한다.

2. 흐름도 10 단계 해결을 위한 구체적 방법

1) 제1단계 : 논제 파악

① 무엇에 관해 쓰라는 것인지 파악한다.
· 대입논술에선 논제가 알쏭달쏭한 경우가 많다.
· 논제를 정확하게 파악하는 게 일차적인 과제이다.
· '무엇에 관해 쓰라'는 것이 논제에 해당한다.
② 논제를 의문형으로 바꿔 본다.
· 논제가 몇 개의 문장으로 이뤄져 있는 경우 이를 요약한다.
· 요약한 논제를 의문형으로 바꿔 본다.
③ 조건이나 함정은 없는지 점검한다.
· 대입논술시험은 문제 곳곳에 조건을 달거나 함정을 파두고 있다.
· 문제에서 요구하는 조건을 메모한다.
· 이를 의문형으로 바꾼 논제 옆에 기재해둔다.

2) 제2단계 : 제시문 분석

① 제시문을 한 번 정독한다.
· 제1단계에서 메모한 논제의 핵심내용과 조건을 참고하며 지문을 일차로 꼼꼼하게 읽는다.
· 논제와 연관성이 깊은 부분을 표시해 둔다.
② 문제의 '조건'을 염두에 두고 다시 읽는다.
· 일차 정독을 토대로 논제의 핵심 내용과 조건을 다시 확인한다.
· 지문 중 표시한 부분을 다시 한 번 정독한다.
· 논제의 핵심 내용 및 조건과 연관된 지문의 키워드를 옆에 메모한다.
③ 제시문의 내용을 요약한다.
· 제시문을 읽고 문제에서 요구하는 조건에 국한해 요약한다.
· 요약방법
  - 문제의 요구사항과 관련이 있다고 생각되는 대목에 밑줄을 친다.

- 그 단락의 내용을 옆에 간략하게 메모한다.

④ 문제와 연결시킨다.
· 요약과정이 끝나면 다시 문제와 연결시켜 점검한다.
· 문제와 연관성 있는 요약내용만 추려 문장으로 만든다.

3) 제3단계 : 견해 정리

① 자신의 생각이 드러나야 한다.
· 견해가 들어 있지 않고 사실만 나열한 글은 논술로서 가치가 없는 글이다.
· 문제에 대해 자신은 어떻게 생각하는지 정리해 답해야 한다.
② 문제의 질문에 답변한다.
· 제1단계에서 정리한 질문 형식의 논제를 재확인한다.
· 자신의 생각을 이 질문에 대한 답변형식으로 정리한다.
· 여러 개로 정리한 자신의 생각을 질문과 연관하여 우선순위를 매긴다.
③ 합리적이고 창의적인 생각이어야 한다.
· 생각은 남이 들어서 납득할 수 있는 합리적인 것이어야 한다.
· 동시에 독창적이어야 한다.
· 옳은 이야기이지만 평범하고 구태의연한 이야기는 값어치가 떨어진다.
④ 창의성 검증하는 요령
· 정리한 생각이 창의적인지 다음 요령에 따라 점검한다.
    - 남이 내 생각에 동의할 수 있을까 (합리성)
    - 남이 참신하다고 할까, 누구나 알고 있는 상식적인 것은 아닐까 (창의성)
    - 다른 의견은 없을까 (대안 모색)
· 점검한 결과를 반영하여 생각을 보완 정리한다.

4) 제4단계 : 논지와 주제 정하기

① 주제와 논지의 관계를 파악한다.
· 논지란 글의 취지, 말하고자 하는 바 (여러 개로 나열될 수 있다)

- 주제란 그 글의 중심이 되는 생각
- 논지를 간단하게 정리하면 곧 주제가 된다.

② 논지를 정리한다.

- 논제에 대해 답할 자신의 생각(견해)를 구체적으로 열거한다(논지)
- 각 논지가 일관성을 유지하는지, 횡설수설 하지는 않는지 점검한다.
- 각 논지가 자신의 견해와 일치하는지 견해와 상관없는지 점검한다.
- 이것도 옳고 저것도 옳다는 양시양비론은 지양한다.

③ 주제문을 만든다.

- 논지를 관통하는 핵심 생각을 하나의 문장으로 정리한다(주제문)
- 정리한 주제가 뚜렷한 것인지 점검한다.
- 주제가 두루뭉술하거나 애매모호하고 하나마나 한 소리는 아닌지 점검한다.
- 점검을 통해 필요하면 주제문을 수정 보완한다.

5) 제5단계 : 구성하기

① 논술문 구성

- 서론 - 본론 - 결론의 3단계로 논술문을 구성한다.
- 서론과 결론은 1개의 단락으로 구성한다.
- 본론은 담을 내용에 따라 여러 개의 단락으로 구성하되 3~5개가 적절하다.

② 단락의 구성과 논점

- 각 단락에 어떤 내용을 담을지 요지(논점)를 정리한다.
- 각 논점을 뒷받침할 수 있는 입증근거나 사례(논거)를 찾는다.
- 핵심이 되는 것은 본론이므로 말하고자 하는 내용을 본론에서 모두 다뤄야 한다.
- 서론은 그 글의 방향을 다룬다.
- 결론은 본론에서 다룬 내용을 압축해 요약한다.
- 서론 - 본론 - 결론에 담을 내용이 일관성을 갖는지 점검한다.

6) 제6단계 : 논거 제시와 논증하기

① 논거가 충실해야 한다.

- 논술은 견해를 보여주고 이해시키기 위한 글이며 일방적 주장만 펴는 글이 아니다.
- 자신의 견해가 타당함을 입증하기 위해 근거나 사례를 제시해야 한다. (논거)
- 논지를 뒷받침할 수 있는 사례가 풍부하게 들어 있어야 좋은 논술문이다.
- 논거만 많다고 좋은 건 아니며 주제와 밀접한 연관성이 있는 논거라야 한다.

② 논거가 될 수 있는 것들

- 책에서 읽은 내용이나 이론
- 전문가의 견해
- 신문 방송에서 접한 사실
- 실제 경험에서 얻은 이야기 등

③ 논거가 되기 위한 조건

● **사실논거**

- 객관적인 사실에 기초한 논거를 말한다. (자연법칙, 역사적 사실, 상식적인 내용 등)

예)

'지구는 둥글다' '스탈린식 공산주의 체제는 실패했다' '중국은 세계에서 가장 인구가 많은 나라다' 등

- 사실 논거는 해당 사실이 정확한 것이라야 한다.

● **소견논거**

- 의견이 담겨 있는 논거를 말한다.

예)

'자본주의는 필연코 소멸하여 사회주의로 이행한다'는 마르크스의 견해, '교원 정년 단축은 교원의 사기를 떨어뜨리고 교육의 질을 저하시킨다'는 교원단체의 논리 등

- 소견논거는 출처를 정확하게 밝히고 맥락에 맞는 것을 사용해야 한다.

④ 논거 정리하기

- 주제와 관련이 있다 싶은 것 중에서 생각나는 대로 나열해 본다.
- 나열한 논거를 다음 기준에 따라 점검한다.
    - 주제와 밀접한 관계가 있는가?
    - 내용이 사실인가?
    - 객관성이 있나?

- 위의 기준에 따라 나열한 논거의 중요도나 우선순위를 매긴다.
- 개요표를 만든 뒤 각 단락의 논점을 뒷받침하기에 적절한 논거를 1에서 골라낸다.

⑤ 논증하는 방법

□ 연역적 논증 : 명제를 앞에 제시하는 방법
  - 대전제, 또는 명제를 단락의 앞부분에 제시하고 뒤에 적절한 사례를 붙인다.
  - 이때의 전제나 명제는 일반적으로 인정받을 수 있는 것이어야 한다.
  - 이를 입증하기 위한 자료는 적절해야 한다.

□ 귀납적 논증 : 사례를 앞세우는 방법
  - 구체적인 사례를 열거한 뒤 거기서 결론을 이끌어내는 방식이다.
  - 귀납적 논증에서 주의할 것은 각각의 사례로부터 공통적인 부분을 뽑아내 결론을 얻어야 한다는 것이다.
  - 사례가 결론과 연관이 없는 것이면 결론 자체가 타당성을 얻지 못한다.

□ 변증법적 논증 : 대립되는 두 가지 견해를 바탕으로 새로운 결론을 이끌어내는 방법
  - '정 - 반 - 합'의 과정으로 표현되는 변증법은 고도의 논증방식으로 서로 대립되는 명제를 통해 제3의 새로운 결론을 찾아내는 방식이다.
  - 자칫하면 논리가 흐트러질 우려가 있으므로 대입논술에서는 사용하지 않는 게 좋다.

7) 제7단계 : 유의 사항 점검

① 유의 사항을 가볍게 보면 안 된다.
  - 유의 사항을 준수했는지는 채점할 때 가장 먼저 보는 평가 항목이며 제대로 지키지 않으면 점수가 깎인다.
  - 답안을 쓰기 전에 유의 사항을 꼼꼼히 읽어 보고 꼭 지켜야 한다.

② 유의 사항은 어떤 것
  - 원고 분량 : 지시하는 원고 분량을 준수해야 한다. (허용범위를 미달하거나 초과하면 감점하며, 절반 이하면 0점 처리하는 학교도 있다)
  - 어문 규정과 원고지 사용법 : 맞춤법, 띄어쓰기, 원고지 사용규칙 등을 잘 지켜야 한다.
  - 제목 : 대부분의 학교는 제목을 쓰지 않도록 하고 있다.

· 기타 : 제시문의 내용을 인용할 때는 부호를 쓰라거나 특정한 색깔의 볼펜을 사
　　　　용하라. 또는 자신의 신원을 드러내는 표현을 하지 말라는 등의 지시 사항
　　　　이 있다.

③ 유의사항의 예
· 제목을 쓰지 말 것
· 자신의 신원을 드러내는 표현을 쓰지 말 것
· 한 편의 완결된 글로 쓸 것
· 어문 규정과 원고지 작성법에 따를 것
· 1,600자 내외(띄어쓰기 포함, 1,400~1,800자 범위 허용)로 쓸 것
· 수험생 개인의 가치관은 원칙적으로 평가의 대상으로 삼지 않음
· 논제와 설명을 쓰지 말 것
· 예시문 속의 문장을 그대로 따올 때에는 반드시 인용부호를 사용할 것

8) 제8단계 : 개요 짜기

· 개요표는 다음의 항목으로 구성한다. 각 항목의 정리 방법을 설명한다.
　1) 논제
　　· 문제가 요구하는 바를 정확하게 파악해 정리한다.
　　· 논제가 아리송할 경우에는 의문형(질문 형식)으로 정리해보아도 좋다.
　2) 견해
　　· 논제에 대한 자신은 어떻게 생각하는지 견해를 적는다.
　　· 그 견해에 이르게 된 배경과 이유 등을 나열한다.
　3) 논지
　　· 견해에 이르게 된 배경과 이유들이 일관성이 있는지 점검한다.
　　· 이를 일관성 있게 키워드 또는 문장으로 재정리한다. (논지가 된다)
　4) 주제문
　　· 정리한 논지를 꿰뚫는 핵심 생각을 끄집어낸다.
　　· 이를 하나의 간결한 문장(주제문)으로 정리한다.
　5) 논거
　　· 주제를 뒷받침할 수 있는 근거, 즉 논거를 모은다.

· 논거가 될 수 있는 것을 열거한다.
· 주제와 관련성이 깊은 것, 중요도가 높은 것, 다른 사람에게 설득력이 있는 것을 우선으로 선정한다.

6) 구성
· 서론과 결론은 하나의 단락으로, 본론은 여러 개의 단락으로 구성한다.
· 각 단락의 요지(논점)를 한 문장으로 정리한다.
· 각 논점을 뒷받침할 수 있는 논거를 추려내 정리한다.
· 각 단락의 논점이 주제문을 향해 집중되어 있는지 점검한다.
· 각 단락의 논점이 일관적이고 논리적 연결성이 있는지 점검한다.

7) 유의사항
· 문제에서 규정하고 있는 조건을 정리한다.
· 답안 작성 때 유의할 사항을 정리한다.

9) 제9단계 : 논술 작성

서론쓰기

1. 서론의 기능
· 서론은 글의 주제를 제시하고 그 글이 풀어나갈 방향을 보여 준다.
· 서론은 첫 단추와 같으므로 서론을 잘 써야 글이 훌륭하게 완성된다.
· 채점위원들은 서론만 봐도 그 글이 어떤 수준인지 알 수 있다.

2. 서론을 쓸 때 주의할 점
· 서론에서는 논제에 대한 자신의 생각, 즉 글의 방향이 드러나는 게 좋다.
· 서론은 사람으로 치면 첫 인상과 같은 것이므로 참신하게 시작하는 것이 좋다.
· 상식적인 이야기로 시작하는 것은 깊은 인상을 남기지 못한다.
· 내용 뿐 아니라 표현도 참신한 게 좋다 ('~에 대해 알아보자'는 식의 상투적인 표현은 경계해야 한다)
· 서론은 간결해야 하며 절대로 길게 쓰지 말아야 한다.
· 서론의 분량은 전체 분량의 10~20% 정도, 200자 원고지 한 장 남짓이면 적당하다.

3. 서론 쓰는 요령

(1) 바로 논제에 대한 필자의 입장을 밝히며 시작하는 방법

논술문은 분량이 적기 때문에 바로 논제를 제시하고 자신의 견해를 밝히며 시작하는 것도 좋다.

(2) 문제 제기로 시작하는 방법

논제와 관련된 문제를 제기하고 이에 대한 답변형식으로 전개하는 방식이다. 논제와 논지가 좀 더 명쾌하게 드러나고 박진감이 있는 게 특징이다. 대신 상투적인 느낌을 줄 수도 있다.

(3) 최근의 화제나 경험담으로 시작하는 방법

주변의 사례, 경험담 등을 제시하며 풀어가는 방식이다. 논의를 쉽게 풀어가는 장점이 있는 대신 이성적 접근이 흐트러질 우려도 있다.

(4) 주제와 대비되는 말로 시작하는 방법

자신의 견해와 대비되는 이야기를 앞세운 뒤 이를 반박하는 형태로 풀어가는 방식이다.

(5) 용어 설명으로 시작하는 방법

문제나 제시문에서 주어진 용어가 광범위한 의미를 담고 있을 때 주로 이용한다. 용어를 자기 나름대로 정의하면서 논의의 범위를 좁히고자 할 때 유용하다.

본문쓰기

1. 본론의 기능

· 본론은 서론에서 제시한 중심과제를 구체적으로 풀어가는 기능을 한다.
· 본론에서는 구체적인 논점을 제시해야 한다.
· 그리고 그것이 타당하다는 것을 입증해야 한다.
· 서론과 결론을 떼어 버리고 본론만 읽어도 무슨 말을 하려는지 알 수 있어야 한다.

2. 본론을 쓸 때 유의할 점

· 본론은 여러 개의 단락으로 이루어진다.
· 1,600자의 논술문에서 본론은 3~5개의 단락으로 짜는 게 무난하다. (이보다 많으면 단락이 허술해지고, 적으면 단락의 개념이 모호해진다)

· 분량도 전체 원고의 70~80%를 차지한다.

· 본론에서 문제의 제기, 분석, 해결책 제시 등이 모두 이루어지는 게 좋다.(본론에서는 문제제기만 하고 결론에서 매듭짓는 방식은 바람직하지 않다)

· 본론은 구체적으로 써야 한다.(서론에서 제기한 문제를 상세하게 풀어야 한다)

· 일반적인 이야기, 추상적이고 원론적인 표현은 피한다.

· 서론에서 제시한 주제의 범위를 벗어나지 않아야 한다.

· 자신의 견해, 즉 논점이 뚜렷하게 드러나야 한다.(견해는 누구나 인정할 수 있도록 보편적이어야 하지만 동시에 참신해야 한다)

· 견해를 뒷받침하는 사례(논거)가 따라붙어야 한다.

3. 본론에서 쓰는 논의 전개방법

· 문제 분석 → 원인 규명 → 근거나 이유제시 → 영향 분석 → 예증 → 반론 제기 → 비교 대조 → 해결 방법 제시

● 결론쓰기

1. 결론의 기능

· 결론은 글을 매듭짓는 부분이다.(따라서 그 글에서 무슨 이야기를 펼쳤는지 주제가 뚜렷하게 드러나야 한다)

· 결론은 서론과 긴밀하게 맞물려야 한다.(서론에서 글의 방향을 제시했다면 결론에서 그 방향에 맞게 마무리해야 한다)

· 서론과 결론을 이어볼 때 그 글이 무엇을 말하려는 것인지 분명하게 드러나야 한다.

2. 결론은 이렇게 쓴다.

· 결론은 본론에서 다룬 내용을 요약하여 정리한다.(본론에서 다루지 않은 내용을 새삼스레 언급하는 것은 피한다)

· 결론은 간결하게 써야 한다.

· 결론은 하나의 단락으로 구성하고 분량은 전체 원고의 5분의 1 이내로 한다. (원고지 1장 정도)

· 결론은 명료해야 한다.(견해가 분명하게 드러나도록 글을 매듭지어야 한다)

· 결론을 쓰는 유형으로 서론에서 제기한 문제에 대해 답하는 형식으로 서로 연결시

켜 쓰는 방법, 전망이나 제안을 덧붙이는 방법 등이 있다.

3. 결론을 잘 못 쓴 사례
　· 본론에서 논의된 내용과 다른 방향으로 쓰는 경우
　· 본론에서 다루지 않은 새로운 내용을 언급하는 경우
　· 본론이 계속 되는 것처럼 쓰는 경우
　· 상식적인 견해를 나열하는 경우 ('우리 모두 최선을 다해야 한다'거나 '현명한 방법을 찾아야 할 것이다' 같은 식)

· 단락구성 ·

1. 단락의 개념
　· 하나의 글은 여러 개의 단락으로 이루어지고, 하나의 단락은 다시 여러 개의 문장으로 이뤄진다.
　· 단락이란 하나의 개념으로 뭉쳐진 문장의 덩어리다.
　· 같은 개념이나 소주제를 담고 있는 문장이 아닌 것이 포함되어 있다면 적절한 단락은 아니다.

2. 단락은 이렇게 구성한다.
　· 같은 소주제를 다루는 문장은 하나의 단락으로 꾸민다.
　· 단락의 기능을 분명하게 한다.(도입 단락인지, 주제를 보충하기 위한 단락인지, 강조하기 위한 단락인지 등이 분명해야 한다)
　· 이렇게 나름대로 특성을 지닌 단락을 톱니바퀴처럼 밀접하게 맞물려 하나의 글을 완성한다.
　· 단락이 바뀔 때는 원고지의 첫 칸을 비우고 시작한다.

3. 단락 구성을 잘못한 사례
　· 한 문장으로 한 단락을 꾸미는 경우
　· 지나치게 많은 문장으로 하나의 단락을 형성하는 경우
　· 비슷비슷한 양으로 나눠 적당한 데서 줄을 바꾸는 경우

· 다른 소주제를 다루고 있는 문장을 같은 단락에 편입시키는 경우

4. 접속사의 사용 기준
· 단락과 단락을 잇기 위해 필요한 것이 접속사다.
· 같은 접속사를 반복하는 것은 바람직하지 않으므로 비슷한 접속사 중에서 골라 쓰는 게 좋다.
· 접속사를 쓰지 않고 문장 자체의 의미로 자연스럽게 연결시키면 고급 문장이 될 수 있다.

5. 접속사의 종류
· 순접 : 그리고, 또, 또한, 게다가, 더구나, 나아가서, 마찬가지로, 그 밖에
· 역접 : 그러나, 그렇지만, 그래도, 하지만, 반면에, 그 대신
· 인과 : 그러므로, 따라서, 그래서, 그리하여, 그렇기 때문에, 결국, 그 결과, 그럼으로써
· 전환 : 그런데, 한편, 그럼에도 불구하고
· 예시 : 예컨대, 예를 들자면, 이를테면

· 좋은 글쓰기 ·

1. 홑문장으로 간결하게 쓰자.
· 홑문장이란 문장 안에 주어와 술어가 하나씩만 있는 단문을 말한다.
  예) '햇볕이 뜨겁다', '영희가 웃는다'(홑문장)
· 서술어가 2개 이상 나오는 겹문장으로 쓰면 글이 복잡해진다.
  예) '그가 확실히 우리를 사랑했음을 깨달았다'(겹문장)
· 홑문장으로 쓰면 의미가 명료해지고 박진감이 있다.

2. 문장의 길이도 짧게 하자.
· 한 문장은 20~30자 정도를 기본으로 하는 게 좋다.(길어도 40~50자를 넘지 않도록 한다)
· 긴 문장이 꼭 필요하더라도 한 단락에 하나를 넘지 않도록 한다.

3. 단락을 제대로 나누자.
- 같은 개념, 같은 소주제를 공유하고 있는 문장을 한 단락으로 만든다.
- 단락이 바뀔 때는 원고지의 첫 칸을 비우고 시작한다.
- 1,600자 정도의 논술문은 5~7개의 단락이 적절하다.
- 서론과 결론은 하나의 단락으로 한다.
- 본론은 3~5개 안팎으로 구성한다.

4. 접속사를 줄이자
- 접속사는 문장과 문장을 연결하는 기능을 하지만 접속사는 적을수록 좋다.
- 문장과 문장이 의미로서 자연스럽게 연결되도록 노력한다.
- 접속사 없이도 매끄럽게 이어지는 글이 진짜 좋은 글이다.

· 논술 쓰기의 주의점 ·

1. 같은 어휘나 표현을 반복하지 말자
- 좋은 글은 같은 어휘나 표현을 반복하지 않는다.
- 최소한 한 단락에서 같은 표현이 반복되는 것은 피해야 한다.
- 퇴고할 때 같은 개념을 지닌 단어는 다른 표현으로 바꾸도록 한다.

2. 피동형을 쓰지 말자
- 우리글은 웬만해서는 피동형을 쓰지 않는다.('~에 의해' 같은 영어식 표현을 많이 쓰면 글이 어색하고 생경해진다)
- 피동형 표현은 모두 능동형으로 바꾼다.

3. 상투적인 말을 피하자
- 하나마나한 말, 상투적인 표현은 쓰지 말자.
- 모든 문장은 의미를 담고 있어야 한다.(별 의미 없는 문장은 글을 난삽하게 만든다)
- '우리 모두 이러한 불행이 없도록 노력해야겠다'라는 식이 그 예다.(무슨 노력을 어떻게 해야겠다는 건지 구체적으로 표현한다)

4. '~해야 한다' 와 '~할 것이다' 를 줄이자

· 논술은 당위성만 강조하는 글이 아니다.

· '~해야 한다' 식의 표현은 논술에 적합하지 않다.

· 퇴고할 때 이런 표현은 모두 바꾼다.

5. '~수 있다' 는 최소한으로

· '~한 것 같다'와 '~수 있다'가 남용되고 있다.

· 꼭 이렇게 써야 할 때도 있지만 상당수는 도피적인 표현이어서 맛깔 못하다.

· 예를 들어 '조심하면 실수를 줄일 수 있다'는 표현은 '조심하면 실수가 준다'로 써도 좋은 것이다.

6. 과거 완료형은 쓰지 말자

· 한글에는 과거완료형이 없다.

· '~했다'는 표현으로도 우리 한글은 '~했었다'는 과거완료형의 뜻이 포함된다.

7. 복수 표현은 자제하자

· 우리글과 단어에는 복수가 포함돼 있다.

· 예를 들어 사람, 나라, 국가, 정부, 꽃, 인민, 대중, 같은 단어는 ~들이라는 복수용어를 붙이지 않더라도 복수가 된다.

· 복수는 우리 문장에서는 필요 없을 뿐더러 산뜻한 맛을 주지 못한다.

· 특히 수많은 군중들, 대다수의 국가들, 백 명도 넘는 대중들이라는 표현은 피해야 한다. (~'들'자를 모두 빼어도 아무렇지 않다)

8. '지난' 이라는 말의 남용

· 지난 연도나 날짜를 표시할 때 '지난'이라는 표현을 굳이 쓰지 않아도 된다. '지난'이라는 수식어를 쓰는 것은 사족이다.

10) 제10단계 : 퇴고

1) 퇴고 안하면 미완성 논술문

① 퇴고(堆敲)란 글을 여러 번 생각하여 고치는 것을 말한다.

② 퇴고는 글쓰기의 절반에 해당한다고 할 수 있는 아주 중요하고 필수적인 마지막 작업이다.

③ 시험시간 중 최소한 10분 정도는 퇴고를 위해 남겨 두어야 한다.

2) 퇴고하는 순서

① 퇴고는 큰 숲을 먼저 본 뒤 나중에 나무를 보는 식의 순서로 진행한다.

② 퇴고는 글 전체 → 단락 → 문장 → 단어의 순서로 한다.

③ 단어나 원고지 사용법같이 작은 부분을 먼저 신경 쓰면 시간 안에 제대로 끝낼 수 없다.

3) 퇴고는 이렇게

① 주제가 잘 드러나 있는가 살핀다. (글 전체를 다시 읽어보며 하고 싶은 말이 뚜렷하게 나타나 있는지 본다)

② 논리와 논거가 주제를 잘 뒷받침하고 있는가 살핀다. (주제를 뒷받침하는 논거가 적절한지, 단락과 단락이 논리적으로 연결되어 있는지 검토한다)

③ 각 단락이 서론 본론 결론의 기능을 유지하고 있는가 확인한다. (서론에서 글의 방향이 잘 나타나 있는지, 결론에서 논지가 잘 요약되어 있는지, 본론의 각 단락이 논점을 뚜렷하게 나타내고 있는지 검토한다)

④ 필요 없는 문장이 있으면 삭제하고, 꼭 필요한 문장이 빠져 있으면 첨가한다.

⑤ 문장은 단문일수록 좋다.(자를 수 있는 문장은 나눈다)

⑥ 적절한 어휘를 사용했는지 알아본다. (더 알맞은 단어가 있으면 바꿔 준다)

⑦ 쓸데없는 접속사는 지운다.

⑧ 맞춤법, 문장부호, 띄어쓰기 등을 살핀다. (틀린 게 필히 있다는 생각과 그것을 꼭 찾는다는 마음으로 살펴야 한다)

4) 이런 것은 삭제

① 필요 없이 되풀이된 부분

② 분명하지 않거나 과장이 심한 부분

③ 뜻이 애매하거나 과장된 수식어. 감정적 표현

④ 초점이 흐려지는 표현이나 극단적인 단정

5) 이런 것은 덧붙임

① 지나친 생략으로 논리가 비약한 부분

② 설명이 부족한 부분

③ 충분하게 논의하지 못한 부분

제14강 : 실전문제 및 풀이

• 실전문제 ❶

※ 제시문을 읽고 물음에 답하시오.

【문제1】 제시문 가)와 나)를 읽고, 젊은 세대의 일과 노동에 대한 관점이 어떻게
변하고 있는지를 이전 세대와 비교하여 적고, 두 제시문에 나타난 관점의
차이를 지적하시오.   (300자~400자)
【문제2】 제시문 가), 나), 다) 모두에 근거하여, 조만간 닥칠 고령사회에서 발생할
수 있는 문제점을 찾아보고 해결방안을 논하시오.   (300자~400자)

[가]

10년 전까지만 해도 기업은 특별한 결격사유가 없는 한 평생고용을 보장했다. 그러나 이
제 안정된 공동체와 물질적 복지를 제공해주었던 온정주의적 기업은 찾아보기 어렵다. 게다
가 치열한 생존경쟁을 벌이고 있는 오늘날의 기업 환경은 그러한 온정주의의 귀환을 용납
하지 않는다. 특히 1990년대의 구조조정은 경종을 울리는 것이었다. 사람들은 실직 당했고,
공동체적 삶은 파괴되었다. 반면에 한 가지 메시지만큼은 분명하게 전달되었다. 고용불안정은
실업률이 낮을 때조차 새로운 삶의 방식이 되었다는 것이다. 많은 근로자들은 고용주들에게
헌신하는 것에 대해 회의하기 시작했다. 왜냐하면 상시적인 '정리해고'에서 알 수 있듯이, 고
용주들이 먼저 그들에 대한 헌신을 철회했기 때문이다. 따라서 사무실에서 오랜 시간 일하느
라 가족과의 삶이나 자신의 여가를 챙기지 못하는 부가적인 희생은 이제 의미가 없다.

그렇다면 일은 무엇을 약속하고, 무엇을 줄 수 있는가? 1960년대 이후 사회에 대한
개인의 저항, 개인의 욕망을 부추기는 현대의 정치학, 감각적 상업 광고의 범람, 사이버
공간의 자유와 개인주의를 경험하며 자란 젊은 세대들에게 일은 더 이상 과거와 같은

의미를 갖지 않는다. 그래서 경영자들은 젊은 근로자들이 일에 대한 헌신이 부족하고, 현재의 고용을 단기적으로 여긴다며 초조해하곤 한다.

그런데 이들이 고용을 단기적으로 여기는 것은 20대라서, 혹은 게으르거나 도덕적으로 타락해서가 아니다. 현실적이기 때문이다. 그들은 양복을 입은 근엄한 중년 남성이 실직하는 모습을 지켜보았다. 비록 경제가 튼튼해 보인다 하더라도 항상 변덕스럽다는 사실을 알고 있는 것이다. 이런 환경에서 '할 수 있을 때, 잡아라 (get it while you can)' 하는 태도는 자연스런 것이다. 우리는 20대의 젊은이들이 10년 내지 15년 동안 일을 해서 재산을 모은 후, 일을 그만두고 여유 있게 지내고 싶다고 이야기하는 것을 자주 듣는다. 그들을 이상하게 바라보거나 게으름뱅이라고 부르는 장년세대와 달리, 그들은 근로연령이 다소 단축되는 것을 애석해하지 않는다. 단지 즐거운 삶을 영위하기 위한 전략을 세우려고 할 뿐이다.

[내]

작년 하반기 공채에서 40명 모집에 2,700명이 넘는 지원자가 몰려 전형에 애를 먹었던 한 대기업의 인사담당 A부장은 요즘 허탈하기 그지없다. 뽑은 인원 중 60%가 회사를 그만둬 또다시 채용 작업을 해야 하기 때문이다. 탈락한 지원자 가운데 쓸 만한 인재가 얼마나 많았을까를 생각하면 울화통이 터질 지경이다. 교육과정에 든 여러 비용까지 감안하면 손실이 너무 커, 올해부터는 아예 예정인원의 2배수를 뽑자는 건의를 해볼 생각까지 하고 있다. 신입사원을 교육하여 현장에서 활용하는 데에 1억 가까운 비용이 든다고 한다.

한 취업정보업체는 최근 입사 1년도 안 돼 회사를 떠나는 이런 신입사원들이 28%에 달한다는 조사결과를 발표했다. 동화 〈파랑새〉의 주인공처럼 장래의 행복만 꿈꾸며 현재의 일에 열정을 느끼지 못하는 사회 초년생의 '파랑새 증후군'은 기업들의 골칫거리이다. 이 때문에 '파랑새'들의 마음을 잡기 위한 아이디어가 속출하고 있다. 한 대기업 간부는 "기업들이 초년병 사원들의 긍지를 키워주기 위해 노력하는 것은 좋은 일"이라면서도 "구직자 역시 일단 붙고 보자는 식의 지원은 하지 않아야 한다"고 말했다.

[대]

우리는 바야흐로 평균 수명 100세 시대를 눈앞에 두고 있다. 이는 대부분의 사람들이 곧 '번식기 (reproductive period)'와 '번식후기 (post-reproductive period)'를 거의 비슷하게 살게 된다는 것을 의미한다. 이런 현상은 '인간 유전자군 (gene pool)'이 일찍이 겪어

보지 못한 새로운 경험이다. 이 같은 생물학적 변화를 무시한 채 60세를 은퇴하는 시점으로 잡고 인생의 거의 절반을 놀면서 쉬는 현 체제를 언제까지 유지할 수 있겠는가?

그 동안 우리가 갖고 있던 은퇴의 개념은 "자식들도 다 길러냈고 근력도 옛날 같지 않으니 편히 쉬라"는 것이었다. 그래서 대개 현직에서 물러나 조용히 남은 인생을 정리해왔다. 그러나 이제는 은퇴를 하고 살아야 할 기간이 견디기 어려울 정도로 길어지고, 평생 건강을 잘 관리한 사람들은 은퇴 후에도 웬만한 젊은이 못지않은 체력을 유지하게 되었다. 그들은 일을 하기를 원하고, 또 실제로 일을 하고 있는 고령인구가 늘고 있다.

최근 UN 인구보고서는 우리나라를 포함한 선진 8개국에서 현재 수준의 노동인구를 유지하려면, 정년을 적어도 77세 이상으로 올려야 한다고 주장한다. 고령화 문제의 심각성을 우리보다 먼저 깨달은 선진국들은 발 빠르게 대책을 마련하여 실시하고 있다. 영국 정부는 최근 정년을 70세로 연장하는 정책을 발표했다. 그 동안 젊은이들의 실업률을 낮추기 위해 정년을 앞당기던 정책을 완전히 거꾸로 되돌리는 방안이다.

예시 답안

【문제 1】

이전에는 회사에 헌신하면 평생고용을 보장받았다. 그래서 장년세대는 자신의 여가와 가족과의 삶까지를 희생해가면서 일에 투자했다. 그러나 젊은 세대는 일에 자신을 바치지 않는다. 평생고용의 신화가 깨졌기 때문이다. 오히려 짧게 일하고 즐거운 삶을 누리고 싶어 한다. 하지만 이 과정에서 미래의 행복만 꿈꾸며 현재의 일에 열정을 느끼지 못하는 사회적 문제를 낳기도 한다. 이런 변화에 대해 가)는 젊은 세대의 노동관을 긍정적으로 바라보고 있는 반면에, 나)는 경영자의 입장에서 그러한 노동관을 비판하고 있다.

【문제 2】

고령사회는 피할 수 없는 현실이다. 이 고령사회에서는 자칫하면 노동인구와 고령인구 사이의 건강한 균형을 맞추기가 어렵다. 젊은 세대는 가능한 한 짧게 일하고 즐거운 삶을 누리고 싶어 하는 반면에, 고령사회의 현실은 그들에게 더 나이 들어서도 일을 할 것을 요구하기 때문이다. UN의 인구보고서나 영국의 정년 연장에서 보듯, 우리나라에서도 정년은 늘어날 것이다. 그렇다면 국가는 고령인구에게 적합한 일자리를 마련하고, 그들이 건강하게 일 할 수 있도록 하는 정책을 마련해야 한다.

평가 목표 및 출제 의도

· 평가 목표 ·

대학교육에서 원하는 목적을 달성하려면, 전공 텍스트의 중심내용을 정해진 시간 안에 정확히 이해할 줄 알아야 한다. 그리고 자신이 파악한 내용을 또 정확하게 표현, 전달할 수 있는 능력을 갖추어야 한다. 이것이 전제되어야 각 학문이 요구하는 창의성, 추론능력, 비판적 사고도 가능하다. 따라서 보고서와 논문쓰기, 강의와 발표 그리고 토론 수업을 쫓아갈 수 있는 기본 자질로서 읽기와 쓰기의 언어능력을 평가하는 일은 반드시 필요하다. 2006년도 수시1학기 학업적성논술 언어영역 출제는 이런 기본적인 능력을 바탕으로 하는 종합적 사고력을 측정하는 데 초점을 맞추었다.

· 출제 의도 ·

다음과 같은 사항에 중점을 두어 학생들의 능력을 알아보고자 했다.
· 제시문의 핵심적인 내용을 잘 이해하고 있는가? (분석력과 이해력)
· 이해한 바를 잘 정리하고 조리 있게 표현하는가? (논리력과 문장력)
· 제시문을 바탕으로 비교 대조하면서 논점을 찾아내는가? (비판적 창의성)

지문 정보와 해설

지문은 모두 세 개로 이루어져 있다. 첫 번째 제시문은, 사회윤리학자 조안 시울라의 '일의 발견'의 한 부분이다. 여기서 저자는 젊은 세대의 일과 노동을 바라보는 관점이 이전 세대의 그것과는 다르다는 점을 말하고 있다. 장년세대는 자신의 여가와 가족과의 삶까지를 희생해가면서 일에 투자했지만, 젊은 세대는 더 이상 그렇지 않다는 점을 지적한다. 짧게 일하고 즐거운 삶을 누리고 싶어 하는 그들의 현실주의를 긍정적으로 평가하고 있다. 반면에 두 번째 제시문은, 미래의 행복만 꿈꾸며 현재의 일에 열정을 느끼지 못하는 젊은 세대를 비판적으로 바라보고 있다. '파랑새 증후군'이라는 사회적 문제를 다루고 있는 이 글은 한 일간신문의 기사를 퍼온 것이다. 마지막으로 세 번째 제시문은, 생물학자 최재천이 쓴 "당신의 인생을 이모작하라"의 한 대목이다. 여기서 저자는 조만간 닥칠 고령사회의 위험과 함께 정년이 늘어날 수밖에 없는 현실을 지적하고 있다. 저자에 따르면, 고령사회에서는 좀 더 건강하게 오래 일해야 한다. 이 세 개의 제시문을 통해 일과 노동의 성격이 어떻게 변하고 있으며, 젊은 세대에게 주어질 미래의 상황은 어떨 것인지를 미리 생각해보도록 하였다.

▶▶▶ 글짓기 평가 관점 / 운문 · 산문 · 독후감

1. 운문

운문				
	항목	세부 문항	배점 (비율)	비고
관점	주제	1) 주제가 행사 내용에 알맞으며 주제에 맞는 소재 선택인가? 2) 제목과 내용이 유기적으로 잘 연결 되었는가? 3) 경험, 사실 또는 상상을 바탕으로 하여 썼는가? 4) 느낌이나 생각이 바르게 담겨졌는가?	30	
	구성	1) 주제에 잘 어울리는 구성이며 부분과 전체가 조화로운가? 2) 전체적으로 통일이 되어있고 행과 연의 배치를 잘 했는가?	25	
	표현	1) 시어의 선택이 적절하고 호흡이 적당한가? 2) 표현방법이 좋고 운율이 살아있는가?	25	
	그 외 (기타)	1) 어린이다운 순수성과 상상력으로 얼마만큼 창의적으로 작품을 썼는가? 2) 관념적이고 추상적인 나열이 아닌 생활주변에서 보고, 듣고 경험한 것을 바탕으로 자기 시각과 목소리로 표현을 했는가? 3) 기발한 상상력과 뛰어난 관찰력 그리고 건강한 동심이 돋보인 작품인가? 4) 문장부호를 바르게 사용했으며 맞춤법과 띄어 쓰기 등 원고지 사용법을 잘 알고 있는가?	20	

2. 산문

산문				
항목		세부 문항	배점 (비율)	비고
관점	주제	1) 주제가 행사 내용에 알맞으며 주제에 맞는 소재 선택인가? 2) 제목과 내용이 유기적으로 잘 연결되었는가? 3) 주제와 관련된 소재를 생활경험에서 선택하여 글을 썼는가? 4) 경험과 상상이 풍부하며 내용이 진실한가?	30	
	구성	1) 글의 첫 부분, 가운데 부분, 끝부분의 연결이 매끄러우며 차례가 맞게 썼는가? 2) 사건의 진행에 따라 문단이 구성되었으며 문단과 문단이 조화로운가? 3) 전체적으로 통일이 되어있고 대화글의 배치를 잘 했는가?	25	
	표현	1) 대상을 보는 관점이 매우 다양하고 재미있으며 기발하였는가? 2) 작품에서 요구되는 진실성과 창의성이 상대적으로 뛰어난 작품인가? 3) 적절한 어휘를 사용하여 사실과 느낌을 적절히 표현하고 있는가?	25	
	그외(기타)	1) 어린이다운 순수성과 상상력으로 창의적으로 작품을 썼는가? 2) 직접 생활주변에서 보고, 듣고 경험한 것을 바탕으로 자기 시각과 목소리로 표현을 했는가? 3) 기발한 상상력과 뛰어난 관찰력 그리고 건강한 동심이 돋보인 작품인가? 4) 어린이다운 순수성과 상상력을 동원하여 성실하게 쓴 작품인가? 5) 문장부호를 바르게 사용했으며 맞춤법과 띄어 쓰기 등 원고지 사용법을 잘 알고 있는가?	20	

3. 독후감

독후감				
항목		세부 문항	배점 (비율)	비고
주제		1) 주제가 행사 내용에 알맞으며 주제에 맞는 소재 선택인가? 2) 제목과 내용이 유기적으로 잘 연결되었는가? 3) 사실성과 진실성 그리고 재미와 감동을 주는가?	30	

관점				
관점		4) 책(이야기)의 주제를 자신의 체험이나 느낌과 잘 연결 지었나?		
	구성	1) 책 내용을 잘 이해하고 상상력을 풍부하게 펼쳐나갔는가? 2) 읽은 책을 통해 특별히 느낀 점이 있거나 감동을 받은 받았는가? 3) 내가 그 책을 읽는 동안 느낀 점이나 알게 된 것은 무엇인가? 4) 책을 읽고 나서 본받을 점은 무엇이며 내 생각에 어떤 변화가 왔는가?	25	
	표현	1) 자기가 읽은 책의 내용을 충분히 이해하였는가? 2) 자신의 경험과 이야기를 책 내용과 관련지어 자신의 말로 명확하게 표현했는가? 3) 책을 읽고 나만의 느낌을 적절히 나타낸 흔적이 있는가? 4) 자신의 생각이나 느낌보다는 책의 줄거리를 간추린 것이 아닌가?	25	
	그 외 (기타)	1) 어린이다운 순수성과 상상력으로 얼마만큼 창의적으로 작품을 썼는가? 2) 관념적이고 추상적인 나열이 아닌 자기 시각과 목소리로 표현을 했는가? 3) 기발한 상상력과 뛰어난 관찰력 그리고 건강한 동심이 돋보인 작품인가? 4) 지나치게 독후감형식에만 맞추려고 하지는 않았는가? 5) 문장부호를 바르게 사용했으며 맞춤법과 띄어 쓰기 등 원고지 사용법을 잘 알고 있는가?	20	

제 15 강

/

핵심 논리 논술

제15강	핵심 논리 논술

■ 논리 논술의 오류 ■

1. 오류

　　오류는 '이치에 어긋나는 인식'을 말한다. 우리가 일상적으로 생각하고 말하는 가운데 많은 오류가 발생하는데, 이런 오류들은 언뜻 보기에는 그럴 듯하면서도 논리적으로는 타당하지 못한 경우가 대부분이다. 오류에는 추론의 형식상 잘못을 범하는 '형식적 오류'와 언어 사용이나 자료 사용의 잘못, 또는 심리적 요인에 의해 범하게 되는 '비형식적 오류'가 있다.

　　말이나 글의 오류 유무를 판단하기 위해서는 다음의 절차에 따른다.

　1) 결론(핵심 논지)이 무엇인지 확인한 후, 그 결론을 뒷받침하기 위한 전제나 이유, 근거(논거)가 제시되었는지를 확인한다.

　2) 전제나 이유, 근거로부터 타당하게 결론을 이끌어냈는지(추론 과정)를 확인한다.

2. 오류파악 능력측정 접근방법

　　일상적인 대화나 글 속에 나타난 오류를 파악하는 능력을 측정하는 유형의 문제를 해결하기 위해서는 주장과 근거 사이의 논리적 관계를 파악하는 능력과 오류의 유형에 대한 지식이 필요하다. 이러한 유형의 문제를 해결하기 위해서는 다음과 같은 접근 방법이 필요하다.

　1) 주장과 근거를 명확히 구분한다.

　2) 주장과 근거의 논리적 관계를 살핀다.

　3) 오류의 유형을 파악한다.

　4) 답지에 나타난 오류를 파악하여 답을 고른다.

▣ 오류의 유형 ▣

1. 자료적 오류

논거가 되는 자료나 주장의 전제를 잘못 판단하여 결론을 이끌어 내거나 적합하지 못한 것임을 알면서도 의도적으로 논거로 삼음으로써 범하게 되는 오류

1) 흑백 논리의 오류
논의의 대상인 두 개념 사이에 존재하는 중간 항을 배제하는 데서 오는 오류
　　예) 그녀는 나한테 싫다고 말한 적이 없다. 그러므로 그녀가 나를 좋아하는 것은 분명한 사실이다.

2) 인과 혼동의 오류
어떤 사실의 원인을 결과로 여기거나 결과를 원인으로 파악하는 오류
　　예) 부자인 철희는 자가용을 타고 다닌다. 나도 부자가 되기 위하여 자가용을 몰고 다니기로 했다.

3) 성급한 일반화의 오류
제한된 정보, 불충분한 자료, 대표성을 결여한 사례 등 특수한 경우를 근거로 하여 성급하게 일반화하는 오류
　　예) 그는 벌써 두 번이나 회의에 지각했다. 그러므로 그와는 어떤 약속을 해서는 안 된다.

4) 우연의 오류(원칙 혼동의 오류)
어떤 일반적인 규칙, 법칙이나 이론을 특수한 경우(우연적인 경우)에 그대로 적용할 수 없음에도 불구하고 그대로 적용함으로써 나타나는 오류
　　예) 거짓말을 하는 것은 죄악이다. 그러므로 의사가 환자에게 거짓말을 하는 것은 당연히 죄악이다.

5) 무지에의 호소
어떤 주장이 반증된 적이 없다는 이유로 받아들여져야 한다고 주장하거나, 결론이 증명된 것이 없다는 이유로 거절되어야 한다고 주장하는 오류
　　예) 천당이나 지옥이 없다는 것을 증명할 수 없으므로 천당이나 지옥의 존재를 인정해야한다.

6) 잘못된 유추의 오류

부당하게 적용된 유추에 의해 잘못된 결론을 이끌어내는 오류, 즉 일부분이 비슷하다고 해서 나머지도 비슷할 것이라고 생각하는 오류

　예) 컴퓨터는 사람과 유사한 점이 많다. 그러니 컴퓨터도 사람처럼 감정을 느낄 거야.

7) 잘못된 확률의 오류(도박사의 오류)

모든 사건은 앞에서 일어난 사건과 독립되어 있다는 확률이론의 가정을 받아들이지 않는데서 범해지는 오류

　예) 동전을 열 번 던졌는데 열 번이 뒷면이 나왔어. 다음엔 앞면이 나올 거야.

8) 순환 논증의 오류(선결 문제 요구의 오류)

결론에서 주장하는 바를 논거로 제시하는 오류

　예) 배운 사람은 그렇게 상스러운 말을 쓰지 않는다. 왜냐하면 천한 말을 사용하는 사람은 제대로 교육을 받았다고 말할 수 없기 때문이다.

9) 자가 당착의 오류

전제와 결론 또는 자신의 주장 간에 모순이 발생함으로써 일관된 논점을 갖지 못하는 오류.

　예) 시인에게는 자신에게서 창조적으로 샘솟는 것이면 무엇이든지 표현할 수 있는 완전한 무조건적인 자유가 허용되어야 한다. 왜냐하면 완전한 자유 속에서만 위대한 시인은 탄생할 수 있기 때문이다. 물론 외설을 시에 끼어 넣는 점잖지 못한 시는 허용될 수 없다.

10) 원인 오판의 오류

어떤 결과의 참다운 원인이 아닌 것을 마치 참다운 원인인 것처럼 생각하여 추리하는 오류

　예) 온도계가 영하 20도를 가리키고 있구나. 그러니까 이렇게 춥지. 오늘 밤부터 온도계를 치워버려야겠어

11) 복합 질문의 오류

두 가지 이상의 질문이 하나의 대답을 요구할 때 발생하는 오류

　예) 수사관 : "당신, 그 훔친 돈 유흥비에 모두 탕진했지?"

12) 분할(분해)의 오류

분해의 오류는 결합의 오류와 반대 방향으로 추론하는 오류

　예) 인간은 100만 년을 살아왔다. 그리고 나는 인간이다. 그러므로 나는 100만 년을 살아왔다.

13) 결합의 오류 (합성의 오류)

부분의 성질로부터 그것의 전체 성질을 잘못 추리하는 오류

예) 질소 비료는 질소로 만든다. 질소는 기체이기 때문에 질소 비료는 가벼울 것이다.

14) 발생학적 오류

어떤 사상, 사람, 관행, 제도 등의 원천이 어떤 속성을 갖고 있기 때문에 그것들이 그러한 속성을 갖고 있다고 추론하는 오류

예) 철수는 수영을 잘 할 거야. 왜냐하면 철수의 아버지가 훌륭한 수영 선수였으니까.

15) 의도 확대의 오류

의도하지 않은 행위의 결과를 의도가 있었다고 판단할 때 생기는 오류

예) 무단 횡단하던 그를 피하려다가 버스가 뒤집혀 많은 사람이 죽었잖아. 그렇기 때문에 그를 살인죄로 구속하는 것이 마땅하다고 생각해

16) 논점 일탈의 오류

어떤 논점을 뒷받침하기 위해 제시한 논거가 실제로는 다른 논점을 뒷받침하는 오류

예) 누가 잘했든 잘못했든 그렇게 싸우고만 있을 거야? 그렇게도 할 일이 없으면 차라리 잠이나 자!

17) 아전인수의 오류(논증 부족의 오류)

자신의 주장에 불리한 논거는 의도적으로 생략하고, 합리화시킬 수 있는 논거만으로 주장에 정당성을 부여하려 할 때 나타나는 오류

예) 나는 잘하는 것도 많은데 우리 엄마는 늘 나쁜 성적만 가지고 무능하다고 야단을 치신다.

2. 심리적 오류

어떤 주장에 대해 논리적으로 타당한 근거를 제시하지 않고 심리적인 면에 기대어 상대방을 설득하려고 할 때 발생하는 오류

1) 사람에의 오류

특정한 사람이나 그러한 사람의 환경 또는 위치를 근거 삼아 결론을 내리는 오류

예) 나이 먹은 사람은 지혜가 있으니 그의 말에 귀를 기울여야 한다.

2) 인신공격의 오류

논거의 부당성을 지적하기보다 그 주장을 한 사람의 인품이나 성격을 비난함으로써 그 주장이 잘못이라고 하는 데서 발생하는 오류

예) 베이컨의 철학은 믿을 수 없다. 그는 뇌물을 받은 혐의로 대법관의 직을 내놓은 사람이기 때문이다.

3) 정황에의 호소

상대방이 처한 정황을 비난하거나 논리적 근거로 내세워 논지로 수용한 것을 요구하는 오류

예) 경찰관 아저씨, 앞의 차는 단속하지 않고, 왜 나만 단속해요?

4) 동정 · 연민에 호소

상대방의 동정심에 호소해서 자기의 주장을 받아들이게 하려고 할 때 범하게 되는 오류

예) 죄 없는 많은 생명이 죽어 가고 있습니다. 우리 모두 헌혈에 동참합시다.

5) 공포 · 협박에의 호소

상대방에게 강압적인 수단을 동원하여 자신의 주장을 받아들이게 하는 오류

예) 청소 열심히 해라. 깨끗하게 하지 않으면 벌주겠다.

6) 대중 · 여론에의 호소

군중 심리를 자극하여 논지를 받아들이게 하거나, 많은 사람들이 어떤 신념을 갖고 있거나 어떤 행동을 하기 때문에 그것이 옳다는 식의 주장을 하는 오류

예) 햇볕 정책은 대부분의 백성이 호응하므로 가장 현명하고 바람직한 정책이다.

7) 역공격의 오류 (피장파장의 오류)

비판받는 내용이 상대방에게도 적용될 수 있음을 근거로 비판을 모면하고자 하는 오류

예) 오빠는 뭐 잘했다고 그래? 오빠 더 하더라 뭐

8) 부적합한 권위에의 호소

논지와는 직접적인 관련이 없는 권위자의 견해를 근거하여 자신의 주장을 받아들이도록 하는 오류

예) 이 넥타이의 상표는 일류 메이커이니 이 넥타이야말로 남성들이 매어야 할 최고의 넥타이다.

9) 우물에 독 뿌리기 (원천 봉쇄의 오류)

반론이 일어날 수 있는 원천을 비판하거나 봉쇄함으로써 반론의 제기를 불가능하게 하여 자신의 논지를 옹호하는 오류

예) 조국통일에 대한 정부의 입장을 거부하는 사람은 조국의 통일을 가로막는 사람이다.

3. 언어적 오류

언어를 잘못 사용하거나 잘못 이해해서 생기는 오류

1) 애매어와 애매문의 오류

두 가지 이상의 의미로 사용될 수 있는 단어의 의미를 명백히 분리하여 파악하지 않고 혼동함으로써 생기는 오류

① 애매어의 오류 : 주로 두 가지 이상의 의미를 지닌 애매어를 사용하여 의미가 잘못 이해되는 오류

예) 모든 인간은 죄인입니다. 죄인은 교도소에 가야 합니다. 그러니 모든 인간은 교도소에 가야 합니다. (죄인: '원죄를 지닌 인간', '범죄를 저지른 사람'인지 애매함)

② 애매문의 오류 : 구 또는 문장이 두 가지 이상의 의미로 해석되기 때문에 범하게 되는 오류

예)

아내는 나보다 돈을 더 좋아한다.

→ 아내가 돈을 좋아하는 정도가 나를 좋아하는 정도보다 더 크다.

→ 아내가 돈을 좋아하는 정도가 내가 돈을 좋아하는 정도보다 더 크다.

2) '이다' 의 의미를 혼동하는 오류

단순 술어적인 '이다'와 동일성을 나타내는 '이다'를 혼동해서 생기는 오류

예) 인간은 동물이다. 그러므로 인간 이외는 동물이 아니다.

3) 강조의 오류

말 또는 문장의 어느 부분을 특별히 강조하여 생기는 오류

예) 어머니께서 친구와 밤늦게 다니지 말라고 하셨으니 형하고 밤늦게 다녀도 괜찮아요.

4) 은밀한 재 정의의 오류

용어가 갖는 사전적 의미에 자의적(恣意的)인 의미를 덧붙임으로써 생기는 오류

예) 그 친구 정신 병원에 가야 하는 것 아니냐? 요즈음 세상에 뇌물을 받다니, 미치지 않고 그럴 수 있어?

▣ 논리 논술 설득 글쓰기 ▣

1. 정의

　설득하는 글은 생활 주변에서 일어나는 일에 대한 자기 생각과 의견을 밝히는 글이다. 무엇이 문제이고 어떻게 해결해야 하는지를 생각한 후 타인을 설득할 수 있도록 논리를 세워 쓰는 글이다.

2. 필요성

　1) '나'에게로 한정되어 있는 시선을 '우리'로 확대한다. - 사회성 키우기
　2) 주관적인 사고력을 기르고 조리 있게 의사를 전달하도록 한다. - 주체성 키우기
　3) 사회 현상을 깊이 있게 파헤치며 사고한다. - 비판적인 시각 기르기
　4) 문제 발생의 과정(원인과 결과)을 살펴본다. - 논리력(합리적)으로 사고하기
　5) 자신이 생각한 바를 효과적으로 전달하여 다른 사람을 설득한다. - 객관성 갖추기

3. 특성

　1) 사실성 : 추측이나 감상이 아닌 사실적인 내용을 다룬다.
　2) 주관성 : 사실에 대한 자기 생각(해석이나 의견)을 확고한 주장으로 내세운다.
　3) 타당성 : 주장을 뒷받침할 객관적인 자료를 통해 충분한 근거를 제시한다.
　4) 체계성 : 서론, 본론, 결론의 3단 구성을 갖는다.
　5) 실용성 : 독자를 설득하려는 뚜렷한 목적을 갖는다.

4. 구성

　1) 서론 : 글을 쓰는 목적을 밝히고 문제를 제기한다.

2) 본론 : 서론에서 드러낸 문제에 대해 자신의 주장과 근거를 제시하여 논지를 전개
한다.

3) 결론 : 본론의 주장을 요약 및 강조하고 앞으로의 전망을 밝힌다.

5. 설득글

1) 설득글의 목적과 갈래
① 정보 전달하기 : 대상에 대한 사실, 정보, 지식 등의 정보를 전달하기 위한 글
예 : 설명문, 기사문, 보고문, 안내문 등
② 설득하기 : 어떤 의견이나 주장을 내세워 독자를 확신시키거나 설득하기 위한 글
예 : 논설문, 연설문 등
③ 자기표현 : 글쓴이 개인의 절실한 감정이나 정서를 스스로 표현하기 위한 글
예 : 일기, 수필, 편지 등
④ 문학적 감동 : 독자에게 예술적인 아름다움이나 즐거움을 느끼게 하는 글
예 : 시, 소설, 희곡 등

2) 설득글 쓰기의 요건
① 주장의 독창성 : 주장의 내용은 글쓴이의 개성과 주관이 뚜렷해야 한다.
② 견해의 합리성 : 주장하는 내용이 합리적이며 진실 되어야 한다.
③ 근거의 타당성 : 주장하는 내용에 대한 근거는 정확하고 충분한 정보를 바탕으로
제시 되어야 한다.
④ 용어의 명확성 : 뜻이 분명하고 정확한 용어를 사용해야만 주장하는 내용을 효과
적으로 전달할 수 있다.

3) 설득글 쓰기의 유의점
① 주장할 관점을 분명히 세워야 한다.
② 주장을 뒷받침할 이유나 근거를 분명히 제시하여야 한다.
③ 주장하기 위한 내용의 제시 방법을 결정해야 한다.
· 주장의 핵심을 분명히 밝혀야 함.

· 주장의 근거와 이유가 타당해야 함.

· 주장의 논리가 정연해야 함.

· 사용된 용어가 분명하고 정확해야 함.

· 받아들이는 독자를 염두에 두어야 함.

· 자기주장의 의미와 영향력을 생각해야 함.

④ 자신의 주장이 어떤 의미가 있으며, 어떤 영향을 미칠 것인지를 생각해야 한다.

4) 설득을 위한 주장할 관점 세우기

① 주장하는 관점의 요건

· 타당성 : 객관적 기준에 비추어 볼 때 공감할 수 있어야 한다.

· 명확성 : 주장하고자 하는 것이 무엇인지 확실히 알 수 있어야 한다.

· 공정성 : 글쓴이의 개인적인 편견, 선입견, 독단적인 내용이 들어 있지 않아야 한다.

② 주장할 관점 세우기의 과정

· 직·간접 체험을 바탕으로 문제점을 찾아낸다.

· 문제점을 분석한 후, 주장할 자신의 관점을 정한다.

· 자신의 주장이 읽는 이의 공감을 살 수 있는 내용인지 검토한다.

· 자신이 세운 주장에 대한 근거나 이유를 충분히 마련할 수 있는지 검토한다.

· 검토한 내용을 바탕으로 하여, 자신이 내세워 주장할 바를 분명하게 정한다.

6. 설득의 5단계

1) 듣기

자신의 말에 상대방이 주의를 기울이는 단계이다. 일단 귀를 기울이고 들으려는 자세가 갖추어져 있지 않으면 더 이상의 설득 진전은 기대하기 어렵다.

2) 이해

자신의 말이 어떤 의미인지 상대방이 머리로 이해하고 수긍하는 단계이다. 이 단계에서는 마음은 열리지 않고, 그저 논리적으로 합당한 것인가에만 초점이 맞추어져 있기 때문에 단순한 이해일 뿐 동조나 공감을 하는 것은 아니다.

3) 납득

자신의 말에 상대방이 수긍을 하고 판단을 내리는 단계로 이쪽에서 어떤 요구나 제시를 했을 때, 받아들일만한 가치가 있는 것인지 판단한다.

4) 결정

상대방의 말을 이해하고 충분히 납득한 후 그 말을 받아들일 것인지, 아니면 무시할 것인지 의사를 결정하는 단계이다.

5) 실행

실제로 태도를 정하고 행동으로 옮기는 단계로 설득의 결과에 해당한다. 아무리 이쪽의 말을 이해하고 납득했다고 해도, 또는 한 단계 더 나아가 결정을 내렸다고 해도 이런저런 이유를 들어 그 결정을 실행하지 않는다면 결국, 설득은 실패라는 결과는 낳는다.

7. 설득하는 방법

1) 공통점을 찾아라!

누구나 자신과 우호적인 관계를 가지고 있는 사람은 쉽게 설득하기 마련이다. 우호적인 관계를 만들기 위해선 우선 공통점을 찾아내 그에 대해 칭찬하는 것이 좋다. 예를 들어 고향이 같다든지, 좋아하는 운동선수나 연예인이 같다든지, 나이가 비슷하다든지 하는 공통점을 내세워 얘기를 풀어간다면 상대방은 곧바로 당신에게 흥미를 느끼고 이야기에 귀를 기울일 것이다.

2) 너무 말을 잘해도 마이너스

너무 말을 명료하게 잘하는 사람은 '말 잘하는 사람'이라는 인상은 주겠지만 '쉽게 다가갈 수 있는 사람'이라는 생각을 심어주지는 못한다. 당신은 속으로 사람들이 자신의 이야기에 감동받고 있다고 생각할지도 모르지만, 내성적이고 자신의 얘기를 잘 꺼내지 못하는 사람들은 오히려 거부감을 가질 수 있다. 따라서 조금은 저자세로 상대방에게 당신을 웅변가가 아닌 자신들과 다를 바 없는 보통 사람이라는 느낌을 준다면, 그들은 오히려 당신을 돕고자 할 것이다.

3) 자신의 고민을 공개하라

다른 이들을 내 편으로 만들고 싶다면 하나에서 열까지 자신의 사정을 알리는 것이 중요하다고 전문가들은 조언한다. 문제가 생기면 막연하게 타인의 시선을 의식하기 보다는 다른 사람들과 대화를 통해 해결한다면, 자신의 상황을 객관적으로 관찰할 수 있을 뿐 아니라 다른 사람들도 기꺼이 자신의 고민을 당신에게 공개하려고 할 것이다.

4) 유머 감각을 키우자

유머 감각이 있는 사람은 어디서든 환영받는 존재가 된다. 그들과 함께 있으면 잠시나마 고민도 잊을 수 있고 웃음만큼 좋은 보약도 없으니 사람이 따르는 건 당연지사. 대인 관계에서 생기는 갈등과 긴장감은 웃음으로 완화될 수 있다. 매사 모든 일을 너무 심각하게 받아들이는 사람은 스스로 스트레스를 잘 받기 때문에 짜증스러운 사람이 될 수 있고 인간관계도 원만하지 못하다. 따라서 조금은 가볍게 모든 것을 즐기는 마음 자세가 요구된다.

5) 'No' 할 줄 알아야 한다

너무 마음이 약해서 다른 사람의 부탁을 거절할 줄 모르면 과다한 업무에 시달리게 된다. 그저 남들에게 잘 보이기 위해 'Yes'를 남발한다면 사람들은 당신을 고마운 존재가 아닌 '만만한 존재'로 인식해 인간관계를 해칠 수 있다. 자신이 하기 힘든 것은 미리 안 된다고 거절할 줄 아는 결단력과 배짱이 필요하다.

6) 고집 센 사람들은 이렇게!

자기 고집만 내세우면 타인의 의사를 받아들일 여지가 없어진다. 따라서 고집이 센 사람들은 늘 고독하기 마련이다. 그러나 고집 센 사람들은 의외로 연약한 면을 가지고 있다. 자신의 연약한 면을 드러내기 싫어서 겉으로 센 척 고집을 피우지만 사실 이런 사람들은 의외로 외로움을 달래주면 쉽게 마음을 연다.

7) 먼저 상대가 원하는 것을 주어라

세상에 공짜는 없다. 내가 원하는 것을 얻기 위해서는 나 또한 내가 가지고 있는 것 중 하나를 상대방에게 주어야 하는 것은 당연한 이치. 그것이 크든 작든 우선 먼저 상대가 원하는 것을 준 후에 자신이 원하는 것을 구해야 한다.

8) 푸념하지 마라

　자기 연민을 내뱉지 마라. 노골적으로든 어감으로든 푸념하지 마라. 이것은 무엇보다도 당신을 실패자처럼 보이게 만든다. 당신이 불공평한 취급을 받았다고 불평하는 것은 상대방을 동정심이 없고 잔인하다고 비난하는 것이나 마찬가지다. 당신은 암암리에 상대방을 비열하다고 말하고 있는 것이다. 어떤 사람도 그런 말을 듣길 좋아하지 않는다. 따라서 그 사람은 거의 틀림없이 당신에 대한 자신의 태도를 정당화할 것이며 계속 똑같이 대할 것이다. 어떤 경우 불평으로 그 사람을 움직일 수 있더라도, 그것은 자칫 당신을 자신들의 삶에서 불필요한 존재라고 생각하게 만들기 쉽다. 사람들은 잘 알려진 자기 연민 중독자들을 책임지기를 꺼린다. 당신이 불평만 하는 사람이라면 다른 사람보다 두 배 이상 열심히 노력해야만 한다.

9) 당신의 주장을 단도직입적으로 말하지 마라

　질서 정연하게 증거를 제시함으로써 당신 말을 듣는 사람들을 이끌어라. 당신의 목적을 분명하게 말하라. 그때 그 사람이 당신의 결론을 자기 것으로 받아들일 수 있도록 당신의 입장을 제시하라. 증거는 다른 사람들이 당신의 입장을 강요하고 있다고 느끼지 않도록 제시해야 한다. 상대방이 당신과 똑같은 결론을 내리게 되면 이상적일 것이다. 그러나 그 사람이 결론을 내릴 때는 자신감을 갖도록 꼭 배려해야 한다.

10) 말하기보다 먼저 들어야 하는 이유

　'잘 듣는 사람이 성공한다'는 말이 있을 정도로 다른 사람과의 우호적인 관계를 위해서는 그 사람의 말을 잘 들어주는 것부터 시작해야 한다. 말을 잘 들어준다는 것은 그 얘기에, 즉 상대방에 대한 관심의 표현이기도 하므로 자신의 얘기를 잘 들어주는 사람에게는 그만큼 호감이 가게 마련이다. 또한 상대방의 이름을 부름으로써 친근감을 키우는 것 또한 중요하다. 그리고 상대방과 나를 '우리'라는 말로 묶는 것도 중요하다. '우리'라는 말이 주는 동질감과 유대감은 순식간에 상대방과 나를 하나의 끈으로 묶어줄 것이다.

11) 자신을 설득 상대라고 가정한다

　의견 조율을 할 때 설득당하는 입장에서 자신이 설득할 내용을 들어본다. 스스로 납득할 수 없다면 이미 그 방법은 틀린 것이다. 자신감이 필요하다. 자신도 이해하지 못한 내용으로 상대를 설득한다는 건 불가능. 설득 내용을 이해하면 자신감이라는 에너지가 생기고 그것은 추진력이 되어 상대방의 마음에 영향을 미칠 것이다.

12) 서두르지 마라

마지막으로 다른 사람을 내 편으로 만들려고 할 때는 절대 서두르지 말아야 한다. 한꺼번에 모든 것을 이루겠다는 성급한 마음을 가지고 상대방을 대하면 무리한 전략을 세워 좋지 못한 결과를 거두게 된다. 성급한 마음을 지니면 상대의 비위를 상하거나, 거짓말을 하게 되거나, 때 이른 양보를 함으로써 손해를 보게 된다. 또한 상대방의 태도를 일시에 바꾸어놓겠다는 생각에서 그의 잘못을 지적하거나 그가 생각하는 바와 상반되는 주장을 전개하면 상대방은 화가 나서 오히려 더욱 엇나가게 된다. 따라서 가능한 한 상대에 대한 비난은 삼가야 하며, 주장을 펼 때도 상대방의 생각과 유사한 부분에서부터 출발하여 점점 자신의 생각 쪽으로 이동하는 점진적인 접근법을 사용하는 것이 좋다.

8. 사람 마음을 사로잡는 6가지 법칙

사회심리학자 '로버트 치알디니'가 저서 「설득의 심리학」에서 밝힌, 사람 마음을 사로잡는 6가지 법칙을 소개한다.

1) 상호성의 법칙 : 먼저 양보하라

내가 양보해야 상대방도 양보를 한다. 우선 상대방에게 무리한 부탁을 한 뒤, '그게 어렵다면 이거라도'라는 식으로 원래 원했던 부탁을 하는 식이다.

2) 일관성의 법칙 : 작은 약속부터 시작하라

사람들은 지금까지 행동해 온 것과 일관되게 보이려는 욕구를 갖고 있다. 긍정적인 대답을 끌어내는 질문이나 작은 약속을 승낙하면 이를 빌미로 한 더 큰 요청에도 '노(no)'라 대답하기 힘들다.

3) 사회적 증거의 법칙 : '다른 이들도 한다'는 점을 강조하라

사람들은 옳고 그름의 기준을 정할 때 상당부분 '다른 사람들이 어떻게 결론을 내리는가'에 기반을 둔다. '다른 사람들도 같은 선택을 한다'는 확신을 심어준다면 원하는 것을 얻을 수 있다.

4) 호감의 법칙 : 공통점을 찾아라

사람은 자신과 닮은 사람에게 호감을 갖는다. 상대방과 접촉하는 시간을 늘리고 칭찬을 아끼지 말자. 또한 상대방과 공통점을 찾거나 일부러라도 따라하면 쉽게 설득할 수 있다.

5) 권위의 법칙 : 권위를 등에 업어라

사람들은 유명인이나 권위 있는 모습에 쉽게 넘어가는 경향이 있다. 그럴듯한 직함이나 비싼 옷, 자동차로 치장하고 유명인이나 전문가의 분석을 붙이면 쉽게 거절하지 못한다.

6) 희귀성의 법칙 : 기회가 많지 않다는 점을 강조하라

희귀해질수록 가치는 높아진다. '제안을 받아들이면 이러이러한 것을 얻을 수 있다'는 말보다는 '받아 들이지 않으면 이러이러한 것을 잃을 수 있다'고 설득하는 것이 보다 효과적이다.

· 설득하는 글쓰기의 요건 ·

① 주장의 독창성 : 주장하는 내용은 글쓴이의 개성과 주관이 돋보이는 것이어야 함
② 견해의 합리성 : 주장하는 내용이 합리적이고 진실한 내용이어야 함
③ 근거의 타당성 : 주장하는 내용에 대한 근거는 정확하고 충분한 정보를 바탕으로 제시해야 함
④ 용어의 명확성 : 뜻이 분명하고 정확한 용어를 사용해야 함

1. 제안하는 글

1) 제안하는 글쓰기

① 제안하는 글은 자신의 견해를 명확히 하여 상대방이 선택하도록 유도하는 글이다.

제안대로 행했을 경우 어떤 점이 유익한가를 밝히는 일이 중요하다.

② 제안서 표지부터 눈길을 끌 수 있도록 제안하는 내용을 명확히 밝혀 구성하고 제목에서부터 시선을 끌도록 작성한다.

③ 제안서만으로도 완결성을 지닐 수 있도록 필요한 내용을 충실히 다루어 상세하게 작성한다.

④ 제안하는 내용이 실행 계획을 포함하고 있을 경우 실행방법이나 운영방법, 일정 등을 구체적으로 밝혀야 한다.

⑤ 일과 관련해서 상대방이 무엇을 어떻게 하고 싶어 하는지 사전에 충분히 분석하여 상대의 요구에 맞게 제안한다.

⑥ 제안하는 글은 현재의 상태가 더 나아지도록 개선하기 위한 것으로 현재까지와 다른 실행계획임으로 실현 가능성을 보여주어 거나 증명해야 효과가 있다.

⑦ 이전에 해 오던 방법이나 다른 제안에 비해 어떤 점에서 얼마나 더 나은지 자기만의 특장점을 밝혀 확실하게 드러내 차별성을 부각 시켜야 한다.

2. 주장하는 글

1) 특성과 요건 알기

① 주장하는 글의 정의

문제가 되는 상황에 대해 사실을 논리적인 근거로 삼아 지신의 주장을 논리적으로 뒷받침하거나, 한 걸음 더 나아가 상대방을 설득하는 글

② 주장하기의 과제

가치판단이나 당위판단은 사물에 대한 시각, 가치관, 자신의 입장 등에 따라 사람마다 생각하는 바가 다를 수 있으므로 주장을 세울 수 있어, 주장하기의 과제는 가치판단이나 당위판단을 요구하는 것이 대부분임

· 사실판단 - 사실을 있는 그대로 파악

· 가치판단 - 선악, 미추, 진위 등의 가치를 판단

· 당위판단 - 마땅히 해야 하는지, 해서는 안되는지 (당위성을 판단)

③ 주장의 근거

주장의 근거는 많은 사람들이 인정하고, 객관적으로 받아들일 수 있고, 이미 입증된 것(객관적 사실, 권위 있는 사람의 말 등)

④ 주장하는 관점의 요건

· 타당성 : 객관적 기준에 비추어 볼 때 공감할 수 있어야 한다.
· 명확성 : 주장하고자 하는 것이 무엇인지 확실히 알 수 있어야 한다.
· 공정성 : 글쓴이의 개인적인 편견이나 선입견, 또는 독단적인 내용이 들어 있지 않아야 한다.

⑤ 논리적인 증명 (추론)

자신이 주장하는 바를 효과적으로 뒷받침할 수 있게 글을 논리적으로 조직하는 추론 과정이 중요(연역법, 귀납법)

⑥ 글 쓰는 목적 - 자신의 주장을 증명하거나, 이를 바탕으로 상대방을 설득하는 목적

2) 문제 상황 파악하기

① 명확한 논점

문제 상황을 명확히 인식하여 일관성 있게 주장을 펼쳐나감

② 현실적인 요구

다양한 논점 가운데 현재 자신의 입장에서 어떤 논점을 다루는 것이 현실적으로 필요한지를 따져, 거기에 맞는 논점을 택함. 자신에서 선택권이 주어졌다면 자신이 가장 의미 있게 여기는 것을 다루고, 요구가 있다면 그 요구에 맞추어 논점을 정함. 논술시험처럼 논점이 명확하게 주어지는 경우는 논점이 무엇인지를 명확하게 인식해야 함

③ 문제의식

문제의식을 가지려면 문제 상황을 둘러싸고 복잡하게 얽혀 있는 현상들을 관련지어 생각할 수 있어야 하고, 그 안에 내재된 본질적인 측면까지 따져볼 수 있어야 함

3) 주장 세우기

① 조건 따지기

주장을 제대로 하기 위해 조건을 따져보아 의미가 모호하거나, 오해할 소지가 있거나,

논점에서 벗어나려는 요소를 바로잡아야 함
② 분명한 입장
찬반의 입장을 분명히 하여 주장을 내세움. 제3자의 입장도 나름대로 분명한 태도를 보여야만 또 하나의 입장으로 받아들여질 수 있음

4) 근거 마련하기

① 주장을 뒷받침하는 논거
· 사실논거 : 있는 그대로의 사실 가운데 주장하는 내용과 밀접한 관련을 지니는 것들. 사실논거는 누구나 객관적으로 인정할 만한 객관적인 사실이어야 함 (자연법칙, 실험적 사실, 조사통계자료, 보편타당한 사실, 입증될 수 있는 사실)
· 소견논거 : 사실에 대한 판단을 내린 다른 사람의 말이나 글을 끌어들여 주장의 설득력을 높이는 데 도움을 주는 것들. 소견논거는 출처가 믿을 만하고 권위가 있는 것이어야 함 (목격자와 경험자의 증언, 전문가나 권위자의 의견)

② 논거 검토하기
논거가 다른 논거들과 충돌하거나 모순되는 점이 없도록 하여 설득력을 해치거나 통일성을 떨어뜨리는 일이 없도록 함

논거의 신뢰성, 모호성을 따져 타당성을 해치거나 여러 가지 의미로 해석되어 상대방에서 반대 논거를 제시하지 않도록 함

논거가 주장의 뒷받침하고 있는지 검토하고, 불충분한 부분은 보완하여 전체 논지가 약화되지 않도록 함

5) 추론하기

추론의 정의 : 앞에 내세운 근거(전제)를 바탕으로 특정의 판단(결론)을 이끌어 내는 일련의 논리적 과정
① 연역적 추론 : 일반적으로 널리 받아들여지는 사실들을 근거로 삼아 이로부터 새로운 결론을 이끌어내는 방식
② 귀납적 추론 : 구체적인 사례들로부터 일반적인 사실을 결론으로 이끌어내는 방식

◼ 설득 글쓰기의 논설문과 연설문 ◼

논설문(論說文)

1. 정의

어떤 문제에 대하여 자기의 의견을 이론적으로 체계를 세워 주장하는 글 (목적 : 설득)

2. 짜임

서론(집필 동기, 목적, 논술방법제시) ⇒ 본론(논거 제시, 논지 전개) ⇒ 결론(논지 요약 및 강조)

3. 특징

① 글 쓴 사람의 생각이나 주장이 뚜렷하다.
② 주장을 조리 있게 펼쳐 나간다.
③ 문장이 명료하며 설득력이 있다.
④ 문장이 힘차고 지적이다.

4. 논설문이 갖추어야 할 요건 :

① 주장하는 바가 뚜렷해야 한다. : 명제의 명료성
② 주장하는 바가 공정해야 한다. : 명제의 공정성
③ 주장의 근거가 확실해야 한다. : 논거의 타당성
④ 주장의 논리가 정연해야 한다. : 추론의 논리성
⑤ 주장의 용어가 정확해야 한다. : 용어의 정확성

▶ 훌륭한 논설문의 요건 : 명확함, 간결함, 힘참

5. 논설문의 종류

1) 논증적 논설문 : 어떤 일이나 문제의 옳고 그름을 밝히기 위하여 여러 가지 객관적
논거를 제시하여 그 옳고 그름이 드러나게 하는 논설문
2) 설득적 논설문 : 자기의 의견이나 견해를 타인에게 분명하고 조리 있게 주장하여 다
른 사람들이 그 의견이나 견해에 찬동하여 따라 오게 하는 논설문

6. 논증의 방법 : 명제, 추론, 논거

1) **명제** : 사물이나 현상에 대한 주장이나 견해를 단정 형태의 문장으로 밝혀 놓은 것
① 사실명제 : 어떤 사실을 제시하는 명제
예)
· 사람은 포유동물이다.
· 삼국유사는 일연이 썼다.
② 정책명제 : 어떤 문제에 대해 당위적인 판단을 내린 명제
예)
· 사람은 법을 지켜야 한다.
· 남녀 공학을 즉시 실시하여야 한다.
③ 가치명제 : 어떤 대상에 대한 가치 판단을 내린 명제
예)
· 좋은 책은 사람에게 좋은 친구다.
· 이순신 장군은 뛰어난 전략가이다.
2) **추론** : 어떤 판단을 근거로 새로운 결론을 끌어내는 과정
① 연역법 : 대전제 ⇒ 소전제 ⇒ 결론 : [3단 논법의 형식을 취함]
예)
· 모든 사람은 죽는다. (대전제)
· 소크라테스는 사람이다. (소전제)
· 그러므로, 소크라테스는 죽는다. (결론)

② 귀납법 : 개개의 구체적 사실 ⇒ 일반적 원리

예)

· 식물은 영양을 섭취해야 성장한다.

· 동물도 영양을 섭취해야 성장한다.

· 사람도 영양을 섭취해야 성장한다.

· 그러므로, 모든 생물은 영양을 섭취해야 성장한다.

③ 변증법 : 두 개의 대립되는 개념, 즉 正(정)과 反(반)을 기본 원리로 하여 이를 버리고 새로운 개념인 合(합)을 이끌어 내는 방법

예)

· 精讀은 精하나 博하지 못하다.

· 多讀은 博하나 精하지 못하다.

· 따라서 독서는 精과 博을 겸해야 한다.

3) 논거 : 근거의 확실성을 뒷받침 하는 것.

① 사실 논거 : 객관적인 사실을 근거로 한 것.

② 의견 논거 : 자기 또는 타인의 의견을 근거로 한 것.

7. 논설문의 진술 방식

지은이는 자기의 주장이 옳음을 증명하기 위하여 근거와 이유를 제시해야 하는데, 이 근거와 이유는 사실에 바탕을 두어야 하고 타당해야 하기 때문이다. 다음과 같은 '논증' '예증' '비유' 등의 진술방식이 사용된다.

① 논증 : 논리적으로 이치를 따져 증명함

② 예증 : 객관적인 자료를 이용하여 인용하거나 예를 들어 증명함

③ 비유 : 다른 대상에 비겨서 설명함

8. 논설문을 읽는 방법

① 지은이가 주장하는 내용을 파악하며 읽는다.

② 사실과 의견을 구분하며 읽는다.

③ 주장의 이유나 근거의 타당성을 검토하며 읽고, 문맥의 정확성을 파악하며 읽는다.

④ 구성의 긴밀성과 논리의 전개 방식에 유의하며 읽는다.

9. 효과적인 설득 방법

① 정확하고 충분한 정보 제공 ② 구체적이고 명확한 용어 사용
③ 전문가나 권위자의 말 인용 ④ 자신의 의견을 반복 강조

연설문(演說文)

1. 정의

동시에 여러 사람을 설득하거나 이해시키기 위하여 청중 앞에서 직접 말로써 자기의 주장을 논리적으로 펴는 글

2. 연설문의 제한 조건

청중의 나이, 청중의 관심, 주어진 시간, 주어진 장소

3. 특징

① 주장, 의견 등이 강하게 나타난다.
② 주장에는 반드시 근거가 제시된다. 다만, 당연할 주장일 때는 근거를 밝히지 않아도 좋다.
③ 문장은 간단명료하다. 복잡하거나 불분명하면 설득도 이해도 감동도 되지 않는다.
④ 대체로 높임말을 쓴다. 설령 연설문이 예사말로 쓰여 있더라도 연설은 높임말로 해야한다.

4. 논설문과 연설문의 공통점과 차이점

(1) 공통점
   여러 사람에게 자기의 의견을 주장하는 점
(2) 차이점
   ① 논설문 : 어떤 문제를 제기하거나 해결할 목적으로 자신의 생각이나 주장을 편 글
   ② 연설문 : 청중 앞에서 직접 말로써 주장하기 위한 글

5. 논설물과 연설문 설득 글쓰기의 유의점

① 관련 자료를 수집하여 주장하고자 하는 의견이나 관점을 명료히 세운다.
  · 의견이나 관점을 설정 할 때 : 관련 자료를 수집하여 비교 분석하는 것이 효과적
  · 정보가 제한되면 의견이나 관점이 올바르고 타당한지 판단하기 어려우며 독자를
   설득하는 목표도 성취하기 어렵다.
② 주장을 뒷받침할 수 있는 타당한 논거를 제시한다.
  · 주장을 논리적으로 뒷받침할 수 있는 타당한 논거가 풍부할수록 필자가 내세우는
   주장의 설득력은 더 강해진다. 반대로 논거가 없는 주장은 설득력을 지닐 수 없다.
③ 설득력 있는 표현 전략을 활용하여 글을 쓴다.
  · 글의 표현 전략이 설득력 있느냐에 따라 독자 설득의 효과가 달라지기 때문에 설
   의법이나 비유법 등으로 자기주장을 강조하여 설득력을 높이도록 한다.

퇴고

    일단 완성된 글인 초고를 다시 읽어 가며 다듬는 일을 퇴고(推敲)라고 한다. 퇴고의
요령은 작문 절차에 관한 갖가지 요령, 주의사항 등과 거의 일치한다.

1. 퇴고의 원칙

    1) 부가의 원칙 : 빠뜨린 부분, 미진한 부분을 첨가하고 보충하면서 글을 다듬는다.
    2) 삭제의 원칙 : 불필요한 부분, 조잡하고 과장이 심한 부분 등을 삭제하면서 표현을
                    간단명료하게 한다.
    3) 재구성의 원칙 : 글의 순서를 바꾸거나 어휘를 바꾸어 효과를 더 높이도록 한다.

2. 퇴고의 방법

1) 전체의 검토
  · 주제는 처음에 글을 쓴 의도 및 동기와 일치하는가?
  · 주제 외의 다른 부분이 오히려 강조되어 주제가 흐려지지 않았는가?
  · 주제를 뒷받침하는 제재가 주제와 조화를 이루고 있으며, 쉽게 쓰여 있는가?

2) 부분의 검토
  · 문단 간의 연결이 잘 되어 있으며, 중요도에 따라 적절한 비율이 지켜지고 있는가?
  · 문단이나 문장 간의 접속 관계에서 논리적인 모순은 없는가?
  · 비문이나 모호한 문장은 없으며, 효과적인 문장으로 되어 있는가?

3) 어휘의 검토
  · 글의 주제와 분위기에 알맞은 어휘를 선택했는가?
  · 적절하고 이해하기 쉬운 단어로 표현했는가?

4) 표기법 및 문장 부호의 검토
  · 맞춤법 및 띄어쓰기가 바르게 되어 있는가?
  · 문장 부호의 사용은 적절한가?

5) 자연스러움의 검토
  · 소리를 내어 읽어 보았을 때 어색하고 부자연스러운 곳은 없는가?

6) 최종적인 검토

· 퇴고를 다 끝내고 나서 다시 한 번 부족한 곳이 없는 지 살펴본다.

3. 퇴고시의 유의 사항

1) 맞춤법, 띄어쓰기, 문장부호 사용이 틀리지 않는가 살핀다.
2) 중복어가 없는가 살핀다. (초가집, 해변가, 역전앞 등)
3) 추상어 · 한자어 · 외래어 사용을 자제한다.
4) 접속사를 사용하지 않아도 문장이 될 때는 삼간다.
5) 조사의 쓰임에 유의한다. ('~이(가)', '~을(를)', '~에게')
6) 시제의 사용이 맞는가 살핀다.
7) 주어를 생략해도 좋을 곳엔 빼낸다.
8) 주어와 서술어가 제대로 연결되고 있는가 살핀다.
9) 지나친 수식어 사용을 삼간다.
10) 문장의 어순은 올바른가 살핀다.
11) 참고 서적을 적절히 이용한다.
12) 문장의 길이가 적당한가 살핀다.

▣ 참고 : 퇴고(推敲)의 고사(故事) ▣

퇴고라고 하는 말은 중국 당나라 시인 가도(賈島)로부터 비롯됐다고 한다. 가도가 어느 날, 말을 타고 가면서 (이응의 유거에 제함[題李凝幽居])이라는 시를 짓기 시작했다.

閑居隣竝少(한거린병소) / 이웃이 드물어 한거하고
草徑入荒園(추경입황원) / 풀숲 오솔길은 황원에 통하네
[鳥宿池邊樹(조숙지변수) / 새는 연못가 나무에 잠자고
[僧敲月下門(승고월하문) / 중은 달 아래 문을 두드린다

그런데 마지막 구절인 '중은 달 아래 문을 두드린다'에서 '민다[推]'라고 하는 것이 좋을지 '두드린다[敲]'라고 하는 것이 좋을지 여기서 그만 막혀 버렸다. 이때 가도는 '민다' '두드린다'는 두 낱말만 정신없이 되뇌며 가던 중 타고 있는 말이 마주 오던 고관의 행차와 부딪치고 말았다.

그 고관은 당대(唐代)의 대문장가인 한유(韓愈=韓退之)로, 당시 벼슬은 경조윤 (京兆尹 : 도읍을 다스리는 으뜸 벼슬)이었다. 한유 앞에 끌려온 가도는 먼저 길을 비키지 못한 까닭을 솔직히 말하고 사죄 했다. 그러자 한유는 노여워하는 기색도 없이 잠시 생각하더니 이렇게 말했다.

"내 생각엔 역시 '민다'는 '퇴(推)'보다 '두드린다'는 '고(敲)'가 좋겠네."

대문장가 한유(韓愈)를 만나 그의 조언으로 '두드린다'로 고쳤다는 고사에서 추고(推敲)가 아닌, 퇴고(推敲)가 유래했다고 한다.

※ 推 밀 추. 敲 두드릴 고 / 추고(推敲)가 아닌 퇴고(推敲)

[출전] 唐詩紀事 卷四十 題李凝幽居

제15강 : 실전문제 및 풀이

• 실전문제 ❶

【문1】 다음 대화에서 덜렁이의 논리가 갖고 있는 모순을 바르게 지적한 것은? (   )

> 덩달이 : 덜렁아, 큰일 났어! 영희가 청룡열차를 타다가 떨어져서 심하게 다쳤어. 어서 병
> 원으로 옮겨야 하니 좀 도와 줘.
> 덜렁이 : 덩달아, 영희를 병원으로 데려갈 필요가 있을까?
> 덩달이 : 아니 그게 무슨 말이야. 병원에 데려가지 않으면 죽을지도 모를 텐데.
> 덜렁이 : 내 말이 그 말이야. 잘 생각해 봐. 병원에 가더라도 영희는 죽거나 죽지 않거나
> 둘 중에 하나일 거야. 어차피 죽을 거라면 병원에 데려가도 죽을 것인데 뭐하러
> 힘들게 병원으로 옮겨야 하니? 그리고 아무런 보람도 없이 병원비만 날리게 되지
> 않니? 그리고 죽지 않는다면 굳이 뭐하러 병원에 데려간다는 거니. 가만 내버려
> 두면 될 것이나냐?
> 덩달이 : 덜렁이 네 말을 듣고 보면 그럴듯하긴 하지만 뭔가 잘못이 있는 것 같은데.
> 덜렁이 : 그래. 내 말이 잘못되었다면 덩달이 네가 그걸 밝혀 봐. 그러면 나도 도와주겠어.

① 일부의 경우를 성급하게 일반화하고 있다.

② 상대의 예상되는 반론을 원천적으로 봉쇄하고 있다.

③ 쓸데없는 말장난으로 한시라도 급한 치료를 늦추고 있다.

④ 병원에 가야 살아날 가능성이 높다는 사실을 배제하고 있다.

⑤ 어떻게 대답하든 대답하는 사람이 수긍하고 싶지 않은 점을 수긍하게 하고 있다.

【문2】 다음 글의 밑줄 친 부분과 같은 오류를 범하고 있는 것은? (   )

> 한 가지 나쁜 점을 보고 사람 전체나 사건 전체를 검게 먹칠하여 버리는 버릇은 공정하다
> 할 수 없다. 한 사람 한 사건을 전체의 균형에서 보고 장래와 가치를 비교하는 시야에서
> 관찰하는 태도가 생겨야 할 것이다. 개인적인 주관으로 속단하는 조급성, 눈앞의 것을 크게
> 보고 먼 데 것을 낮게 보는 유치함을 벗어나야 전체의 조화 있는 성장이 이루어진 것은 의
> 심할 바 없다.

① 신은 사랑이다. 그런데 진실한 사랑은 흔치 않다. 그러므로 진실한 신도 흔치 않다.

② 인간의 자유를 박탈하는 것은 잘못이 없다. 범죄자와 정신병자들을 가두어 두는 것은 적절하고 필요한 조치니까.

③ 물은 수소와 산소의 응결체라고 한다. 그런데 수소는 불을 붙이면 폭발한다. 그러므로 물에다가 불을 붙이면 폭발하게 된다.

④ 내가 어제 스키를 타다가 다리를 부러뜨릴 뻔했어. 그러니까 너희들은 절대로 스키를 타서는 안 돼. 잘못하면 다리가 부러질 테니까.

⑤ 거짓말을 하는 것은 나쁘다. 그 의사는 환자를 안정시키기 위해 거짓말을 했다. 따라서, 그 의사는 나쁘다.

【문3】 다음 밑줄 친 부분과 유사한 잘못을 범하고 있는 것은? (   )

> 그러므로 음악적 빠르기의 입장에서 우리의 음악을 폐장(肺臟)의 음악이요, 서양의 음악은 심장(心臟)의 음악으로 파악한 한 선배 학자의 견해는 정곡을 찌른 탁견임에 분명하다. 아울러 맥박 1회가 빠르기의 기준이 된 음악과, 한 숨이 빠르기의 기준이 된 음악은 동일한 척도로 가늠할 수 없는 각자의 가치를 지니고 있음을 인식해야 할 것이다.
> 심장(心臟)의 음악으로 폐장(肺臟)의 것을 보면, 느려 터져 재미없는 음악이 되지만, 폐장(肺臟)의 음악에는 심장(心臟)의 것에서는 찾기 힘든 여유와 사려 깊음, 유연함과 담백함, 그리고 한가로움과 유현(幽玄)함의 미가 담겨져, 음악적 기쁨을 새롭게 해 준다. 그러므로 <u>우리는 숨에 의한 한배의 음악을 맥박에 의한 템포의 마음으로 듣는 잘못을 범하지 말아야 하는 것이다.</u>

① 회교권에서는 돼지고기를 먹지 않는다지. 하긴 중동 지역은 너무 더워서 땀구멍이 없는 돼지를 기르기 어려우니 그런 풍습이 생겨났겠군. 그들에게 돼지는 일종의 사치품일 테니까.

② 온돌은 우리 민족이 만들어 낸 빼어난 문화유산의 하나야. 등이 따뜻해야 행복을 느끼는 법이거든. 그런데 그 추운 지방에서도 유럽인들은 침대에서 잠을 잔다니 참 불행한 사람들이야.

③ 인도인들이 소를 숭배하는 데는 그만한 이유가 있어. 힌두교에겐 소가 살아 있는 것들의 상징이지. 뿐만 아니라, 소는 가난한 인도인에게 우유를 제공해 주고 배설물은 연료의 공급원이 되거든.

④ 유목인들의 사회에서는 양이나 소를 지키기 위해 개를 기르는 것이 필수적인 것이었다. 따라서, 개를 잡아먹는 것은 어리석은 일이겠지. 그러나 농경사회에 정착하는 우

리가 개를 가축의 하나로 길러 식용으로 삼는 것은 문화의 상대성이라고 할 수 있겠지. ⑤ 어떤 나라에서는 사촌 간에도 결혼이 허용되고 있어. 이러한 풍습은 과거 유목민 시절부터 외적과의 방어 목적에서 같은 종족끼리 자손을 많이 퍼뜨려야 할 필요성에서 유래했다는군. 그러니 그 나름대로 합리성이 있는 풍습이지.

【문4】 다음 밑줄 친 부분과 같은 오류를 보이는 것은? (   )

역사 서술에서 사료의 중요성과 객관성을 강조하는 실증주의의 공헌은 무엇보다도 역사를 문학과 구분하여 사실에 기초를 둔 학문 분야로 수립하는 데 있었으며, 진실과 허구 사이를 갈라놓는 외형적 척도를 마련하는 데 성공했다고 볼 수 있다. 과학과 진보에 대한 확신으로 가득 차 있던 19세기 말엽의 유럽의 역사학계 일부에서는 정보의 양적 축적이 곧 진리에의 접근이라는 믿음 아래, 여러 역사가들이 공동 작업을 하면 다시는 수정이 필요 없는 완벽한 역사를 쓸 수 있으리라는 주장이 나오기도 했다.

① 정신 병원에서 죽은 사람의 그림이 무슨 가치가 있겠니?
② 반지를 끼고 출장했으니 오늘은 홈런을 칠거야.
③ 소크라테스가 한 말도 믿지 못한다구?
④ 한약이 쓰니까 한약 재료도 모두 쓴 거야.
⑤ 열이면 열 모두가 네가 틀렸다고 할 거야.

【문5】 다음 연설에서 화자가 범한 논리적 오류를 바르게 지적한 것은? (   )

인간은 혼돈의 상태보다 질서를 원합니다. 올바르고, 아름답고 바람직한 질서를 원합니다. 그런데 자연에는 질서가 있고, 인간 사회에는 혼돈이 있습니다. 우주와 자연에 가득한 만물을 보십시오. 일정불변의 정연한 질서가 있습니다. 이것은 어길 수 없는 필연성의 질서입니다. 이 질서를 우리는 자연의 섭리라고 합니다. 물은 섭씨 영 도가 되면 얼고, 백 도가 되면 끓습니다. 어두운 밤이 지나면 밝은 낮이 되고, 봄이 가면 여름이 오고, 여름이 지나면 가을이 되고 낙엽이 집니다. 이 놀라운 질서는 추호의 어김도 없습니다. 천지 만물의 섭리에는 예외가 없습니다. 자연은 인간을 속이지 않습니다. 나무나 풀에는 거짓이나 불신이 없습니다. 그러나 인간의 세계는 자연의 세계와는 다릅니다. 인간과 사회는 혼돈이 지배합니다. 바람직하고 정연하고 아름다운 질서가 없습니다. 거짓이 있고, 불신이 있고, 부패가 있고, 부정이 작용하고, 권력이 횡포를 부립니다. 속임수가 있고 권모술수가 있으며, 협잡과 침략이 있습니다. 이처럼 인간의 자연 상태, 사회의 방임 상태는 분명히 혼돈의 상태인 것입니다.

① 전제와 결론 사이에 일관성이 없어 모순이 발생하였다.

② 대표성이 없는 근거를 들어 주장을 뒷받침하고 있다.

③ 증명되지 않은 사실을 전제로 삼아 결론을 내렸다.

④ 서로 다른 사물의 비본질적인 속성을 비교하고 있다.

⑤ 반론 가능성이 있는 요소를 비판하여 그 자체를 봉쇄하였다.

【문6】 다음 밑줄 친 부분이 범하고 있는 잘못과 유사한 것은? (　　)

　　우리나라 인사들은 외진 지역에서 편협한 기질을 타고 났는데다 중국의 땅을 밟아 보지도 못하고, 중국의 인사들을 만나 보지도 못하고, 나서 늙고 병들어 죽을 때까지 국경 안을 떠나 본 적이 없다. 그런즉 학은 그 긴 다리를, 까마귀는 그 검은 빛깔을 각자 천분으로 지켜 살아가듯이 생태의 기질을 천분으로 알고서 살아가고 있으며, 우물 안의 개구리와 밭두둑의 두더지가 오로지 그들의 세상밖에 모르고 살아가듯이 자기들의 환경만이 전부인 양 믿고 살아가고 있다. 그래서 '예는 차라리 소박한 것'이라 하여 비루(鄙陋)한 것을 검소한 것으로 오인하고 있다. 이른바 사·농·공·상이란 소업(所業)의 종류도 그 명목만이 겨우 있을 뿐, 이용(利用)·후생(厚生)의 재구(材具)에 이르러서는 날로 궁곤해지고 있다. 이 까닭은 다른 데에 있는 것이 아니다. 학문의 방도를 모르고 있는 탓이다. 만약, 학문을 하려고 '배우고 물으려고' 한다면, 중국을 버리고 어디를 상대할 것인가?

　　그러나 <u>그들은 '지금의 중국을 통치하고 있는 자들은 이적(夷狄)이다.'라고 하면서 배우기를 수치스럽게 여기고</u>, 중국의 전래해 오는 문화까지 같이 몰아서 야만시하고 있다. 저들 '만주족의 청(淸)'이 야만의 족속임에는 틀림없다. 그러나 저들이 점거하고 있는 땅이 하(夏)·은(殷)·주(周) 3대 이래 한(漢)·당(唐)·송(宋)·명(明)의 중국이 아니고 무엇인가. 그 곳에서 나서 살고 있는 사람들이 하·은·주 3대 이래 한·당·송·명의 후손이 아니고 무엇인가. 진실로 법이 좋고 정도가 훌륭한 것이라면 이적이라 하더라도 나아가 스승으로 모셔야 할 텐데, 하물며 그 광대한 규모, 정미한 심법(心法), 광원(廣遠)한 제작(製作), 빛나는 문채에 아직도 하·은·주 3대 이래 한·당·송·명의 고유한 전래 문화가 보존되어 있음에야.

---

① 내 친구가 얼마 전에 복권을 사서 횡재를 했어. 너도 한번 사 봐. 너도 횡재를 할 수 있을 거야.

② 단순한 사무나 처리하는 말단 여직원이 무엇을 알겠어. 그녀가 건의한 것은 더 이상 고려해 볼 필요가 없어.

③ 등산은 건강에 좋은 운동이래. 너도 심장이 좋지 않으니까 아침마다 산을 오르내리면서 심장을 튼튼하게 해 봐.

④ 김 교수의 강연은 들을 만한 가치가 없어. 왜냐 하면, 그는 삼류대학 말단 교수이거든.

⑤ 요즈음 아이들은 성품이 거칠고 버릇이 나빠. 이것은 학교 교육, 특히 도덕·윤리 교육이 잘못 이루어지고 있기 때문이야.

【문7】 다음 글에 나타난 오류와 같은 것은? (   )

> 언론사들이 정보화 운동을 주도한답시고 현실에 대한 정확한 인식과 올바른 정보화 운동의 방향 정립을 위한 고민 없이 그저 경쟁적으로 정보화 관련 기사를 싣다 보니까 문제점이 발생한다. 정보상의 소외감을 심화시키고 심리적 위축감과 박탈감 혹은 사회적 탈락 의식마저 부추길 소지를 안고 있다. 따라서 언론사들이 정보를 독점하기 위한 얕은 술수를 쓰는 것이 틀림없어. 그렇지 않다면 나름대로 컴퓨터를 사용해 오던 사람들마저 주눅 들게 하는 기사로 지면을 채울 리가 없잖아.

① 어른 말씀하시는데 왜 웃고 난리야? 어른을 우습게 보는 거야 뭐야? 이것들이 어른을 능멸하려 들고 있어, 정말!

② 군대가 비효율적 집단이라는 것은 잘 알려진 사실이다. 따라서 우리는 김 소령이 그 일을 효율적으로 처리하리라고 기대해서는 안 된다.

③ 정부가 이 사상을 왜 탄압하는지 아십니까? 위험한 사상이기 때문입니다. 왜 위험하냐구요? 그야 물론 정부에서 탄압하는 사상이니까 그렇지요.

④ 세계 어느 나라에도 동성동본 혼인을 법으로 금하고 있는 나라는 없다. 그러므로 우리 나라도 동성동본 혼인을 금하고 있는 법을 폐지하여야 한다.

⑤ 교통 규칙을 지키는 것은 사회의 민주화를 위해서 매우 긴요한 일이다. 따라서 민주 사회를 건설하기 위해서는 병원의 응급차도 교통 규칙을 지켜야 한다.

【문8】 다음 글의 내용과 같은 오류에 해당하는 것은? (   )

> 영국에서 출판된 '제3국의 사회화(A Social History of the Third Reich)'를 쓴 그룬버거에 따르면 나치스(Nazis)는 자기들 기관지의 구독 기관이 끝난 독일인 독자들에게 다음과 같은 통지문을 보냈다고 한다. "우리의 신문은 분명히 많은 독일인의 지지를 받고 있는 신문입니다. 우리는 앞으로도 당신에게 신문을 계속 보내겠습니다. 그리고 당신이 구독을 취소함으로써 스스로 불행한 결과를 자초하는 일이 없기를 바랍니다."

① 얘, 영희야! 너 모범생이 외제 학용품 써도 되는 거니. 철수야, 너희 집 전축은 외제더라.

② 그 영화는 틀림없이 잘 되었을 거야. 벌써 동원된 관객이 100만 명을 넘었으니까.

③ 소크라테스의 철학은 믿을 수 없다. 그는 사형 선고를 받았으니까.

④ 아빠, 산타 할아버지는 정말 있어요? 응, 산타 할아버지는 믿는 사람에게만 선물을
　주신대.

⑤ 베토벤의 음악은 종교 음악이래. 아인슈타인 박사도 그것을 인정했어.

【문9】 다음 밑줄 친 부분과 같은 오류를 범한 것은?(　　)

> 　문화 인류학적 입장에서의 민족성 연구가 한국에서 별로 성과를 거두지 못하고 있는 것
> 은, 대부분의 민족성론이 선악(善惡) 평가 입장이나 현상적 행동의 입장에서 이루어지고 있
> 는 현실과 무관하지 않다. 이처럼 윤리적 입장에서 민족성을 논하게 됨에 따라, 우리 민족
> 이 지닌 장점이나 단점이 무엇인가가 중점적으로 논의되고, 이러한 논의에 발맞추어 민족
> 성을 개조하자는 구호가 시의(時宜)를 얻은 듯 유행하기도 한다. 그리하여 <u>가변적인 것을
> 법칙적인 것에 결부시켜 놓고</u> 그 가변성만을 강조하는 모순이 생기는 것이다. 그러한 논의
> 에서는 한국사의 몇몇 사례를 자의적으로 인용하여 현실에 대한 주관적 판단과 결부시키기
> 를 좋아한다. 이는 역사상의 사례가 어디까지나 특정한 역사적 조건하에서 이루어진 역사
> 적 사실이고 일회적 현상임을 잊어버린 데에 그 원인이 있다 할 것이다. 그 역사적 조건을
> 떠나서의 자의적 해석은 결코 수필감 이상의 것은 못 되는 것 같다.

① 우리나라 남자들이 보수주의자가 아니라는 아무런 증거도 없다. 따라서 우리나라
　남자들은 보수주의자임에 틀림없다.

② 열심히 공부하는 학생들은 사전을 갖고 있기 때문에 학생들을 열심히 공부하게 하
　기 위해서는 그들에게 사전을 제공해 주면 된다.

③ 우리나라의 학생이 세계 과학 경시 대회에서 우승을 했다. 그러므로 우리나라 학생
　들은 대부분 똑똑하다고 할 수 있다.

④ 그 영화배우가 쓴 자서전은 읽을 만한 가치가 전혀 없다. 왜냐 하면, 그 사람은 실
　제로 세 번이나 이혼한 경력이 있는 사람이기 때문이다.

⑤ 여성이 사회적 활동을 할 수 있으려면 남성의 협조가 필요하다. 왜냐 하면, 남성이
　집안일을 도와주지 않는다면 여성이 사회적 활동을 할 수가 없기 때문이다.

【문10】 다음 글에서 '누나'가 자신의 옷차림을 정당화하는 과정에서 범한 잘못은? (　)

> 남 : 누나 어디 가?
> 여 : 어딜 가든 무슨 상관이냐?
> 남 : 상관있지. 그리고 거리를 헤맬 걸 생각하면 구역질이 나. 웩! 웩!
> 여 : 너는 유행도 모르니. 거리에 나가면 다 나처럼 하고 다닌단 말이야.
> 남 : 유행이라면 벌거벗고도 다니겠다. 도대체 여자들은 왜 그 모양인지 모르겠어.
> 여 : 모양이 어때서? 산뜻하고 시원해 보이지 않아?
> 남 : 시원한 것 좋아하네. 말세가 되니까 그래? 왜 그렇게 설쳐 대.
> 여 : 애 말하는 것 봐. 버릇없이 굴지 말고 저 텔레비전 한 번 봐라. 탤런트 옷차림이 어떤지? 저게 다 요즘 유행하는 패션이야.

① 의도하지 않은 결과를 원래 의도가 있었다고 판단하고 있다.

② 의도하지 않은 결과를 성급하게 일반화하고 있다.

③ 관련이 없는 새로운 논점을 제시하여 무관한 결론에 이르고 있다.

④ 부분들이 지닌 속성을 전체가 지닌 것으로 잘못 판단하고 있다.

⑤ 다수가 인정한다는 사실을 근거로 주장을 내세우고 있다.

【문11】 다음 밑줄 친 부분으로부터 〈보기〉와 같은 결론을 이끌어 낼 때 범하게 되는 오류와 유사한 오류를 범하고 있는 것은? (　)

> 물론 고대나 중세에 문화가 없었던 것은 아니다. 그 나름으로 역사가들이 흔히 사용하는 구분법을 빌린다면 성장기, 전성기, 쇠퇴기를 가진 고대 문화와 중세 문화가 있었고, 그러한 문화는 넓은 의미의 지성의 소산이었다. 그리고 아주 당연한 이야기지만 위대한 예술가, 문인, 학자, 철인도 많았다. 이러한 사람들을 두루 뭉쳐서 지성인이라고 한다면, 고대나 중세에 있어서의 지성인의 활동과 그 소산인 문화가 역사 발전에 아무런 관계도 가지지 않았다면 거짓말이 될 것이다. 그러나 나는 역시 고대나 중세에 있어 지성은 역사 발전에 크게 참여하였다고 보지 않는다.
> 발전이라는 개념 그 자체가 새로운 것으로 고대나 중세에는 없었다. 서양의 고대인은 역사를 되풀이되는 것으로 생각하였고, 그러한 역사의 되풀이 속에서 교훈을 찾으려고 했지 그것이 무슨 의미를 가졌는지에 대하여는 대답할 수 없었다. 기독교적인 역사관에 이르러 고대의 순환 사관은 깨어지고, 역사는 목표와 의미를 가졌지만, 그 목표와 의미는 현세와 인간을 넘어선 신의 나라와 신의 섭리에서 구해지는 수밖에 없었다. 뿐만 아니라 기독교적 역사관은 정체적인 중세 봉건 사회와 깊게 결합함으로써 역으로 기존 사회 체제와 질서를 긍정하고 옹호하는 결과를 가지고 왔다.

> 〈보기〉　고대 사회나 중세 사회는 발전을 경험하지 못하고 침체나 몰락을 되풀이했을 뿐이다.

① 그 친구가 선생님께 꾸중 듣는 것을 여러 번 보았다. 이로 미루어 보아 그 친구는 남한테 늘 야단맞는 편일 것이다.

② UFO란 20세기에 생겨난 말이다. 그렇기 때문에 17~18세기에도 UFO가 출현했다고 말하는 것은 보나마나 거짓말에 틀림없다.

③ 정부에서 은행 금리를 올리자 인플레이션이 심화되었다. 그러니 정부가 은행 금리를 인하한다면 인플레이션이 사라져 물가가 안정될 것이다.

④ 우리나라 축구 대표 팀 가운데에는 실력도 없으면서 금력으로 낀 선수가 둘이나 있다고 한다. 그러니 경기해 볼 필요도 없이 우리나라가 질 것은 뻔 한 일이다.

⑤ 교차로의 신호 주기가 짧기 때문에 운전자들이 서둘러 회전을 하는 바람에 교통사고가 많이 발생하고 있다. 따라서 신호 주기를 길게 하면 교차로에서 회전하는 동안 발생하는 모든 교통사고를 예방할 수 있다.

【문12】 다음 글로부터 〈보기〉와 같은 판단을 이끌어 냈을 때 범하게 되는 오류와 유사한 잘못을 범하고 있는 것은? (   )

> 화폐를 사용하는 데 불편함을 느끼던 것은 처음 화폐를 주조할 때 구리를 너무 아긴 나머지 화폐의 크기나 모양을 지나치게 작게 만들었기 때문입니다. 이전에 주조한 화폐들은 오히려 단단하고 쓸모가 있었는데 최근 주조한 것은 느릅나무 잎사귀처럼 얇아서 보관하다 보면 녹이 슬고 삭아서 오래 견디지 못하고, 사용하다 보면 쉽게 깨지고 부스러져 옛날 중국 화폐인 아안이나 연환처럼 아예 쓸 수 없게 되어 버리는 것이 많습니다. 이대로 간다면 백 년이 못 가서 이 나라에서 화폐가 사라져 버릴 것이며, 그런 다음 다시 화폐를 주조하자면 국가적으로 막대한 비용을 들이지 않을 수 없을 것입니다.

| 〈보기〉 | 아니, 국가적인 막대한 손실을 자초하려고 화폐를 그 따위로 주조하다니! |

① 내가 뭘 잘못했다고 그래! 넌 안 그랬어?

② 내가 너랑 말장난이나 하고 있는 것으로 보이니? 난 이래봬도 성실한 사람이라구.

③ 아니, 빌려 간 돈을 지금 갚지 못하겠다는 거야? 아예 떼먹으려고 작정을 했구나!

④ 나보다 잘난 사람 있으면 나와 보라고 그래! 없지? 그럼 까불지 말고 잠자코들 있어!

⑤ 야, 너마저 날 비난하고 나서면 난 뭐가 되니? 친구 좋다는 게 뭐야? 이럴 때일수록 날 도와 줘야 하는 거 아냐?

【문13】 밑줄 친 부분을 바탕으로 〈보기〉와 같이 판단했다. 이와 같은 오류를 범하고 있는 것은? ( )

> 그러나 우주를 이 모든 것을 포함하는 한 차원 높은 그 어떤 것으로 설정하거나, 또는 시간이나 공간 영역이 다원화된 것으로 보는 관점이 종교 그리고 철학에서 때때로 등장한다. 즉, 종교적 우주는 신이 창조한 영적 영역일 수 있으며, 예술적·철학적 우주는 인간의 정신 활동 범주에 기반을 둔 감각이나 논리로써 틀 지워진 유기적·종합적 체계이다. 우리는 과학적 우주관과의 이러한 차이에 유념할 필요가 있다. 원리 또는 법칙이란 존재를 야기시키거나 무형(無形)의 물질과 시공간에 모양과 운동을 낳게 하는 규정이다. 과학적 우주론이 일부 종교적 우주론과 큰 차이를 보이는 것이 바로 우주의 지배 원리이다. 과학적 우주론에서 원리는 특정 우주를 정의하는 중요한 요소인 것이다. 즉, 우주는 원리를 자신의 속에 품고 있으며, 우리가 시공간과 물질을 구체적 대상으로서 우주라고 부르는 것처럼 그것들의 모양과 운동을 결정하는 원리도 우주인 것이다. 그러나 종교에서는 대체로 우주의 지배 원리가 우주와 분리되어 있다. 우주의 운행 원리는 초우주에 <u>속한 신이 갖고 있기 때문이다.</u>

| 〈보기〉 | 우주의 운행 원리를 신이 갖고 있다는 것은 신이 존재한다는 명백한 증거이다. 아니, 국가적인 막대한 손실을 자초하려고 화폐를 그 따위로 주조하다니! |

① 철수가 오늘 전화를 한다면 날 사랑하는 건데, 전화를 하지 않았으므로 날 사랑하지 않는 거야.

② 영희는 거짓말을 하니까 거짓말쟁이야. 거짓말을 하는 줄 어떻게 아냐구? 거짓말쟁이니까 거짓말을 하지.

③ 논술 문제가 어려우면 영식이는 대학 입시에서 실패할 것이다. 영식이가 대학 입시에서 실패한 것은 논술 문제가 어려웠기 때문이다.

④ 이 영화는 많은 사람들이 보려는 것을 보아, 재미있거나 저속하거나 둘 중의 하나일 거야. 그런데 영화를 본 사람들은 재미있다고 하니까 고상한 영화임이 틀림없어.

⑤ 대학 수학 능력 시험은 학생들의 실력을 정확하게 평가하여 학생 선발의 자료로 삼기 위한 것이다. 그런데 대학에서의 수학 능력은 수준 높은 것이어야 한다. 따라서 수학 능력을 제대로 평가하기 위해서는 문제를 어렵게 내야 한다.

【문14】 다음 글의 내용으로 보아 '나'라는 아이가 범할 가능성이 많은 오류가 들어 있는 것은? (   )

"아버지, 이 세상에 맨 처음 달걀이 먼저 나왔게요, 닭이 먼저 나왔게요?" 나의 당돌한 질문을 받자 아버지의 얼굴에 당황하는 빛이 지나갔다. 아버지는 입을 꾹 다문 채 한참을 무엇인가 곰곰이 생각하는 듯했다. 그러더니 나를 물끄러미 건너다보며, "내가 알아맞혀 볼까?"하셨다. "그래요, 맞혀 보세요." 나는 침을 꼴깍 삼키며 아버지의 꾹 다문 입술만 뚫어지게 바라보았다. "답은 간단하지, 닭이 먼저냐 달걀이 먼저냐 하는 답은 말이야, 아무도 몰라. 이 세상에 어느 누구도 몰라." 나는 아버지의 대답에 실망하고 말았다. "피, 그런 답이 어디 있게, 나도 그런 답은 할 수 있어요." 그러자 아버지는 힘주어 말했다. "너도 학교에서 조금은 배웠겠지만 닭과 달걀의 조상을 쭉 따라 올라가면, 몇 억 년을 거슬러 올라가면 암놈 수놈이 한 몸이었을 때가 있었지. 그 땐 물론 사람이 생겨나지도 않았을 때니깐 말이야. 그럴 때 과연 어떤 게 먼저 세상에 나왔는지 알 사람은 아무도 없지. 어떤 훌륭한 학자라도 추측조차 할 수가 없어. 그러니까 그 답은 모른다는 게 옳은 답이야." 나는 풀이 죽어 말했다. "그래도 어디 그럴 수가 있어요?" "아니야 넌 답이란 반드시 맞다, 아니면 틀렸다 두 가지뿐인 줄만 알지?" "그래요. 모른다는 건 답도 아니고 아무것도 아녜요. 모른다는 건 모르기 때문에 모른다고 말하는 거예요." "아냐, 닭과 달걀이 누가 먼저 생겼느냐란 질문에는 '모른다'가 답이야. 닭이 먼저 나왔다는 것도 틀리고, 오직 모른다는 것만이 백점이야. 너도 자라나면 차츰 알게 되겠지만, 이 세상은 참 수수께끼란다. 모른다는 것이 맞는 답이 참 많거든."

① 창호는 공산주의라는 증거가 없기 때문에, 그가 자유주의자라는 것은 의심의 여지가 없다.

② 비가 오면 땅이 젖는다. 비가 오지 않았으므로 땅이 젖지 않았을 것이다.

③ 귀신이 있다는 사실을 그 누구도 부정할 수가 없다. 왜냐 하면 귀신이 없다는 사실을 그 누구도 증명하지 못했으니까.

④ 거짓말을 하는 것은 나쁘다. 그 의사는 환자에게 거짓말을 했기 때문에 훌륭한 의사하고 할 수 없다.

⑤ 뇌사를 사망으로 인정해야 할지, 어떨지 알 수가 없구나. 그런데 교황이 인정하지 않으니 뇌사를 사망으로 보는 것은 옳지 않다고 생각한다.

【문15】다음 글에 나타난 것과 동일한 논리적 오류를 범하고 있는 것은? (　)

> 모다 보니 수천 년 묵은 자라니, 별호는 별주부(鼈主簿)라. 문어, 자라의 말을 듣고 분기충천(憤氣衝天)하여, 두 눈을 부릅뜨고 다리는 엉버티고 검붉은 대가리를 설설 흔들면서, 벽력같이 소리를 질러 꾸짖어 가로되,
> "요망(妖妄)한 별주부야, 내 말을 들어라, 강보에 싸인 아희 어른을 능멸(凌蔑)하니, 이는 이른바 범 모르는 하로강아지로다. 네 죄를 의논(議論)하면 태산이 오히려 가배얍고 하해(河海) 진실로 옅을지라. 또 네 모양을 볼작시면 괴괴망측(怪怪罔測) 가소(可笑)롭다. 사면이 넓적하여 나무접시 모양이라. 저대도록 적은 속에 무슨 의사 들었으랴? 세상 사람들이 너를 보면 두 손으로 움켜다가 끓는 물에 솟구쳐 끓여 내니 자라탕이 별미(別味)로다. 세가 자제(勢家子弟) 즐기나니, 네 무삼 수로 살아 올꼬?"

① 형님 내가 뭘 잘못했다고 그러세요? 제가 보니까 형님이 더 하던데요, 뭐.
② 그 피아니스트의 연주는 들을 가치도 없다. 그는 사생활이 문란하기 때문이다.
③ 신은 존재하지 않는다. 왜냐 하면 아무도 신이 없다는 것을 증명하지 못했으니까.
④ 이 영화는 관객이 제일 많이 몰린다고 한다. 따라서 가장 좋은 영화라고 할 수 있다.
⑤ 요즈음 사고가 너무 많이 발생한다. 비행기 사고도 사고이다. 따라서 비행기 사고도 많이 발생할 수밖에 없다.

【문16】다음 설명에서 범하고 있는 논리상의 오류를 바르게 지적한 것은? (　)

> PC 통신 동호회의 가입자는 역시 A업체보다 B업체가 많고, 참여도에 있어서도 B업체의 가입자가 훨씬 적극적인 편입니다. 그 이유는 이용료 수납 방법이 두 업체가 서로 다르므로 각각 제공되는 정보의 성격도 다르게 되기 때문입니다. 일단, A업체는 종량제 사용 체제로서 쓰는 만큼 정보 이용료를 지불해야 하기 때문에 여러 가지 취미를 위한 활동이 어려울 수밖에 없습니다. 특히 지불 능력이 되지 않은 청소년들에게는 무리가 되므로 대부분 전문 자료를 필요로 하는 직장인 이상의 성인 사용자가 많은 편입니다. 그러나 B업체는 한 달에 9,900원의 정액 사용 체제이기 때문에 이용료의 걱정 없이 사용할 수가 있으므로 청소년들이 많은 편입니다. 하지만 제공되는 정보의 종류나 전문성 부분에서 많이 약하기 때문에 이용자 스스로 구축된 데이터 베이스로서 동호회가 작용하기도 합니다.

① 반론의 가능성을 원천적으로 봉쇄하고 있다.
② 근거가 확실하지 않은 모호한 주장만을 반복하고 있다.
③ 잘못된 원인에 따른 결과를 바탕으로 이유를 들고 있다.
④ 일부 사용자층만을 대상으로 성급하게 일반화하고 있다.
⑤ 개별적인 요소의 속성을 전체의 그것에 적용시키고 있다.

【문17】 다음 글의 밑줄 친 부분의 판단이 가진 성격으로 옳은 것은? (   )

> 바다에 사는 조류나 파충류는 어떻게 염류를 제거할까. 이들 역시 신장이 염분을 제거하는 역할을 하는 것이 아니라, 이른바 염류선(鹽類線)이라는 별도의 구조를 가지고 있다. 바다새의 염류선은 눈 밑의 눈꺼풀 가장자리를 따라 분포되어 있으며, 배출관은 콧구멍 안으로 나 있다. 염류선이 분비하는 분비액에는 혈액 속의 나트륨 농도보다 5배, 바닷물 속의 나트륨 농도보다 2~3배나 많은 염류가 들어 있다. 이 액은 콧구멍에서 흘러 나와 부리의 윗가장자리에 큰 물방울 모양으로 늘어지는데, 새는 그때그때 그 물방울을 흔들어 떨어버린다.
> 바다 파충류들은 조류와 달리 눈꼬리 쪽에 나 있는 염류선의 배출관으로 분비액이 흘러나온다. 오래 전부터 악어는 잘 운다고 알려져 왔다. 악어는 먹이를 해 치운 뒤에 흡사 그 불행한 희생자를 가련히 여기기라도 하듯 투명한 눈물을 뚝뚝 떨구며 운다. 그 눈물의 진정한 의미는 오늘날에야 밝혀졌다. 그것은 바닷물이나 음식물과 함께 흡수된 여분의 염류를 처분하는 악어의 생리 현상에 불과했다. '악어의 눈물'이라는 말은 이 때문에 생겨났다.

① 인과 관계를 잘못 판단하였다.
② 잘못된 통계 자료를 사용하였다.
③ 알지 못함을 근거로 내린 단정이다.
④ 일반적인 규칙을 특수 상황에 적용하였다.
⑤ 우연한 속성을 비교하여 결론을 이끌어 내었다.

【문18】 다음 글의 밑줄 친 부분이 논리상 범하고 있는 것과 똑같은 오류를 보이는 것은?
(   )

> 진화론적인 계통 발생학의 아이디어를 사회의 유형화로 전용하려는 사회 생물학적인 설명은 문화라는 것에 의하여 차단된다. 예를 들어 인간의 감정에 관한 성향이 유전자에 의하여 통제되는 것이라고 하지만, 이러한 유전자의 통제가 언제든지 실험적으로 증명되지 않고 우리가 기억할 수 없는 어떤 먼 시간에 적응 과정을 통하여 이루어졌다고 말하는 것은 우선 논리적으로 수긍이 되지 않는다. 더욱이 <u>생물의 반사적인 행위들을 종합 지휘하는 생물학적 기초에 따라 현재의 인간 행위의 사회적 배치를 설명하려는 것</u>은 타당성을 잃게 된다. 인간의 본성이라고 말해지는 기본적인 욕구와 사회 구조 사이에는 이들을 연결시키는 것이 있어야 한다. 그것은 인간의 문화라는 것이다. 그런데 동일한 동기는 여러 다른 문화적 형태를 띠고 나타나게 마련이며, 서로 다른 동기가 동일한 문화적 형태를 갖기도 한다. 사회의 성격과 인간의 성격 사이에 고정적인 연관성이 있다고 생각한 것이 바로 생물학적 결정론의 치명적인 약점이다.

① 모든 사람은 자기의 견해를 자유로이 표현할 수 있는 권리를 지닌다. 그러므로 판사는 자기의 정치적인 견해를 법정에서 피력할 수 있는 권리를 당연히 가진다.

② 내가 부동산 투기를 해서 부정하게 돈을 벌었다고요? 그래 부동산 투기를 해서 돈을 번 사람이 나 뿐인가요. 따지기를 좋아하는 기자 양반들, 당신들은 부동산 투기를 해 본 적이 없나요? 왜 나만 죄인 취급을 하지요?

③ 우리 딸이 하도 애걸복걸해서 우리나라 국적을 포기하고 외국인 자격으로 입학을 시켰지요. 부모의 심정으로 차마 거절할 수가 없었어요. 입시생 부모가 아니고서야 누가 그때의 절박한 저의 심정을 이해할 수가 있겠습니까?

④ 1864년 미국에서 남북 전쟁 결과 노예가 해방되었다. 그리고 러시아에서는 농노(農奴)가 해방되었다. 그리고 우리나라에서는 진주 민란이 일어났다. 이러한 사실에서 보건대, 진주 민란을 통해 우리나라의 노예 제도도 소멸되었다고 할 수 있다.

⑤ 우리 주위에는 우리보다 가난하고 어렵데 사는 사람들이 너무나 많습니다. 우리는 그들을 못 본 체 공부만 할 것이 아니라 그들의 어려움을 우리의 어려움으로 생각하고 도와주어야 합니다. 언제 우리도 어려운 처지에 빠질지 누가 압니까? 더불어 인간답게 사는 것이 중요하지 않겠습니까?

【문19】 다음 글의 밑줄 친 부분의 근거 제시 방법에 대한 비판으로 가장 적절한 것은? (　)

> 돌로 된 이 모든 것들은 옛날 그대로이다. 그러나 나무로 된 불국사의 가람, 당우, 회랑 등은 그렇지 않다. 1593년 왜구가 침입했을 때 대웅전, 극락전, 자하문 할 것 없이 불 질러 태워버린 것이 모두 2천여 칸이었다. 그렇기에 석조물을 제외하고 오늘에 보는 상당 부분은 극히 최근에 복원된 것들이다. 문화 유적의 복원을 부끄러워하거나 두려워할 필요는 없다. 일본 오사카 성(城)의 덴슈가쿠(天守閣)도 1930년대에 복원한 것이고, 바르샤바의 쟈메크 크룰레브스키 왕성(王城)도 완전히 회진한 공터 위에 새로 복원한 것이다. 한반도의 로마, 영원한 경주를 위해서는 불국사와 안압지만이 아니라 황룡사와 구층탑도 가능한 한 복원했으면 좋겠다.

① 권위 있는 견해에 의존하고 있다.

② 제한된 사례를 들어 일반화시키고 있다.

③ 반론의 가능성을 원천적으로 봉쇄하고 있다.

④ 사실 자체에 그 기원의 속성이 있다고 생각했다.

⑤ 의도가 없는 것을 의도가 있는 것으로 파악하였다.

【문20】 다음 글의 밑줄 친 부분과 유사한 논리적 오류를 범하고 있는 것은? (   )

내 앞에 앉아있는 장꾼은 무슨 소리인지 귀에 자세히 들어오지 않는 모양이다.

"네에, 그런 것이 있어요?"

하고 멀거니 앉았다.

"하여간 부모를 생사 장제(生事葬祭)에 예로써 받들어야 할 거야 더 말할 것 없지마는 예로 하라는 것은 결국 공경하는 마음이나 정성을 말하는 것 아니겠소? 그러니 공동 묘지법이란 난 아직 내용도 모르지마는 그것은 별 문제로 치고라도 그 근본정신은 생각지 않고 보모나 선조의 산소 치레를 해서 외화(外華)나 자랑하고 음덕(蔭德)이나 바란다는 것도 우스운 수작이란 것을 알아야 할 거 아니겠소. 지금 우리는 공동묘지 때문에 못 살게 되었소? 염통 밑에 쇠 스는 줄은 모른다고 깝살릴 것 다 깝살리고 뱃속에서 조르륵 소리가 나도 죽은 뒤에 파묻힐 곳부터 염려를 하고 앉았을 때인지, 너무도 얼빠진 늦둥이 수작이 아니오? 허허허."

나는 형님에게 하고 싶던 말을 장돌뱅이로 돌아다니는 이 자를 붙들고 한참 푸념을 하였다. 이야기를 하고 나니까 어쩐지 열적었다. 그러나 내가 한참 떠드는 바람에 여러 사람의 시선은 이리로 모인 모양이다. 저 편에 앉았던 기생 아씨도 몸을 틀고 돌려다보며 귀에 들어오지도 않는 이야기를 열심히 듣는 모양이다.

"나는 모르겠습니다마는 그래 형장께서도 양친이 계시겠지요? 어떻게 하실 텐가요?"

갓 장수는 내 말을 어찌 되었든지 불평이 있느니만큼 시비조로 덤빈다.

"되어가는 대로 합시다."

하며 나는 웃고 입을 닥쳤다.

---

① 너는 얼마나 청소를 열심히 했길래 나더러 청소 안 했다고 그러는 거니?

② 영희네 집 전화번호를 알려 달라구? 글세 잘 모르겠는데. 영희에게 전화해 보지 그러니?

③ 내가 알고 있는 어떤 할아버지는 담배 피우기를 매우 즐기셨는데, 백 살까지 사셨어. 그러니 흡연은 장수의 비결임에 틀림없어.

④ 이 사람은 부모님을 잃은 슬픔 때문에 방황하다 이런 잘못을 저지른 것입니다. 부모를 잃은 사람의 심정이 어떻겠습니까?

⑤ 쓰레기 소각장을 세우자고? 너 쓰레기 소각장에서 나오는 유독 가스가 얼마나 인체에 유해한지 아니? 그런데 어떻게 그런 말을 할 수 있니?

【문21】 다음 대화에서 남학생이 범하고 있는 논리상의 오류를 바르게 지적한 것은? (   )

> 남학생 : 학교 주변의 폭력이 심각하다는 말들을 많이 하는데, 다들 말만 앞세웠지 실질적
> 인 대책은 없는 것 같아. 우리 학교에도 폭력 피해 신고함은 있지만 실제로 이것을
> 통해서 문제를 해결한 경우는 없어. 집에 돌아갈 때 보면 학교 앞에도 경찰 아저씨
> 들이 나와 있기는 하지만 폭력 예방에는 실질적인 도움이 되지 않는다고 생각해.
> 여학생 : 그렇긴 해. 하지만 나는 이 문제는 다른 각도에서 접근해야 한다고 생각해. 학교
> 폭력의 경우는 폭력을 당한 학생이나 행사한 학생이나 다 같이 피해자라는 생각을
> 갖고 대처 방안을 마련해야 된다고 봐. 폭력을 행사하는 학생들도 어떻게 보면 불쌍
> 한 학생들이야. 정상적인 학교생활에 적응하지 못하고, 그러다 보니 자꾸 빗나간 행
> 동을 하게 되는 거야. 이런 학생들을 선도하려는 적극적인 노력이 필요해.
> 남학생 : 뭐라구, 폭력을 행사하는 학생들도 불쌍하다고. 말도 안 돼. 네가 폭력을 안 당해
> 봐서 그렇지. 너나 네 동생이 돈을 빼앗기고, 매를 맞았다고 해 봐. 그래도 그런 말
> 을 할 수 있겠니? 안 당해 본 사람은 몰라.

① 지나치게 감정에 호소하고 있다.
② 증명해야 할 사실을 전제로 활용하고 있다.
③ 원인이 아닌 것을 원인으로 잘못 파악하고 있다.
④ 일부의 경우를 가지고 성급하게 일반화하고 있다.
⑤ 상대방의 개인적 잘못을 지적함으로써 논점에서 벗어나고 있다.

【문22】 다음 글의 밑줄 친 부분에서 보이는 논리적 오류를 범하고 있는 것은? (   )

> 고유한 것을 내세움으로써 식민주의 사관을 극복할 수 있다고 믿는 주장은 최근에 이르러
> 서 그 극단에 이른 듯한 인상을 주고 있다. 가령 '삼국유사(三國遺事)'에 나오는 단군(檀君)
> 의 건국에 관한 기록은 신화가 아니라 사실이라고 주장하는 따위가 그러하다. 만일 단군의
> 이야기를 신화라고 한다면 그것은 곧 식민주의 사관의 영향이라고 몰아세우는 것이다. 그
> 러니까 환웅(桓雄)이 하늘에서 내려왔다든가, 혹은 곰이 여자로 변하여 환웅과 결혼해서 단
> 군을 낳았다든가 하는 이야기를 신화라고 해서는 안 된다는 것이다.
> 물론 단군이 건국한 연대가 기원전 2333년이라는 것에도 의심을 두어서는 안 된다. 뿐만
> 아니라, 후대의 위서(僞書)들에 나오는 고조선의 역대 47명의 왕들과 그 업적들도 그대로
> 믿어야 한다. 심지어는 기원전 2333년의 연대에도 만족하지 못하고 태호 복희씨(太昊伏犧
> 氏)를 중국인이 아닌 한국인이라고 주장하면서 적어도 단군 기원보다 1천 년 이상 우리 나
> 라 역사를 위로 올려야 한다고까지 주장하고 나서는 것이다.
> 이러한 주장에 대하여 비판적인 입장에 있는 학자들은 식민주의 사관을 보다 학문적인
> 차원에서 비판해야 한다고 생각하고 있다. 신화는, 그것이 신화로서 존재하였다는 사실에
> 일정한 역사적 의미가 있는 것이긴 하지만, 그것이 우리의 고유의 것이었다고 해서 그대로

역사적 사실로 믿으라고 하는 것은 비학문적이라는 것이다. 세계의 모든 나라들이 그 건국에 관한 신화를 가지고 있지만, 그것은 건국을 신성스럽게 하기 위한 목적에서 생겨난 것이라고 주장한다.

① 그는 어제 약속 시간을 두 시간이나 어겼어. 그로 보아 그는 절대 믿을 사람이 못돼.
② 그 사람을 피하려다 차가 충돌해 두 사람이나 죽었는데, 그런 살인자를 벌금만 물린단 말입니까?
③ 거짓말을 하는 것은 죄악이다. 그러므로 의사가 환자에게 거짓말을 하는 것은 당연히 죄악이다.
④ 우리나라 축구팀의 선수들은 각각 뛰어난 개인기를 가지고 있다. 그러므로 우리 나라 축구팀은 매우 뛰어난 팀이다.
⑤ 나의 주장은 정의에 입각한 것입니다. 그러므로 나의 주장에 반대하는 사람은 불의의 편에 손을 드는 것입니다.

【문23】 다음 글의 밑줄 친 부분과 같은 판단에 범하기 쉬운 논리적 오류를 적절히 지적한 것은? (   )

나쁜 것을 나쁘다고, 시정할 것을 시정해야 한다고 보도하는 것이 진실한 언론임을 의미한다면 진실한 언론은 부조리를 개혁하려는 다분히 현실 부정적, 현실 지양적 언론이 될 수밖에 없다. 이와 반대로, 만약 곡필이 부조리한 현실을 추종하는 것을 의미한다면, 표면상 온건하고 긍정적이며, 따라서 건설적으로까지 보이는 것은 '진실한 언론'이라기보다 '곡필의 언론'이며, 그것은 더욱 그럴싸하게 보이기 마련이다.
진실보도를 하려는 언론은 항상 현실 비판적이며 때로 현실 부정의 모습을 취하기 때문에 진실의 언론일수록 '파괴적 언론'으로 당시의 권력에 의해 탄압받기 일쑤이다. 그러므로 진실보도는 일반적으로 수난의 길을 걷기 마련이다. 권력에 저항하여 진실을 위해 살기는 어렵다. 양심적이고자 하는 신문 또는 언론인이 때로 형극의 길과 고독의 길을 걸어야 하는 이유가 여기에 있다.

① 논점과 무관한 근거를 들어 결론을 내리는 오류
② 결론에서 주장하고자 하는 바를 전제로 제시하는 오류
③ 모순이 내포되어 있는 전제를 바탕으로 결론을 이끌어 내는 오류
④ 의도하지 않은 결과에 대하여 원래 의도가 있었다고 판단하는 오류
⑤ 제한된 정보, 대표성을 결여한 사례를 일반화하여 결론을 내리는 오류

【문24】 화자의 꿈 풀이 과정에서 공통적으로 범하고 있는 논리상의 오류를 바르게 지적한 것은? (   )

행복의 불행화, 그에 수반된 불행의 행복화는 한국인의 특이한 하나의 의식 구조를 형성 해 놓았으며, 그 의식 구조의 가장 단적인 표현이 한국인의 '꿈풀이'입니다. 곧, 꿈속에서의 불행한 요소는 곧 그 정반대인 행복의 조짐이요, 꿈속에서의 행복한 요소는 불행의 조짐으로 이해하는 것이 그것이죠.

발가벗고 거리를 활보한 꿈은 대길하고, 온 몸이 묶여 있는 꿈은 장수할 조짐입니다. 분 뇨로 몸을 더럽히거나, 몸에서 피를 보면 재물이 생깁니다. 불 꿈은 공술의 예언이요, 송장 을 보면 대길합니다. 술이나 밥을 걸게 배불리 얻어먹는 꿈은 병이 생길 조짐이요. 왕비, 귀비 등 귀인에게 환대를 받으면 크게 다칩니다. 미녀가 옷 벗는 것을 보면 송사(訟事)가 생기고, 돈 꿈을 보면 손재수(損財數)가 예언됩니다.

이 같은 행복과 불행을 중화시키는 사고방식은 본능적 · 물질적 행복에로의 상향을 저지시 키는 반대급부로서 그 불행에로의 하향을 감내할 수 있는 지혜를 가르쳐 줘야 했기 때문일 것입니다. 한국인은 불행이나 불운에 대해 그것을 어떻게든지 체념시키거나 위안함으로써 소극적으로나마 불평불만을 억제하는 데 도사가 돼 있음을 느낄 수 있습니다. 오히려 불행 이나 비운이 인생 수양에 바람직하니, 득을 봤다고 추켜 줍니다. 이것은 자기 자신을 아프 게 함으로써 쾌감을 느끼는 마조히즘과 같으며 한국인의 자학의 한 형태로 생각해 볼 심성 이기도 합니다.

① 잘못된 통념을 따르고 있다.

② 근거는 대지 않고 주장만 반복한다.

③ 집합적 의미와 개별적 의미를 혼동하고 있다.

④ 일부의 경우를 가지고 성급하게 일반화하고 있다.

⑤ 단순한 시간적 선후 관계를 인과 관계로 잘못 해석하고 있다.

【문25】 다음 글의 밑줄 친 부분을 통해 필자가 경계하고자 하는 논리적 오류를 범하고 있 는 것은? (   )

그렇다면 과학 기술을 전적으로 부정하고 과학 기술 이전의 과거를 동경하며 그러한 사회를 지향할 것인가. 과학 기술은 분명히 가공할 만한 힘을 갖고 있다. 그 힘은 인류의 관점에서 볼 때 긍정적이며 동시에 부정적이다. 한 과학 기술을 상징하는 원자력은 우리에게 절대적으로 필요한 에너지를 제공할 수 있지만 그와 동시에 가공할 파괴력을 발휘할 수도 있다. 그러나 원자력 에너지 자체는 가치중립적이다. 그것이 건설적이냐 아니면 파괴적이냐 하는 것은 그것을 인간이 무엇을 위해 사용하느냐에 전적으로 달려 있다. 과학 기술의 힘은 도구적일 뿐이다. 그러므로 고학 기술을 둘러싼 문제는 도구로서의 과학 기술을 어떻게 사용하느냐에 달려 있으며, 그러한 결정은 결국 인간의 선택이 문제이다. 문제는 어떻게 현명한 선택을 하느냐에 있다. 현명한 선택은 현명한 사실 파악을 전개한다. 여기에 현명한 사실 파악은 객관적 사실에 입각해서 부분만 보지 말고 전체를 보는 안목이며, 당장 쓴 약이 생명을 건질 수 있다는 사실을 인식하는 능력이다. 과학 기술의 힘을 무조건 찬양하는 것은 그것을 무조건 저주하는 것과 같이 똑같이 어리석다.

① 내가 옆집 영희를 사랑하는 것은 당연한 거야. 왜냐 하면, 성경에 이웃을 사랑하라고 했거든.

② 난 이제 곧 죽을 게 틀림없어. 사람이 꿈이 없으면 죽은 거나 다름없다고 하는데 난 요즘 꿈을 못 꿨거든.

③ 아니 좋아하는 운동이 하나도 없다니? 난 너처럼 운동이란 운동을 모두 싫어하는 애는 난생 처음 본다.

④ 소금은 나트륨과 염소로 구성된다고 한다. 그런데 소금이 짜니까 나트륨과 염소가 짤 것은 당연하지 뭐.

⑤ 자동차를 발명한 사람은 인간을 증오하는 사람인가 봐. 요즘 그 사람 때문에 얼마나 많은 사람들이 죽고 있니?

【문26】 다음 글의 밑줄 친 부분에 나타난 오류와 같은 것은? (   )

한국 사람이 겪어 온 고난 극복(苦難克服)의 역사(歷史)가 파란(波瀾)과 곡절(曲折)로써 아로새겨질 적마다, 한국의 사상(思想)은 폭(幅)이 넓어지고 깊이를 더하여 왔다. 따라서 섣부른 일면적(一面的) 고찰(考察)로써 한국 사상 전체의 본령(本領)을 파악(把握)하기는 매우 곤란(困難)한 일인 줄 안다.

① 네가 나를 좋아하지 않는다는 것은 곧 나를 미워하는 것을 의미해.

② 한약은 쓰다. 그러니까 한약재 하나하나도 모두 쓸 것이야.

③ 세상이 말세야. 청소년들이 웃어른을 몰라보는 것 보라구.

④ 검은 고양이가 지나간 후에 그 사고가 발생했다. 그러므로 그 고양이 때문에 사고가 난 거야.

⑤ 폐암의 원인이 된다는 담배를 계속 피우다니. 왜 너는 폐암에 걸리고 싶어 하는지 알 수가 없다.

【문27】 다음 중, 흑백 논리의 오류를 범하고 있는 것은?( )

① 왜 나만 가지고 그래요? 철수도 잘못했는데…….

② 구름은 수증기의 응결체이다. 그런데 수증기의 입자는 너무 작아 보이지 않는다. 그럼으로 구름은 눈에 보이지 않는다.

③ 아버지, 저는 과학자가 되기보다는 생물학자가 되고 싶습니다.

④ 신은 존재한다. 왜냐 하면, 아무도 신이 존재하지 않는다는 것을 증명할 수 없기 때문이다.

⑤ 신의 존재를 믿지 않는다고요? 그럼 당신은 무신론자이군요.

【문28】 다음 글의 밑줄 친 부분에 나타난 오류와 같은 것은? ( )

> 한국인들이 백색을 좋아한다는 것은 세상이 다 아는 사실이다. 그 원인에 대해서는 국상 (國喪)에서 시작되었으니 백색을 숭상하느니 하는 여러 가지 설이 있지만, 이것은 필경 꺼 려하는 한국인의 어쩔 수 없는 습성에서 온 것인지 모른다. 명주건 무명이건 직물로 짠 그 대로를 사용하며 시문(施紋)이나 염색을 하지 않으면 빛은 흴 수밖에 없다. 백색에 대한 애 착은 한국인들에게는 인공의 배제요, 자연에 대한 동경이라고도 할 수 있을 것 같다. 그래 서 분청사기에서는 회청색을 감추기 위하여 백토를 한 꺼풀 씌우고 있는지 모른다.

① 성경에 적힌 것은 진리다. 왜냐 하면, 성경에 그렇게 적혀 있으니까.

② 내 부탁을 거절하다니. 넌 나를 싫어하는구나.

③ 내가 똑똑하다는 것은 삼척동자도 알고 있다.

④ 너희들 왜 먹을 것 갖고 싸우니? 빨리 방에 들어가 공부나 해!

⑤ 너 앞으로는 열심히 공부할 거지?

【문29】 다음 〈보기〉와 같은 오류를 범하고 있는 것은? ( )

> 〈보기〉 만약 대학 기부금제에 찬성하지 않는 사람이 있다면 그는 대학 교육의 질을 떨 어뜨리려는 의도를 가지고 있음에 틀림없다.

① 애, 빨리 가서 공부해. 공부를 못하면 착한 어린이가 아니야.

② 예수님이란 없어. 우리 중에 예수님을 본 사람이 있으면 나와 봐. 거 봐 없잖아.

③ 여러분, 저 사람이 바로, 민족의 명예를 더럽힌 사건의 주범입니다.

④ 그 집의 막내아들도 좋은 대학에 합격할 거야. 그 아이의 형들이 다 명문데 학생이거든.

⑤ 저는 부양 식구가 일곱이나 되는 가장입니다. 여기서 장사하게 허락해 주십시오.

【문30】 다음 글에 나타난 오류와 같은 것은? (   )

> 한 양치기가 있었답니다. 하루는 바닷가에서 양떼에게 풀을 먹이다 잔잔한 바다를 보곤 상인이 되어 배를 타 보겠다고 마음먹었지요. 곧장 양을 팔아 사과를 잔뜩 사 가지고 바다로 나갔지요. 한데 폭풍이 몰아 닥쳐 배가 침몰할 지경이 되자 하는 수 없이 사과 상자를 몽땅 바다에 던져버렸지요. 얼마 뒤 폭풍이 멎고 파도가 가라앉아, 바다는 언제 그랬느냐는 듯이 고요를 되찾았습니다. 가까스로 살아 돌아온 그에게 친구가 물었습니다. 바다 여행이 어땠냐고, 양치기가 대답했지요.
> "아, 자네도 바다에 가고 싶다면 사과를 잔뜩 가지고 가는 게 좋은 걸세. 저토록 잔잔하던 바다가 언제 표정을 바꿔 울부짖을지 모르거든. 그 때 사과를 바다에 던지게. 그러면 곧 잠잠해지고 조용해질 걸세. 바다가 사과를 얼마나 갖고 싶어 하는지 이제야 알았다네."

① 가야는 망한 나라인데, 그 나라의 음악을 취하는 것은 온당치 못한 일입니다.

② 나는 어제 복숭아를 먹다가 벌레를 발견했어. 그러니까 너희들도 절대 복숭아를 먹지마. 벌레를 먹게 될 거니까.

③ 이번에 떨어지면 제 늙은 어머니께서 무척 슬퍼하실 것입니다. 제발 합격시켜 주세요.

④ 나처럼 이성적인 사람을 비판하는 사람은 스스로 비이성적임을 증명할 뿐이다.

⑤ 에잇! 첫 손님이 꾀지지한 사내라니…… 그러니 장사가 잘 될 리 있겠어!

【문31】 〈보기〉를 참고할 때, 다음 글의 밑줄 친 성서 축자(逐字) 해석주의자들이 보이는 것과 같은 동일한 오류는? (   )

> 그리스도교 신학은 다윈주의를 둘러싸고 둘로 갈라졌다. 진화론을 무조건 거부하는 <u>성서 축자(逐字) 해석 주의자들은 성서에는 절대로 오류가 없다고 고집했다.</u> 그러나 소수의 자유주의적인 신학자들은 진화가 과학적 사실임을 인정하지 않을 도리가 없다면서 타협을 모색했다. 그들은 생물이 신에 의해 창조되었고 신의 뜻에 따라 진화한다고 주장했다. 이 타협안은 교회 안에서는 소수 의견이었지만 다윈주의의 과격한 내용 때문에 난처했던 많은 과학자들의 지지를 받았다.

〈보기〉	성서 축자 해석 주의 : 성서의 구절이 어떠한 오류도 있을 수 없다고 생각하고 그 말을 액면 그대로 받아들이면서 성서를 해석하는 방식을 말한다. 이들은 성서의 오류를 지적하는 사람은 무식한 사람이라고 공박한다.

① 그는 열심히 책을 산다. 책이 많이 팔리면 출판사가 돈을 번다. 그러므로 그는 출판사의 이익에 상당한 관심을 갖고 있음에 틀림없다.

② 아무리 말해도 네 생각이 옳단 말이지? 지나가는 사람 붙잡고 한번 물어 봐라. 열

이면 열 모두 네가 틀렸다고 할 테니.

③ 이번 경기는 꼭 이겨야 되거든. 그러니 너는 중계방송을 봐선 안 돼. 네가 중계 방
송을 보면 꼭 지더라.

④ 그는 시립 도서관 옆에 산다. 그러니 그는 책과 가까이 지내는 사람이다. 그러므로
그는 학식이 풍부한 사람일 것이다.

⑤ 대통령을 비난하면, 마치 그를 뽑은 국민을 비난하는 것과 같다.

【문32】 다음 글에 나타난 까마귀와 호랑이의 말에 나타난 오류와 같은 것은? (   )

별안간 뒤에서 무엇이 와락 떠다밀며,
"어서 들어갑시다. 시간 되었소."
하고 바삐 들어가는 서슬에 나도 따라 들어가서 방청석에 앉아 보니 각색 길짐승, 날짐승,
모든 버러지, 물고기 동물이 꾸역꾸역 들어와서 그 안에 빽빽하게 서고 앉았는데, 모인 물
건을 형형색색이나 좌석은 제제창창(濟濟蹌蹌)한데 개회하려는지 방망이 소리가 똑똑 나더
니, 회장인 듯한 물건이 머리에는 금색이 찬란한 큰 관을 쓰고, 몸에는 오색이 영롱한 의복
을 입은 이상한 태도로 회장석에 올라서서 한 번 읍하고, 위의(威儀)가 엄숙하고 형용이 단
정하게 딱 서서 여러 회원을 대하여 하는 말이,
"여러분이, 내가 지금 여러분을 청하여 만고에 없던 일대 회의를 열 때에 한 마디 말씀
으로 개최 취지를 베풀려 하오니 재미있게 들어 주시기를 바라오.
우리는 그 법을 지키고 어기지 아니하거늘, 지금 세상 사람들은 말하는 것을 보면 낱낱이
효자 같으되, 실상 하는 행동을 보면 주색잡기(酒色雜技)에 침혹하여 부모의 뜻을 어기며, 형
제간에 재물로 다투어 부모의 마음을 상케 하며, 제 한 몸만 생각하고 부모가 주리되 돌아보
지 아니 하고, 여편네는 학식이라고 조금 있으면 주제넘은 마음이 생겨서 온화, 유순한 부덕
을 잊어버리고 시집가서는 시부모 보기를 아무것도 모르는 어리석은 물건같이 대접하고, 심
하면 원수같이 미워하기도 하니, 인류 사회에 효도 없어짐이 지금 세상보다 더 심함이 없도
다. 사람들이 일백 행실의 근본 되는 효도를 아직 못하니 다른 것은 더 말할 것 무엇 있소.
우리는 설사 포악한 일을 할지라도 깊은 산과 깊은 골과 깊은 수풀 속에서만 횡행할 뿐이
오. 사람처럼 청천백일지하에 왕궁 국도에서는 하지 아니하거늘, 사람들은 대낮에 사람을
죽이고 재물을 빼앗으며, 죄 없는 백성을 감옥으로 몰아넣어서 돈 받치면 내여 놓고 세 없
으면 죽이는 것과, 임금은 아무리 인자하여 사전(赦典)을 내리더라고 법관이 용서하여 공평
치 못하게 죄인을 조종하고 돈을 받고 벼슬을 내어서 그 벼슬한 사람이 그 밑천을 뽑으려
고 음흉한 수단으로 정사를 까다롭게 하여 백성을 못 견디게 하니, 사람들의 악독한 일을
우리 호랑이와 비하여 보면 몇 만 배가 되는지 알 수 없소."

① 하나를 보면 열을 안다고. 네 말을 들어보니 넌 형편없는 애로구나.

② 컴퓨터와 사람은 유사한 점이 많아. 그러니 컴퓨터도 사람처럼 감정을 느낄 수 있을 거야.

③ 저 사람의 말은 믿을 만한 게 못 돼. 저 사람 전과자거든.

④ 이 책은 출판되자마자 초판이 금방 매진되었어. 그러니 그 내용은 읽어보나마나 좋은 것일 걸.

⑤ 넌 나하고 제일 친하지 않니? 네가 날 도와주지 않는다면 난 누굴 믿고 살지?

【문33】 다음 글을 비판하는 말로 가장 타당한 것은? (　)

> 장례 행위가 민족마다 다른 것은 필시 죽음에 대한 생각이 다르기 때문이며, 또한 죽음에 대비(對備)하는 문화가 다르기 때문에 그 생각이 달라지는 것임에 틀림이 없다. 장례 문화가 민족마다 달라서 장례 행위도 갖가지라는, 통과 의례를 연구하는 문화 인류학자들의 보고가 많이 있다. 그 중 우리들이 흔히 알고 있는 유럽인이나 인도인들의 경우를 따져 봐도 이는 자명하다.

① 성급하게 결론을 일반화시켰군.

② 인과 관계가 없는 것을 있는 것처럼 봤군.

③ 아예 말을 못 꺼내게 하는군.

④ 엉뚱한 이야기로 빠지고 말았군.

⑤ 말이 돌고 도는군.

【문34】 다음 글의 밑줄 친 부분에 나타난 것과 같은 오류를 범하고 있는 것은? (　)

> 조상으로부터 물려받은 유산이 영광스러운 것인가 수치스러운 것인가 하는 것은 그 유산 자체의 특성이 아니라 그것을 물려받는 자손의 태도에 달려 있다. 그 유산이 도자기나 뚝배기와 같은 가시적인 물건인 경우에는 이 말이 잘 들어맞지 않는다고 생각할 사람이 있을지 모른다. 도자기나 뚝배기의 경우에는 먼저 그것을 물려받고 난 다음에 그 물건이 영광스러운 것인지 아니면 수치스러운 것인지를 판단하게 될 것이기 때문이다.
> <u>도자기는 영광스러운 유산이요, 뚝배기는 수치스러운 유산이라는 식의 생각은 인지상정이 아닌가?</u> 그러나 약간만 깊이 생각해 보면 사정은 그렇지 않다. 여기에서 영광이나 수치는 과연 무엇에 근거를 두고 있는가? 그 심미적 가치인가, 아니면 골동품 시장에서의 상품 가치인가? 어느 쪽이든 그것이 유산으로서의 가치를 판단하는 합당한 기준이 될 수 있는가 하는 것은 분명하지 않다. 유산으로서의 도자기나 뚝배기는 단순한 물건이 아니라 그것을 만들었거나 사용한 조상의 정신을 대표하고 있다. 혼백에 보는 눈이 있어서, 만약 조상의 그 유산을 오직 심미적 가치나 시장 경제에서의 상품 가치로 판단하는 것을 보게 된다면, 그 조상은 자손을 잘못 두었다고, 아니 차라리 자손을 잘못 가르쳤다고 스스로 한탄할 것이다.

① 그분은 해외에 오래 살았기 때문에 국내 사정에는 어두울 수밖에 없을 거야.

② 비행기는 기차보다 위험해. 왜냐 하면, 비행기는 공중에 떠서 움직이기 때문이지.

③ 정부의 모든 기관이 서울에 집중되어 있는 한, 지방의 발전은 기대하기 어려워.

④ 제가 이 분야에서 20여 년을 종사했기 때문에 자신 있게 말씀드릴 수 있는 겁니다.

⑤ 그가 그 사업에서 성공하지 못하다니……. 결국 그는 사업에 실패하고 말았군.

【문35】 다음 글의 밑줄 친 부분에 나타난 것과 유사한 오류를 범하고 있는 것은? (   )

"자네가 모르는 말일세. 우리나라의 성제(城制)에는 벽돌을 쓰지 않고 돌을 쓰는 것은 잘못일세. 벽돌로 말하면, 한 개의 네모진 벽돌박이에서 박아 내면 만 개의 벽돌이 똑같을 지니, 다시 깎고 다듬는 공력을 허비하지 않을 것이요, 아궁이 하나만 구워 놓으면 만 개의 벽돌을 제자리에서 얻을 수 있으니, 일부러 사람을 모아서 나르고 어쩌고 할 수고도 없을 게 아닌가. 다들 고르고 반듯하여 힘을 덜고도 공이 배나 되며, 나르기 가볍고 쌓기 쉬운 것이 벽돌만한 게 없네. 이제 돌로 말하면, 산에서 쪼개어 낼 때에 몇 명의 석수를 써야 하며, 수레로 운반할 때에 몇 명의 인부를 써야 하고, 이미 날라다 놓은 뒤에 또 몇 명의 손이 가야 깎고 다듬을 수 있으며, 다듬어 내기까지에 또 며칠을 허비해야 할 것이요, 쌓을 때도 돌 하나하나를 놓기에 몇 명의 인부가 들어야 하며, 이리하여 언덕을 깎아 내고 돌을 입히니, 이야말로 흙의 살에 돌의 옷을 입혀 놓은 것이어서, 겉으로 보기에는 뻔질하나 속은 실로 울퉁불퉁하는 법일세. 돌은 워낙 들쭉날쭉 고르지 못한 것인즉, 조약돌로 그 궁둥이와 발등을 괴며, 언덕과 성 사이는 자갈에 진흙을 섞어서 채우므로, 장마를 한 번 치르면 속이 궁글고 배가 불러져서, 돌 한 개가 튀어 나자빠지면 그 나머지는 모두 다투어 무너질 것은 빤히 뵈는 이치요, 또 석회의 성질이 벽돌에는 잘 붙지만 돌에는 붙지 않는 것일세. 내가 일찍 차수(박제가의 자, 연암 박지원의 제자)와 더불어 성제를 논할 때에 어떤 이가 말하기를, '<u>벽돌이 군다 한들 어찌 돌을 당할까 보냐. 성은 의당 돌로 쌓아야 단단하지.</u>' 하자, 차수가 소리를 버럭 지르며 '벽돌이 돌보다 낫다는 게 어찌 벽돌 하나와 돌 하나를 두고 말함이오.' 하던데그려. 이는 가위 철론(鐵論)일세. 대체 석회는 돌에 잘 붙지 않으므로 석회를 많이 쓰면 쓸수록 더 터져 버리며, 돌을 배치하고 들떠 일어나는 까닭에 돌은 항상 외톨로 돌아서 겨우 흙과 겨루고 있을 따름이네. 벽돌은 석회로 이어 놓으면, 마치 어교(魚膠)가 나무에 합하는 것과 붕사(硼砂)가 쇠에 닿는 것 같아서, 아무리 많은 벽돌이라도 한 뭉치로 엉켜져 굳은 성을 이룩하므로, 벽돌 한 장의 단단함이야 돌에다 비할 수 없겠지마는, 돌 한 개의 단단함이 또한 벽돌 만 개의 굳음만 같지 못할지니, 이로써 본다면 벽돌과 돌 중 어느 것이 이롭고 해로우며 편리하고 불편한가를 쉽사리 알 수 있겠지."하였다.

① 우리 동창들이 모임을 가질 때마다 철수는 우리들을 한바탕 웃겨 주곤 했다. 이번 모임 장소인 음식점에 도착했을 때 밖에까지 들리는 웃음소리를 듣고 나는 철수가 벌써와 있다고 짐작하였다.

② 하마 구단은 프로 축구단을 창단하면서 각 구단에서 맹활약 중인 최우수 선수들만 영입하였으므로, 창단 첫 해에 우승까지도 가능할 것이다.

③ 이 감기약이 얼마나 좋은 것인 줄 아니? 그 유명한 불란서 배우 통기레스도 이 약만 먹는다는 말 들어봤지?

④ 그는 이름도 알려지지 않은 나라에서 온 학자인데, 어떻게 그런 사람이 발표한 이론을 받아들일 수 있겠어요?

⑤ 선생님께서는 복도에서 절대 뛰어다니지 말라고 하셨다. 그런데 민방위 훈련을 하는 날, 화재 경보가 울렸을 때 나는 천천히 걸어 나간다고 꾸중을 들었다. 왜 선생님께서는 이랬다저랬다 하시는 걸까?

【문36】 다음 대화중 남자의 마지막 말에서 범하고 있는 오류를 바르게 지적한 것은? (　　)

> 여 : 이 신문 기사 읽었어? 레흐 바웬사에 관한 기사 말이야.
> 남 : 응, 폴란드 전 대통령?
> 여 : 대통령 선거에서 패배하고, 생활비가 막연해서 옛날 직장인 조선소에 전기공으로 다시 출근하게 되었대.
> 여 : 그게 문제가 아니라, 바웬사가 승용차를 타고 경호원들과 함께 출근을 했는데, 재미있는 건 경호원보다도 월급이 적다는 거야. 폴란드 법률에는 전직 대통령에게 경호원과 승용차, 건강관리에 필요한 편의 등은 제공하지만 연금은 지불하지 않도록 규정하고 있다는 군. 바웬사는 이 때문에 현 정부에 대해 분통을 터뜨리고 있대.
> 남 : 기가 막힌 일이군. 전직 대통령에 대한 처우가 그 모양이라니. 처우가 나빠지면 생활이 곤란해질 것이고, 생활이 곤란해지면 사는 것이 고통스럽겠지. 결국 보기 싫으니 죽든지, 다른 나라로 망명하든지 둘 중의 하나를 선택하란 말이군.

① 이것이 아니면 저것이라고 단정적으로 추론하고 있다.

② 특수한 사례를 근거로 하여 성급하게 일반화하고 있다.

③ 의도하지 않은 결과를 원래 의도가 있었다고 판단하고 있다.

④ 상대방이 처한 정황을 비난하며 자신의 주장을 강화하고 있다.

⑤ 일부분이 비슷하다고 해서 나머지도 비슷할 것이라고 잘못 생각하고 있다.

【문37】 다음 글의 밑줄 친 부분과 같은 오류를 범하고 있는 것은? (　　)

> A종류의 사건과 B종류의 사건이 높은 상관관계를 가졌다는 것은 A종류가 일어날 때에는 대체로, 자주 또는 거의 빠짐없이 B종류가 일어난다는 것을 말한다. 그리고 왜 그런 상관관계를 갖게 되느냐는 별개의 문제이다. 그것은 A가 B의 원인들 중에서 중요한 원인이기 때문일 수도 있고, A와 B가 다 같이 어떤 한 가지 원인이나 원인들 때문에 일어나는 결과들일 수도 있으며, 단순히 우연한 일치로 높은 상관관계를 나타내는 것일 수도 있다. "까마귀 날자

배 떨어진다."라는 말은 이 세상에 우연하게 높은 상관관계를 갖게 되는 일들이 있음을 말해 준다. "번개가 잦으면 천둥을 한다."는 말도 번개와 천둥 간의 높은 상관관계를 뜻하지만 번개는 천둥의 원인이 아니다. 번개와 천둥은 다 같이 한 가지 사건의 결과로 나타나는 것이다.

과학이 하고자 하는 것은 상관관계가 높은 사건들 중에서 인과 관계가 있는 것들을 찾아내자는 것이다. 미신이라는 것은 인과 관계가 없는 두 사건 간에 인과 관계가 있는 것처럼 믿는 것을 말한다. 그러므로 단순한 상관관계만을 가지고, 아무런 과학적 검토도 없이, 두 사건이 마치 인과 관계로 연결된 것처럼 믿는 것은 모두 다 미신이다.

① 이번 경기는 꼭 이겨야 해. 그러니 너는 중계방송을 봐선 안 돼. 네가 중계방송을 보면 꼭 지더라.

② 아무리 말해도 네 생각이 옳단 말이지? 지나가는 사람 붙잡고 한번 물어 봐라. 열이면 열 모두 네가 틀렸다고 할 테니.

③ 그는 시립 도서관 옆에 산다. 그러니 그는 책과 가까이 지내는 사람이다. 그러므로 그는 매우 학식이 풍부한 사람일 것이다.

④ 그는 열심히 책을 산다. 책이 많이 팔리면 출판사가 돈을 번다. 그러므로 그는 출판사의 이익에 상당한 관심을 갖고 있음에 틀림없다.

⑤ 여러분은 지금 제 이론이 설득력이 없다고들 말씀하시지만 무조건 공격만 하실 일이 아닙니다. 여러분 중에서 누가 이만한 이론이라도 제시한 적이 있습니까?

【문38】 다음 대화에서 남학생이 마지막 말에서 범하고 있는 오류는? (   )

남학생 : 재재작년 여름에 태풍 '더그'가 불어와 제주 공항에서 비행기 사고가 일어났던 것 알지?
여학생 : 그런데?
남학생 : 비바람이 그렇게 세게 몰아치는데도 무리하게 비행을 시도한 것은 정말 문제가 아닐 수 없어. 다행히 인명 피해가 거의 없었기에 망정이지. 몇 년 전 목포 공항 사고 때 처럼 큰 사고가 일어났으면 어쩔 뻔했어? 그리고 보면 항공사에서는 아직 정신을 못차린 것 같아.
여학생 : 글세 말이야. 회사의 이익보다는 승객의 안전을 먼저 생각하는 의식이 필요한데 말이야.
남학생 : 그렇게 된 데에는 승객들의 책임도 커. 제주 지역에 태풍 경보가 발령됐다는 것을 알면서도 비행기에 탑승한다는 게 말이나 돼?
여학생 : 맞아. 승객들이 타지 않으려 했다면 비행기 운항도 취소됐을 테고, 그런 사고도 일 어나지 않았을 거 아니야?
남학생 : 우리 나라 사람들은 너무들 참을성이 없어. 아마 성질 급하기론 세계 최고일 거야.

① 특수한 사실을 확대 해석하고 있다.

② 현실성이 없는 것을 현실성이 있는 것으로 잘못 생각하고 있다.

③ 듣는 사람의 감정을 자극하여 자신의 말에 동조하도록 하고 있다.

④ 둘 이상의 의미를 지닌 모호한 말을 이용하여 논점을 흐리고 있다.

⑤ 일부의 유사성을 바탕으로 전체가 똑같은 것이라고 잘못 판단하고 있다.

【문39】 다음 글의 밑줄 친 부분과 같은 형태의 오류를 범하고 있는 것은? (   )

> 어느 영역에서 다양성의 손실은 곧 가치의 손실을 의미하게 된다. 만일 동물과 식물이 새로운 물질과 식량, 약품의 잠재적인 출처라면 종의 손실은 그러한 면에서의 가능성을 분명히 감소시킬 것이다. 만일 식물과 동물의 상호 작용만이 대기와 토양의 화학적 성질을 유지시키는 데 필수적이라면 종의 손실은 이러한 서비스의 효능을 감소시킬 것이다. 그리고 만일 종의 다양성이 인간의 정신을 풍요롭게 하는 데 도움을 준다면, 종의 손실은 딱히 표현하기 힘들긴 하지만 어떤 면에서 우리를 약하게 만들 것이다.
>
> 그러면 이 세 가지 영역에 맞는 합리적인 질문을 던져 보도록 하자. 경제적 가치, 생태계 서비스, 심미적 가치를 만족시키기 위해 현존하는 모든 종이 꼭 필요한가? 아니면 이 세 가지는 손상시키지 않은 채 일부 종만 잃을 수는 없을까? 줄리언 사이먼은 이에 대해 명백히 답변하고 있다. 그는 정착민들이 미국의 중서부를 개척했을 때 발생한 종의 대량 손실을 예로 든다. 노먼 마이어와의 논쟁에서 그는 이렇게 말했다. "만약 그 때 사라진 종들이 지금까지 존속되었을 때 우리의 상태가 현재보다 얼마나 더 나을 것인지를 입증하기는 어렵다. 이러한 사실은 어디에선가 사라졌을지도 모르는 종의 경제적인 가치를 의문스럽게 만든다."
>
> 사이먼에게서 가장 중요한 가치 측정 기준은 경제적이고도 직접적인 실용성이다. 이것은 그가 논쟁을 벌일 때 계속 언급한 말에서도 그대로 나타난다. "최근의 과학 기술 진보-특히 종자 은행과 유전 공학-는 자연 서식처에서 종을 유지시키려는 노력의 중요성과 당위성을 감소시켰다."

① 지금부터 휴대폰을 사 달라는 녀석은 아빠 자식이 아니다.

② "너 세상에 귀신이 없다는 걸 증명할 수 있어?" "없어." "그러니까 귀신은 있는 거야."

③ 오래 된 술일수록 맛도 좋고 향기도 진하듯이, 지식도 오래된 지식이라야 더 가치가 있다.

④ 아빠, 저 녀석 말은 귀담아 들으실 필요도 없어요. 쟤는 얼마 전에 선물로 받은 녹음기도 잃어버렸잖아요.

⑤ 돼지꿈을 꾸면 재수가 없대잖아요. 어제 돼지꿈을 꾸고 오늘 복권을 샀더니 당첨되었어요. 정말 희한하지 않아요?

【문40】 다음 글의 밑줄 친 부분에 나타난 오류와 같은 것은? (　　)

> 어느 종교를 막론하고 종교의 비합리성, 불가사의성(不可思議性)의 중심을 차지하고 있는 것은 신(神)의 문제이다. 그러므로 예로부터 종교가 진리인가 아닌가를 해결하는 열쇠는 신이 실재(實在)하는가 어떤가를 논증하는 일이었다. 그리하여 신의 실재성(實在性)이 증명되면 그것으로써 종교의 진리성이 증명되었다고 생각하였다. 따라서 신의 존재 증명은 많은 신학자, 종교가들의 주요 관심사였다. 우리는 이제 그들이 어떻게 신의 존재를 증명했으며, 또 그 난점이 무엇인가를 살펴보기로 하자.
>
> 우선 존재론적 입장에서의 증명을 들 수 있을 것이다. 이것은 고대 플라톤의 관념론(觀念論)에서 출발하여, 안셀무스에 의해서 대성되고, 근세에는 데카르트, 라이프니츠, 헤겔에 의해서 지지되었다. 그들의 주장은 이 세상에 신의 관념이 있다는 것은 부정할 수 없다는 데서 출발한다. 왜냐 하면 그것을 부정할 때에도 신의 관념을 가지고 있기 때문이다. 그런데 신 관념이란 어떠한 것인가? 신이란 '최고', '완전', '절대'란 뜻이다. 그러므로 신 관념 속에는 이미 '존재'라는 속성이 포함되어 있지 않으면 안 된다. 왜냐 하면 만일 신이 실재하지 않는다면 신은 완전한 자가 아니기 때문이다. 이러한 존재론적 증명은 개념 분석을 통해서 '존재'를 이끌어 내려는 것이며, 그것은 <u>논리적 술어(述語)와 실재적 술어를 혼동한 오류</u>를 범하고 있다. 백 탈러(taler)의 관념과, 내가 실제로 백 탈러를 소유하는 것과는 다른 것처럼, 신의 관념이 있다는 것과 신의 실재는 무관한 것이다.

① 답이 3번이면 어떻고, 4번이면 어떠냐? 입씨름은 그만하고 나가 놀아라.

② 갈비탕은 갈비를, 대구탕은 대구를 넣고 끓인 것이라면, 곰탕에는 곰이 들었겠네.

③ 네 나이 정도에서 좋아하는 가수가 없다는 것은 음악을 싫어한다는 것과 다름이 없어.

④ 그 녀석 하는 짓은 꼭 거지같구나. 난 우리 아들이 거지와 사귀는 것을 더 이상 두고 볼 수가 없어.

⑤ 저 애는 공주병 환자야. 항상 잘난 체하거든. 그런데 어째서 병원에 입원해서 치료 받지 않는 거지?

【문41】 다음 글을 읽고 〈보기〉와 같은 발언을 했다면 여기에서 범하고 있는 논리적 오류와 가장 가까운 것은? (   )

18세기 말 영국에서 시작된 산업 혁명 이후, 인류는 눈부신 과학 기술의 발전과 산업화의 결과로 풍요로운 혜택을 누리게 되었다. 하지만, 산업화로 말미암아 도시가 비대해지고, 화석 에너지 및 공업용수의 사용이 급속히 늘어나, 대기오염, 식수원 오염 및 토양 오염을 유발하여 쾌적하지 못한(따라서 삶의 질을 저하시키는 수준의) 환경오염을 초래하게 되었다. 급기야는 1940~50년대를 전후하여 공업 선진국의 몇몇 도시에서는 이미 대기 오염에 의한 인명 사고가 발생하기 시작하였다. 대표적인 것은 1952년 12월, 영국에서 발생했던 '런던 스모그 사건'이었다. 이로 인하여 4000여 명이 사망하였다고 하니, 정말 끔찍한 일이 아닐 수 없다. 이 사건은 환경오염이 삶의 질 차원을 넘어서 인류 생존의 문제로 악화되고 있음을 시사해 주는 대표적인 것으로 기록되어 있다.

〈보기〉	"그래, 기껏 공기를 오염시키려고 과학 기술을 발전시키고 산업화를 추구했다는 말이지. 공기 오염이 인간의 삶의 조건을 악화시키는 것을 뻔히 알면서도 말이야. 어리석어도 한참 어리석은 짓이지."

① 타자기는 컴퓨터와 마찬가지로 자판도 있고 글자도 찍어낼 수 있다. 그러므로 타자기를 가지고 화상 게임을 할 수도 있다.

② 목사님께서는 모든 사람이 죄인이라고 말씀하셨죠? 죄인은 누구나 벌을 받아야 하잖아요. 그런데 목사님은 무슨 벌을 받으셨어요?

③ 우리가 조금 전에 제시한 계획은 우리 학교를 발전시키기 위한 것입니다. 이 계획에 반대하는 사람은 애교심이라곤 조금도 없다고 보아야 합니다.

④ 너는 담배가 폐암 발병의 주요한 원인이 된다는 것을 잘 알면서도 담배를 끊지 못하니? 그렇게 폐암에 걸리고 싶어 하니 나로서도 이제 어쩔 도리가 없구나.

⑤ 저기 청소년들 좀 보라구. 텔레비전 방송국 앞에 2시간도 넘게 줄을 서서 서태지 쇼를 구경하려고 하다니. 우리나라의 앞날이란 뻔하다구.

【문42】 다음 글을 읽고 〈보기〉와 같은 판단을 내릴 때, 이와 같은 오류가 들어 있는 것은? (   )

> 옛날에는 오히려 사회생활의 비중을 정신적인 것이 더 많이 차지해 왔다. 종교, 학문, 이상 등이 존중되었고, 그 정신적 가치가 쉬 인정받았다. 그러나 현대 사회로 넘어오면서부터 모든 것이 물질 만능주의로 기울어지고 있다. 그것은 세계적인 현상이며, 한국도 예외는 아니다. 물론, 그 중요한 원인이 된 것은 현대 산업 사회의 비대성이다. 산업 사회는 기계와 기술을 개발했고, 공업에 의한 대량 생산과 소비를 가능케 했다. 사람들은 물질적 부를 즐기는 방향으로 쏠렸는가 하면, 사회의 가치 평가가 생산과 부를 표준으로 삼기에 이르렀다. 그 결과로 나타난 것이 문화 경시의 현실이며, 그것이 심하게 되어 인간 소외의 사회를 만들게 되었다. 정신적 가치는 그 설 곳을 잃게 되었으며, 물질적인 것이 모든 것을 지배하기에 이르렀다. 이렇게 물질과 부가 모든 것을 지배하게 되면, 우리는 문화를 잃게 되며, 삶의 주체인 인격의 균형을 상실하게 된다. 그 뒤를 따르는 불행은 더 말할 필요가 없다.

> **〈보기〉** 물질주의로 기울어진 현대는 인간이 소외되는 불행한 시대인데, 옛날에는 물질을 무시했을 테니까 모두 행복했을 거야.

① 그가 그림을 잘 그릴 리는 만무해. 그가 벽촌 출신이란 걸 너도 잘 알잖아.

② 철수는 상냥하고 농구도 잘해서 친구들이 좋아하는데, 너도 그러니까 내 친구들이 너를 좋아하겠구나.

③ TV 화장품 광고에 야구 스타 ○○○가 나오더라. 그 사람이 선전할 정도면 그 화장품 최고품이겠지.

④ 그 친구 말로만 오겠다고 하고선 모임에 나오지 않는 걸 보면 우리를 싫어하는 게 분명해. 좋아한다면 왜 오지 않겠어?

⑤ 내가 앞에 서고 네가 뒤에 섰더라면 이런 변이 생기지 않았을 텐데. 내가 괜히 뒤에 가다가 넘어져서 무릎을 깨고 말았어.

【문43】 다음 글의 밑줄 친 부분에 나타난 언어 사용상의 오류는? (   )

> 시골에 사는 한 사람이 서울에서 우연히 훌륭한 기예 한 가지를 배웠다. 그리고는
> "서울에서 말하는 소위 기예라는 것을 내가 모두 배워 가지고 왔으니, 지금부터는 서울에서도 다시 배울 더 배울 것이 없다."
> 한다. 이런 사람이 하는 짓이란 거칠고 나쁘지 않은 것이 없다.
> 우리나라에 있는 백공들의 기예는 모두 옛날 중국에서 배워 온 방식인데, 수백 년 이래 칼로 벤 것처럼 딱잘라 다시는 중국에 가서 새로운 것을 배우려는 계획을 세우지 않았다. 중국에는 새로운 방식과 교묘한 제도가 나날이 증가하고 다달이 불어나서 수백 년 이전의 옛날 중국이 아니다. 그런데도 우리는 막연하게 서로 묻지도 않고 오직 옛날의 방식만을 편케 여기고 있으니 어찌 그리 게으르단 말인가.

① 원인과 결과를 혼동하고 있다.

② 전체를 지나치게 단순화시켜 추리하고 있다.

③ 전체의 속성을 부분의 속성과 동일시하고 있다.

④ 부당하게 적용된 유추나 비유에 의해 잘못된 결론을 도출하고 있다.

⑤ 논거가 필요한 사실을 전제로 새로운 결론을 이끌어 내고 있다.

【문44】 다음 대화에서 남편이 범하고 있는 논리적 오류와 가장 유사한 것은? (　　)

> 아내 : 여보, 오늘 밖에서 무슨 언짢은 일이라도 있었나요?
>
> 남편 : 거 참, 세상이 말세라더니 오늘에야 그걸 알았어요. 요즘 젊은이들 버릇이 없다고
> 하더니 정말로 그렇게 없을 수가…….
>
> 아내 : 도대체 어떤 일이 있었는데, 그래요?
>
> 남편 : 나 오늘 시립 도서관에 간다고 했잖아요, 거기서 내가 필요한 책을 대출하려고 하는
> 데 새파랗게 젊은 직원이 말이요 책을 한 손으로 척 던지듯이 주더라구요, 내 나이
> 내일 모레 예순인데 그렇게 버르장머리가 없어서야……. 우리 젊었을 때 안 그랬잖아
> 요. 원, 위아래가 이리 없는 세상이라면 이게 말세지 뭔가요?
>
> 아내 : 아이구, 당신도 참. 요즘 젊은 애들 그냥 그런가 보다 하고 넘기시지, 또 그걸 가지
> 고 일장 훈계를 하신 건 아닌가요?
>
> 남편 : 왜 아니래, 내가 앞에 세워놓고 잔소리를 하니 글쎄 눈을 치뜨고 하는 꼴이란, 이런
> 걸 보면 요즘 젊은 애들 정말로 큰일이라구요.

① 염소는 유독성 물질이다. 따라서 나트륨과 염소 성분으로 된 소금은 유독성 물질이다.

② 소크라테스의 철학은 가치가 없다. 왜냐 하면 그는 사형 선고를 받고 죽은 인물이니까.

③ 컴퓨터도 사람처럼 장기를 잘 두잖아. 그러니까 컴퓨터도 사람과 같이 감정을 지녔
음에 틀림이 없어.

④ 이 안건에 반대할 사람은 아무도 없을 겁니다. 만약 반대하면 우리 지역의 발전을
거부하는 것입니다.

⑤ 어제 철수가 약속을 지키지 않은 것으로 볼 때, 그는 믿을 수 없는 사람임에 틀림없다.

【문45】 다음 글에서 이 후보자가 범하고 있는 논리적 약점을 바르게 지적한 것은? (   )

> 존경하는 학우 여러분, 앞에서 유세를 한 다른 후보자들의 말에 얼마나 식상하셨습니까? 마치 기성인들의 선거 유세처럼 다른 사람의 약점을 가지고 공격하는 것은 우리 학생들이 할 일이 아니라고 생각합니다. 우리 학생들은 순수해야 합니다. 순수한 것을 잃는다면 우리가 기성인들과 무엇이 다르겠습니까? 순수성이야말로 우리가 지켜야 할 귀중한 덕목이라고 생각합니다. 제가 이번 선거에 임하면서 생각한 것도 바로 이것입니다. 순수성을 상실하고 당선되기보다는 순수성을 지켜서 낙선하게 된다면 그 길을 택하자고 생각했습니다. 저는 여러분들에게 저를 학생회장으로 선출해 달라고 부탁드리지 않겠습니다. 단지, 객관적이고 공정한 입장에서 어떤 사람이 여러분들과 우리 학교를 위해 일할 사람인가를 판단해 달라고 말씀드리고 싶습니다. 저는 우리 학교를 위해서 일할 사람은 먼저 능력이 있는 사람이어야 한다고 생각합니다. 저는 초등학교 때부터 지금까지 반장을 하지 않은 해가 없었습니다. 열심히 학습을 위해서 일했던 기억이 지금도 새롭습니다. 그리고 중학교 시절에 이미 학생회장을 역임한 사실은 저와 같은 학교를 나온 학우들이 증명해 줄 것입니다. 이러한 사실은 많은 사람들이 저의 능력을 인정해 준 것이라고 믿습니다. 저의 이러한 화려한 경력에 필적할 만한 사람이 있으면 나와 보라고 저는 감히 말하고 싶습니다. 학우 여러분, 능력도 없으면서 다른 사람을 험담하는 후보자를 선택하시겠습니까? 저처럼 순수성을 지키자고 호소하는 사람을 선택하시겠습니까? 이미 초등학교와 중학교를 거치면서 능력이 인정된 저를 학생회장으로 선출해 주시면 열과 성을 다해 여러분과 우리 학교의 발전을 위해서 이 한 몸 다 바칠 것을 맹세하겠습니다.

① 검증되지 않은 것을 사실처럼 말하고 있다.

② 지나치게 감정에 호소하는 주장을 펴고 있다.

③ 논점을 벗어나고 있다.

④ 일부의 경우를 가지고 성급하게 일반화하고 있다.

⑤ 이런저런 이야기를 일관성 없이 늘어놓고 있다.

【문46】 앞 문제에서 이 후보자의 연설을 반박하는 말로 가장 적당한 것은? (   )

① 빈 수레가 요란하군.

② 보기 좋은 떡이 먹기도 좋군.

③ 똥 묻은 개가 겨 묻은 개를 나무라는군.

④ 못된 송아지 엉덩이에 뿔나는 격이군.

⑤ 낫 놓고 기역자도 모르는군.

【문47】 다음 이야기에서 예로 든 것과 유사한 잘못을 범하고 있는 것은? (   )

> 다수결이 만능이라고 생각하는 것은 잘못입니다. 물론 다수의 의견이 옳을 때가 많겠지요. 각자가 좋아하는 것을 선택하게 할 때나 각자의 이해가 걸려 있는 문제에는 다수결이 유용한 경우가 많을 것입니다. 그러나 전문적이고 복잡한 문제를 심각하게 생각해보지 않은 대중에게 맡겨 다수결로 처리한다는 것은 옳다고 할 수 없습니다. 만약, 매사를 다수결로 처리하는 집단이 있다고 합시다. 집단으로 등산을 가기로 다수결로 정하고, 버스를 타고 가는데 두 갈래 길이 나와 버스 기사가 어느 길로 가야 할지 모른다고 합시다. 이 때 다수결로만 의사를 결정하는 집단이 길의 선택을 다수결로 정해 버려서, 결과적으로 버스는 목적지인 산으로 가지를 못하고 들이나 바다로 가 버렸다고 가정해 봅시다. 이때도 다수결이 옳다고 할까요? 아마 이 경우에는 길눈이 밝은 사람이 내려서 주위 사람들에게 올바른 길을 물어 결정하는 것이 훨씬 타당할 것입니다.

① 선생님은 나를 미워하나 봐. 단 한 번도 나를 칭찬한 적이 없으니까 말이야.

② 이 옷을 입으면 멋질 거야. 왜냐 하면, 유명한 가수도 이 옷을 입고 있으니까.

③ 이 책은 재미있으니까 한번 읽어 봐. 이 책을 읽어 본 사람들이 모두 재미있다고 해.

④ 언론의 자유는 모두에게 유익하다. 각자가 마음 놓고 자기의사를 나타낼 수 있으니까.

⑤ 진통제는 좋은 약이다. 왜냐 하면, 진통제는 환자들의 고통을 없애 주니까.

【문48】 다음 글의 밑줄 친 부분이 오류라고 할 때, 이와 같은 유형의 오류를 범하고 있는 것은? (   )

> 유교적 전통에 대해서는 크게 두 부분으로 나누어 설명할 수 있는데, 첫째는 유교 기능의 대외적 측면을 통해 본 민족 주체성의 문제이고, 둘째는 유교의 중심 사상인 충효와 근대 민주주의와의 관계이다. 필자는 앞서 주자학의 민족주의적인 성격을 내세워 성리학적인 민족주의라는 말을 사용하였다. <u>그 이유로서 주자학의 성립 당시의 시대적 배경, 즉 북방 민족의 침입에 대한 중국 민족의 저항 정신을 들어 말하고,</u> 또 그 주자학이 우리나라로 수입된 것이 몽고에 대한 저항과 결부되어 있었다는 것, 그리고 임진왜란 때나 구한말의 의병 운동이 모두 주자학을 신봉하는 유생들의 주도하에 일어나게 되었던 것 등을 강조하였다.

① 국민 의료보험 제도는 원래 사회주의 국가에서 유래한 것이기 때문에 철폐하지 않으면 안 됩니다.

② 우리가 추구하는 것은 정당합니다. 제 정신을 가진 사람이라면 우리의 제안을 반대할 수는 없습니다.

③ 국가 보안법을 형법으로 대치하자는 주장은 공산주의자의 주장과 같군요. 공산주의를 수용하자는 겁니까?

④ 우리가 개를 잡아먹는다고 비난하다니, 그렇다면 당신들은 왜 소나 돼지를 잡아 먹는거요?

⑤ 당신의 정책은 근시안적 단견입니다. 조금만 더 공부를 하면 생각이 달라질 겁니다.

【문49】 다음 대화에서 여자가 범하고 있는 논리상의 오류는? (   )

> 남 : 청소년의 탈선과 범죄 예방은, 이제 치안을 확보해야 한다는 측면보다 바로 청소년을 보호해야 한다는 측면에서 생각해야 합니다. 밤늦게 청소년들이 모여드는 대학가 주변이나 유흥가를 지나치다 보면, 정말 낯 뜨겁고 민망한 일들이 하나 둘이 아니에요. 만약 내 자식이 저 속에 끼여 있다고 하면, 과연 그대로만 보고 있을 수 있겠습니까? 청소년 야간 통금을 실시하자는 것은 그들의 자유를 구속하자는 것이 아니라, 오히려 그들을 보호하자는 것 입니다.
>
> 여 : 청소년 야간 통금은 청소년들이 자율성을 기르는 데 방해가 됩니다. 자율성이 뭡니까? 자신에게 주어진 공간과 시간을 최대로 활용하는 능력 아닙니까? 야간 통금이 실시되면, 청소년들은 시간적 공간적으로 행동의 범위가 제한됩니다. 결국, 자율성을 기를 수 없게 되는 거죠. 자율성이 없는 청소년들이 어른이 된다면 어떻겠습니까? 갑자기 늘어난 시간을 감당하지 못해서 그 시간을 효과적으로 쓸 수 없을 겁니다.

① 용어의 개념을 자의적으로 풀이했다.

② 전체와 관련된 일을 개인에게 적용했다.

③ 상대방에 대해 인신 공격적 발언을 했다.

④ 부분적인 문제를 전체로 확대해서 말했다.

⑤ 상대의 반론을 원천적으로 봉쇄하고 있다.

【문50】 다음 대화에서 아내가 범하고 있는 논리상의 오류를 바르게 지적한 것은? (   )

> 남자 : 여보, 우리 진이 해외 연수 한 번 보냅시다. 외국어는 책으로 배우는 것보다 외국인과 직접 만나서 배워야 실력이 느는 법인데, 이번에 제대로 가르쳐 보도록 합시다.
>
> 여자 : 글쎄요, 항공료와 등록금만 4~5백만 원씩 든다는데, 돈도 돈이지만 효과가 있을지.
>
> 남자 : 외국인을 전문적으로 교육하는 연수 기관에 보내면 믿을 수 있을 거요.
>
> 여자 : 그렇다고 해도 애가 갑자기 집을 떠나 외국에 나가 무슨 일이라도 생기면 어떻게 해요. 정 보내시겠다면 친구 하나 딸려 보내야 되지 않겠어요?
>
> 남자 : 다 커서 자기 앞가림할 나이도 됐잖소. 젊은 나이에 외국 체험을 하는 것도 얼마나 큰 재산이 되겠소.
>
> 여자 : 그렇다면 배낭여행이 더 좋지요. 연수 기관에 가서도 애 친구랑 우리말 하고, 우리 음식 먹을 텐데. 다른 방도를 구해 보는 게 어때요

① 자식에 대한 편견을 갖고 있다.

② 근거는 대지 않고 주장만 반복한다.

③ 앞뒤가 일관되지 않은 주장을 펴고 있다.

④ 일부의 경우를 가지고 성급하게 일반화하고 있다.

⑤ 상대방의 잘못을 말함으로써 논점에서 벗어나 있다.

【문51】 다음 글의 밑줄 친 부분에 나타난 오류와 유사한 것은? (　　)

　　이런 예술은 어떤 동기에서 무슨 목적으로 생겨난 것인가? 그것은 인생의 회열의 표현으로서 스스로 기록을 남기며 되풀이하지 않고는 못 견뎠던 것인가? 아니면 유희 본능과 장식욕의 만족이었던가? 그것은 여가의 산물이었는가, 아니면 도구였는가? 일종의 사치품이요 위안물이었는가, 또는 생활의 먹이를 얻기 위한 투쟁에서의 무기의 하나였는가?

　　우리가 아는 바로는 이 예술의 작가들은 비생산적·기생적(寄生的) 경제 단계에서 식량을 생산하기보다 채집 또는 노략하던 원시적 수렵민(狩獵民)들이었다. 짐작컨대 그들은 아직 제대로 조직화되지 않은 유동적인 사회생활을 영위했고 고립된 소수 집단으로 나뉘어 사는 원시적 개인주의의 단계에 머물러 있었으며 신(神)이나 내세(來世)에 대한 신앙을 가지고 있지 않았다. 순수한 실용적 활동이 지배하던 이 시대에는 만사가 생존을 위한 노력을 중심으로 진행되었음이 분명하며 예술이라고 해서 식량 조달과 무관한 어떤 다른 목적에 이바지했으리라고 믿을 만한 근거는 전혀 보이지 않는다. 오히려 모든 자료는 예술이 마술(魔術) 내지 주술(呪術)의 수단이었고 이러한 수단으로서 철두철미 실용적이고 순전히 경제적인 목표와 직결된 기능을 가졌음을 말해 준다.

① 성경에 의하면 신은 존재한다. 그리고 성경의 기록은 모두 신의 말씀이다.

② 신은 존재한다. 왜냐 하면 신이 존재하지 않는다고 증명할 수 없지 않은가.

③ 아인슈타인과 같은 과학자도 결국 신을 인정했으므로, 신은 존재한다.

④ 괜히 부정했다가 손해 보는 일이 있을지도 모르니까 신이 있다고 말하겠어.

⑤ 명색이 성직자란 사람의 저 행태 좀 보아. 그러니 어디 신이 존재하겠어?

【문52】 다음 대화에서 여자가 범하고 있는 논리상의 오류를 바르게 지적한 것은? (   )

> 남자 : 지금 우리나라에는 복권 열풍이 강하게 몰아치고 있는 것 같습니다. 그런데 이상한 것은 보험에 든 사람들까지도 복권을 사는 것입니다. 아마 열풍에 휩쓸려서겠지요. 대개 사람들이 보험에 드는 이유는 위험 부담을 덜기 위해서입니다. 사람들은 사고가 났을 때 큰 재산상의 손실을 입게 되는 것에 대비해서 미리 보험에 들어 두는 것입니다. 참으로 준비성 있는 자세라 하겠습니다. 그런데 복권을 사는 것은 이와는 반대로 자청해서 위험을 무릅쓰고자 하는 행위입니다. 잘 아시다시피 정부나 공공 단체가 어떤 사업을 벌이고 싶은데 재원 마련이 여의치 않으면 으레 쓰는 수법이 복권 발행이죠. 그래서 복권을 '감추어진 세금'이라고도 합니다. 사람들은 확률적으로 불리한 줄 알면서도 어떤 막연한 기대치를 가지고 위험 부담을 지게 되는 것입니다. 그러나 자동차 보험, 생명 보험, 퇴직 보험 등 두어 가지 보험을 들어 둔 사람이 지하철역 등에서 복권을 사서 동전으로 긁고 있으니 참으로 딱한 일입니다.
>
> 여자 : 저도 한 마디 덧붙여 말씀드리겠습니다. 사실 복권을 사는 사람은 주로 가난한 사람들입니다. 그러니 정부는 결국 가난한 사람들에게 세금을 더 많이 걷기 위해서 복권을 발행하는 것입니다. 재원 조달이 편리하기야 하겠지만, 이처럼 부도덕할 수가 있습니까? 체육 진흥을 위해, 과학 기술 개발을 위해 가난한 이웃의 저녁 반찬거리가 희생되고 있는 것입니다. 사람들도 세금을 조금만 더 걷겠다고 하면 아우성을 치면서도 복권을 발행하는 일에는 적극 동참하니 참으로 딱한 일입니다.

① 지나치게 감정에 호소하는 주장을 하고 있다.

② 상대방의 잘못을 말함으로써 논점을 벗어나고 있다.

③ 일부의 경우를 가지고 성급하게 일반화하고 있다.

④ 관계없는 자료를 근거로 자의적 판단을 하고 있다.

⑤ 나타난 결과로써 의도를 확대해서 해석하고 있다.

실전문제 ❶의 정답 및 해설

번호	정답	해설
1	④	· 덜렁이는 영희가 병원에 가더라도 죽거나 죽지 않거나 할 것이고, 병원에 가지 않더라도 죽거나 죽지 않거나 할 것이므로, 병원에 가는 것이나 가지 않는 것이나 마찬가지라며 병원에 갈 필요가 없다고 말하고 있다. 그러나 '죽거나 죽지 않거나'로 경우의 수가 똑같이 두 가지인 행위 사이에는 차이가 있다. 병원에 가는 경우가 가지 않은 경우보다 죽지 않고 살아날 가능성이 훨씬 높아진다는 점이다. 경우의 수는 모두 두 가지이지만 일어날 확률이 크게 달라지는 것이다. 결국, 덜렁이는 똑같이 두 가지 경우가 있다는 것에만 집착하고 실제로는 병원에 가야 죽지 않을 가능성이 높다는 사실을 배제하고 있다. 바꾸어 설명하면, 덜렁이가 말한 것 중에서 '죽을 거라면 병원에 데리고 갈 필요가 없다'는 말은 병원에 데려가더라도 반드시 죽을 경우에만 해당된다. 병원에 데리고 가지 않으면 죽을 것이지만 데려감으로써 죽지 않을 경우라면 덜렁이의 표현으로는 '죽을 거라면'과 '죽지 않을 거라면'의 어디에 속하는 것인가? 이것이 덜렁이의 말이 가지고 있는 논리적 모순이다. 그는 필연적인 경우에 대해서만 말하고 있지 상황의 변화가 가능한 경우에 대해서는 언급하고 있지 않다. ③덜렁이의 잘못이긴 하나 논리적인 모순은 아니다. ①성급한 일반화의 오류 ②우물에 독 뿌리기(원천 봉쇄) ⑤복합 질문의 오류임.
2	④	· 밑줄 친 부분이 범하고 있는 오류는 '성급한 일반화의 오류'이다. ①'이다' 혼동의 오류 ②애매어의 오류 ③분할의 오류 ④성급한 일반화의 오류 ⑤원칙 혼동의 오류
3	②	· 밑줄 친 부분은 우리 문화를 타 문화의 기준으로 평가한 잘못을 범하고 있다. ②는 나 자신의 문화적 기준으로 상대방의 문화를 평가하고 있는데, 이는 한쪽의 문화적 기준에 맞추어 다른 문화를 평가하고 있다는 점에서 밑줄 친 부분과 같은 오류를 범하고 있다. 다른 문항은 모두 오류가 아니다.
4	⑤	· 밑줄 친 부분은 다수에 의존하는 오류이다.(=⑤) ①인신공격의 오류 ②잘못된 원인의 오류(잘못된 인과 관계) ③권위에 호소하는 오류 ④분할의 오류임.
5	②	· 인간 사회는 혼돈뿐이라고 한 것은 인간 사회에서 사실적으로 확인할 수 있는 질서와 조화를 무시한 것임. 곧 성급한 일반화의 오류 또는 편의 통계상의 오류로 볼 수 있다.
6	②	· 밑줄 친 부분에서 '그들'이 범하는 잘못은, 지금의 중국, 즉 청나라를 통치하는 사람들은 오랑캐들이기 때문에 그들로부터 배울 바가 없다고 생각하는 것이다. 이는 어떤 사실의 기원이 갖는 속성을 그 사실도 그대로 지니고 있다고 잘못 생각한 '발생학적 오류'이다. ① 성급한 일반화의 오류 ② 발생학적 오류 ③ 연의 오류 ④ 분해의 오류 ⑤ 원인 오판의 오류이다.

7	①	· '보기'의 추론은 '의도 확대의 오류'를 범하였다. 보기의 내용에 의하면 언론사들이 정보화 운동을 주도한답시고 나름대로 컴퓨터를 사용해 오던 사람들마저 주눅들게 하는 기사로 지면을 채우고 있는 것은 현실에 대한 정확한 인식과 올바른 정보화 운동의 방향 정립을 위한 고민 없이 그저 경쟁적으로 정보화 관련 기사를 싣다 보니까 야기된 현상이라고 볼 수 있다. 그러니까 언론사들이 정보를 독점하기 위해 그런 기사로 지면을 채우고 있다고 판단한 것은 잘못된 것이다. 이와 같은 오류를 범하고 있는 것은 ①이다. ①에서 아이들이 단순히 웃은 것을 어른을 능멸하기 위한 것이라고 받아들인 것은 아이들의 의도를 확대 해석한 것이다. ② 분할의 오류 ③ 순환 논증의 오류 ④ 군중에 호소하는 오류 ⑤원칙 혼동의 오류이다.
8	②	· ① 피장파장(역공격)의 오류 ② 군중에의 오류 ③ 인신공격의 오류 ④ 원천 봉쇄 ⑤ 부적합한 권위에의 오류
9	③	· 밑줄 친 부분은 일부 특수한 사례를 가지고 법칙화하려는 성급한 일반화의 오류를 범하고 있다. ① 흑백 논리의 오류 ② 잘못된 인과 관계의 오류 ③ 성급한 일반화의 오류 ④ 정황 논증의 오류 ⑤ 순환 논증의 오류
10	⑤	· 많은 사람들의 옷차림이 그렇다고 하여 자신의 옷차림을 정당화시키려는 태도이므로 군중에 호소의 오류를 보이고 있다. ① 의도 확대의 오류 ② 성급한 일반화의 오류 ③ 논점 일탈의 오류 ④ 결합의 오류
11	②	· 〈보기〉의 판단은 개념이 성립되어 있지 않다고 해서 사상(事象)까지도 존재하지 않았다고 보는 잘못과, '발전'이 아니면 '침체와 몰락'뿐이라고 양분법적으로 생각하는 잘못을 범하고 있다. ①은 성급한 일반화의 오류로 일부의 사실을 전체의 사실로 확대 해석하는 잘못을 ②는 개념과 실재를 혼동하는 오류로 개념이 없으면 사상(事象)도 존재하지 않는다고 보는 잘못을 ③은 잘못된 인과 관계의 오류로 필연적인 인과 관계가 없는 것을 있는 것으로 보는 잘못을 ④는 결합의 오류로 구성 요소의 속성을 가지고 이를 결합하여 전체에 적용하는 잘못을 ⑤는 근시안적인 귀납의 오류로 일부의 원인만을 생각하고 그 밖의 원인을 간과하는 잘못을 각각 범하고 있다.
12	③	· 현행의 화폐가 잘못 만들어진 것이라서 나중에 새 화폐를 주조하는데 국가적으로 막대한 비용을 들여야 할 것이라는 사실에서 원래부터 그런 손실을 자초하려고 했다고 하는 것은 의도하지 않은 사실을 의도한 것으로 보는 '의도 확대의 오류'를 범한 것이다. 이와 같이 의도 확대의 오류를 범하고 있는 것은 ③이다. 곧, 갚기 어려운 처지라서 갚지 못하는 것일 뿐인데도 이를 갚지 않으려고 작정한 것으로 확대 해석하고 있는 것이다. ①은 자신의 잘못을 인정하지 않기 때문에 남의 잘못을 끌어들이는 '역공격의 오류' ②는 자신이 말장난을 하지 않고 있다는 것을 상대방이 인정하도록 자신이 성실한 사람이라는 것을 강조하는 '은밀한 재정의의 오류' ④는 나서는 사람이 없으면 자신의 말이 맞다는 것을 내세우는 '무지에의 호소'와 잘난 사람이 아니면 나서지 말라는 '흑백 논리의 오류' ⑤는 친구

		인 점을 들어 자신의 편을 들어야 한다는 '사적 관계에의 호소의 오류'를 각각 범한 말이다.
13	②	주어진 진술의 전제인 '우주의 운행 원리를 신이 갖고 있다는 것'에 대한 증명이나 옳다는 주장이 없는데도 불구하고 이를 바탕으로 결론을 도출하고 있다. 이러한 오류를 '선결 문제 요구의 오류', 또는 '순환 논증의 오류'라고 한다. ① 전건 부정의 오류 ② 선결 문제 요구의 오류 ③ 후건 긍정의 오류 ④ 선언지 긍정의 오류 ⑤ 비정합성의 오류이다.
14	①	· 아이가 '닭이 먼저다' 또는 '달걀이 먼저다'로 답이 되기를 원하는 것으로 보아, 이 아이가 범할 가능성이 많은 오류는 '흑백 논리의 오류'이다. ① 흑백 논리의 오류 ② 전건 부정의 오류 ③ 무지에 호소하는 오류 ④ 원칙 혼동의 오류 ⑤ 권위에 호소하는 오류
15	②	· 상대방의 논리의 모순을 반박하기보다는 상대방의 단점을 지적하면서 반박하고 있다. ① 피장파장의 오류 ② 인신공격의 오류 ③ 무지에 호소하는 오류 ④ 대중에 호소하는 오류 ⑤ 분할의 오류이다.
16	③	· 서두에서 동호회의 가입자의 숫자나 참여도에 있어 B업체가 A업체보다 앞서며, 그 이유는 이용료 수납 방법에 따라 제공되는 정보의 성격도 달라진다고 했다. 그런데 정보의 성격이 이용료 수납 방법에 의하여 결정된다는 것은 인과적 관계가 성립되지 않는다. 그러므로 잘못된 원인에 따른 결과를 바탕으로 이유를 들고 있는 오류를 범하고 있다. ① 우물에 독뿌리기 ② 순환 논증의 오류 ③ 거짓 원인의 오류 ④ 성급한 일반화의 오류 ⑤ 합성의 오류
17	①	· 악어가 먹잇감을 잡아먹고 눈물을 흘리고 있는 것은 염류를 배출하기 위한 것인데 그것을 희생자를 불쌍히 여겨 흘리는 눈물로 원인을 잘못 판단한 것으로, 어떤 결과의 원인이 아닌 것을 그 결과의 원인으로 받아들이는 것을 원인 오판의 오류라고 한다. ② 편의 통계량의 오류(아전인수 격의 오류) ③ 무지에 호소하는 오류 ④ 원칙 혼동의 오류 ⑤ 잘못된 유추의 오류이다
18	④	· 사회가 어떤 성격을 갖는다고 해서 인간이 바로 그 성격을 갖는다고 보는 것은, 두 대상 사이의 우연적이며 본질적인 속성을 비교하여 결론을 이끌어 낸 잘못을 범한 '잘못된 유추의 오류'에 속한다. ① 우연의 오류(원칙 혼동의 오류) ② 정황적 논증의 오류 ③ 연민에 호소하는 오류 ④ 잘못된 유추의 오류 ⑤ 논점 일탈의 오류
19	②	· 문화유산의 복원의 당위성을 제한된 사례에 의존하여 주장하고 있다. 권위 있는 견해가 아니라 '권위 있는 문화 유적'의 복원에 대한 사례를 든 것이다. ① 내용과 다르고, ② 성급한 일반화의 오류 ③ 원천 봉쇄의 오류(우물에 독뿌리기) ④ 정황의 오류 ⑤ 의도 확대의 오류에 대한 설명이다.
20	⑤	· 밑줄 친 부분은 화장 제도가 필요한가 하는 논제를 당신의 부모도 화장하겠느냐는 공격하기 쉬운 논제로 바꾸어서 공격하는 오류를 범하고 있다. ① 피장파장

		의 오류 ② 말 앞에 수레를 놓는 오류 ③ 연의 오류 ④ 동정심에 호소하는 오류 ⑤ 허수아비 공격의 오류를 범함.
21	①	· 폭력을 당한 학생이나 폭력을 행사한 학생이나 다 같은 피해자라는 여학생의 주장에 대하여, 남학생은 상대방도 학교 폭력을 경험하게 된다면 자신과 똑같은 감정을 가질 것이라고 반박하고 있다.
22	⑤	· 단군의 이야기는 사실이므로 그것을 신화라고 하면 그것은 바로 식민주의 사관의 영향 때문이라고 하는 것은, 반론을 제기하는 것 자체가 부당하다고 비난하여 원천적으로 반론을 불가능하게 하는 원천 봉쇄의 오류(우물에 독뿌리기)에 해당한다. ① 급한 일반화의 오류 ② 의도 확대의 오류 ③ 원칙 혼동의 오류 ④ 합성의 오류에 해당한다.
23	⑤	· 밑줄 친 부분의 판단이 타당성을 가지려면 현실 상황이 부조리하고 부정적이어야 하며, 권력이 부패되어 있어야 한다. 그러나 모든 현실 상황이 부조리하고 부정적인 것은 아니며, 모든 권력이 부패되어 있는 것은 아니므로 성급한 일반화의 오류를 범하기가 쉬운 판단이다. ① 논점 일탈의 오류, ② 순환 논증의 오류, ③ 비정합성의 오류, ④ 의도 확대의 오류, ⑤ 성급한 일반화의 오류
24	⑤	· 이야기 속의 꿈 풀이 과정(벌거벗고~예언됩니다)은 공통적으로 단순한 시간적 선후(先後)관계를 인과 관계로 파악하는 잘못된 관계의 오류를 범하고 있다. 예를 들어 '분노로 몸을 더럽힌' 꿈을 꾼 것은 '재물이 생긴'일보다 시간적으로 먼저 일어난 생리적 현상일 뿐이지, 재물이 생긴 원인이 될 수는 없다. ① 대중에 호소하는 오류 ② 순환 논증의 오류 ③ 합성의 오류 또는 분할의 오류 ④ 성급한 일반화의 오류에 대한 설명이다.
25	③	· ③ 필자는 밑줄 친 부분을 통해서 과학 기술에 대한 이분법적인 흑백 논리를 경계하고 있다. ③에서 좋아하는 운동이 없다고 해서 그것을 모든 운동을 싫어한다고 단정하는 것은 흑백 논리의 오류에 속한다. ① 애매어의 오류 ② 은밀한 재정의의 오류 ③ 흑백 논리의 오류 ④ 분할의 오류 ⑤ 의도 확대의 오류
26	③	· '일면적 고찰로써 전체의 본령 파악'은 성급한 일반화의 오류를 범함, ① 흑백 논리의 오류 ② 분해의 오류 ③ 성급한 일반화의 오류 ④ 거짓 원인의 오류 ⑤ 의도 확대의 오류
27	⑤	· '흑백 논리의 오류'란 대립되는 두 개념 사이에 중간 항이 허용되는데도 서로 모순된 개념으로 생각하여 이것 아니면 저것이라고 단정적으로 추론하는 오류이다.
28	③	· 많은 수를 들어서 공격하는 오류이다. ① 순환 논증의 오류 ② 흑백 논리의 오류 ③ 다수에 호소하는 오류 ④ 논점 일탈의 오류 ⑤ 복합 질문의 오류
29	①	· '보기'는 원천봉쇄의 오류(우물에 독뿌리기)를 범하고 있다. 즉 나올 법한 반대 의견을 아예 묵살해 버리는 경우이다. ① 원천 봉쇄의 오류 ② 무지의 오류 ③ 대중에 호소하는 오류 ④ 분할의 오류 ⑤ 동정에 호소하는 오류
30	②	· 성급한 일반화의 오류를 범하고 있다. ① 인신공격의 오류 ② 성급한 일반화의

		오류 ③ 동정에 호소하는 오류 ④ 원천 봉쇄의 오류 ⑤ 원인 오판의 오류
31	⑤	· 반박을 원천적으로 막아 버리는 원천 봉쇄의 오류이다. ① 의도 확대의 오류 ② 다수에 호소하는 오류 ③ 거짓 원인의 오류 ④ 애매어의 오류 ⑤ 원천 봉쇄의 오류 (우물에 독뿌리기)
32	①	· 까마귀와 호랑이는 일부 사람들이 하는 횡포를 모든 사람들이 그렇게 한다고 생각하고 있다. 이른 성급한 일반화의 오류이다. ① 성급한 일반화의 오류 ② 잘못된 유추의 오류 ③ 인신공격의 오류 ④ 군중 심리에의 호소 ⑤ 사적 관계에의 호소
33	⑤	· 장례 행위가 다르다. → 그것은 죽음에 대한 생각이 다르기 때문이다. → 죽음에 대비하는 문화가 다르다. → 그 때문에 그 생각이 달라진다. (장례 행위 = 문화). 즉 일종의 순환 논증의 오류가 나타난다. ① 성급한 일반화의 오류 ② 거짓 원인의 오류 ③ 원천 봉쇄의 오류 ④ 논점 일탈의 오류 ⑤ 순환 논증의 오류
34	⑤	· 도자기는 영광스런 유산이고, 뚝배기는 수치스러운 유산이라는 도식적 판단은 일종의 흑백 사고에 속하는 논리적 오류이다. 성공 아니면 실패라는 판단도 흑백 논리의 오류이다. ①, ④ 처지나 과거 행적 등 어떤 사람이 처한 정황을 바탕으로 주장을 전개하는 '정황에 호소하는 오류'이다. ② '공중에 떠서 움직이는 것은 위험하다.'는 정당화되지 않은 전제를 갖고 있으므로 '비정합성의 오류(가정 망각의 오류)'이다. ③ 정부 기관이 지방이 아닌 서울에 집중되었다는 단순한 사실을 인과 관계가 있는 것으로 오인하는 '원인 오판의 오류'이다.
35	②	· 어떤 부분이 특정한 성질을 가지고 있다는 사실로부터 전체도 그러한 성질을 가지고 있다고 생각하는 것이 결합의 오류(합성의 오류)이다. 밑줄 친 부분에 결합의 오류를 범하고 있다. 돌 하나와 벽돌 하나의 단단함만 비교할 줄 알았지 그것들의 결합체인 성(城)의 견고함을 생각하지 못하고 있다. ① 후건 긍정의 오류(웃음소리가 들렸다고 하여 꼭 철수가 와 있다고 보기는 어렵다.) ② 결합의 오류(각 선수들이 우수하다고 해서 그들로 이루어진 축구단이 반드시 우수하다고 할 수는 없다.) ③ 부당한 권위에 호소하는 오류(탤런트는 의약품의 전문가가 아니다.) ④ 발생학적 오류(알려지지 않은 나라에서 온 학자라고 해서 뛰어난 이론을 발표할 수 없는 것은 아니다.) ⑤ 우연의 오류(원칙 혼동의 오류, 일반적인 진리라 하더라도 특정한 경우에는 진리가 아닐 수도 있다는 것을 무시하여 생기는 오류)
36	③	· 남자가 '보기 싫으니 죽든지, 다른 나라로 망명하든지……'라고 말한 것은 의도 확대의 오류이다. 만약 폴란드 현 정부가 레흐 바웬사가 죽거나 망명하기를 바랐다면, 경호원이나 승용차를 제공하지 않았을 것이다.
37	①	· 밑줄 친 부분은 단순한 선후 관계를 인과 관계로 잘못 판단하는 오류, 즉 잘못된 인과 관계의 오류에 해당한다. ① 잘못된 인과 관계의 오류 ② 대중에의 호소 ③ 애매구의 오류(책과 가까운 곳에서 사는 것과 책을 가까이 하여 열심히 보는 것의 두 가지 의미로 해석될 수 있는 애매한 어구를 사용했다.) ④ 의도 확대의 오류 ⑤ 역공격의 오류에 해당한다.

38	①	· '항공사 관계자나 일부 승객에 국한된 사례를 마치 우리나라 사람 전체의 일인 양 확대 해석하고 있다. 즉, 일부의 사실에 지나지 않는 것을 확대 해석하여 전체가 다 그런 것처럼 판단한 성급한 일반화의 오류를 범하고 있다.
39	②	· 밑줄 친 부분의 주장은 이미 사라진 종들이 지금 존속한다고 해도 우리의 현재 상태가 나아졌을지 여부는 알 수 없으므로 종의 다양성 보존의 가치를 인정할 수 없다는 것으로 '무지에의 호소'라는 오류를 범하고 있다. 어떤 종이 사라짐으로써 끼치는 영향을 증명할 수 있고 없고는 아무런 관계없이 긍정적 또는 부정적인 영향을 끼쳤을 것이라고 생각하는 것이 타당하다. ① 원천 봉쇄의 오류(우물에 독뿌리는 오류) ② 무지에 호소하는 오류 ③ 잘못된 유추에의 오류 ④ 정황에 호소하는 오류 ⑤ 원인 오판의 오류이다.
40	④	· 밑줄 친 부분은 신의 관념을 '신의 존재가 있다, 없다'라는 것과 혼동하는 데서 오는 오류이다. ① 본래의 논점에 관한 결론을 내리지 않고 이와 관계없는 새로운 논점을 제시하는 오류, 즉 논점에서 벗어나는 오류 ② 일부가 비슷하므로 나머지도 비슷할 것이라는 생각에서 빚어지는 오류, 즉 잘못 유추하는 데서 일어나는 오류다. ③ 어떤 집합의 원소가 둘뿐이라는 생각으로 이것 아니면 저것이라는 논리다. 좋아하는 가수가 없다는 데에는 다른 원인도 있을 수 있음을 고려하지 않은 것이다. 즉 흑백 논리의 오류이다. ④ '-이다'를 혼동하는 데서 오는 오류이다. '거지같다는 것'은 그 친구의 속성을 나타내는 술어적인 표현이다. 그러나 뒤에서는 그를 '거지라는 존재'와 동일하게 보았기 때문에 오류가 빚어진 것이다. ⑤ 은밀하게 재정의함으로써 내려지는 오류이다. '공주병'은 '자기를 공주처럼 생각하는 의식'을 나타내는 것이지, 병원에서 치료해야 할 '병의 명칭'이 아니다.
41	④	· 〈보기〉는 '의도 확대의 오류'를 범하고 있다. 인간들이 공기를 오염시킴으로써 삶의 조건을 악화시키려고 산업화를 추구한 것은 아닌데도, 이를 확대해서 해석한 것이다. ① 타자기와 컴퓨터의 본질적으로 유사한 속성을 제외하고 둘 사이에 있는 일부의 유사점을 들어 결론을 내린 것이다.(잘못된 유추의 오류) ② 종교적 의미로 쓰인 '죄인'과 법률적 의미로 쓰인 '죄인'을 동일한 의미로 파악하면서 생긴 오류이다.(애매어의 오류) ③ 상대방의 반론의 가능성을 원천적으로 막아버리는 오류이다.(원천 봉쇄의 오류) ④ 폐암이 걸리려고 흡연하는 것이 아닌데도 이를 확대 해석하여 생긴 오류이다.(의도 확대의 오류) ⑤ 방송국 앞에 모인 청소년의 일부를 가지고 우리나라 청소년 전체에게 적용한 오류이다.(성급한 일반화의 오류)
42	④	· 무엇을 근거로 어떤 판단을 내렸는가를 확인하고 추론 과정에 나타난 잘못을 파악한 다음, 같은 유형을 찾아야 한다. 〈보기〉의 내용은 주어진 글의 내용에 언급된 내용을 이분법적 사고에서 이해함으로써, 판단을 잘못 내리고 있다. 즉, 물질주의로 기울어진 현대가 불행한 시대라는 내용은 제대로 파악했으나, 옛날에는 정신적인 것이 비중을 많이 차지했다는 내용을, 물질을 무시했다고 파악하고 따라서 옛날에는 모두 행복했으리라고 판단한 것은 '중시' 아니면 '무시', '물질 중시→불행', '물질 무시→행복'이라는 양분법적 흑백 논리에 해당한다. 따라서 친구가

		오면 우리를 좋아하는 것이고 안 오면 싫어하는 것이라는 판단이 이에 해당한다. ① 직접 관련이 없는 출신지를 근거로 그림 솜씨를 판단한 것은 인신공격에 해당한다. ② 친구들이 좋아하는 여러 요인이 있을 수 있는데 철수의 경우(상냥함, 농구를 잘함)를 들어 상대를 판단한 것은 잘못된 유추에 해당한다. ③ 야구 스타가 야구와 무관한 화장품 선전을 했으니까 그 화장품 품질이 좋을 것이라는 판단은 잘못된 권위에의 호소가 된다. ⑤ 앞뒤 서서 길을 간 것과 넘어지는 것은 무관한데 서는 위치 때문에 넘어졌다고 판단하는 것은 우연을 필연으로 여기는 오류이다.
43	②	· 모든 기예를 중국에서 배워 왔다고 규정한 것은 과장된 표현이다. 독창적으로 개발한 것도 있을 것이 분명하기 때문이다. 뿐만 아니라, 중국에서의 기예 수용을 딱 잘랐다고 말한 것 역시 과장된 표현이다. 이는 부분적인 사실을 전체로 확대 해석한 '성급한 일반화의 오류'이다. 이를 가장 잘 담고 있는 내용은 ②이다.
44	⑤	· 남편은 젊은 도서관 직원 한 사람의 사례를 근거로 말세니 요즘 젊은 애들 큰 일이라느니 하고 있다. 이는 제한된 정보나 대표성이 부족한 사례를 근거로 판단하는 '성급한 일반화의 오류'를 저지르고 있는 것이다. ① 부분의 속성을 전체도 가지고 있다고 판단하는 오류(결합의 오류) 이 반대의 경우 즉 전체의 속성을 부분이 가진다고 판단하는 것도 오류일 가능성이 높다.(분해의 오류) ② 소크라테스의 철학의 무가치함에 대한 직접적 근거를 들지 않고 그의 인간적 약점을 들어 판단하는 오류(인신공격의 오류), ③ 컴퓨터의 기능이 인간의 능력과 비슷하다고 해서 인간과 컴퓨터를 똑같다고 생각한 오류(잘못된 유추의 오류) ④ 뒷문장은 안건 반대를 막아 반론의 가능성을 원천적으로 봉쇄하는 오류(원천 봉쇄의 오류) ⑤ 제한된 정보를 근거로 성급하게 판단한 오류(성급한 일반화의 오류)
45	①	· ① 이 후보가 상대방을 능력이 없는 사람이라고 규정한 것이나 자신을 순수하다고 말하는 것은 검증되지 않은 사실이다. ② 감정에 호소하고 있지는 않다. ③, ⑤ 각 학교를 위해 일할 사람은 능력 있는 사람이어야 함을 말하고, 자신이 능력이 있음을 말하고 있으므로 논리적으로 이야기를 전개하고 있다. ④ 초등학교에서 반장과 중학교에서의 학생회장을 역임한 사실은 능력이 있음을 증명하는 근거이므로, 일부의 경우로 성급하게 일반화했다고 보기에는 어색하다.
46	③	· 이 후보는 앞부분에서 상대방의 약점을 들추어 내 다른 후보를 비방하는 다른 후보자들의 연설 태도를 비난하고 있다. 그러나 후반에서는 다른 후보들의 경력이 자기보다 못하다는 점을 들추어내어 다른 후보들이 무능하다는 것을 은근히 표방하고 있다. 이는 결국 앞서 비판했던 다른 후보들의 바람직하지 못한 연설 태도를 자신도 취하는 잘못을 범하고 있는 것으로, 잘못을 범한 사람이 다른 사람의 잘못을 탓한다는 속담이 적절하다. ① 능력도 없으면서 오히려 잘난 척할 때 쓰는 말 ② 겉이 아름다워야 속(내용)도 좋다는 뜻 ④ 버릇이 없는 사람이 보기 싫은 짓을 할 때 이르는 말 ⑤ 아주 무식한 사람에게 쓰는 말.
47	③	· 다수결이 잘못되면 대중이 생각하는 것이 항상 옳다는 '대중에의 호소 오류'에 빠질 수 있다. ① 흑백사고의 오류, ② 부적합한 권위에 호소하는 오류, ④ 선결문제 요구(순환 논증)의 오류, ⑤ 성급한 일반화의 오류

48	①	· 주자학이 성립할 때에 지녔던 성격이 계속 유지되었으리라는 생각은 어디에서 발생하였느냐를 중시하는 '발생학적 오류'에 해당한다. ② 원천 봉쇄의 오류 ③ 원래의 주장을 바꾸어 해석해서 공격하기 쉽게 한 다음 공격하는 오류 즉 허수아비 공격의 오류, ④ 피장파장의 오류 ⑤ 인신공격의 오류
49	①	· 남자가 청소년 야간 통금을 통해 청소년을 보호하자는 주장을 하는 반면, 여자는 자율성을 시간과 공간을 최대로 활용하는 능력이라고 정의하고 있어, 본질적인 개념에서 벗어난 발언을 하고 있다.
50	③	· 아내는 경제 문제를 들어 어학 연ㄴ수에 난색을 표하면서도 친구를 딸려 보내야 한다고 하고, 또 우리나라 친구와 어울려서 어학연수가 효과가 없을 것이라고 말하고 있다.
51	②	· 부정적이거나 반대되는 경우를 해명할 수 없다고 해서 그것이 해명되었다고 볼 수 있겠는가 하는 논리적 오류와 관련이 있다. 역사적 기록이 없는 시대이기 때문에 직접 증명될 수는 없을 것이다. 즉, 실용적 목적 이외의 증거는 보이지 않으므로 실용적 목적이었을 것이라고 추정하고 있을 뿐이다. 그것이 진실인지 오류인지는 판단할 수 없다. 다만 이런 식의 논리 전개는 흔히 오류를 범할 수 있고, 그런 유형의 오류를 '무지에 호소하는 오류'라고 한다. ① 순환 논증의 오류 ② 무지에 호소하는 오류 ③ 권위에 호소하는 오류 ④ 판단 보류(논리 이전의 발상) ⑤ 무관한 인과의 오류(또는 정황에 호소하는 오류)
52	⑤	· 현실적으로 복권은 사회적으로 안정된 사람보다는 가난한 사람들이 더 많이 사게 됨으로써 결과적으로는 이에 관련된 세금을 가난한 사람들이 더 많이 내는 셈이다. 그렇다고 해서 애초에 복권을 발행하는 목적이 가난한 사람들에게 더 많은 세금을 걷기 위한 것은 아니다. 즉 결과로 의도를 판단해서는 안 된다.

• 실전문제 ❷

【논제】 제시문 (가)~(다)를 바탕으로 유전공학의 현실을 (라)의 사회적, 과학적 합리성 측면에서 평가하고 유전공학의 발달이 가져올 긍정적, 부정적 변화에 대해 논술하시오.

제시문

(가) 1932년 소설가 헉슬리는 비참한 삶을 사는 가상 사회를 묘사한 그의 소설 『멋진 신세계』에서 우생문명(優生文明)을 상상하였는데, 그 당시에는 그가 상상한 사회가 20세기 말까지 실제로 실현될 수 있을 만큼 과학 기술이 발전하리라고는 아무도 생각하지 못했다. 인간 게놈 유전자 지도 작성, 유전 질환 및 유전자 이상 검사 기술 향상, 새로운 생식 기술, 그리고 인간 유전자 조작 기술은 생명공학 세기를 구성하는 요소들이다. 그리고 이 기술들은 상업적 우생 문명을 가능하게 하는 기술적 토대를 형성한다. 인간 유전자 검사 및 치료법이 발전하게 되면서 인류 역사상 처음으로, 우리는 인류의 유전자 구성을 다시 조작하여 지구상에서 인류의 생물학적 진화 과정을 직접 제어할 수 있는 능력을 갖게 될지도 모른다. 우생학적으로 개량된 새로운 우생 인간의 창조는 더 이상 무모한 정치 선동가의 꿈만은 아니다. 오히려 이제 곧 이와 관련된 잠재력이 큰 시장이 형성되어 소비자의 선택에 따라 우생 인간을 창조할 수 있게 될 것이다.

− 제레미 리프킨, 바이오테크 시대

(나) 1990년대 초반까지 생명공학 분야에서 깜짝 놀랄 만한 새로운 발견과 응용기술이 봇물처럼 발표되었다. 새로 발견된 많은 유전공학 기술은 이미 확립된 종래의 관습과 전통에 도전하는 듯 했다. 그러나 불행하게도 대부분의 사람들은 이러한 새로운 발견이 사회적으로 어떤 의미를 갖는지 평가할 충분한 준비가 되어 있지 않았다. 오늘날 과학자들은 생물 세계를 조작할 수 있는 가장 효과적인 도구를 개발하고 있다. 이 도구로 지구상의 생물을 지배할 수 있게 되면서, 다시 한 번 새로운 우생 운동의 망령이 되살아나고 있다. 그러나 이 같은 우려되는 현실을 인정하려 드는 정책 입안자나 생물학자들은 실로

거의 없다.

    - 중략 -

    어떤 사람들은 새로운 유전공학 기술의 발달로 인하여 우생학 기술이 인간에 적용되는데 대하여 불쾌하게 생각할지 모른다. 이는 50여 년 이상 전에 나치가 우생학을 이용했다는 사실을 기억하기 때문일 것이다. 그러나 새로운 우생 운동은 대학살을 자행했던 테러 통치 시대의 우생 운동과는 거의 닮은 점이 없다. 과거의 우생운동이 인종정화를 소리 높여 외쳤지만, 새로운 상업적 우생 운동은 경제적 효율성 증대, 성취 능력 향상, 생활의 질 향상과 같이 보다 실용적인 목적을 지향한다. 과거의 우생운동이 정치 이데올로기에 빠지고 공포와 증오가 그 동기가 되었지만, 새로운 우생 운동은 시장 창출 세력과 소비자의 욕구가 그 동인(動人)이 되어 펼쳐지고 있는 것이다.

- 제레미 리프킨, 바이오테크 시대

    (다) 많은 분자생물학자들이 정보과학의 새로운 용어와 개념을 유전공학에 적용하게 되면서, 그들은 과학자에서 엔지니어로 변질되었다. 그러나 그들은 이러한 변질을 거의 알아차리지 못하는 것이 분명하다. 분자생물학자들이 돌연변이와 유전병을 유전 암호의 에러라고 말할 때, 표면적으로는 아니더라도 암암리에 이들 에러가 처음부터 존재하지 말았어야 하는 〈버그 bug〉 또는 〈실수〉이므로 이를 버리고 다시 프로그램하여 교정할 필요가 있다는 전제를 깔고 있다. 그래서 분자생물학자들은 컴퓨터 프로그램 엔지니어처럼 유전 암호 프로그램을 짠 다음, 이를 업그레이드하고 성능을 향상시키기 위하여 끊임없이 〈에러〉를 제거하고 프로그램을 수정해 나간다. 그러나 모든 인간은 많은 치명적인 열성 유전자를 가지고 있다는 사실을 생각한다면 이 같은 작업은 의심스러우며 위험하기까지 하다.

    - 중략 -

    그렇다면 문제는, 인류가 실험실에서 유전공학 기술을 이용하여 인류의 미래 세대를 조작하는 과정을 시작해야할 지 여부이다. 〈완전한〉 인간을 최종 목적으로 하는 그 조작 과정이 가져오는 결과는 어떤 것일까?

- 제레미 리프킨, 바이오테크 시대

    (라) 지나친 것은 모자라느니만 못하다는 말이 빈말이 아님을 우리는 산업사회의 발전에서도 확인한다. 가령 녹색혁명을 통해 인류는 엄청난 식량증산을 이룩한 반면에, 수십억 년의 장구한 세월을 통해 이룩된 생물종의 다양성을 순식간에 붕괴시키고 말았다.

그 결과 다름 아닌 바로 인류의 생존 자체가 생태위기라는 새로운 '인위적' 장벽에 부딪히게 되었다.

현대사회가 위험사회라는 현실 인식에 기초하여 울리히 벡이 주장하는 성찰적 근대화란 이처럼 '풍요사회'를 향한 근대화의 과정이 '위험사회'로 귀착되는 과정을 뒤집고 반전시키려는 목표를 가지고 있다. 이것은 산업 사회의 원리들 자체를 성찰하여 산업사회를 해체하고 새로운 사회를 구성하는 과정이다.

- 중략 -

결국 성찰적 근대화란 현대 기술과학의 가능성만이 아니라 그 한계도 함께 인식함으로써 과학에 대한 사회적 제어력을 높이는 과정이다. 이를 울리히 벡은 칸트의 명제를 빌려 이렇게 표현한다. '사회적 합리성 없는 과학적 합리성은 공허하고, 과학적 합리성 없는 사회적 합리성은 맹목적이다.'

– 울리히 벡, 위험사회

● 참고   우생학(優生學)

인류유전학 지식과 고도의 의료기술을 응용하여 유전으로 인한 열악한 심신 소질을 가진 인구의 증가를 막는 동시에 건전한 심신 소질을 가진 인구의 증가를 적극적으로 도모함으로써 인류 집단의 유전형질을 개선하는 것을 목적으로 하는 학문.

▶▶▶ 대상작 : ○○○ (□□고등학교)

오늘날, 유전공학은 급속도로 발전하고 있다. 실험실에서 가정의 식탁에 이르기까지 그 범위는 실로 광대하다. 유전공학의 본래 목적을 생물의 유전자를 인위적으로 조작해 인류가 필요로 하는 물질을 생산하는 것이다. 그러나 이 기술이 의학 분야에 접목되어 신약개발이나 질병연구에 쓰이거나, 위생학이라는 분야를 형성하기도 한다. 그러나 그 눈부신 발전에도 불구하고, 유전공학의 발전이 과학적, 사회적 측면에서 합리적인가에 대한 논쟁은 계속 되고 있으며, 이는 곧 유전공학에 대한 찬반논쟁으로 이어지고 있다.

과학적 합리성의 측면에서 지식과 기술의 발전은 진보를 향한 문을 열고 인류의 행복을 향해 나아가는 길이다. 과학기술의 발전은 행동범위를 확장했다. 이 관점에서 기술의 진보를 막는 것은 곧 역사의 후퇴이다. 그렇기에 유전공학의 발전이 중지되어서는 안 되며, 유전공학의 발전은 스스로 그 문제, 즉 발전에 따른 부작용을 해결 하는 열쇠가 될 수 있다.

사회적 합리성의 측면에서 유전공학은 생산성을 늘려 인류의 기아 문제를 해결할 수 있는 '긍정적인 것'일 수도 있고, 생물의 다양성을 파괴하고 인간을 기계로 만드는 '부정적인 것'일수도 있다. 후자의 입장에서는 '식량생산'에만 국한된 유전공학조차도 그 안전성을 입증할 수 없기에 중지되어야 하며, 〈천사와 악마〉에 나온 대로 '자연에 대한 경이를 퇴색시키고 인류를 그저 앞으로 나아가기만 하는 무의미한 경주에 태우는 것'이다

유전공학의 발전은 의약기술과 농업기술을 발전시켜 인류의 기아 문제와 질병으로 인한 고통을 해결할 수 있다. 또한 기술의 발전은 다른 분야의 문도 열어젖히기 때문에 많은 부가가치를 창출할 수 있다. 베이컨이 〈뉴아틀란티스〉에서 밝혔듯이 과학의 발전으로 인한 물질 풍요는 정신문화와 예술 발전의 밑거름이 될 수도 있으며 이는 앞서 밝힌 대로 '인류사회를 한 걸음 진보시킬 수'있다.

그러나 부정적인 측면 역시 존재한다. '다'에서 말한 대로 인류를 '개량'의 목적으로 봄으로써 존엄성을 침해할 수 있고 히틀러의 홀로코스트와 같이 악용될 소지도 있다. 또한 베르그송이 〈창조적 진화〉에서 밝힌 바와 같이 '약동하는 생명'을 간직한 각 생물의 고유한 진화 방향을 인위적으로 통제함으로써 생물의 다양성을 해칠 수도 있다.

유사 이래 인류는 수많은 선택의 갈림길에 섰다. 유전공학 역시 앞으로 인류의 수많은 생활모습을 결정할 중요한 갈림길이다. 사회적, 과학적 합리성을 검토하고 찬반의 의견을 종합해 최선의 해결책을 뽑아내는 것이 절실히 요구된다 하겠다.

▶▶▶ 심사평

논술에서 가장 중요한 것은 요약이다. 요약은 '해석과 정리의 힘'을 보여주어야 한다. (가) ~ (다)를 통해 유전공학의 현실을 먼저 요약하기를 요구하였다. 대부분의 학생들은 자기 자신의 '해석과 정리의 힘'을 보여주어야 한다. 유전공학은 이제 소비자의 요구에 따라 유전자를 조작할 수 있고 우생인간을 창조할 수 있는 힘을 갖게 된 것이다라고 이야기하면 되는데 과도하게 설명하고 있다.

논술과 수필, 설명문의 차이가 여기에서 발생한다. 요약하기로 자신의 '지식의 힘'을 내세우기를 원하는 것이 논술이고, 상대방을 이해시키기 위해 설명을 하면 설명문이 되며, 자신의 감정이 실리면 수필이 되는 것이다. 대부분의 학생이 수필과 설명문을 쓴 점

은 논술문의 형식적 특성을 잘 알지 못하는 것에서 오는 실수임을 알게 되었다.

특히 (라)의 사회적, 과학적 측면에서 (가), (나), (다)를 평가하라고 하였을 때 대부분의 우수작에서 과학적 측면에서는 인정이 되나, 사회적 측면에서 옳지 않음을 이야기 하였다.

그러나 문제가 되는 부분이 '유전공학이 가져올 긍정적, 부정적 측면에 대하여 논하시오'다. 이 부분에서 학생들은 대부분 긍정과 부정을 이어서 설명하고 있다. 논술문은 자기 주장에 대한 근거와 이유를 제시하는 글이다. 긍정적, 부정적 측면에 대해 논술하라는 것은 두 측면 중에서 하나를 정해서 거기에 따른 근거와 이유를 제시하는 것이다. 그런데 이 부분을 만족시키는 답안이 거의 없었다. 형식적 측면에서 제대로 학습이 되지 못한 부분이어서 아쉽다. 2011학년도에는 이러한 형식적 측면에서의 완성도가 높아진 대회가 되기를 기원한다.

• 실전문제 ❸

〈□□대학교 사범대학 (   )년 (   )학기말 논리 논술 시험문제〉

□ 시험일 : (   )년 (   )월 (   )일 (요일) / □ 출제자 : 정성수

학번: 학과: 성별: 이름:

■ 자기 소개서를 작성하시오 (분량 1,500자 / ±100자)

※ 답안 작성 시 유의사항
1. 필기구는 반드시 흑색 또는 청색 펜을 사용할 것. (연필은 불가)
2. 답안의 글자 수는 띄어쓰기를 포함함.
3. 규정된 자수에서 100자를 초과하거나 100자 이상 부족할 시 감점함.

원고지 : 별지 제공

부록 1. 경조사 문구 모음

■ 승진, 취임, 영전 ■

- 祝昇進 - 축승진
- 祝榮轉 - 축영전
- 祝就任 - 축취임
- 祝轉任 - 축전임
- 祝移任 - 축이임
- 祝遷任 - 축천임
- 祝轉役 - 축전역
- 祝榮進 - 축영진
- 祝選任 - 축선임
- 祝重任 - 축중임
- 祝連任 - 축연임

■ 죽음, 애도 ■

- 謹弔 - 근조
- 追慕 - 추모
- 追悼 - 추도
- 弔意 - 조의
- 尉靈 - 위령
- 謹悼 - 근도
- 賻儀 - 부의
- 冥福 - 명복
- 哀悼 - 애도
- 哀悼表意- 애도표의
- 故人의 冥福을 빕니다
- 삼가 故人의 冥福을 빕니다

■ 건물, 공장등 기공, 준공 ■

- 祝起工 - 축기공
- 祝上樑 - 축상량
- 祝竣工 - 축준공
- 祝開通 - 축개통
- 祝落成 - 축낙성

■ 생일, 회갑, 칠순, 팔순, 구순 ■

- 祝生日 - 축생일
- 祝生辰 - 축생신
- 祝華甲(60세) - 축화갑
- 祝壽宴(60세) - 축수연
- 祝回甲(60세) - 축회갑
- 祝古稀(70세) - 축고희
- 祝七旬(70세) - 축칠순
- 祝喜壽(77세) - 축희수
- 祝八旬(80세) - 축팔순
- 祝傘壽(80세) - 축산수
- 祝米壽(88세) - 축미수
- 祝白壽(99세) - 축백수

■ 입학, 졸업, 합격, 학위취득, 퇴임 ■

- 祝入學 - 축입학
- 祝卒業 - 축졸업
- 祝合格 - 축합격
- 祝博士學位記授與 - 축박사학위기수여
- 祝開校 - 축개교
- 祝開校00周年 - 축개교 ○○주년
- 頌功 - 송공
- 祝00學位取得 - 축○○학위취득
- 祝停年退任 - 축정년퇴임

■ 전시회, 연주회 ■

- 祝展覽會 - 축전람회
- 祝展示會 - 축전시회
- 祝品評會 - 축품평회
- 祝博覽會 - 축박람회
- 祝蓮奏會 - 축연주회
- 祝獨奏會 - 축독주회
- 祝個人展 - 축개인전

■ 우승, 경선, 당선 ■

· 祝優勝 - (축우승)
· 祝施 - (축시)
· 祝入選 - (축입선)
· 祝必勝 - 축필승
· 祝健勝 - 축건승
· 祝當選 - 축당선
· 祝被選 - 축피선

■ 출산, 순산 ■

· 祝順産 - 축순산
· 祝出産 - 축출산
· 祝誕生 - 축탄생
· 祝得男 - 축득남
· 祝得女 - 축득녀
· 祝公主誕生 - 축공주탄생
· 祝王子誕生 - 축왕자탄생

■ 약혼, 결혼, 결혼기념일 ■

· 祝約婚 - 축약혼 결혼식
· 祝結婚 - 축결혼 (男)결혼식
· 祝華婚 - 축화혼 (女)결혼식
· 祝成婚 - 축성혼 결혼식
· 紙婚式 - 지혼식 결혼 1주년
· 常婚式 - 상혼식 결혼 2주년
· 菓婚式 - 과혼식 결혼 3주년
· 革婚式 - 혁혼식 결혼 4주년
· 木婚式 - 목혼식 결혼 5주년
· 花婚式 - 화혼식 결혼 7주년
· 錫婚式 - 석혼식 결혼 10주년

■ 교회 ■

· 獻堂 - 헌당
· 祝長老長立 - 축장로장립
· 勤土就任 - 근토취임
· 牧師按手 - 목사안수
· 靈名祝日 - 영명축일
· 祝勸士就任 - 축권사취임
· 祝牧師委任 - 축목사위임

■ 연말연시인사 ■

· 謹賀新年 - 근하신년
· 送舊迎新 - 송구영신
· 仲秋佳節 - 중추가절

· 痲婚式 - 마혼식 결혼 12주년
· 銅婚式 - 동혼식 결혼 15주년
· 陶婚式 - 도혼식 결혼 20주년
· 銀婚式 - 은혼식 결혼 25주년
· 眞珠婚式 - 진주혼식 결혼 30주년
· 珊瑚婚式 - 산호혼식 결혼 35주년
· 綠玉婚式 - 녹옥혼식 결혼 40주년
· 紅玉婚式 - 홍옥혼식 결혼 45주년
· 金婚式 - 금혼식 결혼 50주년
· 金剛婚式 - 금강혼식 결혼 60주년

■ 창간, 출판, 출판기념 ■

· 祝創刊 - 축창간
· 祝發刊 - 축발간
· 祝出版紀念 - 축출판기념
· 祝創刊00周年 - 축창간 ○○주년
· 出版紀念會 - 출판기념회
· 祝回甲出版紀念論文獻呈-축회갑출판기념논문헌정

■ 개업, 창립 ■

· 祝發展 - 축발전. 좋은 상태로 나아가라고
· 祝開業 - 축개업. 영업시작을 축하하며
· 祝盛業 - 축성업. 사업이 잘 되기를 바라며
· 祝繁榮 - 축번영. 일이 성하게 잘 되길 바라면서
· 祝創立 - 축창립. 회사 창립을 축하하며
· 祝設立 - 축설립. 회사 설립을 축하하며
· 祝創設 - 축창설. 새롭게 시작함을 축하하며
· 祝創刊 - 축창간. 정기간행물지를 시작했을 때
· 祝移轉 - 축이전. 사업장을 옮겼을 때
· 祝開院 - 축개원. 병원. 학원 등의 설립을 축하하며
· 祝開館 - 축개관. 도서관. 박물관 등의 설립을 축하하며
· 祝開場 - 축개장. 전시장 개장을 축하하며
· 祝開店 - 축개점. 점포 개점을 축하하며
· 祝創立紀念紀念 - 축창립기념기념
· 祝創立00周年 - 축창립 ○○주년

부록 2. 나이(年齡)에 관한 호칭 및 해설 ▣

▷ 1세 :
 · 아들을 낳았을 경우의 기쁨 또는 경사를 농장지경弄璋之慶, 농장지희弄璋之喜라 하며 간단히 하게 줄여 농장弄璋이라 한다. 남자 아이에게 구슬 장난감(璋)을 주는 데서 유래했다.
 · 딸을 낳았을 경우의 기쁨 또는 경사를 농와지경弄瓦之慶, 농와지희弄瓦之喜라 하며 간단하게 줄여 농와弄瓦라고 한다. 여자 아이에게 실패(spool, bobbin) 장난감(瓦)을 주는 데서 유래했다.
 · 첫 돌 혹은 돌이라고 한다.

▷ 2세 :
 · 해유孩乳라하여 방긋 웃으며 젖을 먹는 아이라는 뜻이다.

▷ 2 · 3세 :
 · 해제孩提, 해제지동孩提之童, 아제兒提 손에 안고 있어야 하는 아이, 어린아이 또는 어린애라는 뜻이다.

▷ 4세 :
 · 4세 아이는 작다 즉 소小 라는 뜻이다.

▷ 7세 :
 · 도도悼라 하여 "예기禮記"의 '곡례편曲禮篇'에 있으며 팔십구십왈모八十九十曰耄 칠년왈도七年曰悼 도여모 수유죄 불가형언悼與耄 雖有罪 不可刑焉에서 유래했다. 7살 어린아이와 8 · 90세 노인은 비록 죄가 있어도 형벌을 가하지 않는다는 뜻이다.
 ※ 참고 : 삼척동자三尺童子는 대략 일곱살반七歲半 정도 되는 때를 의미함.

▷ 7 · 8세 :
 · 초년齠年, 초세齠歲, 초친齠齔이라 하며 한자 이갈 초齠, 이갈 친齔의 이치齒를 가는 7 · 8세 나이라는 뜻이다.

▷ 10세 :
　• 충년冲年, 유학幼學에서 비롯 됐으며 충년冲年에서 冲(빌 충)은 沖(충)과 같으며 种 (빌 충), 种(어릴 충)과 통한다. 이는 비워 있고 순수하며 아직 배울 게 많은 어린 나이인 10세 또는 10세 안팎의 나이를 말한다. 유학幼學은 "예기禮記" 곡례편曲禮篇에 "인생십년왈유학人生十年曰幼學"에서 유래했다. 사람이 태어나서 열 살이 되면 유幼라고 하며, 이때부터 글을 배우기 시작한다. 즉 열 살이 되면 공부를 할 시기라는 뜻이다.

▷ 12세 :
　• 경의지년更衣之年은 옷을 바꿔 입는 나이로 옛 중국 소수민족 중에서 12살이 되면 옷을 바꿔 입히고 성년의식을 치렀다는데서 유래했다.

▷ 15세 :
　• 지학知學, 지어학志於學, 성동成童, 육척六尺, 계년笄年, 계년榤年에서 유래했다. 지학知學, 지어학志於學은 "논어論語" 위정편爲政篇의 십유오이지어학十有五而志於學에서 유래 한 것으로 15세가 되어 학문에 뜻을 둔다는 말이다. 공자孔子가 15세에 학문에 뜻을 두었다는 데서 유래 한다.

　성동成童은 15세 소년을 말한다. 육척六尺은 남자 나이 15세로 중국 주周나라 척도尺度에 일척一尺은 2세二歲 반 즉 두 살 반 아이의 키를 의미해 육척六尺은 15세가 된다는 뜻이다. 또한 계년笄年, 계년榤年은 여자 나이 15세로, 여자 아이 가 15세 정도가 되면 머리에 쪽을 찌고 비녀를 꽂는다는 데서 유래했다.

▷ 16세 :
　• 이팔二八, 이팔청춘二八靑春, 파과破瓜, 파과지년破瓜之年, 과년瓜年 등으로 말한다. 이팔 二八은 2×8=16에서 나온 말이다. 과년瓜年은 혼기婚期인 결혼적령기에 이른 여자의 나이라는 뜻이다. 옛날에는 16세정도면 혼기로 접어든 것으로 보았다. 과瓜자를 파자破字 (한자漢字 자획字劃을 분합分合하여 맞추는 수수께끼)하면 팔八(8)이 둘(8+8=16)이 되는 데서 유래했다.

▷ 18세 :
　• 방년芳年, 방령芳齡, 묘면妙年, 묘령妙齡이라고도 한다. 이는 스무 살 안팎의 여자

의 꽃다운 나이 또는 꽃다운 나이의 젊은 여자라는 뜻이다.

▷ 20세 :
· 약관弱冠, 약년弱年, 약세弱歲, 정년丁年, 가관加冠, 관세冠歲, 원복元服이라고 하며 꼭 20세라기 보다는 스무 살 안팎의 남자의 나이로 보면 된다. 약관弱冠은 "예기禮記" 곡례편曲禮篇의 이십왈약관二十曰弱冠에서 유래했다. 20세를 약弱이라 하며, 비로소 관冠을 쓴다는 뜻이다. 즉 갓을 쓴다고 해서 붙인 명칭으로 남자 나이 스무 살인 약弱은 부드럽지만 아직 대장부가 되기에는 부족하나 사람 구실을 할 수 있게 되었다는 것이다. 여기서 관冠은 성년이 되면서 쓰는 갓으로 옛날에는 남자 나이 20세가 되면 관례冠禮를 올려 성인成人으로 예우하는 의식을 갖추었다. 관례冠禮란 아이가 어른이 되는 의식으로, 남자는 갓을 쓰고 여자는 쪽을 쳤는 데, 남자와 여자를 구별하지 않기도 하고, 특히 남자와 여자를 구별해 쓸 경우에는 남자는 관례冠禮, 여자는 계례笄禮(머리에 쪽을 찌고 비녀를 꽂아 주는 의식)라고 한다. 정년丁年은 남자의 20세를 말하고 원복元服은 성년成年이 되어 어른의 의관衣冠을 착용하는 의식을 말한다.

방년芳年은 20세를 전후한 왕성한 나이의 여자이다. 스무 살을 전후한 여성의 나이로써 방령芳齡, 묘년妙年, 묘령妙齡과 같은 뜻이다. 방芳은 꽃답다는 뜻이고 년年과 령齡은 모두 나이를 뜻한다. 따라서 방년은 꽃다운 나이 곧 스무 살을 전후한 여성의 나이를 가리키며 남자는 약관弱冠 20세라 한다.

▷ 30세 :
· 이립而立, 입년立年, 장실壯室이라고도 하며 이립而立은 "논어論語" 위장편爲政篇의 '삼십이립三十而立'에서 유래한 것으로 서른 살쯤에 가정과 사회에 모든 기반을 세우고 닦는다는 말이다. 이립而立은 공자孔子가 30세에 자립했다는 데서 유래한다. 마음이 확고하게 도덕 위에 서서 움직이지 않는다는 뜻이다.
장壯은 "예기禮記" 곡례편曲禮篇 '삼십왈장유실三十曰壯有室'에서 유래한 것으로, 서른이 되면 장壯이라 하여 가정을 가진다. 즉 서른 살은 장정이 된 나이이므로 결혼할 나이가 되었다는 뜻이다.

▷ 32세 :
· 이모二毛라는 뜻으로 머리털의 빛깔이 두 가지 즉 검은 머리와 흰 머리가 반반인

것을 말하는데, 중국 진晉나라 반악潘岳이란 시인이 서른두 살 때 머리가 반백半白이 된 것을 두고 쓴 글에서 유래했다.

▷ 40세 :
 • 불혹不惑, 강사强仕라고 한다. 불혹不惑은 "논어論語" 위장편爲政篇의 사십불혹四十 不惑에서 유래했다. 40세가 되어서야 세상일에 미혹迷惑함이 없었다는 뜻이다. 인생을 포괄해서 절정의 시기라고 할 수 있는 40세를 불혹不惑이라고 한다. 강사强仕는 "예기 禮記" 곡례편曲禮篇의 사십왈강이사四十日强而仕에서 유래한 것으로 마흔이 되면 처음으로 벼슬을 하게 된다. 즉 벼슬을 해야 할 시기라는 뜻이다.

▷ 41세 :
 • 망오望五라 하며 50(쉰 살)을 바라본다는 뜻이다.

▷ 48세 :
 • 상수桑壽라 하며 상桑(뽕나무 상)의 속자俗字를 세로로 쓰면 卉卉와 목木이 된다. 이를 파자破字하면 卉卉자에서 십十이 3개, 목木에서 십十과 팔八이 되므로, 30과 18을 합하면 48이 되는 유래했다.

▷ 50세 :
 • 지명知命, 지천명知天命, 애년 또는 예년 艾年, 장가杖家, 반백半百이라고 한다.
    지명知命, 지천명知天命은 "논어論語" 위정편爲政篇의 오십지천명五十知天命에서 유래했다. 50세에 드디어 천명天命을 알았다는 말이다. 지천명知天命의 준말이다. 하늘의 명을 아는 천명성인天命聖人의 경지로 들어섰음을 의미한다.
    애년 또는 예년艾年(艾-① 쑥, 늙은이 애 ② 다스 릴 예)은 "예기禮記" 곡례편曲禮篇의 오십왈 애복관정 또는 오십왈 예복관정五十日 艾服官政에서 유래했 다. 50세가 되면 애 또는 예艾라 하여 관복을 입고 정치에 참여한다. 즉 50세는 흰 쑥처럼 머리가 하얗게 되는 시기로 나라의 큰일을 맡을 수 있다는 뜻이다.
    장가杖家는 "예기禮記" 왕제편王制篇의 오십장어가, 육십장어향, 칠십장어국, 팔십장어조 五十杖於家, 六十杖於鄉, 七十杖於國, 八十杖於朝에서 유래했다. 이것은 집 안에서 지팡이를 짚을 수 있는 나이라는 뜻으로 50세를 말한다. 반백半百은 백百의 반半이니 50을 뜻한다.

▷ 51세 :
· 망륙望六이라 하며 60세(예순 살)를 바라본다는 말이다.

▷ 60세 :
· 이순耳順, 육순六旬, 장향杖鄕, 기耆라고도 한다. 이순耳順은 "논어論語" 위정편爲政篇에서 유래한 것으로 60세가 되어 남의 말을 순순히 받아들일 수 있고 모든 생각이 원만하여 들으면 이해가 되고 귀가 순해진다는 뜻이다.

장향杖鄕은 "예기禮記" 왕제편王制篇의 오십장어가, 육십장어향, 칠십장어국, 팔십장어조五十杖於家, 六十杖於鄕, 七十杖於國, 八十杖於朝에서 유래했다. 고향에서 지팡이를 짚을 수 있는 나이라는 뜻으로 60세를 말한다. 중국 주周나라에서 노인이 60세 되던 해부터 고향에서 지팡이 짚는 것을 허락했던 데서 유래했다.

기耆는 "예기禮記" 곡례편曲禮篇의 육십왈기지사六十曰耆指使에서 유래했다. 60세를 기耆라 하고 이때부터를 늙은이가 문턱에 들어가는 시기로 남을 부리거나 일을 시킬 수 있다는 말로 남들에게 일을 시켜도 된다는 뜻이다.

▷ 61세 :
· 갑자甲子, 일갑一甲, 회갑回甲, 환갑還甲, 주갑周甲, 화갑華甲, 갑년甲年, 망칠望七이라고 한다. 갑자甲子, 일갑一甲 즉 60년을 돌고 태어난 간지의 해 즉 간지년干支年이 다시 돌아왔음을 뜻해 회갑回甲, 환갑還甲, 주갑周甲이라고 한다.

화갑華甲에서 화華자를 파자破字하면 십十이 6개에다 일一이 하나 있어 61이 되므로 61세를 화갑華甲 이라고 한다. 60년이 지나서 다시 자신의 출생년도의 간지로 되돌아가는 것에 축복해 주는 잔치를 벌인다. 이 잔치를 수연壽宴이라 한다. 망칠望七은 70세를 바라본다는 말이다

▷ 62세 :
· 진갑進甲이라고도 하며 회갑回甲에서 한 해 더 나아갔다는 뜻이다. 환갑 다음해의 생일날로 62세(만61세)이다. 새로운 甲子로 나아간다는 진進의 의미이다.

▷ 64세 :
· 남자의 경우 파과破瓜, 파파지년破瓜之年, 과년瓜年이라고도 한다. 파과破瓜, 파파

지년破瓜之年, 과년瓜年에서 과瓜자를 파자破字하면 여덟 팔 8八이 둘이 되므로 이를 곱하면 8×8=64가 되어 남자 나이 64세로, 벼슬에서 물러날 때를 뜻하여 파과破瓜라고 한다.

▷ 66세 :
 • 미수美壽라고 하며 미美자를 파자破字하면 세로로 육십육六十六을 붙여 쓴 것과 비슷한데서 유래했다.

▷ 70세 :
 • 종심從心, 불유구不踰矩, 칠순七旬, 고희古稀, 희수稀壽, 희면稀年, 논전老傳, 장국杖國, 하년下年이라고도 한다.

 종심從心, 불유구不踰矩는 "논어論語" 위정편爲政篇의 칠십종심소욕불유구七十從心所欲不踰矩에서 유래했다. 70세가 되어 종심從心 즉 마음 내키는 대로 뜻대로 행하여도 불유구不踰矩 즉 법도에 어긋나지 않았다는 뜻이다.

 고희古稀는 중국 두보杜甫의 시詩 "곡강曲江" 중 인생칠십고래희人生七十古來稀에서 유래했다. 예로부터 사람이 70세를 사는 것이 드문 일이라는 뜻이다.

 노전老傳은 "예기禮記" 곡례편曲禮篇의 칠십왈노이전七十曰老而傳에서 유래했다. 일흔을 노老라 하여 집안일을 자식들이나 후진들에게 맡긴다는 뜻이다. 즉 일흔 살이면 완전히 늙었으므로 집안일을 자식들에게 맡기는 시기라는 뜻이다.
 • 장국杖國은 "예기禮記"왕제편王制篇의 오십장어가, 육십장어향, 칠십장어국, 팔십장어조五十杖於家, 六十杖於鄉, 七十杖於國, 八十杖於朝에서 유래했다. 나라 안 어디에서도 지팡이를 짚는 것 을 허락했던 나이로 70세를 말한다. 즉 장국杖國은 중국 주周나라에서 노인이 70세가 되는 해부터 나라에서 지팡이 짚는 것을 허락했던 것이다.

▷ 71세 :
 • 망팔望八이라 하며 망팔望八은 80세(여든 살)를 바라본다는 뜻이다.

▷ 77세 :
 • 희수喜壽라고 하며 희喜(기쁠 희) 자字를 초서체 세로로 쓰면 칠칠七七(칠십칠)과 같은 데서 유래했다.

▷ 80세 :
• 산수傘壽, 팔순八旬, 팔질八耋, 질수耋壽, 장조杖朝라고도 한다. 산수傘壽에서 傘(우산 산)자의 약자略字를 파자破字하면 세로로 팔八과 십十 즉 팔십八十이 되는 데서 유래했다. 팔질八耋, 질수耋壽에서 질耋은 80세 노인을 뜻한다.
장조杖朝는 "예기禮記" 왕제편王制篇의 오십장어가, 육십장어향, 칠십장어국, 팔십장어조五十杖於家, 六十杖於鄉, 七十杖於國, 八十杖於朝에서 유래했다. 임금이 있는 조정朝廷 안에서도 지팡이를 짚는 것을 허락했던 나이로 80세를 말한다.

▷ 81세 :
• 망구望九, 반수半壽라고도 한다. 망구望九는 90세를 바라본다는 뜻이며 반수半壽에서 반半자를 파자破字하면 세로로 팔십일八十一이 된데서 유래했다. 또한 81세에서 90세까지를 기원하는 장수長壽의 의미를 내포한다. '할망구'로 변천했다.

▷ 88세 :
• 미수米壽라고 하며 미수米壽에서 미米자를 파자破字하면 세로로 팔십팔八十八과 비슷한데서 유래했다.

▷ 90세 :
• 졸수卒壽, 구순九旬, 구질九秩, 모수耄壽, 동리凍梨라고도 한다. 졸수卒壽에서 졸卒자를 약자略字로 쓰면 세로로 구십九十이 되는 데서 유래했다. 구질九秩은 아흔 살인 90세를 말한다. 모수耄壽에서 모耄는 90세의 늙은이를 뜻한다. 동리凍梨는 겨울철 언 배를 뜻하며 90세가 되면 얼굴에 반점이 생겨 언 배 껍질 같다는 데서 유래했다.
※ 참고 : 모수耄壽를 70세로 보기도 함

▷ 91세 :
• 망백望百이라고 하며 망백望百은 100세를 바라본다는 뜻이다. 90세를 지났으니 이제 100세도 멀지 않았다는 만수무강의 의미가 함축되어 있다.

▷ 99세 :
• 백수白壽라고 하며 백百자를 파자破字해서 일一을 빼면 白(흰 백) 즉 百(100)에서 하나를 빼면 白(99)이 되는 데서 유래했다.

▷ 100세 :

　· 백수百壽, 기년期年, 기이期頤, 기이지수期頤之壽, 고수高壽, 천수天壽, 상수上壽라
고도 한다.

　기이期頤는 "예기禮記" 곡례편曲禮篇의 백년왈기이百年曰期頤에서 유래했다. 백살이
되면 기期라 하고, 이頤는 양양養과 같은 뜻이다. 몸이 늙어 거동을 마음대로 할 수 없어
다른 사람에게 의탁한다. 즉 봉양(공양)을 받아야 한다는 뜻이다.

　천수天壽는 병이 없이 늙어서 죽음을 맞이하면 하늘이 준 나이를 다 살았다는 말이
다. 사람의 최상의 수명이란 뜻이 있다.

　※ 참고 : 천수天壽를 125세로 보기도 함

　고수高壽와 상수上壽는 사람의 수명 중 최고, 최상의 수명이라는 뜻이다.

　※ 참고 : 상수上壽는 100세 또는 100세 이상을 이르기도 하며, "傳(좌전)"에는 120세
를 상수上壽라고 함.

▷ 101세 :

　· 갱이更頤라고 하며 다시 한 살이 되었다는 뜻이다.

▷ 108세 :

　· 다수茶壽라고 하며 다茶자를 파자破字하면 세로로 卄 (스물 입, 20)과 팔십팔 八十
八(88)이 되어 합하면 108이 된데서 유래했다.

▷ 109세 :

　· 귀수龜壽라고 하며 거북의 나이를 말하는 것이다. 육지거북의 평균수명이 보통 1세
기 즉 100년이란 데서 유래했다. 매우 긴 수명을 뜻한다.

▷ 111세 :

　· 황수皇壽라고 한다. 황皇자를 파자破字하여 둘로 나누면, 위의 백白자는 99세의 백
수白壽의 백白(99), 아래의 왕王자를 파자破字하면 세로로 일십일一十一이 되어 일一과
십十과 일一을 합하면 12가 된다. 즉 백白(99)과 왕王(12)을 더하면 111이 된데서 유래
했다. 111세는 '황수皇壽로 황제의 수명 또는 나이처럼 여긴다' 는 뜻이다.

▷ 120세 - 125세 :
  · 천수天壽라고 하며 하늘이 준 나이를 다 살아 하늘의 뜻을 기다리는 나이다.
    ※ 참고 : "좌전左傳"에는 120세를 상수上壽라 함.

▷ 140세 :
  · 만수萬壽라고 한다

▷ 150세 :
  · 무량수無量壽라고 한다.

▷ 180세 :
  · 삼천갑자三遷甲子라고 한다. 갑자甲子(60년)를 세 번 맞이했다는 뜻에서 유래했다.
본래 삼천 갑자三千甲子는 18만세 즉 갑자甲子(60년)의 3천배는 18만이 되는 데서 유래
했다.

부록 3. 정성수 저서 및 수상

시집

「울어보지 않은 사람은 사랑을 모른다」「산다는 것은 장난이 아니다」「가끔은 나도 함께 흔들리면서」「정성수의 흰소리」「나무는 하루아침에 자라지 않는다」「누구라도 밥값을 해야 한다」「향기 없는 꽃이 어디 있으랴」「늙은 새들의 거처」「창」「사랑 愛」「그 사람」「아담의 이빨자국」「보름 전에 있었던 일은 그대에게 묻지 않겠다」「보름 후에 있을 일은 그대에게 말하지 않겠다」「19살 그 꽃다운 나이에 알았더라면 좋았을 詩들」「산사에서 들려오는 풍경소리」「아무에게나 외롭다는 말을 함부로 하지 말라」「마음에 피는 꽃」

동시집

「햇밤과 도토리」「학교종」「아이들이 만든 꽃다발」「새가 되고 싶은 병아리들」「할아버지의 발톱」「표정」「넓고 깊고 짠 그래서 바다」

시곡집

「인연」「시 같은 인생, 음악 같은 세상」「연가」「우리들의 가곡」「건반 위의 열 손가락」

동시곡집

「아이들아, 너희가 희망이다」「동요가 꿈꾸는 세상」 「어린이 도레미파솔라시도.」「오선지 위의 트리오」「참새들이 짹짹짹」「노래하는 병아리들」「표정1 아이들의 얼굴」「표정2 어른들의 얼굴」

동화

「장편동화 폐암 걸린 호랑이」

실용서

「가보자 정성수의 글짓기교실로」「현장교육연구논문 간단히 끝내주기」

산문집

「말걸기」「또 다시 말걸기」「산은 높고 바다는 넓다」

논술서

「초등논술 너 ~ 딱걸렸어」「글짓기 논술의 바탕」「초등논술 앞서가기 6년」「생각나래 독서·토론·논술 456년」

그 외

세상사는 것이 그렇다야 (시집:공저) / 꽃들의 붉은 말 (시집:공저) / 무더기로 펴서 향기로운 꽃들 (시집:공저) / 꽃잎은 져도 향기는 남는다 (시집:공저) / 내사랑 멋진별(동화:공저) 대한민국의 5인의 시 (앱시집:공저)

연구 대회 및 논문

「현장교육연구 논문대회 / 1등급 : 6회, 2등급 : 3회, 3등급: 5회」
「현장 연구 논문대회 / 1등급 : 6회, 금상 : 1회」
「석사 논문 : 원광대학교 교육대학원 공업교육전공 / 국민학교 실과실습실의 공간구성 및 설치에 관한 연구」

수상

· 제2회 대한민국교육문화대상
· 제2회 백교문학상
· 제3회 전북교육대상
· 제4회 한민족효사랑시부문최우수상
· 제4회 철도문학상
· 제4회 신노년문학상
· 제5회 농촌문학상
· 제5회 청소년포교도서저작상
· 제5회 글벗문학상
· 제6회 대한민국사회봉사대상정부포상
· 제6회 한하운문학상
· 제6회 불교아동문학상
· 제11회 공무원문예대전동시부문최우수국무총리상 및 수필부문우수행정안전부장관상
· 제13회 공무원문예대전시부문최우수국무총리상
· 제13회 한류문학예술상
· 제15회 교원문학상
· 제16회 한국문학예술상
· 제18회 세종문화상
· 제20회 스승의날특별공로상
· 제24회 한국교육자대상
· 제25회 전북아동문학상
· 08년 12년 전라북도문예진흥금수혜
· 09 한국독서논술교육대상
· 09 대한민국베스트작가상
· 09 대한민국100인선정녹색지도자상
· 09 국토해양부제1차해양권발전시부문최우수상
· 09 부평문학상
· 12 지필문학대상
· 12 소월시문학대상
· 13 대한민국환경문화대상
· 14년 한국문화예술위원회아르코Arko문학창작기금수혜
· 대한민국황조근정훈장수훈 제17495호「외」교육부장관상 및 대통령상 등 다수

참고문헌

· 김광수, '논리와 비판적 사고', 철학과 현실사, 1993
· 대학국어편찬위원회, '언어와 문학', 형설, 1999
· 사)한우리독서문화운동본부, '독서교육론·독서논술지도론', 위즈덤북, 2005
· 서한샘, '한샘대입논술', 한샘, 1994
· 장하늘, '수험겨냥문장표현법', 문장연구사, 1991
· 전주대학교, '교육학논술특강', 전주대사범대교육학과, 2013
· 정성수, '가보자 정성수의 글짓기교실로', 인문사아트콤, 2003
· _____, '글짓기 논술의 바탕', 인문사아트콤, 2007
· _____, '생각나래 독서토론논술', 교)한국독서논술교육평연구회, 2011
· _____, '초등논술 너 딱걸렸어', 청어, 2006
· _____, '초등논술 앞서가기', 도서출판전북교과서, 2009
· _____, '현장교육연구논문 간단히끝내주기' 청어, 2006
· 정영수, '대학수학능력시험 언어영역 국어', 한서출판사, 2010
· 참고물 : 그 외 각 대학 기 출제문제, 논술대회 문제 등

● 알림

· 본 "한권으로 끝내는 실전 논리 논술"을 편저하는 과정에서 미쳐 허가를 득하지 못하고 인용한 부분이 있습니다. 저작권자님께 누가 되었다면 깊이 사과드립니다. 언제라도 연락주시면 인용 내용에 대한 저작권료를 최선을 다해 지불하도록 하겠습니다. 의문사항이나 하시고 싶은 말씀이 있으신 분은 아래로 연락 주시기 바랍니다.

· 편저자 **정성수** 올림
· 이메일 : jung4710@hanmail.net

- 감사합니다 -